LE ROMANTIQUE

WILLIAM BOYD

LE ROMANTIQUE

OU LA VRAIE VIE DE CASHEL GREVILLE ROSS

roman

TRADUIT DE L'ANGLAIS (GRANDE-BRETAGNE)
PAR ISABELLE PERRIN

ÉDITIONS DU SEUIL
57, rue Gaston-Tessier, Paris XIXe

Ce livre est édité par Anne Freyer-Mauthner

Pour les citations :

John Keats, in *Selected Poems / Poèmes choisis*, traduit de l'anglais par Albert Laffay, © Aubier Flammarion, collection Bilingue Aubier, 1968

Donald Rayfield, *Anton Tchekhov. Une vie*, traduit de l'anglais par Agathe Peltereau-Villeneuve et du russe par Nadine Dubourvieux, © Louison Éditions, 2019

Titre original : *The Romantic*

Éditeur original : Viking/Penguin Random House, Londres
ISBN original : 978-0-241-54202-6

ISBN 978-2-02-152911-1

www.seuil.com

Pour Susan

La vie d'un homme de quelque valeur
est une allégorie continuelle, et très peu
de regards savent en percer le mystère.

John Keats

Un roman est un miroir
qui se promène sur une grande route.

Stendhal

Prologue

Je naquis en Écosse, au petit matin du 14 décembre 1799. Plus tard ce même jour, l'ancien président des États-Unis d'Amérique, George Washington, mourait à son domicile de Mount Vernon en Virginie. Je veux croire qu'il n'existe aucun lien entre ces deux événements. Nous sommes à la veille de mon anniversaire ; j'aurai demain quatre-vingt-deux ans.

Ainsi débute l'autobiographie inachevée, décousue et quelque peu déconcertante de Cashel Greville Ross (1799-1882), tombée en ma possession voici quelques années avec des documents connexes. Une centaine de pages de souvenirs manuscrits datées de décembre 1881, des liasses de lettres reçues, des brouillons de lettres envoyées, des esquisses, des cartes et des plans, des photos, des livres annotés, de petits tableaux, gravures et silhouettes et autres objets épars : une boîte d'amadou, une balle de fusil à silex, une boucle de ceinture, une minuscule mèche de cheveux rêches nouée d'un ruban de soie défraîchi, quelques dollars en argent, un fragment d'amphore grecque, etc.

Ce trésor aussi modeste qu'intrigant constitue la totalité de ce que fut l'existence de cet individu, tout ce qui reste de lui matériellement, ainsi que le récit fragmentaire de son passage sur notre petite planète. Il a tenté d'écrire l'histoire de sa vie sans y parvenir.

Si fascinants soient-ils, ces écrits griffonnés et ces rares objets ne suffisent pas pour brosser le portrait d'un homme ayant vécu plus de quatre-vingts ans. Que laissons-nous derrière nous quand nous mourons ? Au départ, elle semble prodigieuse, cette montagne de « choses » que nous avons acquises, toutes nos possessions, le bric-à-brac et la paperasse accumulés au long d'une vie. Mais elle s'effrite inexorablement, à un rythme surprenant, et en quelques décennies, un demi-siècle, un siècle, elle se réduit à presque rien.

Certes, tout dépend de qui l'on a été. Mais la plupart des gens ne laissent guère de traces ni d'archives une fois leurs biens dispersés, quand les souvenirs personnels se brouillent puis s'effacent à mesure que les générations suivantes s'éteignent elles aussi. Les journaux intimes et les lettres jaunissent, leur contenu devient inintéressant ou incompréhensible ; les papiers officiels croupissent dans des bureaux ou des coffres à la banque sans que personne s'y intéresse ; les portraits de proches deviennent des photos d'anonymes. Les anecdotes et la légende survivent parfois un peu plus longtemps, si l'individu en question a fait quelque chose de notable ou acquis une certaine notoriété, même modeste, mais le fait est que l'immense majorité des êtres humains a toujours vu son existence sombrer dans l'oubli après deux ou trois générations, dans un anonymat spectral. Ne restent plus qu'un nom sur une pierre tombale, une entrée dans un recensement, une nécrologie en ligne, une mention dans un journal ou, avec un peu de chance, une date de naissance et une date de décès.

Qui fut ce Cashel Greville Ross ? Quelle fut la nature de sa vraie vie ? Comment reconstruire son ontologie singulière ? Nous disposons au moins de quelques éléments pour démarrer, mais jusqu'à quel point pouvons-nous nous y fier ? Sans compter que d'immenses pans de son histoire sont manquants. Tenter d'écrire la biographie de ce parfait inconnu né voici bien plus de deux cents ans m'a semblé un projet sinon entièrement impossible, du moins susceptible de se résumer à une litanie de vagues suppositions peu satisfaisantes, de « peut-être », de « possiblement », de « pourrait », de « potentiellement ». Ce n'eût été que la moitié d'une vie.

Mais n'est-ce pas le lot des biographies ? Un sage[1] a écrit un jour : « Toute biographie est une œuvre de fiction, mais une fiction qui doit coller aux faits documentés. » Si la première proposition est vraie, peut-être serait-il intéressant de transcender la seconde : l'objectif devrait être d'aller au-delà des faits avérés, d'en franchir la barrière. Paradoxalement, seule la fiction nous le permet. Aussi, plutôt que de m'escrimer à rédiger une biographie de Cashel Greville Ross, j'ai considéré que l'histoire de sa vie, de sa vraie vie, serait bien mieux servie si on l'écrivait ouvertement, sciemment, honnêtement sous la forme d'un roman.

W. B.
Trieste
février 2022

1. Donald Rayfield, *Anton Tchekhov. Une vie*, traduit de l'anglais par Agathe Peltereau-Villeneuve et du russe par Nadine Dubourvieux, Paris, Louison Éditions, 2019, p. 11.

Livre premier

Cashel affirma toujours que son premier souvenir était celui d'un homme en noir menant un cheval noir. Un inconnu dont il avait alors cru qu'il voulait le tuer pour une mystérieuse raison. Cette rencontre, qui remontait à ses quatre, cinq ou six ans, eut lieu par une fin d'après-midi hivernale alors qu'il traînassait dans le bosquet derrière le cottage où il vivait dans le comté de Cork, en Irlande. Il entendit au loin des trompes de chasse et des huées venant des champs, puis plus près, aux abords du bosquet mais hors de sa vue, des crissements et clappements de végétation foulée par une créature de grande taille se frayant un passage dans le sous-bois.

Cashel fut saisi par une peur qui le glaça tout entier. Alors émergea de derrière un gros fourré de houx un homme menant un immense étalon d'ébène musculeux qui renâclait et s'ébrouait, l'encolure et les épaules tapissées d'écume beige. L'air ambiant s'emplit d'une odeur de sellerie et de sueur animale, musquée, salée. L'homme de belle stature qui tenait les rênes portait une redingote noire à boutons d'argent et un chapeau noir à calotte haute qui le faisait paraître encore plus grand. Ses bottes d'équitation noires lustrées à la perfection étaient munies de petits éperons d'argent émoussés.

C'était la Mort venue le chercher ! songea Cashel. À moins que l'homme en noir ne fût le diable en personne !

Or ce n'était ni la Mort ni le diable, simplement un homme qui conduisait une monture épuisée à travers un bois. Un homme à la mâchoire carrée, avec une large moustache tabac.

« Comment t'appelles-tu, petit ? demanda le cavalier.

– Cashel, monsieur.

– Où habites-tu, Cashel ?

– Dans le cottage de Glanmire Lane.

– Vraiment ? »

L'homme le toisa de toute sa hauteur et tendit sa main libre comme pour lui toucher le visage (ou pour lui attraper le cou et l'étrangler, craignit Cashel). Mais à cet instant, le cheval tapa du pied en hennissant et tira sur les rênes que le cavalier tenait de sa main gauche gantée.

« Il a perdu un fer, donc je ne peux plus chasser, expliqua l'homme comme s'il devait se justifier auprès de Cashel. Je m'en vais lui botter les fesses, à ce maréchal-ferrant, tiens ! »

Il avait un accent étrange, nota Cashel, comme les filles qui vivaient à Stillwell Court. Un accent anglais. Ils ne parlaient pas de la même manière que lui ou les autres personnes de sa connaissance.

« Oui, monsieur.

– Mon petit Cashel, tu devrais rentrer chez toi. La chasse arrive, et l'on pourrait bien te prendre pour un renard.

– Oui, monsieur. »

Cashel fit volte-face et s'enfuit à toutes jambes jusqu'au cottage de Glanmire Lane où il vivait avec sa tante Elspeth. Il la trouva dans l'arrière-cuisine, occupée à éplucher des pommes de terre.

« Je viens de voir le diable ! annonça-t-il, tout essoufflé, avant de lui décrire l'homme en noir avec la grosse moustache et l'accent bizarre, et le cheval géant.

– Quelles sornettes me contes-tu là ? répondit sa tante avec un petit rire amusé en s'essuyant vigoureusement les mains sur son tablier. Ce monsieur doit être un des amis de sir Guy venu d'Angleterre pour la chasse. Ne fais donc pas ton nigaud. Ce n'est pas demain la veille que le diable t'emmènera, va ! Il a bien d'autres chats à fouetter avant de venir te chercher, Cashel Greville. »

Elle le prit dans ses bras (c'était une jeune femme grande et forte), l'embrassa sur la joue et l'emmena au salon pour regarder par la fenêtre. Une demi-douzaine de chasseurs passaient au galop dans la rue sans se soucier des grosses mottes de boue que soulevaient les sabots des chevaux.

« Il a été aimable avec toi, ce monsieur au grand chapeau ? Était-il gentil ?

– Je n'en sais rien.

– Il t'a demandé ton nom ?

– Oui.

– Tu le lui as dit ?

– Oui.

– Bien.

– Et il m'a demandé où j'habitais.

– Et tu le lui as dit aussi ?

– Oui. »

Elle le posa sur le sol dallé.

« J'ai eu tort, ma tante ?

– Viens prendre ton goûter », répondit-elle[1].

***

Elspeth Soutar, la tante de Cashel, était une célibataire éduquée, âgée d'une petite trentaine d'années et originaire de la région de Dumfries, en Écosse. Elle travaillait comme gouvernante à Stillwell Court, dans le comté de Cork, en Irlande, auprès de sir Guy et lady Evangeline Stillwell, dont les deux filles, auxquelles elle faisait

1. Comment interpréter cette histoire, que Cashel Greville Ross a racontée tout au long de sa vie ? Quel qu'en soit le degré de vérité (un petit garçon apeuré dans une sombre forêt, un grand homme en noir menant un cheval noir qui piaffe nerveusement), ses multiples répétitions l'ont enjolivée au point de rendre toute vérification impossible. Mais d'une certaine manière, comme elle concerne Cashel Ross, cela n'a pas d'importance. Nous sommes ici dans l'arène biographique, où l'anecdote devient la légende qui valide sa propre vérité, où le récit personnel crée sa propre « réalité ». Plus encore, cette rencontre telle qu'il l'a relatée établit un ton, une atmosphère et une symbolique qui s'avéreront très pertinents dans le déroulement de l'histoire de sa vie. Son premier souvenir se devait d'être ainsi, car il sied à l'homme qu'il est devenu. Et donc, il est vrai.

la classe depuis presque dix ans, s'appelaient Rosamond (seize ans) et Hester (quatorze ans). Il était évident pour tous que son poste arrivait à son terme inévitable puisque l'entrée en société de ces demoiselles approchait. Il n'y aurait ensuite plus besoin de parfaire leur éducation.

Cashel connaissait Rosamond et Hester depuis sa plus tendre enfance, quand elles jouaient avec lui presque comme avec un animal de compagnie, le déguisant parfois en poupée avec une jupe à fanfreluches et une charlotte, ou bien en soldat de plomb, ou encore en sauvageon aborigène. Elles l'aimaient beaucoup, l'embrassaient, le portaient dans les bras et le câlinaient – jusqu'au jour où le poupon était devenu un petit garçon dégingandé et moins docile, même si leur proximité perdura. Elles avaient pour lui une kyrielle de surnoms : Cashelinou, Cash-Cash-Cou, Cashelnius le Grand. N'eût été la distance sociale, elles auraient pu être ses sœurs aînées. Mais, Elspeth Soutar appartenant malgré tout à la domesticité, il en allait de même pour son neveu.

Cashel ne voyait jamais sir Guy, figure distante et presque mythique apparemment toujours par monts et par vaux, à Dublin, à Londres, sur le continent… Et comme le petit garçon ne s'aventurait pas dans les salons d'apparat, cantonné à la nourricerie avec les filles, il ne croisait que très rarement lady Evangeline, qui, semblait-il, était toujours malade et pouvait passer des mois dans ses appartements du premier étage sous la surveillance d'une infirmière, avec une visite hebdomadaire du vieux Dr Killigrew qui lui apportait des spécialités pharmaceutiques depuis la ville voisine de Castlemountallen. Les rares occasions où il l'avait aperçue ou rencontrée lui avaient laissé l'impression d'une dame très hautaine et guindée, mais aussi très pâle et frêle. Épaisse comme une feuille de papier. Comme une feuille de papier paraffiné toute froissée, même.

Un jour, alors que Rosamond et Hester le charroyaient le long des couloirs dans un wagonnet, ils tombèrent sur lady Evangeline en grande tenue, avec coiffe en dentelle et robe de soie outremer chatoyante, que l'on aidait à descendre l'escalier afin qu'elle s'acquittât de quelque obligation mondaine.

« Qui est ce petit garçon ? demanda-t-elle à Rosamond.

– Le pupille d'Elspeth, mère. Son neveu. L'orphelin, vous vous souvenez ?

– Non, je ne me souviens pas... Ou peut-être si, maintenant que tu me le dis. L'orphelin, oui. Est-il bien sage ?

– Oh oui. Il sait qu'il s'expose à une bonne rossée, sinon ! » répondit Hester.

Lady Evangeline eut un faible sourire et son infirmière l'escorta dans l'escalier puis jusqu'au petit salon.

***

Quand il eut cinq ans et qu'elle le jugea assez grand pour comprendre, tante Elspeth le fit asseoir et lui narra la terrible histoire du décès de ses parents, Moira et Findlay Greville, morts noyés en 1800 quand leur paquebot pour Belfast avait coulé en mer d'Irlande lors d'une tempête. Sur la cheminée du salon trônait un petit portrait amateur d'un couple austère, seule image qui restait de ses parents.

« Ils ont pris le bateau avant toi, lui expliqua Elspeth. Tu aurais dû partir avec eux, mais tu as attrapé le croup, alors ils m'ont demandé de les rejoindre avec toi la semaine suivante. Dieu merci, tu ne les as pas accompagnés !

– C'était un naufrage ?

– Oui. Le navire a sombré corps et biens.

– Ça veut dire quoi ?

– Qu'il n'y a eu aucun survivant. Tout le monde est mort noyé, précisa Elspeth avec un sourire triste en passant la main dans l'épaisse chevelure blonde de Cashel, qu'elle ratissa de ses doigts raides. Et c'est ainsi que tu te retrouves à vivre avec moi, mon chéri. Je ne serai jamais ta vraie mère, mais je serai toujours comme une mère pour toi, mon petit, ne t'inquiète pas. »

Pendant qu'elle lui racontait l'histoire avec douceur, elle avait posé le double portrait sur les genoux de Cashel, qui regarda les effigies cendreuses censées représenter sa mère et son père.

L'homme avait une épaisse barbe taillée en pointe ; la femme portait un bonnet serré et le fixait d'un regard vide.

« Voici Findlay Greville, indiqua Elspeth en le désignant du doigt. Et là, c'est ma chère petite sœur Moira, Dieu ait son âme !

– Alors, si j'avais été sur ce bateau, je m'aurais noyé aussi », déclara Cashel.

La dure réalité de sa situation se fit lentement jour dans son jeune esprit, et il commença à entrevoir ce que signifiait être orphelin, même s'il ne connaissait pas encore ce mot.

« Je suis vraiment content de ne pas avoir pris ce bateau, ma tante, affirma-t-il. Et aussi d'être venu vivre avec vous. »

Il fut surpris par l'ardeur du câlin qu'elle lui fit et par les larmes qu'il vit scintiller au coin de ses yeux.

« Tu es un gentil garçon, Cashel Greville. Un très gentil garçon. »

***

En gouvernante accomplie, Elspeth Soutar veillait évidemment à ce que Cashel reçût une aussi bonne éducation que les filles Stillwell. À l'âge de cinq ans, il savait déjà lire et écrire. Quand, à sept ans, il fut envoyé à la petite école privée de Castlemountallen, il sauta aussitôt deux classes et rejoignit les enfants de neuf et dix ans. Malgré cela, il trouvait les leçons (latin, grec, composition, mathématiques et théologie) très faciles et peu exigeantes[2].

2. Il subsiste un poème sur un morceau de papier jauni coincé dans un cahier, visiblement écrit d'une main d'enfant, qui pourrait bien être la seule trace de la précocité intellectuelle de Cashel :

Le soleil chaque jour se lève
Pour darder ses rayons de bonté.
Chaque soir il se couche en une trêve
Et dès l'aube revient tous nous gâter.

Et en dessous, le début d'une traduction en latin :

Sol oritur quotidie
Ad suam largitatem...

En cette aube du XIXe siècle, la vie à Stillwell Court suivait le même cours ordonné qu'au long du XVIIIe. L'immense domaine avait été octroyé à un certain Gervase Stillwell, colonel dans l'armée d'Oliver Cromwell en 1649. La dotation comprenait au total quelque quatre mille arpents, dont une vaste portion au nord de la vallée de la Baillybeg, entre Castlemountallen et Fermoy, et des terres agricoles dans le comté de Kerry et celui de Waterford. En outre, Gervase Stillwell avait été fait baronnet en 1659. En 1782, quand sir Guy Stillwell, le cinquième baronnet, avait hérité de la propriété à la mort de son père, Fielding, il avait vendu les fermes et les bois des comtés de Kerry et de Waterford, trop éloignés, et investi ce capital dans la construction de Stillwell Court, projet qui s'étala sur près d'une décennie, coûta des milliers de livres et valut à la famille un lourd endettement pérenne. Des hypothèques furent souscrites auprès de banques à Dublin, Londres et Amsterdam, puis des réhypothèques avec pour garantie les rentrées régulières des baux de métayage du domaine. Nonobstant, le train de vie des Stillwell n'en pâtit nullement. Les fonds requis pour vivre comme ils l'entendaient semblaient ne jamais venir à manquer – en Irlande comme ailleurs, la minorité aristocratique privilégiée disposait de maintes façons de prospérer.

Alors que le manoir s'érigeait lentement au fil des ans, des jardins furent également dessinés, un vaste parterre créé, des centaines d'arbres plantés, une petite rivière barrée pour former un beau lac agrémenté de cascades et une longue allée carrossable percée au cœur d'une boulaie touffue, car sir Guy se refusait à tout compromis ou sacrifice quant à la vision qu'il avait de sa demeure familiale. Ils furent enfin en mesure de s'y installer peu après la naissance de Rosamond et, quinze ans plus tard, lorsque Cashel commença à prendre conscience de l'environnement dans lequel il grandissait, la bâtisse avait déjà acquis la patine de la longévité, de l'éternité. La pierre calcaire de la façade s'était érodée, du lierre recouvrait un pignon entier de l'aile est, les écuries avaient vu passer deux générations de chasseurs, les arbres du parc paysager resplendissaient, joncs et aulnes poussaient dru sur les rives du lac artificiel et les grilles ornementales blasonnées qui fermaient les allées ouest et est, flanquées chacune de leurs pavillons jumeaux, semblaient déclarer que Stillwell Court était là depuis des lustres et perdurerait pendant bien d'autres[3].

***

Elspeth Soutar entretenait avec Cashel des relations proches et chaleureuses. Quand il devint trop grand pour être porté et câliné, elle prit l'habitude de l'asseoir sur ses genoux devant le feu de tourbe pour lui raconter ses souvenirs d'enfance à Dumfries. C'est ainsi que Cashel adopta inconsciemment son accent écossais, qui, après son entrée à l'école, se teinta d'irlandais au point de finir par s'effacer.

Cette migration linguistique fut encouragée à leur insu par ses camarades de jeux parmi les enfants des journaliers. De part et d'autre de Glanmire Lane, à l'extérieur des hauts murs d'enceinte de Stillwell Court, sir Guy avait financé la construction de dix chaumières pour ses fermiers, qu'ils fussent tenanciers ou manouvriers fidèles. Cashel s'était lié d'amitié avec Callum et Lorcan, les deux fils aînés de Pádraig Doolin, berger et bûcheron, et de son épouse Aoife, qui avaient six enfants âgés de huit ans à quelques jours. Callum était un vibrion efflanqué, et Lorcan une fine mouche, dont sir Guy finançait la scolarité à la petite école de Castlemountallen dans l'espoir qu'un peu d'instruction,

3. Voici une description de Stillwell Court extraite de *Belles Demeures du comté de Cork*, vol. 2, Dublin, 1845 :

« Stillwell Court est un manoir de taille imposante construit dans le style georgien à la fin du siècle passé. En son centre s'élève un corps de bâtiment à huit travées sur trois niveaux, agrémenté de trois ailes astyles. La façade est en pierre calcaire gris argenté et le toit en croupe repose élégamment en retrait d'un attique bas. Les colonnes doriques sans piédestal constituant le porche soutiennent un entablement massif. Les quartiers des domestiques, sur deux niveaux, sont savamment dissimulés derrière des buissons. Les écuries et le chenil sont desservis par une petite arche triomphale fort pittoresque, et près du mur d'enceinte se dresse un pavillon de plain-pied, ouvrage de maçonnerie en appareil flamand doté d'un garde-gibier octogonal. »

d'alphabétisation, lui donnerait une chance de s'extraire de l'éternelle misère à laquelle les journaliers semblaient destinés.

Une ou deux fois par mois, Elspeth disait à Cashel : « Va donc jouer chez les Doolin. » Cashel comprit bien vite qu'il s'agissait d'un ordre et non d'une suggestion. Et même s'il n'avait guère envie d'y aller, il devinait au ton de sa voix qu'il serait vain d'objecter. En ces occasions, elle lui confiait un présent pour Mme Doolin, une tourte, un pot de confiture ou un vieux châle, comme pour justifier la visite. C'était toujours dans l'après-midi, et elle ajoutait : « Ne reviens pas avant le souper, surtout. » Cadeau en main, Cashel partait en traînant les pieds pour la chaumière des Doolin et y passait deux ou trois heures.

En ce jour de printemps nuageux et humide où la chaussée s'irisait des flaques d'eau croupissant dans les ornières creusées par le passage des charrettes et autres fardiers, Cashel s'en alla donc avec une pelote de lin et parcourut le quart de lieue qui le séparait des chaumières. Il était quelque peu contrarié, car, inspiré par une visite du Charles Fort de Kinsale, il avait entrepris l'ambitieux dessin d'un immense château fortifié. Quand il avait récriminé, Elspeth lui avait lancé d'un ton sec : « File sur l'heure ! », arguant qu'elle devait préparer des leçons de français pour les filles Stillwell en prévision de leur premier voyage sur le continent et qu'elle avait besoin de silence et de calme.

Toutes identiques avec leurs murs en pisé de dix-huit pouces d'épaisseur et leur toit en tiges de pommes de terre, les chaumières de Glanmire Lane ressemblaient plus à des excroissances végétales qu'à des maisons. Chacune jouissait d'un arpent de terrain pour la culture des pommes de terre, d'une vache (voire deux), parfois d'un poulailler ou d'un enclos à cochons. Toutefois, ces modestes logis ne comportaient pas de cheminée, si bien que la fumée du feu de tourbe devait s'échapper de la pièce unique par l'huis ou la croisée.

Arrivé devant chez les Doolin, Cashel vit deux des petites filles, toutes nues, en train de courir après les poules en hurlant de plaisir. Il cria son nom et Mme Doolin l'invita à entrer. Assise sur un tabouret près de l'âtre, elle donnait le sein à sa petite dernière, qui n'avait pas encore de prénom.

« Entre donc, Cashel, mon garçon ! »

Les yeux de Cashel lui piquaient déjà à cause de la fumée de tourbe, suspendue tel un nuage gris sous les poutres, et de l'air saturé d'une odeur âcre et viciée. Il donna à Mme Doolin le lin qu'il lui avait apporté, incapable de détourner les yeux du bébé qui tétait le sein pâle à l'aréole foncée.

« Cashel, mon bonhomme, toi aussi je t'ai eu accroché à mes lolos. J'étais ta nourrice quand ta tante t'a ramené d'Écosse, toi le pauvre petit orphelin.

– Je sais, oui », répondit patiemment Cashel.

Il n'ignorait pas ce qu'était une nourrice, car Mme Doolin ne manquait pas de le lui rappeler à chaque visite ou presque, comme s'il y avait un lien plus profond, presque familial, entre eux parce qu'il avait bu son lait si doux, comme s'il était plus pour elle que le neveu orphelin de la gouvernante des Stillwell. Mme Doolin, toujours enceinte ou en couches (trois de ses enfants étaient morts en bas âge), était réputée pour ses copieuses réserves de lait.

Le bébé toujours au sein, elle se leva pour aller à la porte appeler Callum et Lorcan.

Cashel regarda autour de lui. Outre un simple châlit avec un matelas en crin et une couverte (et un tas de paille contre le mur pour les enfants), il y avait un coffre à la peinture noire écaillée, une table, trois tabourets, la grosse marmite pour cuire les pommes de terre sur le feu et, à côté, le rouet pour filer le lin. Comme chaque fois qu'il venait, Cashel pensa à sa chambre au cottage – les jolis voilages à carreaux, la carpette au crochet, l'édredon bien chaud, le pot de chambre dans le meuble de chevet. Ici, toute la famille se soulageait dehors, sur le tas de fumier où fouissaient librement les cochons. Il regretta vivement que sa tante l'eût envoyé jouer avec les Doolin. Il ne l'avait pas dérangée, pourtant, assis à la table de la cuisine avec ses crayons et ses feuilles de papier.

Malgré tout, il sourit poliment à Mme Doolin quand elle regagna son siège près du feu et donna son autre sein au bébé. Elle avait les pieds nus et noirs de crasse, les orteils telles des griffes d'écaille. Il baissa un regard coupable vers ses souliers à boucle qui dépassaient du bas de son pantalon et, comme pour mieux s'intégrer à la pièce, paraître moins formel, se mettre plus à l'aise, il déboutonna son gilet.

Callum et Lorcan arrivèrent sans se presser, sourire aux lèvres, des crosses de hurling à la main.

« Tiens, tiens, Cashel ! lança Lorcan, avant d'ajouter d'un ton mystérieux : Quand on parle du loup…

– Tu veux jouer, Cashel ? proposa Callum.

– Je n'ai pas de crosse.

– On en a une à te prêter. On peut dire à notre voisin Diarmuid de venir, comme ça on fera un match. Tu iras dans les buts. »

Une heure plus tard, Cashel rentrait chez lui en boitant, souliers à la main. Il détestait le hurling, et il était convaincu que Callum Doolin l'avait frappé à la cheville délibérément, quand il avait fouetté l'air de sa crosse alors que la balle avait filé depuis longtemps. À la vue du sang, Cashel l'avait accusé à grands cris de lui avoir brisé l'os.

« Ben, faut pas jouer au hurling, alors, gros bébé ! avait rétorqué Callum. Nous, on joue pas avec les filles… »

Aux abords de chez lui, Cashel devait franchir un petit pont depuis lequel on voyait en contrebas le cottage et son jardinet à l'arrière. Il s'arrêta tout net. Une silhouette sombre se tenait debout près du mur du fond, un homme en redingote noire avec un chapeau haut de forme, qui ouvrit la porte du jardin et disparut dans les bois touffus après l'avoir refermée.

Cette issue était toujours verrouillée, Cashel ne l'ignorait pas, et l'accès aux bois interdit. « Propriété privée, lui avait dit Elspeth. Ils y élèvent leurs faisans pour les tirer ensuite. C'est dangereux. » En conséquence, Cashel ne s'était jamais aventuré dans l'humidité de ces sinistres taillis de chênes et d'ormes envahis par les ronces et les orties.

Mais cet homme, était-ce un voleur ? Un assassin ?

Cashel courut dans le jardin et se précipita vers la porte. Fermée. Verrouillée de l'extérieur, à l'évidence. Stupéfait, il traversa le jardin à toutes jambes jusqu'à la porte de derrière du cottage. À l'intérieur, pas de trace de sa tante dans la cuisine, l'arrière-cuisine et le salon. Soudain apeuré, il n'osa pas monter dans les chambres, terrifié à l'idée de ce qu'il risquait d'y trouver.

« Ma tante ! geignit-il désespérément.

– Cashel ? » répondit-elle aussitôt.

Il courut jusqu'à l'escalier. Sa tante était debout sur le demi-palier, en robe de chambre, sa longue chevelure brune épandue sur ses épaules. Il la voyait très rarement cheveux dénoués et, malgré la tension du moment, découvrit à quel point elle avait l'air différente, belle, jeune…

Mais elle était en colère, les yeux étrécis.

« Que fais-tu déjà céans ? J'avais dit : pas avant le souper !

– Mais Callum Doolin m'a cassé ma cheville !

– *La* cheville, rectifia-t-elle.

– Il m'a cassé la cheville au hurling. J'ai mal ! Regardez, ma tante : il y a du sang. »

Passant aussitôt à l'action, elle fit bouillir de l'eau sur la cuisinière, plia un linge doux, le trempa dans l'eau chaude et tamponna délicatement le sang séché. Elle enroula même un bandage autour de sa cheville, ce qui donna à Cashel l'impression d'être noble et brave. Puis elle déposa un baiser sur son front. Cashel remarqua qu'elle avait les yeux rouges, comme si elle avait pleuré.

« Ils sont peut-être un peu turbulents, mais ils ne sont pas méchants.

– Non, il l'a fait exprès ! Lorcan, c'est mon ami, et Callum, il est jaloux. »

Elle le consola et lui prépara une tasse de thé sucré. Une fois calmé, il reprit son dessin de jolies fortifications. Une demi-heure plus tard, Elspeth redescendait vêtue de sa robe bleue, ses longs cheveux relevés en chignon avec des peignes, et elle préparait leur souper de pain frais avec un bouillon de mouton. Une fois la tranquillité ainsi restaurée, Cashel se posa de nouveau des questions sur l'homme aperçu à la porte du jardin et sur l'apparence étrangement négligée de sa tante à son retour. Sommeillait-elle ? Se sentait-elle souffrante ? L'inconnu était-il un médecin ? Il se promit d'essayer de résoudre ce mystère, dont la solution se trouvait au-delà du jardin, dans les sombres taillis envahis de ronces et d'orties.

Le lendemain était un dimanche. Après le service pour les protestants qui se tenait dans le réfectoire des domestiques de Stillwell Court (une prière, un cantique, un psaume), Cashel dit à sa tante qu'il retournait chez les Doolin montrer à Callum son bandage à la cheville et tout le mal qu'il avait causé. Mais, une fois hors de vue au bout de l'allée, il sauta par-dessus le mur en pierres sèches et se fraya un chemin dans le bois, à grand-peine car les fourrés étaient denses et les longues tiges épineuses des ronces ne cessaient de s'accrocher à ses vêtements. Il finit par atteindre le mur extérieur du cottage. Il essaya d'ouvrir la porte : verrouillée.

Que l'homme soit sorti du jardin et que cette porte soit à présent fermée signifiait qu'il en avait une clé…

Cashel découvrit un passage sinueux ménagé à travers les taillis depuis la porte, des orties fauchées, des branches en surplomb coupées. C'était indiscutablement un sentier, même s'il semblait peu fréquenté. Cashel se mit en route au son assourdissant des battements de son cœur, conscient des dangers tapis dans le bois. Il s'arrêta en repérant au sol un mégot de cigare de deux pouces de long que l'humidité ambiante commençait à éployer. Il le ramassa et le renifla. Cette odeur de sueur, âcre, fécale… Il le jeta au loin. Le sentier contournait le tronc d'un gros frêne puis débouchait sur un autre mur. Le mur d'enceinte du manoir, haut de dix pieds, dans lequel s'encastrait une grande grille en fer.

Cashel abaissa la poignée pour l'ouvrir, mais elle aussi était verrouillée. Entre les barreaux, il repéra le pavillon du garde-chasse et son garde-manger octogonal, et plus loin, l'arrière de la demeure, le mail et le profond saut-de-loup. Il crut distinguer

Hester, en robe écrue, qui essayait en vain de faire planer un cerf-volant dans la brise fraîche.

Ainsi donc, l'homme vu dans le jardin du cottage était venu de Stillwell Court, conclut Cashel. Mais qui pouvait-il être ? Le garde-chasse ? Et qu'avait-il à faire avec tante Elspeth ?

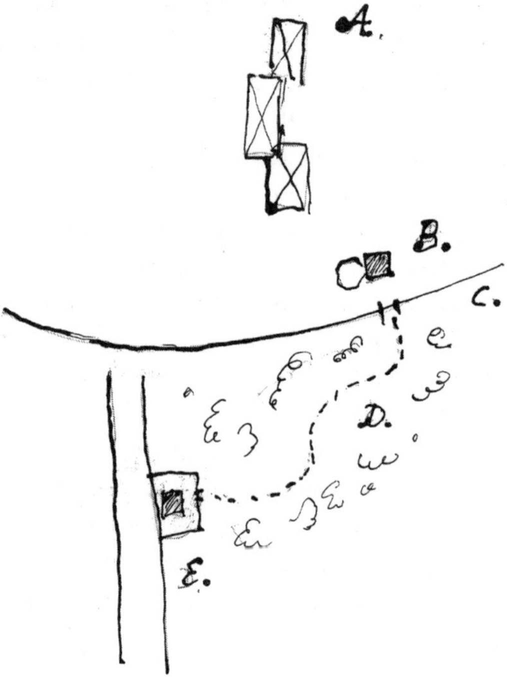

Le sentier reliant Glanmire Cottage à Stillwell Court.
A. Stillwell Court. B. Le pavillon du garde-chasse. C. Le mur d'enceinte. D. Le sentier dans le bois de Glanmire. E. Glanmire Cottage.

Cashel rebroussa chemin, satisfait du résultat de ses investigations, même si certaines questions demeuraient sans réponse. Il sauta par-dessus le mur et entra par la porte de devant.

« Je suis de retour, ma tante ! cria-t-il.

– Comment les Doolin ont-ils réagi ? demanda-t-elle depuis le salon, où elle buvait un thé. Callum s'est-il excusé ?

– Ils étaient sortis, mentit Cashel. Alors j'ai discuté un peu avec Mme Doolin. Elle vous remercie beaucoup pour le lin.

– Pauvre femme ! se désola Elspeth. Enfin, elle est plutôt mieux lotie que d'autres, j'imagine… Viens t'asseoir là, Cashel. J'ai une nouvelle à t'annoncer. Une grande nouvelle. »

Cashel n'avait que modérément envie d'apprendre une grande nouvelle, mais il s'installa sur la chauffeuse en face d'elle.

« Nous quittons Stillwell Court, annonça gaiement Elspeth.

– Quoi ?

– Mon travail ici touche à sa fin. Les filles ont reçu toute l'éducation que je pouvais leur fournir et, en outre, elles partent toutes les deux pour la France l'année prochaine.

– Mais on ne peut pas s'en aller ! Et moi ?

– Mes services ne sont plus requis. La famille s'est montrée fort généreuse.

– Nous pourrions rester ici, au cottage, non ?

– Non. Nous partons.

– Où ça ? demanda Cashel, qui sentit le sel de ses larmes lui brûler les yeux tant il ne pouvait s'imaginer vivre ailleurs.

– Pas très loin d'ici. Pas à l'autre bout de la terre, mon chéri.

– Où allons-nous ? insista-t-il, inconsolable.

– En Angleterre. Dans une ville qui s'appelle Oxford. »

Livre deuxième

En cette journée exceptionnellement chaude pour un début de juin, Cashel sentait le soleil lui tiédir les épaules alors qu'il était à peine sept heures passées. La classe commençait à huit heures précises, or il lui fallait parcourir près d'une demi-lieue depuis chez lui. Il partait toujours très en avance, car un retard ne fût-ce que d'une minute vous valait une raclée de la part du recteur Smythe. « La ponctualité n'est pas une habitude, c'est une vertu », affirmait-il en attrapant sa ceinture de cuir.

Cashel transféra sa besace en jute de son épaule gauche à la droite. À l'intérieur, son déjeuner : un quignon du pain frais de tante Elspeth, un morceau de fromage enroulé dans une feuille de chou, une pomme et une topette de cidre coupé d'eau, ainsi qu'une bouteille d'encre, un plumier, un canif et une bible. Au collège académique Smythe, chaque élève devait apporter sa propre bible.

Il marchait d'un pas pressé sur Botley Road à travers la campagne en direction d'Oxford, où se trouvait l'école. Laissant sur sa droite l'église St Thomas the Martyr dans l'écrin de ses vénérables tilleuls, il atteignit bientôt le pont sur l'Isis qui permettait d'entrer dans la cité. « Un bourg qui compte de nombreux bâtiments magnifiques », lui avait dit Elspeth pour lui décrire Oxford – quoique le terme de « ville » eût mieux convenu puisque l'endroit abritait une cathédrale.

Au-dessus de la barrière de péage flottait un halo de poussière soulevé par la circulation matinale très dense. La diligence de Cheltenham était passée à tombeau ouvert en brimbalant dans les rues ; des haquets chargés de tonneaux de bière effectuaient leur tournée des auberges et des tavernes ; charrettes et barouches ajoutaient au vacarme de l'allée et venue continuelle. Même l'ambiance sonore était différente, ici en Angleterre, songea Cashel. Tout le monde semblait toujours si affairé, bien loin du calme rustique de Stillwell Court et de Glanmire Lane.

Incommodé par la puanteur qui s'élevait du canal d'Oxford lorsqu'il traversa le pont sur l'Isis, il s'engouffra dans l'allée menant à Penny Farthing Street, où se situait l'école. En entrant dans la ruelle pavée, il vit que le vieux soldat était là comme à son habitude, ses béquilles posées contre le mur de stuc derrière lui et sa sébile en étain près de sa jambe de bois. L'autre jambe était partie elle aussi, mais il laissait flotter à vide son pantalon de toile pour mieux susciter la compassion. Il portait sa tunique écarlate crasseuse où restait une seule épaulette à franges élimées, et Cashel remarqua qu'il avait ajouté une sorte de médaille brillante sur sa poitrine.

« Holà, l'écolier ! Un petit farthing pour un vieux soldat dans Penny Farthing Street ?

– Je n'ai pas un farthing, monsieur, répondit Cashel, ce qui n'était pas faux, car dans la poche de son gilet il avait trois pennies.

– Et qu'as-tu dans ton sac, là ?

– Mon déjeuner, monsieur.

– Un coup à boire ? Je suis tout desséché, avec ce soleil brûlant. Pas aussi brûlant qu'au Portugal, où mes deux jambes ont été pulvérisées par les Français…

– Je n'ai que du thé froid, mentit Cashel, regrettant aussitôt sa réponse.

– Ah, une gorgée de thé, ça m'humecterait gentiment le gosier, siouplaît. »

Avec un soupir, Cashel fouilla dans sa besace pour trouver sa topette, qu'il brandit devant lui.

« Voyez ? C'est seulement du thé léger, monsieur. »

Le soldat s'empara de la bouteille, la déboucha et en goûta le contenu.

« Foutredieu, mais c'est du cidre que tu as là, petit démon ! »

Il en descendit quelques rasades et lui rendit son flacon à moitié vide avec un large sourire qui révéla quelques chicots brunâtres.

« T'as voulu me berner, hein ?

– Vous pouvez la finir, dit Cashel en lui rendant la topette, car jamais plus il n'y boirait dès lors que ces lèvres y avaient touché.

– T'es un brave gamin, commenta le soldat après avoir éclusé le fond. Et surtout, mon gars, finis tes études si tu ne veux pas terminer comme moi, Dieu t'en préserve ! »

Cashel remit la bouteille vide dans sa besace et poursuivit sa route vers l'école sur Penny Farthing Street.

Le « collège académique pour jeunes gens du recteur Archibald Smythe » occupait le rez-de-chaussée d'une maison de ville délabrée aux murs grêlés et décrépis dont les trois étages abritaient les quartiers d'habitation du recteur. À l'arrière se trouvait une très grande annexe, semblable à une grange, où se faisait la classe. Haute de plafond, éclairée par une claire-voie juste sous la charpente, elle avait dû servir de lieu d'assemblée ou de magasin avant d'être utilisée pour l'école.

De part et d'autre de la salle couraient deux longues tables de réfectoire pouvant asseoir vingt personnes chacune. Un panneau indiquait « Collégiens » sur le mur au-dessus de la première et un autre « Nicodèmes » pour la seconde. Les principes éducatifs du recteur Smythe étaient simples : ainsi se matérialisait la frontière entre ses élèves. Les Nicodèmes devaient s'efforcer de la franchir pour devenir des Collégiens et les Collégiens s'évertuer à ne pas retomber au niveau des Nicodèmes. Promotions et déclassements rythmaient le cours du temps. Au bout de chaque table se dressait une sorte de chaire, avec siège et pupitre, destinée aux pédagogues. Le recteur Smythe s'occupait des Collégiens ; son répétiteur, Marmaduke Seele, des Nicodèmes.

En arrivant ce matin-là, Cashel constata qu'il était le premier. Il prit sa chaise attitrée à la table des Collégiens (il n'avait jamais été placé chez les Nicodèmes), et sortit ses plumes et son encre. Le collège ne fournissait pas plus le matériel scolaire que le repas.

« Bonjour, Ross ! lui lança une voix flûtée. Diantre, vous êtes bien studieux. »

Il fallut un instant à Cashel pour réagir, car même au bout de deux ans, il oubliait encore qu'il s'appelait à présent Ross et non plus Greville.

Il se retourna. Marmaduke Seele traversait la salle pour rejoindre sa chaire, un registre sous le bras. Il portait un manteau graisseux et ses bas blancs sous ses culottes étaient grisâtres, tout rapiécés. Ses chaussures couinèrent quand il monta les marches pour s'asseoir.

« Ah, euh, oui. Bonjour, monsieur. »

Trentenaire maigrelet à la moustache miteuse, Seele se voyait traité par le recteur Smythe avec un dédain non dissimulé qui encourageait les garçons les plus âgés et les plus hardis à le railler sans pitié. Cashel, pour sa part, l'aimait bien. Étant lui-même constamment en butte aux moqueries en raison de son accent (on le surnommait « l'Irlandais »), il se sentait comme en affinité avec Seele.

« Bientôt les grandes vacances, lança le répétiteur. Vous réjouissez-vous que l'été arrive, Ross ?

– Oui, monsieur », répondit Cashel sans réfléchir, alors qu'il ne savait guère ce qui le réjouissait ou pas ces temps-ci, tant sa vie avait pris un tour étrange.

Le recteur Smythe entra d'un pas pressé en consultant sa montre de gousset. Petit quinquagénaire replet au visage poupon, couperosé et souriant, il portait une perruque courte passée de mode, mise ce matin un peu de guingois. Ses attitudes maniaques et affairées cachaient le tempérament brutal d'un foudre de discipline. Il n'était pas rare que les élèves tâtent du cuir de sa ceinture plusieurs fois par jour.

Derrière le recteur, seuls ou par deux, les élèves arrivèrent à pas feutrés en faisant des messes basses, la plupart rejoignant leur place désignée à la table des Nicodèmes. Ce matin, Cashel n'avait que deux compagnons Collégiens : le petit Benjamin Smart (que le recteur louait régulièrement pour ses capacités intellectuelles) et Ned Masterson, grand gaillard de dix-sept ans qui se laissait pousser la barbe et s'allumait toujours une pipe durant la pause du déjeuner pour souligner sa maturité. Avec ses lèvres humides, sa face de lune aux traits grossiers et ses quintes de toux quand il s'étouffait en fumant, il avait l'air bien niais alors qu'il était presque aussi intelligent que Cashel. Il se destinait au sacerdoce, ce qui en faisait un des favoris du recteur.

Les trois Collégiens se virent assigner leur tâche de la matinée : la traduction d'une page des *Pontiques* d'Ovide. Le groupe des Nicodèmes, composé d'une dizaine d'élèves, révisait la table de 9 avec M. Seele.

Cashel avait beau scruter le texte devant lui, *Quod legis, o uates magnorum maxime regum*, il avait l'esprit étrangement inerte et n'ignorait pas pourquoi : tante Elspeth lui avait annoncé au petit déjeuner que M. Ross arrivait pour un séjour d'une semaine.

***

Bien conscient qu'il se refusait à regarder en face la réalité de la « situation d'Oxford », comme il l'appelait, Cashel se complaisait étrangement à ne pas essayer de combler sa compréhension lacunaire des événements depuis son départ de Stillwell Court, car il en était venu à considérer que ne pas tout savoir pouvait constituer un mode de vie très tolérable.

Quand ils avaient quitté Stillwell Court, il avait versé toutes les larmes de son corps. Sans raison valable, il avait l'impression que sa vie s'achevait (du moins sa vie telle qu'il la connaissait) et que son avenir n'avait rien de souriant. Elspeth l'avait patiemment laissé pleurer pendant tout le trajet jusqu'à Dublin, où ils avaient pris un paquebot pour Bristol. À leur arrivée sur les quais, un brougham les attendait, ainsi qu'une charrette pour transporter leurs malles. Ce fut pendant cette partie du trajet vers Oxford, qui leur prit une journée entière car les routes étaient boueuses, qu'Elspeth lui expliqua posément les circonstances de leur nouvelle vie en Angleterre.

« Tu dois faire ce que je te dis de faire, mon chéri. Pas de si, pas de mais. Fais-le pour moi. Ce n'est pas compliqué, mais c'est très important. Si tu ne me soutiens pas, il y aura des conséquences très graves pour moi… et pour toi. Je pourrais aller en prison. »

Cette perspective lui glaça le sang. Il ne pouvait y avoir de menace plus terrible, même si elle restait vague. Quel crime avait-elle pu commettre pour risquer la prison ? Il lui promit sur son âme qu'il ferait tout ce qu'elle lui demandait, et l'écouta d'une oreille attentive.

La première chose à retenir, lui expliqua-t-elle, était qu'ils allaient changer de nom. Elspeth Soutar deviendrait Mme Pelham Ross, et lui ne s'appellerait plus Cashel Greville mais Cashel Ross. Il pouvait conserver Greville comme second prénom, s'il le souhaitait, mais pour Oxford et le reste du monde, il répondrait au nom de Ross. En outre, il serait dorénavant son « fils » et non plus son neveu. Plus de « ma tante ». Pour s'adresser à elle, il devait employer « mère ».

« Compris ? Essaie.

– Oui, mère, mais pourquoi tout cela ?

– Pour pouvoir vivre une nouvelle vie avec de nouvelles libertés et un nouveau confort. Je n'aurai plus jamais à être gouvernante. Je n'aurai plus à travailler. Nous aurons une belle maison. Nous aurons assez d'argent pour tout.

– Fort bien.

– Et il y a autre chose que tu dois savoir, annonça-t-elle après l'avoir embrassé sur la joue.

– Oui, qu'est-ce ?

– Je suis enceinte. Tu sais ce que cela veut dire ?

– Oui… mère.

– C'est bien. D'ici à quelques mois, tu auras un petit frère ou une petite sœur. Tu es content ?

– Très content, répondit-il sagement sans vraiment avoir absorbé l'information, se demandant quel était le contraire de “content” car il se sentait submergé par toutes ces nouvelles.

– Tu comprends maintenant pourquoi nous devons nous bâtir une nouvelle vie ? fit-elle en serrant sa main entre les siennes. C'est pour notre nouvelle petite famille.

– Oui, je comprends…

– Tu arriveras à te souvenir de tout ? Tu peux faire ça pour moi ? Personne ne doit jamais rien savoir sur notre vie d'avant en Irlande, à Stillwell Court.

– Bien sûr que je peux.

– Je sais que tout cela te paraît très étrange à cet instant, dit-elle en le serrant contre elle. Mais tu t'y habitueras bien vite, et c'est pour le mieux, mon chéri. Toi et moi allons être très, très heureux. »

La maison cossue où ils emménagèrent dans Botley Road, à une demi-lieue d'Oxford, s'appelait The Glebe. Cette bâtisse carrée à la façade de stuc blanc, construite quelque vingt ans plus tôt, se trouvait en retrait de la route, au bout d'une allée fermée par un portail. Devant la petite *porte cochère** se dressait une fontaine ornementale au centre d'un parvis gravillonné. À l'arrière de la maison s'étendait une vaste pelouse tondue par les moutons où poussait un noyer et où avait été installé un grand solarium rotatif : au prix d'un effort modéré, l'on pouvait faire pivoter la structure en bois pour jouir du soleil en toute saison.

Un côté de la propriété était occupé par un joli potager clos de murs, un verger et une grange qui abritait leur barouche et des stalles en bois pour leur jument d'attelage. La domesticité se composait d'un vieux valet du nom de Doncaster, d'une jeune femme de chambre prénommée Daisy, d'une cuisinière, Mme Pillard, et d'Albert, un jeune homme faisant office de palefrenier et de jardinier, qui habitait le village de Botley mais semblait toujours présent de l'aube au crépuscule.

Les domestiques avaient leurs quartiers dans les combles, Cashel une chambre à l'étage du dessous et Elspeth ses appartements

* Tous les mots en italique suivis d'un astérisque sont en français dans le texte original. *(N.d.T.)*

encore en dessous, au premier. Meublée avec goût, la maison comportait un grand salon, un petit salon, une salle à manger et un salon de musique où trônait un piano carré Broadwood. La cuisine, l'office, le garde-manger et la buanderie occupaient une annexe reliée au coin est du corps de bâtiment principal.

Il fallut près de trois jours à Cashel pour explorer et comprendre la nouvelle géographie de leur vie, pour découvrir tout le potentiel qu'offrait The Glebe. Après le petit cottage de Glanmire Lane, c'était presque comme s'ils avaient emménagé dans un palais. Sans vraiment savoir pourquoi ni comment, il se fit à l'idée que tante Elspeth – enfin, « mère » – était à l'évidence devenue soudain riche.

M. Pelham Ross arriva lui-même quelque trois semaines après leur installation. Entre-temps, des routines avaient été bien établies, et la domesticité semblait connaître et exécuter ses tâches efficacement. Cashel avait été inscrit au collège académique du recteur Smythe pour dix guinées le trimestre, et Elspeth l'avait emmené explorer Oxford et ses environs dans le barouche, conduit d'une main experte par le jeune Albert.

Elspeth prévint Cashel un jour à l'avance.

« Si tu lui parles, tu dois l'appeler "père", stipula-t-elle.

– Mais ce n'est pas mon père. Mon père, c'était Findlay Greville. »

Elle le prit par les épaules et le secoua vigoureusement comme pour le ramener à la raison.

« Tu me l'as promis, Cashel ! Tu me l'as juré sur ton âme. Tu ne peux pas me trahir. »

Il se mit à pleurnicher et elle lui fit un câlin.

« Si cela peut t'aider, dis-toi que nous jouons à un jeu, le rassura-t-elle. Toi et moi contre le monde entier, à berner tout un chacun. N'est-ce pas une merveilleuse idée ? Allez, jouons à notre jeu tous les deux ! Faisons semblant. »

C'était là au moins un concept qu'il pouvait saisir. « Faisons semblant. » Il en avait la capacité.

Pelham Ross s'avéra être un homme grand et mince, rasé de près. Lorsqu'il ôta son chapeau haut de forme, Cashel remarqua que ses cheveux grisonnants commençaient à se dégarnir sur le front. Il portait de coûteux vêtements bien taillés, veste croisée en nankin et culotte moulante, chemise dont le col empesé remontait jusqu'aux commissures des lèvres, cravate de soie noire. Elspeth fit entrer Cashel dans le petit salon pour le lui présenter. Ils se serrèrent la main.

« Bonjour à vous, Cashel, dit M. Ross d'une voix grave, presque solennelle.

– Bonjour, monsieur… Père. »

Voilà, je l'ai dit, songea Cashel. L'homme resta d'abord de marbre, imperturbable, puis il lui sourit.

« Votre nouvelle maison vous plaît-elle ?

– Elle est très agréable, monsieur.

– Et votre école ? Avez-vous de bons résultats ?

– Je suis un Collégien, monsieur. Ce n'est pas trop dur. »

Cette remarque fit glousser Ross, qui jeta un coup d'œil à Elspeth, qui elle-même sembla se détendre.

« Fort bien, mon garçon, déclara-t-il. Je me réjouis de pouvoir vous parler plus avant, mais je devrai régulièrement partir pour l'Afrique du Sud, où j'ai des affaires. »

Cashel se demanda si cet élément expliquait leur récente prospérité.

« Voilà qui paraît fascinant, commenta-t-il. J'aimerais aller en Afrique un jour.

– C'est fascinant et assommant à la fois. Le voyage prend si longtemps. Vous me manquerez tous. Mais je reviendrai. »

Tandis qu'Elspeth leur servait un verre de madère, Ross étêta un fin cigare, qu'il alluma à une chandelle en tirant quelques bouffées, puis souffla sur le bout incandescent et en perça l'autre extrémité avec une sorte d'aiguille, comme s'il réalisait quelque expérimentation scientifique. Cashel remarqua ses mains très propres aux ongles polis coupés court. Face à cette présence calme et digne, il sentit ses inquiétudes et ses réticences s'atténuer. Pelham Ross ne semblait pas constituer une menace. Peut-être que tout irait bien. Et il voyait aussi, maintenant que Ross était là, à quel point Elspeth rayonnait dans son nouveau rôle d'épouse.

Daisy, la femme de chambre, arriva sur ces entrefaites, tirée à quatre épingles dans une nouvelle robe bleue avec un tablier en dentelle, pour déposer sur une desserte laquée un plateau de vol-au-vent et de confiseries.

« Tu peux monter dans ta chambre, maintenant, Cashel, dit Elspeth en posant les mains sur ses épaules pour l'orienter vers la porte. Nous attendons des voisins auxquels nous voulons nous présenter.

– Oui, filez donc, Cashel, renchérit Ross. Je vous garantis que ce sera ennuyeux.

– Au revoir, monsieur.

– Je vous rapporterai un cadeau d'Afrique », promit vaguement Ross en rallumant son cigare.

Au moment où Cashel allait quitter la pièce, Elspeth se pencha vers lui et lui murmura au creux de l'oreille : « Finement joué, mon chéri, bravo ! »

Ce soir-là dans son lit, Cashel n'arriva pas à trouver le sommeil, car d'une part un lointain souvenir à moitié ravivé le titillait, et d'autre part il avait du mal à s'accoutumer à ce « jeu » auquel ils jouaient tous, Elspeth qui se prétendait mariée, Cashel son fils et M. Ross l'époux de l'une et le père de l'autre. Quand il entendit la voix grave de Ross dans l'escalier, il se leva et sortit en catimini sur le palier. Entre les balustres de la rambarde, il vit Elspeth et Ross à la lueur de la chandelle qu'elle tenait, qui montaient l'escalier tournant jusqu'au premier. Juste avant d'entrer dans la chambre d'Elspeth, Ross lui caressa le dos jusqu'au creux de sa nuque ombré par ses boucles et y posa la main.

Ross resta deux jours, puis partit pour son expédition africaine. Lorsque Cashel demanda à Elspeth ce qu'il faisait en Afrique du Sud, elle lui donna des réponses évasives, se contentant de lui dire que Ross avait de nombreux intérêts dans le commerce, les mines et la banque. La curiosité de Cashel s'émoussa au fil des mois que dura finalement son absence, cependant que la grossesse d'Elspeth avançait. Son ventre distendu l'épuisait au point qu'elle passait le plus clair de ses journées au lit. Un médecin lui rendait parfois visite, le Dr Jolly, un homme jeune aux épais favoris, qui portait de petites lunettes non cerclées. Ce fut lui qui informa Elspeth un beau jour qu'elle attendait des jumeaux. Une espèce de cornet qu'il avait collé sur son abdomen lui avait permis d'entendre les battements de deux cœurs.

En février 1809 naquirent les jumeaux, deux garçons qui furent baptisés Hogan et Buckley. Cashel se retrouvait donc avec deux « frères », ce qui lui faisait assez plaisir même s'il avait dix ans de plus qu'eux. Une vieille nounou, Mlle Creevy, fut engagée pour en prendre soin. Elle disposait d'une chambre attenante à la nourricerie mais ne semblait surveiller les garçons que de loin. Très souvent, la nuit, Cashel entendait depuis son lit les pleurs incessants d'un des bébés – Buckley, sans doute, le plus petit et le moins bien portant des deux.

Pelham Ross finit par rentrer pour faire la connaissance de ses deux fils, et Elspeth recouvra bientôt ses forces. Ross remarqua que Cashel était déjà grand pour son âge. À l'école, il continuait de briller à la table des Collégiens, et un beau jour Ned Masterson partit pour l'université. À la surprise générale, le recteur annonça deux jours de vacances pour célébrer ce succès et l'honneur qu'il faisait rejaillir sur son collège.

Tout est normal, se répétait Cashel en rentrant à pied pour profiter de sa journée de repos. Ou du moins tout semble normal, se corrigea-t-il, car il savait en son for intérieur que ce n'était nullement le cas.

***

À treize ans, Cashel connut sa première pollution nocturne. Il n'en éprouva nul désarroi puisqu'il n'ignorait pas la nature de ce phénomène. S'étant masturbé en vain pendant plus d'un an, il se réjouit plutôt d'obtenir dorénavant des résultats palpables, en plus du plaisir ressenti.

Pendant l'heure du déjeuner au collège académique, quand les élèves s'asseyaient en rang d'oignons sur un muret qui clôturait la cour pavée à l'arrière de la salle de classe, les conversations roulaient presque toujours sur « la chose », et au premier chef sur la masturbation et ses techniques : « se branler », « aller chez la veuve poignet », « se toucher », « se tirer sur la nouille », « s'astiquer », « se pogner », « se polir la colonne » figuraient parmi les expressions les plus utilisées.

Or elles étaient par trop explicites. Le recteur surprit deux des élèves, Rhodes et Bramerton, en train de « proférer des obscénités ». Non seulement il les battit, mais il les expulsa pendant une semaine pour qu'ils confessent leur transgression à leurs parents. Il prononça ensuite un sermon devant toute l'école réunie (vingt-deux élèves, cette année-là) sur le thème du péché d'Onan.

Du haut de sa chaire, le recteur Smythe fustigea les garçons nerveusement alignés face à lui. Il évoqua les terribles dangers de la « pollution solitaire », cet « acte lamentable et répugnant » ; il les avertit qu'ils se consumeraient, perdraient la vue, ne pourraient engendrer et sombreraient dans la démence avant une mort atroce et honteuse. Il leur fit la lecture d'un extrait de la grosse bible posée devant lui sur le pupitre.

« La Genèse, chapitre 38, verset 9 : "Et Onan" – tel est le nom de ce dégénéré, Onan – "se souillait à terre lorsqu'il allait vers la femme de son frère. Ce qu'il faisait déplut à l'Éternel, qui le fit mourir." »

Le recteur s'interrompit pour ménager son effet et parcourut des yeux les garçons contrits assemblés devant lui.

« Il versa sa semence à terre, il commit le péché d'Onan, et le Seigneur le fit mourir ! Peut-on être plus clair ? Commettez ce péché et vous MOURREZ ! »

La stupeur et la terreur provoquées par cette diatribe se dissipèrent à une vitesse remarquable, bientôt remplacées par une frénésie d'exégèse biblique inaccoutumée alors que Collégiens et Nicodèmes, pour une fois unis, consultaient leur bible et relisaient la Genèse, chapitre 38, avec une attention minutieuse. Incompréhensions, quiproquos et désaccords en ressortirent. Tous constatèrent qu'il n'était fait nulle mention de branlette dans les versets concernés. Benjamin Smart en conclut que l'injonction était universelle : verser sa semence sur le sol, c'était mal, mais la fornication normale était autorisée. Dépourvu de certitude, Cashel ne put se défaire de son trouble, comme si les terribles mises en garde du recteur le visaient spécifiquement. Pendant une semaine, il réussit à rester pur, puis il se remit à se masturber.

***

Hogan et Buckley étaient des faux jumeaux. À l'âge de deux ans, Hogan était déjà bien plus grand et musclé que son frère, plus malingre. Tous deux avaient les cheveux bruns et les yeux marron, mais quand Hogan disposait de réserves illimitées d'énergie, Buckley restait souvent assis tout seul pendant une heure ou plus, sans jouets pour l'occuper, et se satisfaisait de cette inertie. Cashel se demanda s'il n'était pas un peu simplet. Les jumeaux idolâtraient leur grand frère et le suivaient partout comme des chiots. Cashel remarqua aussi à quel point Pelham Ross les aimait. En leur présence, il se départait de son attitude urbaine et circonspecte : il les prenait dans les bras pour les jeter en l'air et les rattraper en les faisant hurler de joie, les couchait sur le dos et leur chatouillait le ventre jusqu'à l'hilarité, ou se promenait à quatre pattes dans la nourricerie avec l'un ou l'autre sur le dos tel un palefroi. Avec les jumeaux, c'était un autre homme.

Après leur naissance, il passa beaucoup plus de temps à The Glebe, y séjournant au moins une fois par mois ne fût-ce qu'un jour ou deux et y instaurant une présence régulière de *pater familias*. Il s'intéressait à Cashel, se souciait de son bien-être, mais sans les parties de chahut ni aucun contact physique au-delà d'une poignée de main, sans rien partager avec lui. Cashel arrivait aisément à éviter de l'appeler « père », même si Elspeth l'encourageait toujours à le faire. Chaque fois que Pelham Ross venait à The Glebe, elle rappelait à Cashel leur « jeu », leurs secrets, ces faux-semblants à maintenir, et cela le mettait mal à l'aise, mais en l'absence de Ross, il oubliait presque tout.

Cashel mua, des pustules apparurent sur son menton et autour de sa bouche, et une touffe de poils pubiens poussa subitement au-dessus de son membre. Puis un jour il découvrit qu'il avait dépassé Elspeth en taille. Peu après, Marmaduke Seele le prit à part, lui demanda ses projets concernant l'université et considéra quel établissement d'Oxford siérait le mieux à ses talents. Seele ayant brièvement étudié à Balliol College lui-même (avant d'en être exclu pour dette), il y aurait bien vu Cashel également. Pour la première fois, Cashel se mit à envisager l'avenir et ce qu'il lui réservait, la voie qu'il pourrait embrasser. En cette année 1814, avec l'exil de Napo[1], l'heure était enfin à la paix après une guerre interminable, tout le monde festoyait et les vents soufflaient le changement.

À maintenant cinq ans, les jumeaux se montraient turbulents et bruyants (même Buckley) au point d'avoir épuisé Mlle Creevy, qui n'avait pas tardé à donner son congé. Pour échapper à leur harcèlement incessant et au chaos de la maisonnée, Cashel conçut l'idée d'aller se réfugier dans le solarium à l'autre bout du jardin. Il en fit son antre personnel et l'aménagea avec un vieux tapis, un bureau, une chaise, une bibliothèque et une façon de divan improvisé recouvert d'un châle du Cachemire et d'oreillers où il pouvait s'étendre pour lire en paix.

Il prenait toujours grand soin de ne pas se faire voir quand il s'y retirait, usant d'un subterfuge tout simple : il sortait par la porte principale comme s'il se rendait en ville, obliquait discrètement vers les écuries, où il échangeait quelques mots avec Albert quand il s'y trouvait, puis, l'air de rien, continuait jusqu'au jardin clos

1. Après son abdication, Napoléon fut exilé sur l'île d'Elbe, où il débarqua le 4 mai 1814. Il eut le droit de conserver son titre d'empereur et régna sur l'île pendant dix mois.

de murs et filait incognito dans le solarium. Hogan et Buckley le cherchaient alors en vain.

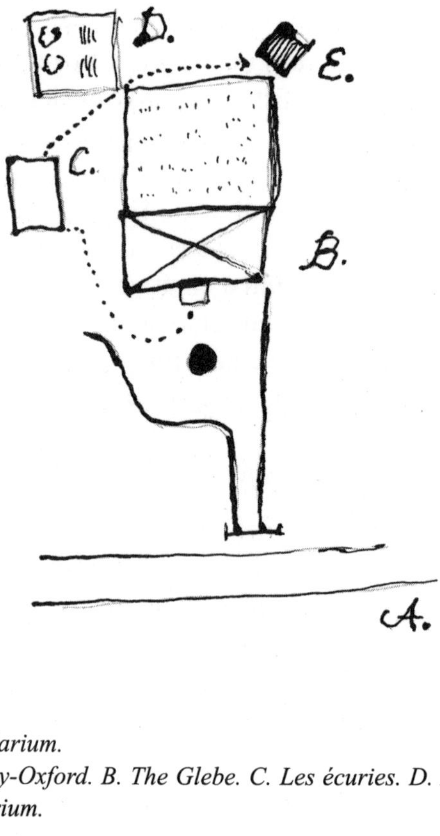

Le chemin du solarium.
A. La route Botley-Oxford. B. The Glebe. C. Les écuries. D. Le jardin clos de murs. E. Le solarium.

Un après-midi d'été, alors qu'il empruntait son itinéraire détourné jusqu'au solarium, il tomba sur Daisy, la femme de chambre, qui sortait du jardin avec à la main un lourd panier chargé de prunes et de mirabelles.

« Ah, bonjour, Daisy, c'est vous !

– Oui-da, monsieur Cashel, dit-elle avec son sourire coquin.

– Puis-je vous dérober quelques prunes ? »

Elle lui tendit le panier toujours en souriant, d'un air entendu, sembla-t-il à Cashel tandis qu'il se remplissait les poches. Il ne lui avait pas échappé que, depuis qu'il avait mué et pris six pouces, Daisy s'intéressait à lui. Âgée maintenant d'une petite vingtaine d'années, c'était une jeune femme ravissante, menue, avec une masse d'épais cheveux bruns négligemment ramassés sous sa charlotte, un visage large et un nez un peu trop retroussé au goût de Cashel, ce qui accentuait la longue courbe de sa lèvre supérieure. Mais c'était une servante efficace, énergique et assurée sur laquelle Elspeth se reposait beaucoup pour la bonne marche de la maisonnée.

« Où donc allez-vous de ce pas, monsieur Cashel ? Au solarium ?

– En effet, oui. Je dois finir un livre pour demain et j'ai besoin de calme et de silence, loin des deux petits monstres.

– De calme et de silence, vraiment ? Moi, j'sais bien ce que vous y fabriquez, dans le solarium. »

Elle avait un accent prononcé de la région. Sa famille habitait Charlbury, dans la vallée de l'Evenlode, à cinq lieues d'Oxford. Sa mère s'était bien vite remariée après la mort de son père. « Mais je l'aime pas, mon beau-père, lui avait-elle confié un jour. L'était un peu trop familier avec moi, si vous voyez ce que je veux dire, alors je suis partie à Oxford chercher du travail et un toit. Et me voilà. »

Cashel eut soudain la bouche sèche.

« Que voulez-vous dire par “ce que vous y fabriquez” ?

– Je vous ai vu y aller l'autre jour, alors je vous ai suivi discrètement et j'ai regardé. Et j'ai vu ce que j'ai vu.

– Quoi ? s'exclama-t-il, le visage soudain en feu.

– Je vous ai vu vous tirer sur le machin, monsieur Cashel. C'est ça que j'ai vu par la fenêtre. »

Il déglutit mais ne répondit pas. Le pire, c'est que c'était la vérité. Il ne pouvait pas s'en sortir en niant.

« Si vous avez besoin d'un coup de main, surtout faites-le-moi savoir, hein ! » lança-t-elle avant de tourner les talons et de s'éloigner en ondulant des hanches.

Cashel ne le lui fit jamais savoir. Et quand ils se croisèrent par la suite dans la maison, rien ne semblait avoir changé entre eux depuis leur conversation lourde de sous-entendus. Mais il continuait d'aller au solarium, à son habitude, et la quatrième fois qu'il y retourna, par un après-midi très chaud cependant qu'Elspeth était sortie faire un tour en barouche avec les jumeaux, il entendit un petit coup frappé à la porte, et Daisy se présenta à sa vue.

***

Deux semaines plus tard, Cashel alla pêcher dans la Cherwell, près de Merton Field, avec Ben Smart. En cette journée étouffante, les petits nuages qui voilaient le soleil conféraient une opalescence irréelle à l'eau de la rivière, comme si elle était faite de cendres ou d'os.

Sous l'abri des branches de saules, Cashel regardait Ben lancer adroitement sa ligne. Pour un garçon mal coordonné, il pêchait bien, constata-t-il. De façon spontanée, naturelle, presque inévitable, les deux amis étaient devenus proches au fil des années passées à la table des Collégiens chez le recteur Smythe. Depuis, Ben avait tenté de se laisser pousser une moustache noire duveteuse pour se vieillir, sans grand succès.

« Tu te rappelles le sermon du recteur Smythe ? demanda Ben en relançant sa ligne. Sur le péché d'Onan ?

– Bien sûr. Comment l'oublier ?

– J'y ai repensé, et je crois que j'ai enfin compris.

– Ah, je sens que tu vas me transmettre les conclusions de ton exégèse.

– En fait, cela ne concerne pas la branlette. C'est là une fausse interprétation. Cela concerne l'interdiction de coucher avec la femme de son frère, même s'il est mort.

– Mais non, enfin, tu te trompes ! Le Seigneur a ordonné à Onan de coucher avec la femme de son frère, commença Cashel avant de s'interrompre, car il sentait que c'était le moment de se confesser. Le péché d'Onan, c'est le *coitus interruptus* », enchaîna-t-il du ton le plus dégagé possible.

Ben ramena sa ligne sans rien dire, posa sa canne sur la berge et se tourna pour dévisager Cashel, les poings sur les hanches.

« Et que connais-tu au *coitus interruptus*, Ross, espèce de canaille ?

– Je l'ai déjà pratiqué.

– Mais tu ne me l'avais pas dit ! Raconte-moi tout, sinon je ne te le pardonnerai jamais. »

Cashel s'empressa de lui narrer avec force détails tout ce qui était advenu entre Daisy et lui ce jour-là et les instructions qu'elle lui avait données.

« Monsieur Cashel, il ne se passera rien entre nous si vous ne suivez pas mes consignes à la lettre, avait-elle prévenu en entrant dans le solarium pour se planter devant lui.

– Je le promets. Je ferai tout ce que vous me direz.

– Vous pouvez vraiment me prendre, mais… mais il faudra descendre de calèche avant d'arriver à l'auberge, si vous voyez ce que je veux dire, avait-elle annoncé en soulevant sa jupe le temps de lui montrer le noir triangle de poils à l'intersection de ses deux cuisses charnues, avant de préciser, devant l'air perplexe de Cashel : Quand vous pensez que vous allez exploser, retirez-vous.

– Ah, je comprends, maintenant.

– Enlevez vos culottes, et gardez votre mouchoir à la main pour vous vider dedans », avait-elle ordonné en s'asseyant sur le divan en face de lui avant de se laisser aller en arrière.

Cashel avait ôté son pantalon et attrapé son mouchoir tandis que Daisy écartait les jambes et remontait sa jupe. Quand il s'était avancé vers elle, il était déjà tout raide.

« Une dernière chose, avait-elle ajouté en posant la main à plat sur son torse. Je veux pas me retrouver dans l'embarras, comme toutes ces bonniches d'Oxford avec un polichinelle dans le tiroir.

Si vous ne suivez pas exactement mes ordres, je dirai à votre mère que vous m'avez prise de force. C'est clair, monsieur Cashel ? »

C'était parfaitement clair, et Cashel lui avait obéi en tout.

Sur la berge de la Cherwell, Ben le regarda d'un air à la fois dégoûté et envieux.

« Alors tu as retiré ton *arbor vitae* de sa fente ?

– Exactement. J'ai commis le péché d'Onan. CQFD.

– J'imagine que tu vas aller expliquer au recteur son erreur d'interprétation…

– Sûrement pas.

– Combien de fois ?

– Cinq jusqu'à présent.

– Menteur. Sale menteur !

– Je te le jure, Ben. Même moi, j'ai du mal à y croire. »

Le lendemain, il s'étonna de ne voir Daisy nulle part à The Glebe. Quand il s'en ouvrit à Mme Pillard, la cuisinière lui répondit d'une voix sinistre qu'il ferait mieux de poser la question à Mme Ross. Cashel chercha Elspeth et, du ton le plus détaché possible, lui demanda si Daisy avait pris un jour de congé.

« Non. C'est malheureux, mais elle a dû être remerciée, annonça Elspeth d'un ton strict.

– Remerciée ?

– Elle ne fait plus partie de notre domesticité.

– Pourquoi ? Que s'est-il passé ?

– Elle chipait. Apparemment, cela fait des mois, voire des années, qu'elle nous vole.

– Daisy ? C'est impossible ! Elle adore travailler ici. Elle m'a dit…

– Qu'est-ce que cela peut te faire, Cashel ?

– Rien du tout. Mais je croyais que vous l'appréciiez.

– C'était le cas, en effet, jusqu'à ce que je découvre sa fourberie.

– Alors, il n'y a rien à ajouter sur le sujet, conclut-il d'un ton qu'il espérait léger.

– Je fais passer un entretien à une autre femme de chambre ce tantôt. Les domestiques vont et viennent, ainsi tourne le monde.

– Comment l'avez-vous confondue ?

– C'est Hogan.

– Hogan ?

– Il est monté dans sa chambre. Je sais qu'il n'aurait pas dû, mais il y a trouvé sous son lit un coffre rempli d'affaires à nous. Argenterie, porcelaine, bibelots.

– Hogan ? Mais comment…

– Il a redescendu une saucière que je croyais perdue. Je lui ai demandé où il l'avait trouvée et il m'a montré. Elle était très maligne. Elle ne prenait que des objets rarement utilisés, de petites choses dont nous n'allions pas forcément remarquer la disparition. Un dé à coudre en ivoire, une cuillère de baptême, un pichet en barbotine oublié au fond d'un placard. Je n'avais pas le choix, affirma-t-elle en regardant Cashel bien en face. On ne pouvait plus lui faire confiance. On ne peut pas garder comme employée de maison une personne qui n'est pas digne de confiance.

– C'est évident, renchérit sagement Cashel. Vous n'aviez pas le choix. »

Lorsque Cashel croisa Hogan un peu plus tard, il lui flanqua une bonne calotte qui le fit pleurer.

***

Les méfaits de Daisy troublaient Cashel. De façon irrationnelle, il se sentait coupable de ce renvoi brutal, comme si leur dépravation avait précipité sa condamnation pour vol. Fichu Hogan ! À la réflexion, toutefois, Cashel se demanda si les avances délurées de la jeune femme n'entraient pas dans un plan plus ambitieux qu'elle aurait ourdi. S'il était tombé sous sa coupe, qu'eût-elle exigé de lui ? Il savait qu'il aurait tout fait, mû par son désir inextinguible autant que par la peur permanente d'une dénonciation, le plus puissant levier qu'elle tenait contre lui. Il repensa malgré lui au sermon du recteur Smythe, à ses effrayantes imprécations. Avait-il échappé à quelque funeste destin ? Avait-il péché ? Était-ce là sa pénitence pour avoir commis le vrai péché d'Onan ? Il se jura de ne plus jamais se laisser tenter ainsi.

La nouvelle femme de chambre était une veuve trentenaire, mère de trois enfants, qui s'appelait Mme Rosebury, un vrai dragon au visage aigri. Très affecté par toute cette affaire, Cashel tomba malade, et l'on manda le Dr Jolly. Celui-ci diagnostiqua un accès fébrile et lui prescrivit des potions (une teinture de rhubarbe chinoise et sa propre spécialité, le « Cordial nerveux revigorant »), qui eurent pour seul effet d'aggraver l'état du patient.

Pelham Ross revint pour un séjour de trois semaines, à la grande joie d'Elspeth et des jumeaux. Cashel quitta son lit de souffrance et, grâce à la distraction offerte par la présence de Ross, commença à se rétablir. Ross semblait de belle humeur (tout allait bien dans son monde, apparemment) et, pour la première fois, parut pleinement s'intéresser à Cashel. L'on évoqua l'université, puis une possible carrière dans le droit, ou même un emploi dans l'une des entreprises commerciales de Ross.

Un matin au petit déjeuner, Cashel et Ross étant descendus les premiers, la conversation reprit. Ross l'interrogea sur ses matières fortes. Cashel répondit qu'il s'agissait du latin et du grec.

« Alors, le droit s'impose ! déclara Ross. Une qualification de juriste vous ouvrirait grand les portes du négoce, de l'achat et de la vente.

– J'aimerais tout de même voyager de par le monde, avoua Cashel. Peut-être pourrais-je vous être utile dans vos affaires en Afrique du Sud ?

– En Afrique du Sud ? De quoi parlez-vous ?

– Eh bien, vos mines, vos entrepôts…

– Ah oui. Hélas, l'Afrique du Sud, c'est terminé. Tout a fermé. Passez-moi ces rognons, voulez-vous ? J'ai une faim de loup, ce matin. »

La désinvolture de cette réponse mit la puce à l'oreille de Cashel. L'Afrique du Sud était ordinairement mentionnée comme la cause des longues absences de Ross. Elspeth disait souvent :

« Si seulement Pelham travaillait en Europe et pas si loin. Enfin, c'est ainsi », et la conversation s'arrêtait là. Or, à présent, il apparaissait soudain que tout cela n'était plus.

Ross fit l'acquisition de deux chevaux, un grand hunter bai et une jument alezane plus petite, et emmena Cashel en promenade dans les vastes prairies au sud de la ville. Piètre cavalier, Cashel ne pouvait qu'admirer la monte assurée de Ross alors qu'il galopait le long d'une boucle de l'Isis, sautant sans effort par-dessus les haies et les barrières de bois. Cashel, lui, mettait pied à terre et guidait sa monture plutôt que de risquer une chute, s'exposant aux moqueries bienveillantes de Ross : « Nous ferons bien de vous un cavalier, jeune homme, ne vous inquiétez pas. » Heureux de partager des moments avec Ross, ce qui n'arrivait pas souvent précédemment, il sentait que la courtoise réserve jusqu'alors de mise entre eux commençait à se dissiper.

En cosmopolite raffiné, Ross raconta à Cashel ses séjours à Bruxelles, Paris et Vienne, lui conseilla de passer un an ou plus à voyager sur le continent à son gré après l'obtention de son diplôme et offrit même de lui financer ce Grand Tour. « Découvrez un peu le monde tant que vous êtes jeune et sans responsabilités, Cashel. Ensuite, vous vous trouverez une épouse et un métier sans avoir à pleurer les occasions manquées. Un tel voyage prémunit contre toutes sortes de regrets », lui assura-t-il, parlant d'expérience.

Un soir avant le souper, quinze jours après le début de son séjour, la famille était assemblée dans le petit salon, Mme Rosebury ayant fait descendre Hogan et Buckley de la nourricerie pour qu'ils passent une demi-heure avec leurs parents avant le coucher. À califourchon sur un des genoux de son père, Hogan gloussait et riait alors que Ross le faisait cabrioler comme sur un cheval ; Buckley cherchait quelque chose sous une table à laquelle Cashel était assis, un verre de sherry à la main. Elspeth prit la carafe pour le resservir.

« Cashel, mon grand ! cria Ross de l'autre bout de la pièce. Voudriez-vous bien aller me chercher un cigare dans mon bureau ? Le jeune cavalier que voilà refuse de mettre pied à terre ! »

Cashel se munit d'un candélabre et monta jusqu'à la petite pièce au premier où Ross avait installé son bureau. Une large table de travail ministérielle occupait presque tout l'espace, mais il y avait aussi une bibliothèque vitrée sur laquelle était posée une cave à cigares en noyer à poignée de cuivre. Cashel souleva le couvercle, et quelque mécanisme interne fit s'abaisser la paroi avant et s'ouvrir trois tiroirs superposés munis d'encoches. Ross fumait trois ou quatre cigares par jour, avait remarqué Cashel, et il en avait là une réserve satisfaisante, une bonne trentaine de fines chiroutes noueuses d'un brun très sombre, presque noir. Cashel en choisit une, puis une autre pour lui-même. Il se voyait en amateur de cigare et non de pipe, comme les grands à l'école. Fumer la pipe lui semblait par trop fastidieux : tasser le tabac, allumer et rallumer sans cesse, tirer, sans mentionner la tâche salissante et pénible du nettoyage de l'ustensile. Il empocha le cigare volé et renifla l'autre, le roulant entre ses doigts pour libérer l'aigre odeur de tabac.

Alors, une étincelle se fit dans son cerveau. Une image ou un souvenir perdu se signalait à sa conscience, mais lui échappait. Les pleurs de Buckley montant du rez-de-chaussée l'incitèrent à profiter un peu plus avant du calme ambiant, et il essaya au hasard les tiroirs du bureau pour en voir le contenu. Ceux du bas s'ouvrirent : ils étaient vides. Mais les deux du haut étaient fermés à clé. Pourquoi ? se demanda-t-il avant de redescendre avec le cigare de Ross.

Néanmoins, le mystère des tiroirs verrouillés continua de l'intriguer, ainsi que les souvenirs d'une agaçante volatilité qu'avait ravivés le cigare. Que se rappelait-il ainsi à moitié ? Peut-être un élément dans un rêve, donc sans logique associative et à jamais perdu. Mais ces tiroirs fermés… Que cachait Ross là-dedans qui exigeât une telle précaution sous son propre toit ?

La semaine suivante, Ross prit une diligence jusqu'à Londres, où des rendez-vous avec son avoué et son banquier le retiendraient deux ou trois jours. Cashel se rendit à l'écurie, s'empara d'un long clou effilé dans la boîte à outils d'Albert et, à l'aide d'une pince, en tordit la pointe à quatre-vingt-dix degrés pour former une clé de fortune. Il attendit qu'Elspeth eût quitté la maison, se glissa dans le bureau de Ross et referma la porte derrière lui.

Il fit jouer un moment son rossignol dans la petite serrure du tiroir de droite et réussit à l'ouvrir. Il découvrit une liasse de papiers. Rien de très notable : lettres, reçus, factures à payer. Pourquoi verrouiller un tiroir renfermant des courriers si banals et inintéressants ? se demanda-t-il. Il avait espéré y trouver de l'argent, une ou deux guinées. Son attention fut alors attirée par une lettre, qu'il sortit du tiroir et apporta près de la croisée afin que la lumière tombât droit sur la minuscule anglaise. Le sceau étant déjà brisé, il déplia la feuille.

Cher sir Guy...

Il lut et relut ces mots, la gorge nouée, le souffle soudain court.

Il retourna au tiroir et en sortit la facture d'un marchand de bois de Castlemountallen, comté de Cork, adressée à « Sir Guy Stillwell, Stillwell Court ».

Il sentit son cœur battre à se rompre et ses mains se mettre à trembler. Il ferma les yeux pour essayer de se calmer.

Lui revint alors à l'esprit l'image du mégot de cigare retrouvé sur le sentier à travers bois reliant Glanmire Cottage à Stillwell Court, puis de l'homme en chapeau haut de forme à la porte du jardin. Tout s'éclaircit – et pourtant tout restait un mystère.

Trépidant, au bord des larmes, il rangea la facture dans le tiroir et le referma. Il avait besoin de se retrouver au calme quelque part sans risque d'être dérangé afin de ruminer les implications exactes de cette révélation fracassante et les conclusions à en tirer. Il prendrait son temps, ne ferait rien dans la précipitation. Il sortit du bureau, y retourna aussitôt pour verrouiller le tiroir avec son clou tordu, puis se rendit au solarium pour réfléchir et déterminer la conduite à tenir.

***

Cashel se félicitait de sa prudence et de sa retenue. S'obligeant à ne pas envisager l'avenir, il se concentra sur cette unique information, ce coup de théâtre : M. Pelham Ross, « époux » de Mme Elspeth Ross et père des deux jumeaux, n'était autre que sir Guy Stillwell de Stillwell Court, dans le comté de Cork. Qu'en découlait-il ? Tout allait-il changer ? Quel stratagème avait abouti à l'existence de cette famille d'imposteurs à The Glebe, à Oxford ? Seule sa tante Elspeth pourrait lui révéler la vérité.

Cashel attendit que le dîner fût terminé et que Mme Pillard eût débarrassé les reliefs de leur poulet bouilli aux carottes. Il s'était forcé à manger malgré son manque d'appétit et à faire la conversation comme d'habitude, mais Elspeth avait dû deviner que quelque chose clochait. Dès que Mme Pillard eut disparu dans la cuisine, elle lui demanda si tout allait bien.

« En fait… non, répondit Cashel. Pourrais-je vous parler en privé ? »

Ils prirent des chandelles dans la salle à manger et allèrent s'asseoir dans sa pièce de couture.

« Tu m'inquiètes, Cashel, avoua Elspeth. Que se passe-t-il ?

– Je vais vous poser une question et vous devez jurer de me répondre par la vérité.

– Bien sûr, mon chéri. Je ne te mentirais jamais.

– Jurez-le sur votre âme.

– Je le jure sur mon âme. C'est ridicule, enfin ! Qu'est-ce qui…

– Pourquoi sir Guy Stillwell se fait-il passer pour M. Pelham Ross ? »

Elle afficha une expression de stupéfaction digne d'une caricature, se couvrit la bouche d'une main, ferma les yeux en se massant fort les tempes, puis, parcourue d'un tremblement, vacilla tant sur sa chaise que Cashel craignit qu'elle ne défaillît.

« Comment l'as-tu découvert ? s'enquit-elle dans un souffle.

– Peu importe. Dites-moi plutôt ce qui se passe. Je vous en prie. »

Elle referma les yeux et parla sur un ton monocorde avec un débit rapide.

« Il ne peut pas vivre avec moi sous le nom de sir Guy Stillwell parce qu'il est marié à cette sorcière qui ne veut pas lui rendre sa liberté. Alors nous avons trouvé cet expédient, à Oxford où personne ne nous connaît, expliqua-t-elle avant de rouvrir les yeux. Nous avons changé de nom. Personne ne se doute de rien à Stillwell Court. Ils sont tous habitués à ses longues absences. C'était la seule solution.

– Qu'il mène une double vie ?

– Oui. Ce n'est pas si rare, tu seras surpris de l'apprendre. Et d'ailleurs, ne vivons-nous pas tous une double vie d'une certaine…

– Ce n'est pas la même chose, ma tante, l'interrompit Cashel.

– Nous y avons été contraints quand je suis tombée enceinte des jumeaux. C'est là que nous avons compris que notre… notre "arrangement" à Stillwell Court ne pouvait plus durer. C'était fini.

– Depuis combien de temps étiez-vous… commença-t-il sans trouver de mot neutre. Liés ?

– Depuis de nombreuses années.

– Racontez-moi toute l'histoire, s'il vous plaît.

– M'apporterais-tu un petit brandy, je te prie ? »

Cashel alla au salon chercher la carafe et deux verres. Il les servit, Elspeth but une gorgée et commença son récit.

Elle était entrée au service des Stillwell comme gouvernante de Rosamond et Hester peu après ses vingt ans. Les filles avaient alors six et quatre ans, et lady Evangeline était déjà presque impotente, « cloîtrée dans son hypocondrie ».

« Bien sûr, au début, j'habitais le manoir. Sir Guy était un bel homme imposant et… il s'est mis à me prêter attention.

– Et une chose en a entraîné une autre.

– Oui, on peut le formuler ainsi, dit-elle avant de se redresser et de boire une autre gorgée. Je n'ai pas honte, Cashel. Lui et moi sommes devenus très proches. Et nous le sommes toujours. Ce sont des sentiments sincères que nous éprouvons l'un pour l'autre. Nous nous comprenons. Il n'y avait rien d'opportuniste dans notre relation, tu t'en doutes. Pourquoi serions-nous ici à Oxford, si tel avait été le cas ? »

Elle poursuivit son récit. Après le début de leur liaison, ils avaient redoublé de prudence. Personne ne s'était douté de rien. Elle avait quitté le manoir pour s'établir à Glanmire Cottage, à l'extérieur du domaine, afin de mieux conserver une distance respectable. Sir Guy s'était taillé un chemin à travers bois entre le cottage et le pavillon du gardien, où il était souvent appelé à se rendre et d'où il pouvait aller voir Elspeth sans attirer l'attention.

« Et ces visites coïncidaient avec les jours où vous m'envoyiez passer quelques heures chez les Doolin.

– Je te l'ai dit, nous étions très prudents. Mais... »

Elle s'interrompit, referma les yeux et se remit à vaciller sur sa chaise.

« Pas assez prudents. Je suis tombée enceinte. »

Cashel entendit le sang bouillonner dans ses oreilles.

« Enceinte ?

– Oui. De toi. »

Il en resta coi, avec un goût de vomi au fond de la gorge.

« Sir Guy est mon père ?

– Oui.

– Et vous avez osé me dire que vous ne m'aviez jamais menti ? hurla-t-il. Vous n'êtes qu'une traînée ! Une diabolique traînée ! »

***

Allongé sur son divan dans le solarium, les bras croisés sur la poitrine comme s'il reposait pour l'éternité dans un cercueil, Cashel entendait encore résonner dans sa tête son cri de rage et le fracas de la carafe en cristal qu'il avait jetée contre le mur du boudoir où Elspeth effectuait ses travaux de couture. « Vous m'avez menti toute ma vie ! avait-il hurlé, en pleurs. Vous m'avez menti pendant toute ma misérable vie de bâtard ! »

Elle avait voulu le prendre dans ses bras, mais il l'avait repoussée et s'était rué hors de la pièce, puis de la maison. Il avait déambulé pendant une ou deux heures sur Botley Road, sanglotant de dégoût et de honte face à cette horrible révélation. Puis un calme froid s'était emparé de lui. Il s'était mouché, avait séché les larmes sur ses joues et repris le chemin du solarium. The Glebe était plongé dans l'obscurité, recouvert de la mantille d'une nuit sans lune. Des chouettes ululaient dans le jardin. Il s'était allongé sur son divan, immobile, bras croisés, et avait conçu son plan.

Debout avant l'aube, il s'introduisit silencieusement dans la maison et monta à sa chambre. Sur son oreiller se trouvait une lettre d'Elspeth, scellée, avec son nom écrit dessus, qu'il mit dans sa poche. Il rassembla les quelques shillings qu'il avait économisés, fourra une chemise et une vareuse dans sa besace avec d'autres affaires qui lui seraient peut-être utiles, puis enfila ses bottes les plus épaisses, décrocha sa houppelande de la patère derrière la porte, coiffa son chapeau tromblon, sortit furtivement de la maison et marcha jusqu'à Oxford. Jamais il ne retournerait à The Glebe, résolut-il. Jamais il ne retournerait à ce qu'il surnommait à présent la « maison de la traîtrise », le « manoir du mensonge ». Il allait se construire une nouvelle vie quelque part, n'importe où.

Mais d'abord, il devait manger. Il dépensa un shilling dans un restaurant à viande de Cornmarket Street. Affamé car il n'avait presque rien avalé la veille au soir, il commanda une côte de porc en sauce, une tourte aux poireaux et deux œufs sur le plat. Une fois repu, il se rendit à l'auberge Roebuck pour demander quand partait la prochaine diligence pour Londres. Pendant son repas, il avait opté pour la capitale, ville idéale pour disparaître et faire fortune, ou bien embarquer sur un navire à destination de l'Afrique ou de l'Orient, songeant que plus il voyagerait loin, plus son passé de compromission s'évanouirait, tel le chaud soleil rouge quand il plonge sous l'horizon. Il pourrait prendre un nouveau départ dans la vie en un jour nouveau.

Dans la cour de l'auberge, il vit la diligence reliant Gloucester à Londres couchée sur le flanc, avec une roue en moins, et les passagers plantés là avec leurs bagages. Les chevaux avaient déjà été emmenés à l'écurie. Un palefrenier l'informa qu'un « essieu avait pété » et qu'il faudrait au moins trois heures avant que le véhicule fût remis en état pour reprendre la route de Londres.

La tourte salée lui ayant donné soif, Cashel se mit en quête d'une taverne. Intrigué par des roulements de tambour provenant de Broad Street, il se dirigea dans cette direction. Il passa devant la façade noire de suie de Balliol College sur sa droite et fit mentalement une croix sur ce rêve. Intégrer Balliol lui était à présent impossible, songea-t-il en détournant les yeux avec tristesse de la loge du portier pour se concentrer sur ce qui se passait plus loin dans la rue.

Sur un marché installé au milieu de Broad Street, où des paysans vendaient fromages, fruits et légumes, lapins et poules en cage, un petit attroupement s'était formé autour de soldats en tunique rouge, culottes blanches et guêtres noires. Ils avaient hissé un drapeau doré s'ornant du numéro 99 en broderie bleue. Au rythme d'une grosse caisse martelée par un caporal de haute taille, quatre hommes défilaient comme à la parade, fusil à l'épaule, suivant les ordres que braillait un gros sergent barbu aux larges épaules et à la poitrine bardée de médailles.

« Engagez-vous dans le 99e régiment d'infanterie du Hampshire ! cria-t-il aux jeunes badauds. Vous, vous et vous ! Prenez la solde du roi, messieurs, et taillez-vous un bel avenir dans l'armée anglaise ! Rejoignez le régiment du Hampshire, les gars ! Il n'y en a pas de meilleur dans tout le royaume ! »

Souriant à cette hyperbole ridicule, Cashel les regarda défiler un moment, puis entra dans une taverne en sous-sol.

Des lanternes et des chandelles brûlaient alors même que la matinée était bien entamée, car les soupiraux crasseux ne laissaient filtrer qu'une lueur falote qui ne suffisait pas à dissiper l'obscurité. En blouse et sabots, des fermiers venus au marché occupaient les bancs des longues tables pour siroter une chope de porter. Cashel se dirigea vers le comptoir, y posa une pièce de six pence et demanda un gin et de l'eau.

Il récupéra sa monnaie, prit son verre et alla s'installer sur une banquette située sous une fenêtre où il regarda passer des jambes et des jupes qui adoptaient inconsciemment le rythme hypnotique de la grosse caisse. *Boum, boum, boum.* Guère habitué au gin, il sentit bientôt la tête lui tourner un peu malgré son copieux déjeuner. Parfait ! se dit-il gaiement. Je peux faire ce que je veux de ma vie à présent, et personne ne peut rien y redire. Je peux prendre un petit déjeuner, boire du gin et reprendre un petit déjeuner. Il était un homme libre. La grosse caisse se tut et fit place au crépitement martial d'une caisse claire, puis un fifre entonna une marche et Cashel entendit soudain des applaudissements.

Pris de curiosité, il éclusa son verre et ressortit. Le tambour faisait une démonstration. Il jouait, puis lançait ses baguettes en l'air et les rattrapait, presque sans interrompre le rythme, semblait-il. Cashel s'avança au premier rang de la foule subjuguée et fut repéré par le sergent.

« Tu m'as l'air bien vaillant, toi. Viens donc dans l'armée.

– Je pars pour Londres, répondit Cashel.

– N'y va surtout pas, mon garçon. C'est un cloaque », rétorqua le sergent.

On entendit des rires dans la foule et le tambour entama une batterie. Cashel eut l'œil attiré par ses mains, qui semblaient parfaitement immobiles alors que le rythme des coups frappés augmentait jusqu'à produire un son presque en continu.

BLAM ! Le caporal s'arrêta net et la foule applaudit derechef.

« Quel âge as-tu, mon garçon ? demanda le sergent.

– Seize ans, mentit Cashel.

– Silas, prête-lui des baguettes ! »

Le caporal en extirpa deux de sa ceinture et les tendit à Cashel, qui posa sa besace par terre pour s'en saisir.

« Tu es un grand gaillard. Tu pourrais facilement porter une caisse, toi. Tiens, copie ce qu'il fait. »

Le tambour martela un rythme. *Ra-ta-ta-ta, ra-PLAN.*

Cashel l'imita.

Le tambour passa à une autre combinaison. *Ra, rata-pla, rata-pla, plan-PLAN.* Et Cashel en fit de même.

« Tudieu, il a ça dans le sang, pas vrai, Silas ?

– Un tambour-né comme je n'en ai pas vu depuis longtemps, sergent.

– Engage-toi dans l'infanterie du Hampshire, mon garçon. Deviens tambour. »

Cashel sentit le poids des lourdes baguettes dans sa main. Enhardi par le gin, il improvisa une séquence sur la peau de la grosse caisse, *ra-ra-rataplan-rataplan, ra, rata-plan, rata-PLAN-PLAN*. La foule l'acclama et l'applaudit. Il était là, son avenir, songea-t-il, dans l'armée anglaise. Et servi devant sa porte, qui plus est. Il n'avait même pas besoin de faire tout le trajet jusqu'à Londres.

« Alors, mon gars, qu'en dis-tu ? Tu veux devenir un soldat du Hampshire ?

– Oui, sergent. Engagez-moi ! »

Livre troisième

99e rég. d'inf. du Hampshire
Caserne Alcantaz[1]
Portsmouth

14 décembre 1814

Mon cher Ben,

C'est aujourd'hui mon anniversaire. J'ai atteint l'âge vénérable de quinze ans (même si tout le monde ici pense que j'en ai dix-sept). J'ai fini mes classes et je suis tambour et simple soldat dans l'un des régiments de ligne de Sa Majesté. Qui m'eût prédit un tel destin ? J'imagine que je vous manque beaucoup à la table des Collégiens, mais que le recteur ne se souciera pas de mon absence puisque les frais de scolarité du semestre ont été payés. De l'argent facile…

Merci de m'avoir fait suivre la lettre désespérée de Mme Ross. Je ne lui répondrai pas. Sois gentil de lui indiquer que, à ta connaissance, je suis en Écosse à la recherche de membres de ma famille – elle devinera aussitôt de quoi tu parles. Au régiment, on me connaît sous le nom de Cashel Greville, et je souhaite que

1. Alcantaz est un village au nord de Lisbonne où, en 1761, pendant la guerre de Sept Ans, le 99e d'infanterie, récemment constitué, prit part à une escarmouche meurtrière. Le régiment bouta les troupes françaises, pourtant supérieures en nombre, hors du village fortifié, au prix de nombreux morts dans les deux camps. Ce fut sa première distinction au combat.

personne ne puisse me retrouver. Tu te montres bien patient, même si je suppose que tu dois brûler de savoir ce qui s'est passé. Je t'expliquerai tout, ma fuite, ma disparition, ma nouvelle profession, le jour où nous nous retrouverons.

La vie à la caserne est monotone et ennuyeuse, mais j'ai bon moral. J'ai découvert que je faisais un tambour plus que talentueux et un soldat acceptable. Nous nous entraînons sans cesse sur la lande à transformer des colonnes de marche en beaux carrés statiques, à tirer des volées coordonnées – eh oui, je maîtrise aussi le fusil Brown Bess ! Nous mangeons des mets simples mais copieux. Je suis raisonnablement heureux (que demander de plus ?) et j'économise l'essentiel de ma solde hebdomadaire de un shilling. J'ai ouï dire que le régiment serait peut-être de nouveau déployé en Jamaïque. Voilà qui serait fort chanceux ! Imagine les histoires que je pourrais te raconter de là-bas.

J'écrirai bientôt. Présente (discrètement) mes hommages respectueux à M. Seele.

Mon cher Ben, je reste
Ton ami dévoué,

Cashel Greville

Cashel s'était accoutumé assez facilement à la vie de soldat en temps de paix. Le 99e régiment d'infanterie du Hampshire, levé par un colonel, sir Wilfred Walcott, en 1760 à la fin de la guerre de Sept Ans, avait servi au Portugal, aux Amériques pendant la guerre d'indépendance des États-Unis, puis en Jamaïque lors de la Seconde Guerre des nègres marrons en 1795. Le colonel actuel, fils aîné de sir Wilfred, était sir Marston Walcott, un sexagénaire qui s'évertuait à préserver en l'état tout l'édifice fondé par son père : la caserne construite en lisière de Portsmouth, le style de l'uniforme jusque dans ses moindres détails, la stricte discipline. L'unique innovation qu'il accepta concernait l'armement : chaque homme de rang reçut le nouveau fusil India Pattern de 1810. Pour tout le reste, le 99e restait un régiment du XVIIIe siècle.

Sans qu'il le sût, cette ferveur réactionnaire avait servi Cashel. En effet, le colonel Walcott se refusant à ce que les sonneries supplantassent les batteries pour transmettre les signaux d'ordonnance, chacune des six compagnies comptait deux tambours et un fifre. « Le premier que je surprends avec un clairon, je le fais fouetter ! » avait-il déclaré. Partant, Cashel dut apprendre une quinzaine de batteries de manœuvres telles que la Double Marche, Halte, Aux Armes, Présentez, Feu, la Chamade, la Charge, la Retraite, Cavalerie en Vue, le Rappel, mais aussi les batteries de caserne (le Réveil, l'Alarme, À l'Ordre, la Soupe, Au Drapeau), sans compter celles à exécuter pour les marches, parades, châtiments et enterrements.

L'autre tambour de sa compagnie était un grand jeune homme originaire de Lyme Regis qui s'appelait John-Henry Croker. Sa bouche lippue et flasque légèrement de biais semblait toujours figée dans l'esquisse d'un demi-sourire, ce qui pouvait déconcerter, et lorsqu'il parlait, il avançait les lèvres en cul de poule et les faisait glisser l'une sur l'autre comme s'il avait un défaut d'élocution, mais Cashel s'y habitua bientôt. Croker était un solide gaillard, aussi grand que lui. L'on recrutait souvent les tambours sur leur stature, car la caisse, volumineuse et lourde, leur pendait aux genoux, fardeau qui eût été fort encombrant pour des hommes de moindre taille. Formant une caste restreinte, ils se voyaient comme une sorte d'élite au sein du régiment. Quand on ordonnait le carré sur le champ de bataille, les douze se regroupaient au centre, autour des couleurs, pour battre les signaux, qui se propageaient aisément aux quatre coins malgré l'épouvantable cacophonie des combats du XIXe siècle : mitraille des fusils et bouches à feu, hennissements des chevaux, braillements d'ordres et d'encouragements, hurlements des victimes. Les tambours avaient d'ailleurs la charge des blessés, qu'ils devaient transporter du point de la ligne où ils étaient tombés à la sécurité du centre du carré pour leur administrer les premiers soins qu'ils pouvaient effectuer.

Après deux mois d'entraînement rigoureux, tout cela relevait encore de la théorie pour Cashel. La grande guerre en Europe étant terminée et celle en Amérique proche de sa conclusion depuis que Washington avait été incendiée, y compris la Maison-Blanche[2], les affectations à l'étranger faisaient rêver. Ainsi, le lieutenant Rollo Abercorn, qui commandait la compagnie de Cashel, suivait avidement les échos de conflits lointains. Insurrection à Majorque, expédition punitive contre les Asantes en Afrique de l'Ouest ou service de garnison en Jamaïque – tout pour quitter la monotonie du casernement à Portsmouth ! confia-t-il à Cashel. Ils s'étaient liés d'une amitié informelle peu ordinaire lorsque, à l'occasion d'une inspection de la chambrée, Abercorn avait découvert la petite bibliothèque de Cashel : *Poésies, principalement dans le dialecte écossais* de Robert Burns, *Les Aventures de Caleb Williams* de William Godwin, les *Odes* d'Horace, et même un exemplaire du célèbre traité du général Ivo Bovington, *Les Opérations de guerre* (1795). Surpris, Abercorn l'avait interrogé sur ce choix et Cashel lui avait répondu que, étant à présent sous les armes, il se devait assurément d'étudier sa profession, de même que s'il était devenu boucher, maçon ou charpentier.

« Certes, Greville, avait commenté Abercorn en feuilletant le volume, l'air intrigué par les notes griffonnées en marge. Je vois que vous l'avez lu de très près. Dites-moi ce que vous y avez appris.

– Cela m'apparaît d'une complexité excessive, mon lieutenant. La théorie de l'art de la guerre, je veux dire.

– Il va de soi que la théorie finit au rebut dès que le premier coup de feu est tiré.

– Pas d'après le général Bovington. Notez donc son épigraphe : *Gladiator in arena consilium capit.*

– Plaît-il ? fit Abercorn, perplexe.

– Sénèque, mon lieutenant. "Le gladiateur se décide dans l'arène."

2. On connaît ce conflit sous le nom de « guerre de 1812 », alors qu'il prit réellement fin en 1815.

– Soit, convint Abercorn en jetant un coup d'œil rapide à Cashel. Vos bottes ont grand besoin d'être cirées, Greville.
– Oui, mon lieutenant. »

***

Une fois la quinzaine, les hommes de la compagnie du lieutenant Abercorn avaient droit à un jour de permission à Portsmouth, sous condition de garder l'uniforme. John-Henry Croker et Cashel parcoururent d'un pas tranquille la demi-lieue séparant la caserne des faubourgs. Avec leur shako noir « tuyau de poêle » orné d'une plaque de laiton luisant, leur habit rouge à pans courts et à neuf rangs de brandebourgs sur leurs culottes écrues, ils redoublaient même d'élégance, car – signe distinctif des tambours – leurs manches s'ornaient de plusieurs chevrons de dentelle. Aussi leur semblait-il bien difficile de marcher sans bomber légèrement le torse, ce qui leur attirait la poursuite de bambins éblouis. Croker comptant aller dans un lupanar qu'il fréquentait à Portsea et Cashel dans sa taverne préférée pour se soûler à la bière, ils se séparèrent bientôt.

Une fois au Three Jolly Bakers dans Wish Street, Cashel s'installa à une table en coin avec une chope de bière en étain. Comme toujours lorsqu'il avait du temps pour lui seul, il sortit de sa poche la lettre de sa tante Elspeth – non, de sa mère, Elspeth – qu'il avait trouvée sur son oreiller le soir de ce qu'il appelait toujours la « terrible révélation ». À présent froissée et crasseuse d'avoir été tant manipulée et relue, elle n'en avait pas pour autant perdu de sa puissance. Il l'étala à plat sur la table et la parcourut une fois de plus.

Il avait beau l'avoir déjà lue trente ou quarante fois, il éprouvait toujours des émotions complexes lorsqu'il la relisait. Son amour pour sa tante devenue sa mère se mêlait à sa rage quand il repensait à toutes ces années de duplicité, rage aussitôt tempérée par l'entendement des raisons pressantes l'ayant obligée à maintenir ces faux-semblants. Il comprenait, puis il fulminait, puis il était amer, puis compatissant. Ces sentiments fluaient et refluaient en lui avant de se muer bientôt en une tristesse, un abattement, une nostalgie de sa famille perdue, ses frères, son foyer, et lui revenaient alors la fortitude, la fierté d'avoir eu l'audace de refuser ce honteux statu quo.

Comment eût-il pu rester plus longtemps dans cette demeure ? Comment eût-il pu regarder en face sir Guy (son père !) à présent qu'il savait tout ? Parfois, il se gourmandait pour sa curiosité : pourquoi donc avait-il déverrouillé ce tiroir dans le bureau et ainsi changé sa vie à jamais ? Le fruit défendu, songea-t-il. Tel Adam, il avait transgressé la Loi et, par suite, avait été chassé de son modeste paradis, The Glebe, et de sa vie à Oxford, pour déchoir dans le monde des pécheurs et de la caserne Alcantaz.

Cependant, mieux valait connaître la vérité que poursuivre sa vie dans l'ignorance du mensonge.

Il relut la lettre une fois de plus. Elspeth commençait par des excuses et un appel servile à son pardon :

Pense à ma position en tant que jeune gouvernante dans une grande maison. Qu'aurais-je pu faire quand je découvris que je portais un enfant ? Tout ce qui advint ensuite se fit avec l'aide et l'engagement sincère de sir Guy. Face à une telle situation, tant d'hommes de sa condition m'eussent expédiée à Dublin ou Belfast avec quelques souverains en poche pour me débrouiller seule. C'eût été ma perte... Une femme déchue avec un enfant illégitime.

Ainsi, sir Guy et elle avaient concocté une histoire. Alors que sa grossesse avançait (elle la dissimula savamment le plus longtemps possible), elle requit un congé pour aller en Écosse veiller sur sa sœur souffrante, consignée dans sa chambre et sur le point d'accoucher. Elle s'installa dans une maison de location d'un faubourg de Glasgow en se faisant passer pour la veuve d'un marin décédé lors d'une bataille navale, et arrivé à terme, Cashel vint au monde. Elspeth avait réellement une sœur, Moira, institutrice à Dumfries, qu'elle n'informa pas de son secret. Leurs parents étant morts depuis longtemps, aucun membre de la famille proche ou lointaine ne pourrait éventer son subterfuge tant qu'elle restait sur son quant-à-soi. La naissance de Cashel imposa ensuite la deuxième fabulation. Moira et Findlay Greville « périrent » en mer d'Irlande au début de l'année 1800, laissant leur bébé à la charge d'Elspeth. Sir Guy consentit généreusement à son retour avec son neveu orphelin, et la vie à Stillwell Court reprit sans que personne se doutât de quoi que ce fût. Tout fonctionna à merveille. Lady Evangeline avait à peine remarqué ses quelques mois d'absence, et les filles se réjouirent de la voir revenir – avec un petit compagnon de jeux à chouchouter.

Elspeth avait dû jouer son rôle à la perfection. De son côté, bien sûr, sir Guy gardait ses distances et feignait l'indifférence. Pas étonnant que je ne l'aie jamais vu pendant mon enfance, se dit Cashel. Quand j'étais bébé, m'a-t-il pris dans ses bras et bercé sur ses genoux pendant ses visites clandestines au cottage ? Comment avait-il réussi à vivre à quelques centaines de pas de son fils illégitime qui logeait hors les murs du domaine ? C'était digne d'une fable ou d'un conte de fées, considérait Cashel, sauf que tout était vrai et que c'était son histoire à lui. Et maintenant, il avait une vraie tante à Dumfries, Moira Soutar. Elspeth lui avait-elle finalement révélé son secret ? L'avait-elle avertie ?

Cashel ferma les yeux, comme chaque fois que ses pensées l'entraînaient dans ces errements hypothétiques, et il se demanda ce qui allait advenir de lui. De quoi serait fait le reste de sa vie ? C'était comme si son existence, son être même avaient été mis sens dessus dessous. Le sentiment que cet exil lui avait été imposé attisa de nouveau sa colère. Un exil loin de tout ce qu'il connaissait et tenait pour acquis. Un esquif jeté sur les mers tempêtueuses, une feuille arrachée à son arbre et ballottée par le vent, un bout de bois flotté échoué sur la grève d'une terre inconnue… Ces métaphores ressassées le divertirent un moment. Il retourna au bar commander une deuxième chope, ainsi qu'un verre de gin et de l'eau. L'ébriété était une façon de faire face à court terme, après tout. Il n'avait plus envie de penser à la vérité.

***

Aux petites heures d'une matinée de mars, Cashel et Croker battaient le Réveil sur la place d'armes. Par ce froid cinglant, leur haleine se condensait devant leur visage, où elle restait en suspens quelques secondes avant de se disperser. Ils martelaient leurs instruments pour mieux se réchauffer.

« C'est un coup à se geler les couilles », commenta Croker.

Cashel remarqua qu'il portait des mitaines en laine grise.

« Où as-tu trouvé ces gants ?

– Ma chère maman les a tricotés pour moi.

– Elle pourrait m'en faire une paire aussi ?

– Pour un shilling, sûrement, l'Irlandais ! répondit Croker, qui leva alors les yeux. Attends, v'là le réveille-matin… »

Le lieutenant Abercorn traversait la place d'armes à grands pas, son épée se cognant contre sa jambe. Au passage, il leur cria quelque chose.

« Pardon, mon lieutenant ? »

Abercorn s'arrêta et revint vers eux, l'air visiblement surexcité. Ils cessèrent leur batterie.

« Napo s'est échappé de l'île d'Elbe[3] ! Tenez-vous prêts, messieurs. Cette guerre n'est pas encore terminée ! s'écria-t-il avant de repartir au pas de course.

– Pourquoi ce conneau brûle-t-il tant de partir à la guerre ? s'étonna Croker.

– À quoi bon devenir soldat, sinon ? On veut combattre l'ennemi. C'est une vocation.

– Mais je n'en veux foutre pas, des ennemis, moi !

– Tu te contenterais de l'entraînement et de la caserne pendant toute ta vie d'active ?

3. Le 26 février 1815, Napoléon Bonaparte réussit à s'échapper de son exil imposé sur l'île d'Elbe à bord d'un brick peint aux couleurs d'un navire anglais et débarqua au golfe Juan le 1er mars.

– Voilà qui m'irait très bien.

– Quelque chose me dit que ton vœu ne sera pas exaucé, John-Henry, fit Cashel en secouant la tête, ce qui incita Croker à lui donner un coup dans les côtes avec sa baguette. Aïe ! »

En effet, tout le régiment s'anima dès l'annonce de la nouvelle. Le colonel Walcott les sortit chaque jour en manœuvre sur la lande, où ils devaient former des carrés et tirer des volées comme si une invasion menée par Bonaparte était imminente. L'approvisionnement aussi s'intensifia, une noria de chariots livrant la caserne en victuailles et en fourrage, en tentes et en munitions. Les chevaux jugés inaptes furent envoyés à l'équarrissage et remplacés dans les écuries par de nouvelles bêtes. Néanmoins, mars céda la place à avril sans que le régiment reçût d'ordre de marche. Lors de l'une de leurs conversations, le lieutenant Abercorn confia à Cashel avoir ouï dire que le duc de Wellington se trouvait déjà en France pour préparer son plan de bataille. Cashel ne répondit pas, essayant de faire taire le malaise qui enflait en lui. En s'engageant comme tambour, il avait surtout voulu fuir, se réinventer, sans envisager un seul instant d'activité guerrière. Conséquence heureuse de son choix, toutefois, les journées des tambours étaient bien remplies alors que les autres soldats, une fois les exercices terminés, rejoignaient leur famille s'ils en avaient une et attendaient là, désœuvrés. Or cette monotonie du casernement en temps de paix semblait déjà appartenir au passé, car l'état de guerre se rapprochait inexorablement. Cashel sentit ses appréhensions annihiler toute excitation qu'il aurait pu ressentir. Certes, il savait dorénavant comment charger son fusil et l'utiliser, mais serait-il capable de tirer sur un autre être humain ?

L'ordre de marche arriva enfin en mai. Tous les hommes reçurent la consigne de préparer leur paquetage pour une traversée vers la France sous quarante-huit heures. Ces quarante-huit heures s'écoulèrent, puis quarante-huit autres. Une semaine plus tard, derrière les tambours et les fifres, le régiment défilait depuis la caserne jusqu'au port sous les vivats des bonnes gens de Portsmouth et embarquait sur trois navires marchands, le *Princess*

Louise, le *Martlett* et le *Bodium Castle*, pour cingler sur la Manche vers Ostende, où ils débarqueraient et attendraient de découvrir les intentions de Napoléon.

***

Un début de juin exceptionnellement humide, songea Cashel en scrutant les nuages bas et gris alors que tombait la bruine. Il se retrouvait en Belgique au sein d'une puissante armée, et c'était la première fois qu'il quittait le rivage du Royaume-Uni. Au son des chants d'oiseaux, il contempla les quelques arpents de blé jaunissant qui s'étendaient jusqu'à une rangée de peupliers à travers lesquels il distinguait une église à cailloutage en silex. Il était certes à l'étranger, mais cela ressemblait fort au Hampshire. Il retourna dans le hangar à grain où était cantonnée sa compagnie. Les hommes dormaient sur des paillasses et passaient le temps en tuant les souris qui infestaient les lieux. Des rongeurs par centaines, qu'ils jetaient ensuite dehors pour qu'ils servent de festin aux corbeaux et aux geais.

Comme tous ses camarades, Cashel n'avait nulle idée de l'avancement de la campagne contre Bonaparte depuis son audacieuse évasion. Même le lieutenant Abercorn restait vague. « Il se dirige vers le nord, fut l'information la plus détaillée qu'il lui livra. Nous nous tenons prêts, Greville. Tel est notre devoir. »

Le caporal Silas Mill, qui l'avait recruté à Oxford et commandait aux tambours lorsqu'ils opéraient en unité, passa devant le hangar en compagnie de son épouse, Mildred, vivandière du régiment comme maintes autres femmes de soldat. Irlandaise originaire du comté de Wexford, elle se sentait un lien privilégié avec son compatriote et lui rendait à l'occasion de menus services.

« Comment allez-vous, mon bon Cashel ?

– Fort bien, madame Mill, malgré l'humidité.

– Du linge à laver ? demanda-t-elle, la lessive faisant partie de ses attributions.

– Une ou deux chemises. Je vous les apporterai. Du nouveau, mon caporal ? s'enquit-il en se tournant vers Mill.

– Nous devrions nous mettre en route sous peu, répondit l'autre évasivement. Ne vous inquiétez pas, Greville, nous ne vous laisserons pas à la traîne. »

Oh ça, j'imagine bien que non, songea Cashel.

Mill avait raison : ils quittèrent Ostende deux jours plus tard. Il leur fallut une semaine de marche pour rallier une bourgade du nom de Hal, où se trouvait le gros des troupes de Wellington – plus de dix mille hommes, lui dit-on. Mais à Hal, point de hangar, fût-il infesté de souris, pour dormir au sec. Le régiment bivouaquait dans des champs, sous des tentes de fortune assemblées à partir de capotes tendues sur des baguettes de fusil. Comme toujours, les tambours s'affairaient à battre les signaux. Cashel souffrit bientôt de la faim et, las du bouillon et des biscuits qu'on leur servait matin, midi et soir, réussit à acheter deux poulets chez un fermier du cru. Croker et lui firent un feu pour rôtir les volailles.

« Comment se fait-il que tu aies de l'argent en poche, l'Irlandais ? demanda Croker en arrachant une cuisse à la bête.

– Je ne gaspille pas ma solde à courir la gueuse comme toi.

– Ha, le tambour puceau ! railla Croker. Les p'tiots trop timides, ils font ceinture.

– Je ne suis pas puceau, se défendit Cashel en pensant soudain à Daisy. Et toi, ton braquemart finira par se détacher un jour, je te le dis. Le tambour vérolé… »

Croker éclata de rire et dit à Cashel qu'il le trouvait bien drôle.

Le samedi 17 juin tomba l'ordre de marche. Les hommes découvrirent avec consternation qu'ils étaient le seul des régiments cantonnés là à partir vers l'est. Des milliers de soldats restaient en réserve à Hal pour une raison inconnue, et personne ne savait pourquoi le 99e avait été choisi ni où il allait.

Par une pluie battante, ils marchèrent sur des routes de campagne boueuses. Quand ils firent halte au cœur de la nuit, ils étaient tous trempés. Ils posèrent les paquetages sur le bas-côté et s'assirent dessus pour attendre l'aube en fumant la pipe ou en essayant de dormir assis. Dès potron-minet le lendemain, le colonel Walcott harangua le régiment.

« L'armée de Bonaparte n'est qu'à quelques heures d'ici et se dirige vers Bruxelles. Messieurs, nous allons l'arrêter tout net et lui faire regretter d'avoir quitté l'île d'Elbe ! »

Cette déclaration fut mollement acclamée, et Cashel sentit ses entrailles se retourner. À l'évidence, le 99e montait au front.

***

Le régiment traversa des champs de seigle, d'orge et de blé hauts sur tige, les tambours battant un rythme régulier pour encourager les hommes épuisés et trempés. Au fil de la matinée, la pluie faiblit et le soleil émergea, mais sans suffire à assécher le sol sous leurs pieds. Au croisement où stationnait le convoi d'intendance, les compagnies s'alignèrent en longues files pour recevoir leur ration de rhum, un distillat épais et un peu aigrelet au goût de Cashel, mais servi en abondance : les quarts de fer-blanc étaient remplis à ras bord et la générosité du colonel en la matière faisait l'admiration de tous. Une fois requinqués, les soldats reformèrent les colonnes et repartirent vers une longue ligne de crête au loin.

À la croisée des chemins, Cashel avait repéré les noms inscrits sur un poteau indicateur : Hal, Nivelles, Waterloo et Genappe. Ils venaient de Hal et la route qu'ils avaient prise menait à Nivelles. Cet affrontement imminent (car ils montaient assurément au feu) entrerait-il dans l'histoire sous le nom de « bataille de Nivelles » ?

Le terrain se mit à grimper. Ils dépassèrent des troupes qui attendaient assises sur le bord de la route, essentiellement des Allemands et des Néerlandais, et un régiment irlandais qui les acclama à leur passage. Ils atteignirent bientôt un champ de blé couché, aussi plat qu'une carpette, sans doute la station d'un gros contingent qui s'était entre-temps remis en marche. Ils reçurent l'ordre de s'asseoir. Ils se délestèrent du paquetage, formèrent les faisceaux et allumèrent des pipes. À l'évidence, ce serait là leur point de départ. Mais qu'y avait-il par-delà cette ligne de crête ?

Cashel décrocha sa caisse de sa sangle et s'assit précautionneusement dessus. Croker se jeta de tout son long au sol en se serrant le ventre à deux mains et en gémissant doucement.

« Que t'arrive-t-il donc ? demanda Cashel.

– C'est comme si… comme si j'avais un petit oiseau pris au piège dans mes boyaux et qu'il essayait d'en sortir. »

La veille au soir quand ils avaient campé au bord de la route, Croker était parti glaner ce qu'il pouvait dans les champs, revenant le shako plein de petites pommes de terre nouvelles. Il en avait ouvert une d'un coup de couteau et l'avait offerte à Cashel.

« Elle est verte, avait remarqué celui-ci. Il ne faut jamais les manger quand elles sont vertes.

– Foutaises ! avait rétorqué Croker. Elle n'est pas verte du tout. Enfin quoi, pour un Irlandais comme toi, c'est du nanan, ça ! »

Cashel avait refusé. Croker avait découpé ses pommes de terre en dés, qu'il avait ajoutés au bouillon tiède qu'on leur avait servi.

« Quel régal ! avait-il décrété en mâchonnant. Tu ne sais pas ce que tu rates. »

Et à présent, il souffrait. Il se leva et se dirigea vers la zone réservée à la miction et à la défécation (le colonel Walcott était particulièrement strict sur l'hygiène lorsque le régiment était en campagne ou en bivouac). Cashel le vit baisser ses culottes et s'accroupir. Que cela lui serve de leçon, à cet imbécile ! songea-t-il.

Il demanda à Silas Mill s'il pouvait aller jusqu'à la ligne de crête jeter un coup d'œil, mais se heurta à un refus. « Vous aurez tout le temps de voir le champ de bataille plus tard, lui dit-il. Et de très près, Greville. » Cashel resta donc assis à mâchouiller un biscuit ranci en attendant que Croker revienne des latrines.

Un soleil faiblard fit une apparition entre les nuages qui se dissipaient et s'éleva dans le ciel. Il était étrange d'imaginer deux immenses armées, des milliers et des milliers d'hommes hors de vue de part et d'autre de la colline, en train de manœuvrer laborieusement pour tenter de faire reculer l'ennemi. Tout était étonnamment silencieux. Hormis parfois un cri au loin ou le bruit de ferraille distinctif des affûts de bouches à feu charroyés sur un sentier invisible, seuls régnaient les sons de la campagne : une brise agita les lourds épis du champ de seigle à leur droite, une vache meugla dans quelque pâturage distant, un coq poussa un cri asthénique. Cashel parcourut du regard le régiment au repos, cinq cents hommes environ, allongés ou assis. Pour tuer le temps, d'aucuns s'amusaient à essayer de capturer les grives et les sansonnets qui affluaient pour picorer le blé foulé.

Cashel fouilla dans son paquetage et en sortit son exemplaire des *Opérations de guerre*, qu'il ouvrit au hasard.

La marche d'une colonne peut être ralentie par une force très inférieure en nombre. Cet élément peut être exploité de multiples façons.

Il trouva un vieux bout de crayon dans une poche et traça une petite croix dans la marge.

Croker revint, le visage blême, et s'assit très précautionneusement.

« Tudieu ! C'est comme si je pissais par le trou du cul.

– Merci beaucoup pour ces détails passionnants, cher monsieur.

– Oh non, c'est reparti ! » s'exclama Croker en se relevant d'un bond pour courir jusqu'aux feuillées.

Il n'était pas encore midi (mais Cashel n'avait pas de montre de gousset) quand il entendit le premier coup de canon. Comme s'il s'était agi d'un signal commença aussitôt une mitraille de tous les diables qui, malgré quelques baisses de régime, continua sans cesse, heure après heure.

La bataille avait débuté, mais les hommes ignoraient ce qui se passait et si un camp prenait l'avantage. Parfois s'élevait au-dessus de la ligne de crête un épais brouillard de fumée blanche. Un boulet de canon égaré leur arriva dessus et frappa un groupe de soldats, arrachant un bras à l'un d'entre eux, comme Cashel l'apprit par la suite. Ensuite, portés par la brise, il perçut les *FLA-ra-ta*,

FLA-ra-ta des tambours français. Il sourit, car des vétérans du régiment avaient évoqué devant lui cette batterie typiquement française, qu'ils surnommaient le « patatras ». Ce n'était pas un signal à proprement parler, mais un simple moyen d'encourager les troupes, la cadence martelée stimulant le moral des hommes en marche. L'armée anglaise eût bien fait de l'adopter aussi – rien de tel qu'un battement de caisse régulier pour donner du cran.

Croker revint des latrines pour la cinquième fois.

« Quel martyre, palsambleu ! se plaignit-il. C'est comme si j'avais les tripes en feu. Je chie du verre cassé.

– Je t'avais prévenu, pourtant. Les pommes de terre vertes…

– Je sais, l'Irlandais, merci. Tout le monde se fout de moi, là-bas. Ils prennent les paris sur le nombre de fois où je vais aller chier. »

Vers deux heures de relevée, selon l'estimation de Cashel (tôt dans l'après-midi, en tout cas), ils virent une grosse colonne de fumée s'élever au-dessus de la ligne de crête, et la mitraille des fusils et de l'artillerie s'intensifia. Cashel se renseigna auprès d'Abercorn quand ce dernier passa dans ses parages.

« C'est un château qui brûle, répondit le lieutenant. Juste à droite de notre ligne. Nous le tenons toujours, mais les combats font rage.

– Allons-nous être envoyés en renfort au château ?

– Qui sait ? Nous attendons les ordres, Greville », conclut-il évasivement avant de s'éloigner.

Croker désigna du doigt le champ de seigle à quelque six cents pieds sur leur droite, de l'autre côté d'un chemin de ferme.

« Je vais aller là-bas me faire vomir, annonça-t-il. Je refuse que ces jean-foutre me raillent plus longtemps. »

Il se leva, les doigts enfoncés dans le trou du cul, et partit en courant. Cashel le regarda dévaler une petite pente, traverser le chemin et s'enfoncer dans le seigle haut avant de s'accroupir et de disparaître. Alors il entendit le martèlement de sabots et vit un cavalier arriver au galop devant le quartier général pavoisé du colonel Walcott, établi un peu en contrebas, pour lui remettre des ordres écrits. Ensuite, les capitaines et les lieutenants furent appelés pour recevoir leurs consignes et rejoignirent chacun sa compagnie.

Quelques instants plus tard, le caporal Mill apparut.

« Descendez jusqu'aux couleurs et battez Aux Drapeaux quand je vous en donnerai l'ordre.

– Oui, mon caporal, répondit Cashel en se levant pour raccrocher sa caisse à la sangle.

– Où diable est Croker ? s'étonna Mill en voyant son instrument par terre.

– Dans le champ là-bas, mon caporal. Il est malade.

– Il sera plus malade qu'un chien malade si je lui mets la main dessus. Ramenez-le de suite ! »

Cashel décrocha sa caisse et partit au trot vers le champ, où il repéra le petit passage que Croker avait ouvert en se précipitant dans les seigles. Quand le terrain monta un peu, un panorama s'offrit à ses yeux qui lui arracha un cri étouffé. Le champ de bataille s'étendait à ses pieds comme une maquette dans un musée.

Face à lui, à environ une demi-lieue, un petit château trapu brûlait avec ses dépendances, laissant s'échapper dans le ciel une fumée dense. Le terrain à l'avant et sur les côtés était recouvert de cadavres noirs comme autant de bûches empilées. Stupéfait, Cashel porta le regard vers la gauche et aperçut d'innombrables carrés de l'armée de Wellington espacés de vingt-cinq toises entre lesquels galopaient des milliers de cavaliers français comme l'eau s'écoule autour des rochers dans les hauts-fonds d'un ruisseau. Le constant crépitement du feu roulant lui évoqua l'entrechoc de cailloux que l'on remue dans une gourde, et il voyait les chevaux français vaciller sous les frappes des volées incessantes et entraîner leur cavalier dans leur chute. D'épais rideaux de fumée blanche masquaient parfois la scène, tels d'immenses draps de lin.

Abasourdi, il s'arracha à la contemplation du carnage, glissa le long d'une pente boueuse assez raide, traversa le chemin de ferme et s'enfonça de quelques pas dans le champ de seigle.

« Croker ! Où es-tu ? » cria-t-il dans ses mains jointes en porte-voix pour couvrir le raffut des bouches à feu.

Croker se releva à quelques mètres de lui en essuyant du vomi sur son menton.

« J'ai réussi à me vider, Dieu merci ! répondit-il. Par le haut et par le bas. Il n'y a plus rien à l'intérieur.

– Nous montons au front ! Mill est en rogne contre toi.

– Sale gueux de fils de catin de Mill ! »

Croker rebroussa chemin entre les seigles qui lui montaient jusqu'au torse tout en refaisant la ceinture de ses culottes.

« Il en est sorti des pintes et des pintes ! annonça-t-il. Qui aurait cru qu'on avait autant de liquide dans le corps ? »

Il s'arrêta, se courba en avant, les mains sur les genoux, puis toussa et cracha.

« Allez, John-Henry, on y va ! Allez ! »

Ils traversèrent le chemin de ferme au pas de course, puis se figèrent au son d'un hennissement.

À vingt-cinq toises derrière eux, quatre cavaliers, dont trois armés de longues lances, étaient juchés sur d'immenses montures qui ruaient et viraient, effarouchées après avoir pilé net. Cashel vit aussitôt qu'ils étaient français : cocarde rouge sur un casque argenté incurvé en haut qui scintillait sous le timide soleil fumeux, élégant uniforme bleu et or qui avait l'air étonnamment neuf et immaculé.

Par miracle, Cashel eut assez de présence d'esprit pour vite analyser le pot-au-noir. Ces lanciers venaient de charger un carré britannique, s'étaient isolés en le contournant, avaient récupéré un compagnon d'armes en chemin et franchi la crête à bride abattue pour retrouver l'ennemi.

Et l'ennemi se tenait là devant eux.

Cashel entendit l'un d'eux crier : « *Voilà** ! » alors que Croker et lui faisaient volte-face pour déguerpir sur le chemin, puis, l'instant d'après, le lourd martèlement des sabots derrière eux comme les cavaliers resserraient bien vite leur écart sur leurs proies.

Distancé par Croker d'une dizaine de pas, Cashel réussit à esquiver le premier, qui le dépassa, et vit d'un œil horrifié sa lance pénétrer loin dans le dos de Croker, aussi facilement qu'une aiguille à tricoter dans un bloc de saindoux, puis s'en extraire. Croker s'effondra.

Au passage du deuxième poursuivant, Cashel sentit une lance lui transpercer la cuisse gauche, ou plutôt sentit sa chair s'ouvrir sans éprouver de douleur et vit la pointe en fer sortir à l'avant de son pantalon puis disparaître aussitôt telle la langue d'un serpent. Une chaude cascade de sang imbiba son aine et sa jambe. Il s'affala.

L'un des quatre cavaliers, qui tournoyaient au pas autour du corps de Croker, lui enfonça profondément sa lance dans le flanc pour s'assurer de son trépas. Levant les yeux, ils virent alors Cashel se relever lentement et poussèrent des cris réjouis. Ils exhortèrent l'un d'eux à aller l'achever : *Après vous**. Cashel fit porter tout son poids sur sa jambe droite valide. Du sang dégouttait à présent de la jambe gauche de ses culottes.

Un large sourire aux lèvres, l'exécuteur désigné baissa sa lance, éperonna son cheval, et soudain, *BOUM,* la canonnade ! Sous les yeux ébahis de Cashel, les lanciers furent taillés en julienne comme des carottes par une râpe ou des navets par un hachoir, quatre hommes sur quatre chevaux sitôt pulvérisés en fragments de quatre hommes et de quatre chevaux. Un casque fusa à cinquante pieds de haut, une plaque de poitrine explosa en confettis argentés et les lambeaux des cavaliers et de leurs montures furent soufflés dans le champ de seigle telle une lourde volée de feuilles mouillées balayées par la main de Dieu, laissant sur le chemin de ferme une gelée fumante d'os et de chairs mêlée à des bribes d'uniformes sanguinolentes.

Alors seulement, Cashel commença à ressentir une douleur cuisante dans la jambe gauche, et il retomba au sol. Son dernier souvenir fut le visage du lieutenant Abercorn qui flottait au-dessus de lui. Il essaya en vain de parler, puis tout devint noir.

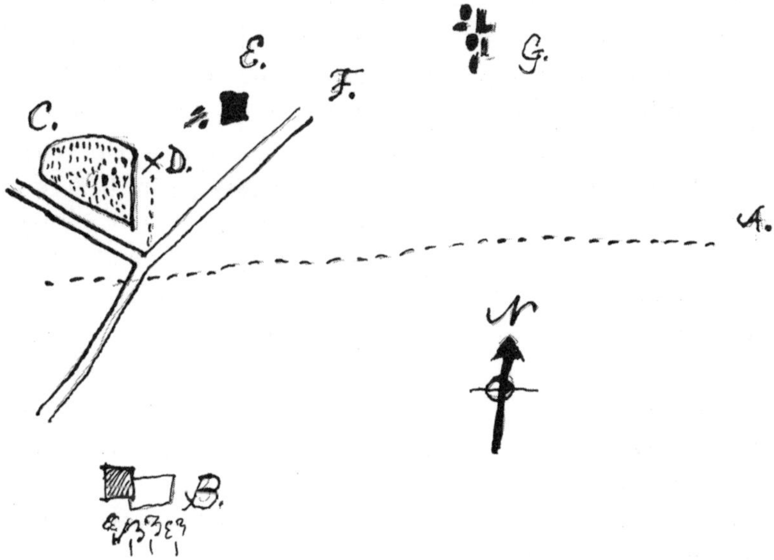

L'attaque des lanciers français, Waterloo, 18 juin 1815.
A. La ligne de crête. B. Le château d'Hougoumont. C. Le champ de seigle. D. Lieu de l'attaque. E. Halte du 99e régiment d'infanterie du Hampshire. F. La route Nivelles-Waterloo. G. Le village de Mont-Saint-Jean.

***

« C'est très gentil à vous de me rendre visite, mon lieutenant. Je me sens plutôt bien, vu les circonstances », mentit Cashel.

Le bras gauche en écharpe, Abercorn était venu à son chevet accompagné d'un autre officier, qui souriait aimablement à Cashel. Un artilleur, à en juger par son uniforme.

« Votre jambe a pu être sauvée, constata Abercorn. Vous êtes verni.

– Oui, mon lieutenant, je sais.

– En général, ils amputent sans se poser de questions, n'est-ce pas, Openshaw ? dit-il en se tournant vers l'officier d'artillerie.

– Vite fait bien fait, confirma celui-ci.

– Je suis très reconnaissant que l'on m'ait épargné cette épreuve, déclara Cashel. On me dit toutefois que je vais boiter pendant un certain nombre d'années. »

Il reposait sur un lit gigogne dans une grande salle aux poutres hautes, jadis la chapelle d'un couvent au centre de Bruxelles, qui accueillait une quarantaine d'autres blessés, dont beaucoup d'amputés. Des nonnes vaquaient en silence, coiffées d'étranges cornettes blanches aux ailes de chauves-souris.

Le lieutenant Abercorn lui raconta ce qui s'était passé l'après-midi de la bataille. Les quatre cavaliers (un cuirassier et trois lanciers) avaient été repérés par des hommes de son régiment, mais Cashel n'avait pas entendu leurs cris d'alerte tant le vacarme de la bataille était assourdissant. Par chance, une troupe d'artillerie traversait les lignes allemandes non loin. Un canon fut prestement dételé, chargé de deux boîtes à mitraille et pointé sur les cavaliers français.

« C'est le capitaine Openshaw ici présent qui a donné l'ordre de tirer, annonça Abercorn.

– Que puis-je vous dire, mon capitaine ? Votre réaction rapide m'a sauvé la vie.

– C'est la boîte à mitraille, voyez-vous, expliqua Openshaw. À courte portée, cela fait des ravages, or nous n'étions qu'à trois cents pieds. Une double cartouche, quatre cents balles d'un coup.

– Son effet fut spectaculaire, mon capitaine. Vraiment spectaculaire. »

Abercorn poursuivit son récit. Cashel, inconscient tant il avait perdu de sang, avait été mis sur une charrette avec d'autres blessés retrouvés sur le champ de bataille et transporté à Bruxelles. Tous les hôpitaux étant pleins, il avait fini dans ce couvent.

« Il n'y avait pas de chirurgien disponible, et heureusement pour vous, sinon vous auriez une jambe en moins. Le temps qu'il en arrive un, les nonnes avaient bandé vos plaies et l'amputation ne paraissait plus nécessaire. Cela dit, il a quand même enlevé beaucoup de chair, ajouta Abercorn d'un ton désinvolte. Il s'en serait voulu d'avoir fait tout ce chemin pour rien, et il préférait ne prendre aucun risque. Bref, vous aurez deux jolies cicatrices à montrer à vos petits-enfants.

– Croker est mort, je suppose ? demanda Cashel.

– Oui, et comme le régiment devait s'ébranler, nous avons dû le laisser là où il était tombé, hélas. »

En fin d'après-midi, la bataille avait tourné à l'avantage des Anglais et de leurs alliés. Les Prussiens pesaient sur le flanc droit de Bonaparte et l'armée française s'acheminait vers une défaite cuisante. Tous les régiments anglais, allemands et néerlandais avaient été appelés sur la ligne de front.

« Ainsi, le 99e participa à la charge finale. Nous en avons découpé, des fuyards français, ah ça oui ! s'exclama Abercorn avant de montrer son bras en écharpe. Un soldat qui faisait le mort s'est levé d'un bond et m'a frappé l'épaule de sa baïonnette. Je l'ai prestement fauché avec mon épée, mais le mal était fait, d'où cette écharpe.

– Bravo, mon lieutenant !

– Quand le caporal Mill est parti récupérer le corps de Croker plus tard dans la soirée, les maraudeurs du cru lui avaient déjà fait son affaire, hélas. On l'avait dépouillé de ses vêtements et on lui avait arraché toutes les dents.

– Mais pourquoi, mon Dieu ?

– Pour confectionner des dentiers. Une denture complète d'homme jeune, haut et bas, ça va chercher dans les trente guinées, à Londres.

– Je vois. Donc il était défiguré ? demanda Cashel, devinant que ce destin eût horrifié Croker.

– Malheureusement oui. Enfin, ce champ de bataille était un vrai charnier, n'est-ce pas, Openshaw ?

– Un abattoir sanglant et infernal, confirma le capitaine. Des milliers de morts empilés çà et là comme des gabions, cinq ou parfois huit corps superposés. Incroyable. Et des milliers de chevaux aussi, ne les oublions pas. Ces pauvres bêtes en sang… Je l'avoue sans honte, Greville, tous ces chevaux, ça m'a secoué.

Les voir comme ça, jambes arrachées, entrailles à l'air, et certains encore en vie, encore en train de brouter, le croirez-vous ? »

Openshaw eut l'air grave pendant un moment. Ils restèrent silencieux, plongés dans leurs souvenirs.

« Enfin, nous avons gagné, mon lieutenant ! rappela Cashel pour essayer de changer l'ambiance.

– Oh que oui, n'est-ce pas, Openshaw ?

– Une grande et belle journée.

– Et comment s'appellera cette bataille, mon lieutenant ? La bataille de Nivelles ?

– Non, la bataille de Waterloo, à ce qu'il paraît. Je dois dire que je préfère Nivelles, pas vous, Openshaw ? La bataille de Nivelles, voilà qui sonne mieux. »

Livre quatrième

« Comment te sens-tu, mon chéri ? lui demanda sa mère.

– Fort bien, répondit Cashel. Je ferai peut-être une petite promenade dans le jardin tantôt, pour prendre un peu l'air.

– Dis à Buckley de t'accompagner et appuie-toi sur lui, conseilla-t-elle en se penchant pour déposer un baiser sur son front. Je suis tellement heureuse que tu sois de retour, mon grand. Tu ne peux imaginer à quel point. »

Cashel sourit sans rien dire, même si ces mots tendres le ravissaient. Aucun sentiment n'atteint l'intensité de l'amour que vous donne une mère, songea-t-il.

Il s'habilla et descendit en boitant chercher son frère Buckley, qui avait bien grandi mais restait encore un petit garçon maigrelet pour ses sept ans. Il n'était ni malade ni mal formé, simplement il n'avait pas autant profité que son jumeau Hogan.

« Fais-moi donc faire le tour du jardin, mon vieux Buck ! » proposa Cashel.

Ils déambulèrent tous deux sur la pelouse à l'arrière de la maison. Buckley l'abreuva d'anecdotes sur l'école (les jumeaux étaient inscrits au collège académique du recteur Smythe), et lui conta notamment ce qu'un élève avait fait à une souris morte, avec pour conséquence d'être battu par le recteur et exclu. Cashel écoutait d'une oreille, distrait par le solarium chaque fois qu'ils passaient devant, se souvenant du rôle inattendu qu'il avait joué dans sa vie. Sans se l'expliquer, il peinait encore à considérer Buckley et Hogan comme ses vrais frères, alors même qu'ils l'étaient par l'allure et par le sang, comme si lui-même n'arrivait pas à se défaire de son ancienne identité, à se détacher de l'imposture du fils orphelin des chimériques Moira et Findlay Greville. Pourtant, maintenant qu'il était rentré et que tout était pardonné, ils étaient bien tous des Ross.

Alors qu'ils faisaient un dernier tour de pelouse, Hogan sortit leur annoncer que le dîner était prêt. Grand, le cheveu noir, ce garçon avait des attitudes que Cashel jugeait matoises et supérieures. Il fit sans raison un croche-pied à Buckley et l'empêcha ensuite de se relever jusqu'à ce que Cashel lui ordonne d'arrêter. Une vraie brute, celui-là. Cashel lui flanqua une calotte, Hogan lui cracha dessus, un gros glaviot qui alla s'accrocher sur le devant de sa veste comme une broche visqueuse, Cashel lui colla une taloche encore plus appuyée qui lui arracha un cri de douleur et Buckley éclata d'un rire moqueur. Les jeux innocents des trois frères Ross, se dit Cashel, mal à l'aise, alors qu'ils rentraient souper.

***

Il avait passé des mois au couvent de Bruxelles. Avec le temps, il n'était plus resté que cinq blessés de Waterloo, les autres étant morts ou assez rétablis pour rejoindre leur famille ou leur régiment. La blessure à l'arrière de la cuisse de Cashel refusait mystérieusement de guérir. Elle se recouvrait d'une croûte, puis s'enflammait et s'infectait de nouveau, le pus provoquant une montée de fièvre. Les nonnes supposaient qu'un corps étranger avait pénétré dans le muscle avec la lance et s'y trouvait toujours, ce qui causait les inflammations chroniques. Elles nettoyaient et nettoyaient encore la plaie, appliquaient des cataplasmes de diverses compositions et l'infection reculait avant de revenir.

Cette pathologie récurrente ayant atteint un stade assez critique, on avait fait venir un nouveau chirurgien vers la fin de 1815 pour consultation et, malgré sa fièvre, Cashel avait entendu parler d'amputation comme unique traitement. À demi conscient, il avait pu crier un « Non ! Jamais ! » catégorique, si bien que le chirurgien belge s'était contenté de reséquer plus de chairs enflammées autour du point d'entrée de la lance. La cicatrice ressemblait à une cocarde plissée de la taille d'une soucoupe.

Petit à petit, grâce à l'application de multiples cataplasmes, l'infection s'était résorbée, apparemment pour de bon, et Cashel avait commencé à recouvrer des forces. Il s'était remis doucement à marcher, en boitant. Pendant les nombreuses semaines de sa convalescence, les muscles de sa cuisse gauche s'étant atrophiés, il avait eu besoin d'une béquille, puis d'une canne, pour assurer sa stabilité.

À la nouvelle année, il avait été renvoyé par navire en Angleterre avec les derniers blessés du 99e et accueilli dans l'hospice que lady Gertrude Walcott, l'épouse du colonel, avait fait construire à Greenwich au début du siècle en tant qu'institution charitable pour les blessés graves et les invalides du régiment de son mari. Cashel y avait obtenu une place presque sept mois après la bataille, le tout dernier homme du 99e ayant fait Waterloo à quitter Bruxelles.

L'hospice se composait de maisonnettes entourant une cour gazonnée parcourue de chemins pavés. Une soixantaine d'invalides et de blessés graves y occupaient de petits logements, l'un au rez-de-chaussée, l'autre à l'étage. Il y avait en outre une chapelle toute simple pour le culte, un réfectoire et des cuisines. Presque tous les hommes étaient amputés, certains parfois de deux ou trois membres, et d'autres atrocement défigurés : énucléations, brûlures ou plaies atroces au visage, mâchoires manquantes et autres terribles difformités dues aux évolutions modernes des champs de bataille. Les résidents portaient un surtout vert olive à boutons de cuivre et un calot à visière. Tout était gratuit, financé par la dotation de lady Gertrude : le logement, les vêtements et trois repas par jour. L'office du dimanche à la chapelle était obligatoire, mais pas les matines quotidiennes.

Cashel, dont la claudication diminuait progressivement, était considéré par les amputés comme une sorte d'imposteur. Son voisin du dessus, un soldat du nom d'Hector Blow qui avait perdu ses deux jambes et un œil au Portugal durant la brève participation du régiment à la campagne d'Espagne, s'irritait au plus haut point que Cashel occupât la chambre au rez-de-chaussée alors que lui-même logeait au premier et devait dévaler l'escalier « sur son cul maigrichon » pour atteindre son fauteuil roulant.

Cashel lui avait proposé d'échanger, mais les affectations dans les chambres étaient apparemment définitives. Peu importait. Blow l'agaçait, mais lui-même sentait qu'il guérissait, qu'il reprenait des forces chaque jour grâce à la tranquillité de l'hospice et aux repas copieux et réguliers. Il se réjouissait aussi de pouvoir mettre à profit cette curieuse parenthèse à Greenwich pour réfléchir à la direction qu'allait prendre sa vie. Il devait bien reconnaître qu'il n'en avait aucune idée, mais il se satisfaisait de laisser s'écouler le temps et partait du principe qu'une indication se révélerait dûment à lui.

L'hostilité de Blow s'était renforcée lors d'une visite du colonel Walcott, venu à l'hospice remettre à Cashel sa médaille de Waterloo et lui annoncer l'octroi d'une pension de dix pence par jour pendant deux ans, car il avait officiellement été réformé.

Un matin, peu de temps après cette petite cérémonie, Blow et trois autres camarades amputés, campés sur leurs béquilles, s'étaient plantés face à Cashel.

« Tu me dégoûtes ! l'avait agressé Blow. T'es là, bien debout sur tes deux guiboles, et nous, regarde ce qu'on a perdu, tous ! »

Les autres avaient levé leurs moignons ou exhibé leurs jambes de bois en maugréant leur approbation fielleuse.

« Nous aussi, on a combattu, avait poursuivi Blow. On s'est sacrifiés pour le régiment. Alors elle est où, notre putain de médaille ? Elle est où, notre pension sur deux ans ?

– Cela n'a rien à voir avec moi, avait protesté Cashel. Je n'ai rien demandé. Je suis déjà bien heureux d'être en vie. Allez donc vous plaindre au colonel Walcott.

– C'est même pas une vraie boiterie, ça ! avait déclaré un certain Bakewell en touchant la jambe gauche de Cashel du bout de sa béquille. À peine un caillou dans ta chaussure, ça se voit, sale paltoquet de Waterloo !

– Je n'ai rien demandé, avait répété Cashel, dont l'esprit s'échauffait lui aussi. Je n'ai pas demandé à être embroché par un lancier français. Je n'ai pas demandé à voir mon meilleur ami mourir sous mes yeux.

– Oh, pauvre petit ! avait ironisé Blow. Tu crois que t'as vu le pire, espèce de mauviette ? Passe-moi ton mouchoir, Bakewell, que j'essuie mes larmes. »

Cette animosité croissante des amputés et la conscience d'être en effet le seul homme non défiguré et en possession de ses quatre membres à l'hospice avaient poussé Cashel à prendre la plume pour demander à sa mère s'il pouvait rentrer à The Glebe et y achever sa convalescence.

En commençant sa lettre, il avait senti croître en lui de puissantes émotions et compris que sa mère lui avait manqué et lui manquait encore terriblement. Ils avaient vécu à deux pendant les huit premières années de sa vie, après tout, et forgé un lien très puissant – d'autant plus puissant, paradoxalement, qu'il ignorait alors qu'elle était sa mère. Durant son séjour de plusieurs mois au couvent, il avait eu tout le temps nécessaire pour penser à Elspeth Soutar, à ses actes, à ce qu'elle représentait pour lui. Et en traçant les mots « Très chère mère » sur la feuille, il avait compris qu'il n'était pas trop tard pour renouer ce lien. Il était encore très jeune, malgré toutes les aventures qu'il avait vécues. Il restait son garçon, son Cashel.

Il lui avait finalement écrit une longue lettre, dans laquelle il lui révélait sa situation, son lieu de convalescence et toutes les péripéties des deux années écoulées depuis sa fuite. Elle lui avait répondu par retour, pleine d'affection et d'une joie sincère, et c'est ainsi que, une semaine plus tard, Cashel descendait d'un pas prudent de la diligence en provenance de Londres devant l'auberge Roebuck, vêtu de son uniforme terni et rapiécé. Il aperçut sa mère qui pleurait à chaudes larmes, accompagnée de deux garçons intimidés, ses jeunes frères Hogan et Buckley. La famille était enfin réunie.

***

M. Pelham Ross, alias sir Guy Stillwell, n'était pas présent ce jour-là. Il se trouvait aux Indes (Elspeth jura à Cashel que c'était la vérité) pour s'occuper d'une nouvelle entreprise commerciale destinée à revigorer la fortune des Stillwell. Cette absence ne fâchait point Cashel, qui n'arrivait pas à imaginer comment se déroulerait sa prochaine rencontre avec sir Guy, ni comment il se sentirait face à lui en sachant désormais qu'il s'agissait de son père naturel. Sir Guy ne reviendrait pas avant au moins un an, selon Elspeth, et tous plaçaient de grands espoirs dans cette aventure indienne.

À mesure que ses forces lui revenaient, Cashel renouait sa fréquentation d'Oxford. Ben Smart était maintenant étudiant à Jesus College. Cashel ayant entretenu leur correspondance pendant ses deux années de régiment, il n'avait pas grand-chose à lui raconter de plus, sinon son récit lacunaire de la bataille de Waterloo. Ben étudiait la théologie et se destinait à devenir révérend, mais il lui avoua qu'il avait des ambitions professionnelles plus séculières : le journalisme. Dans sa faculté, il avait créé une lettre d'informations hebdomadaire d'une page qu'il vendait un farthing.

« Tellement bon marché que presque tout le monde l'a achetée, lui expliqua-t-il alors qu'ils marchaient dans Ship Lane pour se rendre aux Seven Goats, une taverne de Cornmarket. Mais un farthing multiplié par cent, puis encore par dix, ça fait combien ? Une jolie petite somme !

– En effet ! convint Cashel en effectuant le calcul. Ce qui me fait penser que ma place se trouve peut-être à l'université, après tout. J'ai reçu une certaine éducation, mais j'aurais bien besoin de la parachever.

– Après toutes ces expériences ? La vie que tu as menée ? Ce serait comme retourner à l'école, voire pire. Tu n'imagines pas les règles et les contraintes de l'université, sans parler des horaires ! Nous sommes même enfermés la nuit. Je ne suis pas sûr de pouvoir le supporter longtemps moi-même.

– C'est bien joli venant de toi, révérend Smart. Mais que va-t-il advenir de moi ?

– Tu as presque dix-sept ans, Ross. Le monde s'ouvre à toi. Fais selon ton gré. Tu as une longueur d'avance sur nous tous. »

Cashel remâcha les propos de Ben, un matin qu'il se rasait avec un coupe-chou de récente acquisition. Il avait décidé de se laisser pousser des favoris jusqu'à l'aplomb de la bouche pour se mûrir un peu. Ah, que n'avait-il les cheveux bruns de Hogan et Buckley, et non cette toison filasse ! Le savon sur ses joues et son menton lui dessinant une barbe blanche, il se prit à s'imaginer à trente ou quarante ans d'âge, mari et père. Mais cette existence lui semblait lointaine, presque inconcevable. Son service dans le 99e, son expérience à Waterloo et ses suites lui apparaissaient tel un chiasme noir dans sa vie. Le Cashel d'aujourd'hui, en 1816, n'avait plus rien à voir avec celui de 1814. Quelque chose s'était perdu en chemin (l'innocence ?), et il se demanda vaguement ce qui le remplacerait, tout en résolvant de procrastiner encore un peu. Il avait la vie facile à The Glebe, il se sentait mieux chaque jour, reprenait du poids et se laissait chouchouter par une mère qui avait cru perdre son fils à jamais.

Cette procrastination atteignit son terme à la nouvelle année, quand Elspeth le prit à part après le souper.

« Sir Guy est rentré des Indes, annonça-t-elle. J'ai reçu une lettre aujourd'hui.

– Il est à Stillwell Court, j'imagine ?

– Oui, et il veut te voir. Il veut que tu te rendes en Irlande. »

Cashel n'accepta pas d'emblée. À l'évidence, la complexe double vie de sir Guy Stillwell perdurait. Déjouant tous les funestes pronostics, lady Evangeline n'était pas morte, ce qui le contraignait à jongler toujours en secret entre ses deux familles. Cashel délibéra pendant quelques jours, résistant d'abord aux encouragements de sa mère avant de finir par céder, non parce qu'il souhaitait voir son père mais parce que c'était une occasion d'agir, une amorce. Mais quelle réaction l'amorce provoquerait-elle ?

***

Il lui fallut cinq jours pour effectuer le trajet d'Oxford à Cork : d'abord la diligence jusqu'à Bristol, où il coucha, puis le paquebot de nuit jusqu'à Dublin, puis une autre diligence jusqu'à Cork avec une nouvelle nuit sur la route. Il s'attarda un jour de plus à Cork, où il descendit dans un hôtel bon marché, soudain nerveux à la perspective de ces retrouvailles. Il avait besoin de rassembler ses pensées, de soupeser l'attitude à adopter avec sir Guy, Rosamond et Hester. Sa mère avait souligné l'importance de ne rien laisser transparaître de leur vie à The Glebe, pas la moindre allusion. Cashel se sentait écrasé par le fardeau de toutes ces injonctions, par l'impératif de maintenir le masque du neveu orphelin d'Elspeth Soutar. Sa décision de venir à Stillwell Court était-elle bien sage ?

Il prit un char à bancs de Cork à Castlemountallen. Ayant payé ses six pence, il s'installa entre un prêtre et une grosse dame, bien content d'avoir mis son chapeau haut de forme en castor pour se protéger de la fine bruine qui tombait. La voiture avança bon train vers le nord, le trajet ponctué par le martèlement régulier des sabots du cheval, métronome égrenant les pas et les lieues jusqu'à Stillwell Court. L'on fit halte dans des villes ou villages comme Fermoy, Ballyhooly et Doneraile, où certains voyageurs montaient et d'autres descendaient. D'humeur bavarde, le prêtre, qui fumait sa pipe en continu, fut surpris d'apprendre que son jeune voisin était un vétéran de Waterloo. « Une immense victoire, grâce à Dieu ! » s'exclama-t-il sans grande conviction. Cashel le laissa bavasser sur sa paroisse et ses problèmes assommants, heureux d'être ainsi distrait.

Quand il descendit à Castlemountallen, les souvenirs affluèrent. Il récupéra son portemanteau et, d'instinct, trouva la route à prendre pour rejoindre le domaine.

Le crépuscule approchait lorsqu'il emprunta la grande allée menant au manoir. Il se rendit compte qu'il ne l'avait pas vu depuis presque dix ans ; or son absolue familiarité s'imposa à lui de façon troublante. Cette demeure avait été son foyer, constant et irrévocable semblait-il alors, et non un endroit qui pouvait être oublié ou facilement effacé par le passage des ans. Sa tendre enfance s'était déroulée dans ce cadre hors du temps. Tout petit, il avait couru dans le jardin, pourchassé par les filles ; sa mère et lui avaient dit leurs prières et chanté des psaumes dans les communs tous les dimanches aussi loin que remontait sa mémoire. Stillwell Court était incrusté dans son être, tout comme Glanmire Cottage. Alors que la façade se dressait devant lui, il comprit que cette maison était son chez-lui, si tant est que l'on en ait un dans la vie.

D'une main nerveuse, il souleva le lourd heurtoir en cuivre. Il se savait attendu, mais se sentait étrangement intimidé, privé de toute assurance. Il n'avait aucune idée de ce qui allait advenir.

***

« Eh bien, voilà qui s'est excellemment déroulé », commenta sir Guy en baissant la voix tandis que Rosamond et Hester sortaient de la salle à manger et se dirigeaient vers le salon.

Il passa à Cashel un plateau d'argent sur lequel était posé un assortiment de cigares et de chiroutes, et lui remplit un verre de porto à ras bord.

« Cashel, je dois vous remercier pour votre remarquable feinte. J'apprécie. Seuls vous et moi savons le degré de… de discrétion requis en la matière.

– J'en suis conscient, monsieur, dit Cashel en choisissant le plus petit cigare qu'il trouva. Je ne voudrais rien faire qui puisse rendre les choses plus difficiles ou délicates, même par mégarde.

– Vous avez été parfait. Les filles sont ravies de vous voir, et je sais qu'elles ne soupçonnent rien. »

Cashel alluma son cigare à une chandelle. Sir Guy en choisit un plus gros et plus long et, avant de l'allumer lui aussi, se plia à toute la fastidieuse préparation : étêter, percer, inspecter soigneusement le bout incandescent. Tous deux se trouvèrent bientôt enrobés d'épais nuages de fumée grise.

Cashel but une lampée de porto. Maintenant qu'ils se retrouvaient seuls, ses appréhensions se rappelaient à lui. Sa vieille amie l'ébriété vint à son secours.

« Permettez-moi de vous parler franchement, Cashel, d'homme à homme, commença sir Guy sur le ton de la confidence. Mon problème est que mon épouse n'est pas assez folle. Si elle était totalement aliénée… eh bien, paradoxalement, la vie serait plus simple. Toutefois, ses moments de lucidité me donnent à réfléchir et lui donnent… du pouvoir, dit-il avant de tirer sur son cigare. Soyez très prudent si vous vous retrouvez à lui parler. Elle n'est pas ce qu'elle paraît, ne vous laissez pas berner. Nonobstant, si ma nouvelle entreprise indienne prospère, j'aurai une certaine latitude, du pouvoir en propre, et tout ira pour le mieux. Mais il me faut un an ou deux avant de pouvoir en être assuré. »

Cashel hésita à l'interroger sur son « entreprise indienne », mais, préférant s'octroyer un autre verre de porto, tendit le bras vers la carafe.

Avec une totale honnêteté qui frappa Cashel, sir Guy poursuivit en lui expliquant que, sans la fortune considérable de la famille de lady Evangeline, les Stillwell seraient en faillite et Stillwell Court devrait être vendu, « sans nul doute à quelque négociant parvenu de Cork qui le redessinerait selon son goût de roturier ». La situation était précaire, et maintenir ce fragile équilibre occupait chaque heure de ses journées. Comme il aurait aimé retourner à The Glebe ! Mais il devait cacher finement son jeu dans cette partie serrée. Il espérait que Cashel le comprendrait.

Cashel le comprit et vida son deuxième verre. C'était un excellent porto – pas de petites économies là-dessus, en tout cas. Il se rendit compte qu'il n'éprouvait guère de compassion pour sir Guy, qui avait fait lui-même les choix régissant sa vie complexe et devait les assumer, malgré toute la difficulté de la chose.

« Enfin bref, assez parlé de mes soucis. Et vous, mon garçon ? Que compte faire l'homme de Waterloo ? »

***

« Comment était-ce, Waterloo ? » demanda Rosamond le lendemain, alors qu'ils se promenaient dans le parc.

Cashel eut du mal à répondre tant sa migraine était violente, lancinante. Sir Guy et lui avaient vidé la carafe de porto la veille au soir.

« Eh bien…

– Quand je pense que notre Cash-Cash-Cou a été un courageux soldat dans une bataille historique ! l'interrompit Hester.

– J'étais simple tambour, pas général ! protesta-t-il.

– Et tu as été grièvement blessé, mon pauvre, compatit Rosamond.

– Quand on part à la guerre, il faut accepter que…

– As-tu rencontré d'affriolantes soubrettes françaises pendant tes manœuvres militaires ?

– Non, mademoiselle Hester, espèce de fouine. »

Elle lui donna une bourrade dans l'épaule et lui tira la langue. Tous les trois avaient promptement renoué avec leurs persiflages d'enfance. Ces jeunes femmes de vingt-cinq et vingt-trois ans étaient à présent pour lui des demi-sœurs, et non des châtelaines guindées et distantes – si seulement elles savaient !

« Comment se porte ta tante ? s'enquit Rosamond. Cette chère Elspeth, elle nous manque tellement !

– Très bien. Elle vous envoie son meilleur souvenir.

– Elle a fait de nous les femmes que nous sommes, Cashel. Et je ne plaisante pas. Nous l'aimons beaucoup, n'est-ce pas, Hester ?

– Oui ! Dieu bénisse Elspeth Soutar !

– Elle vous porte la même affection, répondit Cashel, honteux d'avoir soudain les larmes aux yeux. Et si nous allions faire du cheval ? suggéra-t-il de but en blanc pour changer de sujet.

– Cashel Greville ? Toi, sur un cheval ?

– C'est déjà arrivé. »

***

Ce fut également lors d'une promenade équestre, deux jours plus tard, que sir Guy, toujours aussi élégant en selle, demanda à Cashel ce qu'il comptait faire à présent de sa vie. Ils avançaient au pas sur la longue allée taillée dans les bois de bouleaux au nord de Stillwell Court, par une belle journée qui leur donnait à entendre la jubilation murmurée d'une tourterelle non loin dans les arbres.

« En toute honnêteté, monsieur, je n'en ai aucune idée. J'envisageais peut-être l'université… Oxford.

– Et les voyages ? Ne voulez-vous point voir le monde, comme je vous l'avais conseillé ?

– Ce serait merveilleux, mais cela requiert des fonds. »

Sir Guy hocha la tête. À l'évidence, les fonds nécessaires à un tour d'Europe n'étaient pour l'heure pas disponibles.

« Vous avez été soldat, vous avez même été décoré. Et l'armée ?

– J'ai une pension de deux ans pour inaptitude au service, monsieur. Je ne peux pas réintégrer le 99e, ni aucun autre régiment de ligne.

– Certes, certes, voilà qui est fâcheux, convint sir Guy avant de se plonger dans ses réflexions. Mais attendez, il y a une autre armée qui vous accueillerait volontiers !

– Laquelle ?

– Celle de la Compagnie anglaise des Indes orientales ! s'exclama-t-il en se donnant une grande claque sur la cuisse, visiblement enchanté de son idée. J'ai noué de précieux contacts pendant mon séjour. Si, si, des gens qui se plieraient en quatre pour me rendre service. Je peux vous acheter une commission, ce n'est pas si cher, vous seriez surpris. Vous seriez officier et vous toucheriez une solde. Et plus important encore, vous découvririez l'Orient. La voilà, notre réponse ! Je vous le dis, Cashel, l'Inde est une merveille, une caverne d'Ali Baba. Vous n'oublierez jamais cette expérience. »

***

De la fumée s'élevait de la cheminée de Glanmire Cottage, occupé par une nouvelle famille. Cashel préféra ne pas demander à le visiter (peut-être un autre jour) et poursuivit son chemin sur l'allée menant chez les Doolin.

Mais leur chaumière était à l'abandon, le toit enfoncé, sans cochons ni poules dans la cour. Il continua de marcher et s'informa auprès d'un vieillard édenté qui entassait de la tourbe près de sa porte d'entrée.

« Ouiche, ils sont partis, les Doolin. Ça fait deux ans.

– Où sont-ils allés ?

– En Amérique, comme tout le monde dans le coin. Sauf le fiston, celui qu'était malin. Comment s'appelait-il, déjà ? Lui, il est parti à Londres.

– Lorcan ?

– Voilà ! Il a hérité de la seule cervelle de la famille, celui-là. Les autres ont pris un bateau pour la Terre promise. Bon vent à eux ! » s'exclama-t-il, l'air de trouver l'idée cocasse.

Cashel retourna au manoir. L'émigration des Doolin lui fit soudain percevoir l'attrait de la proposition de sir Guy, sa pertinence dans sa situation actuelle. Oui, le changement était une bonne chose. Et un changement radical et véritable, une chose meilleure encore. L'idée de devenir officier dans l'armée des Indes le séduisait. Peut-être était-ce le cours que devait suivre sa vie.

Il laissa l'idée et ses ramifications occuper son esprit pendant les quelques jours qui suivirent. Il se rendit à un bal, où il dansa avec Hester ; il passa un après-midi à chasser la bécassine sur le domaine jouxtant Stillwell Court, mais fut dérangé par le bruit des fusils, dont chaque détonation le faisait sursauter ; il sortit à cheval avec Rosamond, qui se moqua de son manque d'aisance ; il apprécia ses repas avec la famille et des invités occasionnels, mais pendant tout ce temps des idées tournoyaient dans son esprit : l'armée, les voyages, les Indes, une échappée belle, un avenir…

Un jour qu'il se promenait dans la grande roseraie du domaine, ruminant les possibilités qui s'offraient à lui, il prit un tournant près d'une haie d'ifs verdoyants et tomba nez à nez avec lady Evangeline, qui, soutenue par deux infirmières, marchait d'un pas chancelant sur une allée de brique entre les plates-bandes. Il fit un pas en arrière, mais elle l'avait vu.

« Qui est là ? lança-t-elle de sa voix aiguë et criarde comme celle d'une pie. Montrez-vous donc !

– C'est moi, lady Stillwell. Cashel Greville. »

Il s'avança pour qu'elle puisse le voir. Elle portait un manteau anthracite en tissu raide et un béguin bien accroché sous le menton. Ses petits yeux chassieux scrutèrent Cashel avec une acuité qui le fit douter du diagnostic souvent répété par Rosamond et Hester selon lequel elle avait perdu la raison.

« Greville ? Le garçon de Glanmire Cottage ?

– Oui, madame, c'est moi. Je suis en visite.

– Oui, Cashel Greville, oui… Qu'est devenue votre tante ?

– Elle se porte très bien. Elle vit en Angleterre, maintenant.

– Parfait. Loin des yeux, loin des pensées. »

Cashel se demanda ce que cela signifiait. Et en parlant de « pensées », cette dame semblait avoir toute sa tête.

Elle ordonna à ses infirmières de la rapprocher de lui et le dévisagea comme pour lire quelque chose sur ses traits. Il essaya de ne pas ciller.

« Vous êtes devenu un bien beau jeune homme.

– Merci du compliment, madame.

– Quand vous habitiez ici, je vous prenais pour une chiffe molle ou un benêt.

– C'était peut-être le cas. Vous aviez sûrement raison de le penser.

– Que faites-vous à Stillwell Court ?

– Je rends mes hommages, madame. Je voulais revoir Rosamond et Hester. J'étais de passage et…

– Vous logez au manoir ?

– Je rentre en Angleterre aujourd'hui même, mentit Cashel pour éluder sa question, car cet interrogatoire commençait à l'inquiéter.

– Parfait. Eh bien, nous nous sommes revus, Cashel Greville. Je vous souhaite longue vie et prospérité. Je doute qu'il y ait jamais une autre rencontre.

– J'espère au contraire qu'il y en aura bien d'autres, lady Stillwell. »

Mais elle lui avait déjà tourné le dos et, soutenue par ses infirmières, s'était remise à marcher d'un pas maladroit sur les allées entre les parterres de roses. Il la suivit des yeux un moment, puis se détourna et quitta le jardin.

Cette rencontre eut pour effet surprenant de le décider, sans qu'il comprît trop pourquoi. C'était comme si lady Stillwell avait flairé les énormes secrets de la famille, qui couraient telle une rivière empoisonnée sous la surface de leur vie aristocratique faite d'ordre et de privilèges. Ses filles la disaient folle à lier, mais il l'avait trouvée très claire et rationnelle durant leur conversation. Ce serait peut-être un avantage de s'éloigner de toute cette dissimulation, d'avoir une existence à lui, de vivre à son gré et de se débarrasser de ces demi-vérités, mensonges et affabulations qui semblaient l'entourer en permanence. Je dois trouver ma propre voie, songea-t-il. Je dois partir pour les Indes.

***

Dans les faits, sir Guy Stillwell dut débourser trois cent cinquante livres pour acheter à Cashel une commission de lieutenant dans l'armée de la présidence de Madras de la Compagnie anglaise des Indes orientales (soit deux fois moins que pour un régiment correct dans l'armée britannique, Cashel ne l'ignorait pas). Deux mois plus tard, sir Guy l'emmena à Londres chez son tailleur de Savile Row, qui prit ses mesures afin d'ajuster les différents uniformes – de cérémonie, de travail et de combat – requis pour un lieutenant du 5e régiment européen d'infanterie légère de Madras.

Cashel se mirait dans la psyché, vêtu d'un dolman rouge à épaulettes et tresses d'or et à haut collet de cuir noir laissant voir le jabot de sa chemise, et d'un pantalon blanc moulant serré dans d'étroites bottes noires à la hussarde qui lui montaient à mi-mollet. Le tailleur lui plaça doucement sur la tête le shako tuyau de poêle à plumet d'autruche noir.

« Ce sont de magnifiques uniformes, mais quelque peu clinquants, commenta sèchement sir Guy.

– J'ai l'impression que je vais monter sur scène pour une grotesque mascarade, déclara Cashel, ce qui fit éclater de rire son père.

– Mais tout le monde aura le même, Cashel ! Ce n'est pas notre bonne vieille Angleterre, c'est l'Orient ! Attendez un peu d'y être. Vous vous sentirez très à l'aise dans vos beaux atours.

– Merci, monsieur, répondit sincèrement Cashel. J'ai le sentiment que ce nouveau chapitre de ma vie pourrait bien être décisif. »

***

Ils passèrent la dernière soirée de Cashel en Angleterre au Brydges', le club de sir Guy, qui occupait une belle maison près de St James's Street, récemment édifiée grâce au financement des membres. Il y avait foule dans la salle de jeu autour des tables de whist, où s'échangeaient notoirement de grosses sommes d'argent. Par suite, Cashel et sir Guy eurent le petit salon pour eux seuls, à l'exception d'un vieux monsieur qui sommeillait dans un coin et d'un autre homme qui essayait de lire son journal à la lumière d'un quinquet.

Sir Guy, qui avait fait accompagner de deux bouteilles de bordeaux leur souper dans la salle à manger (canard aux petits pois, puis chaussons aux pommes), commanda du brandy et demanda au serveur de laisser la carafe près de leurs fauteuils. Sous l'effet de l'alcool, sir Guy sembla s'adoucir et se détendre, allant même jusqu'à tapoter Cashel sur le genou de temps à autre pour souligner ses propos. Lorsque Cashel, qui avait un peu froid, alla se poster dos au feu, sir Guy le rejoignit, à l'évidence un peu gris.

« Je ne l'ai jamais dit à votre mère, mais au début de notre mariage avec lady Evangeline, nous avons conçu un premier enfant, un fils, annonça sir Guy en faisant tourner le brandy dans son verre. Il est né à terme... J'ai eu un fils pendant deux jours, et ensuite il est mort. »

Cashel ne savait trop s'il devait commenter à ce stade, donc il garda le silence et but son digestif.

« Et puis les filles sont arrivées, Dieu soit loué ! Mais le souvenir de mon fils décédé, que nous avions baptisé Guy, comme moi, me hantait. Alors quand vous êtes venu au monde... vous imaginez ce que j'ai pu ressentir, dit-il en se penchant pour lui serrer fort le bras.

– Je crois, oui, fit prudemment Cashel tant cette révélation était lourde d'implications.

– Et vous imaginez peut-être ce que je peux ressentir maintenant en étant là près de vous, mon fils. »

Il avait les larmes aux yeux – des larmes de brandy, Cashel le savait bien, mais que répondre à cette confidence ?

« C'est un honneur, monsieur », bredouilla-t-il.

Il se sentait désarçonné. Soudain les simulacres, l'artifice de leur relation se révélaient dans toute leur anormale crudité. Mieux vaut tard que jamais, songea-t-il.

Sir Guy se détourna pour cacher son émotion, puis se racla la gorge pour timbrer sa voix.

« Cashel, je vous tiens en haute estime et j'espère que vous ne l'ignorez pas. Ce que vous avez accompli à vous seul, ce à quoi vous avez survécu... Mon Dieu ! Rien de ce que j'ai connu n'est comparable à votre expérience à Waterloo, rien. Vous êtes tout ce que j'aurais souhaité que mon fils pût être. Et je vous en fais le serment : je vous reconnaîtrai un jour, quand les circonstances le permettront. »

***

Cashel se tenait sur le seuil de son bungalow à Fort Blenheim, contemplant d'un œil vide l'immense et poussiéreuse place d'armes en terre battue qui s'étendait devant lui, où le soleil déclinant ourlait toute chose d'un orange flamboyant. Il allait devoir boucler la rédaction de sa lettre. Il s'assit à la table de la véranda pour la relire alors qu'un clairon sonnait la Dernière Levée et que deux cipayes amenaient le drapeau de la présidence de Madras. Il tira une bouffée de sa chiroute, l'écrasa à moitié fumée et lança ce qu'il en restait au jardinier, Malawo, qui arrosait les cannas devant le perron.

« Merci, lieutenant Ross ! » dit Malawo en remisant le mégot dans son pagne pour plus tard.

Cashel prit sa plume et se mit à relire sa lettre à Ben Smart.

Fort Blenheim
Ooty
Madras
Inde

3 février 1818

Mon cher Ben,

Il t'amusera d'apprendre que je me lève à cinq heures (du matin, s'il te plaît) pour la première parade de la journée. On lit les ordres, les compagnies indiquent leurs effectifs, et puis on se lave, on s'habille et on prend un petit déjeuner copieux, à l'écossaise : de la bouillie d'avoine, des œufs cuits de différentes façons, du lard, du riz et des légumes. Le reste de la matinée, on traîne, on lit, on étudie parfois. La plupart des officiers considèrent alors qu'il est temps de faire la première sieste de la journée. L'indolence règne jusque vers onze heures, moment de rendre visite à des amis, préférablement mariés, ce qui permet de fréquenter le beau sexe. Nous utilisons nos palanquins (ou bandys, *comme on appelle ici ces cabriolets) car il fait trop chaud pour partir à cheval ou à pied. Ensuite, c'est le* tiffin *: essentiellement des fruits (très abondants ici), du pain et des gâteaux. Puis, après environ une heure de repos, nos garçons d'écurie sortent nos montures et nous partons en promenade à cheval ou en calèche jusqu'au crépuscule. Nous rentrons alors nous changer pour aller dîner vers sept heures, même si, après le* tiffin, *j'ai toujours l'impression d'être gavé comme une oie. Cela peut donc se limiter à une tranche de jambon ou du cari d'agneau et du fromage d'Angleterre. Nous buvons ce qui se présente (j'ai ainsi acheté une douzaine de bouteilles de madère pour quarante shillings) et nous jouons aux cartes. Il paraît que certains régiments encouragent les parties de cricket, mais pas le 5ᵉ Madras européen. La plupart des hommes sont couchés à dix heures. Nous vivons comme des nababs, sauf quand l'alarme résonne pour réveiller la troupe (mais ce n'est jamais encore arrivé depuis que je suis ici). Quoi qu'il en soit, mes sept cents livres annuelles ne vont pas loin. Entretenir un cheval coûte cinquante livres par an et mon* syce *reçoit dix pence par jour. Et n'oublions pas le jardinier et la fille qui fait le ménage dans notre bungalow. Heureusement, je loge avec un autre officier subalterne qui est riche, accoutumé à un train de vie plus luxueux que le mien et tout disposé à m'en faire bénéficier. En tout cas, tu peux être tranquille, l'Empire est en bonnes mains et notre « petite bande de frères » s'emploie pour lui aussi bien que possible.*

Ton ami fidèle,

Cashel Greville

Puis il pensa à ajouter « Ross ». Il rangea son papier, son encre et sa plume, se leva, s'étira et s'émerveilla de la splendeur ostentatoire du coucher de soleil : de l'orange, des gris, quelques striures bleutées et dégradés de pourpre. Combien en avait-il vu depuis qu'il résidait à Ooty ? Deux cents ? Non, sans doute plus. Il était arrivé aux Indes en juin 1817 et l'on était en février 1818. Bonté divine ! Il n'était là que depuis huit mois ? Il avait l'impression que cela faisait plutôt huit années.

Le voyage depuis l'Angleterre avait été une forme de préparation, d'apprentissage à l'*ennui** dont il savait à présent qu'il serait une constante de sa vie de soldat dans la présidence de Madras. Après douze semaines de traversée jusqu'au Cap, ils avaient fait escale une semaine sur la plage, le temps que leur navire soit radoubé et réapprovisionné, puis avaient navigué encore dix semaines avant d'atteindre Bombay. On lui avait dit qu'un voyage de moins de six mois constituait un exploit. Celui-ci avait été paisible dans l'ensemble et sans incident, les journées à bord s'enchaînant dans une continuité indiscernable. Il avait noué une chaste relation avec une jeune femme brillante, Mlle Cicely Hynes, mais ni l'un ni l'autre n'avait pris cela au sérieux, y voyant plutôt un passe-temps partagé. Elle partait épouser le résident d'une lointaine province du Bengale ; lui partait guerroyer, croyait-il.

Au moins était-il cantonné à Ooty, où régnait un printemps éternel. Ooty la verdoyante, la vallonnée, la Suisse de l'Inde australe, était la station d'altitude où la présidence de Madras de la Compagnie anglaise des Indes orientales estivait pour échapper à la chaleur insupportable des plaines. À une demi-lieue de la ville sur la route de Westbury, près de la briqueterie, Fort Blenheim abritait la caserne et le quartier général du 5e régiment européen d'infanterie légère de Madras. Cashel s'estimait heureux, même s'il commençait à souffrir de la torpeur de la vie au camp. Heureusement, il pouvait compter sur l'amitié du Dr Rhys Freemantle. Sans lui, il se demandait s'il pourrait…

« Où est ce foutu gin, Ross ? » cria-t-on depuis l'intérieur du bungalow.

La question provenait de son camarade lieutenant et logeur, l'honorable Deveron Gilchrist-Baird, qui devait être en train de se contempler dans le miroir.

« Dans un seau d'eau froide au cellier ! » répondit Cashel.

Gilchrist-Baird était un blond aux yeux bleus, mais son air pincé et ses traits marqués le faisaient paraître plus âgé que ses vingt-deux ans. Une terrible incartade dont il se refusait à avouer la nature lui avait valu d'être exclu du régiment Coldstream de la Garde et envoyé à Madras en bannissement temporaire. Comme il hériterait un jour du titre de baronnet, de plusieurs magnifiques propriétés et d'une rente confortable, les autres officiers du 5e Madras ne le plaignaient guère.

Cashel comprit d'ailleurs bientôt que tous deux étaient des sortes de parias dans le régiment, Deveron en raison de sa richesse dorée et de son entregent aristocratique, lui-même parce qu'il avait combattu à Waterloo. En effet, le prestige du nom et de la médaille emplissait de défiance et de jalousie les officiers de la Compagnie anglaise des Indes orientales. La présence de Cashel sur le champ de bataille le 18 juin 1815, la grave blessure reçue alors qu'il se battait pour sa patrie, l'octroi d'une décoration et d'une pension en reconnaissance de ce fait d'armes le distinguaient à leurs yeux comme un authentique héros, ce qu'ils n'étaient manifestement pas. Ils en avaient conclu sans aucun fondement que Cashel devait considérer ses pairs officiers du 5e Madras avec un mépris dissimulé. Dissimulé, certes, mais du mépris nonobstant.

Leur sentiment d'infériorité tenait au fait que le régiment n'avait pas connu de service actif depuis 1803, leur dernier engagement ayant été la petite bataille du fort d'Asigarh durant la deuxième guerre anglo-marathe. Depuis lors, la plupart des actions militaires en Inde avaient été menées par les présidences du Bengale et de Bombay. Au début, Cashel s'était évertué à leur assurer que, contrairement à ce qu'ils pensaient, il était fier et heureux de faire partie du 5e Madras, mais ses dénégations ne semblèrent pas les convaincre. Désormais, après huit mois de désœuvrement, il s'en fichait – qu'ils aillent au diable !

Cashel rentra dans le bungalow. Deveron se servait un gin mélangé à du vin, concoction de son invention, tout en se scrutant dans la glace avec une petite moue. Cashel accepta un verre de gin.

« J'envisageais de me laisser pousser la moustache, annonça Deveron. Qu'en pensez-vous, Ross ?

– Excellente idée.

– Ah, vous, l'hirsute, je vous envie vos fauberts !

– Eh bien, ne vous rasez plus les joues, alors !

– Je suis trop blond. Ils auraient l'air d'un duvet de cul.

– Votre moustache aussi…

– Oui, mais je pourrai la teindre, ma moustache.

– Vous pouvez aussi teindre des favoris.

– Certes. »

Cashel éclusa son gin en appréciant la brûlure de l'alcool dans sa gorge puis, craignant de devenir fou si cette conversation se prolongeait, enfila sa veste et la boutonna.

« En route ! s'exclama-t-il. Si l'on me cherche, je suis parti jouer aux échecs avec le docteur.

– Que lui trouvez-vous donc, à ce vieil éteignoir ? Il n'est guère amusant, notre médecin.

– C'est un excellent joueur d'échecs, voilà ce qui compte. »

Il traversa la place d'armes jusqu'au portail, structure ornementale sertie dans le haut remblai d'enceinte du fort, rendit leur salut aux sentinelles, Melrose et Goodwin, deux hommes de sa compagnie, et emprunta Hadfield Road en direction du lac au bord duquel nombre des officiers mariés occupaient de jolies maisons au jardin propret qui portaient des noms fleurant bon l'Angleterre tels Woodside, Erin Cottage ou Walpole Hall.

Lakeview, celle où vivait le Dr Freemantle avec son épouse Letitia et leurs deux enfants, lui apparaissait comme un îlot de normalité dans le monde excentrique du 5e Madras.

Freemantle remportait toutes les parties d'échecs qu'ils se disputaient, mais Cashel n'en avait cure. Ce qui lui plaisait, c'était l'exercice mental de ce jeu qui servait d'antidote à la monotonie de sa vie et occupait deux heures de ses soirées, mais aussi l'analyse cinglante que faisait le médecin de ses camarades, ainsi que ses bons conseils. Freemantle était un homme fringant, d'apparence soignée, dont le cheveu se clairsemait et dont les favoris bien taillés commençaient à grisonner. Cashel le soupçonnait parfois de s'être construit une carapace de patience et de calme pour se protéger des vicissitudes de la vie de caserne. Freemantle lui avait confié que ce qui le désolait au plus haut point était la prévalence de maladies vénériennes parmi les troupes, des officiers aux simples soldats. « Il m'arriverait presque de souhaiter une épidémie de choléra, ne fût-ce que pour éloigner les hommes de leurs catins et de leurs concubines. »

Il enjoignait souvent à Cashel de ne pas succomber à la tentation et plaidait ardemment la cause de l'abstinence en lui décrivant de manière très crue les atroces conséquences de la vérole et de ses comparses nocives, et en répétant en boucle le vers latin *Facilis descensus Averno* : « Il est facile de descendre aux enfers. » Impressionné par sa gravité à ce sujet, Cashel arrivait à se retenir et, quand il n'y tenait plus, recourait à l'option ancestrale, testée et approuvée.

Occupé à ramasser les fleurs mortes d'un hibiscus dans son jardin de devant, Freemantle leva la tête en entendant les premières chauves-souris voleter autour de lui.

« Ah, Cashel, je me réjouis que vous ayez pu venir, lui dit-il (car ils s'appelaient par leur prénom quand ils savaient qu'on ne les entendrait pas). Je craignais que vous ne fussiez retenu en raison de l'alerte générale.

– Quelle alerte ?

– Vous l'ignorez ? Le régiment part pour Ceylan à la demande du gouverneur local, qui a besoin de renforts.

– Pour Ceylan ? Que s'y passe-t-il ?

– La troisième guerre de Kandy. Vous allez mater une rébellion, mon vieux.

– Comment se fait-il que vous en soyez informé et moi non ? s'étonna Cashel en le suivant sur la véranda, où des chandelles brûlaient près de l'échiquier.

– Je le tiens d'un officier d'ordonnance du colonel Mirrilees qui est venu me consulter pour une chaude-pisse. Quand on a les culottes sur les chevilles et le pénis en feu, il n'y a plus de secrets, remarqua Freemantle tout en disposant les pièces.

– Je veux bien le croire, reconnut Cashel, qui préférait ne pas trop s'attarder sur cette image.

– Deux compagnies vont être envoyées, apparemment.

– Pourquoi deux seulement ?

– Parce que la moitié du régiment est inapte à cause de la vérole, de la chaude-pisse, de l'herpès, des morpions ou des vers, au choix. »

Cashel se demanda si sa compagnie du flanc gauche serait choisie, mais réfréna ses espoirs pour mieux se concentrer sur la partie pendant une demi-heure. Il constata qu'il ferraillait mieux que d'ordinaire, conscient de forcer Freemantle à réfléchir, à prendre du temps avant de jouer son coup.

« Avez-vous une idée de la date du départ ? demanda-t-il en avançant son cavalier pour menacer la seule tour qui restait à Freemantle.

– C'est imminent. Échec ! »

***

Le lendemain matin, Cashel, Gilchrist-Baird et le capitaine Poe, leur commandant, reçurent leurs instructions du major Prendergast et du colonel Mirrilees. Tout ce que le Dr Freemantle avait annoncé la veille au soir fut confirmé : deux compagnies du régiment allaient être fusionnées en une seule d'environ cent quatre-vingts hommes, placée sous le commandement du capitaine Poe, avec pour seconds Cashel et Gilchrist-Baird. Le major Prendergast serait breveté officier de commandement à Ceylan, puisque l'état de santé du colonel Mirrilees lui interdisait le voyage, même s'il n'en indiqua que vaguement la cause (« des soucis de tuyauterie »). Il toussa, grimaça puis sourit faiblement. « Toute la gloire retombera sur vous ! »

Il leur brossa ensuite le tableau de ce qu'il savait sur la situation à Ceylan. La troisième guerre de Kandy, comme les deux premières, visait, pour la Compagnie anglaise des Indes orientales, à soumettre et contrôler les provinces montagneuses du centre de l'île, dont la capitale était la ville de Kandy. Les colons britanniques, bien implantés dans les régions côtières, peinaient à usurper l'autorité deux fois millénaire du royaume, si excentrique et autocratique que fût ce régime. Une rébellion avait éclaté et un émissaire de la Couronne, M. Wilson, avait été massacré et décapité. Les forces britanniques se faisaient attaquer dès qu'elles tentaient de pénétrer dans le royaume montagneux. Les Kandyens s'armaient et bloquaient les quelques routes permettant d'accéder aux provinces du centre. Il était temps de les châtier, conclut Mirrilees, de leur faire comprendre qui tenait vraiment les rênes du pouvoir à Ceylan.

Comme le savait à présent Cashel, tout traînait en longueur aux Indes. Le temps que le régiment marche jusqu'à la côte, embarque sur des navires et cingle jusqu'à Trinquemalay, sur la côte est de Ceylan, c'était déjà le début d'avril. Les hommes furent quelque peu désappointés d'apprendre que l'ardeur au combat des rebelles montrait alors clairement des signes de faiblesse, mais le capitaine Poe en prit particulièrement ombrage. « Pourquoi nous faire faire tout ce chemin s'il ne doit pas y avoir de bataille ? s'offusqua-t-il. Quelle perte de temps scandaleuse ! »

Ils établirent leur camp à Trinquemalay pour évaluer la situation. Cette région de Ceylan rappelait à Cashel les Nilgiris, où se nichait Ooty. Au-delà de la bande côtière s'élevaient des montagnes au boisement dru percé de rares sentiers et pistes. C'était à l'évidence un terrain difficile pour des opérations militaires, qui donnerait l'avantage à des rebelles, même mal armés, menant une guerre de détail. Pendant leurs patrouilles de reconnaissance, Cashel constata que les forêts tapissant les monts et les ravins étaient en effet impénétrables. De petits villages regroupaient çà et là des huttes de paille, de pisé ou de bambou, entourées de quelques rizières et de prairies luxuriantes où paissaient des bouvillons.

Petit homme pugnace et vibrionnant ayant consacré sa vie à l'armée de Madras, le capitaine Poe ne se donnait guère de mal pour cacher son dédain envers Cashel et Gilchrist-Baird, deux interlopes, comme il le leur avait craché au visage, ayant resquillé l'échéancier des promotions avec leurs commissions achetées. La quarantaine passée, Poe était encore simple capitaine, et ces deux blancs-becs de lieutenants lui rappelaient cruellement son défaut d'avancement. Comment pourrait-il jamais atteindre l'échelon du major Prendergast, sans même parler de celui de Mirrilees ? La rumeur lui attribuait une épouse indigène et plusieurs enfants à Ooty, mais il restait discret à ce sujet et les gardait bien cachés.

Il était toutefois la parfaite incarnation du zèle guerrier. Sous ses ordres, une semaine après avoir établi le camp à Trinquemalay, la compagnie partit pour les provinces kandyennes montagneuses en mission punitive. Près de deux cents soldats européens en sueur, écrasés par la chaleur dans leur épaisse veste d'uniforme rouge, progressèrent à grand-peine sur les pistes dans la jungle, suivis par leur train de portefaix malais. Fort heureusement, la température et l'humidité diminuèrent avec l'altitude, mais ils furent rappelés aux dangers qui les guettaient le troisième jour, lorsqu'ils essuyèrent l'attaque d'archers invisibles qui abattirent deux hommes, touchés à la gorge par des flèches barbelées.

Toute la compagnie courut trouver refuge derrière des arbres, abandonnant sur le chemin les bagages et les morts. Pistolet en main, Cashel ne distinguait rien d'autre que la végétation. De temps à autre résonnait une forte détonation comme celle d'une petite bouche à feu, puis une mitraille venait déchiqueter les feuilles et arracher des branches.

Les hommes se mirent à tirer au hasard dans les arbres. Poe hurla en vain : « Cessez le feu ! » Il y eut deux autres explosions, mais les volées de flèches s'espacèrent. Les tirs des fusils, même à l'aveugle, avaient dû signaler aux rebelles la taille de l'unité. Quand le silence fut retombé, Cashel retourna prudemment sur le sentier afin d'examiner les deux hommes abattus. Ils étaient bien morts, l'un des deux la main crispée sur la flèche plantée dans sa gorge, comme s'il avait été sur le point de l'extraire au moment où le poison l'avait tué. Cashel tira au hasard un coup de pistolet dans la forêt pour exprimer sa colère et sa frustration. Cela lui valut quelques flèches en riposte, mais les attaquants s'éloignaient, leur repli s'accompagnant de cris et d'appels au loin.

Tout soudain, ses jambes se dérobèrent sous lui, comme si un croc-en-jambe l'avait atteint par-derrière. Il tomba, le souffle coupé, puis se releva. Une flèche s'était fichée dans le talon de sa hussarde, s'enfonçant d'un pouce dans les couches de cuir. Il ôta sa botte et en extirpa précautionneusement le projectile, dont la pointe était enduite d'une sorte de pâte brunâtre.

Poe accourut.

« Sacrée veine, Ross ! déclara-t-il. Un pouce plus haut et vous auriez rejoint ces deux pauvres bougres.

– En effet, sacrée veine ! » renchérit Cashel, quelque peu chancelant, avant de lâcher la flèche et de l'envoyer d'un coup de pied dans les buissons près du sentier.

Ce contretemps raviva l'ire martiale de Poe, qui relança la colonne à marche forcée, quatorze heures par jour, sur leur premier objectif au cœur de la province de Matale.

Il envoya Cashel et dix hommes reconnaître le village ciblé, qui semblait à première vue abandonné. Cashel arpenta les étroites allées entre les huttes de pisé au toit de chaume sans rien repérer d'autre que quelques poules faméliques, des chats sauvages et des enclos à bétail vides. Cashel et son détachement en ressortirent avec pour tout butin un antique *jingal*, forme primitive de fusil avec un canon d'un pouce de diamètre, si lourd qu'il devait reposer sur un trépied pour faire feu. C'était une arme similaire, surnommée « la sauterelle » dans l'armée britannique, qui avait été utilisée contre eux pendant l'embuscade. Un engin fort inefficace, mais qui constituait aux yeux du capitaine Poe la pièce à conviction qu'il attendait.

« Ils ont décampé, l'informa Cashel. Ils savaient que nous arrivions.

– Mais ils ont laissé leurs armes.

– Leur arme, au singulier. Je pense qu'elle n'est même plus en état de tirer tellement elle est rouillée.

– Peu m'importe. Faites brûler le village. »

Cashel protesta d'un ton conciliant. Quel serait l'intérêt ? Qu'auraient-ils à y gagner ?

« Je vous ai donné mes ordres, lieutenant. »

Cashel retransmit les instructions de Poe à ses hommes, qui mirent dûment le feu aux toits de chaume. Le 5e Madras regarda le village s'enflammer, dégageant une épaisse fumée dans le ciel.

« Ils connaîtront notre localisation exacte, mon capitaine, fit remarquer Cashel.

– J'y compte bien ! rétorqua Poe sans s'émouvoir. Qu'ils sachent que nous sommes là, à leurs trousses. »

Ils établirent le camp près des ruines du village calciné, où les braises rougeoyaient à la nuit tombante, et attrapèrent les quelques poulets pour les faire cuire.

Ce soir-là, Cashel et Deveron discutèrent des événements de la journée.

« Je vous conseille de ne le contredire en rien, recommanda Gilchrist-Baird en léchant la graisse de poulet sur ses doigts. Contentez-vous de faire ce qu'il veut. Poe est un petit homme aigri et colérique. Ce sont les pires, je les connais.

– Vous avez sans doute raison, convint Cashel. Mais quand on se retrouve confronté à la bêtise de ses supérieurs, qu'est-on censé faire ?

– La boucler et regarder ailleurs. C'est le meilleur conseil qu'on m'ait jamais donné. »

Ils marchèrent encore deux jours dans les forêts d'altitude. Le deuxième jour, Gilchrist-Baird dit se sentir au plus mal. De fait, il était très pâle et suait abondamment. Il fut renvoyé à Trinquemalay sur un palanquin porté par six Malais. Cashel poursuivit avec Poe.

Cette nuit-là, ils bivouaquèrent dans une clairière en montant un piquet de garde. Cashel disposait maintenant de la tente pour lui tout seul. Son ordonnance, un Écossais futé qui s'appelait Ewan Dingwall, lui apporta son souper : bœuf de conserve et riz.

« Que se passe-t-il, mon lieutenant ? demanda Dingwall. Quel est le plan ?

– Trouver les rebelles et les vaincre.

– Dix malades ont encore été évacués aujourd'hui.

– Nous n'en restons pas moins une force impressionnante, Dingwall.

– Absolument, mon lieutenant. Si j'étais eux, je serais pétrifié par la peur. »

Plus tard ce soir-là, Cashel fut convoqué dans la tente de Poe, où brûlaient plusieurs chandelles. Un natif vêtu d'un sarong, son torse nu trempé de sueur, tremblait dans un coin. L'interprète vedda de la compagnie, un instituteur de Kandy du nom de Dambulla, leur traduisit ce que disait l'homme.

« À une journée de marche d'ici se trouve un village où il y a beaucoup de fusils et un chef.

– Un chef ? répéta Poe, se roidissant d'impatience. Cet homme peut-il nous guider jusque-là ? »

Les deux indigènes échangèrent quelques propos.

« Il accepte de vous montrer où est le village si on le paie d'avance, rapporta Dambulla.

– Nous le paierons, répondit Poe. Mais il doit venir avec nous et nous y conduire. »

Cette condition fut apparemment acceptée, et Dambulla quitta la tente avec le natif.

« Mon capitaine, cela m'a tout l'air d'un piège, avança Cashel. Vous avez vu dans quel état se trouvait cet homme ? Il tremblait de tous ses membres.

– Aucun piège ne peut me piéger, Ross. Cet homme, ce traître, sera avec nous, tout près. Il ne veut pas mourir, or c'est ce qui lui arrivera s'il nous entraîne dans un guet-apens.

– Mon capitaine, il n'y a plus que cent trente hommes dans la compagnie. Nous avons rapatrié un tiers des effectifs en quelques jours.

– Le tiers le plus faible. Les deux tiers restants sont forts, assena Poe avec un de ses étranges sourires tordus, comme s'il essayait une nouvelle expression faciale. Et nous en sommes, vous et moi, Ross. Gilchrist-Baird n'était pas au niveau de cette équipe. »

***

Deux jours plus tard, à l'aube, caché derrière les premiers arbres en bordure d'une prairie luxuriante, Cashel observait un gros village. De la fumée s'élevait de feux de cuisine, des ânes brayaient, des coqs chantaient. Le début ordinaire d'une journée ordinaire. Le hameau s'éveillait, mais le 5e Madras était à ses portes.

Cashel avait proposé un plan d'attaque pour prendre le village, et à sa grande surprise, Poe l'avait aussitôt accepté.

« Ross, c'est vous, l'homme d'expérience. Je ne suis jamais allé au combat, je n'ai jamais été sous le feu, hormis cette brève escarmouche l'autre jour. Rendez-vous compte ! »

Cashel ressentit une bouffée de compassion envers le petit homme, mais l'instant d'après, Poe se lança dans une attaque en règle de Gilchrist-Baird avec une telle virulence que Cashel se sentit obligé de défendre son camarade.

« Vous êtes tous les mêmes, cracha Poe. Vous vous serrez les coudes quoi qu'il arrive. »

Il décida néanmoins de suivre le plan de Cashel.

Ils avaient divisé leurs forces. Cashel faisait face au village avec une centaine d'hommes positionnés de l'autre côté de la prairie en une formation de combat classique. Poe, avec son détachement d'une trentaine d'hommes, avait contourné le village pour stationner dans les bosquets de bambous à l'arrière.

Cashel fit signe à son unité, qui sortit du bois et forma deux lignes espacées de trois pas, la première agenouillée, la seconde debout, fusils à silex chargés, levés, chien armé, prêts à tirer. Sur un nouveau geste du lieutenant, le second rang avança pour dépasser les camarades accroupis et prendre cette position à son tour, tandis que ceux qui étaient restés derrière se levaient.

L'ancien tambour en Cashel fit résonner dans sa tête la batterie qu'il aurait utilisée pour indiquer ces manœuvres. Une fois de plus, les hommes debout s'avancèrent entre les hommes agenouillés puis mirent un genou à terre. Cashel leur indiqua alors à tous de rester tapis dans les herbes drues, car ils se trouvaient à moins de soixante-dix pas du village. Cent fusils prêts à faire feu.

Ils attendaient à présent que Poe et ses hommes attaquent par l'arrière. La stratégie était qu'ils se ruent sur le village avec force hurlements pour créer un chahut et pousser les rebelles armés à se précipiter dans la prairie, où Cashel et ses tireurs les abattraient ou les captureraient.

Cashel se sentait à la fois excité et étrangement calme. Peut-être aidé en cela par la fraîcheur et le silence du petit matin, son cœur battait à un rythme régulier. En regardant sur sa gauche et sur sa droite, il vit tous ses hommes à l'affût, concentrés. Chaque rang pouvait tirer deux salves de cinquante coups. Une fois que le premier rang avait fait feu, il rechargeait pendant que le second prenait le relais. Ils ne manquaient pas de cartouches. Il fallait une minute à un soldat entraîné pour tirer et recharger un Brown Bess – lui-même l'avait fait des centaines de fois –, si bien qu'il y aurait une volée de cinquante balles toutes les trente secondes. L'élite de la cavalerie française à Waterloo n'y avait pas résisté, alors comment le pourraient quelques dizaines de rebelles kandyens ?

Soudain il entendit le détachement de Poe attaquer par l'arrière. Détonations, cris, hurlements, brouhaha. Quelques secondes plus tard, un groupe d'une trentaine d'hommes et de garçons armés de fusils ou d'arcs et de flèches sortit en courant du village. Cashel commanda à ses soldats de se lever et de mettre en joue, puis il tira un coup de pistolet en l'air et les villageois se figèrent comme en réponse à un ordre. Dambulla l'interprète leur cria de lâcher leurs armes et de se plaquer au sol. Ils obéirent, sauf deux hommes à l'arrière qui s'enfuirent en direction des arbres mais furent fauchés par des tireurs d'élite sur l'aile droite.

Cashel s'avança prudemment dans les hautes herbes. Poe avait sans doute vu juste : un gros village (qui serait sans nul doute incendié après), trente prisonniers adultes et adolescents incluant peut-être un chef, et une belle saisie de fusils.

Cashel observa les hommes couchés par terre. De grands échalas, torse nu, vêtus de longs pagnes noués au niveau des genoux. Certains des jeunes ne devaient pas avoir plus de treize ou quatorze ans. Les soldats de Cashel se mirent à ramasser les armes à feu, les arcs et les flèches. Poe et sa troupe émergèrent alors du village en menant les animaux – vaches, bœufs et chèvres –, alors que des huttes s'élevait une étrange mélopée d'ululements et de gémissements. Sans doute les femmes et les filles restées à l'arrière, supposa Cashel.

« Comment s'appelle ce village ? » demanda-t-il à Dambulla, qui posa la question à l'un des hommes et apprit qu'il s'agissait de Lewella.

La bataille du village de Lewella… qui aura duré cinq minutes tout au plus, songea Cashel avec ironie.

Poe laissa sa caravane d'animaux pour se diriger vers les prisonniers. Il respirait fort, et Cashel vit qu'il était en sueur et tout rouge. Il regarda les Kandyens sagement allongés face contre terre.

« Bon travail, Ross.

– Une nette victoire, mon capitaine. Bravo !

– En effet. Maintenant, tuez-les tous. »

Cashel resta coi un instant.

« Tuer qui, mon capitaine ?

– Les prisonniers. Tous les hommes, là. Ordonnez à vos soldats de leur tirer dessus. »

Poe se tourna vers Dambulla et lui donna pour instruction de dire aux prisonniers de se relever. Dambulla obéit et, lentement, les hommes se mirent debout, quelques-uns avec les mains en l'air.

« Mais ils se sont rendus, mon capitaine.

– Et alors ? Ce sont des sauvages. Je veux qu'ils meurent, tous jusqu'au dernier.

– S'il vous plaît, pensez à ce que vous vous apprêtez à exiger de nos hommes.

– J'y ai pensé, répondit Poe en le dévisageant. Il nous faut avancer. Comment pourrions-nous surveiller, transporter, nourrir et finalement emprisonner ces villageois ? C'est impossible.

– On les attache les uns aux autres, et ensuite il suffirait de deux gardes. On les fait marcher jusqu'à Trinquemalay. C'est en descente tout du long.

– Non. Les Kandyens sont fourbes. Ils ne comprennent qu'une chose : la force. La force et les châtiments qu'elle inflige.

– Sauf votre respect, mon capitaine, depuis quand êtes-vous expert en mœurs kandyennes ? »

Poe s'avança d'un pas et colla presque son visage sec et buriné à celui de Cashel, mais il dut lever la tête pour le regarder dans les yeux, ce qui sembla l'agacer. Il parla d'une voix grave qui chevrotait un peu.

« Assez de belles paroles, salopard d'Irlandais ! Je vous ai donné un ordre. Exécutez-le ! »

Cashel poussa un soupir volontairement audible et regarda autour de lui. Certains des soldats du 5e, proches de la scène, semblaient inquiets. Ils avaient très bien entendu ce que Poe lui avait dit.

« Je refuse, déclara Cashel d'une voix forte.

– Vous refusez d'obéir à mon ordre ?

– Oui.

– Donnez-moi votre épée. »

Cashel sortit son épée de son fourreau et la remit à Poe garde vers l'avant. Il crut un instant que Poe allait l'embrocher avec, mais celui-ci tenta de la briser sur sa cuisse, en vain. Cashel se demanda ce qui lui avait inspiré ce geste théâtral. Poe essaya encore et encore, sans plus de succès. C'était une épée en bon acier de Sheffield qui avait coûté vingt guinées.

« Vous permettez ? » s'enquit Cashel avant de la lui prendre des mains.

Il la cassa en deux sur sa cuisse, sachant que l'astuce était de rompre près de la garde et non au milieu de la lame. Il lâcha les deux parties sur l'herbe couchée aux pieds de Poe.

« Considérez-vous aux arrêts en l'attente d'une comparution en cour martiale », lâcha Poe, les muscles de son visage parcourus de spasmes.

Cashel se retourna pour rejoindre la rangée d'arbres. Résonnèrent alors les premiers coups de feu, puis les cris et les suppliques désespérées des villageois. Il se boucha les oreilles pour ne pas entendre la suite. Ce ne sera pas la bataille du village de Lewella, finalement, mais le massacre du village de Lewella, songea-t-il.

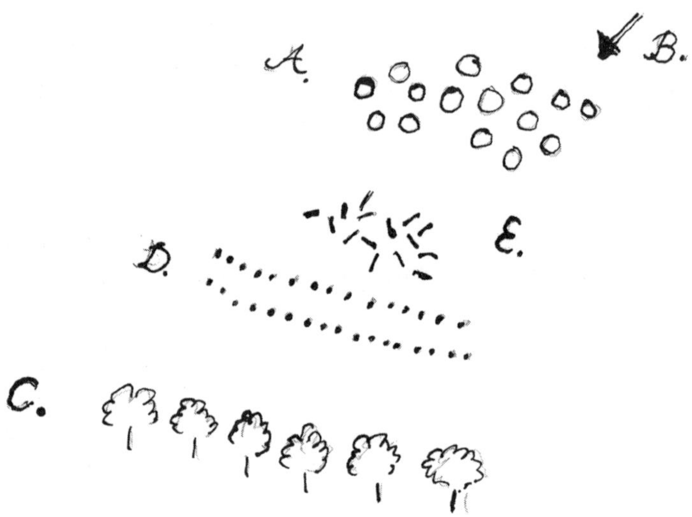

Le massacre du village de Lewella.
A. Le village de Lewella. B. L'offensive du détachement du capitaine Poe. C. L'orée du bois. D. La ligne d'attaque du lieutenant Ross. E. Les villageois massacrés.

***

L'air contrarié, le colonel Mirrilees poussa un soupir.

« C'est une sale affaire », souffla-t-il à Cashel d'un ton las.

Le teint jaune, il sirotait à intervalles réguliers un liquide blanchâtre dans un verre posé sur son bureau.

« On ne peut pas y échapper, s'exaspéra-t-il. Vous avez désobéi de façon flagrante à un officier supérieur sur le champ de bataille. Et devant témoins, qui plus est.

– Comme l'eût fait tout homme d'honneur, assurément. Nous n'avons pas été formés en tant que soldats pour massacrer des gens qui se sont rendus et qui ont déposé les armes, mon colonel.

– Ces naturels avaient attaqué notre colonne et tué des hommes à nous. Le capitaine Poe a considéré que le risque était trop grand.

– C'est totalement absurde, mon colonel. Ils étaient face contre terre et terrifiés, nous avions récupéré leurs armes. Il s'agissait de prisonniers désarmés. »

Mirrilees se hissa hors de son fauteuil et traversa la pièce pour aller contempler la place d'armes de Fort Blenheim en secouant la tête et en émettant de petits claquements de langue désapprobateurs.

« Poe est sur le point d'être promu major et de devenir mon second, maintenant que le major Prendergast a hélas succombé à la fièvre jaune[1].

– Je vois, répondit Cashel, consterné par cette nouvelle.

– Vous comprenez donc le problème.

– Non, mon colonel, désolé. Le capitaine Poe, enfin, le major Poe, est un assassin sans scrupule. Il a commis une atrocité devant ce village, et je refuse de l'aider à dissimuler cette vérité brutale, c'est aussi simple que cela.

– Non, Ross, c'est tout sauf simple. C'est même foutrement compliqué.

– C'est une question de morale, mon colonel. »

Mirrilees lui adressa un vague sourire, comme s'il ne reconnaissait pas ce mot.

« Sans compter un autre élément, ajouta-t-il.

1. Plus de 90 % des victimes britanniques de la troisième guerre de Kandy furent imputables à la maladie plutôt qu'aux actions ennemies.

– Quel autre élément ?

– Vous êtes un vétéran de Waterloo, Ross. Le seul du régiment. Nous aurions mauvaise grâce à vous clouer au pilori en vous traduisant devant une cour martiale. »

Cashel ne répondit pas. Waterloo encore… Mirrilees rejoignit son bureau, s'assit lentement et but une gorgée de sa décoction trouble.

« Voici mes intentions, Ross. Le Dr Freemantle va rédiger un certificat attestant que vous êtes trop malade pour rester officier dans ce régiment et recommandant votre retour en Angleterre pour un congé illimité. Vous serez à mi-solde pendant deux ans, à l'issue desquels vous pourrez revendre votre commission ou y renoncer.

– Mon colonel, je ne crois pas que ce soit la meilleure…

– Silence, Ross. Ceci n'est pas une discussion, c'est un état de fait. Pensez-y. L'autre option, c'est la cour martiale. Vous avez vous-même reconnu en toute honnêteté que vous aviez refusé d'exécuter un ordre direct de Poe sur le champ de bataille. Emballé, c'est pesé ! La Compagnie cherchera à éviter tout scandale, donc il ne fait guère de doute que la procédure se déroulera à huis clos. Dieu sait de quelle sentence vous pourriez écoper. »

Cashel ne put que reconnaître la logique de cet argument de *force majeure**.

« Très bien, mon colonel. Je vais réserver mon passage vers l'Angleterre.

– Sage décision, Ross. Ne perdez pas un instant. Je vous suggère de quitter Ooty avant la tombée du jour. Quant au major Poe, j'en fais mon affaire. »

Livre cinquième

Le vétéran de Waterloo se retrouvait à Waterloo. Cashel contempla les ruines calcinées du château d'Hougoumont et de ses nombreuses dépendances, puis il porta son regard sur la ligne de crête à une demi-lieue vers le nord. Il emprunta un chemin de terre entre des seigles hauts comme un homme et gravit la douce pente menant au sommet. Une fois en haut, la piste bifurquait, mais impossible de se rappeler si les lanciers français l'avaient chargé depuis la gauche ou la droite. Aucun repère, aucun arbre opportunément planté pour lui indiquer sa position et lui rafraîchir la mémoire.

« Greville ! Par ici ! Ça s'est passé ici, espèce de lambin ! »

Il se retourna et vit John-Henry Croker déboucher d'un champ de seigle, la pointe d'une lance française sortant d'une demi-toise de sa poitrine.

Cashel s'éveilla brutalement, clignant des yeux, la gorge sèche. Il s'assit au bord de son lit dans la pénombre palpitante, secoua la tête pour en chasser ce cauchemar, puis se pencha pour attraper le vase de nuit, releva sa chemise et urina.

Il voulait de la lumière, il en avait besoin après ce rêve. À tâtons, il chercha sa boîte d'amadou, battit le briquet pour faire jaillir des étincelles sur l'étoupe, puis souffla doucement sur le point rougeoyant. Lorsque s'éleva une flamme vive, il en approcha une chandelle à l'aide de laquelle il alluma la bougie sur son chevet, puis referma la boîte pour étouffer l'étoupe. Il se leva et, du pied, repoussa la cassolette sous son lit.

À présent qu'il y voyait, il s'empara du bougeoir et traversa lentement sa chambre jusqu'à la table où les reliefs de son repas attendaient d'être débarrassés. Il se versa un verre de guinguet d'une carafe presque vide, s'assit, en avala une gorgée, mangea une croûte de tourte et deux ou trois grains de raisin, puis, encore ébranlé, but un peu plus de vin.

Il savait pourquoi il rêvait de Waterloo. Toujours perturbé par l'image de ce pauvre Croker embroché, il alla ouvrir la fenêtre et repoussa les volets pour contempler l'Arno irisé d'argent et les sombres bâtiments de Pise en contrebas. Il ne pouvait voir la lune, mais elle brillait quelque part, jetant ses reflets obliques sur le fleuve grossi par les eaux de crue. Au spectacle des étincelants remous du courant rapide, son esprit commença de s'apaiser.

Il avait mis plus de six mois à revenir des Indes. Sobrement baptisé la *Jane*, le navire qu'il avait emprunté transportait une cargaison de caisses à thé pleines et de muids de bière pâle des Indes réexpédiés vides à leurs brasseurs anglais. Le mélange de ces effluves envahissait toutes les cabines, celles de l'équipage comme celles des rares passagers, pour la plupart des soldats affligés de maux chroniques, victimes du climat et des maladies des Indes : insolation, dysenterie, choléra, fièvre jaune, dipsomanie, prostration et autres. Seul homme en bonne santé hors l'équipage, Cashel évitait les contacts autant que la courtoisie le lui permettait, et entreprit d'écrire un récit détaillé de son expérience pendant la troisième guerre de Kandy, au cas où il devrait un jour rendre des comptes sur ses actes lors de cette funeste journée[1].

La seule personne avec laquelle il se lia était un aumônier militaire du nom de Cornelius Poynter, phtisique « renvoyé au pays pour mourir », comme il le disait froidement lui-même. D'une maigreur spectrale, il paraissait des décennies de plus que ses trente-huit ans, mais se révéla un compagnon cordial et érudit, et ils passèrent de nombreuses heures sur le pont avant de

1. Ce document, en grande partie préservé, a servi de base aux descriptions du Livre quatrième.

la *Jane* à discuter des Indes ou de leurs lectures. Cashel alla même jusqu'à l'instruire (à demi-mot) de sa singulière situation familiale. Poynter interrompait parfois leurs conversations pour tousser dans un grand mouchoir puis scrutait le produit de ses expectorations d'un œil sombre, avant de le plier, de le ranger et de reprendre le fil de leur échange comme si de rien n'était. Cashel tenta d'utiliser l'argument de sa maladie pour ébranler sa foi, mais Poynter réagit avec stoïcisme. « Aucun d'entre nous ne sait quand il sera rappelé auprès du Seigneur », répondait-il sereinement aux provocantes saillies athéistes de Cashel. Ils devinrent d'excellents compagnons lors de ce long voyage.

Quelque cinq semaines après leur départ de Bombay, deux heures avant l'aube, un matelot de quart vit Poynter déambuler sur le pont d'un pas vacillant puis se jeter par-dessus bord. On donna l'alarme, on mit la *Jane* à la cape, on déborda un canot, mais on ne trouva nulle trace du corps et le voyage reprit. Dans la cabine de Poynter fut découverte une lettre dans laquelle il expliquait sa décision solennelle de mettre fin à ses jours : il avait subi une hémorragie pendant la nuit et compris qu'il ne reverrait jamais l'Angleterre. Cashel fut étrangement affecté par cette démonstration de courage, tout en se demandant si, par ce suicide, Poynter ne s'était pas délibérément condamné à l'enfer. Comment eût-il réagi à cette idée ? Autre conséquence de cet acte, Poynter lui léguait une pleine malle de livres, et c'est ainsi que Cashel se retrouva propriétaire d'une petite bibliothèque éclectique de soixante-sept volumes.

Quand ils se retrouvèrent encalminés durant trois semaines dans l'océan Indien, Cashel se mit à lire. Les heures, les jours et les semaines s'écoulèrent dans une frénésie studieuse. Il dévora Shakespeare, Dante, Milton et Spenser, il engloutit Spinoza, L'Arioste et Montaigne. Les vivres et l'eau allaient bientôt venir à manquer lorsque la *Jane* atteignit Le Cap. Durant le réapprovisionnement, Cashel poursuivit son éducation inopinée. Lorsque se profilèrent les côtes européennes, il eut l'impression d'avoir passé l'équivalent de trois ans à l'université, tant son programme de lecture d'œuvres littéraires et philosophiques avait été intensif et varié. Puis, lors de la seconde étape de ce long voyage de retour, une violente tempête dans le golfe de Gascogne emporta la moitié d'un mât d'artimon et ils durent relâcher dans le port de Brest le temps de réparer.

Ce fut pendant cette escale forcée que Cashel eut un brusque revirement sur son retour au pays. Sans être exactement en disgrâce, il devrait bientôt s'expliquer sur les circonstances de son retour imprévu ; or il n'y tenait pas vraiment, du moins pas encore. Il se figura la consternation perplexe de sir Guy, peut-être même son embarras. Tout s'était mal déroulé dans la carrière militaire de Cashel aux Indes, et il estimait malvenu pour l'instant d'en chercher le motif ou de la relancer. « Voyagez, lui avait toujours conseillé sir Guy, voyez le monde tant que vous le pouvez. » C'était ce qui l'avait incité à partir pour les Indes après tout, alors poursuivre son périple serait peut-être une issue souhaitable.

À Brest, il paya pour une couchette sur un navire hollandais rempli de bois breton tout frais coupé en partance pour Ostende. Il fit transporter ses malles de la *Jane* au *Vredewold*, qui appareilla le lendemain. L'humeur de Cashel était à la fois apaisée et enthousiaste. Il avait son passeport militaire et quelque cent cinquante livres à l'abri dans une banque londonienne, somme qui serait régulièrement (quoique modestement) abondée pendant encore une année au moins par sa demi-solde de lieutenant, soit quatre shillings par jour. En cas de besoin, il aurait toujours la possibilité de revendre sa commission d'officier du 5e régiment européen d'infanterie légère de Madras pour environ trois cent cinquante livres. S'il menait une vie frugale et modeste, il pourrait aisément financer ses pérégrinations pendant encore deux ans, voire trois.

À partir d'Ostende, toute l'Europe s'ouvrait à lui. L'idée lui vint d'écrire un livre sur son périple car, à sa grande surprise, il avait pris plaisir à narrer son expérience militaire aux Indes et ses aventures durant la troisième guerre de Kandy. Les mots lui étaient venus facilement, il avait rédigé avec une aisance étonnante. Voilà peut-être ce qu'il allait devenir, écrivain, et son premier livre s'intitulerait *Compte rendu d'un voyage à travers l'Europe*, de Cashel Greville Ross. Il se représentait le volume compact et élégant relié d'un cuir vigogne ou vert forêt, et s'imaginait en remettre un exemplaire à sa mère et à sir Guy. La parfaite apologie de sa décision de prendre la route incognito.

Il écrivit à sa banque londonienne, Brookes & Co., pour demander qu'une lettre de crédit d'un montant de cinquante livres lui fût envoyée en poste restante à Ostende. Dès réception, il pourrait se lancer dans son périple. Il prévoyait de s'en faire expédier d'autres semblables quand il en aurait besoin dans les villes qu'il envisageait de visiter. Il décida aussi qu'il voyagerait à pied, du moins une partie du chemin, avant peut-être de s'acheter un cheval ; s'il voulait avancer plus vite, il y aurait toujours des diligences. Partout où il ferait étape, il se contenterait d'une simple auberge et de repas tout aussi frugaux afin de réduire au minimum ses dépenses. Il ressentit un immense soulagement et une exaltation croissante après avoir pris cette décision. À moins de vingt et un ans, il avait déjà vécu intensément – qui sait ce qui l'attendait au détour des chemins ?

Une fois entré en fonds grâce à l'arrivée de sa lettre de crédit, il entreprit de s'équiper. Il acheta deux paires de bottes épaisses et de guêtres en cuir, une houppelande, une grande sacoche en chagrin, un petit pistolet à silex à deux canons et baïonnette lançante et une ceinture porte-billets dissimulable sous sa chemise. Il limita son trousseau à l'essentiel – chemises, culottes, bas, vestes – pour le transporter facilement sur l'épaule dans un portemanteau à bandoulière. Il déposa ses deux malles et la bibliothèque de Cornelius Poynter, ainsi que ses uniformes et souvenirs des Indes, dans un entrepôt d'Ostende et paya d'avance pour deux ans, ce qui l'amènerait à 1822. Quand il rentrerait en Angleterre – s'il y rentrait jamais –, il veillerait à ce que ce fût par ce port afin d'y récupérer ses biens. Il considérait cette décision comme un scellement de son projet. Il allait voir bien des choses en deux ans de voyage ; lorsqu'il repasserait par Ostende, son livre serait très certainement terminé. Le chapitre premier s'intitulerait « Retour à Waterloo ».

Il emprunta une diligence jusqu'à Bruxelles et loua un cheval pour la journée afin de se rendre sur le champ de bataille. La route entre Bruxelles et Waterloo était encombrée de cabriolets, de barouches et d'omnibus – des *touristes de guerre**, l'informa un vieil homme à l'auberge où il déjeuna de côtes de porc accompagnées de pain frit et gras et d'un pichet de bière brune. Il apprit qu'il était possible d'acquérir de nombreuses reliques, et on lui montra une collection de cuirasses et d'épées à l'éclat suspect prétendument récupérées quelques jours après la bataille, ainsi qu'un assortiment de casques à plumes – « véritabeul Angliche, monsieur » – qu'aucun soldat d'un régiment anglais n'avait jamais portés.

Il laissa son cheval à l'auberge et sortit dans les champs, en proie à un étrange sentiment. Il avait beau scruter les alentours, c'était comme si aucune bataille ne s'était jamais déroulée sur ces paisibles terres agricoles non clôturées. En cette fraîche journée ensoleillée du début de l'automne, les carrés de blé et de seigle étaient proches de la récolte, les arbres encore bien fournis. Il suivit un chemin sur une demi-lieue depuis le hameau de La Haye et arriva au château d'Hougoumont, qui avait constitué la ligne de front du champ de bataille.

Là seulement trouvait-on trace de la sévérité des combats et, bien sûr, de l'incendie du château et de ses dépendances. Cashel se rappela le moment où il avait aperçu pour la première fois l'épaisse colonne de fumée depuis la halte où le 99e attendait les ordres. Il avait lu depuis lors des récits de la longue journée de combat à Hougoumont et lui-même pouvait témoigner des cadavres de soldats français empilés comme des bûches au pied des murs du château. Mais ce qu'il avait vu n'était qu'un instant d'une journée de combats acharnés autour des bâtiments. Désormais, le château et la ferme se dressaient dans toute leur désolation, leurs gables sans toit maculés de suie noire, mais les rosiers grimpaient le long de la maçonnerie et l'herbe pâle où avaient reposé les corps des soldats français poussait dru.

Sur la route d'Hougoumont, il avait subi le harcèlement incessant d'enfants déguenillés allant pieds nus qui voulaient lui vendre des boutons en cuivre et des balles de fusil. Il les avait chassés par de grands gestes péremptoires, sachant fort bien que ces babioles clinquantes étaient des attrape-nigauds pour touristes. Arrivé devant le château, il put se situer avec précision et se dirigea vers le nord, gravit la pente vers la crête et déboucha dans le champ où le 99e avait reçu l'ordre d'attendre. Évidemment, ce jour-là, cinq ans plus tôt, les blés étaient couchés, tel un tapis. Aujourd'hui, une orge blanchie au soleil y poussait, doucement ballottée par le vent.

Cashel déambula jusqu'à repérer le chemin où Croker avait été tué et lui-même blessé. Il l'arpenta, laissant les souvenirs s'agréger, tapant dans des cailloux du bout de ses bottes tout en se demandant s'il pourrait dénicher une trace de ce moment de bruit et d'épouvante, un lambeau d'étoffe, un clou de fer à cheval, un fragment de mitraille. L'espace d'un instant, il crut avoir trouvé l'une des dents de Croker, délogée de sa mâchoire par le marteau d'un détrousseur, mais il se rendit compte que ce n'était qu'un petit morceau de quartz qu'il tenait du bout des doigts.

Il rentra à l'auberge d'un pas lourd, gêné par un étrange élancement à l'arrière de sa cuisse gauche, comme si la cicatrice de sa vieille blessure se rappelait ses origines. Dans un fossé, à l'intersection avec la route Bruxelles-Charleroi, il trouva une boucle de ceinture rouillée et une balle de fusil portant une striure nette, comme si elle avait frappé une surface rigide. Il empocha ces souvenirs concrets de la journée qu'il avait vécue, ceux-là d'une authenticité indiscutable.

De retour à Bruxelles le soir, il considéra que son périple européen avait commencé et coucha sur le papier un compte rendu de sa déambulation sur le champ de bataille. Il se rendit à Amsterdam, puis à Paris, où il resta jusqu'à l'an neuf et célébra son vingt et unième anniversaire. Aux premiers jours du printemps

1821, il se mit en route pour le Sud, d'abord le long de la vallée de la Loire, souvent à pied, avec une moyenne de près de dix lieues par jour. Après avoir passé un mois à Périgueux, il marcha deux jours jusqu'à Bergerac, où il embarqua sur une *gabarre** qui vogua jusqu'au confluent de la Dordogne et de la Gironde, et l'amena enfin à Bordeaux. Il passa l'été à Grenoble, puis à Genève. Avant les premières neiges, il franchit les Alpes et hiverna à Milan, dans un petit appartement qu'il loua au dernier étage d'un immeuble avec une vue lointaine sur le Duomo. Il s'appliquait à consigner tous ces détails dans des carnets qui s'emplissaient régulièrement.

Sans rechercher la compagnie pendant ses voyages, il fit assez de rencontres dans les diligences qu'il empruntait et dans les auberges et hôtels où il descendait pour satisfaire toute soif de convivialité qu'il aurait pu avoir. À Poitiers, il embrassa une jeune femme de chambre, une blonde menue et pâlotte, timide et inquiète, qui lui promit de le rejoindre dans sa chambre mais ne vint jamais. Il prit la diligence pour Limoges le lendemain à l'aube. Entre Périgueux et Bergerac, alors qu'il dormait la nuit dans une forêt de chênes en bordure de la route, il fut réveillé par des voix et des craquements de brindilles sous des bottes : nul doute des scélérats venus l'encercler dans l'obscurité. Il déchargea son pistolet en l'air pour les faire fuir.

À Genève, il revendit sa commission d'officier du 5e régiment d'infanterie légère de Madras pour trois cents souverains à un Anglais y ayant vu une planche de salut pour le bon à rien débauché qui lui servait de fils. Cashel déposa les pièces d'or dans une banque genevoise et poursuivit sa route vers le sud muni d'une lettre de crédit, avec l'impression soudaine d'être riche.

En dehors de ces aventures et rencontres en chemin, il restait sur son quant-à-soi et, inévitablement, méditait sur le cours de sa vie. À Paris, il se lia d'amitié avec un libertaire russe du nom de Dimitri Karlinski, qui occupait une chambre sous la sienne et prônait sans fin la doctrine selon laquelle le caractère et la personnalité d'un individu se forment intégralement pendant les dix premières années de sa vie. « Vous êtes aujourd'hui ce que vous étiez alors, psalmodiait Dimitri, un index osseux pointé vers Cashel. C'est ainsi, désolé. » Cashel réfutait l'argument, dont il moquait l'incongruité pour sa propre personne, mais il n'oublia pas l'apophtegme et se surprit souvent à interroger son existence et sa personnalité au cours des nombreuses heures qu'il passait seul.

Qui était-il ? Qu'était-il ? Quel était son « être passé » qui constituait son « être présent » ? En tant que fils bâtard d'un aristocrate protestant anglo-irlandais et d'une gouvernante écossaise, toute sa vie ou presque reposait sur des mensonges sophistiqués élaborés par ses parents, qui avaient comploté pour le duper. Sa nature, cette personne qu'il était désormais, qui voyageait librement à travers l'Europe, se résumait-elle à un piètre simulacre, un crêpe de faussetés tissé par commodité pour maintenir des normes sociales ostentatrices ? À supposer que son « être passé » fût bien celui-là, comment construire à présent son « être actuel » ?

Ces questions venaient le tourmenter dans ses moments de solitude au cours de ses voyages. Considérant qu'il avait vu le jour dans un nid de mensonges, il résolut que l'oiselet qu'il était devrait voler toujours sur l'aile de la vérité. Le précepte shakespearien « Sois loyal envers toi-même » serait amendé et remplacé par « Sois loyal envers la personne que tu veux être à compter d'aujourd'hui ». L'être actuel allait prendre le pas sur l'être passé, du moins Cashel se l'ordonna-t-il. La théorie de Karlinski serait invalidée.

Une fois qu'il eut exploré la ville, Milan devint son camp de base pour s'aventurer plus loin, vers Mantoue et Vérone, vers les lacs de la région de Côme, et tout au nord vers Locarno. Il annula une excursion à Venise en raison des hautes eaux – la Sérénissime pouvait attendre. Il était heureux dans les hauteurs de son appartement milanais avec vue. Grâce à sa récente rentrée de fonds, il s'offrit quelques menus luxes : une redingote, une belle paire de bottes en cuir montant jusqu'au genou, des chemises de soie, des visites chez le barbier, des haltes dans les cafés, des spectacles à l'opéra. Il vivait bien, se disait-il, tel un gentilhomme de statut modeste.

Depuis Bordeaux, mais aussi Genève, il écrivit à sa mère plusieurs lettres laissant croire qu'il était toujours confiné dans l'interminable ennui de la vie de garnison aux Indes. Avant de quitter Ooty, il avait conclu un accord avec le Dr Freemantle : il lui enverrait ces lettres, et le médecin les réexpédierait à Oxford pour qu'elles fussent revêtues des marques d'affranchissement, annotations et cachets qui s'accumulaient au fil de longs trajets postaux. Après tout, une lettre pouvait mettre entre six et neuf mois à atteindre l'Angleterre – quand elle arrivait. Il veillait à ce que ses récits inventifs par défaut fussent des plus foisonnants et anodins et que rien dans ces missives ne laissât supposer qu'il ne servait plus au sein du 5e Madras. Il avouerait son subterfuge le moment venu, sachant qu'on lui pardonnerait plus facilement s'il produisait son livre tel un drapeau blanc. Tant que sir Guy et Elspeth le pensaient heureux et en bonne santé à Ooty, il pouvait poursuivre ses aventures sur le continent la conscience à peu près tranquille.

Au printemps 1822, Cashel finit par se lasser de Milan et de ses environs. Il s'installa d'abord à Florence, puis à Pise, envisageant d'y séjourner brièvement avant, peut-être, de continuer vers Rome, Naples et la Sicile, ou alors vers l'ouest, en traversant la France, puis la péninsule Ibérique : l'Espagne et le Portugal.

Il jugea Florence excessivement animée, grouillante de visiteurs bruyants, surtout des Anglais, mais aussi beaucoup d'Américains, si bien que, lorsqu'il déménagea pour Pise, il trouva la cité bien plus agréable. « Pise, l'ennuyeuse érudite », selon la formule d'un bel esprit désappointé, lui convenait parfaitement. Prisonnière de son lent déclin depuis des siècles, coupée de la mer et de sa prospérité d'antan par l'ensablement implacable de l'embouchure marécageuse de l'Arno, la ville ne vivait plus son âge d'or, mais Cashel trouvait sans pareille sa beauté de plus en plus décatie.

Il loua de petits appartements – une chambre séparée de la pièce à vivre par une porte à double battant – à l'Albergo Tinto, taverne située sur le Lungarno au sud du fleuve, près du Ponte della Fortezza. Il pouvait commander son repas à la cuisine de l'auberge, son feu était préparé tous les jours et l'on changeait les draps à sa demande. Après avoir exploré la ville et visité ses sites célèbres, notamment la Piazza del Duomo et sa Tour penchée (« vers laquelle tout visiteur dirige promptement ses pas »), il s'aventura hors les murs pour se promener dans les collines pisanes et prendre un bain de mer à Gombo. Il passa deux jours à Lucques, dont il arpenta les remparts au clair de lune, et d'où il partit pour une excursion d'un jour à Pistoia en coche à deux chevaux.

Malgré tous ces divertissements, il commençait à nourrir des doutes quant à son livre. Le vocabulaire touristique lui semblait limité et répétitif : la cathédrale était toujours « imposante », les plaines « fertiles », la vieille ville « pittoresque » et la *trattoria* « acceptable ». Il avait du mal à se montrer original. À Pistoia, ville censée être le berceau du pistolet, il demanda à un armurier de réviser son modèle à double canon, tandis qu'il battait le pavé. Son cerveau était inerte ; rien de neuf ne lui vint pour évoquer les lieux. Pistoia serait décrite comme toutes les autres villes anciennes qu'il avait déjà visitées.

De retour à Pise, il réfléchit à sa prochaine destination, à un endroit où retrouver l'inspiration. Pourquoi pas l'Espagne et le Portugal ? Cela étant, il n'avait pas encore mis les pieds à Rome, passage obligé quand on visitait l'Italie. Il se rendit chez McKay & Hooker, la banque anglaise de Pise, et, muni de sa lettre de crédit, retira assez d'argent pour subvenir à ses besoins pendant un mois. Il envisagea un instant d'embarquer à Gênes pour Marseille afin de gagner du temps, puis de caboter le long de la côte jusqu'à Barcelone et aux villes et villages catalans des alentours. L'idée même de voyages, de nouvelles expériences et perspectives raviva son entrain. Tout n'était peut-être pas perdu.

Il s'en retournait à l'Albergo Tinto par la Via San Martino quand il entendit une femme crier en anglais : « Au voleur ! » Alors déboula au coin de la rue un garçon de quatorze ou quinze ans qui tenait quelque chose dans la main droite. D'instinct, Cashel tendit la jambe, et l'adolescent fit un vol plané avant de s'étaler de tout son long. Cashel lui plaça un genou sur le dos, lui agrippa les cheveux pour lui plaquer le visage au sol d'une main tandis que, de l'autre, il lui arrachait un petit réticule orné de perles. Il se releva et permit au gamin tremblant d'en faire autant, avant de le relâcher en lui collant un bon coup de pied aux fesses qui le fit s'écraser contre le mur d'en face. Geignant de douleur, le petit voleur s'enfuit en boitant et disparut dans une ruelle.

Cashel se retourna et découvrit deux femmes tout agitées qui venaient à sa rencontre.

« Et voilà ! dit-il en tendant le sac.

– Oh, merci, monsieur ! Et bravo pour la promptitude de votre réaction ! » s'exclama la plus jeune et la mieux parée des deux.

Elle avait un visage souriant et ouvert que seul gâchait un long nez quelque peu disproportionné. Elle récupéra le sac avec reconnaissance.

« Allez-vous bien, monsieur ? s'enquit sa compagne. Votre intervention fut foudroyante ! »

Il remarqua sa haute taille, son embonpoint et son visage rond inerte, impavide, inexpressif au plus haut point, qui ne laissait paraître aucune trace de stupeur ni d'agitation malgré l'agression qu'elles venaient juste de subir.

« J'ai entendu vos cris, puis le gredin est apparu. C'est lui qui aura quelques ecchymoses, pas moi. »

Sa repartie ayant décroché un sourire chez la plus grande des deux femmes, il fit une légère courbette et se présenta.

« Cashel Ross, pour vous servir.

– Mme Williams, répondit celle dont le sac avait été volé. Et voici mon amie Mme Shelley. »

Cashel proposa de les raccompagner jusque chez elles au cas où leur tire-laine reviendrait avec des acolytes, ce qu'elles acceptèrent volontiers. Or, il se trouva qu'elles habitaient non loin de l'Albergo Tinto, dans l'est de la ville, près des remparts. Elles louaient deux étages d'un grand *palazzo* assez quelconque, Tre

Palazzi di Chiesa. Mme Shelley occupait le dernier étage avec sa famille et Mme Williams le rez-de-chaussée avec la sienne.

« Ravi d'avoir pu vous obliger, dit Cashel. Vous voici saines et sauves.

– Êtes-vous originaire d'Irlande, monsieur ? demanda Mme Shelley.

– En effet, j'y suis né et j'y ai grandi. Enfin, pendant un temps. Dans le comté de Cork. Ma famille est aujourd'hui établie à Oxford.

– Nous feriez-vous le plaisir de dîner avec nous ce soir, monsieur Ross ? proposa Mme Williams. Ce serait la moindre des choses pour remercier notre preux chevalier.

– Je vous en prie, acceptez ! » renchérit Mme Shelley.

Non, se dit Cashel tout en cherchant une excuse rapide et convaincante. Puis il répondit oui, avec plaisir. Il se rendait compte qu'il avait bien besoin d'une compagnie autre que la sienne et qu'il serait bon de se retrouver en société – en société anglaise, qui plus est.

***

Cashel demanda à la femme de chambre de repasser sa redingote et de remplacer un bouton du pont de son pantalon le plus étroit. Il y avait une pièce au genou, mais cela ferait l'affaire dans l'éclairage aux chandelles. Il se peigna ; ses cheveux poussaient et il lui faudrait bientôt les nouer avec un ruban, songea-t-il. Il releva son col et fit bouffer sa cravate. Oui, cela ferait l'affaire même si, évidemment, il commençait à regretter d'avoir accepté l'invitation avec un tel empressement. Puis il se tança : il aurait tout le temps d'être seul plus tard s'il le souhaitait.

Le dîner se tenait dans les appartements des Shelley au dernier étage du *palazzo*. De nombreuses bougies brûlaient et, alors que le crépuscule tombait, Cashel découvrit que son regard portait jusqu'à la mer par les larges baies vitrées donnant au sud. Ils dégustèrent un excellent gigot de mouton accompagné de pommes de terre sautées. On se croirait en Angleterre, pensa-t-il.

M. Percy Bysshe Shelley s'avéra être un jeune homme presque aussi grand que Cashel, mais émacié et légèrement voûté. Ses épais cheveux blond foncé se parsemaient de gris, et de petits coups de soleil constellaient son visage rousselé. Il avait une curieuse voix nasillarde de contralto et, quand il souriait, il dévoilait des dents abîmées comme Cashel n'en avait jamais vu chez quelqu'un de son âge.

Très vite, Mme Shelley fit élégamment savoir par quelques remarques sans équivoque que son époux était un homme de lettres, un poète d'un certain renom.

Cashel s'excusa de son ignorance.

« J'ai passé les dernières années aux Indes, dans l'armée, expliqua-t-il. Je ne sais même pas qui est l'actuel roi d'Angleterre.

– George IV, si vous voulez tout savoir, monsieur Ross. Que Dieu bénisse Son obèse Majesté ! » lança Mme Shelley, déclenchant l'hilarité générale.

Cashel n'ignorait pas que George IV était le nouveau souverain, mais il sourit poliment. Il eut l'impression que les Shelley et les Williams le prenaient pour un sot plutôt qu'un érudit.

« L'armée des Indes ? » l'interpella M. Williams.

C'était un bel homme avenant et souriant – peut-être tout aussi sot que moi, pensa Cashel, qui précisa avoir été lieutenant dans l'armée de Madras. Le 5e régiment d'infanterie légère, ajouta-t-il à la demande de Williams.

« Et moi j'étais au 8e régiment de dragons légers de l'armée du Bengale ! » s'exclama celui-ci.

Alors, tout changea. C'était comme s'il avait présenté un passeport à la société. Ross ayant servi aux Indes comme Williams, par définition, cela faisait de lui quelqu'un de bien. Cashel fut interrogé, avec une réelle curiosité, sur sa vie à l'étranger et son expérience militaire. Puis vint la grande révélation : Waterloo. Même M. Shelley le regarda avec respect de ses grands yeux vifs, comme s'il n'arrivait pas à croire qu'un vétéran de cette bataille pût être assis à quelques pas de lui à sa propre table.

« Il faut absolument qu'Albé rencontre M. Ross, dit-il, sa voix se brisant sous l'emphase. C'est impératif. Mais cela doit être une surprise. Je veux voir sa tête quand il apprendra que vous étiez à Waterloo, monsieur Ross. »

Sa suggestion fut accueillie par un concert d'encouragements joyeux.

« Puis-je savoir qui est Albé ? s'enquit Cashel.

– Veuillez nous pardonner, répondit Mme Shelley. C'est le surnom que nous donnons à lord Byron. L. B. Albé.

– Lord Byron est à Pise ? » s'étonna Cashel.

Il savait qui était lord Byron, comme tout le monde. Il avait même lu *Le Pèlerinage de Childe Harold*, qui figurait dans la bibliothèque léguée par Poynter.

« À cinquante pas d'ici, au Palazzo Lanfranchi, sur l'autre rive du fleuve, répondit Shelley en désignant une fenêtre donnant au nord sur l'Arno.

– Diantre ! s'écria Cashel. Byron à Pise. Qui l'eût cru ?

– Nous soupons avec lui tous les mercredis, ajouta Shelley, qui s'animait soudain. Acceptez d'être des nôtres, monsieur Ross, vous ne serez pas déçu. »

Albergo Tinto
Pise

21 mars 1822

Très cher Ben[2],

J'ai dîné hier soir avec lord Byron lui-même, ici à Pise. Je t'expliquais dans ma dernière lettre comment le hasard m'avait fait rencontrer les familles Shelley et Williams. Bien évidemment,

2. Il existe un brouillon de cette lettre envoyée à Benjamin Smart. À l'évidence, Cashel souhaitait qu'elle fût préservée.

ils connaissent lord Byron, qui séjourne dans un gigantesque palazzo *sur la rive de l'Arno opposée à mon auberge et invite les Shelley et leurs amis à dîner tous les mercredis soir. C'est l'affaire de dix minutes pour s'y rendre à pied. Nous voici donc partis, M. et Mme Shelley, M. et Mme Williams et ton serviteur. Alors que nous approchions du* palazzo *de lord B., Shelley me tira par le bras et m'informa que lord B. était très à cheval sur les questions de rang et sur la manière dont on devait s'adresser à lui. Toujours « lord » Byron, un simple « Byron » ne saurait être toléré, et il préfère « monseigneur », « Votre Excellence », etc., à « monsieur ». Parfait, dis-je, va pour « lord Byron ».*

Le palazzo *est tout de marbre blanc, avec un large escalier et une jetée menant au fleuve. À l'intérieur, d'innombrables animaux se promènent librement – oiseaux, chats, chiens, singes et même des paons. Nous montâmes jusqu'au* piano nobile *où L. B. nous accueillit. Il est très petit et (disons-le ainsi) très rondelet de partout : son visage est rondelet, ses mains sont rondelettes, ses doigts sont rondelets. Le crâne dégarni, aussi. Il nous présenta à sa maîtresse, la contessa Guiccioli, une très jeune beauté de dix-huit ou vingt ans qui égale son amant en rondeurs. Elle ne parle presque pas anglais ; mais quand on observe sa généreuse constitution et, dirons-nous, ses remarquables proéminences, j'oserais affirmer que ce ne sont pas ses talents linguistiques qui expliquent l'attrait qu'elle exerce sur L. B.*

Bref, on nous servit du vin rouge (très bon) jusqu'à plus soif, ainsi que des confiseries (insipides), puis on nous mena jusqu'à la salle à manger. Nous dînâmes fort bien, avec trois types de volailles, et les sujets de conversation furent variés. Shelley et L. B. parlèrent surtout littérature, tandis que Williams et moi évoquâmes nos souvenirs militaires aux Indes. C'est un homme délicieux, dont la bonne humeur spontanée jette en comparaison une lumière peu flatteuse sur les complexités de la nature de Shelley et les vanités d'Albé (comme la compagnie l'appelle quand il a le dos tourné).

Puis, lorsque Shelley mentionna à Byron que j'avais fait Waterloo et que j'avais même été blessé au feu, Sa Seigneurie se prit d'un intérêt soudain pour moi et m'enjoignit de tirer ma chaise près d'elle afin que nous puissions converser sans être interrompus. Il voulait tout savoir sur Waterloo (il s'avéra qu'il avait visité le champ de bataille en 1816) et sur ma campagne lors de la troisième guerre de Kandy.

Que te dire de plus à son sujet ? Il a une étrange démarche précipitée qui le fait pencher vers l'avant, destinée à camoufler une claudication causée par une difformité de son pied gauche, d'après Shelley. Sous son embonpoint, je dirais qu'il a une assez belle physionomie qui laisse deviner le dépravé hautain. Il est fort intelligent, caustique et très riche, avec un revenu annuel de quatre mille livres, sans compter les ventes de ses œuvres, m'a appris Shelley (qui lui-même doit se contenter de mille livres par an, le pauvre homme). Nous parlâmes longtemps du métier de soldat, du maniement du fusil, des escarmouches et de ce que cela faisait exactement de prendre un coup de lance. Il semblait presque jaloux de mon expérience et de ma blessure. Il m'a invité à participer à une séance de tir sur cible qu'il organise hors les murs la semaine prochaine (je t'en dirai plus quand j'y serai allé). À ce moment de la conversation, il était détendu et familier avec moi (nous avions l'un comme l'autre consommé une grande quantité de vin), mais les choses allaient se gâter un peu.

Moi : Avez-vous du sang écossais, lord Byron ?

L. B. : Pas une goutte. Pourquoi cette question ?

Moi : Parce que je perçois parfois une légère intonation écossaise dans votre voix, juste un soupçon.

L. B. : C'est impossible. Comment pourrais-je avoir un accent écossais. C'est absurde !

Moi : Ha, ha, vous me faites une farce, lord Byron ! Je sais que j'ai un accent irlandais moi-même, et entre Celtes, on se reconnaît.

L. B. : Vous vous méprenez, Ross. Je suis on ne peut plus anglais, aussi anglais que le Yorkshire pudding.

Et, sans autre forme de procès, il partit en quête de sa jolie maîtresse, me laissant seul et conscient d'avoir commis un terrible impair. Quand j'informai Shelley de cet échange, il cilla. « C'est exact, me dit-il. Byron est né au-dessus d'une échoppe à Aberdeen. Quand il hérita de son titre et fut envoyé dans une école anglaise, son accent écossais fut vivement moqué. Depuis, il a tout fait pour en éliminer jusqu'à la moindre trace. » Shelley reconnut l'avoir repéré lui aussi, surtout en fin de soirée quand le vin produisait son effet.

Bref, mon cher Ben, tel fut mon innocent faux pas**. L. B. me reparlera-t-il un jour ? Nous rentrâmes d'humeur joyeuse et je fis le récit de ma proscription à Mme Shelley, qui se gaussa de ma mésaventure. « Bien fait pour lui ! dit-elle avec conviction. Albé est peut-être le plus célèbre poète d'Angleterre, mais il est aussi le plus sensible aux distinctions sociales. Il peut disserter pendant des heures sur les ducs, les comtes, les lords, les baronnets et leur importance relative. » J'apprécie de plus en plus Mme Shelley, malgré sa mine de chouette quelque peu austère. Je fus abasourdi d'apprendre qu'elle est à peine plus âgée que moi, vingt-quatre ans seulement. Je la croyais du même âge que Shelley, qui est dans sa trentième année, m'a-t-on dit. Quand le visage de Mary Shelley s'anime et qu'elle rit, sa jeunesse et sa beauté apparaissent, mais sinon, ses traits vieillissent comme par magie. Au passage, il est clair que tout n'est pas pour le mieux dans leur mariage.*

Voilà, cher ami, tu sais à quoi ressemble ma vie en société à Pise. Shelley et Williams m'ont invité pour une croisière sur l'Arno jusqu'aux criques du delta à bord de leur petit voilier, et ce matin, L. B. m'a fait parvenir un billet pour me rappeler notre rendez-vous de tir. À l'évidence, je n'ai pas été mis au ban. J'écrirai dès que j'aurai d'autres aventures à raconter.

Bien affectueusement,

Cashel Ross

***

Shelley, Williams et Cashel se retrouvèrent devant l'entrée du *palazzo* de Byron, où attendaient deux autres hommes : un signor Gamba, frère de la maîtresse d'Albé, et un certain comte Taaffe. Toute la compagnie partit vers le sud sur des chevaux qu'on lui fournit, escortée par une suite de domestiques montant des mules, et franchit la Porta Fiorentina pour se retrouver dans la campagne au-delà des remparts. Cashel remarqua que Byron avait deux pistolets à la ceinture et deux autres dans des fourreaux accrochés au pommeau de sa selle. Après une heure de trajet, ils arrivèrent à une ferme où Byron avait visiblement ses habitudes. Après avoir payé leur écot, ils se rendirent sur un champ de tir installé dans un pré jouxtant un carré de blé jeune, où ils firent feu sur un assortiment de cibles : bouteilles, cailloux, pièces d'une demi-couronne clouées dans des piquets de bois.

Cashel découvrit que Byron était bon tireur et qu'un concours d'adresse faisait rage entre Shelley et lui. Les domestiques déposèrent boissons et victuailles sur des plaids jetés au sol. Quand vint son tour, Cashel lâcha quelques balles sur les bouteilles, mais les détonations et l'âcre odeur de la poudre ravivèrent ses mauvais souvenirs. Il sut qu'il rêverait à nouveau de la bataille la nuit suivante.

Debout à côté de Shelley, il observa Byron et Taaffe qui chargeaient leurs pistolets et pariaient sur qui toucherait une demi-couronne.

« Pourquoi lord Byron tire-t-il sur cible ? s'enquit-il. Il pourrait chasser du gibier, des canards, des oies sauvages ou que sais-je encore.

– Byron veut guerroyer, répondit Shelley. Il aspire à devenir un guerrier, un héros, c'est son vœu le plus cher. Ces excursions sont une forme de préparation pour le jour où cela adviendra. Or pour l'instant il n'est qu'un guerrier sans ennemi, ce qui, entre nous soit dit, Ross, rend parfois sa compagnie quelque peu lassante.

– Et vous, Shelley, avez-vous envie de guerroyer ?

– Je n'ai nul désir de viser, toucher, blesser ou tuer un être humain. Mais Albé doit être… ménagé, dit-il avant de baisser la voix. Nous avons le projet de lancer un journal, et son mécénat nous est indispensable. Alors nous allons dîner chez lui et nous venons ici tirer sur des bouteilles vides », conclut-il avec un sourire las.

Shelley gagnait en sérénité lorsqu'il se trouvait à bord de son petit canot en toile à voile aurique. Cashel nota cette amélioration de son humeur quand il embarqua avec Williams et lui quelques jours plus tard afin de descendre lentement l'Arno jusqu'à une large baie et déjeuner aux Bagni di Pisa. En dépit de son enthousiasme, Shelley se montrait gauche dans le frêle esquif, si bien que Williams, marin expérimenté, devait souvent lui ordonner de s'asseoir et d'arrêter de s'agiter car l'eau rentrait dans la coque, ce qui les mettait à risque de chavirer.

Quand ils firent halte pour se restaurer, Cashel engagea la conversation avec Shelley à propos de son journal de voyage et l'interrogea sur les éditeurs londoniens. Shelley lui recommanda la plus grande vigilance dans son choix, évoquant ses griefs actuels vis-à-vis du sien, un certain Charles Ollier, qu'il décrivit sèchement comme « inefficace et malhonnête à la fois ». À Londres, les éditeurs poussaient comme du chiendent. L'objectif premier était d'obtenir de l'un d'eux l'avance la plus substantielle possible car, une fois le livre publié, il ne serait plus payé qu'en mensonges. Il ne fallait surtout pas accepter un contrat prévoyant une rémunération sous la forme d'une part des bénéfices : c'était la recette infaillible pour se faire plumer. Mme Shelley pourrait lui donner quelques conseils, elle qui demandait une avance de cinq cents livres sterling pour son prochain roman.

En arrivant à Tre Palazzi pour le souper, les trois hommes y trouvèrent une nouvelle invitée, Mlle Clairmont, la jeune demi-sœur par alliance de Mme Shelley venue leur rendre visite depuis Florence, où elle résidait. Petite et brune, la chevelure apprêtée en boucles serrées ourlant son visage pâle, elle n'était pas aussi jolie que sa demi-sœur, mais possédait une énergie et une vivacité qui faisaient défaut à Mary Shelley. Cashel se rendit compte qu'elle le jaugeait.

« Rencontrer un homme plus grand que Shelley… c'est remarquable ! lui dit-elle, compliment auquel Cashel répondit par un sourire. Savez-vous nager, monsieur Ross ?

– En effet, oui. J'ai appris en Irlande dans la Blackwater, un fleuve du comté de Cork. J'adore nager.

– Moi de même, maintenant que je sais. J'ai été initiée cette année à Livourne. »

Elle lui expliqua que le conseil municipal avait fait construire dans la baie un ponton supportant des cabines de canisses, distinctes pour les hommes et les femmes. C'est là qu'elle avait acquis les rudiments, mais désormais elle préférait la pleine mer.

« Shelley est un piètre nageur, Mary s'y refuse, M. Williams nage, comme vous, mais Mme Williams non. Lord Byron, évidemment, est un nageur accompli. Légendaire, même.

– Voilà une nouvelle façon de diviser l'humanité, commenta Cashel. Entre nageurs et non-nageurs. »

Shelley arriva sur ces entrefaites et Mlle Clairmont concentra toute son attention sur lui. Ignorant Cashel presque complètement, elle accapara avidement le poète et pérora sans fin sur une traduction du *Faust* de Goethe qu'elle venait d'entreprendre.

Mary Shelley quitta la pièce pour s'occuper de leur fils, le petit Percy Florence, qui avait de la fièvre et l'appelait d'une voix plaintive. Cashel décida que c'était le moment opportun pour prendre congé et salua Mlle Clairmont, qui, le voyant partir, redevint soudain plus amicale.

« J'espère que nous ne vous avons pas fait fuir avec notre conversation sur Goethe. Veuillez me pardonner, monsieur Ross. Mes enthousiasmes causent régulièrement ma perte en société. »

Elle posa fugacement sa main sur le bras de Cashel en guise d'excuse et lui adressa un chaleureux sourire. Il lui assura qu'elle ne l'avait nullement fait fuir. Il devait les quitter car il partait tôt le lendemain pour Gênes, puis Nice, afin d'étoffer son livre.

« Vous reviendrez, j'espère, répondit-elle. Nous devons devenir amis.

– Je serai très certainement de retour avant la fin du mois », promit Cashel en toute sincérité.

Il y avait quelque chose d'attirant chez cette Claire Clairmont, à présent qu'elle l'avait de nouveau remarqué et le fixait de ses yeux noisette.

Shelley raccompagna Cashel jusqu'en bas des marches et fit quelques pas avec lui dans la rue, où ils passèrent un moment à regarder l'Arno argenté s'écouler sans bruit.

« Nous cherchons une maison au bord de la mer pour cet été, annonça Shelley. Williams et moi sommes en train de faire construire un bateau à Gênes, un vrai bateau assez grand pour traverser la Méditerranée jusqu'en Afrique, si l'envie nous en prend. Vous devez vous joindre à nous, Ross.

– Je dois vous avouer que je ne suis guère qu'un marin d'eau douce. Et j'ai intérêt à m'en aller si ce satané livre doit un jour paraître.

– Restez donc jusqu'à la fin de l'été, insista Shelley. C'est fort agréable. Et je vous assure qu'être loin de Pise et d'un certain aristocrate vaudra bien mieux, si vous voyez ce que je veux dire. »

Cashel voyait très bien. Il dit avoir compris l'allusion et promit de revenir.

***

En fin de compte, Cashel s'absenta plus de trois semaines pour visiter Gênes, qu'il apprécia, et Nice, qu'il apprécia moins. Revenue dans le giron du royaume de Piémont-Sardaigne après deux décennies sous drapeau français, Nice semblait chamboulée par ces changements d'identité nationale (si tant est que l'on puisse parler ainsi d'un lieu, comme il s'en fit la remarque), mais peut-être aussi par les transformations visibles qui la clivaient au nom de sa prospérité nouvelle en tant que villégiature hivernale pour riches aristocrates : les élégants bâtiments du front de mer, où se pressaient les foules, tranchaient avec la vieille ville endormie autour du port. Cependant, l'endroit lui donna matière à un nouveau chapitre et, une fois n'était pas coutume, il fut satisfait de ce qu'il avait écrit. Il commençait à saisir que l'intérêt potentiel d'un récit de voyage tenait à la rencontre de l'adversité, à la survenue de difficultés ou d'attentes déçues. Un voyage sans incident, c'était l'ennui assuré, et un voyage sans compagnie encore plus ! Sa brève plongée dans le monde à Pise l'avait revigoré et, à présent qu'il se retrouvait de nouveau seul dans son périple, ses pensées se tournaient vers les siens. Comment allait sa mère ? Que faisaient Hogan et Buckley ? Oh, comme Elspeth adorerait l'entendre lui conter ses rencontres avec lord Byron !

Cashel rentra à Pise vers la fin du mois d'avril et fut déçu de constater que les Shelley et les Williams avaient quitté Tre Palazzi. Il ne se donna pas la peine d'informer lord Byron de son retour et reprit sa vie solitaire et anonyme avec un réel plaisir, passant du temps à retravailler les chapitres de son livre à la lumière de la révélation qu'il avait connue à Nice : le cynisme, là résidait le secret ! Tout paraissait tellement plus intéressant avec des lunettes d'atrabilaire.

Un jour, une lettre griffonnée de la main de Shelley lui fut apportée à l'Albergo Tinto.

Lerici

28 avril 1822

Mon cher Ross,

En hâte. Auriez-vous l'obligeance de me rendre un grand service personnel ? Dans mon étude de Tre Palazzi, caché sous le coussin du fauteuil du bureau, vous trouverez un portefeuille en peau de porc. Je vous serais éternellement reconnaissant de le récupérer et de me l'apporter Casa Magni à San Terenzo, près de Lerici. Surtout, ne parlez à personne de cette faveur que vous me faites.

Sincèrement,

PBS

Cashel se rendit donc à Tre Palazzi, où le concierge le mena jusqu'aux appartements des Shelley au dernier étage. Il trouva le portefeuille en peau de porc à l'endroit indiqué et le rapporta à l'Albergo Tinto où, bien évidemment, il en examina le contenu.

Il s'agissait de lettres intimes d'une femme qui signait « C. » à un certain « M. Joseph Jones » en *poste restante** à Pise. Il ne fallait pas être grand clerc pour comprendre qu'elles avaient été envoyées à Shelley par Claire Clairmont. Elles évoquaient des nuits secrètes à Livourne et se composaient de longues déclarations de sentiments intenses, d'ardeur, de ravissement, de frustration, de rêves impossibles d'évasion vers une vie nouvelle, comme toutes les lettres enflammées entre amants clandestins depuis la nuit des temps, se dit Cashel. Toutefois, ayant choisi de rendre ce service à Shelley, il devait à présent honorer sa parole. Il comprenait les dégâts que pourraient faire ces missives si elles tombaient entre les mains de Mary, étant donné la conjoncture malheureuse du couple Shelley, car, même si aucun détail n'indiquait que cet amour adultérin avait effectivement été consommé lors de ces rencontres livournaises, tout le laissait supposer. Il eût fallu une naïveté d'airain pour vouloir croire que ces deux adultes n'avaient pas assouvi physiquement la passion obsessionnelle qu'ils éprouvaient à l'évidence l'un pour l'autre.

Cashel loua un tilbury pour parcourir les quelques lieues le séparant de Lerici, ce qui lui prit le plus clair de la journée tant était mauvaise la route menant au petit port sur le golfe de La Spezia. Quand il arriva enfin, les Shelley et les Williams semblèrent réellement ravis de le voir. Ils vivaient dans une grande remise à bateaux isolée, la Casa Magni, située à même le rivage caillouteux. D'un côté de la baie se dressait sur un cap le petit village de San Terenzo, dont le château en ruine et la coupole de l'église dépassaient des pins et broussailles accrochés aux modestes falaises qui s'élevaient à l'arrière de la maison ; de l'autre côté se trouvait Lerici, avec son château bien plus resplendissant et son port en eaux calmes.

Dans cette vaste maison, les deux couples vivaient avec leurs trois jeunes enfants au-dessus du local à cinq arches, donnant sur la mer, où l'on entreposait jadis les bateaux. Les quartiers des domestiques se situaient à l'arrière. Le principal attrait de la Casa Magni était la gigantesque terrasse qui prolongeait les appartements et offrait une vue imprenable sur la baie, les îlots rocheux et la haute mer. C'était une maisonnée bruyante et chaotique, découvrit Cashel. Comme il était arrivé au coucher du soleil et n'avait d'autre choix que de rester pour la nuit, il se vit attribuer une chambre aveugle, pas plus grande qu'un placard, près de la cuisine.

Shelley le prit à part après le souper et, une fois dans sa chambrette, Cashel sortit le portefeuille de son sac de voyage et le lui tendit. Shelley en tira les lettres, y jeta un bref coup d'œil, puis les déchira en petits morceaux qu'il remit à Cashel.

« Auriez-vous la bonté de les faire disparaître pour moi, Ross, je vous prie ? En les brûlant, en les enterrant… suggéra-t-il, visiblement d'une humeur étrange, troublé, agité.

– Bien sûr, répondit Cashel en fourrant les confettis dans sa poche. Mais pourriez-vous me dire pourquoi ? J'aimerais savoir. »

Shelley se frotta les yeux comme si la lumière de l'unique chandelle les lui piquait.

« Avez-vous fait la connaissance de Mlle Clairmont, ma belle-sœur ? »

Cashel répondit poliment qu'il l'avait effectivement vue à Pise, dans l'appartement de Shelley justement, rencontre dont le poète sembla se souvenir à l'évocation qu'il lui en fit. Shelley lui raconta alors que, quelques années plus tôt, quand Claire était encore très jeune, seize ans à peine, elle avait eu une liaison avec lord Byron, dont était issue une petite fille prénommée Allegra. Byron avait assumé le rôle de tuteur de la fillette et l'avait placée dans un couvent non loin de Pise, en interdisant toutefois à Claire de lui rendre visite.

« Et à présent, la petite Allegra est morte du typhus, annonça Shelley d'une voix éplorée, le visage dur. Voici deux semaines. Elle avait cinq ans. »

Cashel comprenait mieux son étrange comportement. Sans surprise, poursuivit Shelley, Claire traversait une violente crise émotionnelle, oscillant entre une rage intense et une détresse absolue.

« Claire et moi sommes exceptionnellement proches, poursuivit-il. Nous avons toujours assidûment correspondu. Les lettres que vous m'avez apportées sont de sa main. Elles contiennent… l'expression franche de ses sentiments pour moi, conclut-il avant de marquer une nouvelle pause. Elles pourraient aisément être mal interprétées. Mon épouse attend un enfant. Nous en avons déjà perdu deux lors de notre court mariage, les pauvres petits William et Clara. Je ne veux pas risquer que quoi que ce soit la contrarie, comprenez-vous. Si jamais elle venait à lire ces…

– Je vous en prie, Shelley, ne m'en dites pas davantage, l'interrompit Cashel avec tact. Je suis heureux d'avoir joué un petit rôle, surtout s'il permet d'apaiser les esprits. »

Shelley lui prit la main et la secoua chaleureusement. Pendant un instant, Cashel crut qu'il allait l'étreindre.

« Vous êtes un véritable ami, Ross. Dieu, que j'aimerais en avoir plus comme vous ! »

***

Après une seule nuit à la Casa Magni, Cashel décida qu'il était grand temps de partir. Jamais il n'avait connu de jeunes enfants dormant si peu, pleurant autant et réclamant autant d'attention. Comme pour composer un contrepoint adulte, les Shelley semblaient avoir recruté pour domestiques des bateleurs chicaniers qui se querellaient ou hurlaient jusqu'à pas d'heure en faisant résonner marmites et casseroles pour souligner un argument (ou pour estourbir quelqu'un, allez savoir) dans leurs quartiers situés à l'arrière de la cuisine.

Il usa d'un prétexte pour aller à Lerici, où il trouva une chambre dans une taverne. Quand l'envie lui en prendrait, il pourrait se rendre du port à la Casa Magni, soit à la rame en une demi-heure dans une barque de louage, soit à pied par un petit chemin côtier, en à peine plus longtemps. La baie était calme, le climat de cette fin de printemps idéal et le nouveau bateau de Shelley bientôt terminé. Mieux valait se trouver sur la côte à Lerici que dans la touffeur de Pise, se dit Cashel. Et il apprit que Mlle Clairmont serait de retour début juin.

De fait, Cashel choisit de ne pas se rendre à la Casa Magni tous les jours, malgré son invitation permanente. L'atmosphère régnant dans la maison était volatile, tantôt très enjouée, tantôt sous-tendue de courants nerveux et turbulents. Quand il lui arrivait de venir en barque à l'improviste, il s'annonçait en criant : « Ohé ! » afin d'alerter les habitants, et il passait juste le temps qu'il voulait auprès des Shelley et des Williams.

C'était le programme parfait. Ces visites irrégulières lui convenaient et les couples de la Casa Magni semblaient toujours heureux de le voir. Il commença d'apprécier la compagnie stimulante des Shelley ; quant aux Williams, ils étaient tout simplement cordiaux et accueillants. Il comprit qu'un contact humain régulier et informel lui avait manqué durant ses pérégrinations. Les petits, tant qu'ils ne chouinaient ou ne pleuraient pas, étaient adorables et attachants. Percy Florence n'avait pas encore trois ans ; Medwin Williams en avait deux et Rosalind Williams venait de fêter son premier anniversaire. Jouer avec eux sur la plage et dans les flaques entre les rochers rappelait à Cashel les jours où il s'amusait avec ses petits frères, Hogan et Buckley. Sans aucune nouvelle de sa famille depuis son départ des Indes, il espérait que sa correspondance au trajet alambiqué via le Dr Freemantle arrivait bien à Oxford.

Il commença à prendre de petites habitudes quand il venait de Lerici. Ainsi, au lieu de se rendre directement à la Casa Magni, il s'arrêtait pour se baigner dans l'une des petites criques hors de vue de la maison. Il tirait sa barque sur le sable, se dévêtait, nageait jusqu'à un petit récif situé à quelques toises au large, en faisait le tour une fois ou deux, puis revenait. Il se séchait avec un drap de lin, se rhabillait, se peignait et repartait à la rame jusqu'à la maison, plein d'énergie et d'entrain, à temps pour le déjeuner sur la terrasse. Il apportait souvent du vin, du salami ou du fromage pour contribuer au long repas indolent. D'une certaine manière, il vivait là des vacances idéales, qui s'inséraient à merveille dans son programme. Quand il se lassait du brouhaha et des enfants, il remontait dans sa barque et disparaissait. Percy Florence, garçonnet curieux et charmant, lui demandait chaque fois quand il reviendrait, et se mit à l'appeler Cash.

Un jour, début juin, il arriva à la Casa Magni et découvrit que Claire Clairmont avait rejoint la maisonnée. Quand ils se retrouvèrent seuls sur la terrasse après le déjeuner, Shelley ayant regagné son bureau, Mary et les Williams ayant emmené les enfants à la plage en contrebas de la maison, Cashel mit un point d'honneur à évoquer la mort tragique de la petite.

« Je suis désolé de toute cette détresse et du malheur qui vous afflige, mademoiselle Clairmont. Je peine à imaginer combien cela doit être dur pour vous.

– C'est dur, oui, très dur, dit-elle avant d'ajouter, le venin dans la voix : Mais j'espère que c'est encore plus dur pour lui. Mes souffrances sont un peu amoindries par la pensée de la culpabilité et de la honte cuisantes qu'il doit, je pense, j'espère, éprouver. »

Cashel comprit que sa rage et sa colère envers Byron, dont elle se refusait à prononcer le nom, aidaient à atténuer son chagrin. Dans un soudain élan de sincérité, elle lui raconta ensuite l'histoire de leur relation, leur séjour en Italie avec les Shelley, la naissance d'Allegra, leur éloignement, la séparation d'avec son bébé. « Quelle peut être la cause de tant de froideur et d'hostilité ? demanda-t-elle de façon rhétorique. Quel genre d'homme n'autorise pas une mère à voir son enfant ? » Cashel opinait du chef tout en écoutant. « À présent, elle est morte, et lui, il pleure, il geint. Cela me dégoûte. »

Cashel se garda de tout commentaire, car il se savait détenir en trop grand nombre ces secrets qui gravitaient en nuée dans le cercle des Shelley. Shelley et Mary, Shelley et Claire, Mary et Claire, Shelley et Byron, Claire et Byron : autant de relations complexes, tourmentées et tendues entre tous ces privilégiés. Seuls les

Williams, Ned et Jane, offraient une compagnie simple et solaire que n'affectaient pas les tumultueux courants d'émotions brassés par les poètes et leurs compagnes.

Puis l'humeur de Claire changea du tout au tout, et elle lui sourit.

« Je suis ravie de vous voir parmi nous, monsieur Ross. Vous ne pouvez imaginer le plaisir que j'ai de vous compter dans notre petite communauté. »

Spontanément, elle chercha sa main et la serra fort dans la sienne l'espace d'un instant, avant de déposer un baiser fugace sur les jointures de Cashel.

« Je sens que vous êtes un ami sincère, murmura-t-elle. J'espère pouvoir en être une pour vous. »

Elle se leva, lui sourit à nouveau et quitta la terrasse. Il l'entendit héler les enfants en bas.

Il contempla le dos de sa main, où elle avait posé ses lèvres. Une trace de salive y brillait encore, qu'une impulsion lui fit lécher. Il commençait à saisir l'effet puissant et surprenant que Claire Clairmont produisait sur les hommes. D'abord lord Byron, ensuite Shelley et maintenant, peut-être, Cashel Ross…

***

Shelley et Williams se rendirent plus fréquemment à Gênes pour vérifier l'état d'avancement de leur goélette, baptisée le *Don Juan*, laissant à la Casa Magni les trois femmes, les enfants et leurs domestiques éternellement irascibles. En conséquence de ces absences génoises, Cashel fut encouragé à passer plus souvent à la maison, où on lui proposait toujours un lit pour la nuit, même s'il préférait rentrer à Lerici et retrouver sa chambre à la taverne.

Mary Shelley avait entre-temps annoncé à la compagnie la nouvelle de sa grossesse, dont Cashel était déjà informé en secret. L'arrivée prochaine d'un bébé si peu de temps après le trépas d'un autre enfant eut pour effet d'alléger et d'aviver à la fois l'atmosphère changeante de la maison au bord de la baie : Claire se rappelait la mort de sa petite, tandis que Mary espérait une naissance facile après le décès de ses deux premiers enfants. Cette future vie réveillait de tristes souvenirs autant qu'elle présageait de nouveaux soucis pour l'avenir. Rien n'était simple à la Casa Magni.

Un jour, après avoir promis de venir plus tôt que d'habitude, Cashel s'arrêta dans sa crique habituelle et tira sa barque sur le sable. Il considérait désormais son plongeon matinal comme essentiel à la préservation de son équilibre et de sa bonne humeur durant ses longues journées auprès des Shelley et des Williams. Il se dévêtit, plia ses habits, les déposa sur le barrot de la barque et partit à la nage vers son îlot rocheux. Il en fit plusieurs fois le tour avec vigueur jusqu'à ce que ses poumons se gonflent à leur maximum et que ses bras lui fassent mal, puis s'en retourna, prêt à tout affronter.

Il sortit dégoulinant de l'eau et se dirigea vers sa barque. Ses vêtements avaient disparu.

Nu, interdit, inquiet, il imagina qu'un gamin ou un chevrier de San Terenzo avait saisi l'occasion de s'offrir une veste neuve et une paire de souliers à boucles. Dans un état de rage hébétée, il arpenta la petite plage en tous sens comme si ses vêtements allaient miraculeusement réapparaître. Puis il sentit la panique s'emparer de lui. Que faire ? Il pouvait toujours reprendre sa barque pour rentrer au port de Lerici et demander à l'un des pêcheurs de lui fournir une protection temporaire, le temps de regagner sa chambre. Mais quelle humiliation, quel embarras ! Cela aurait au moins le mérite de…

« Est-ce ceci que vous cherchez, monsieur Ross ? »

Il fit volte-face et découvrit Mlle Clairmont debout devant lui, qui lui tendait son ballot de vêtements. Il couvrit promptement sa nudité de ses deux mains. Elle portait un « costume de bain », supposa-t-il, une tenue rose rehaussée de violet, composée de pantalons bouffants et d'une veste aux manches froncées à ruchés.

« Je suis venue nager et j'ai trouvé ces habits abandonnés », dit-elle très posément.

La confusion de Cashel ne diminuait en rien. Certes, il couvrait son sexe de ses mains, mais il savait très bien qu'elle l'avait regardé sortir de l'eau et sillonner la plage en exposant innocemment sa « virilité ».

« Et si nous nagions ensemble, monsieur Ross ? proposa-t-elle d'une voix dépourvue de toute trace de coquetterie.

– Avec plaisir, répondit-il en se retournant aussitôt pour rentrer dans l'eau jusqu'à la taille, ce qui lui permit de recouvrer son calme. Je vais jusqu'au rocher et je reviens. Ce n'est pas trop loin pour vous ?

– Pas si vous restez à mes côtés », lui assura-t-elle avant de déposer les vêtements où elle les avait trouvés et de le rejoindre dans l'eau.

Ils partirent vers l'îlot tout en devisant, Mlle Clairmont lui décrivant la grosse dame qui lui avait appris à nager à Livourne.

« On pourrait croire qu'une personne aussi corpulente coulerait à pic en quelques instants, mais sa surprenante capacité à flotter m'a donné confiance.

– Vraiment ? Très intéressant.

– Voyez comme je nage bien, monsieur Ross. N'est-ce pas la plus merveilleuse des sensations ?

– Si fait. »

Quand ils rejoignirent la plage, Cashel demeura dans l'eau jusqu'à la taille alors que Mlle Clairmont regagnait le sable, le lourd costume de bain sur son corps frêle dégoulinant en chapelets de gouttelettes.

« Cette barque est fort pratique », commenta-t-elle tout en retirant prestement son costume gorgé d'eau, qu'elle mit à sécher sur le bord de l'esquif.

Cashel sentit sa gorge se contracter quand il la regarda traverser la plage dans sa direction. Elle s'arrêta au bord de l'eau, les vaguelettes lui mouillant les chevilles.

« À présent que nous sommes tous les deux nus, je crois que vous pouvez sortir de l'eau sans risque, monsieur », dit-elle, un petit sourire aux lèvres.

***

Ils firent l'amour sur le drap de lin, puis restèrent enlacés le temps de sécher au soleil. Elle déposa un baiser sur son épaule et lui confia qu'il avait un délicieux goût de sel.

« Je ne saurais te dire à quel point il est doux d'être lovée dans les bras de quelqu'un, ajouta-t-elle. De se sentir chérie, en sécurité. D'être serrée fort avec chaleur et sentiment… Après tout ce que j'ai subi. »

Il l'embrassa sur la bouche et elle fit jouer sa langue contre la sienne.

« Retrouvons-nous ici demain, suggéra-t-elle d'une voix douce. Il faudra nous montrer très, très prudents et discrets. Shelley ne doit se douter de rien.

– Bien sûr. »

Cashel crut soudain deviner un mobile à cet accès de libertinage. S'agissait-il de rendre Shelley jaloux ? Était-ce encore un de ces jeux dangereux de la Casa Magni ?

« À la maison, ils savent que je sors nager le matin, que c'est ma nouvelle passion depuis Livourne, expliqua-t-elle. Personne n'est surpris de me voir partir dans mon costume.

– Alors mieux vaudrait que tu rentres selon ton habitude, dit-il après réflexion. Et puis, une demi-heure plus tard, j'arriverai en barque innocemment.

– Je vois que tu es un conspirateur accompli, Cashel Ross. Je dois t'appeler Cashel et tu dois m'appeler Claire, mais uniquement sur notre plage. Dans le monde de notre plage.

– Je comprends bien la nécessité de ces précautions, sais-tu, dit-il en embrassant ses petits seins, puis en faisant descendre sa main le long de son ventre jusqu'au triangle de poils sombre et touffu entre ses cuisses. Je ne suis pas un imbécile heureux. »

Il pressa son sexe qui durcissait contre la jambe de la jeune femme et elle se retourna en se tortillant pour lui faire face.

« Tu n'es pas attendue à l'instant, si ? » demanda-t-il.

La baie de Lerici.
A. Le village de San Terenzo. B. La Casa Magni. C. Le port et le hameau de Lerici. D. Vers Viareggio et Pise. E. Vers La Spezia. F. La plage où Cashel allait nager.

***

Ainsi, pendant plusieurs jours (cinq au total, compta-t-il), ils se virent en secret sur leur plage le matin pour nager et faire l'amour. Claire se rhabillait et rentrait à la maison, et une demi-heure plus tard, Cashel s'annonçait à la Casa Magni en criant : « Ohé ! », puis la journée se déroulait comme à son ordinaire : on mangeait, on buvait, on pêchait, on lisait, on devisait. Et c'était toujours « Mlle Clairmont » et « M. Ross ».

Une semaine plus tard, la fine goélette de Shelley arriva du chantier de Gênes. Ils disposaient à présent « du parfait joujou pour l'été », déclara-t-il. Les amours de plage s'interrompirent lorsque Claire rentra à Florence pour une quinzaine de jours.

Cashel eut alors la chance d'embarquer avec Shelley et Williams sur le gracieux navire élancé.

Dans des conditions de vent favorables, le *Don Juan* pouvait battre de vitesse tous les vaisseaux du golfe de La Spezia grâce à son impressionnante voilure. On enjoignait parfois à Cashel le marin d'eau douce de tirer sur un bout, mais la plupart du temps, il se contentait de rester assis au côté de Jane Williams, qui chantait et jouait d'une guitare offerte par Shelley, tandis que son mari et Shelley éprouvaient la tenue à la mer et la capacité de manœuvre de la goélette. Le crépuscule arrivant, lorsqu'ils regagnaient à petite voile la Casa Magni, où les attendait une Mary nauséeuse et alanguie, les chaudes nuits semblaient créer une espèce de magie. La voix rauque et mélodieuse de Jane, le craquement du bois, le clapotis de l'eau contre la proue effilée, les étoiles naissantes dans le ciel nocturne, la perspective du souper, du vin et des conversations animées faisaient oublier à Cashel les tensions soudaines qui agitaient la maison. Alors seulement comprenait-il ce qu'entendait Shelley par « communauté d'âmes ».

Claire et leurs rencontres charnelles sur la plage lui manquaient, mais jamais il ne recevait de réponse précise lorsqu'il demandait de manière aussi détachée que possible la date de son retour de Florence. En revanche, Jane Williams lui fit remarquer la « sérénité » exceptionnelle de Claire et sa fortitude face à cet horrible deuil. Cashel se sentit obligé d'acquiescer.

Toutefois, la nature vulnérable et friable de la maisonnée ne put être mise en sommeil bien longtemps. Un après-midi qu'il arrivait beaucoup plus tard qu'à l'accoutumée, ne recevant aucune réponse à son appel habituel, Cashel échoua sa barque sur la plage et monta sans s'annoncer au premier étage, où il surprit un baiser passionné, ardent, fougueux, entre Shelley et Jane Williams, qui avait passé les deux bras autour de son cou.

Pendant une seconde, Cashel resta figé dans l'embrasure de la porte sans être vu. La main de Shelley fourrageait vigoureusement sous les jupes de Jane tandis qu'ils s'embrassaient. Cashel recula discrètement d'un pas dans la pénombre du palier, mais comprit aussitôt que Shelley venait de l'apercevoir. Leurs regards se croisèrent. Cashel leva la main en un geste simple qu'il espérait assez éloquent pour transmettre tout son message : « Oui, j'ai vu ce que j'ai vu, mais je ne juge pas et je ne dirai rien à personne. » Puis il disparut en direction de la plage. Une fois là-bas, il cria de nouveau à pleins poumons et frappa ensuite à la porte pour annoncer son arrivée factice. Shelley lui répondit depuis l'étage, et Cashel monta sur la terrasse, où il trouva les deux amants assis chacun à une extrémité de la longue table des repas. Ignorant leur trouble évident, il raconta d'un ton désinvolte l'accident qu'il avait failli avoir avec un bateau de pêcheur en venant.

Deux nuits plus tard, à trois mois de grossesse, Mary Shelley fit une fausse couche et subit une violente hémorragie dont elle eût pu mourir n'eût été la présence d'esprit de Percy, qui la plongea dans un bain d'eau glacée au cœur du tumulte provoqué par cette dangereuse occurrence. Mais le choc et le profond désarroi ne purent s'estomper, et la belle harmonie apparente de la maisonnée s'envola pour de bon.

Cashel n'assista pas au drame car il était rentré à Pise, doutant d'arriver à jouer la comédie qui s'imposait désormais après ce qu'il avait vu, notamment envers l'homme si bon, honnête et naïf qu'était Edward Williams. De toute façon, il lui fallait retourner à la banque pour se remettre en fonds et récupérer son courrier à la poste restante. À son retour à Lerici vers la fin du mois de juin, rien n'était plus pareil. Quand il suggéra discrètement à Claire, qui habitait à présent la maison, un « plongeon » matinal, elle lui répondit qu'il faisait trop chaud pour aller nager. Certes, le soleil brûlant de juin était impitoyable, mais Cashel savait que là ne résidait pas la raison de son refus. Mary Shelley, qui pleurait un nouvel enfant mort, ne quittait presque plus son lit. Les Williams, eux, demeuraient cordiaux (ils s'appelaient tous trois par leur prénom, Ned, Jane, Cashel), mais Shelley réserva à Cashel un accueil glacial.

Cashel se trouvait sur le rivage devant la villa, prêt à rentrer en barque à Lerici, lorsque Shelley s'approcha. Cashel s'imagina un instant qu'il venait l'aider à pousser l'esquif jusqu'au clapot, avant de remarquer son attitude grave et hostile.

« Que se passe-t-il, Shelley ? Un ennui ?

– Je crois que vous devriez garder vos distances vis-à-vis de Mlle Clairmont, lâcha-t-il abruptement, sa voix nasillarde montant dans les aigus quand il prononça le nom de la jeune femme.

– Je ne comprends pas. Qu'entendez-vous par “distances” ?

– Je crois savoir que vous allez nager ensemble.

– Pas à mon initiative. Claire… enfin, Mlle Clairmont m'a demandé de la rejoindre.

– Cela ne me paraît pas convenable.

– J'ose espérer qu'il s'agit d'un trait d'humour, lâcha Cashel après avoir éclaté de rire. Vous ? Vous osez me donner des conseils sur ce qui est “convenable” ? Vous ?

– Elle fait partie de ma famille, affirma Shelley en ignorant le sarcasme. Je dois me préoccuper de son bien-être.

– Qui vous a dit que nous allions nager ? demanda Cashel, l'esprit en ébullition.

– Claire elle-même. Elle m'a dit que vous nagiez nus. »

La lumière se fit dans l'esprit de Cashel : Claire avait œuvré à de subtiles manipulations.

« Vous aurez été prévenu, Ross, insista Shelley. Gardez des distances respectables et convenables.

– Il vous les faut toutes, Shelley, pas vrai ?

– Qu'entendez-vous par là ?

– D'abord Mme Williams. Comme vous le savez, j'ai été témoin de votre étreinte particulièrement fiévreuse. Ensuite, j'ai lu les lettres que vous a envoyées Mlle Clairmont. Et puis vous avez déjà votre épouse. Je récapitule : Mary, Claire et Jane. Toutes pour Percy Bysshe. »

À ces mots, le visage de Shelley s'empourpra, l'afflux de sang vers ses joues ombrant sa peau marbrée par le soleil. Il s'apprêtait à reprendre la parole quand Cashel l'arrêta d'un geste.

« Je n'accepterai plus le moindre avertissement de votre part, monsieur. Mlle Clairmont est une jeune femme qui jouit de son libre arbitre. Elle a le droit de voir qui bon lui semble et de faire ce que bon lui semble. Et si nous choisissons d'aller nager ensemble, nous irons. La peste soit de votre insolence ! »

Ils se dévisagèrent pendant quelques instants en silence, puis Cashel tourna les talons, poussa sa barque, sauta dedans et lui donna de la vitesse au moyen d'un aviron.

« Bonne soirée, Shelley ! cria-t-il. Je vous abandonne avec plaisir à votre harem. Je ne viendrai plus vous importuner. »

Sans un mot, Shelley repartit à grandes enjambées vers la Casa Magni.

Tout en ramant vers Lerici, Cashel se sentit attristé par l'animosité de leur échange. Il appréciait Shelley, dont il goûtait les enthousiasmes subits et l'énergie farouche. Même s'il n'entendait guère sa poésie, en dehors de quelques courtes pièces lyriques, il ne pouvait ignorer son intellect actif et exigeant, son questionnement vigoureux du monde et de ses hiérarchies. Il avait cru un temps cette amitié réciproque, mais il songea alors que lord Byron était de nouveau tout près, à Livourne, avec son nouveau bateau à lui, le *Bolivar*, plus grand et plus luxueux que le *Don Juan*, évidemment. Or, quand Byron se trouvait à proximité, Shelley se sentait déstabilisé par la présence menaçante de ce rival, qui le rendait possessif, acariâtre et anormalement peu sûr de lui.

Cashel amarra sa barque à un bollard sur le brise-lame de Lerici et s'en retourna tristement à sa taverne pour une laborieuse soirée d'ivresse, sa vieille compagne. Il était temps de penser à plier bagage, à quitter Pise, à reprendre son périple. Les chapitres supplémentaires de son *magnum opus* exigeaient hélas d'être écrits.

***

Quelques jours plus tard, un serviteur lui porta à l'Albergo Tinto un message à peine lisible de Claire Clairmont :

Shelley et Williams perdus en mer. Don Juan *disparu pendant une tempête dans le golfe. Nous sommes tous inconsolables. Ne nous oubliez pas – ne m'oubliez pas. Désespérée.*

Dein geliebter Fisch[3]

Sur le point de quitter Pise, son bagage bouclé pour Rome et Naples car il avait décidé que son livre devrait être aussi italien que possible, Cashel fut déstabilisé par ce choc soudain. Shelley et Williams morts noyés ? Quel destin absurde, impensable ! Aussitôt, il se sentit tourmenté par l'aigre souvenir d'avoir quitté Shelley en si mauvais termes. Peu après le billet de Claire, ce fut une lettre de lord Byron qui lui parvint, lui demandant de passer le voir. Apparemment, les corps de Shelley et Williams avaient été retrouvés. Conformément aux strictes lois régissant les quarantaines dans le royaume de Toscane, on les avait enterrés sur la plage où ils avaient été drossés, avec interdiction de les déplacer par crainte de pestilence et d'infection. Byron précisait qu'ils allaient être incinérés sur place et requérait son aide.

Cashel rendit visite aux trois femmes en deuil à Tre Palazzi et leur offrit ses plus sincères et solennelles condoléances. Il apparut d'emblée que toute l'attirance sexuelle entre Claire et lui avait été reléguée au passé. Polie et distante, elle le remercia de sa venue et de son aide. Mary Shelley et Jane Williams, profondément affligées, pouvaient à peine parler. Cashel se demanda pourquoi Claire avait pris la peine de lui écrire. *Dein geliebter Fisch* – encore un de ses élans histrioniques pour attirer l'attention sur sa petite personne.

Byron, lui aussi revenu à Pise dans ses quartiers du Palazzo Lanfranchi, fournit à Cashel de plus amples informations. Shelley et Williams, accompagnés d'un mousse, avaient pris le *Don Juan* pour aller à Livourne rencontrer leur ami Leigh Hunt et

3. « Ton poisson adoré. » Ce billet griffonné existe toujours, dûment maculé de larmes.

Byron lui-même, avec lesquels ils avaient l'intention de lancer un journal. Pressé de rentrer à la Casa Magni, Shelley avait mis le cap au nord en compagnie de Williams et du mousse en cet après-midi orageux, malgré les nuages noirs qui s'amoncelaient et les mises en garde des marins du cru. C'était un pêcheur qui avait vu en dernier le *Don Juan*, lancé à pleine vitesse dans « une mer formée ».

Byron était d'humeur mélancolique et troublée en relatant les faits, ne cessant de répéter : « Pourquoi ? »

« Pourquoi n'ont-ils pas attendu ? Pourquoi ? Ces grains ne durent qu'une journée, dans le golfe.

– Williams était un marin accompli. J'ai navigué avec eux.

– Ils cinglaient pourtant toutes voiles dehors, malgré la tempête qui arrivait. Non, croyez-moi, c'est la folie de Shelley qui leur a été fatale, dit-il en tendant le doigt vers Cashel. Shelley aura insisté, prévalu sur la compétence de marin de Williams. Plus vite, plus vite ! Et voilà le résultat. Imbécile. »

Cashel lui offrit de les accompagner pour organiser et superviser le macabre autodafé. Il loua son habituel tilbury et suivit l'imposante calèche de Byron, qui prit bruyamment la route en direction de Viareggio en ce début du mois d'août.

Sur l'immense plage de sable, ils retrouvèrent le capitaine Trelawny, patron du *Bolivar*, et d'autres amis de Byron et Shelley inconnus de Cashel. Trelawny avait commandé la construction rapide d'une sorte d'estrade en métal haute et étroite pour accueillir les restes exhumés de Shelley au-dessus d'une pile de bûches sèches. (Le corps de Williams avait été incinéré de la même manière la veille.)

Tout était en place lorsque Cashel s'avança en compagnie de Byron jusqu'au bûcher improvisé. Cashel contempla avec horreur les restes de Shelley sur son mince lit de métal. La plupart des parties visibles de son corps (son visage, son cou et ses mains) avaient été grignotées par des poissons et d'autres créatures marines durant son long séjour dans l'eau avant qu'il fût rejeté sur le rivage, et ce qui restait de la chair avait pris une étrange teinte gris-bleu de putréfaction. Tandis que le feu était allumé sous la grille métallique, Byron, visiblement bouleversé, déclara soudain qu'il ne pouvait pas rester et, en compagnie de Trelawny, partit à la nage jusqu'au *Bolivar*, ancré à quelques centaines de mètres au large. Sous le soleil accablant de cette journée étouffante, Cashel regarda la chaleur vibrante et palpitante s'élever en vacillant du foyer sous la grille tandis que les flammes dévoraient le cadavre. Image shelleyenne de l'âme quittant la chair brûlée, calcinée, pensa Cashel. Sans s'attarder lui non plus, il remonta jusqu'à la route côtière pour contempler le spectacle à distance et discuter avec les cochers et la demi-douzaine de dragons qui avaient été dépêchés de Pise pour s'occuper des curieux, même s'il n'y en avait aucun.

Quand Byron revint de son escapade, il proposa à Cashel de se joindre à la compagnie pour souper à Viareggio, mais Cashel prétexta qu'il devait rentrer à Pise. Il sentait confusément qu'il serait indécent de vouloir cultiver dans leurs conversations un souvenir affectueux de la très modeste relation, à la fois fugace et intime, qu'il avait entretenue avec Shelley, et préférait s'éloigner de Byron et de son chagrin nombriliste et affecté. Ce fut d'une humeur morose qu'il repartit dans son tilbury. L'été parfait avait tourné au désastre le plus sinistre et le plus amer qui fût.

Pourtant, de retour à Pise, tout en préparant à la hâte son départ, Cashel reçut de nombreuses invitations de Byron. Il était requis au *palazzo* presque chaque jour pour souper, boire, jouer au billard et, surtout, conseiller Sa Seigneurie sur son projet de se rendre en Grèce pour participer à la guerre de libération contre les Turcs.

Byron jouait mal au billard, il grimaçait, il jurait. Victime de terribles coups de soleil lors de sa virée impromptue, inconséquente et interminable pour rejoindre à la nage le *Bolivar* au pic de la chaleur de l'après-midi, il avait la nuque, les épaules, le dos et le torse couverts de pommade et de gaze.

« J'ai arraché des pages de peau à mon propre corps, dit-il à Cashel. Des manuscrits entiers de tégument. »

Cashel compatit.

« Venez avec nous en Grèce, Ross. Vous êtes soldat. Je suis poète. Nous avons besoin d'hommes comme vous dans notre lutte.

– Ma vie de soldat est derrière moi, monseigneur. »

Byron finit par abandonner l'espoir de le convaincre. Il orientait alors toujours la conversation vers Shelley, surtout quand il avait trop bu.

« Shelley ou Byron, Ross ? demanda-t-il un soir d'une voix pâteuse. Lequel des deux passera à la postérité ? Byron ou Shelley ?

– Je n'en ai aucune idée. Pourquoi pas l'un et l'autre ?

– Non, pas l'un et l'autre. Ce sera moi, j'en suis certain. Vous devez en être d'accord. Je m'adresse au cœur, aux couilles, aux tripes. Shelley n'est qu'intellect, toujours… bredouilla-t-il avec un geste vague. Toujours dans l'abstraction et l'éther du pays des fées.

– Les stoïciens n'ont-ils pas affirmé que la postérité n'est pas de notre ressort ?

– Je me torche d'abondance avec vos stoïciens, Ross, rétorqua Byron en rafraîchissant leurs verres. Je vous parle de longévité, de longévité littéraire. Nous lisons toujours Shakespeare, mais plus Tourneur. Nous lisons Smollett, mais plus Fielding. Il en ira de même pour moi et Shelley. Pauvre âme condamnée.

– Je ne doute pas que vous ayez raison, monseigneur. »

Mais Byron était obnubilé. Plus il s'enivrait, plus la littérature disparaissait et plus les personnalités revenaient au premier plan.

« Ross, saviez-vous que Shelley était obsédé au plus haut point par le statut social ?

– Non, en effet. Il semblait toujours…

– Un jour, Shelley m'a dit, et il me l'a dit droit dans les yeux, le croirez-vous ?, il m'a dit : “Vous êtes né à l'étage d'une échoppe à Aberdeen, lord Byron. Et regardez qui vous êtes aujourd'hui.” Enfin, quoi ! s'offusqua-t-il avant d'avaler une gorgée de vin. C'était une calomnie délibérée. Une tentative insultante pour me rabaisser. Jusqu'à cet instant, je n'avais pas pris conscience de l'importance que ces choses avaient pour lui. Je crois, enfin, corrigez-moi si je me trompe, je crois qu'il n'arrivait pas à avaler le fait que j'étais un pair du royaume et lui le fils d'un simple baronnet de province. »

Byron se pencha vers l'avant, les deux bras tendus comme en une supplique. L'espace d'un instant, Cashel crut qu'il allait tomber de son fauteuil.

« Je crois qu'il n'arrivait pas à avaler le fait que je lui étais socialement supérieur. Pas en tant que poète, cela, il me l'avait toujours concédé car il savait que je le dominais artistiquement. Mais il ne pouvait supporter d'être mon inférieur socialement parlant. En termes de statut.

– Est-ce important désormais ? Maintenant qu'il est mort et bien mort, tout cela ne compte plus.

– Mais pas du tout, allons ! Bien sûr que c'est important ! C'est même d'une importance vitale, cruciale, dans les moindres aspects de la vie de chacun. Mais comment pourriez-vous le comprendre, Ross, avec tout le respect que je vous dois, étant donné le genre de personne que vous êtes. Vous qui êtes de si basse extraction. Ces critères ne s'appliquent pas à vous de la même manière.

– C'est on ne peut plus vrai, lord Byron. »

Cashel finit par annoncer son départ pour Rome, et Byron tint à lui faire ses adieux sous la forme d'une luxueuse *conversazione*. C'était bien la dernière des choses que Cashel souhaitât, mais il n'avait aucun moyen de décliner l'invitation sans offenser durablement Byron. Bien des années plus tard, il se demanda parfois ce qu'eût été son destin s'il avait poliment refusé cet honneur et pris simplement le chemin de Rome…

Livre sixième

La *conversazione* de lord Byron en l'honneur d'Il Signor Cashel Greville Ross eut lieu à la fin du mois d'août 1822 dans les deux grands salons du Palazzo Lanfranchi qui donnaient sur l'Arno. Cashel avait acheté un nouveau manteau et des bas de soie, s'était fait raser de près et couper puis coiffer les cheveux à la Pompadour avec une huile parfumée. Toutefois, dès qu'il arriva, fut annoncé puis s'avança sans être reconnu dans la foule (plus d'une centaine de personnes discutant bruyamment), il comprit que cette *conversazione* avait tout à voir avec lord Byron et rien avec lui-même.

Depuis qu'il avait invité Cashel, Byron avait décidé de quitter Pise et le royaume de Toscane avec la contessa Guiccioli, dont la famille, les Gamba, était en exil sans que Cashel en sût la raison, Gênes ayant été choisie comme havre sûr puisqu'elle se trouvait dans le royaume de Piémont-Sardaigne. Le véritable but de la soirée était dès lors de signifier l'adieu de Byron à la société pisane plutôt que l'expédition imminente du signor Cashel Ross à Rome et plus au sud. Cashel se sentit quelque peu ridicule, mais, Byron se montrant fort aimable, il se détendit et résolut d'essayer de s'amuser. Quelle importance, de toute façon ?

Byron le prit à part dans une alcôve où ils pourraient parler tranquillement.

« Quand vous étiez à la Casa Magni, avez-vous rencontré Mlle Clairmont ? lui demanda-t-il.

– Oui, en effet.

– Comment l'avez-vous trouvée ?

– Très… aimable.

– Vous n'ignorez pas notre histoire sordide ?

– J'en ai eu vent par Shelley, répondit Cashel après un instant de réflexion.

– N'allez pas croire tout ce que racontait Shelley. Pauvre imbécile mort en mer ! lâcha Byron, dont le visage se durcit. Il a toujours fait corps avec Claire, de toute façon. Au sens propre comme au figuré. »

Un domestique passa remplir le verre à vin de Cashel avec une carafe en argent.

« Mlle Clairmont a été… » commença Cashel.

Mais Byron l'interrompit :

« Vous savez qu'elle s'est jetée à mon cou alors qu'elle n'avait que seize ans ? Même moi, j'ai trouvé cela bien osé. "Partons tous les deux dans une auberge des faubourgs", m'a-t-elle dit. C'était son idée.

– Je l'ignorais, fit prudemment Cashel.

– Les gens sont prompts à oublier que, plus souvent qu'on ne le croit, ce sont les femmes les instigatrices et pas nous, les hommes, pauvres bêtes lubriques. Les femmes aussi aiment la besogne.

– Intéressant, commenta diplomatiquement Cashel. Je l'ai déjà entendu dire.

– Ainsi donc, Ross, vous avez rencontré Mlle Clairmont, la belle Claire, reprit Byron avec un regard lourd de sous-entendus. S'en est-il ensuivi quelque chose ?

– *Ah, mio caro Byron ! Eccoti qui.* »

Ils se tournèrent tous deux et virent arriver la maîtresse de Byron, la toute petite contessa Guiccioli, qui leur adressait un sourire ravi, suivie de près par une grande jeune femme.

Byron salua la contessa et son amie, qu'il semblait vaguement connaître, puis prit Cashel par les épaules pour le pousser en direction de cette jeune femme.

« Contessa, je voudrais vous présenter mon brave ami soldat, *il mio coraggioso amico guerriero*, annonça-t-il dans son italien assez correct mais à l'accent anglais très prononcé. Un véritable homme de guerre, ce signor Ross. Signor Ross, je vous présente la contessa Rezzo.

– *Lei è la mia cugina preferita* », ajouta fièrement la Guiccioli.

Cashel se tourna pour saluer d'un bref hochement de tête la grande jeune femme campée derrière la minuscule Guiccioli et sentit la tape sur l'épaule que lui donna Byron en guise d'encouragement avant d'entraîner la contessa et de le laisser seul avec la nouvelle venue.

Ce fut alors que cela arriva.

Ils se regardèrent avec une rare intensité contrastant avec le sourire poli et guindé qu'ils affichaient tous deux. Cashel sentit un mélange de réactions s'opérer en lui : sa poitrine enfla à en exploser et, simultanément, un spasme lui remua le tréfonds des entrailles.

« Ravi de vous rencontrer, réussit-il à articuler, en oubliant presque son italien.

– Peut-être devrais-je vous saluer comme un grand combattant, ajouta-t-elle en anglais avec un accent inhabituel que Cashel n'arriva pas à situer.

– Ah, vous savez comment est lord Byron », dit-il avec un sourire en haussant modestement les épaules, cependant qu'il se repaissait dans les moindres détails de son apparence en un coup d'œil.

D'une taille exceptionnellement haute, mince, jeune, peut-être dix-sept ou dix-huit ans, elle avait un long visage étroit, des paupières lourdes sur des yeux las, un nez légèrement busqué, une lèvre supérieure un peu plus charnue que celle du bas, un menton saillant, des cheveux auburn foncé relevés en chignons savamment tressés dont la teinte contrastait joliment avec le bleu glacier de sa robe d'un tissu très fin, assez transparent pour révéler sa camisole de soie blanche. Un large ruban bleu plus foncé était noué sous sa poitrine, comme pour la soutenir. Sa peau était très blanche. Son cou, sa gorge, ses bras…

« Je suis désolé, dit-il en se raclant la gorge. Je n'ai pas saisi votre nom.

– Je vais vous le lancer à nouveau, dit-elle, pince-sans-rire. Prêt ? »

Cashel hocha la tête avec un petit sourire.

« Je suis la contessa Raffaella Rezzo. »

Cashel lui fit un nouveau petit salut de la tête. Raffaella. Raffaella et Cashel. Cashel et Raffaella.

« Or donc, vous êtes un vrai soldat ? demanda-t-elle. Ou bien un soldat en chocolat ?

– J'étais un vrai soldat, mais maintenant je suis écrivain.

– Écrivain ? Moi aussi ! N'est-ce pas une coïncidence fascinante ? »

Cashel se demanda si elle se moquait de lui.

« Enfin, je suis un écrivain qui n'est pas encore publié, avoua-t-il.

– Une deuxième chose que nous avons en commun », dit-elle avec un sourire.

Cashel avait bien du mal à garder sa contenance. Il se sentait comme un écolier sous son regard clair et ironique.

« J'ai combattu à la bataille de Waterloo, révéla-t-il en abattant son atout maître. Lord Byron ne cesse de le mentionner.

– Non seulement un guerrier, mais un survivant. »

Incapable de trouver les mots, Cashel éclusa son vin et montra son verre vide à un serviteur qui passait avec une carafe et le lui remplit.

« Oui, j'ai survécu, mais je n'en suis pas sorti indemne, hélas. »

Elle s'enquit poliment de ce qui lui était arrivé et il s'empressa de le lui narrer, en ajoutant à son épopée quelques embellissements martiaux qui ne semblèrent guère l'impressionner.

« Mon époux est soldat, lui aussi. Enfin, il l'était. Je suis heureuse qu'il ait arrêté. »

Elle prit une confiserie sur un plateau qu'on lui présentait, la mit dans sa bouche et la mâcha sans quitter Cashel des yeux. Il s'obligea à soutenir son regard sans ciller.

« Qu'écrivez-vous donc comme livre ? demanda-t-il.

– Un ouvrage sur l'étiquette en société. J'ai habité de nombreuses villes dans de nombreux pays. Et vous ?

– Un récit de mes voyages à travers l'Europe.

– Un de plus ? Le monde n'en a-t-il pas déjà assez lu ? dit-elle sans détour.

– Eh bien, chaque expérience de voyage est assurément unique. De même que l'étiquette en société.

– Pensez-vous que mon livre sera plus original que le vôtre ?

– Qui pourrait le dire ? Nous le saurons lorsque nous les aurons écrits et publiés. »

Il fut heureux de constater que cette petite boutade avait au moins provoqué un sourire, deux petites parenthèses apparaissant brièvement de chaque côté de ses lèvres envoûtantes. Il but une gorgée de vin pour faire durer le moment, se sentant maladroit, à court de mots, et l'observa tandis qu'elle ôtait une petite miette du coin de sa bouche.

« Que regardez-vous donc ? l'interrogea-t-elle en lançant la miette par terre.

– Rien, rien. »

Silence. Ils restèrent un moment à se dévisager. C'était elle qui avait sans nul doute la main sur cette conversation, songea-t-il.

« Connaissez-vous bien lord Byron ? demanda-t-il en regrettant aussitôt la banalité de cette question.

– Non. J'habitais Bologne quand lui se trouvait à Ravenne. Et lorsque nous sommes revenus à Ravenne, lui a déménagé à Pise. Mais je connais la contessa, qui n'est pas ma cousine, au passage. Pour elle, "cousine" est un terme d'affection, qui n'a rien à voir avec la famille.

– Hollandais.

– Hollandais ?

– Votre accent. Je viens de le remettre. Quand vous parlez anglais, vous avez un accent hollandais.

– Ah ? Peut-être parce que ma mère était hollandaise, précisa-t-elle avec un sourire condescendant. C'est elle qui m'a appris l'anglais. Et puis nous avons vécu un temps en Angleterre, où mon père avait un poste d'ambassadeur. Lui était italien, en revanche. »

Elle se tourna et appela un domestique pour se faire servir du vin. Ils restèrent tous deux plantés là à boire en se regardant. Cashel savait qu'elle savait ce qu'il pensait. Et lui savait, comme un animal le sait, qu'il avait trouvé son âme sœur. Plus besoin de chercher ailleurs, jamais. La contessa Raffaella Rezzo était la femme idéale. Parfaite. Il faillit éclater de rire à cette révélation, à son absurdité. La vie était bien cruelle. Le destin fomentait de telles rencontres, provoquait la prise de conscience d'un bouleversement dans votre vie, puis aussitôt vous humiliait avec l'impossibilité qu'il advienne un jour. Si seulement Cashel avait été quelqu'un de plus...

« Où logez-vous, ici, à Pise ? demanda-t-elle. Chez lord Byron ?

– Non, à l'Albergo Tinto. Je me prépare à prendre la route vers le sud dans un ou deux jours, afin de me rendre à Rome et à Naples. Pour mon livre. Enfin, pour ce que cela vaut.

– Vous devriez visiter Ravenne avant d'aller à Rome.

– Pourquoi ?

– Parce que j'y habite », dit-elle avant de s'éloigner pour se joindre à la foule bruyante de sa *conversazione*.

***

Ce soir-là, une fois rentré à l'Albergo Tinto, la tête lourde de tout le vin qu'il avait bu, Cashel s'assit sur son lit et tenta de visualiser le visage de Raffaella Rezzo, qui se dessina promptement dans son esprit avec un degré de détail parfait. Les paupières lourdes (de quelle couleur, ses yeux ? Comment avait-il pu ne pas le noter ?), les lèvres inégales, le visage long, presque osseux. Pas exactement belle, mais puissante, unique. Sa beauté non conventionnelle recelait une façon d'insolence. Oui, voilà : une beauté insolente, provocante, désarmante. Comme si elle vous évaluait en permanence : « Ne commettez pas d'erreur, ne me décevez pas. »

C'était une espèce de merveilleux tourment. Il se sentit défaillir et ouvrit les yeux.

Sois rationnel, se dit-il. Ce n'est pas une déesse, ce n'est pas Vénus incarnée. Si l'on exagérait à peine sa physionomie, elle aurait l'air quelconque, voire moche. *Jolie laide**, comme disaient les Français. Mais non, pour lui, tout se complétait dans le visage de Raffaella Rezzo, tout s'agrégeait : elle exerçait sur lui un attrait insurpassable, magnétique. De là, comme tous les jeunes gens ivres obsédés par une nouvelle rencontre féminine, il essaya de l'imaginer nue… sans succès.

Le lendemain matin, une lettre fut apportée par un domestique à l'Albergo Tinto. Cashel en brisa le sceau, la déplia et découvrit une adresse inscrite sur un bout de papier : Palazzo Rezzo, Via Guidone, Ravenne, ainsi qu'une petite mèche de cheveux parfumés nouée par un ruban de soie outremer. Il renifla. Lavande ? Eau de rose ? Opopanax ? Non, lavande, c'était bien cela. Charmant, en tout cas. Puis il regarda de nouveau la mèche de cheveux, la toucha du bout des doigts.

Il descendit parler à l'aubergiste, Adriano Buzza, qu'il avait appris à connaître, un homme du monde entre deux âges, chauve et enveloppé. L'ancien dandy se manifestait toujours dans sa moustache élégamment cirée et ses vêtements aux couleurs très voyantes.

« Ah oui, dit Adriano en lui rendant la mèche. À l'évidence des *peli pubici*. C'est normal.

– Normal ? D'envoyer une mèche de poils pubiens à quelqu'un que l'on vient de rencontrer ?

– C'est une tradition locale, signor Ross. Un signe, une indication, voyez-vous, ajouta Adriano d'un ton supérieur, tel un oncle dissolu qui ferait l'éducation de son neveu un peu godiche. Quand une *signora* ou une *signorina* envoie ce genre de gage à un homme, cela veut dire qu'elle serait heureuse que vous… commença-t-il avant de chercher un euphémisme. *Assaggiare la carota*, comme on dit à Pise. »

Par réflexe, Cashel traduisit en anglais l'expression, dont le sens était évident.

« C'est un signe, répéta Cashel.

– *Esattamente*. C'est une invitation directe, mon très chanceux jeune ami. »

***

Cashel prit une diligence de Pise à Bologne. Après une nuit sur place, il affréta un boquet à deux chevaux pour aller plus vite, et fut conduit à Ravenne en quelques heures à peine.

Après Pise, Ravenne lui sembla un parent pauvre. C'était elle aussi une cité antique jadis côtière dont le port avait reculé dans les terres au fil des siècles en raison de l'implacable ensablement du delta du Pô, ce qui l'avait privée de sa prospérité et de son rayonnement. Malgré sa collection sans pair d'églises et de basiliques byzantines, la ville qu'il découvrit lui apparut quelque peu décrépite et mal entretenue, avec des stucs écaillés et des échafaudages de guingois dans toutes les rues et ruelles. Cela étant, il n'avait pas été attiré à Ravenne pour le tourisme.

Il trouva à se loger dans le centre, près de la poste et du théâtre, à l'Albergo Massimo, où il loua comme à son habitude deux pièces au dernier étage, au plus loin du bruit de la taverne du rez-de-chaussée. Il n'avait aucune idée de la durée de son séjour, mais bouillait d'impatience après le message qu'il avait reçu et son contenu exceptionnel. Quelle invitation directe et assurée de la part d'une personne si jeune ! Il osait espérer qu'elle savait ce qu'elle faisait.

Il fit porter une lettre officielle d'introduction au Palazzo Rezzo (Signor Cashel Ross présente ses compliments, est arrivé à Ravenne, réside à l'Albergo Massimo, sincères salutations) et attendit de voir ce qui allait advenir. En moins de vingt-quatre heures lui parvint une invitation, une petite note non scellée quelque peu formelle. La contessa Rezzo allait au théâtre le lendemain soir et serait heureuse d'y retrouver Il Signor Ross à l'entracte. Ainsi donc, Cashel se rendit au théâtre.

Il n'avait apporté de Pise que ses vêtements les plus élégants – après tout, il cherchait à faire impression. Il prit soin de se vêtir au plus près de la mode que possible : veste courte bleu marine à boutons de cuivre, pantalon cosaque à rayures, col montant un peu trop haut pour son confort et fermé par une cravate-foulard en soie blanche. Il faisait chaud dans la salle bondée, et l'opéra qu'on y jouait, quelque histoire de matricide et de désespoir filial, était aussi surfait qu'ennuyeux. Vivement l'entracte !

Dès le début de celui-ci, Cashel se mêla à la noblesse et la bourgeoisie jacassières de Ravenne dans les corridors encombrés et les petits salons, ouvrant l'œil avec l'espoir d'apercevoir la contessa Rezzo. Il finit par la repérer, dos à un mur, près d'un bras d'applique à trois chandelles qui projetait un halo vacillant sur ses cheveux dont la couleur auburn se réchauffait en un châtain foncé brillant. À sa vue, il ressentit d'authentiques perturbations dans son corps, ses poumons, ses entrailles : un vertige, la constriction des parties génitales, le frisson d'un désir intense. Jamais de toute sa vie il n'avait été plus sûr de la justesse d'une décision. Et s'il avait ignoré son invitation et continué jusqu'à Rome pour ajouter un autre chapitre à son ennuyeux opus ? Quelle folie c'eût été ! Il se sentait à l'orée d'un immense changement dans sa vie. Rien ne serait plus pareil après Ravenne.

En s'approchant de la petite cour qui l'entourait, il vit que Raffaella était vêtue à la toute dernière mode, d'une robe jaune citron au beau drapé retenu sous les seins par un large ruban argenté, comme pour les isoler de son torse svelte et les présenter au monde en pièce maîtresse de sa tenue. Ses bras étaient nus au-dessus de ses gants blancs, ainsi que son cou et sa gorge. Subjugué, Cashel réduisit encore la distance, croisa son regard, leva la main pour la saluer et fut accueilli avec une surprise enjouée et feinte, puis présenté à la compagnie. Il Signor Ross, d'Angleterre, qui parle merveilleusement italien et est un ami proche de lord Byron. Ce fut la clé qui lui ouvrit la porte de Ravenne. Cashel apprit bien vite que la ville avait eu l'honneur de sa noble présence durant environ deux ans. À la demande générale, il raconta la mort de Shelley et la douleur inconsolable de lord Byron, ce qui lui valut d'être le centre de toutes les attentions.

« Bravo ! lui murmura Raffaella alors qu'ils retournaient tous dans la salle afin d'assister à la seconde partie de l'opéra. J'enverrai un messager à votre auberge demain. »

Elle jeta un coup d'œil à gauche puis à droite et, sans que personne la vît, tendit le bras derrière Cashel et lui mit la main aux fesses.

« Il faut juste que nous soyons très prudents et très patients. Vous le comprenez ? »

Cashel dit qu'il comprenait très bien. Mais, en fait, peu lui importait – pour lui, il n'y avait rien à comprendre. Il voyait à présent que toute sa vie l'avait mené jusqu'à Ravenne. Une complexe alchimie d'embranchements, de diversions, de reculades, de décisions impromptues et de hasards l'avait amené à se trouver dans ce Teatro Municipale près de cette femme fascinante et extraordinaire. Il était convaincu d'être arrivé à l'apogée de sa vie, à son épanouissement, à son point de non-retour.

***

Cashel se mit à recevoir des invitations, sans doute car il faisait office de succédané de Byron. La société ravennate, heureuse de compter un autre « auteur » anglais dans ses murs, d'autant qu'il parlait italien, se l'arrachait : soirées d'anniversaire ou d'anniversaire de mariage, jours de fête, noces, *conversazioni*, sorties au théâtre et au concert semblaient tous requérir sa présence. Et il acceptait toujours avec joie ces invitations, uniques occasions pour lui de voir Raffaella.

À l'issue du baptême d'un cousin Rezzo, alors qu'ils quittaient l'église à la suite des invités, ils se retrouvèrent miraculeusement seuls dans le narthex mal éclairé et, sans échanger un mot, s'embrassèrent. Cela ne dura que quelques secondes, mais pendant des jours Cashel garda en mémoire les moindres détails de leur abouchement, de la ferme douceur des lèvres de Raffaella, du petit entrechoc de leurs dents, du contact de leurs langues, du fin filament de salive incurvé qui brilla entre leurs bouches pendant une seconde quand ils se séparèrent, stupéfaits de leur propre ardeur.

« Bientôt, murmura-t-elle. Je m'affaire à tout arranger. C'est pour bientôt. »

Ils s'écrivaient en anglais, comme en un chiffre intime. Chaque jour, Timoteo, le page africain de Raffaella, se rendait à l'Albergo Massimo avec une lettre contenant des instructions. Le théâtre et les concerts devinrent leurs rendez-vous préférés parce que, dans une foule ou dans la pénombre, ils pouvaient échanger des regards expressifs et, quand personne ne les observait, se tenir la main, effleurer une joue d'un doigt, coller une cuisse à une cuisse.

Timoteo, leur intermédiaire, devint inévitablement leur confident. Petit et mince, il devait avoir dans les douze ou treize ans. Il portait une livrée théâtrale à rayures noires et rouges avec un gros R sur la poitrine et ne sortait jamais sans une dague et un pistolet à la ceinture. Il n'avait aucune idée d'où il venait en Afrique (il se rappelait seulement « une terre verte avec une grande rivière », disait-il avec un fort accent de Ravenne). « Offert » à Raffaella pour ses quatorze ans, il était devenu un élément essentiel de sa vie, fiable et loyal à l'extrême.

Il venait chaque jour à l'Albergo Massimo déposer sa missive et récupérer une éventuelle réponse. La procédure fonctionnait bien, et les deux tourtereaux entretenaient ainsi une communication clandestine quotidienne. Mais après quelques semaines, se sentant parfaitement intégré dans la société de Ravenne, Cashel commença à trouver qu'il était plus que temps de consommer leur relation.

« Nous ne pouvons plus continuer ainsi, écrivit-il à Raffaella. Je deviens fou. » Elle lui répondit : « Je sais, je sais, mon chéri, mais je dois choisir le bon moment. Il faut attendre le moment prolapse. » Il supposa qu'elle voulait dire « propice ».

Ce qui était propice et allait tout changer fut la rencontre entre Cashel et l'époux de Raffaella, le comte Giacomo Rezzo. Cashel trouvait étrange qu'ils ne se fussent toujours pas croisés lors de l'un des innombrables événements mondains de Ravenne. Mais tout devint clair (et de façon choquante) lorsque Timoteo lui apporta enfin le message détaillant l'organisation de cette première rencontre.

Elle aurait lieu à l'occasion des célébrations de l'anniversaire du comte Giacomo, qui organisait au Palazzo Rezzo une petite soirée pour fêter ses soixante-sept ans en compagnie d'une cinquantaine de convives, dont Il Signor Ross. Cashel se vêtit le plus élégamment possible avec ce qu'il avait dans sa garde-robe et épingla même sa médaille de Waterloo au revers de son manteau. Son talisman. Son porte-bonheur. Il se rendit à pied de l'Albergo Massimo au palais, s'autorisant une démarche quelque peu fringante tant il se sentait chic avec son chapeau haut de forme. Toutefois, lorsqu'il arriva, une certaine nervosité lui revint. Des torches d'ajoncs brûlaient de part et d'autre de l'entrée principale. Des domestiques en livrée étaient alignés sur les marches.

Dans le salon, Raffaella lui fit fendre la foule pour le présenter à un vieux monsieur à la barbe et à la chevelure grises assis dans un fauteuil d'invalide avec une couverture somptueusement brodée sur les genoux. Cashel s'inclina devant l'auguste comte Rezzo.

« Alors, vous êtes l'amitié avec milord Byron ? Un homme fort complexifié », dit le comte dans un anglais hésitant.

Cashel acquiesça et passa à l'italien, ce qui soulagea visiblement son interlocuteur. Une chaise fut apportée et Cashel s'assit à son côté pour poursuivre leur conversation sur Byron. Le comte expliqua que ses jambes et son bras droit restaient paralysés à la suite d'une crise d'apoplexie trois ans plus tôt. Cashel compatit, mais n'en fut pas moins ébahi. Même si le comte avait dû être jadis un bel homme, il avait près de cinquante ans de plus que Raffaella. La moitié de son corps était paralysée – et son membre, alors ? se demanda Cashel, l'esprit mal tourné. Et surtout, pourquoi la jeune Raffaella, si délicieuse, intelligente et attirante, s'était-elle unie à cette épave, ce corps à moitié décati, cette ombre d'homme ?

Après cinq minutes de conversation polie et attentionnée, Cashel prit congé car d'autres invités attendaient d'échanger un mot avec le comte. En s'éloignant, il s'aperçut que Rezzo ne lui avait pas posé une seule question sur lui – à l'évidence, l'imprimatur de lord Byron lui suffisait.

Cashel demanda un cognac à un valet de pied, puis sortit avec son verre sur le vaste palier qui desservait le splendide escalier incurvé en marbre, dont un domestique essuyait la balustrade avec un chiffon humide. Le babil des conversations dans le salon derrière lui se mêlait ici à de la musique jouée par une flûte et un violoncelle.

« Alors ? » lui souffla Raffaella à l'oreille.

Cashel se retourna. Elle était tout près de lui, la coiffure un peu défaite, les lèvres humides et brillantes, excitée. Il se sentit submergé par sa proximité et sa beauté si singulière.

« Quoi ? Oh, il m'a paru parfaitement aimable. Quel âge a-t-il, déjà ?

– Soixante-sept ans. Que ne l'avez-vous vu avant son apoplexie ! On eût dit un homme de quarante ans.

– Il a près de cinquante ans de plus que vous. Il pourrait être votre grand-père.

– Et alors ?

– Peu importe. Vous l'aimez ? demanda-t-il, surpris de sa propre audace.

– Bien sûr que non. Mais je l'aime bien. Il est gentil et attentionné avec moi, heureux de m'avoir pour épouse. Et par notre mariage, j'ai apporté nombre de propriétés à sa famille.

– Je vois. Cela explique peut-être sa bonne nature.

– Maintenant que vous vous êtes rencontrés, tout va changer, dit-elle sans relever. Tout sera différent.

– Pourquoi ? Comment cela ?

– Parce que maintenant il sait qui vous êtes. C'est crucial. »

Cashel expira avant de boire une gorgée de cognac, décidé à se soumettre à ce qu'on pourrait lui demander.

« Je ne comprends toujours pas, reprit-il. Maintenant qu'il sait qui je suis, quelle différence pour vous et moi ? »

Elle sourit, regarda autour d'elle et, voyant que personne ne les observait (le domestique qui lustrait la balustrade était descendu dans la grande courbe de l'escalier), elle l'embrassa sur la joue et lui lécha le lobe de l'oreille. Il se sentit faible, vidé.

« Je vous enverrai Timoteo demain. Vous comprendrez tout. »

***

Le message arriva comme convenu le lendemain. Cashel lut soigneusement les instructions. Raffaella irait au théâtre voir *Le Barbier de Séville*, mais il ne fallait pas que Cashel vînt. À l'entracte, elle dirait à ses compagnons qu'elle ne se sentait pas bien, et rentrerait chez elle. Cashel devait l'attendre au croisement de la Via Marianna et de la Via Secca à partir de dix heures.

Cashel se posta à l'intersection une demi-heure en avance, certain que ce soir était le grand soir, que sa relation avec Raffaella allait prendre un tournant décisif. Il fit patiemment les cent pas, impressionné par les capacités d'organisation de la jeune femme et sa gestion savante de la stratégie et des tactiques.

En cet automne bien avancé, l'air était frais. Cashel remonta le col de son manteau et souffla sur ses doigts gourds en regardant au loin dans la Via Marianna presque déserte, à l'affût du son d'une calèche. Peu après dix heures, il vit arriver un brougham à deux chevaux et aux rideaux tirés. Son cocher Timoteo tira sur les rênes quand il l'aperçut, et ils se saluèrent d'un air circonspect avant que Cashel ouvre la portière et monte dans le véhicule.

Raffaella l'y attendait, vêtue d'une robe bleu et argent éblouissante, un épais châle autour des épaules. Ils s'embrassèrent. Cashel avait à présent le visage chaud et rouge sous l'effet de l'excitation.

« Nous avons au moins une heure avant la fin de l'opéra, annonça Raffaella. Et peut-être encore une vingtaine de minutes avant que je doive rentrer au *palazzo*. »

Elle donna de petits coups au plafond et le brougham se remit en route.

Ils s'enlacèrent et s'embrassèrent de nouveau, avec plus de passion et d'urgence. Il fit glisser son châle sur sa nuque pour lui baiser le cou, puis il serra ses seins entre ses mains.

« Attendez ! s'exclama-t-elle. Attendez que nous soyons sortis de la ville. »

Ils quittèrent Ravenne par la Porta Serrata, puis laissèrent la route qui partait vers le nord pour emprunter une allée bordée de jeunes bois. Timoteo descendit de son siège de cocher, et Raffaella lui dit d'aller se promener pendant une heure.

« Je n'ai pas de montre, madame la comtesse, lui dit-il.

– Compte jusqu'à cinq mille », répondit-elle.

Et le jeune page disparut dans l'obscurité.

Raffaella souffla une des deux chandelles qui brûlaient dans des lanternes à l'intérieur de l'habitacle, et ils se jetèrent l'un sur l'autre. Cashel se tortilla pour frénétiquement défaire les boutons de son pantalon et libérer son pénis turgescent et chaud.

Raffaella remonta la jupe de sa robe, révélant ses cuisses pâles, nues au-dessus de ses bas de soie retenus par des jarretières, et le V sombre de son sexe. La calèche étant exiguë, Cashel dut s'agenouiller par terre devant elle pour se retrouver dans la position adéquate. Elle bougea un peu elle aussi pour l'aider, tendit la main vers son membre et le guida en elle.

Cashel craignit de défaillir tant la tête lui tournait, mais il ne pouvait ignorer la pression douloureuse sur ses genoux ni l'image parasite de Timoteo en livrée rouge et noir qui arpentait les allées des faubourgs de Ravenne en comptant jusqu'à cinq mille.

Malgré tout, songea-t-il en s'enfonçant plus profondément en elle, c'était là le « congrès » dont il rêvait depuis des semaines. Il faisait enfin l'amour à la femme qu'il adorait, même si c'était à bord d'un brougham garé dans une allée de verdure, si les suspensions grinçaient et s'il sentait de la cire brûlante dégoutter de la chandelle inclinée sur le dos de la main avec laquelle il se stabilisait.

Il jouit, eut un frisson et s'affala, enfouit sa tête dans le cou de Raffaella et sentit les larmes lui monter aux yeux. Pantelante, la bouche ouverte, elle le poussa doucement vers le côté et ils s'assirent sur la banquette pour réarranger leurs vêtements. Cashel ralluma l'autre bougie et, dans la douce lueur des deux flammes, tout l'inconfort pragmatique de leur relation sexuelle disparut. Il la prit dans ses bras, la gorge nouée d'émotion. Sans un mot, il lui toucha le visage avec un air incrédule, et elle lui embrassa le bout des doigts.

« Et maintenant ? réussit-il à demander. Que faisons-nous maintenant ?

– Nous nous rencontrerons. J'ai beaucoup d'idées.

– Plus dans des calèches, par pitié !

– Peut-être est-ce la solution la plus simple, tu sais.

– Comme tu voudras, concéda Cashel, dépité. Mais quand nous nous verrons en présence de tiers, nous vivrons un enfer. Mentir, se montrer courtois et pendant tout ce temps se regarder l'un l'autre et se rappeler…

– Non, mon chéri, crois-moi, j'ai une solution. Nous pourrons être ensemble et seuls. Seuls au monde, seuls dans notre monde.

– C'est tout ce que je veux, tout ce que je désire.

– Fais-moi confiance. J'ai tout prévu. »

À l'extérieur, Timoteo toussa poliment. Il avait compté jusqu'à cinq mille.

***

L'hiver s'installa. Chaque matin, quelqu'un venait allumer un feu dans le salon de Cashel. De la neige tomba en plaine dans la vallée du Pô. La grande stratégie de Raffaella n'ayant pas encore abouti, ils se contentaient de leurs rencontres ambulatoires jusqu'à ce qu'elle puisse y remédier par des prétextes plausibles.

C'était certes une liaison, mais elle semblait à Cashel empêtrée dans les précautions indispensables, comme si elle ne fonctionnait qu'à moitié. Et puis, dès qu'ils se retrouvaient, il oubliait ses frustrations.

Un soir, alors qu'ils revenaient une fois de plus d'une obscure allée campagnarde, Raffaella demanda à Timoteo d'arrêter la calèche près de la tombe de Dante, et elle offrit à Cashel un exemplaire de *La Divine Comédie* sur la page de garde duquel elle avait inscrit : « De R à C. *Per sempre.* »

Cashel avait lu le chef-d'œuvre de Dante lors de son voyage de retour des Indes, dans une traduction anglaise en vers libres de 1805 signée par un certain révérend Henry Francis Cary, qui figurait dans le legs littéraire de Cornelius Poynter. À la vue de l'opuscule en vélin noir à dentelles dorées de Raffaella, il se sentit étrangement ému en repensant à Poynter, à son amitié, sa tolérance, son suicide en mer.

« Crois-tu que nous ressemblons à Paolo et Francesca ? demanda Cashel en se rappelant soudain les deux amants assassinés de Dante, bannis pour adultère, battus pour l'éternité par d'incessants vents tumultueux les faisant tourbillonner sans fin dans leur cercle de l'enfer.

– Personne ne va venir nous tuer, *carissimo*. Mais oui, c'est vrai, nous sommes un peu comme eux. Nous nous aimons comme Paolo et Francesca. »

Tout en attendant l'avènement de leur « monde » promis, Cashel visita toutes les églises et basiliques de Ravenne. Il prit des notes pour son récit de voyage, fit de petites esquisses de détails à San Vitale et à Santi Nazario e Celso entre bien d'autres. Seule contrariété qu'il rencontra : aucune banque à Ravenne n'acceptait ses lettres de crédit, aussi devait-il se rendre à Bologne chaque fois que ses fonds s'épuisaient. Bologne fut ainsi ajoutée au livre, et ce chapitre s'étoffa.

À présent que les rencontres itinérantes avec Raffaella se multipliaient, il se mit à soigner davantage son hygiène personnelle. Une fois par semaine, il faisait monter un tub d'eau chaude, se dévêtait et se nettoyait tout le corps au savon avec un linge de flanelle, conservant aussi quelques coupons pour s'essuyer quand il déféquait. Il savait que la plupart des hommes se contentaient de rentrer leurs pans de chemise dans la raie de leur postérieur sans se soucier des taches inévitables. Et les femmes, comment diable faisaient-elles ? Chaque fois qu'il se retrouvait dans l'habitacle exigu de la calèche, en chemise avec ses culottes autour des chevilles, il se sentait gêné par son propre corps. Raffaella sentait toujours si bon, une odeur de propre et de lavande. Aussi s'acheta-t-il chez un apothicaire un parfum à la senteur citronnée de dessert, dont il aspergeait ses vêtements. Il allait chez le barbier tous les deux jours se faire raser. Il voulait que rien de rance ou d'impropre ne vînt entacher ses escapades avec Raffaella. Il voulait qu'elles fussent aussi pures que possible.

À la nouvelle année 1823, les circonstances prirent un tour grandement favorable avec la tenue d'un carnaval dans les rues de Ravenne. Cashel fit l'emplette d'un masque à bec et se joignit à la foule tapageuse et bariolée sur la *piazza* devant le théâtre. Timoteo, qui lui avait apporté ses toutes dernières instructions, l'attendait dans l'angle indiqué en regardant les luthistes, trompettistes, jongleurs et échassiers déambuler parmi cette presse débridée de Ravennates anonymes résolus à s'amuser. L'ambiance était à la fois joyeuse et tendue, car ces festivités pouvaient dégénérer en bacchanales et, avec un peu de chance, en rixes et autres diableries. Les tavernes servaient des plats et du vin chaud préparés sur des braseros, les gens dansaient spontanément, des cris et des applaudissements résonnaient tout autour de la place.

Il sentit quelqu'un le tirer par le coude, se retourna et découvrit un visage rond et blanc comme la lune surmonté de plumes écarlates.

« Suis-moi, ordonna Raffaella avant de l'entraîner dans une ruelle qui menait au Duomo. As-tu pris des chandelles ?

– Oui, et un briquet. »

Elle le tenait par la main avec insouciance. Cashel se souvint alors qu'ils étaient tous deux masqués, et donc aussi anonymes que les autres noceurs de la ville. Ce qui était précisément le principe des carnavals, songea-t-il. Tout devenait permis.

Ils arrivèrent devant une maison aux volets clos. Raffaella avait la clé d'une porte de service, qu'elle ouvrit, et ils entrèrent dans un vestibule enténébré. Cashel sortit sa boîte d'amadou, appliqua le silex à l'acier, fit naître une flamme et y alluma une des bougies qu'il avait apportées dans sa poche. Maintenant qu'ils y voyaient, ils ôtèrent leur masque et s'embrassèrent.

« Viens avec moi ! dit-elle en l'entraînant au premier étage.

– Où sommes-nous ?

– Chez un ami.

– Qui donc ?

– Peu importe. »

Elle ouvrit la porte d'une chambre, où Cashel découvrit un grand lit à baldaquin. Il alluma d'autres chandelles ainsi que le feu qui avait été préparé dans la cheminée. Raffaella ôta sa cape et alla chercher un flacon de vin rouge et deux verres placés à leur intention dans une crédence. Ils s'embrassèrent, burent du vin, attendirent que le feu prît et, pour la première fois, enlevèrent tous leurs vêtements, exultèrent un moment dans leur nudité éclairée par les flammes, puis se jetèrent sur le lit fort peu moelleux.

***

Avec l'avancée du printemps, un nouveau stratagème s'offrit à eux. Dans le triangle dessiné par Ravenne, son port ensablé et la côte s'étendait une dense forêt de pins, La Pineta, où se nichait un relais de chasse appartenant à la famille Rezzo. Entièrement fait de bois mais peint d'un blanc crème imitant la pierre, il ressemblait à un petit pavillon de gardien classique. Un étage, un porche avec deux piliers doriques. La peinture s'écaillait et certains murs présentaient des traces d'humidité, mais les lieux pouvaient facilement être rendus confortables. Cashel passa deux jours à balayer, puis y enferma un chat errant pour qu'il s'occupe des souris. Il acheta un matelas confortable en duvet d'oie, des draps de lin et une couverture, un vase de nuit et quelques provisions. Quand les journées commencèrent à rallonger, Raffaella découvrit les joies de l'équitation : elle partait souvent chevaucher dans la campagne en compagnie de son palefrenier Timoteo.

Cashel louait un cheval dans une écurie et faisait en sorte d'arriver au relais de chasse environ une heure avant Raffaella et Timoteo pour allumer un petit feu si la journée était fraîche. Pendant que Cashel et Raffaella faisaient comme chez eux, Timoteo s'occupait des chevaux.

Cashel calcula qu'ils n'avaient jamais vraiment passé plus d'une heure ensemble, avec pour seule exception les deux heures volées durant le carnaval. En outre, Raffaella refusait parfois de le voir pendant une semaine ou dix jours, sans doute sur la foi d'estimations de ses périodes de fertilité. Quand il lui soumit son hypothèse, elle lui expliqua que ses menstrues étaient très régulières et fiables et qu'elle ne voulait pas se retrouver enceinte de son enfant à ce stade de leur vie. Cashel en convint et mit de côté sa ferveur d'amant, car c'était là une sage précaution. Il commençait à considérer sa vie à Ravenne comme un opéra (et il en avait vu des dizaines depuis son arrivée !), mais un opéra dont tous les arcs narratifs et rebondissements eussent été construits et pensés par la librettiste Raffaella Rezzo.

Il prit conscience du fait que son livre de voyage, son *Journal d'un grand tour*, devenait très long et boursouflé. Ayant disséqué Ravenne sous toutes les coutures et Bologne presque autant, sans compter Bagnacavallo, Ferrare et Imola, il se trouvait à court d'adjectifs pour décrire les tombes, les basiliques et la campagne moutonnante. Tout dans sa vie avec Raffaella semblait avoir atteint un stade de stase ennuyeuse. Où allaient-ils ? Qu'allaient-ils faire ? Ce fut alors que le comte Rezzo vint à leur rescousse.

Le comte fit une deuxième attaque d'apoplexie, plus légère, et perdit la parole durant quelques jours avant de la recouvrer parfaitement. Mais cette nouvelle alerte fut dûment prise en compte et ses médecins lui recommandèrent un traitement et une convalescence aux thermes de Bagni di Pisa. Chaque jour il prendrait les eaux, se ferait masser et saigner, suivrait un régime à base de riz et de laitages et, lui assura-t-on, connaîtrait une guérison remarquable. Le comte et son entourage partirent donc pour Pise et, au début de l'été 1823, le Palazzo Rezzo devint un État libre pour Raffaella et Cashel.

Le comte serait absent au moins deux mois. Raffaella irait le voir deux fois à Pise pendant sa cure – tel était son doux devoir d'épouse, et bien le moins qu'elle puisse faire. Cela étant, pour la première fois dans leur histoire d'amour, Cashel et Raffaella pouvaient s'approcher du concubinage et passer des nuits entières ensemble. Cashel avait la clé d'une entrée de service du *palazzo* donnant accès à un escalier, qui lui-même menait à un palier desservant les appartements de Raffaella. Timoteo montait la garde. Même s'il évitait de circuler dans le palais, Cashel n'était pas assez sot pour croire que les domestiques n'avaient pas la pleine connaissance de ce qui se tramait. Après une nuit passée avec Raffaella, il s'éclipsait à l'aube grâce à la complicité de Timoteo, quand la maisonnée s'éveillait. Malgré cette nouvelle liberté, Raffaella insistait toujours sur le strict respect de son cycle menstruel. Cashel retournait à l'Albergo Massimo jusqu'à ce qu'un message lui permît de revenir au *palazzo*. Tout était merveilleux, même si sa vie amoureuse se muait presque en routine en l'absence du comte – mais une routine qui ne diminuait en rien son ardeur.

Un soir vers minuit, reprenant leur souffle après une longue séance d'épuisantes étreintes, encore nus, ils burent du vin, picorèrent du raisin, mangèrent du pain et du fromage, arrachèrent les pilons d'un poulet rôti et restaurèrent ainsi leur énergie entamée.

Cashel sortit du lit, enfila une lourde robe de chambre en velours et alla s'asseoir dans un fauteuil près de la fenêtre, qu'il entrouvrit pour laisser la brise rafraîchir la sueur sur son front et son cou. De cette place, il avait une vue de côté mais parfaite sur Raffaella, allongée nue sur les draps entre les oreillers éparpillés sur le lit.

Cashel alluma un petit cigare à une chandelle et se resservit du vin. Raffaella aussi aimait fumer après l'amour, quand elle était épuisée, comblée et un peu ivre. C'était son plaisir secret, auquel l'avait initiée sa femme de chambre, disait-elle.

Elle fumait un tabac parfumé dans une élégante pipe en argile blanche dont la tige fragile mesurait près de dix-huit pouces. Elle tassa du tabac dans le tout petit bol, à peine plus gros qu'un dé à coudre, et l'alluma avec une mèche enflammée à une chandelle, inspira profondément la fumée et exhala un long souffle continu en faisant une petite moue. Elle lui expliqua que la fumée était fraîche, puisque le trajet dans la longue et mince tige en argile absorbait toute la chaleur.

« Je n'ai pas besoin de beaucoup, expliqua-t-elle. Juste deux ou trois bouffées suffisent à me détendre, à m'apaiser. »

Cashel la contempla. Il sentit tout son corps frémir, sa peau se couvrir de chair de poule, conscient que c'était là une manifestation physique de son humeur. Il faisait l'expérience du bonheur, une espèce de béatitude terrestre. Il était heureux, comprit-il, et il résolut d'enregistrer cet instant dans son histoire personnelle, de le graver à jamais dans son esprit, pour le jour où il aurait besoin de se convaincre du bien-fondé de ses choix ou de s'en consoler. Il posa son cigare et observa son amante tel un cartographe, consignant le moindre détail, le moindre geste. Il était assis à un angle idéal par rapport au lit pour voir son corps alangui tout entier, allongé avec une jambe repliée, ses petits seins, la toison brune de son sexe.

Plus tard, il analyserait maintes et maintes fois le puissant effet érotique exercé sur lui par ce tableau, dont la résonance sensuelle provenait de la ridicule et fragile pipe à longue tige, si étrange et incongrue dans cette scène, telle une baguette dans sa main qui conférait à la classique odalisque nue un exotisme fascinant, incomparable. De son côté, Raffaella restait indifférente à son regard, car elle se concentrait sur l'effet du tabac. Quand elle leva l'autre jambe pour se donner l'élan de se tourner et rallumer le tabac à la flamme de la chandelle, lui montrant ses petites fesses et leur sillon ombré, il se sentit un voyeur invisible, comme si Raffaella, allongée nue sur son lit, se croyait seule dans la pièce. Parce que cette indifférence la faisait paraître ingénue, l'effet s'en trouvait décuplé. Cashel sentit l'excitation monter en lui à mesure qu'il la dévorait des yeux. Il se leva, laissa glisser à terre sa robe de chambre et marcha nu vers le lit. Raffaella prit conscience de sa présence et se tourna pour l'observer debout devant elle.

Elle sourit. Un très large sourire.

« Qu'est-ce qui vous ferait plaisir ? Je me le demande », dit-elle avant de poser sa pipe sur le chevet.

***

La nouvelle et banale conjugalité de leur relation (les nuits entières passées ensemble, les petits déjeuners le matin, l'absence de crainte d'être surpris) connut un terme abrupt lorsque le comte Rezzo s'en revint de son séjour aux Bagni di Pisa. Ce fut le retour à une ou deux heures volées dans le relais de chasse que l'arrivée de l'été rendait inconfortable, la hausse des températures s'accompagnant d'une infestation de mouches.

Cashel n'en avait cure, car tout ce qu'il désirait, c'était passer du temps avec Raffaella. Or celle-ci se montrait plus exigeante et difficile à ce sujet. Ils envisagèrent de louer une maison sur la route de Florence, mais, après s'être mieux renseignée, Raffaella jugea qu'ils risquaient d'être découverts et abandonna le projet. Bien contre leur gré, ils en revinrent à leurs rencontres éprouvées dans le brougham.

Un soir de septembre, la calèche était garée sur la route longeant le canal au sud de la ville qui rejoignait la côte et le port. Assis sur la berge, Timoteo regardait les eaux troubles en comptant jusqu'à cinq mille. Cashel et Raffaella, alanguis tout débraillés sur la banquette, buvaient du vin à la lueur des bougies vacillant dans la chaude brise qui entrait par les fenêtres ouvertes.

Cashel se tourna pour lui embrasser la joue.

« Te rappelles-tu que nous l'avons su d'emblée ? murmura-t-il. Dès le premier instant. Nous avons su que quelque chose allait arriver. Je n'ai jamais rien connu de semblable.

– Oui, je me rappelle. Comment expliquer que l'on puisse ressentir cette conviction simultanément ? Sans échanger un mot ?

Dès l'instant où je t'ai vu chez lord Byron, il se passait déjà quelque chose entre nous. N'est-ce pas étrange ?

– Comme si quelque chose de... de magique, de féerique, survenait. Fort étrange, oui. Merveilleux, même. Mais qu'allons-nous faire à ce propos ? Nous sommes jeunes. Nous ne pouvons passer le restant de nos jours ainsi à nous retrouver à l'occasion dans une calèche.

– Je sais bien. Ne t'inquiète pas, le rassura-t-elle. J'ai un plan. Tout va changer pour nous, pour notre avenir. »

Il l'embrassa tendrement sans y entendre goutte, heureux de laisser cette idée d'un plan porteur de changement flotter dans l'atmosphère sulfureuse et grisante de leur brougham, heureux d'avoir foi en l'assurance de Raffaella, en sa détermination.

Une semaine d'abstinence s'écoula, dont Cashel devina la raison (la prudente Raffaella et ses menstrues), puis Timoteo se présenta à l'Albergo Massimo.

« Je dois vous conduire, *signore*, dit-il sans lui tendre de message, contrairement à son habitude.

– Parfait. Le comte serait-il en voyage ?

– Je dois vous conduire au *palazzo*, *signore*. »

Quelque peu perplexe, Cashel le suivit dans les rues de Ravenne. Il remarqua que les passants lui jetaient des coups d'œil. Le reconnaissait-on, à présent ? Il vivait dans cette ville depuis plusieurs mois. Faisaient-ils un lien entre le grand Anglais et le petit page africain avec un R voyant sur sa tunique ? Un lien entre l'Anglais et la contessa ?

Timoteo lui fit emprunter l'entrée principale du *palazzo*, traverser le vestibule et monter le large escalier jusqu'au *piano nobile*. Cashel en conçut quelque inquiétude, car tout cela était fort public. Raffaella cherchait-elle à prouver quelque chose ?

Timoteo l'introduisit dans le grand salon du premier étage et lui adressa un petit salut en guise d'adieu. Un autre valet prit le relais pour précéder Cashel sur le sol de marbre jusqu'à l'immense cheminée, devant laquelle le comte Rezzo en personne était assis dans un fauteuil de bois chantourné semblable à un trône. Ses pieds d'invalide reposaient de guingois sur un petit pouf, sa main paralysée sur un griffon ricanant sculpté au bout de l'accoudoir. De sa main valide, le comte fit signe à Cashel de prendre place sur un tabouret vingt centimètres plus bas que son propre siège. Il s'agissait à l'évidence d'une audience, et Cashel sentit croître son appréhension.

Ils se parlèrent en italien, échangeant d'abord les banalités d'usage. Comment s'était passée la cure aux Bagni di Pisa ? Elle l'avait beaucoup aidé. Au moins le bord de mer lui aurait apporté plus de fraîcheur qu'à Ravenne, où l'été avait été caniculaire, observa Cashel. Le comte dit que la chaleur ne le dérangeait pas, et même qu'elle le faisait se sentir mieux – son ennemi, c'était le froid. Jusqu'ici, que des platitudes, songea Cashel, qui commença à se détendre quelque peu.

« Je vous suis très reconnaissant, monsieur », dit alors le comte Rezzo avec un sourire.

Sa barbe grise avait été soigneusement taillée, et quand il sourit, Cashel remarqua qu'il lui manquait beaucoup de dents, comme il sied à un vieil homme, après tout.

« Reconnaissant, monsieur le comte ?

– De votre discrétion avec la comtesse. »

Cashel eut l'impression d'avoir été frappé par quelque force invisible. Il réussit à ne pas tressaillir sur son siège, mais se raidit intérieurement.

« Je ne comprends pas.

– Je sais tout sur votre… lien. »

Il avait utilisé le mot *legame*, et Cashel sentit le rouge lui monter aux joues en saisissant le sous-entendu. Le comte leva la main pour l'empêcher de dire quoi que ce fût.

« Il n'y a pas eu d'offense à ma dignité, et c'est cela que j'apprécie, d'où ma gratitude.

– Je crois que je ferais mieux de… commença Cashel. Comment savez-vous ?

– La contessa Raffaella m'a tout dit, bien sûr. Tout, dans les moindres détails. »

Cashel ne répondit pas.

« Voilà pourquoi je serais heureux que vous deveniez le *cavaliere servente* de la comtesse.

– Qu'est-ce donc ?

– Cela signifie que vous n'aurez plus à vous cacher. Vous n'aurez plus à redouter d'être vu en public avec la comtesse – du moment que vous maintenez le décorum, cela va de soi. Vous pourrez voyager ensemble, aller au théâtre, à l'opéra et, toujours en restant discrets, vous pourrez continuer votre… votre amitié spéciale. Le monde saura que je sais et que j'ai accordé ma dispense. Comment pourrais-je m'y opposer, de toute façon ? dit-il en désignant ses jambes et son bras inertes. C'est une belle jeune femme pleine de vie. Il serait absurde que je lui fasse observer d'antiques vœux de mariage. Non, non, ceci est bien la solution la plus civilisée. »

Cashel en resta coi, le visage toujours en feu sous l'effet de la gêne. La *soluzione più civile*… Il se leva et recula d'un pas.

« Merci, monsieur le comte. Il n'y a plus rien d'autre à dire.

– Vous savez, vous me faites un peu penser à lui, remarqua Rezzo avec un sourire aimable.

– Qui donc ?

– Le premier.

– Le premier quoi ?

– Le premier *cavaliere servente* qu'elle a eu.

– Je suis désolé, je ne…

– Elle ne vous l'a pas dit ? Il était grand et blond, comme vous. Un jeune homme charmant. C'est une fièvre qui l'a emporté. »

Le comte expliqua qu'il avait subi son attaque d'apoplexie à peine trois mois après son mariage avec Raffaella. Comme il n'était plus capable d'accomplir ses devoirs d'époux, il l'avait poussée à se choisir un *cavaliere*, et elle avait rencontré un jeune homme originaire de Milan. L'arrangement avait été idéal jusqu'à son décès subit.

« Et maintenant, vous voilà ! fit le comte en pointant Cashel du doigt. Son sosie, à cela près que vous êtes anglais. »

Cashel s'inclina, fit demi-tour et s'en fut. Il rentra lentement à pied à l'Albergo Massimo, où il demanda qu'une bouteille de cognac fût montée à ses appartements. Il resta assis environ une heure à boire sans en ressentir aucun effet, son esprit dans un furieux maelström de stupéfaction, de trahison et de honte. Il sortit plume, encre et papier et, après plusieurs brouillons, écrivit une lettre cinglante à Raffaella en anglais.

Contessa,

Votre époux m'a parlé et m'a fait une proposition, mais je choisis de vous répondre à vous et non à lui. Je me refuse à devenir votre deuxième cavaliere servente. *Je ne m'abaisserai pas à devenir votre nouveau prostitué, votre chèvre-pied, votre greluchon anglais. Je vous ai dit maintes fois que je vous aimais plus que la vie elle-même, or vous me traitez comme votre joujou, votre chose, votre étalon de compagnie à ne jamais montrer en public. Je ne pourrai jamais vous pardonner cette trahison de l'amour que j'éprouve pour vous.*

Addio per sempre.

Cashel Greville Ross

Il plia la lettre, la scella, fit ses bagages et régla sa note à l'aubergiste. Il ne dormit pas cette nuit-là, son cerveau enfiévré retraçant tous les mois de sa liaison avec Raffaella en quête de signes de son pragmatisme insensible. Comment avait-il pu mal interpréter à ce point les sentiments qu'il pensait qu'elle lui vouait ? Se réduisaient-ils en fait à du désir physique ? Comment avait-il pu en arriver à donner foi à sa lecture si erronée de la nature de cette femme ? C'était donc cela, le « plan » qu'elle avait conçu : persuader le comte de lui accorder à lui, Cashel, le statut dans leur foyer de *cavaliere servente* officiel numéro deux. Nul doute qu'il y aurait un troisième du nom quand elle se lasserait de lui. Un autre jeune homme grand et blond. Tout cela lui donnait envie de pleurer, de fulminer, de vomir.

Au bout de deux heures à chercher en vain le sommeil, il enfila ses vêtements et ses bottes, attrapa son manteau et sortit arpenter les rues enténébrées de Ravenne. Mieux valait marcher que rester dans son lit à se tourmenter… Il erra sans but, puis se retrouva devant une basilique qu'il reconnut : San Francesco. Il s'avança jusqu'à la grille latérale et regarda entre les barreaux le tombeau de Dante. Il était venu de nombreuses fois, dont une avec Raffaella, et même s'il n'y voyait goutte dans l'obscurité, il savait qu'un bas-relief au-dessus du sarcophage représentait le poète en buste.

Il resta là un moment, comme en une vague supplique à l'ombre de Dante, une noire contemplation de son propre *purgatorio* à lui. Le parfait imbécile, chassé du *paradiso* par sa maîtresse de complaisance Raffaella. Qu'eût fait Dante de cette histoire d'amour sincère malavisé et de froid commerce ? Cashel se racla la gorge et cracha par terre, soudain pris de nausée. Il devait quitter cet endroit maudit, quitter Ravenne pour n'y jamais revenir.

Quand Timoteo se présenta à l'auberge comme d'ordinaire au matin, Cashel lui tendit sa lettre et l'exemplaire de *La Divine Comédie* que lui avait offert Raffaella.

« Portez ceci à la contessa, lui ordonna-t-il. Et informez-la que j'ai dû rentrer impromptu en Angleterre toutes affaires cessantes.

– Bien sûr, monsieur. Quand reviendrez-vous ? »

Cashel lui donna un souverain d'or – ce qui désarçonna le garçon.

« Dites-lui que je le lui ferai savoir. Merci, Timoteo, vous êtes la seule personne honnête de tout Ravenne. Je penserai toujours à vous comme à un ami. »

Livre septième

Arles
France

20 février 1824

Chère mère,

Merci pour votre lettre. Je suis heureux de vous annoncer que ma convalescence se poursuit et que j'ai presque totalement récupéré des suites de ma fièvre indienne. Cependant, mes médecins me conseillent de rester dans le Sud, où les hivers sont doux. La vie ici est ennuyeuse et morne. Je vais sans doute séjourner à Arles jusqu'au printemps et essayer de terminer mon livre de voyage. Je suis encore en fonds et je peux y vivre très chichement pour presque rien. Continuez à m'écrire en poste restante à Arles, Bouches-du-Rhône, France. Le courrier semble très fiable.

Transmettez mon meilleur souvenir à sir Guy, Hogan et Buckley.

Je reste
Votre fils aimant,

Cashel Ross

Cashel apporta sa missive à la poste le lendemain pour la faire affranchir, puis retourna au café à l'arrière duquel il avait laissé son cheval dans une ruelle. Le ciel était lourd de nuages gris et un vent mordant soufflait sans relâche. Cashel prit un petit déjeuner tardif (des œufs en gelée et quelques morceaux de pain qu'il fit descendre avec un bol de café), puis monta en selle et quitta Arles par la porte de la Cavalerie, avançant au pas sur la route de Fontvieille avant de tourner dans la sente qui menait à la ferme de la Vache noire, où il résidait.

Il mena sa monture à l'écurie et l'y laissa dans sa stalle. Le garçon, Jaufret, la bouchonnerait. En traversant la cour jusqu'au corps de ferme, il croisa Clotilde, qui revenait de se soulager sur le tas de purin derrière l'étable. Il lui adressa un bonjour de la main, mais elle lui jeta à peine un coup d'œil et continua son chemin, ses lourds sabots aux pieds. Elle ne faisait aucun effort pour dissimuler la méfiance qu'il lui inspirait sans qu'il sût pourquoi, lui qui se montrait parfaitement civil avec sa famille et elle. Était-ce parce qu'ils devaient céder leur maison à un locataire pour assurer la survie de leur ferme ? se demanda-t-il en poussant la porte. Oui, sans doute s'irritaient-ils d'en être réduits à devoir accepter avec une reconnaissance rétive l'argent qu'il leur versait.

Une fois entré, il attisa le feu et ajouta quelques bûches sur les braises. Dans la grande salle, son manuscrit, ses plumes et son encre s'étalaient sur la table, mais il n'avait plus envie d'écrire aujourd'hui. Il s'assit dans un fauteuil près de l'âtre et contempla les flammes qui commençaient à s'animer et à s'accrocher aux rondins secs de leurs doigts orange effilés. Il pouvait se régaler pendant des heures d'un tel spectacle, toute une soirée, s'il avait un verre à la main et une bouteille à portée. Il relâcha les épaules et courba le dos. La douleur persistait, comme un rhumatisme, mais bien moins forte qu'auparavant. Il alla se chercher du vin.

Il ne se sentait pas vraiment bien depuis des semaines, voire des mois. Depuis qu'il avait quitté Ravenne, en fait. Tantôt fiévreux, tantôt écrasé par une violente léthargie, tantôt frappé d'étranges douleurs dans le flanc gauche ou la poitrine. Il se rappela Shelley se plaignant sans cesse de mystérieux élancements dans le côté restés sans diagnostic. Une âme en peine lui aussi, songea-t-il. Il soupçonna que ces différents maux n'étaient que des symptômes du trouble qui régnait dans son esprit, de son profond malheur.

De Ravenne, il était allé à Pise récupérer le reste de ses affaires, remisées à l'Albergo Tinto, et avait emprunté une diligence jusqu'à Gênes, avec le projet de reprendre son itinéraire initial, un navire jusqu'à Marseille puis un séjour en Espagne. Mais, une fois à Marseille, il s'était senti tellement mal en point qu'il avait fait mander un médecin à l'hôtel où il était descendu. Sans explication, celui-ci avait décidé de pratiquer plusieurs saignées.

Pendant qu'il récupérait à son hôtel, avec de lourdes prescriptions de laudanum après les saignées, il avait eu une conversation à bâtons rompus avec un autre client, qui s'extasiait devant la beauté extraordinaire des *Arlésiennes**. J'ai besoin de beauté, s'était dit Cashel, qui avait promptement décidé de faire en diligence le court trajet jusqu'à Arles, antique cité décatie sise sur le Rhône vaste et glauque, qui comptait une arène romaine et d'étroites rues pavées bordées de maisons décrépites aux façades rongées par les mauvaises herbes.

Il avait en effet croisé de nombreuses Arlésiennes, toujours parées d'un châle sur un cache-cœur de dentelle, les cheveux relevés en un double chignon serré de part et d'autre d'un curieux ruban formant une sorte de fanion, mais sans percevoir leur beauté réputée. Il n'ignorait pas que la faute lui en incombait, car il était devenu aveugle à la beauté depuis qu'une beauté l'avait trahi.

Toutefois, alors qu'il ruminait amèrement ce qu'il appelait maintenant la trahison de Raffaella, les flèches du doute venaient lui fouailler l'esprit et le tourmenter. Pourquoi était-il parti si précipitamment ? Peut-être eût-il mieux valu laisser passer un jour ou deux avant de fuir la ville comme un réfugié terrorisé voulant échapper à une horde de maraudeurs. Pourquoi fallait-il toujours qu'il agît à l'instinct, mû par des certitudes inébranlables ? Les certitudes inébranlables pouvaient aisément se révéler fausses, comme il en avait déjà fait l'expérience… Il avait envisagé de retourner à Ravenne, ne fût-ce que pour une vraie confrontation, en face à face, avec cette félonne, cette traîtresse. Mais il s'était morigéné. Non, cela eût fait de lui un vrai toutou, un épagneul servile, un homme pathétique, désespéré. Il avait eu la réaction adaptée, il s'était comporté avec la froideur et la dignité qui convenaient. Il refusait de s'avilir.

Et puis, outre sa pathologie chronique inexpliquée, d'autres questions plus terre à terre requéraient son attention. Sa demi-solde du régiment avait atteint son terme, et le modeste capital qui lui restait devait être soigneusement géré. Finie, la vie à l'hôtel, avait-il résolu. Terminés, les dîners au restaurant.

Par l'entremise d'un notaire local, il avait appris l'existence d'une ferme en location à un tarif très raisonnable à environ une heure à cheval de la ville. Lors de sa visite, il avait découvert un grand mas tout simple sur deux niveaux – plus qu'il ne lui en fallait, mais tout confort, avec des murs intérieurs récemment recrépis et quelques meubles solides. Pour un petit supplément, il pouvait utiliser l'un des vieux chevaux logés dans l'écurie. Le fermier et sa famille s'étaient installés dans une vaste grange en pierre de l'autre côté de la cour. Silvan Couderc, vieux veuf buriné et édenté, avait un fils adolescent un peu simplet prénommé Jaufret et deux filles adultes encore à marier, Clotilde et Limoun, qui se chargeraient à son gré des provisions, de la cuisine, du linge et du ménage pour quelques francs de plus.

C'était un arrangement idéal, avait bientôt compris Cashel. Les quatre Couderc, qui se parlaient en occitan, restaient entre eux. Quand il avait besoin de quelque chose, il allait devant la grange, appelait, et l'un ou l'autre arrivait de mauvaise grâce. N'ayant jamais mis les pieds dans cette bâtisse fétide et sombre, il ignorait comment ils y vivaient.

Il avait été surpris de constater à quel point il s'était vite senti chez lui. Il se faisait livrer du pain tous les deux jours. S'il voulait un plat chaud, il demandait à Clotilde de lui faire rôtir un poulet ou de lui préparer un ragoût, mais il n'avait guère d'appétit et se contentait la plupart du temps de fromage et de viande froide. Il achetait un vin rouge râpeux en grosse dame-jeanne verte et quelques bouteilles d'eau-de-vie, et occupait ses journées à réviser son *Journal d'un grand tour*. Mais il ne pouvait s'empêcher de penser à Raffaella et au temps qu'ils avaient passé ensemble à Ravenne.

Il ressassait toutes leurs rencontres, sociales et charnelles, presque jusqu'à l'obsession, essayant d'y déceler les origines de la Grande Trahison. Le doute le rongeait, évidemment. S'était-il montré trop impulsif ? N'eût-il pas dû l'accuser *in praesentia* pour mieux l'humilier ? Comment avait-elle réagi à sa lettre ? L'avait-elle déchirée avec un haussement d'épaules ? Avait-elle ri, éprouvé un spasme de culpabilité fugitive ? Ces interrogations et réinventions forcenées l'avaient bientôt accablé, au point qu'il doutait parfois de sa santé mentale. Puis un jour, sur un coup de tête, il avait décidé de tout écrire en une forme d'exorcisme, de libération. Il avait pris une feuille blanche et s'était mis à rédiger un récit à peine romancé de son histoire d'amour avec Raffaella Rezzo.

Songeant qu'il en avait trouvé l'inspiration lors de sa visite nocturne à la tombe de Dante, il avait relu la traduction anglaise de *La Divine Comédie*, et plus particulièrement les passages sur Paolo et Francesca. Sa transposition de leurs amours tragiques aurait pour cadre la Londres contemporaine, avait-il décidé. Ayant rebaptisé leurs avatars anglais « Paul » et « Frances », il narrait tout simplement par leur véhicule son histoire avec Raffaella, quoique dans le décorum qui s'imposait. Il avait bientôt noirci plus d'une dizaine de pages et, sentant son récit acquérir sa propre énergie, son propre souffle, il avait mis le *Journal* de côté pour se consacrer à cette fiction.

Il avait noté avec intérêt que sa santé avait commencé de s'améliorer au bout de deux semaines d'écriture. Se sentant de meilleure humeur, il avait résolu de faire cesser le mensonge sur sa présence dans l'armée des Indes et écrit à sa mère pour lui annoncer qu'il avait été réformé pour invalidité à la suite d'une vilaine infection de fièvre jaune et était revenu en Europe passer sa convalescence. Il avait reçu par retour une réponse inquiète le remerciant de ses courriers des Indes et lui proposant de lui envoyer une lettre de crédit si ses fonds se trouvaient entamés. Une correspondance s'établit, qui le réconcilia avec lui-même. Il n'était pas pressé de retourner à sa vie d'avant. Il passerait l'hiver à la Vache noire et verrait dans quel état les beaux jours le trouveraient.

Ce soir-là, il dîna de pain rassis et de fromage dur, qu'il arrosa d'une pinte de vin rouge tirée de sa dame-jeanne. Il alluma deux bougies avec l'idée de lire, mais en fait il contempla le feu et but encore, se demandant avec morosité ce qui allait advenir de lui, puis alla se coucher dans un méchant brouillard d'ébriété et d'apitoiement sur lui-même, souffla sa chandelle et resta allongé dans le noir à penser à Raffaella, comme chaque soir. Une fois de plus, il s'efforça d'attiser sa colère, mais n'éprouva que tristesse face à cette perte, à ce qui ne figurait plus dans sa vie, tellement amoindrie par l'absence de la jeune femme.

L'image de Raffaella nue sur le lit à baldaquin, ingénue, nonchalante, épuisée par le plaisir, tenant à la main sa fine pipe d'argile blanche telle une fragile baguette magique, continuait de le hanter. Et quand elle avait levé son autre genou pour déplacer le poids de son corps et se tourner ainsi vers la chandelle… Cashel s'entendit grogner dans sa somnolence érotique, puis fut surpris par des coups puissants frappés à son huis.

Il sortit tout net de sa rêverie. Quelque chose était-il arrivé à la famille Couderc ? La grange flambait-elle ? Il attrapa à tâtons sa boîte d'amadou tandis que le martèlement continuait, produisit une flamme, alluma une chandelle, marcha jusqu'à la porte, enfila son manteau par-dessus sa chemise de nuit et s'assura que son pistolet chargé était bien dans sa poche.

« *C'est qui dehors** ? cria-t-il.

– Vous êtes anglais ? dit une voix.

– Oui, en effet.

Ah, grâces à Jésus sur la croix ! Je suis anglais moi aussi, et j'ai désespérément besoin d'aide. »

Cashel déverrouilla prudemment sa porte en plongeant la main dans sa poche pour y saisir la crosse de son pistolet.

Un beau jeune homme élancé se tenait sur le seuil, le visage ceint d'un bandage.

« Veuillez me pardonner ce dérangement à une heure si avancée, s'excusa-t-il précipitamment. Je m'appelle Brooke Mason. Je suis artiste et je suis en train de mourir d'une rage de dents. L'on m'a appris qu'un Anglais habitait à la Vache noire, et je me suis dit, dans mon malheur, que tout Anglais aurait avec lui du laudanum. Ne me décevez pas, monsieur, je vous en supplie.

– En effet, j'en ai.

– Je le savais ! Je le savais ! Béni soit le divin charpentier ! »

Cashel le fit entrer, l'installa près du feu qui couvait et qu'il relança avec deux bûches. Il alluma d'autres chandelles, servit à l'inconnu un verre d'eau-de-vie et alla chercher l'un des quatre flacons de laudanum qu'il gardait dans sa pharmacie. Quand il avait eu recours à ce remède miracle après ses saignées à Marseille, il avait estimé judicieux de s'en procurer une réserve, puisqu'il allait vivre à la campagne.

Il en versa un petit verre au sieur Brooke Mason et le regarda boire, faire tourner la liqueur dans sa bouche puis l'avaler, avant d'en demander un deuxième qu'il vida d'un trait.

« C'est assurément une potion merveilleuse, puissante, efficace », déclara Mason, qui la fit descendre avec une rasade d'eau-de-vie.

Cashel détailla son visiteur : la trentaine, de fins favoris sur les joues, il avait un comportement agité, les mains toujours en mouvement pour se toucher le visage, gesticuler, se gratter. Cashel se présenta. Mason se leva et s'inclina pour le saluer.

« Monsieur Ross, si j'avais un enfant, je le donnerais en sacrifice pour vous remercier. Je vous suis sincèrement reconnaissant à tout jamais. Je me sens remarquablement mieux. La douleur est à présent tout à fait supportable, dit-il avant de regarder autour de lui. J'ai marché cinq lieues pour venir jusqu'à vous. Parfois, dans notre désespoir, l'on a besoin d'un compatriote. Et voilà, vous m'avez sauvé. Je souffrais le martyre, monsieur. La douleur me torturait sur son bûcher. »

Cashel lui proposa de rester la nuit s'il le souhaitait. Il y avait forcément un arracheur de dents à Arles ou un barbier-dentiste qui pourrait le débarrasser de son problème le lendemain matin.

« C'est très généreux de votre part, dit Mason. Donnez-moi un coin au sec et je serai heureux d'y dormir. »

Cashel l'emmena dans une chambre à l'étage où se trouvait un matelas de paille au sol, lui confia le reste du flacon de laudanum, lui fournit une tinette propre et lui souhaita bonne nuit.

Le lendemain matin, dans la grande salle, devant la cheminée, Cashel inséra prudemment son pouce et son index au fond de la bouche de Mason et, tirant d'un coup sec, lui arracha une molaire. Mason cracha du sang et du pus dans une coupelle pendant deux minutes, rinça la cavité à l'eau-de-vie, but une nouvelle gorgée de laudanum et se déclara libéré de sa rage de dents. Un des plus grands fléaux infligés à l'humanité, affirma-t-il. Les animaux ne connaissent pas ce mal, eux, alors pourquoi nous ? La méchanceté de Dieu, conclut-il. De la pure méchanceté.

***

Une fois rétabli, Brooke Mason fit une proposition à Cashel. Il cherchait un endroit où loger et trouvait que la chambre où il avait passé la nuit précédente suffisait largement à ses besoins, bien qu'elle fût envahie par les souris. Mais les souris ne le gênaient pas – vivre et laisser vivre. Il suggéra un loyer de dix shillings par semaine ou l'équivalent en francs, et se déclara disposé à payer sa part de boissons et de victuailles en sus.

« Vous ne me verrez guère dans la journée, car je bats la campagne pour gagner ma vie, expliqua-t-il. En général, je rentre avant la nuit tombée. »

Cashel accepta sans même y réfléchir. Il lui serait plaisant d'avoir de la compagnie, fût-elle excentrique, pour le distraire de ses hantises nocturnes, sans compter qu'un petit revenu locatif viendrait abonder ses fonds décroissants.

« Quel est donc ce travail qui vous occupe toute la journée ? s'enquit-il.

– Je suis artiste… Je reçois des commandes et je suis payé. Je vous expliquerai tout », conclut Mason avec un sourire.

Il retourna à son ancien logis récupérer son cheval, sans divulguer où. Cashel se demanda pourquoi il avait fait le trajet à pied la veille s'il possédait une monture, mais il avait déjà compris que Brooke Mason était un homme complexe. Il avait un accent aristocratique, mais des vêtements élimés maintes fois reprisés, une cravate graisseuse, un col crasseux non amidonné. Cashel ne s'en souciait pas, toutefois : il se satisferait d'un compagnon distrayant et de dix shillings par semaine.

Mason revint en milieu d'après-midi sur une jument ventrue qui soufflait beaucoup, avec deux chevalets accrochés à la selle.

« Et voilà, Ross ! annonça-t-il en jetant au sol une grosse sacoche en cuir. Toutes les possessions de Brooke Mason sur cette terre. »

Pendant le dîner (une tranche de bœuf cuite sur la braise et des pommes de terre revenues dans de la graisse d'oie), Mason expliqua quelle était sa profession originale. Il montra à Cashel une dizaine d'aquarelles très réussies de différents bâtiments : manoirs, châteaux, églises, relais de chasse et autres. Bonne technique et souci du détail, estima Cashel, qui lui en fit compliment.

« Ah non, elles ne sont pas de ma main, protesta Mason. Je les ai achetées en lot à un artiste parisien qui traversait une période de vaches maigres. Et mon astuce, c'est que je les fais passer pour mes propres œuvres. »

Il expliqua que, lorsqu'il avisait un petit château, une *chartreuse** ou une *maison de maître**, il allait se présenter aux propriétaires, leur montrait son « travail » et leur proposait de peindre leur logis dans ce même style.

« Je les ferre en annonçant un prix très raisonnable, je sollicite une petite avance pour acheter le vélin, la peinture ou le cadre, et je leur promets de revenir le lendemain pour immortaliser leur humble (ou pas si humble) demeure. Ils paient toujours. Moi, je prends leur argent et je poursuis mon chemin solitaire.

– Vous ne revenez jamais ?

– Jamais. Certes, au bout de quelques jours, la ruse est éventée, mais moi, je suis déjà loin. »

Cashel ne pipa mot. Dans les faits, il s'agissait de vol, d'extorsion frauduleuse.

Mason devina sa silencieuse réprobation et entreprit de lui narrer le récit épique de sa vie comme pour justifier son recours à de tels stratagèmes. Encore tout jeune homme, il avait perdu son père. Sa mère, « une veuve très joyeuse », s'était bientôt remariée à un riche marchand de coton qui nourrissait une grande affection pour le jeune Brooke. Cet homme avait deux filles d'une petite vingtaine d'années qui devinrent donc ses demi-sœurs.

« Je n'aurais jamais dû forniquer avec elles, Ross. Telle fut ma plus grande erreur.

– Vous les avez eues toutes les deux ?

– Oui. Pas ensemble, bien sûr. Mais par vanité, la seconde l'avoua à la première, qui lui fit le même aveu en retour, et ensuite les deux allèrent se confesser à leur père. »

Mason avait été banni à Paris, où il avait « rencontré quelques déboires », perdu tout son argent, puis conçu l'idée de ces « commandes artistiques ». Il avait passé les deux dernières années à sillonner la France vers le sud depuis Paris, se faisant au passage « une petite fortune dans la vallée de la Loire », et se retrouvait aujourd'hui près d'Arles et de la côte méditerranéenne.

« Je dois sans cesse décamper, Ross. Voilà l'inconvénient de ma combinaison et la raison pour laquelle je suis si heureux de vous avoir trouvé, vous et votre ferme. Je pense pouvoir escompter de jolis succès dans les environs d'Arles et, si c'est le cas, vous aussi.

– Je ne m'en plaindrai pas, mon cher.

– Mon mode de vie est rémunérateur, mais non dépourvu d'anicroches, soupira Mason, qui tira sur l'un de ses favoris peu fournis et se gratta vigoureusement le nez. Mon bon ami, je reprendrais bien un peu de ce vin, si possible. »

Cashel alla remplir le verre de Mason à la dame-jeanne. Il lui offrit un cigare, qu'il alluma ainsi que le sien avec une brindille tirée du feu. Ils reprirent place sur leurs sièges, burent et fumèrent, et Cashel sentit son humeur s'améliorer, car il n'avait pas pensé à Raffaella pendant au moins deux heures. Mason était à l'évidence un original dénué de scrupules, mais il lui faisait une plaisante compagnie.

« Que se passe-t-il dans le monde, Ross, le savez-vous ? Je n'ai pas lu de journal depuis des mois.

– Moi non plus. L'autre jour, quand j'étais à Arles, j'ai appris que Simón Bolívar avait accédé au pouvoir au Pérou.

– Fichu républicain ! Y a-t-il des guerres en cours ?

– Nous combattons contre les Asantes en Côte-de-l'Or, paraît-il.

– Où cela se trouve-t-il ?

– En Afrique de l'Ouest.

– Fort bien, c'est loin. Et en Europe ?

– Pas que je sache.

– Encore mieux. Je ne voudrais pas me retrouver pris dans une guerre.

– Je confirme, mieux vaut éviter. »

***

Une plaisante routine s'établit à la Vache noire. Mason partait à cheval de bon matin, vêtu d'une redingote savamment maculée de peinture, avec ses chevalets accrochés à la selle et ses échantillons d'aquarelles dans une besace en bandoulière. Cashel œuvrait à son roman sur Raffaella et lui, qu'il avait décidé d'intituler *Nihil*, d'après une maxime attribuée à Catulle : *Nihil est tam acerbum quam amor perditus* ou, dans la traduction crue qu'il en faisait : « Rien n'est plus douloureux qu'un amour détruit. » Il avait pensé utiliser *Amor perditus* comme titre, mais avait finalement jugé que le mot unique et radical exprimait plus puissamment son amertume et son désespoir.

Bien sûr, plus il pensait à Raffaella et plus il écrivait à son sujet, et sur lui-même, et sur eux deux, plus le supplice s'intensifiait. Dans son lit le soir, il la visualisait jusque dans les moindres détails. Son visage, ses cheveux, ses yeux, ses lèvres, ses poignets, ses seins, ses longues jambes, ses orteils. Il lui arrivait même de se surprendre à gémir.

Peut-être fut-ce la présence de Mason, le faux artiste peintre, qui lui fit regretter de ne pas avoir de représentation de Raffaella, portrait, silhouette, camée, miniature, voire simplement dessin ou esquisse, quelque reproduction physique de sa personne qui eût ravivé d'un coup d'œil le souvenir des plaisirs qu'ils avaient partagés, de l'amour qu'ils avaient partagé – ou qu'ils avaient semblé partager… Pourquoi n'avait-il pas fait commande d'un portrait ou même d'une miniature à garder en souvenir ? Parce que tu as détalé de Ravenne comme si la peste ou quelque autre épidémie mortelle s'y était abattue, bougre d'imbécile ! se répondit-il. Tu as quitté Ravenne, triple buse, quand tu n'en avais alors nulle intention puisque tu voyais Raffaella à ton bon gré sans devoir recourir à des subterfuges. La rage de Cashel envers lui-même ne s'éteignait pas, et cette absence d'un portrait n'était qu'un regret de plus à ajouter à la petite montagne de regrets qui se formait dans son esprit. Il s'obligea à repenser à tout le mal qu'elle lui avait fait, à son arrogante indifférence, à son opportunisme charnel, et pendant un temps les regrets s'estompèrent.

Il se réjouissait de la distraction que la présence de son locataire lui fournissait. Quand le soir approchait, Mason revenait avec ses « commandes » du jour, parfois seulement une ou deux, d'autres fois une demi-douzaine et, en un samedi miraculeux, dix. Pas une journée ne passait sans qu'il dupât quelqu'un. Il réglait d'avance son loyer pour la chambre à l'étage et se montrait généreux dans ses achats de provisions. À l'évidence, sa filouterie fonctionnait à merveille. Personne ne savait où résidait ce peintre itinérant et, les sommes qu'il facturait étant relativement modestes, personne ne se retrouvait véritablement ruiné, si bien que les gens devaient le maudire, mais n'allaient jamais plus loin. Le jeu n'en valait pas la chandelle, pour quelques francs.

Ils mangeaient bien et buvaient bien. Mason ne tarissait pas d'anecdotes amusantes. Il réclamait de temps à autre un verre de laudanum pour calmer la douleur de sa cavité gingivale, et Cashel allait bien volontiers puiser dans ses réserves. Quelques semaines après le début de leur cohabitation, Mason lui demanda s'il connaissait un bordel à Arles. Cashel lui en indiqua deux. « Eh bien, nous devrions aller en essayer un », lui suggéra Mason, arguant qu'il commençait à ne pas se sentir bien et qu'il en attribuait le motif à son abstinence forcée.

Ce soir-là, ils partirent à cheval pour se rendre au numéro 1, rue du Bout-d'Arles. Cette grande demeure bourgeoise se dotait de deux salons de réception : un plutôt dépouillé pour les ouvriers, et un autre tout de velours et de cuir, avec un lustre, un bar et un pianiste, réservé aux clients plus aisés, pour la plupart des militaires, officiers des zouaves en garnison dans la ville. Tout en s'achetant des boissons (de l'absinthe, du mauvais champagne ou du cognac), les clients faisaient leur choix parmi une dizaine de « filles » qui y circulaient, puis on montait l'escalier menant à l'étage des chambres.

Sans perdre de temps, Mason entraîna au premier une jeune femme chevaline qui portait une version très légère de la tenue arlésienne. Cashel dit qu'il n'était pas intéressé.

« Oh, allez, vivez donc un peu ! insista Mason.

– Vous savez, j'ai été officier dans l'armée des Indes, Mason. Tous les Européens ont attrapé la vérole. Le médecin du régiment en personne m'a dit que cinq officiers sur six souffraient de la syphilis ou d'une maladie similaire. J'en ai vu les effets de mes propres yeux, d'où ma prudence.

– Vous étiez dans l'armée des Indes ? s'étonna Mason. Au Bengale ?

– À Madras.

– Vous êtes plein de surprises, Ross ! s'exclama-t-il en gloussant. Qui l'eût cru ? Vous devrez m'en dire plus. »

Sur quoi, il monta à l'étage. Cashel déclina poliment les sollicitations des professionnelles arlésiennes, commanda plus de cognac, écouta le pianiste jouer des valses et, fatalement, pensa à Raffaella.

***

Le printemps passa sans grand événement. Les températures grimpèrent, et certains jours régnait une chaleur estivale sous un ciel azur. Les soucis financiers de Cashel avaient disparu, grâce à Mason qui payait toujours son loyer d'avance et rubis sur l'ongle. Ses affaires marchaient « du feu de Dieu », car il avait élargi son démarchage pour inclure églises, presbytères et autres monastères. Les prêtres se montrant d'une vanité inouïe, il envisageait en outre de proposer un service de portraits, s'il arrivait à dénicher quelques spécimens de dessins ou de toiles à faire passer comme siens.

Cashel approchait des derniers chapitres de *Nihil*, mais peinait à finir. Il envisageait que Paul se suicide à cause de la perfidie de Frances, peut-être en se noyant ou en se jetant d'une haute falaise. Inspiré par les visites régulières de Mason au bordel, il avait écrit un chapitre où Paul se rendait dans une maison de mauvaise réputation avec pour but avoué de se purger des souvenirs de Frances, mais se découvrait incapable de passer à l'acte tant les souvenirs du corps de sa bien-aimée le tourmentaient, et il fuyait les lieux en larmes, encore plus brisé qu'avant.

Un après-midi, alors que Mason était absent pour la journée comme à son habitude, d'autant qu'il devait maintenant agrandir son périmètre pour trouver de nouveaux clients, on frappa à la porte. Un homme robuste à la barbe épaisse, vêtu de noir et coiffé d'un tricorne, lui annonça qu'il cherchait un Anglais, un artiste du nom de Mason. Peut-être habitait-il ici ?

Cashel comprit aussitôt qu'il devait nier qu'il connaissait ce « Mason » et le fit d'un air assez convaincant pour que l'homme se satisfasse de sa réponse et s'en aille.

À son retour, Mason n'en fut nullement perturbé.

« Il y aura toujours un client mécontent qui se lancera à ma recherche. Cela fait partie des aléas du métier. Comme le seul indice dont ils disposent, c'est "anglais", vous risquez d'avoir d'autres visiteurs du même genre qui voudront savoir si c'est vous. Cela restera sans suite. Voilà pourquoi il est si utile que j'habite ici : cela embrouille les gens. Vous êtes une façade parfaite, Ross. »

La souriante insouciance de Mason se fit plus problématique un matin, lorsque Cashel entendit depuis la cuisine des pas légers descendre l'escalier et vit apparaître Limoun, la fille de M. Couderc, qui lui fit un petit sourire et sortit sans un mot. Mason arriva deux minutes plus tard et avoua qu'il l'avait fait monter discrètement dans sa chambre quand Cashel était occupé ailleurs.

« Je lui ai offert deux francs à tout hasard, et elle a dit oui sur-le-champ. Vous devriez en profiter aussi, Ross. Ces filles de la campagne ont des techniques bien rodées. »

Cashel réussit tout juste à contenir sa colère.

« Mason, votre comportement est inacceptable. Il altère radicalement la relation que j'ai avec cette famille. Je suis peut-être votre logeur, mais Couderc est le mien. Et vous, vous troussez sa cadette. Quel âge peut-elle bien avoir, enfin ?

– Il ne crachera pas sur ces revenus complémentaires, croyez-moi, mon vieux. Bon, que mangeons-nous pour le petit déjeuner ? Je pourrais dévorer un ours polaire, moi. »

Le malaise de Cashel alla croissant. La force anarchique qu'était Brooke Mason perturbait à présent le paisible cours de sa vie à la Vache noire. Deux autres inconnus se présentèrent à sa porte dans la quinzaine suivante en quête du « peintre anglais ». Limoun vint voir Cashel dans le mas et leva sa jupe pour lui montrer ce qu'il y avait en dessous, l'informant dans son français à fort accent occitan qu'elle était à lui pour cinq francs. Cashel eut un rire de dédain et la fit prestement sortir.

Le lendemain, Silvan Couderc vint à sa rencontre dans la cour et lui dit que si l'autre Anglais voulait Limoun de façon régulière, il fallait qu'il lui donnât l'argent à lui et pas à elle. Et puis Clotilde était aussi disponible, si ça pouvait intéresser l'autre Anglais ou lui-même, mais ce serait plus cher vu qu'elle était encore vierge. Cashel répondit non et s'excusa sincèrement, envahi par la honte. Il se demanda s'il arriverait à convaincre Mason de partir avant que toute la famille Couderc fût irrémédiablement corrompue.

Un soir, Mason rentra avec un œil au beurre noir et une estafilade sur la joue, sans vouloir expliquer ce qui lui était arrivé.

« Avez-vous une arme dans cette maison, Ross ? Un pistolet ? Un fusil ? »

Cashel lui montra son pistolet à double canon.

« Puis-je vous l'emprunter ?

– Pourquoi ?

– Il y a un homme auquel je veux faire peur. Pour le convaincre de ma férocité de caractère. »

Cashel lui prêta son arme, et Mason repartit à cheval dans la nuit. Il revint quelque deux heures plus tard et la lui rendit.

« Vous remarquerez que je n'ai pas tiré, mais cela a fait son effet. »

Il s'interrompit, tripota ses favoris, ce qui était l'un de ses nombreux tics, et sembla sur le point de dire quelque chose.

« Quoi ? l'incita Cashel.

– Je crois bien que je vais devoir partir. Il semblerait que je sois devenu indésirable dans la région d'Arles.

– Que s'est-il passé ?

– Disons que les choses ont un peu échappé à mon contrôle. Je serai parti avant l'aube, ne vous inquiétez pas. »

Ils veillèrent tard ce soir-là, à fumer et à boire la fin du cognac de Mason. Celui-ci, d'ordinaire si nonchalant, semblait soucieux. Qu'avait-il fait au juste ?

« Je dois partir loin, dit-il en contemplant les flammes. Je dois disparaître. Je pensais au Venezuela. À ce qu'il paraît, les émigrés anglais sont les bienvenus, là-bas. On leur propose de vastes parcelles de terre pour presque rien.

– Le Venezuela ? Pourquoi pas l'Italie ?

– Parce qu'en Italie on peut me retrouver, répondit-il mystérieusement avant de reporter toute son attention sur Cashel. Venez avec moi, Ross. Vous et moi, au Venezuela. Nous serions des rois, des empereurs, des satrapes, des demi-dieux !

– Non, merci, Mason. J'ai un roman à terminer. »

Quand Cashel s'éveilla le lendemain matin, Brooke Mason avait disparu. Un petit billet sur la table lui annonçait qu'il lui avait pris son pistolet et qu'il était désolé d'avoir une semaine d'arriérés sur le loyer de sa chambre. En post-scriptum, il ajoutait que, si quiconque demandait après lui, Cashel devait raconter qu'il était parti pour le Maroc et ne parler en aucun cas du Venezuela.

***

Cashel vécut d'abord le départ de Mason comme un soulagement. Puis, l'été avançant, il se prit à regretter la compagnie de cet énergumène. Tous les membres de la famille Couderc le traitaient avec froideur, comme s'ils lui reprochaient d'avoir brisé leurs rêves d'un avenir meilleur. En outre, il n'avançait plus sur son roman, car, malgré tous ses efforts, il bloquait sur la fin. Livré à lui-même, il avait de plus en plus l'impression de vivre dans les limbes. Il lui fallait une résolution puissante, non seulement pour *Nihil*, mais aussi pour sa vie. De nouveau, il regretta d'avoir quitté Ravenne si précipitamment. Il aurait dû avoir une conversation avec Raffaella, la voir de ses propres yeux tenter de se justifier et de lui fournir des explications. Aujourd'hui, l'absence de réponses à ses questions le taraudait. Il s'était montré trop pressé, trop impulsif, il le voyait clairement, à présent. C'était l'un de ses défauts et il le savait bien. Trop souvent il agissait sans réfléchir, mû par ses seuls sentiments, sans prendre le temps d'analyser la situation sous tous les angles, de peser le pour et le contre, en gardant la tête froide. Et il lui vint à l'esprit qu'une entrevue avec Raffaella lui permettrait enfin de clore cet épisode, cette histoire d'amour – et peut-être aussi de mettre le point final à *Nihil*. Se cacher, broyer du noir, ressasser de façon compulsive les événements de son histoire récente n'était pas la vie qu'il devait mener. À la fin de l'été, quand les vents d'automne se mirent à souffler sur le delta du Rhône, l'idée d'un retour à Ravenne s'imposa à lui avec une évidence impérieuse.

Fin septembre, il fit ses adieux aux Couderc en les remerciant chaleureusement, ce à quoi ils répondirent avec froideur, sans aucune émotion face à son départ, prenant l'argent qu'il leur donna comme s'il s'agissait d'un dû, à l'exception de Jaufret, qui offrit généreusement de le conduire à Arles, où il pourrait prendre la diligence pour Marseille. Il aida Cashel à charger ses malles et ses ballots dans la carriole et ils partirent au trot.

Jaufret était un garçon réservé et sérieux d'environ dix-huit ans qui avait un large visage mal dégrossi, comme si ses traits se formaient encore et qu'un jour un vrai nez, de vraies pommettes et un vrai menton se dessineraient enfin pour son âge adulte. Il essayait sans grand succès de se laisser pousser une moustache.

À mi-chemin, il prit la parole.

« Monsieur Ross, j'ai une faveur à vous demander, dit-il dans son français à l'accent provençal.

– Bien sûr, Jaufret.

– Emmenez-moi dans vos voyages. Je pourrais être votre serviteur. »

Cashel sentit son cœur se serrer. La famille Couderc commençait à se désintégrer. L'effet Brooke Mason.

« Je ne peux pas te payer. J'ai des fonds très limités.

– Tout ce qu'il me faut, c'est du pain à manger et de l'eau à boire.

– Ton père ne serait pas content.

– C'est à cause de mon père que je dois partir. Et de mes sœurs. Vous comprenez, ils m'obligent à… »

Cashel l'interrompit car il ne voulait pas savoir.

« Je suis désolé, Jaufret, c'est impossible. Mais si jamais j'ai un peu d'argent, je te ferai venir.

– Merci, *monsieur**. J'attendrai votre message avec impatience. »

Jaufret exprima une joie immense, presque incontrôlable, à cette fausse promesse d'avenir. Cashel sentit la culpabilité l'envahir. Pourquoi lui avoir fait cette proposition ? Imbécile ! Il aurait dû se taire. Mais il comprit que c'était là le défaut de sa nature : il était trop brave, toujours à essayer de faire plaisir, d'être apprécié. Il devait s'obliger à devenir plus égoïste et impitoyable, tel un Brooke Mason.

Cashel se retrouva avec ses bagages devant l'hôtel de la Lice, qui servait d'arrêt de diligence à Arles et, avec des sentiments mêlés, regarda Jaufret repartir vers la Vache noire et le restant de sa vie. Le garçon se retourna pour lui adresser un joyeux signe de la main et un sourire radieux.

***

Ainsi Cashel refit tout son trajet en sens inverse : un paquebot de Marseille à Gênes, une diligence de Gênes à Bologne, un cabriolet de louage de Bologne à Ravenne. Alors qu'il traversait la plaine entourant la ville, il sentit croître ses appréhensions. Il avait quitté Raffaella à peine plus d'un an auparavant et se demandait comment elle réagirait à son retour. Peut-être aurait-il dû lui écrire, songea-t-il soudain. Trop tard. Et que lui dire si elle acceptait de le rencontrer, ce qui n'avait d'ailleurs rien de certain (il n'avait pas envisagé qu'elle refusât) ? Devrait-il s'excuser ? Mais c'était elle qui avait tous les torts ; lui n'avait fait que lui accorder son entière dévotion. Doutant alors de la sagesse de ces retrouvailles, il sentit monter l'acide brûlure de la dyspepsie, qui toujours chez lui dénotait la tension, et but une gorgée de cognac à la petite flasque en argent qu'il avait dans sa poche. Il contempla la campagne ensoleillée qui moutonnait devant lui, les champs de blé moissonnés, brièvement ombrés par les nuages, les frêles peupliers agités par la brise soutenue, et il se dit de prendre chaque chose en son temps. Son cœur impulsif lui avait fait quitter Ravenne et aujourd'hui le poussait à y retourner. Était-ce une nouvelle erreur ? Il n'en pouvait mais, à présent.

Il trouva une chambre à l'Albergo Massimo, où il fut accueilli en habitué. Il ôta sa tenue de voyage poussiéreuse, mit des habits propres, se coiffa, s'aspergea d'eau de Cologne et, sans plus attendre, sortit arpenter les rues de la ville en prenant la direction du Palazzo Rezzo.

Dès qu'il en approcha, il vit que quelque chose n'allait pas. La lourde double porte d'entrée était fermée et barrée, chaque fenêtre sur rue close par des volets. Sur les marches en marbre, les mauvaises herbes poussaient dans des fissures. Peut-être tout l'entourage Rezzo avait-il décampé pour Bologne… Mais le bâtiment était à l'évidence mal entretenu. Le palais avait l'air abandonné.

Cashel emprunta la ruelle qui menait à l'arrière du bâtiment principal, où se trouvaient les écuries, les remises et les cuisines. Là aussi, les grilles de la cour étaient cadenassées par de lourdes chaînes. Un chien errant qui flairait des détritus lui aboya dessus avant de s'éloigner d'un pas traînant. Un chat mort gisait dans le caniveau. Cashel mit ses mains en porte-voix et cria pour qu'on lui ouvrît. Silence. Un passant lui apprit que le palais était vide depuis neuf mois. Neuf mois ! Cashel cria de nouveau et vit un volet en hauteur s'entrebâiller puis se refermer. Quelques instants plus tard, la porte des cuisines s'ouvrit et Timoteo apparut.

Mais un Timoteo transformé. Il avait les cheveux laineux et trop longs, son élégante livrée à rayures était sale et puante, le R sur le devant de la tunique presque illisible. Pas de dague incrustée de pierreries ni de pistolet à la ceinture. Ravi toutefois de voir Cashel, il lui adressa un large sourire.

« *Signor Ross ! Come stai ?*

– Que s'est-il passé, Timoteo ? Où sont-ils tous ? »

Le page s'approcha de la grille pour lui parler. Le comte Rezzo était décédé un mois après le départ de Cashel, expliqua-t-il avant de désigner sa tête du doigt, en disant que son cerveau était mort subitement. Le fils du comte d'un premier lit, Gianfranco Rezzo, qui habitait Rome, n'avait nul désir de s'installer à Ravenne et se fichait du palais comme d'une guigne. Tous les objets de valeur avaient été emportés et le palais fermé. Pis encore, se plaignit Timoteo, le nouveau comte Rezzo n'envoyait jamais d'argent ; or un palais, ça ne s'entretient pas tout seul. Le toit fuyait, certaines poutres montraient des traces de pourriture. Les seuls domestiques restants – Timoteo, un gardien et son épouse – ne pouvaient s'occuper d'un bâtiment de cette taille sans argent. Déjà au bout d'un an il commençait à tomber en ruine. Mais à quoi donc…

« Et la contessa ? l'interrompit Cashel. Où est-elle ?

– À Milan, monsieur. Avec son mari.

– Son mari ? répéta Cashel, qui eut un haut-le-cœur et se couvrit la bouche du dos de la main.

– Elle a épousé le comte Mazzolino. Ludovico Mazzolino. Un homme très riche. Vous devriez voir son palais à Milan, signor Ross. En comparaison, celui-ci, on dirait une masure.

– Et pourquoi n'êtes-vous pas auprès de la contessa ?

– Je l'ai accompagnée quand elle est partie épouser le comte, mais je n'étais pas le bienvenu dans leur foyer, alors j'ai été renvoyé ici. La contessa m'écrit de temps en temps. Elle me promet que je pourrai la rejoindre dès qu'elle aura convaincu son époux. »

Alors que Timoteo poursuivait, Cashel réfléchissait. Le mariage avait eu lieu trois mois après la mort du comte Rezzo. Elle n'avait pas attendu bien longtemps, songea-t-il avec amertume. Mais Timoteo lui disait quelque chose.

« Pardon ? demanda Cashel.

– Dans sa dernière lettre, elle m'a parlé du bébé.

– Mais comment peut-elle avoir un bébé ?

– Non, elle attend un bébé, monsieur. L'enfant naîtra à Noël. »

Cashel fit aussitôt le calcul : ce n'était pas le sien, pas le leur, mais un héritier pour le riche comte Mazzolino. Il sentit un linceul de résignation cynique lui tomber dessus. Avec quelle facilité la passion brouillait la lucidité ! C'en était d'un classicisme absurde. Du moins tenait-il maintenant une fin toute trouvée pour *Nihil.*

Timoteo tendit la main entre les barreaux de la grille pour lui attraper la manche.

« S'il vous plaît, signor Ross, prenez-moi dans votre foyer. Vous me connaissez, vous savez que vous pouvez me faire confiance. On ne veut pas de moi, ici. Je suis oublié. Je peux venir travailler pour vous, monsieur.

– Je n'ai pas de foyer, Timoteo. Je suis un homme pauvre.

– Comment pouvez-vous être pauvre, monsieur ? s'étonna Timoteo avec un regard mystifié.

– Crois-moi, je le suis. Je suis pauvre en tout ce que la vie peut offrir. Toutes les richesses sont allées à d'autres. »

Avec un sourire désolé et un haussement d'épaules, il serra la main tendue de Timoteo, lui dit au revoir, tourna les talons et rentra d'un pas lent à l'auberge en essayant de digérer tout cela : ses rêves envolés, brisés, sa vie réellement vide, à présent.

L'aubergiste l'accueillit chaleureusement. Il s'était rappelé qu'il entreposait des affaires à lui depuis son dernier passage. Ah oui, et une lettre aussi ! Il s'empressa d'aller les chercher et lui rapporta *La Divine Comédie*, accompagnée d'un billet. Cashel reconnut la main de Raffaella et se retira dans sa chambre à l'étage pour le lire. De ses doigts tremblants, il brisa le sceau et déplia l'unique feuille de papier. Il vit que la missive était rédigée en anglais, et visiblement dans un déferlement d'émotions, car son écriture si familière était tremblée, le papier déchiré en plusieurs endroits par la pression exercée sur la plume, la page tachée et chargée de ratures.

Ravenne

Septembre 1823

Comment peux-tu te montrer si cruel avec moi ? Après tout ce que nous avons vécu ensemble ? Quelle sorte ~~d'homme~~ d'être humain es-tu ? Tout était organisé, tout aurait marché. Je ne comprends pas ce que tu veux dire par mon « deuxième » cavaliere servente. *~~Tu as été la seule personne qui~~ Il n'y a eu personne d'autre dans ma vie avant que je te rencontre. Comme tu le sais,* *mon mariage avec le comte Rezzo était arrangé, une transaction entre nos deux familles comme cela se fait si couramment dans notre société ici. ~~Qu'as-tu donc fait ?~~ Nous aurions pu être ensemble sans peur, quand nous le voulions, sans nous cacher. Et maintenant, tu es soudain sorti de ma vie, tu as disparu. Je n'ai aucune idée de l'endroit où tu te trouves, ni aucun moyen de communiquer avec toi. Tu pourrais être mort. ~~Tu es mort à mes yeux, en tout cas~~ Tu as fait une terrible, terrible, terrible erreur, atroce, qui va nous hanter à jamais. Tu as détruit une histoire magnifique. Tu m'as quittée. Tu m'as laissée seule.*

Addio per sempre, *comme tu le dis.*

Raffaella[1]

Cashel eut comme un haut-le-cœur en même temps qu'un sanglot étouffé. Se croyant sur le point de vomir, il se précipita à la fenêtre pour l'ouvrir, mais ne cracha que du phlegme. Il but une gorgée à sa flasque dans l'espoir de contrer le choc nerveux, la panique, les tremblements, puis s'assit sur le lit, la cervelle en ébullition, tentant frénétiquement d'établir des déductions avant de finir par comprendre lentement.

Bien sûr, mais bien sûr ! Tout était clair, à présent. Le comte Rezzo lui avait menti. Le « beau jeune homme blond » qui lui ressemblait, le « premier » *cavaliere servente*, n'avait jamais existé. Cette fiction avait dû germer dans le dépit d'un vieil infirme, le ressentiment et la jalousie d'un cocu, aux fins de dénaturer et de saper une convention sociale bien acceptée permettant à la jeune épouse d'un vieillard d'avoir un amant officiel, mais qui, du même coup, dénonçait et rappelait constamment l'impotence du vieux paralytique. Le comte avait fabriqué une calomnie fielleuse, perfide, maléfique, une contre-vérité destructrice pour blesser et anéantir son remplaçant.

1. Cette lettre a survécu. Les phrases biffées ont été transcrites le plus fidèlement possible.

Mais ce mensonge n'avait pu fonctionner que dans la mesure où le demeuré auquel il était destiné y avait cru et en avait pris ombrage. Quel pathétique imbécile il avait fait ! Au comble du désespoir, il se maudit, tandis qu'il comprenait aussi d'autres choses, avec le recul. Le comte était mort à peine un mois après son départ. S'il était resté à Ravenne en tant que *cavaliere servente* reconnu, que serait-il advenu ? Quel genre de vie Raffaella et lui auraient-ils pu vivre ensemble, libérés des contraintes de son mariage avec le comte ? Raffaella aurait pu faire son choix sans obstacle. Ils s'aimaient avec une passion débridée qu'ils peinaient à contrôler. De quelles nouvelles libertés auraient-ils pu jouir ? Où auraient-ils décidé de vivre ensemble ? Rien ne les retenait en Italie… Et il avait gâché tout cela par sa dignité ridicule et obstinée, son amour-propre sublime et hautain, sa souffrance ressentie comme unique – si prompt, si disposé dans son égoïsme à croire que la femme qu'il aimait le manipulait avec fourberie.

Il émit un grognement tant il se sentait incapable d'évaluer toutes les conséquences de sa bêtise abjecte, d'imaginer le monde dans lequel il aurait pu vivre. Cette prise de conscience le tortura par sa noirceur, car il savait qu'il devrait supporter cette certitude pour le restant de ses jours. Il avait volontairement, follement, lamentablement perdu tout ce qu'il chérissait. Il avait ruiné sa propre vie.

Livre huitième

« Un cadeau pour vous, mère, dit Cashel en lui tendant un petit paquet enveloppé dans du papier à musique attaché avec de la ficelle.

– Mais nous sommes encore loin de mon anniversaire ! remarqua Elspeth, qui l'accepta néanmoins en souriant.

– J'ai bien le droit de vous faire un cadeau si j'en ai envie, n'est-ce pas ? Point n'est besoin de raison. »

Elle ôta le papier et soupesa le volume relié plein cuir avec un air émerveillé.

« Oh, Cashel, c'est incroyable !

– Eh oui, enfin ! Je l'ai fait relier correctement. Le grand public devra se contenter d'une demi-reliure à plats marbrés.

– Quel objet magnifique ! » s'extasia-t-elle d'une voix tremblante avant de déglutir.

Elle se pencha pour l'embrasser sur la joue. Cashel en eut les larmes aux yeux – les marques d'affection pure de sa mère lui faisaient toujours cet effet.

Elle ouvrit le livre à la page de titre pour le lire à haute voix.

« *Voies royales et chemins de traverse. Journal d'un grand tour en France et en Italie, incluant une déambulation sur le champ de bataille de Waterloo et quelques souvenirs de lord Byron et de Shelley*, lut-elle avant de lever les yeux vers son fils. *De Cashel Greville Ross, Esquire (distingué récipiendaire de la médaille de Waterloo), Londres, 1826.*

– Cela fait un peu beaucoup, j'en conviens, s'excusa-t-il.

– Je ne trouve pas, non. Ce sont des informations utiles si l'on envisage d'acheter le livre d'un nouvel auteur.

– En tout cas, comme vous pourrez le voir, sir Guy (enfin, père) et vous, je n'ai pas perdu mon temps.

– Il sera encore plus fier que moi. Je suis désolée qu'il ne puisse être des nôtres. »

Cashel eut un sourire compréhensif. La situation à Stillwell Court restait inchangée et son père continuait de mener sa double vie : sir Guy Stillwell, baronnet, en Irlande, et M. Pelham Ross, esquire, à Oxford. Ce n'était pas simple. Sa mère lui avait appris que lady Stillwell s'enfonçait toujours plus dans la folie, mais donnait l'impression de pouvoir vivre centenaire. Le domaine étant lourdement endetté, il fallait vendre des terres et gérer au plus près les fermes et métairies restantes pour en tirer le plus de revenu possible. Sir Guy passait plus de temps dans le comté de Cork qu'avec sa famille à Oxford.

« Je n'en reviens pas que tu aies fait la connaissance de lord Byron, ajouta Elspeth en tournant le livre dans ses mains.

– Très brièvement. Mais mon éditeur a tenu à ce que je l'indique dans le titre. »

Son éditeur, Purvis Yelverton, de la maison Yelverton & Bale, avait flairé dans la mort prématurée de Byron en 1824 une occasion en or inespérée pour ses affaires. « Son nom doit absolument figurer dans le titre, Ross, j'insiste, lui avait-il dit. Et ajoutez cet abruti de Shelley, tant que vous y êtes. » Il n'eut pas besoin de préciser que c'était là une condition *sine qua non* à la publication.

Cashel trouvait ce procédé quelque peu humiliant, mais il était sûr qu'Albé aurait compris. La nouvelle de la mort de Byron si peu de temps après celle de Shelley l'avait ébranlé. Elle donnait à l'été et aux mois qu'ils avaient passés ensemble un arrière-goût funeste, et il se demandait s'il y avait eu des présages qu'il aurait pu remarquer. Il se rappelait encore Shelley disant que Byron était un guerrier sans ennemi, et voilà qu'une espèce de fièvre avait eu raison de lui en Méditerranée orientale. Cashel se consola à la pensée que ces souvenirs avaient peut-être du bon, car ils permettaient de maintenir Byron en vie tel qu'en lui-même dans l'esprit des lecteurs.

« Où sont les garçons ? » demanda-t-il à sa mère avec un sourire.

Arrivé en diligence à Oxford le jour même, il entendait y passer la nuit, car ce n'était que sa seconde visite depuis son retour du continent et il les avait ratés la fois précédente.

« Buckley est à l'université. Hogan ne devrait pas tarder. Il est informé de ta venue. »

Buckley était en première année de théologie à Merton College, et Hogan en apprentissage chez un éleveur de chevaux du nom d'Enoch Starkie installé près d'Iffley, qui vendait surtout ses bêtes à l'armée britannique et prospérait grâce à la demande incessante de chevaux de diligence et de roulage, tout en gérant par ailleurs une affaire florissante d'équarrissage. Hogan gagnait sa vie, lui dit Elspeth, même si elle eût à l'évidence préféré que ce fût dans un autre domaine.

Cashel fut frappé par le fait que Hogan et Buckley, bientôt dix-neuf ans, étaient à présent de jeunes hommes. Leur âge lui fit prendre conscience qu'il avait quitté son foyer et sa famille voici longtemps et vécu bien des choses depuis que sir Guy l'avait envoyé aux Indes en 1817.

Il entendit la porte d'entrée s'ouvrir, et Hogan Ross les rejoignit bientôt dans la pièce d'une démarche souple. Il avait le teint basané, hâlé par son travail au grand air, et une chevelure ébouriffée d'une longueur peu en vogue. C'était un jeune homme mince, moins grand que lui, avec des yeux marron pâle, de la couleur de la bière, se dit Cashel. Il avait une allure de voyou prospère et le comportement nerveux et fuyant qu'il avait déjà plus jeune. Il jeta sur un canapé son haut-de-forme en poil de castor élimé pour serrer son frère dans ses bras.

« Le retour du fils prodigue, dit-il avec un léger sourire. Mère, le veau gras est-il au menu du souper ?

– Regarde, il nous a apporté son livre, annonça Elspeth en le lui tendant.

– *Cashel Greville Ross, Esquire*, lut Hogan sur la page de titre. Nous ne sommes plus dignes de toi, nous autres, pauvres provinciaux ? lança-t-il avant de rendre l'ouvrage à Cashel. Je m'en achèterai un exemplaire, ne t'inquiète pas. »

Buckley les rejoignit pour un dîner servi tôt, car il lui fallait être rentré à Merton pour huit heures. Cashel se sentait plus à l'aise avec Buckley, si gentil et réservé, plus menu que son frère, et aux manières douces et sérieuses. Impossible de faire moins jumeaux que ces deux-là, songea-t-il, trouvant que leur nature se caractérisait par une opposition presque manichéenne, à l'exception de leurs yeux, qu'ils avaient marron tous les deux alors que les siens étaient bleu pâle, comme ceux de Guy Stillwell.

Après le souper de sole meunière et de gigot, Buckley rentra à son internat, tandis que Hogan et Cashel restaient à la table de la salle à manger pour partager un carafon de porto.

« Je te tire mon chapeau, Cashel, le complimenta Hogan presque malgré lui en mimant le geste. Je t'admire, même si cela me fait mal de l'avouer.

– Pourquoi donc m'admires-tu ?

– Pour avoir su partir, vivre ta petite vie, écrire ton satané bouquin.

– Ce n'est pas aussi simple.

– As-tu rencontré une donzelle ? s'enquit Hogan sur le ton de la confidence en se penchant vers lui. As-tu connu l'amour ? Parce que moi, pas encore. »

Cashel réfléchit un moment. Dois-je lui dire ? se demanda-t-il en raison de l'atmosphère étrangement chaleureuse. Ce n'était pas dans la nature de Hogan, toujours abrupt et assuré, de se montrer aussi ouvert, en veine de confidence.

« J'ai en effet rencontré quelqu'un. En Italie. Une jeune femme merveilleuse, belle, unique… »

Cashel sentit sa gorge se nouer sous le coup d'une émotion soudaine et incontrôlable. Il était en train de parler très librement à Hogan de la femme qu'il avait aimée et perdue.

« Mais j'ai tout gâché. C'est entièrement ma faute. J'ai tout détruit et je l'ai perdue. Je ne sais si je m'en remettrai un jour, pour ne rien te cacher.

– C'est peut-être elle qui a tout perdu, dit Hogan en frère loyal. Si j'étais toi, je regarderais cela sous cet angle. À ta santé, Cash ! s'exclama-t-il en levant son verre. Et souviens-toi, si tu as besoin d'un coup de main, tu peux toujours compter sur ton petit frère. »

Cashel sourit et ils trinquèrent.

« Note bien que je ne dis pas cela pour m'attirer tes faveurs, poursuivit Hogan. Je serai toujours là si tu en as besoin, pour tout ce que tu voudras.

– Je ne l'oublierai pas. Merci, Hogan, cela compte beaucoup pour moi. »

Le lendemain, dans la diligence qui le ramenait à Londres (le *Retaliator* de onze heures), ses pensées se tournèrent vers Raffaella, par suite de ses confidences à Hogan. Il pensait à elle chaque jour, un souvenir, une image qui lui revenait à l'esprit malgré lui. Il rêvait d'elle, aussi. Il avait maintes fois envisagé de lui écrire à Milan, tout en sachant que cela serait vain. Elle s'était remariée ; son enfant devait avoir plus d'un an ; il y en avait peut-être même un second, qui sait ? Quel résultat attendre d'une lettre ? Le génie n'allait pas rentrer dans sa lampe, trop de temps avait passé. Trop de silence.

Il repensa à son long voyage morose vers le nord à travers l'Europe. Il ne s'était pas pressé. L'année se terminait quand il avait atteint Ostende pour y récupérer ses affaires remisées et la bibliothèque de Cornelius Poynter. Depuis Londres, il avait écrit à sa mère et à sir Guy, leur expliquant qu'il était complètement guéri, en excellente santé, et qu'il louait des appartements à Soho le temps de mettre la dernière main à son livre de voyage.

Il avait trouvé une suite de trois pièces meublées au dernier étage d'une maison sise au 35, Meard Street dans le quartier de Soho, une pension bourgeoise bien tenue par une certaine Mme Ackerman qui proposait la pension complète, la demi-pension, le petit déjeuner ou le logis sans repas à des tarifs dégressifs. Après avoir vérifié son budget, Cashel avait opté pour la formule petit déjeuner et ménage. Une fois par jour, son pot de chambre était vidé, sa cheminée nettoyée et le feu préparé, et on lui changeait les draps chaque mois. Les services de blanchisserie se payaient en sus.

Le 35, Meard Street accueillait quatre autres locataires. Cashel en croisait parfois un ou deux au petit déjeuner et les entendait souvent aller et venir dans l'escalier. De temps à autre, l'un d'eux, M. Greenstock, jouait (fort mal) de son violon, à l'irritation générale.

Un jour, affligé d'un mal de tête qu'il souhaitait soigner en dormant, Cashel trouva le crincrin du sieur Greenstock par trop sonore et descendit d'un étage afin de lui demander s'il pouvait avoir l'amabilité de remettre à plus tard sa répétition. Jeune homme imposant, à la fois grand et corpulent, proche de la trentaine, à la barbe en broussaille et au souffle court, Arthur Greenstock s'excusa du raffut (le violon semblait un jouet d'enfant entre ses mains gigantesques) et invita Cashel à prendre un verre de rhum agrémenté de sucre et d'eau chaude, « le seul remède aux migraines ». Il se présenta plaisamment comme un écrivain à la tâche, qui rédigeait des articles de pisse-copie pour une demi-douzaine de journaux, des lettres pour les analphabètes, des textes de réclame, des brochures pour toute organisation devant présenter ses activités et, lorsque les commandes journalistiques se raréfiaient, des comptes rendus de séance comme greffier dans les tribunaux ou au Parlement. Si cela pouvait s'écrire en une heure ou deux, il était votre homme. Il se dit impressionné quand Cashel lui apprit qu'il travaillait à son *Journal d'un grand tour* depuis plusieurs années et demanda à en lire un chapitre ou deux. Cashel lui donna les premières pages, celles de sa visite à Waterloo.

Enthousiaste, Greenstock jugea que le livre méritait assurément publication si le reste était de la même eau. Il connaissait un certain nombre d'éditeurs et offrit de lui rendre service, ce que Cashel accepta avec joie.

Ce fut donc sur la recommandation de Greenstock que Cashel rencontra Purvis Yelverton, de chez Yelverton & Bale.

Les locaux de l'éditeur se trouvaient à Cripplegate, dans l'est de Londres. Cashel prit un fiacre pour traverser la ville et demanda au cocher de l'attendre, avec la promesse de lui régler le double de la course, car le quartier était malfamé. Ils s'arrêtèrent dans Postern Street. Cashel descendit et repéra le panneau indiquant White Cross Court, l'impasse où se situait la maison Yelverton & Bale. Des gamins des rues dépenaillés et crasseux le dévisagèrent quand il traversa. Le cadavre d'un cheval squelettique reposait dans le caniveau, picoré sans relâche par des corbeaux. Cashel emprunta la ruelle avec une certaine inquiétude.

Dans l'impasse, il découvrit une boucherie, l'atelier d'un tourneur sur bois, une boutonnerie et le panneau qui l'orienta vers un escalier en bois branlant donnant accès aux bureaux situés juste au-dessus.

Le siège de Yelverton & Bale contrastait crûment avec les alentours. Un joli feu brûlait dans la cheminée, des tapis d'Orient parsemaient le sol et moult portraits d'écrivains aux noms ostensiblement indiqués ornaient les murs lambrissés. Cashel repéra entre autres Shakespeare, Dante, Fanny Burley, Jonathan Swift, Alexander Pope et Samuel Johnson, comme si cette association *ad hoc* devait rejaillir sur la maison. Quoi qu'il en fût, voir ces illustres littérateurs qui l'avaient précédé eut pour effet de le détendre quelque peu.

Purvis Yelverton était un quinquagénaire émacié au teint jaunâtre, aux cheveux et aux dents rares, mais bien habillé, arborant une cravate jonquille et un gilet assorti ainsi que des pantoufles de velours noir. Orateur au verbe facile et onctueux, il zozotait parfois en raison de ses dents manquantes.

Il accepta avec enthousiasme le manuscrit de Cashel et, alors qu'il l'interrogeait sur la durée de ses voyages et leurs destinations, se redressa à l'évocation de lord Byron.

« Vous avez connu lord Byron ?

– Je l'ai côtoyé pendant quelques mois en 1822. J'ai passé du temps seul avec lui. Nous parlions de…

– Je vais publier votre *Journal*, cher monsieur.

– Mais vous ne l'avez même pas lu !

– C'est inutile. Vous êtes nécessairement un lettré si vous avez été l'ami de lord Byron. Il apparaît dans votre récit, je suppose ?

– Oui, il y a quelques pages…

– Alors je vous conseille de les étoffer. Le moindre détail sera de grande valeur.

– Mais il me semble que…

– Parfait. Je vous propose cinquante livres, monsieur. Je demande à mon secrétaire de préparer le contrat. »

Yelverton alla jusqu'à une armoire chercher une carafe et deux verres.

« Madère ?

– Volontiers, merci. »

Les deux hommes trinquèrent au succès du *Journal d'un grand tour en France et en Italie*. Cashel réfléchit. Après l'avantage conféré par Waterloo, il paraissait à présent que son lien pourtant ténu avec lord Byron dût lui servir de sésame. Qu'à cela ne tienne, il se plierait à tout ce que l'on exigeait de lui. Avec cinquante livres en plus de ses économies, il pourrait vivre correctement pendant deux ans s'il faisait attention. Sa carrière d'écrivain publié semblait lancée. Ce fut d'une humeur guillerette qu'il retourna vers le fiacre qui l'attendait.

***

Cashel descendit de la diligence dans Fleet Street à la nuit déjà tombée. Le voyage de six heures annoncé par le cocher à l'auberge d'Oxford avec une vantardise appuyée en avait pris huit ou neuf. Il y avait d'abord eu beaucoup d'attente à la barrière de péage, puis les charrettes de rouliers avaient bloqué la circulation en attendant leur tour devant le pont à bascule. Si le « trajet rapide » n'avait nullement tenu ses promesses, au moins Cashel était-il de retour à Londres. Il étira sa carcasse rouillée et décida de rentrer à Soho à pied pour ne pas ajouter au coût élevé de la diligence. Fleet Street était éclairée au gaz, mais pour les endroits moins lumineux, il préférait s'adjoindre la compagnie et la solidarité d'autres piétons.

« Quelqu'un pour marcher vers l'ouest ? » cria-t-il.

Il trouva deux hommes ainsi qu'une femme avec un enfant prêts à cheminer avec lui. Dans l'obscurité, à l'écart des artères illuminées, un passant isolé se trouvait à la merci des vide-goussets et des bandes de sauvageons. Plus vite la ville tout entière serait équipée de becs de gaz, mieux cela vaudrait pour la sécurité de tous.

Il se sépara de son petit groupe à Drury Lane pour obliquer dans Long Acre en direction de Soho sans relâcher sa vigilance. La brise soutenue qui soufflait avait éteint certaines des lampes à huile disposées au coin des rues. Il se serait senti plus en sécurité avec son arme, mais ce satané Brooke Mason la lui avait subtilisée à Arles et il n'avait pas pris le temps d'en acquérir une autre. Il devrait peut-être s'acheter un petit pistolet de poche, comme on les appelait.

Il arriva sain et sauf au 35, Meard Street et monta dans sa chambre après avoir emprunté une bougie allumée dans le vestibule. Mme Ackerman avait déposé une enveloppe pour lui sur le manteau de la cheminée. Il lança le feu avec une longue allumette, urina dans son pot, sortit sa boutcille de brandy du placard, s'en servit un verre et s'assit pour lire sa lettre. Elle provenait de Yelverton.

Mon très cher Ross,

Quel succès ! Voies royales et chemins de traverse *est à peine sorti que vous êtes déjà invité au salon littéraire le plus select de Londres. Mme Davenport requiert votre présence jeudi prochain à quatre heures de relevée. Adresse : 10, Hill Street, Mayfair. Le Tout-Londres y sera, alors mettez-vous sur votre trente et un. Ce sont là les portes du paradis de la littérature, Ross, croyez-moi. Le bouche à oreille se répandra comme une traînée de poudre.*

Bien cordialement,

Purvis Yelverton

Sa bouteille de brandy à la main, Cashel descendit frapper à la porte de Greenstock.

« Entrez ! »

Cashel s'installa dans un fauteuil devant le pauvre feu de son hôte et lui tendit la bouteille.

« Le salon de Mme Davenport, une perte de temps ?

– Au contraire, c'est un personnage qui compte. Très riche, très désireuse de laisser son empreinte. Pas de faux-fuyants, mon fils. Mme Davenport, c'est une valeur sûre.

– Yelverton m'encourage également à accepter.

– Yelverton s'y connaît et il a tout à fait raison, affirma Greenstock avec un sourire avant de rafraîchir leurs verres. J'irais en rampant, mais un plumitif comme moi n'a aucune chance d'y être invité. Vous mangerez et boirez bien, vous rencontrerez certains de vos distingués pairs. De nos jours, c'est ce qu'il faut pour nager en grande eau, Ross, dit-il en lui donnant une tape sur le genou. Il faut converser, papoter, bavarder, babiller…

– Fort bien, répondit Cashel avec un petit frisson d'excitation. Pénétrons dans la cage aux lions. »

Ben Smart confirma l'avis d'Arthur Greenstock lorsque Cashel le retrouva deux jours plus tard dans un restaurant à viande sur le Strand. Ben s'était laissé pousser une moustache et des favoris, et avait pris du poids. Il était désormais rédacteur en chef adjoint d'un quotidien paraissant du lundi au vendredi, le *London Star*, qui proposait un curieux mélange d'informations et d'opinions radicales whigs (mais pas toujours), agrémenté d'un soupçon de commérages invérifiés et d'invectives. Les ventes qui ne cessaient de croître témoignaient de son beau succès. On s'y lamentait du décès subit du Premier ministre Canning de même que l'on s'y opposait férocement à l'interdiction des pièges à braconniers – telles étaient les priorités fluctuantes et imprévisibles du *Star*. Ben lui apprit que la rédaction s'inquiétait du lancement récent du *London Standard*. Combien de journaux une ville pouvait-elle accueillir ? Il avala une douzaine d'huîtres puis commanda une soupe de tortue.

« Ben, je t'en prie. Je me fiche du *London Standard*. Parle-moi du salon de Mme Davenport.

– Ah oui… L'idée est judicieuse. On peut dire que tu y côtoieras *la crème de la crème**. Si elle t'adopte, si tu t'y fais remarquer, ce sera le succès assuré. Mais ne te laisse pas corrompre. N'oublie pas tes vieux amis. Tiens, goûte donc le saumon mariné, Cashel, c'est un pur délice. »

***

Le salon de Mme Ethalinda Davenport se tenait dans sa maison de Hill Street, à Mayfair, près de Berkeley Square, une imposante demeure de briques grises comportant cinq niveaux et des écuries aménagées à l'arrière. À la lumière des becs de gaz qui éclairaient le porche, Cashel constata qu'une noria de calèches et de fiacres défilait déjà, lui qui avait fait tout le trajet depuis Soho à pied dans des souliers vernis qui crissaient. Rasé, coiffé, parfumé, ponctuel, il éprouvait une sorte de trac étrange, comme s'il était l'invité d'honneur.

À sa grande surprise, il repéra Purvis Yelverton parmi le petit groupe de curieux assemblés devant l'impressionnant portail et se dirigea vers lui.

« Je ne savais pas que vous veniez, monsieur Yelverton.

– Je ne suis pas invité. Je voulais juste m'assurer que vous seriez bien là. De l'audace, Ross ! Faites-vous remarquer. Ne restez pas dans les coins sombres.

– Je ferai de mon mieux.

– Beaucoup de choses dépendent de cette soirée, mon garçon. Beaucoup », insista-t-il en lui faisant signe d'entrer.

Cashel franchit le seuil, indiqua son nom à un valet de pied qui lui dit d'emprunter le majestueux escalier menant au premier étage, en haut duquel il répéta son nom à un majordome en livrée rouge qui l'annonça d'une voix de stentor à l'assemblée : « M. Cashel Greville Ross ! »

Personne ne faisant le moindre cas de son arrivée, Cashel se mit à déambuler dans un espace gigantesque qui tenait de la salle de bal ou du salon de réception dans un palais. Il entendit d'autres noms criés depuis la porte, tandis qu'il regardait autour de lui avec curiosité et que la pièce se remplissait à vue d'œil. Fauteuils, sofas, divans et méridiennes formaient une dizaine de cercles sur le parquet briqué. Les murs étaient surchargés de tableaux au point qu'on distinguait à peine les tentures de soie puce qui les recouvraient. À l'écart sur des dessertes, il y avait du thé servi dans des samovars russes en argent ; des valets patrouillaient avec des plateaux garnis de café, de croquants aux amandes et de vin de Moselle dans des verres à pied vert. Avec bientôt une grosse cinquantaine de personnes présentes, le brouhaha enfiévré des conversations emplissait l'air.

En dépit de l'injonction de Yelverton, Cashel resta caché dans un coin sombre, un verre de vin de Moselle à la main, à observer les visages sans reconnaître personne. Puis il se déplaça le long du mur à l'autre bout de la pièce pour examiner les tableaux et s'arrêta devant le portrait d'un vieillard coiffé d'une perruque grise. Eh oui, fut un temps où les hommes portaient perruque, quelle mode étrange !

Yelverton lui avait expliqué que Mme Davenport avait enterré « sans larmes » trois époux, dont le dernier, M. Davenport, avait fait fortune en creusant des canaux dont il avait gardé la propriété dans le nord de l'Angleterre. Ce magnat s'était encore considérablement enrichi en spéculant en Bourse jusqu'à sa mort soudaine, et il avait légué son immense fortune à son épouse et à leurs trois enfants. Ces derniers étant encore trop jeunes, leur mère avait pris le contrôle des millions de Davenport.

Elle avait fait l'acquisition de cette immense demeure dans le quartier huppé de Mayfair, vite rebaptisée « Davenport House ». Elle-même autrice (elle avait commis une petite biographie de son mari décédé, *Sydney Davenport. Une vie sur les canaux*), elle avait établi sa résidence à Londres, déterminée à imposer sa présence intellectuelle. Une bourse Davenport pour jeunes compositeurs avait été créée à l'Académie de musique, et son généreux mécénat s'étendait à ses pairs écrivains sous forme de dons semi-anonymes – la rumeur voulait que Samuel Coleridge en eût notamment profité. Et qui donc avait bien pu régler le bail de la maison de William Hazlitt dans York Street ? Mais sa plus grande réussite résidait dans le salon qu'elle tenait chez elle tous les deuxièmes jeudis du mois et qui avait rencontré un succès foudroyant. Mme Davenport faisait le bien, chacun en convenait et espérait pouvoir en bénéficier un jour.

Cashel sortit de son coin sombre et, tout en sirotant son vin, reprit sa déambulation dans la pièce sans parler à personne ni reconnaître aucun autre écrivain. Il entendit mentionner le nom de Wordsworth. Était-il présent ? À quoi ressemblait-il ? Il aurait voulu qu'Arthur Greenstock fût à ses côtés et lui indiquât les sommités. De nouveaux invités arrivaient encore, dont beaucoup semblaient se connaître. Il y avait foule, et Cashel se demanda à quel moment il pourrait prendre poliment congé, tout en s'emparant de son troisième verre de moselle. Il s'aperçut qu'il ne savait même pas à quoi ressemblait son hôtesse.

« Monsieur Ross ? Est-ce bien vous ? »

Cashel se retourna, cligna des yeux et finit par identifier Mary Shelley.

« Madame Shelley, quel plaisir de vous voir !

– Plaisir partagé. Quelle incroyable coïncidence ! »

Ses traits ternes et inexpressifs s'animèrent aussitôt d'une joie sincère, et Cashel reconnut alors la jeune femme qu'il avait brièvement connue à Pise et Lerici, dans une autre vie, songea-t-il. Tandis qu'ils évoquaient leurs souvenirs communs, il commença de se détendre. Il se trouvait en compagnie d'une autrice de sa connaissance – enfin il nageait en grande eau, ou presque. Elle lui demanda comment il avait rencontré Mme Davenport et il lui annonça la publication de *Voies royales et chemins de traverse*, se rendant compte en lui en parlant qu'il y avait inclus de nombreuses pages sur son époux. Sans virulence aucune, mais avec une certaine honnêteté dans sa description du Shelley qu'il avait connu. Il se sentit un peu nauséeux.

« Il me faut acheter ce livre immédiatement.

– Ne perdez pas votre temps, madame Shelley, c'est une production on ne peut plus amateur...

– Madame Shelley, vous voilà, très chère ! »

Un accent du Yorkshire, mais avec des inflexions raffinées. Mary Shelley se tourna vers Mme Davenport pour la saluer et lui présenta Cashel.

« M. Ross, un ami très cher, qui a passé le plus clair du dernier été de Shelley avec nous en Italie. »

Cashel sentit aussitôt l'intérêt de Mme Davenport se focaliser sur lui.

Yelverton la lui avait décrite comme « une femme bougrement intelligente et bougrement belle ». La quarantaine, elle avait des traits bien dessinés et un nez aquilin aux narines dilatées, comme si elle venait d'inspirer une grosse quantité d'air. De chaque côté de son visage pendaient en grappes d'étroites anglaises, pareilles à des serre-livres ou des rideaux attendant d'être tirés. Un cou de danseuse d'une longueur remarquable donnait à sa tête l'allure d'un buste de divinité ou d'impératrice romaine posé sur un piédestal. Grande, les épaules carrées, elle était dotée d'une poitrine dont l'opulence (aucun autre terme ne convenait) tenait en partie à la coupe de sa robe, destinée à la mettre en valeur : la taille étroitement sanglée, les amples manches bouffantes, la chemisette transparente révélant la peau sous le décolleté.

Cashel s'inclina. Mary Shelley sourit et s'éclipsa, le laissant faire l'objet de l'attention pleine et entière de Mme Davenport. Celle-ci s'enquit du titre de son ouvrage, qu'il lui donna, mais qu'elle ne semblait pas connaître. Elle fronça les sourcils.

« Est-ce le nouveau livre sur Byron et Shelley ?

– Entre autres sujets, oui.

– Je l'ai ! s'écria-t-elle triomphalement. Je vais le lire ! »

Elle lui demanda de lui rappeler son nom, ce qu'il fit.

« Êtes-vous irlandais ? Je décèle une pointe d'accent irlandais dans votre voix.

– Je suis né en Irlande et j'y ai grandi. Cet accent tend à s'accrocher, je devrais…

– Que pensez-vous de la vie londonienne ? l'interrogea-t-elle en baissant la voix.

– Je m'y fais. C'est sans doute ici qu'il faut être quand on est écrivain.

– Bien dit, monsieur Ross ! le complimenta-t-elle avec un sourire complice en lui tapotant le bras de son éventail. Je partage absolument votre avis. »

Sur quoi, elle s'en alla. Cashel attrapa un nouveau verre de moselle au passage sur le plateau d'un valet. Au moins Yelverton serait content, songea-t-il en vidant son verre, avant de le reposer sur une table et de se frayer un chemin dans la foule pour redescendre le majestueux escalier en direction de la sortie.

Yelverton avait vu juste. L'intérêt que Mme Davenport nourrissait pour Cashel porta ses fruits. Son livre, son modeste *Voies royales et chemins de traverse*, défraya la chronique pendant plusieurs semaines. Nombre de gens l'achetèrent et se vantèrent de l'avoir lu. Une deuxième édition parut, puis une troisième. Il fit l'objet d'une excellente critique dans le *Morning Chronicle* : « M. Ross écrit dans une prose agréable et sans artifice, délestée des platitudes prisées par les guides de voyage classiques », mais aussi d'un écho condescendant dans la *Edinburgh Review* : « La énième comète insignifiante, bourrée d'âneries et de ragots, dont Londres s'est entichée. » Ces articles alimentèrent sa renommée éphémère. Mme Davenport lui envoya un billet l'invitant à son prochain « conventicule littéraire », comme elle décrivait spirituellement son salon.

« Vous voilà arrivé, l'ami ! » s'exclama Yelverton quand Cashel lui montra la lettre.

Cashel retourna donc à Hill Street et constata que, grâce à Mme Davenport, les gens s'intéressaient à lui et voulaient lui parler. Yelverton lui annonça par courrier qu'il y aurait une quatrième édition de *VR et CdT*, comme il appelait désormais l'œuvre.

Cashel comprit qu'il avait été « adopté » par Mme Davenport. Il était l'écrivain à la mode, qu'on évoquait et jaugeait dans la société londonienne et partout où les réverbérations et les échos de ladite société londonienne se propageaient, à Bath ou à Brighton, à York ou Édimbourg. Sa mère lui envoya une coupure du *Oxfordshire Bugle.* Sir Guy lui écrivit pour le féliciter de son « succès retentissant » et lui apprit que tout Cork et tout Dublin ne parlaient que de lui. Greenstock, quant à lui, convint que cette « bulle de renommée » était bien jolie, mais sa célébrité passagère lui avait-elle rapporté de l'argent ?

Or la réponse était non. Cashel fit une visite à White Cross Court, où Yelverton lui versa un verre de porto.

« Vous ne connaissez vraiment rien à l'édition, Ross. Pour ne rien vous cacher, j'en suis encore de ma poche, sur cet ouvrage. On perd toujours de l'argent avec un premier livre, désolé de vous l'apprendre. Toujours. C'est la croix que nous autres, pauvres éditeurs, devons porter. Ce dont nous avons besoin pour capitaliser sur le succès du premier livre, c'est qu'il y en ait un deuxième.

– Eh bien, il se trouve que j'en ai justement un tout prêt. »

Pendant quelques instants, Yelverton sembla réellement stupéfait, puis il reprit ses esprits.

« Encore des voyages ? Par pitié, non ! Les voyages, c'est passé de mode.

– C'est un roman. »

Voilà qui changeait tout. Cashel envoya le manuscrit de *Nihil* à Yelverton, qui le lut en une journée. Cashel fut sommé de revenir à White Cross Court.

« C'est osé, Ross. Et même risqué pour moi, qui sait ?

– Il y a une seule condition, monsieur Yelverton. Il doit être publié sous couvert d'anonymat.

– Alors là, parfait, cela me convient. Excellente idée. Je m'apprêtais à en faire la suggestion moi-même. »

Yelverton lui offrit cent livres. Après avoir consulté Greenstock et Ben et s'être remémoré les conseils de Shelley, Cashel revint avec une contre-proposition à deux cents, que Yelverton accepta sans barguigner, ce qui renforça les soupçons de Cashel. Il refusa de signer le contrat sur-le-champ et le rapporta à Meard Street pour que Greenstock l'étudiât. Celui-ci lui conseilla d'accepter l'offre telle quelle, alors que Ben Smart lui suggéra de demander, d'exiger même, un avenant stipulant que, une fois les deux cents livres couvertes par les ventes, il toucherait cinquante pour cent des recettes ultérieures. Ce système de partage des bénéfices parfaitement acceptable ayant désormais la préférence de nombreux auteurs et ne créant donc pas un précédent, Yelverton ne pourrait s'y opposer. Lorsque Cashel formula sa requête, Yelverton, après un accès d'indignation, de déception et de dépit, lui proposa dix pour cent. Ils s'entendirent sur trente et le contrat ainsi modifié fut validé devant notaire. Cashel déposa ses deux cents livres chez Brookes & Co. Il sentait revenir une certaine aisance financière.

Quand Mme Davenport s'en retourna dans sa propriété du Yorkshire pour les fêtes de Noël, la vie littéraire de Cashel fut de fait mise en suspens. Il révisa le manuscrit de *Nihil*, en fit une copie propre et la déposa chez Yelverton & Bale dans les premiers jours de la nouvelle année. Il avait décidé d'ajuster légèrement l'anonymat dans le titre, qui serait désormais : *Nihil, par un amant.* Yelverton eut du mal à dissimuler sa jubilation. L'ouvrage paraîtrait à l'été. « Mettez-vous au suivant, l'encouragea-t-il. Ross, vous y êtes, sur la voie royale, croyez-moi. Rien ne peut vous arrêter. »

Sentant monter en lui le même enthousiasme, Cashel commença de réfléchir au sujet de son prochain livre, mais se heurta à plusieurs impasses et rebroussa chemin. Il manquait d'inspiration, car là n'était pas son point fort, et se mit à craindre de ne pas avoir le talent créatif requis pour se faire auteur de fiction. Il envisagea un temps d'écrire sur sa propre enfance singulière – adroitement camouflée, bien sûr – en racontant l'histoire d'Elspeth Soutar, de sir Guy Stillwell et de leur enfant non reconnu, Cashel Greville. À bien y réfléchir, toutefois, il songea que, si le subterfuge venait à être éventé, cela planterait une dague dans le cœur de sa mère. Mais l'idée demeura dans un coin de sa tête, ce qui lui révéla quelque chose d'important sur ses capacités artistiques : il n'arrivait à écrire que sur lui-même, sur les événements dont il avait été l'acteur ou le témoin direct, et ne savait pas investir un corps fictionnel autre que le sien propre. S'il choisissait de raconter l'histoire de sa mère, l'illusion devrait être impénétrable. Ce risque valait-il d'être pris ?

***

Nihil, par un amant parut en juin 1828. Dès juillet, le Tout-Londres bruissait du livre. Ben Smart dit à Cashel qu'il avait refusé une dizaine d'articles affirmant en avoir identifié l'auteur. Seuls Ben, Greenstock et Yelverton étaient dans la confidence, et si incroyable que cela fût, l'anonymat de Cashel résista alors que les spéculations allaient bon train. William Hazlitt ? Leigh Hunt ? Charles Robert Maturin (à titre posthume) ? Walter Scott (sûrement pas) ? Et les ventes augmentaient. *Nihil* avait été tiré en édition de luxe, plein cuir bleu marine, titre et nom de l'auteur gravés à l'or fin, et mis en vente pour la coquette somme de dix shillings et six pence.

Au cours de cet été 1828, pendant quelques brèves semaines, *Nihil* et l'identité de son auteur firent l'objet d'interminables conversations lors des conventicules littéraires chez Mme Davenport. Cashel se tenait en retrait dans la gigantesque salle de réception et comptait les exemplaires de son livre qu'il voyait entre les mains des invités. C'était devenu une sorte de jeu de société, où les lecteurs scrutaient le texte à la recherche d'indices, autant de potins et de spéculations qui alimentaient les ventes. Qui était donc ce « Paul » ? Qui pouvait bien être cette « Frances » ? Et lequel des deux avait écrit l'ouvrage ? Qui se cachait derrière ce séduisant pseudonyme et pourquoi ?

Cashel fut abordé par Mme Davenport à ce sujet lors d'un de ces après-midi où elle tenait salon. Elle savait maintenant parfaitement qui il était et affirmait avoir adoré *Voies royales et chemins de traverse*. Ce jour-là, elle avait coiffé ses cheveux différemment, abandonnant le minuscule bibi d'ordinaire perché de guingois sur sa tête pour arborer deux nattes formant une boucle autour de chacune de ses oreilles, et des peignes sertis de pierres précieuses qui retenaient fermement à l'arrière de son crâne l'ensemble sophistiqué des nœuds et torsades de sa coiffure. Elle était comme toujours vêtue à la dernière mode, pour faire ressortir l'incroyable finesse de sa taille. Cashel garda les yeux rivés sur elle tandis qu'elle lui parlait.

« Je serai directe, monsieur Ross. Savez-vous qui a écrit *Nihil* ? Vous êtes chez le même éditeur.

– Comme le reste du monde, je n'en ai aucune idée.

– L'avez-vous lu ?

– Pas encore.

– Et pourquoi non ? Tout Londres l'a lu.

– Je m'escrime à écrire mon nouveau livre, se justifia Cashel.

– J'ai l'impression étrange que vous le savez, monsieur, minauda-t-elle.

– Si tel était le cas, je vous soufflerais son nom à l'oreille, madame Davenport.

– Vous pouvez me souffler tout ce que vous voulez à l'oreille, monsieur Ross, dès que vous avez un secret à partager. »

Voilà qui était plutôt hardi, trouva-t-il, mais elle avait la réputation d'une femme du Yorkshire, directe et franche.

« Que pensez-vous de ce M. Yelverton, votre éditeur ? lui demanda-t-elle en changeant de sujet.

– J'en suis relativement satisfait. Au moins, il ne me doit pas d'argent. »

Elle partit d'un rire de gorge étrangement gai.

« Oh, ce jour viendra, j'en suis sûre », affirma-t-elle en le considérant d'un air entendu avant de s'en aller d'un pas nonchalant.

Il demanda un verre de porto à un valet. Un changement s'était produit à l'instant, songea-t-il. Sa relation avec Mme Davenport venait d'entrer dans un territoire de plus grande familiarité, semblait-il, et il se demanda ce que cela présageait.

En dépit de ses doutes et des conclusions de ses réflexions, Cashel se lança avec l'énergie du désespoir dans un nouveau roman sur les machinations de Stillwell Court. Il fit de sa mère une Espagnole, de son père un lord anglais, déplaça l'intrigue du comté de Cork dans le Lake District, mais trouva ces artifices peu satisfaisants, quoique nécessaires.

Il soupait souvent en compagnie de Ben Smart dans Fleet Street le vendredi soir, après le bouclage du dernier numéro de la semaine du *London Star*. Ben, qui n'avait pas perdu son appétit d'ogre, commandait toujours deux tourtes, et parfois une troisième, pour faire suite à la douzaine d'huîtres qui lui servait de hors-d'œuvre. Un de ces vendredis, tandis qu'il dévorait, il écouta Cashel se plaindre de ses médiocres progrès sur son nouveau roman.

« Quel en est le titre ? demanda Ben tout en faisant signe à un serveur de lui resservir du porto coupé d'eau.

– *La Gouvernante.*

– Désolé, ce n'est pas bon, Cashel, mon ami, lâcha Ben en feignant un bâillement. Cela n'a rien d'excitant. À mon avis, *La Gouvernante lascive* marcherait mieux.

– Impossible, grogna Cashel. Pour des raisons que je ne peux te donner.

– Tu n'as pas besoin d'écrire un nouveau roman, de toute façon. Tu peux bien vivre de ce que tu vas gagner avec… commença-t-il en regardant autour de lui avant de baisser la voix . Avec *Rien*, dirons-nous, paradoxalement.

– Vraiment ? Tu crois cela ? »

Ben énuméra les sommes que d'autres ouvrages en vogue avaient rapportées à leurs auteurs – des centaines, voire des milliers de livres sterling. Cashel sentit son humeur s'améliorer en repensant aux ventes de lord Byron.

« Veux-tu que je me renseigne ? » proposa Ben.

Il ourdit un plan : il irait chez l'imprimeur de Yelverton demander un devis pour le tirage du *London Star*, prétexte tout à fait plausible puisqu'il en était le rédacteur en chef adjoint. Il concocterait une histoire à propos de la hausse des coûts poussant la direction du journal à mettre les imprimeurs en concurrence. Ce serait un motif fallacieux, mais de nature à harponner tout professionnel désireux de se mettre sur les rangs. Et au passage, il demanderait innocemment si *Nihil* marchait bien. Cashel lui donna sa permission car il était curieux de le savoir, Yelverton restant très vague à propos des chiffres de ventes.

***

Mme Davenport pressa le bras de Cashel alors qu'il venait de récupérer sa canne et son haut-de-forme auprès du valet de pied qui tenait le vestiaire. C'était le crépuscule, l'heure de rentrer chez lui à Soho.

« Monsieur Ross, puis-je vous convaincre de rester dîner avec moi ? Ce sera un repas léger. J'ai quelques questions que je souhaite vous poser.

– Avec plaisir », répondit Cashel en rendant sa canne et son chapeau.

Ils soupèrent dans un petit salon du deuxième étage aux murs ornés de panneaux peints. Un majordome supervisait le service effectué par deux valets. Ils mangèrent une salade de homard et une part de tourte accompagnées d'un excellent vin rouge.

L'objet officiel de l'exercice était que Mme Davenport souhaitait écrire un livre. Elle lui posa des questions factuelles sur le nombre de mots qu'il écrivait chaque jour, la présentation du manuscrit, le délai entre les épreuves et la parution.

Les soupçons de Cashel s'intensifiaient. Mme Davenport ne pouvait ignorer les réponses à de telles questions. Pourquoi interroger de la sorte un jeune auteur tout frais publié ?

Elle demanda un carafon de brandy et du café, puis renvoya le majordome une fois qu'il eut déposé le tout sur la table. Ils burent en discutant. Ensuite, elle se leva en le priant de l'excuser et se glissa derrière un paravent placé dans un coin de la pièce. Cashel se força à ne pas imaginer ce qui se passait hors de sa vue. Il entendit le bruit des jupes qu'on range, puis elle réapparut.

« N'hésitez pas à faire usage des commodités, monsieur Ross, si vous en avez besoin. Je déteste quitter une pièce au milieu d'une conversation passionnante. »

Cashel la remercia, tout allait bien.

Elle remplit à nouveau les verres et le regarda droit dans les yeux.

« C'est vous, n'est-ce pas ?

– C'est moi quoi ?

– L'auteur de *Nihil*, affirma-t-elle avec un sourire plein d'assurance en tapotant ses jointures avec une petite cuillère. Votre secret ne risque rien, n'ayez crainte. Mais il est inutile de le nier. »

Cashel ressentit du soulagement à cette idée.

« Comment avez-vous deviné ?

– C'est M. Yelverton qui me l'a dit.

– Ah. »

Yelverton. Quel salopard ! pensa Cashel.

« Pourquoi ferait-il cela ?

– Je sais me montrer très persuasive, dit-elle en frottant ostensiblement son pouce contre son index et son majeur. En tout cas, félicitations ! Votre livre et vous-même êtes sur toutes les lèvres. Bien, et ceci est le véritable objet de notre petit souper, dites-moi tout. Est-ce que tout est vrai ? »

Cashel avoua à moitié. Conscient que les meilleurs mensonges contiennent toujours une part de vérité, il expliqua que ce n'était pas son histoire, mais celle de son frère, et que ce dernier l'avait supplié de ne pas signer de son nom. Elle lui posa encore quelques questions, jusqu'à ce que la pendule sur la cheminée sonne onze heures.

« Bonté divine, déjà ? Où habitez-vous, monsieur Ross ? À Covent Garden ?

– À Soho.

– Alors vous passerez la nuit céans et rentrerez à Soho quand vous le souhaiterez demain matin. »

Elle agita une clochette et donna des instructions pour qu'un feu soit préparé dans la chambre bleue.

« C'est inutile, vraiment, protesta Cashel.

– Non, non, j'insiste. Je vous ai retardé avec toutes mes questions. »

La chambre bleue était somptueuse et immaculée. Murs aux lambris peints en bleu, parquet lasuré recouvert d'un épais tapis d'Orient à dominante bleue, commodités derrière un paravent, comme dans la salle à manger, lit très haut qui lui arrivait à la poitrine et sur lequel s'entassaient des oreillers, deux fenêtres donnant sur les écuries aménagées à l'arrière de la maison, deux candélabres à trois branches allumés de part et d'autre du lit. Cashel se dévêtit, ne gardant que sa chemise, et souffla les bougies d'un des deux. Allongé sur sa couche, il savait que quelque chose allait se passer, quelque chose de sexuel. La remarque sur les commodités était une sorte de test, se dit-il, une provocation. Il ordonna à son cerveau de ne pas anticiper.

Soudain, Mme Davenport se trouvait dans la chambre, après être entrée discrètement par une petite porte cachée derrière un placard. Elle fit glisser sa robe de soie pour révéler une chemise de nuit en satin ivoire extrêmement fine.

« Me voici, Cashel Ross. Dans cette chambre, je suis Ethalinda et vous pouvez m'appeler Etha. Soyez discret car mon fils dort dans la pièce du dessous. »

Lorsqu'elle escalada le lit, Cashel nota les mouvements lascifs de sa lourde poitrine sous le satin. La panique commença à le gagner, une panique qui venait de lui et non d'elle. Il l'attira dans ses bras, sentit la chaleur de son corps contre le sien et fut envahi d'une sorte de désespoir. Ils s'embrassèrent. Il songea alors que les dernières lèvres qu'il avait baisées étaient celles de Raffaella. Il descendit du lit.

« Madame Davenport, Etha, pardonnez-moi, je ne peux pas. Je suis désolé. C'est ma faute. C'est parce que je suis amoureux d'une autre femme. Je ne saurais la trahir. »

Il alla jusqu'à la fenêtre, la nausée et les larmes montant en lui. Quelle absurdité ! Quelle bêtise !

« "Paul", c'est vous, bien sûr, dit-elle d'une voix posée, compréhensive.

– Oui.

– Et qui est "Frances" ?

– Une jeune femme prénommée Raffaella que j'ai rencontrée en Italie, à Ravenne.

– Ah, le long chapitre sur Ravenne dans *Voies royales et chemins de traverse* s'explique enfin. Et vous dites l'aimer toujours ?

– Je le crains, oui.

– Vous êtes très romantique, Cashel, n'est-ce pas ?

– C'est possible. Je suis perdu. Etha, pardonnez-moi, je vous trouve merveilleuse, extraordinaire...

– Oui, oui, absolument extraordinaire. Venez donc vous coucher, Cashel. Dormons ensemble au moins. Cela me ferait plaisir. Je n'ai pas partagé la couche d'un homme depuis plus de deux ans. »

Elle souleva le couvre-lit pour qu'il puisse se réinstaller.

« Ne dites rien, reprit-elle. Passons une bonne nuit et nous aviserons demain matin. »

Comme elle l'avait tranquillement prédit, Cashel succomba à Mme Davenport au petit jour. Dans la chaleur du lit, entre ses bras, à moitié endormi, il lui fut impossible de ne pas passer à l'acte, mû par un instinct purement animal qui le dominait, qui prenait le contrôle. Je suis un homme jeune et viril, se dit-il alors qu'elle se glissait hors de la chambre par la porte dérobée. Mais il ne répondit pas lorsqu'il reçut une nouvelle invitation pour assister au salon de Hill Street[1]. Il ne pouvait pas se faire confiance. Et si absurde que cela lui parût, il avait l'impression d'avoir trahi Raffaella.

***

Cashel se disait parfois que Ben Smart grossissait à vue d'œil. Ils se trouvaient dans un restaurant à viande du Strand. Ben dévorait des côtes de veau et de la purée avec de la sauce, ce qui n'avait rien de gênant en soi, sinon qu'il avait déjà englouti un soufflé au fromage et du cabillaud au jus d'huître. Il rentrait de sa visite chez l'imprimeur de Yelverton à Greenwich. Sa ruse avait parfaitement fonctionné.

« C'était ahurissant, raconta-t-il en découpant sa viande. Tous ces livres empilés, prêts à être expédiés. Des montagnes de livres. J'ai demandé : combien ? Mille, m'a-t-on répondu. Et il y avait une commande pour mille de plus, annonça-t-il avant d'enfourner une bouchée et de se mettre à mâcher.

– Grands dieux !

– Après, je lui ai demandé combien il en avait déjà sorti au total et il m'a dit sept mille, ajouta Ben en pointant sa fourchette vers Cashel. Sept mille, plus mille autres en commande. »

Cashel fit un rapide calcul : disons huit mille exemplaires à dix shillings pièce. Cela faisait quatre mille livres sterling. Quelle était la part du libraire ? Et le bénéfice de Yelverton ? Son cerveau refusait de produire un chiffre.

« Yelverton t'a donné combien ?

– Deux cents livres.

– D'après moi, il t'en doit encore plusieurs centaines. Six cents, au bas mot, et plus encore à venir, puisque ton roman continue de

1. De fait, le célèbre salon de Mme Davenport ne se tint plus que deux fois par la suite. En 1828, elle rencontra un homme encore plus riche que Sydney Davenport, l'épousa et quitta Londres. Il s'agissait de Haddon Raikes (1773-1845), qui avait fait fortune dans les mines de charbon. C'est dans leur demeure de cinquante pièces, Raikes Hall, que Mme Davenport refit sa vie jusqu'à sa mort en 1862.

se vendre comme des petits pains, fit Ben en reposant ses couverts. Il est en train de te voler, Cashel. Ni plus ni moins. Il a amorti son investissement voici des mois.

– Que faire ?

– Tu as un contrat stipulant que vous partagez les bénéfices. Fais-le appliquer. Mets-le devant ses responsabilités. »

Cashel sentit un mélange d'émotions l'étreindre : le plaisir de savoir que son roman remportait un tel succès ; la rage de se découvrir aussi grossièrement dupé ; l'impuissance à décider comment agir.

« Va le défier, Cashel. Mets-le en face de la réalité. C'est ton argent, pas le sien. Il a signé le contrat tout comme toi. »

Cashel se rendit donc à Cripplegate avec Arthur Greenstock, qu'il présenta à Yelverton comme son « associé », présent pour le soutenir moralement mais aussi en tant que témoin des propos que l'éditeur pourrait tenir. Sa carrure impressionnante offrait en outre une protection qui ne nuirait pas. Greenstock refusa de s'asseoir et se posta près de la fenêtre donnant sur White Cross Court, les bras croisés sur la poitrine, le regard rivé sur Yelverton quand celui-ci parlait. Il accepta en revanche un verre de sherry.

Yelverton se montra d'une amabilité désarmante.

« Oui, oui, bien sûr, je ne vais pas vous le cacher, Ross, c'est un grand succès. Que dis-je ? Un triomphe. Je vous l'assure, oui, oui, évidemment. Et vous recevrez ce qui vous est dû. Mais avant, je dois régler mon imprimeur. Or, heureusement pour vous, il continue d'imprimer *Nihil.* »

Il expliqua que s'il soldait son compte chez l'imprimeur, puis retournait le voir par la suite pour une nouvelle commande, les tarifs allaient monter en flèche. Voilà pourquoi il ne pouvait le payer tant qu'il y avait de la demande pour le livre.

« Et pourquoi cela ? fit Cashel.

– Parce que ce sont des gredins. Tous les imprimeurs sont d'horribles gredins. Vous ne pouvez les contrôler que si vous retardez votre paiement.

– Et l’accord qui vous lie à M. Ross ? objecta Greenstock. Vous retardez aussi son paiement à lui. Or c’est une obligation contractuelle.

– Oui, oui, bien sûr, oui, oui. Vous voulez votre argent, Ross, je comprends bien. Alors voyons, comment pourrais-je vous faciliter la vie en attendant de régler cette histoire d’imprimeur ? s’interrogea-t-il en fouillant sur son bureau. Permettez-moi de vous recommander à M. Forbes Harkin, un excellent ami et bailleur de fonds de Yelverton & Bale. Il arrangera tout cela. »

Il attrapa une plume qu’il trempa dans l’encre, griffonna un nom et une adresse au dos d’une de ses cartes de visite, et la tendit à Cashel. Greenstock s’avança et l’intercepta.

« Harkin Brothers. C’est une banque, dit-il.

– Tout juste, monsieur Greenstock. M. Forbes Harkin avancera à Ross l’argent qui lui est dû. Je servirai de garant au montant qu’il obtiendra.

– Mais les banques prennent des intérêts sur les emprunts, rappela sèchement Greenstock.

– Oui, oui, bien sûr, oui, oui. Un modeste taux et à très court terme. Six mois au plus, je dirais. Les intérêts seront indolores. Et puis tenez, je les prendrai à ma charge, assura-t-il en souriant, ce qui découvrit ses rares chicots marron. Difficile de faire plus juste que cela, non ? lança-t-il avant de les resservir en sherry. La plupart des auteurs n’arrivent jamais à cette heureuse conjoncture, Ross. C’est une nouvelle preuve de votre succès. Vous avez bien de la chance. »

Arthur Greenstock demeurait encore dubitatif en analysant la réunion un peu plus tard en compagnie de Cashel dans une taverne de Soho, le Lockpenny. Cashel paya le repas pour le remercier.

« Vous avez remarqué qu’il passe son temps à dire : “Oui, oui, bien sûr, oui, oui” ? dit Greenstock. Étrange, ce tic verbal. Comme si tout était pour le mieux dans le meilleur des mondes.

– J’imagine que M. Forbes Harkin sera le mur au pied duquel nous reconnaîtrons le maçon Yelverton », répondit Cashel en commandant une autre tournée de rhum coupé à l’eau.

L'immeuble étroit et haut de Knightrider Street dans la City qui abritait la banque Harkin Brothers ressemblait à un mince roman coincé entre deux épais registres de comptes. Au rez-de-chaussée, une foule d'employés s'affairaient à leurs bureaux, tandis qu'au fond de la salle trônait un gigantesque coffre-fort de fer et de cuivre de la taille d'un abri de jardin, destiné à donner confirmation au visiteur de passage : « Oui, c'est bien cela, vous êtes dans une banque ! » On fit monter Cashel à l'étage jusqu'au bureau de M. Forbes Harkin, depuis lequel on apercevait la moitié supérieure du dôme de la cathédrale Saint-Paul par des fenêtres d'une propreté surprenante.

Chauve, mince et austère, Forbes Harkin arborait au bout du menton une barbiche pointue blanche dont on eût pu croire qu'elle avait été plantée là pour lui faire une farce. La pièce était fonctionnelle : un bureau, un tapis, deux armoires de rangement en bois et, au-dessus de la cheminée où brûlait un petit feu, une gravure représentant un homme portant un col de pasteur.

« Est-ce là John Milton ? s'enquit Cashel en observant le portrait.

– En effet, répondit M. Harkin, un faible sourire aux lèvres. Il fut client de notre banque à sa création. »

D'un geste, il invita Cashel à s'asseoir face à lui de l'autre côté du bureau, puis s'installa sur son siège.

« De nos jours, nous travaillons beaucoup avec les imprimeurs et les éditeurs, mais moins avec les écrivains, hélas, se lamenta-t-il avant de prendre une lettre qui se trouvait sur son sous-main. M. Yelverton a couché votre bonne fortune sur papier avec force détails. Félicitations.

– Merci.

– En conséquence des garanties offertes par M. Yelverton, nous sommes disposés à vous consentir un prêt de mille livres sur une période de six mois.

– Grands dieux !

– Il semblerait que votre ouvrage ait excédé toutes les attentes. M. Yelverton m'assure que vous serez en mesure de rembourser ce prêt d'ici à six mois tout en conservant un reliquat tout à fait considérable grâce aux gains que vous aurez accumulés.

– Vraiment ?

– Ce qui explique que nos exigences soient si modestes. À peine dix pour cent. M. Yelverton les couvrira, bien sûr.

– Oui, oui, bien sûr.

– Possédez-vous un compte en banque, monsieur ?

– Oui, chez Brookes & Co.

– Excellente maison, opina M. Harkin en ouvrant un tiroir où il prit une lettre de crédit toute prête qu'il tendit à Cashel. Ne traînez pas pour présenter ce document à votre banque, au cas où M. Yelverton changerait d'avis, ajouta-t-il avant d'écarter les mains. C'était une plaisanterie.

– Oui, oui, bien sûr, oui, oui. »

Cashel reprit Knightrider Street dans une sorte de brouillard, en se dirigeant vers l'ouest. Il était riche. Pour la première fois de sa vie. Aussi riche que Percy Shelley avec ses mille livres annuelles, songea-t-il tout en constatant qu'il ne se sentait pas différent de l'homme relativement pauvre qu'il avait eu l'habitude d'être. Mais cette aubaine le décida à changer ses circonstances, son mode de vie. Il éprouva le besoin de profiter concrètement de sa bonne fortune. À quoi bon continuer de vivre comme avant quand on avait autant d'argent en banque ?

***

Cashel ne perdit pas de temps pour réorganiser son existence. Il prit un bail de dix ans sur une maison mitoyenne au 23, Bond Street, à Chelsea, acheta un carrick et un jeune cheval pour le tirer, et loua une stalle dans une écurie avec cour au coin de la rue pour les y abriter. Il fit don de cent livres chacun à Hogan et à Buckley, et offrit à sa mère une broche en diamants.

Il embaucha comme gouvernante et homme à tout faire un couple de jeunes mariés, Isabella et John Proudfoot, qu'il installa au sous-sol de la maison et payait une livre et dix shillings la semaine, logés, blanchis, nourris. Il renouvela sa garde-robe chez un tailleur. Il devint membre de Brydges', sur Pall Mall, le club de sir Guy, et s'obligea à y dîner au moins trois fois par semaine pour amortir sa cotisation. Il y travaillait aussi au manuscrit de *La Gouvernante* dans la bibliothèque. Il se prit d'intérêt pour le whist, perdant autant qu'il gagnait aux tables du club. Il n'avait toutefois rien d'un flambeur et vérifiait régulièrement son ardoise pour limiter ses pertes à un niveau acceptable. Il s'autorisa à croire qu'il avait enfin la belle vie, si surprenant que cela lui parût.

À la nouvelle année, sa mère l'informa que sir Guy était souffrant et Cashel fit le trajet jusqu'en Irlande pour lui rendre visite à Stillwell Court. Il fut choqué de voir son père confiné à son lit, émacié, d'une pâleur inquiétante, peinant à respirer. À chaque inspiration, sir Guy devait faire un grand effort pour soulever les épaules et la poitrine.

« J'ai un problème au cœur, annonça-t-il à Cashel. Il ne fonctionne pas au mieux de ses capacités. Le simple fait de monter à l'étage m'impose de rester ensuite assis dix minutes. Quand l'été sera là et que le temps se radoucira, je me sentirai beaucoup mieux, si j'en crois le Dr Killigrew, dit-il avant d'être pris d'une douloureuse quinte de toux. Cashel, versez-moi donc un verre de ce cordial, s'il vous plaît. Il semble me faire du bien, même si j'en ignore la composition. »

Cashel lui parla de sa bonne fortune et de son livre qui continuait de se vendre dans des éditions plus modestes. Sir Guy réclama des nouvelles de sa famille d'Oxford ainsi que les cancans londoniens dont il aurait eu vent. Tout en devisant avec lui, Cashel se répétait que le grabataire au souffle sibilant face à lui était son père. Étrangement, il trouvait cette idée aussi difficile à accepter que la certitude de sa richesse toute neuve. Pourquoi était-il si compliqué d'intégrer ces faits dans la conception qu'il avait de lui-même ? Pourquoi n'arrivait-il pas à reconnaître cette réalité généalogique ? Il songea qu'il nous est peut-être impossible de nous défaire des premières histoires que nous nous racontons sur notre existence durant l'enfance, quand nous nous forgeons notre personnalité. Resterait-il à jamais l'orphelin élevé par son affectueuse tante après la disparition tragique de son père et de sa mère lors d'un naufrage ? Était-ce là le récit qui constituait le socle de son être, malgré la fausseté de la chose ? Et une fois les faits révélés ou altérés (dans son cas, lorsqu'il avait découvert qu'il était le fils illégitime d'un baronnet anglo-irlandais ou lorsqu'il était devenu le riche propriétaire d'une maison de Chelsea, avec serviteurs, cheval et voiture), pourquoi cette vérité vraie semblait-elle une chimère ? Pourquoi cette situation tangible, vérifiable, paraissait-elle aux antipodes de la personne qu'était Cashel Greville Ross ? Même le nom qu'il avait adopté était une construction.

Au bout d'une heure au chevet de sir Guy, voyant que celui-ci fatiguait, Cashel sortit déambuler parmi les parterres de fleurs de Stillwell Court, quelque peu perturbé et songeur, s'interrogeant sur ces questions et sur ses émotions. Il fut alors surpris de découvrir que ses pensées s'agrégeaient autour du souvenir de Raffaella. Il n'était pas qu'un orphelin devenu enfant illégitime ou un jeune soldat devenu écrivain à succès, il était aussi un amoureux qui avait reçu de l'amour librement en retour. Cela définissait sa personne autant que le reste. Et il était toujours amoureux, se dit-il, même si son orgueil idiot et impulsif avait brutalement rendu cet amour impossible. Il se figea sous le choc de cette révélation : son amour pour Raffaella le définissait toujours, tout autant que la couleur de ses yeux. Au même instant que cette illumination lui vint la conviction qu'il lui fallait écrire une suite à *Nihil* qu'il intitulerait *Amor Retribuit*, ou *L'Amour partagé*. Il prit sur-le-champ la décision de partir pour Milan retrouver Raffaella afin de la reconquérir d'une façon ou d'une autre.

***

De retour à Londres, Cashel se mit à élaborer son plan. Il se rendrait à Milan et y louerait une propriété où il s'établirait comme gentleman anglais aisé, ainsi que le lui permettait sa nouvelle sécurité financière, pour voir comment s'infiltrer dans le cercle du comte Mazzolino. Une fois que Raffaella le verrait, il le savait, tout changerait. Les sentiments intenses qu'ils avaient partagés referaient aussitôt surface, irrésistibles. Mais une petite voix désagréable résonnait dans sa tête : « Souviens-toi, elle est mariée. Souviens-toi, elle a un enfant, peut-être un second désormais. » Aucune importance, répondait-il à cette voix intérieure circonspecte. Tout ce qui importait, c'était l'action. La réaction, et il y en aurait une, ne pouvait être prédite.

Puis, un matin qu'il se rendait à la poste, il trouva une lettre émanant de la banque Harkin Brothers qui l'y attendait. Son prêt de six mois était arrivé à échéance et « le prompt remboursement de mille cent livres sterling serait apprécié. Nous demeurons, cher monsieur, vos dévoués serviteurs, etc. »

Il ressentit un accès de panique. Les choses n'étaient pas censées se dérouler de la sorte. Où étaient les comptes de Yelverton ? Il avait promis d'établir un relevé complet au bout de six mois, mais aussi de prendre en charge les intérêts, alors pourquoi le pressait-on, lui, de les payer ? Pas question ! C'était à Yelverton de rembourser ce prêt, ou alors de lui régler son dû afin de lui permettre de solder l'affaire avec Harkin. Il fallait qu'il aille voir son éditeur pour le mettre face à ses responsabilités.

En arrivant dans White Cross Court, Cashel eut un mauvais pressentiment qui se manifesta par un ensemble d'effets physiologiques : une sensation de froid au creux du ventre, une soif soudaine, une montée de sueur sur le front. Pourtant, l'escalier était toujours là, tout comme la plaque familière : YELVERTON & BALE, ÉDITEURS. Il monta l'escalier branlant en se disant qu'il avait toujours été branlant. Or, la porte des bureaux était verrouillée ; la boîte aux lettres et le heurtoir en cuivre avaient noirci ; les rideaux des fenêtres étaient tirés.

Il redescendit et entra dans la boutonnerie, où un homme fatigué aux cheveux blancs, portant un tablier de cuir, l'informa d'un air las que l'éditeur avait décampé plus de deux mois auparavant, lui laissant un arriéré de plus d'un an de loyer sur ses bureaux, dont il était le propriétaire. Cashel eut la nausée.

« Et son associé ? Le panneau indique : YELVERTON & BALE. Où est ce M. Bale ?

– Il n'y a pas de M. Bale, répondit l'artisan. Il n'a jamais existé. »

Cashel se rendit à sa banque, Brookes & Co., sur Newgate Street derrière la cathédrale Saint-Paul, et demanda un relevé de son compte. L'employé revint avec un registre et lui montra qu'il était créditeur d'une somme de cent quatre-vingt-sept livres, sept shillings et huit pence. Cashel fit un rapide calcul : même s'il leur remettait l'intégralité de cette somme, il devrait encore à Harkin Brothers plus de neuf cents livres.

Rentré au 23, Bond Street, il rédigea une lettre informelle et cordiale demandant à M. Harkin s'il pourrait avoir l'amabilité de prolonger son prêt de six mois. Ce délai serait grandement apprécié, expliqua-t-il, car il travaillait actuellement à son nouveau roman, dont les ventes excéderaient sans nul doute celles du précédent. « Je demeure, cher monsieur, votre obligé, etc. »

Il comprit qu'il lui fallait gagner du temps. Le temps était à l'instant présent le bien le plus précieux. Il était en fonds, d'une certaine manière, et pouvait partir pour Milan avec son pécule. *Nihil* s'étant écoulé à des milliers d'exemplaires, n'importe quel éditeur lui achèterait la suite pour une somme rondelette. Harkin comprendrait l'intérêt de lui octroyer un délai, non ?

Quelques jours plus tard, Cashel quitta sa demeure d'un pas décidé pour se rendre à l'écurie en compagnie de John Proudfoot. N'ayant reçu aucune réponse de Forbes Harkin, il se disait qu'une visite personnelle s'imposait, d'homme à homme, les yeux dans les yeux. L'intégrité se démontrait plus facilement lors d'un face-à-face, bien plus efficace que des formules creuses couchées à l'encre sur du papier.

Deux hommes portant le même pardessus marron et le même haut-de-forme arrivaient depuis l'autre extrémité de Bond Street.

Cashel remarqua que l'un d'eux semblait armé d'une espèce de gourdin.

« Attention à ces deux gaillards, John, souffla Cashel à son employé.

– Monsieur Ross ? demanda l'un des deux pardessus en s'approchant.

– C'est moi, oui. Que puis-je pour vous, messieurs ? »

L'autre homme fourra un papier dans la poche de poitrine du manteau de Cashel.

« Ceci est une assignation à comparaître, monsieur Ross. Nous avons ordre de vous amener au tribunal d'instance de Westminster. »

Les deux pardessus marron étaient des huissiers de justice, comprit Cashel.

« Mais de quel droit ? Comparaître pour quoi ?

– Pour dette, monsieur. Vous devez apparemment une grosse somme à un créancier. »

Livre neuvième

Chaque matin en se réveillant, Cashel se disait : « Je suis en prison. Je suis prisonnier. » Pourtant, Marshalsea, ou plutôt New Marshalsea pour être précis, n'avait rien d'une prison au sens classique du terme et lui n'avait rien du prisonnier typique. Les visiteurs allaient et venaient, il ne vivait pas dans une cellule mais dans une petite pièce qu'il avait meublée et décorée, et tout ce qu'il souhaitait obtenir – nourriture, alcool, sexe – était disponible moyennant finances. Néanmoins, en dépit même de ces facilités, son crime, son incarcération, sa punition se rappelaient constamment à lui de façon subtile puisque toutes les petites libertés, tous les petits privilèges devaient s'acheter avec l'argent qui lui restait. Et s'il était incarcéré dans un confort relatif, il n'en restait pas moins enfermé pour une durée indéterminée, tant qu'il n'aurait pas épongé sa dette et satisfait son créancier.

L'entrée de New Marshalsea se faisait par Borough High Street à Southwark. Une fois le portail franchi, on se trouvait face à ce qui ressemblait à une maison avec deux portes. Celle de droite menait à un rectangle pavé, long et étroit, délimité par des murs hauts de quinze pieds surmontés de *chevaux de frise**. Dans cette cour se dressait une construction grossière pareille à une caserne militaire, un bloc sans fioritures de trois étages abritant une cinquantaine de pièces d'environ dix pieds sur dix accessibles par des escaliers extérieurs. Il s'agissait des chambres réservées aux détenus emprisonnés pour dette, les « pensionnaires », comme ils se surnommaient eux-mêmes avec un humour cynique. Pour en occuper une tout seul, il en coûtait deux shillings et six pence et, si l'on était un débiteur solvable (étrange oxymore), on pouvait s'offrir un certain confort. Les indigents, eux, se retrouvaient parfois à partager l'une de ces petites pièces avec trois ou quatre autres pauvres hères. Les hommes constituaient la grande majorité de la chiourme, mais il y avait toujours entre cinq et dix femmes. Des femmes déchues, libres de tomber encore plus bas entre les murs de Marshalsea.

Derrière le casernement se trouvaient les lieux d'aisances et un bâtiment moins haut et plus petit abritant une buvette où l'on pouvait acheter de la bière et de la nourriture, ainsi qu'une arrière-salle pour les consommer. Plus loin encore, derrière un mur, s'élevait une prison plus austère surnommée l'Amirauté, qui accueillait les contrebandiers et autres condamnés ayant eu des démêlés avec l'excise. Pensionnaires et contrebandiers frayaient rarement ensemble.

Les neuf cents livres dues à Harkin Brothers faisaient de Cashel l'un des plus gros débiteurs enfermés à Marshalsea, ce qui lui valait une certaine notoriété. Mais, comme il avait encore de l'argent en banque, il pouvait se payer une chambre individuelle. Les visites étaient autorisées entre huit heures du matin et dix heures du soir. Cashel et John Proudfoot repeignirent sa chambre, les murs en blanc et le plafond en bleu foncé, et installèrent un store vénitien vert devant les barreaux de sa fenêtre. Un lit, une table, une chaise, quelques gravures et une bibliothèque furent sauvés de la maison de Bond Street avant l'arrivée des huissiers et la saisie des biens. Une fois par semaine, Isabella Proudfoot balayait la pièce, faisait la poussière et s'occupait des courses et du linge. Tout le monde partait du principe que Cashel serait libéré sous quelques semaines.

Malgré ce relatif confort, il s'était installé dans ses nouveaux quartiers en proie à un profond abattement, ignorant comment il pourrait jamais rembourser Harkin. Le bail sur la maison avait été repris, tout comme ses meubles, son cheval et sa voiture, mais leur vente ne représenterait qu'une infime partie de la somme due, sans compter que les intérêts couraient toujours. Tant qu'il avait de l'argent sur son compte chez Brookes & Co., il pouvait vivre aussi bien que possible à Marshalsea, mais le véritable problème semblait insurmontable. Sa situation ne pourrait en effet radicalement changer que lorsque Harkin aurait été payé.

Cashel reçut plusieurs visites pendant les premières semaines de son incarcération. Hogan et Buckley descendirent d'Oxford. Ben Smart et Arthur Greenstock venaient une fois par semaine prendre un verre et discuter dans l'arrière-salle de la buvette. Cashel avait écrit à sa mère pour lui exposer ses soucis avec une sincérité indignée, mais en lui interdisant de révéler quoi que ce fût à sir Guy, car il n'ignorait pas la gravité de son état, ni la terrible crise financière qui accablait Stillwell Court, et se refusait à en rajouter au risque de l'achever. Il doutait d'ailleurs que sir Guy fût en mesure de débloquer neuf cents livres, puisqu'il avait lui-même atteint son plafond d'endettement[1].

À l'évidence, la seule solution à son malheur reposait sur Yelverton, l'homme qui lui avait volé son argent honnêtement gagné. Si on le retrouvait, il serait peut-être possible de le « persuader » de payer…

Cashel en soumit l'idée à Hogan lors de sa deuxième visite et fut impressionné par la colère de son frère, qui l'assura de sa solidarité, tout en relevant à contrecœur l'ingéniosité de la combine de Yelverton. Cashel lui suggéra d'aller faire un tour à Cripplegate afin de voir si Yelverton n'aurait pas laissé des indices à son insu ou confié sa destination à quelqu'un. Où avait-il vécu ? Y avait-il une Mme Yelverton ? Des enfants ou autres personnes à charge ? L'un d'entre eux saurait peut-être où il avait fui.

« Si je lui mets la main dessus, Cash, je te jure que je lui fais la peau, lui promit Hogan, très désireux d'aider.

– Commence déjà par récupérer mon argent, s'il te plaît. »

1. On prend la mesure de l'ampleur de la dette de Cashel quand on sait que le médecin résident de Marshalsea à cette époque percevait cinquante livres par an. Ce n'était certes pas le meilleur praticien du pays, mais il touchait un salaire acceptable.

Ben Smart accepta aussi d'enquêter et découvrit bientôt que Yelverton avait escroqué deux autres auteurs de la même manière, quoique pour des sommes moindres. À la demande de l'éditeur, Harkin leur avait consenti en toute bonne foi des prêts à court terme, l'affaire de quelques semaines, de quatre-vingts et cent vingt livres. Ainsi, le poids financier de leurs modestes succès littéraires se voyait transféré de l'éditeur au banquier.

« C'est un stratagème très malin, il faut le reconnaître, concéda Ben. L'auteur est payé, l'auteur est content, l'auteur dépense, puis il découvre qu'il a une dette envers une banque et non son éditeur.

– Je me refuse à l'admettre. C'est une honte. »

Ben poursuivit en lui rappelant que le succès rencontré par *Nihil* était sans commune mesure. Selon lui, le roman et ses nombreuses éditions avaient dû rapporter plusieurs milliers de livres, bien plus que toute autre publication antérieure de Yelverton & Bale. La tentation avait été trop grande, le bénéfice trop élevé pour le partager avec son auteur et son imprimeur (qui, naturellement, n'avait pas été payé non plus), et le filou avait décampé avec le butin.

« Mais où ? demanda Cashel dans le vide.

– Quelque part sur le continent, assurément, répondit Ben avec un haussement d'épaules impuissant. Comme tous les voleurs et les débiteurs. »

Cashel peignit de petites étoiles blanches sur son plafond bleu foncé. Quand il s'allongeait sur son lit, il s'imaginait contempler un ciel nocturne. Parfois, la flamme vacillante de la bougie faisait scintiller les étoiles et l'illusion devenait presque parfaite.

***

Cashel célébra tristement son trentième anniversaire à la prison de Marshalsea. En compagnie d'Arthur Greenstock, il se rendit à la buvette, où ils firent l'emplette de deux pichets de bière avant de passer dans l'arrière-salle, prenant place aussi près de l'âtre que possible sans risquer de mettre le feu à leurs revers de pantalon. Des journaux étaient à disposition, mais Cashel les dédaignait. Tous ne parlaient que de la réforme parlementaire, qui proposait d'étendre le droit de vote ; or il n'en avait cure, de cette « réforme ». La seule réforme qui l'intéressât était celle concernant sa situation.

Greenstock avait apporté une petite flasque de gin et en versa quelques larmes dans leur bière aqueuse. Il percevait l'humeur maussade de Cashel.

« Joyeux anniversaire, Ross. Si j'avais neuf cents livres, je vous les donnerais, dit-il en faisant la moue. Je m'en veux un peu.

– Vous ne pouviez pas savoir que Yelverton était un scélérat.

– Reste que c'est moi qui vous l'ai recommandé.

– Et c'était une excellente recommandation. Mais c'est moi qui ai pris la décision de lui vendre mes livres, moi seul. Et, de fait, l'un comme l'autre ont connu le succès. N'importe quel auteur serait enchanté.

– Sauf que... »

Greenstock semblait troublé, comme aux prises avec un dilemme philosophique épineux.

« Vous avez connu un grand succès, et voyez où cela vous a mené. Voilà ce qui me dérange. Le succès vous a mené en prison.

– Ce n'est ni votre faute ni la mienne. Je me suis fait rouler par une habile canaille. »

À cet instant, un homme au teint blafard s'approcha d'eux, l'air penaud. Cashel l'avait déjà croisé dans la cour. C'était l'un des « charognards », les débiteurs pauvres qui survivaient en effectuant les pires travaux dans la prison, dont le vidage des latrines quand les ordures étaient collectées le soir, et en implorant la charité. Il était tout en bas de l'échelle de Marshalsea. Très maigre, ses longs cheveux d'un brun terne noués dans la nuque par un ruban graisseux, l'homme portait un manteau rapiécé, boutonné jusqu'au col et qui battait à ses chevilles.

« Pardonnez-moi si je vous dérange, messieurs. Votre conversation laisse entendre que vous êtes des hommes érudits et je me demandais si ceci pourrait vous intéresser, dit-il en sortant de sa poche un livret plié qu'il leur tendit. C'est à vous pour six pence. »

Cashel l'examina : *LE COR-ISME. Une nouvelle religion du cœur.*

« *Cor* signifie “cœur” en latin, précisa l'homme.

– Cor-rect ! ironisa Greenstock.

– Parlez-nous de ce cor-isme », fit Cashel.

L'homme avait un visage franc et ouvert, que déparaient une maigreur extrême et une croûte noirâtre au coin de la bouche.

« Les gens pensent que toutes les réponses se trouvent là-dedans, expliqua-t-il en se tapotant le crâne. La raison, l'intellect, l'esprit de déduction. Ils croient résoudre tous les problèmes par la réflexion. Or, c'est faux. Les réponses sont là, affirma-t-il en posant une main sur son cœur. C'est votre cœur qui vous dit ce qui est bien et ce qui est mal. Le meilleur des guides dans la vie, dans cette vallée de larmes, n'est pas le cerveau, c'est le cœur. Tout est expliqué ici en détail de façon plus scientifique, mais voilà l'idée générale, conclut-il en agitant sa brochure.

– Et donc, c'est votre cœur qui vous a mené à Marshalsea, cher monsieur ? cingla Greenstock. Votre Cor-guide. »

L'homme se raidit, presque insulté.

« Je ne prétends pas que le cor-isme vous protégera de la corruption et du mal présents en ce bas monde, ni des iniquités d'autrui, car rien ne peut vous en protéger, répondit-il sensément. Demandez-leur donc, ajouta-t-il en désignant d'un geste les autres prisonniers assis dans la pièce. Mais quand il s'agit de choisir son chemin dans la vie, c'est une méthode de bon aloi. »

Cashel alla pêcher dans sa poche quelques pièces, qu'il lui remit en échange de l'opuscule. L'homme le remercia et s'enquit de son nom, que Cashel lui fournit.

« Quant à moi, je m'appelle Ebenezer Farley, se présenta-t-il en souriant. Nos chemins se recroiseront, j'en suis certain. »

Ce soir-là, à la lumière de deux bougies, Cashel lut le livret. La philosophie qu'il exposait était d'une simplicité presque touchante : le cœur était la source de tous les instincts, tandis que le cerveau, avec sa propension à rationaliser et à analyser, ne faisait qu'étouffer lesdits instincts. Le cor-isme ramenait ses adeptes à la connaissance pure et innée du bien et du mal que détenait chaque être humain à la naissance. Différentes autorités étaient convoquées pour soutenir cette théorie, dont certaines connues de Cashel (comme Platon, Aristote et saint Augustin). Selon Farley, quand on doutait, il suffisait d'écouter son cœur et d'en suivre les préceptes sans faillir. Les cor-istes seraient surpris de constater à quel point leur vie deviendrait facile et épanouissante.

Que de platitudes rebattues ! songea Cashel en jetant l'opuscule au feu. Mais il le récupéra aussitôt avant qu'il ne s'embrasât, car en fait la modeste thèse de Farley trouvait en lui un étrange écho. Il repensa à certains moments de sa vie et aux erreurs qu'il avait commises. Si seulement il avait écouté son cœur, il serait peut-être toujours avec Raffaella. Bon sang ! Chacune des décisions qu'il avait prises à Ravenne avait été désastreuse. Et c'était son cerveau qui l'avait amené à ces conclusions fatales et irréversibles, il s'en rendait compte. Son cerveau. Un excès de réflexion, de spéculations colériques et alambiquées qui l'avaient mené à des conclusions erronées. Peut-être y avait-il après tout une part de vérité dans les cogitations originales de Farley.

Il se mit en quête de celui-ci pour lui offrir un pichet de bière et l'emmena dans l'arrière-salle. Farley lui expliqua que sa modeste dette de quarante-trois livres correspondait aux loyers d'un temple de Spitalfields où il avait voulu réunir ses ouailles cor-istes afin qu'elles puissent s'instruire et se soutenir mutuellement, mais il n'en avait pas attiré assez pour couvrir ses frais. Originaire de Bristol, dont il gardait l'accent, il avait une femme et cinq enfants, auxquels il envoyait chaque penny économisé, chaque demi-shilling tiré de la vente de son opuscule. Son cas n'avait rien à voir avec celui de Cashel, mais n'en était pas moins désespéré.

Cashel le ramena à la buvette pour une autre bière. Sur le comptoir étaient empilées des tourtes au lapin préparées par l'épouse d'un geôlier et Cashel proposa de lui en offrir une.

« Je ne mange la chair d'aucun animal, répondit Farley. Mais je veux bien du pain et du fromage, merci infiniment. »

Les deux hommes commencèrent à se voir presque chaque jour à la buvette. Cashel, qui trouvait Farley sympathique et intelligent, se prit à admirer son zèle tranquille et longanime. Il lui donna de l'argent pour que sa femme et ses enfants puissent venir lui rendre visite. Il paya deux shillings et demi pour faire libérer la chambre voisine de la sienne et l'y installer. Il lui prêta des vêtements et lui offrit une coupe de cheveux. Doucement mais sûrement, tandis que l'hiver 1830 faisait place au printemps 1831, ils devinrent compagnons et amis.

Sur ces entrefaites, Hogan revint avec des nouvelles de Yelverton.

« J'ai trouvé une femme à Cripplegate qui se disait sa gouvernante, mais qui était visiblement sa catin, affirma-t-il, impassible. Yelverton vivait avec elle, puis l'a laissée en plan elle aussi quand il a pris la clé des champs. Elle ne soupçonnait rien. Un jour, il a disparu, de ce qu'elle m'a dit. Puis, le mois dernier, elle reçoit une lettre de lui. De Paris. Aucune adresse, naturellement, *poste restante**. J'ai réussi à la convaincre de lui répondre pour entretenir la correspondance. Voilà comment nous allons le retrouver.

– Comment l'as-tu persuadée ?

– Je sais me montrer très persuasif quand il le faut, Cash. »

Cashel ne l'interrogea pas plus avant, mais nota que Hogan était encore plus tendu qu'à l'accoutumée du fait de sa découverte ; remonté comme une pendule trop remontée, qui toque trop fort et prend de l'avance. Hogan lui dit qu'il était ravi de jouer les limiers pour lui, plus que ravi même, et qu'il allait retrouver Yelverton, il le savait, il le sentait au plus profond de lui.

Il marqua une pause et son expression changea. Il plissa les yeux, puis secoua la tête comme si une mouche lui tournait autour.

« Cashel, les cent livres que tu m'as données, tu n'étais pas censé le savoir, mais elles m'ont sauvé la vie, révéla-t-il dans un souffle. Ces cent livres tombées du ciel, comme ça… Elles sont arrivées à point nommé. Plus tard, c'eût été trop tard. Je ne l'oublierai jamais. Voilà pourquoi je vais retrouver ce foutriquet de Yelverton et te faire sortir de ce trou. »

Cashel fut touché par cet engagement farouche, tout en se rendant compte qu'il connaissait à peine ses frères. Buckley était plus facile à côtoyer et à cerner, un homme éduqué aux manières pondérées, quoique réservé. Hogan, à l'inverse, semblait mû par une espèce de force démoniaque et sauvage, une énergie débordante au point d'en devenir presque destructrice. Mais c'était peut-être l'énergie nécessaire pour capturer Purvis Yelverton.

Pendant leurs rendez-vous à la buvette, Cashel parla à Farley de ses frères jumeaux, évoqua ses souvenirs avec eux et s'interrogea sur leurs natures si différentes. Comme ils occupaient désormais des chambres adjacentes, Farley et lui passaient du temps ensemble tous les jours. Farley lui dit qu'il rêvait de quitter l'Angleterre, « le royaume de la déception », et d'aller s'établir à l'étranger avec sa famille pour jouir d'une vie simple et sans histoire en suivant les principes du cor-isme, voire fonder une petite communauté de personnes partageant les mêmes valeurs. Une communauté qui se suffirait à elle-même, chacun travaillant au bénéfice des autres, sans avarice ni hiérarchie sociale.

« Sans aristocratie, assena-t-il avec conviction. Sans gouvernement méprisant et dominateur. Un lieu de justice, d'égalité et de tolérance, où chacun aiderait son prochain.

– N'est-ce point là une utopie, Ebenezer ? » demanda Cashel.

Ils usaient désormais de leurs prénoms.

« Qui peut le dire sans avoir essayé ? répondit Farley avant de pointer un doigt accusateur sur lui. C'est là un mode de vie qui tranche radicalement avec celui que nous subissons. N'est-ce pas préférable ? Regardez votre triste affaire, Cashel, désespérée même. Vous avez été trahi par un homme de l'art et jeté en prison par un autre homme de l'art. Vous satisfaites-vous d'un système qui autorise ce genre de déviance ? Ne préféreriez-vous pas vivre selon des principes que vous établissez et contrôlez, correspondant à des valeurs auxquelles vous souscrivez ? N'est-ce pas plus acceptable ? Pourquoi serait-ce une utopie ? »

Cashel acquiesça, quelque peu ébranlé par la véhémence de Farley. Puis il se souvint subitement d'une chose que Brooke Mason lui avait dite, quand ils vivaient sous le même toit à Arles. Quel endroit avait-il évoqué, déjà ? L'Amérique du Sud ? Le Venezuela. C'était bien cela, le Venezuela.

« L'une de mes connaissances m'a raconté qu'on peut acheter de la terre au Venezuela pour presque rien, affirma-t-il en se rappelant l'enthousiasme de Mason. Des centaines d'hectares. À l'en croire, ils recherchent des colons européens là-bas. Et à tout prix, selon cette personne. Ils donnent littéralement de la terre.

– Au Venezuela ? En Amérique du Sud ? J'irais volontiers, pour être libre. Oui, assurément. Imaginez, Cashel ! Nous achetons des terres. Nous bâtissons une maison, plusieurs maisons. Peut-être votre frère Hogan nous rejoindrait-il et en construirait-il une aussi. Et nous formerions notre petite communauté. Nous partagerions ce que nous produirions, nous nous entraiderions, nous suivrions nos propres règles morales. »

Le « projet Venezuela », comme ils l'appelèrent, se mit à occuper toutes leurs conversations. Ben Smart leur apporta une carte du pays et leur fournit des informations sur le voyage jusqu'à Caracas, la capitale, sur le climat et sur la géographie. Même Arthur Greenstock, ayant été informé du projet, affirma qu'il pourrait être intéressé une fois les détails pratiques clarifiés.

De son côté, Farley, qui se montrait de plus en plus enthousiaste, écrivit à sa femme et à ses enfants pour leur parler du projet et de la nouvelle vie qu'il envisageait pour eux. Il suggéra à Cashel de baptiser leur nouvelle communauté « Libertania », quel que soit l'endroit où ils l'établiraient. Et dans cette communauté, il y aurait une « panocratie », un groupe de personnes où aucun individu n'aurait autorité sur aucun des autres et où les décisions seraient prises au moyen de votes démocratiques d'hommes, de femmes et d'enfants ayant atteint l'âge de raison. Les plans s'affinèrent. La maison Farley serait la plus grande en raison de la taille de la famille. Cashel, Hogan et Greenstock auraient des maisons plus simples et plus petites, tant qu'ils ne seraient pas mariés et pères de famille. Dans l'esprit de Cashel, le projet commençait à prendre une réalité presque physique. Il se figurait une douce vallée, un ruisseau endigué, de confortables maisons en bois séparées par des chemins de terre, des champs ensemencés et des potagers, des enfants qui jouaient.

C'était une vision séduisante, mais il y avait un problème de taille. Malgré toutes ses recherches, Ben Smart ne trouva aucune trace de l'offre généreuse du gouvernement vénézuélien à des colons européens potentiels, ni même d'un quelconque appel à de nouveaux colons européens. Le pays ne comptait pas de terres bon marché à acheter, sans compter que le climat, les conditions sanitaires et les risques liés à la vie sous les tropiques rendaient la perspective d'une installation pour le moins exigeante.

Il annonça la nouvelle à Cashel, seul, lors d'une de ses visites régulières. Il avait apporté un panier de nourriture et, en cachette, une bouteille de brandy. Cashel fit monter une bouilloire de la buvette et ils se préparèrent du thé qu'ils agrémentèrent d'alcool.

« Je suis désolé de briser tes rêves, dit Ben. Mais regarde plutôt ceci. Voilà qui me semble beaucoup plus raisonnable. »

Il montra à Cashel une coupure de presse extraite du *London Star*. Il s'agissait d'une réclame placée par un agent foncier du Massachusetts, aux États-Unis d'Amérique, un certain Sam M. Goodforth, qui mettait en vente des fermes et des terres agricoles de qualité à partir de cinq livres l'hectare dans les comtés des environs de Boston. L'annonce proposait une liste d'exploitations de différentes tailles à acquérir pour des sommes allant de deux cents à quatre cents livres suivant leur superficie, leur rendement et les équipements déjà présents.

Voilà qui semblait parfaitement raisonnable et faisable, se dit Cashel. Puis il reconsidéra ses spéculations. Quelle lubie l'avait donc saisi ? Il était assis dans sa cellule de prison avec d'énormes dettes à rembourser. Pourquoi se tourmenter l'esprit avec ces visions d'une vie nouvelle ? Il sentit le découragement l'envelopper comme une fumée noire, avant de se ressaisir. Non, il était d'autant plus important d'avoir ces rêves et ces ambitions. Les autorités pouvaient bien vous enfermer et vous priver de liberté, mais pas vous empêcher de penser et d'espérer.

Ainsi rasséréné, Cashel écrivit aussitôt à Goodforth, dans le Massachusetts, pour lui demander plus de détails sur une ferme proche de la petite ville de New Banbury, dans le comté de Middlesex, appelée Willow Creek. Cent vingt arpents, une grange, un cours d'eau, un vaste étang et de l'équipement agricole inclus dans la vente : une charrue, une carriole, une écurie, un poulailler, une soue, une panoplie de bêches, houes et pioches. Le tout pour trois cent vingt-cinq livres.

Cashel choisit son moment pour montrer à Farley le prospectus que lui avait envoyé par retour Goodforth (qui se disait prêt à baisser le prix à trois cents livres pour vendre plus vite).

« Le grand avantage, c'est que nous n'avons pas besoin d'apprendre l'espagnol, dit Cashel à Farley. Nous nous intégrerions à une société semblable à la nôtre, mais gouvernée en république. Pas de roi, de ducs, ni de duchesses.

– Une république esclavagiste, oui ! s'offusqua Farley. Je ne saurais y vivre.

– Pas au Massachusetts, Ebenezer. Il n'y a pas d'esclaves, là-bas. »

Farley défendit à nouveau le Venezuela, mais Cashel lui expliqua ce que Ben Smart avait découvert. Le visage de Farley afficha sa désillusion et sa frustration, presque comme s'il était un acteur sur une scène de théâtre.

Cashel lui montra la carte.

« Vous habiteriez dans le corps de ferme avec Mme Farley et les enfants. Moi, je me construirais un chalet confortable, ici par exemple, de l'autre côté de l'étang. Il y a assez d'espace pour permettre à Hogan et à Greenstock de construire leurs logis. Cent vingt arpents, Ebenezer… Nous formerions un village en un rien de temps. Libertania Village, comté de Middlesex, Massachusetts. Qu'en dites-vous ?

– Certes, répondit Farley, l'air mélancolique. Mais disposez-vous de trois cents livres ? »

Cashel se fendit d'un rire désabusé, mais n'en resta pas moins motivé par ce projet. Une ferme déjà établie, une grange et de l'équipement agricole. Pas de maison à construire, pas besoin de s'aventurer dans une jungle pour la défricher, pas de risques sanitaires autres que ceux qui existaient en Angleterre. C'était un projet envisageable.

Ce sentiment fut renforcé par une visite de la famille Farley à Marshalsea. Mme Sophronia Farley, leur fille Lydia, quatorze ans, et leurs quatre garçons, Thornton, Leigh, Barnaby et le petit dernier, Fortunatus, trois ans. Sophronia Farley semblait rongée par les soucis et épuisée d'avoir à se battre au quotidien pour mettre du pain sur la table pour sa progéniture et elle-même. Lydia était une jeune fille mince et jolie, mais très timide, aux yeux constamment baissés. Thornton et Leigh, douze et onze ans, étaient déjà costauds pour leur âge. Subitement, Cashel eut une vision de la communauté de Libertania. Déjà huit personnes, de la main-d'œuvre, des corps bien portants qui ne feraient que se fortifier. D'ici à deux ans, tous les enfants seraient robustes et capables, se dit Cashel. Ils formeraient ensemble un petit clan partageant le même état d'esprit et les mêmes objectifs dans la vie. Écoute ton cœur, songea-t-il. Continue à réfléchir, à planifier, à spéculer. Tout est possible.

Ils organisèrent une sorte de fête dans sa cellule. Une tourte au pigeon nappée d'une épaisse sauce au vin, un demi-stilton et un pichet de bière. Cashel leva sa chope à leur entreprise, à Libertania.

« Ce qu'il faut maintenant, c'est que mon frère retrouve Yelverton », dit-il.

Hôtel Louisiane
Paris

14 août 1830

Cher Cashel,

Je quitte Paris ce soir, mais je posterai cette lettre avant mon départ et elle devrait arriver avant moi à Londres. J'ai de bonnes et de mauvaises nouvelles. D'abord, les bonnes : j'ai retrouvé Yelverton.

Sur mon incitation pécuniaire, la femme que j'avais rencontrée à Cripplegate et dont je te parlais (elle s'appelle Sarah Dobbs) a entamé une correspondance intermittente avec Yelverton qui dure depuis plusieurs mois. À en juger par ses réponses, il est évident qu'il éprouve quelque sentiment amoureux pour elle et qu'il a des remords d'avoir dû l'abandonner. Il n'indique jamais son adresse, toutes les lettres lui arrivent au bureau de poste principal de Paris.

Néanmoins, il accepte volontiers l'échange avec elle et j'ai veillé à ce que Sarah se plaigne fréquemment de sa situation. Peu à peu, il s'est montré plus ouvert et a commencé à lâcher des indices, notamment sur le fait qu'il vivait dans un quartier plutôt huppé de la ville. Puis, dans l'une de ses dernières missives, il pestait contre le bruit incessant causé par la construction d'un grand atelier de chapellerie de trois étages « juste derrière chez moi ». Il assurait à Mlle Dobbs qu'il la ferait venir dès l'achèvement des travaux, dans peu de temps apparemment. J'en savais assez pour partir à Paris voici trois semaines.

À l'Hôtel de Ville, il me fut aisé de trouver l'information : un gigantesque magasin s'érigeait au coin de la rue Saint-Antoine et de la rue Royale-Saint-Antoine. Je m'y rendis et constatai que le site jouxtait la place des Vosges (ancienne place Royale). J'en déduisis aussitôt que c'était là qu'habitait Yelverton. Sur la place, je posai des questions sur sa demeure, mais son nom ne provoqua aucune réaction. Alors, je me renseignai sur un gentleman anglais* *et j'appris qu'un certain M. Bale demeurait au 42. Il vivait sur un grand pied, tu peux me croire. La maison, un* hôtel particulier*, *comme on les appelle ici, est magnifique, tout autant que la calèche qui transportait M. Bale dans ses déplacements quotidiens, en laque noire rehaussée de filets d'or et tirée par deux chevaux blancs.*

Je le guettai sur la place plusieurs jours en partant du principe que mon identification était correcte (j'avais ta description du personnage). Il sortait tous les soirs, tiré à quatre épingles. Le troisième soir, en le voyant rentrer tard, je décidai de tenter ma chance.

Tandis qu'il renvoyait son cocher, et avant qu'il atteignît la porte de sa maison, je m'avançai vers lui et le hélai. « Monsieur Yelverton, c'est bien vous ? » Il se retourna par réflexe, puis comprit son erreur. Je me rapprochai. « Je suis désolé, mais mon nom est Bale », prétexta-t-il avec ce petit zozotement dont tu m'avais parlé. « Je cherche un certain M. Yelverton, lui dis-je. J'ai un message pour lui de la part de Mlle Sarah Dobbs. Je suis un de ses amis. » Une fois encore, il réagit spontanément à cette mention, mais affirma aussitôt : « Je ne connais personne du nom de Sarah Dobbs », avant de sortir ses clés de sa poche.

Alors je le frappai avec ma matraque et il s'écroula. Je plaquai ma main sur sa bouche, je le tirai au centre de la place, loin de la lumière des becs de gaz, lui jetai au visage de l'eau prise dans une fontaine et y ajoutai un bon coup de pied qui eut tôt fait de le réveiller. Il pleurnichait et geignait comme une gamine, tant et si bien que je lui remis un coup de pied pour le faire taire.

Je lui dis : « Je suis ici pour récupérer l'argent de Cashel Ross, espèce de sale voleur. » Et voici la mauvaise nouvelle : il n'y a plus d'argent à proprement parler. Tout est dans sa propriété, son mobilier, ses tableaux, sa calèche et ainsi de suite. Tous les soirs, il perd au jeu, d'après ce qu'il dit. Il vit déjà à crédit et a hypothéqué son hôtel particulier. Je l'ai soulagé des quelques francs qu'il avait sur lui, ainsi que de sa montre en or et de ses boutons de manchette. Il bredouillait et se pissait dessus, jurant qu'il n'avait pas un sou pour te rembourser. Il ne me mentait pas, je te l'assure, Cashel. Dans ma branche, on sent si un homme est sincère ou s'il ment. Alors, je lui ai cassé les deux jambes. Je lui ai sauté sur les genoux avec mes grosses bottes à plusieurs reprises (j'ai entendu le craquement satisfaisant qui confirmait que j'avais bien fait le travail) et je l'ai abandonné là en train de hurler. C'est une place sombre absolument gigantesque, et je doute que quiconque ait voulu se risquer à savoir d'où provenaient ces cris à cette heure avancée de la nuit. Hélas, tu ne récupéreras jamais ton dû, mais Purvis Yelverton ne marchera plus jamais d'un pas serein, à supposer qu'il remarche un jour, et il n'oubliera jamais ton nom.

Je vais rentrer via Rotterdam au cas où s'élèverait à Paris une clameur de haro. Je mettrai la montre et les boutons de manchette au clou, ce qui me fera un petit quelque chose à te donner. Je suis désolé, Cashel. J'aurais volontiers achevé ce scélérat sur-le-champ, mais j'étais certain que tu ne serais pas d'accord.

Ton frère reconnaissant qui t'embrasse affectueusement,

Hogan Ross

Cashel reposa la lettre et la lissa du plat de la main, sous le choc du récit brutal et cru de la rencontre de Hogan avec Yelverton. Il éprouvait presque de la compassion pour cet homme plus tout jeune aux genoux cassés qui ne profiterait pas de son vieil âge. Ni de mon argent, se dit-il en se raidissant à la pensée que les extravagances parisiennes de Yelverton signifiaient que le chapitre de sa vie à Marshalsea n'était pas près de se clore. Si Hogan avait réussi à récupérer ne fût-ce que cinq cents livres, Cashel aurait pu entamer une négociation avec Harkin et peut-être établir un échéancier de remboursement. Seul Harkin pouvait le sortir de là désormais. Les rêves de la ferme Libertania devraient attendre.

Mais combien de temps ? Il avait beau s'évertuer à chasser de son esprit le fait irrémissible de l'insolvabilité de Yelverton, ses espoirs s'amenuisaient telle une chandelle presque consumée. Libertania ne pourrait naître d'un coup de baguette magique. C'était du concret, et non une folle chimère ; il fallait des briques et du ciment, des compétences agricoles, des réserves de temps, de labeur et d'argent à investir. Comment rester confiant face à ces réalités inaltérables ?

***

Puis, au début de l'année 1832, sir Guy Stillwell mourut – et tout changea.

Ce fut Buckley qui apporta la nouvelle à Cashel : le cœur de sir Guy avait fini par lâcher. Stillwell Court allait être mis en vente, métairies comprises, afin d'acquitter les dettes. Lady Stillwell et Rosamond iraient habiter à Dublin avec Hester et sa famille[2]. Si le testament leur assurait une rente confortable, il comportait aussi un codicille secret que sir Guy avait rédigé peu avant sa mort, destiné uniquement à ses avocats : The Glebe à Oxford revenait à Mme Elspeth Ross, ainsi qu'un capital de cinq mille livres.

« Je ne sais pas d'où provient cet argent, mais il existe, dit Buckley. Mère sera à l'abri du besoin. Elle peut vendre The Glebe, qui est trop grand pour elle et coûte une fortune en entretien. Une jolie maison avec une gouvernante, elle n'a pas besoin de plus. Et il nous a laissé de l'argent, Cashel, à moi et à Hogan, cinq cents livres chacun.

– Et moi ? lâcha Cashel sans réfléchir, avant de se sentir penaud, car sir Guy avait dépensé bien plus de cinq cents livres pour lui au fil du temps.

– Désolé, Cash, j'allais t'en parler. C'est l'excitation, tu comprends… Il te laisse deux mille livres.

– Deux mille livres ? »

Un bourdonnement dans les oreilles lui donna l'impression que son sang se mettait à bouillir. Harkin pourrait être intégralement remboursé, et il en resterait plus qu'assez pour acheter la ferme de Willow Creek, et même payer le voyage aux Amériques pour la famille Farley et lui-même. Libertania devenait soudain réalité.

Chancelant, les larmes aux yeux, il se leva et étreignit Buckley, ému lui aussi, car il comprenait les conséquences de cette bonne

2. Stillwell Court fut acheté et revendu trois fois avant d'être démoli en 1932 par un entrepreneur de Cork (Aloysius Byrne & Sons Ltd) pour en récupérer la pierre et le plomb. Le pavillon du garde-chasse demeure l'unique vestige de la grandeur de la demeure.

fortune extraordinaire. Il donna une bourrade dans le dos de son frère.

« On va te sortir d'ici, Cashel. Tout ira bien de nouveau. »

Cashel fouilla dans son placard et en sortit la bouteille de brandy, dont il leur servit un verre à chacun. Ils burent et remplirent les verres derechef. Une énergie nouvelle grandissait en Cashel.

« Que notre père soit béni, Buck ! Ce bon vieux sir Guy.

– Hogan fait la danse de la joie, tu peux me croire, dit Buckley. Tout change pour lui. Tout.

– Et toi, Buckley ?

– Avec ce capital, je peux aisément m'offrir une existence confortable. Devenir pasteur. Aucune entrave désormais.

– La vie est imprévisible, n'est-ce pas ? » remarqua Cashel en secouant la tête, toujours en train de digérer la nouvelle.

Tous deux savaient bien de quoi il parlait. Les amours illicites d'une gouvernante écossaise et d'un baronnet anglo-irlandais permettaient en fin de compte de subvenir aux besoins de leurs trois enfants illégitimes d'une manière parfaitement inattendue pour eux.

« Que Dieu soit remercié ! dit Buckley en reprenant la bouteille de brandy. Qu'Il soit loué au plus haut des cieux ! »

Si la bonne fortune de Cashel lui avait mis les larmes aux yeux, elle fit pleurer d'abondance Ebenezer Farley lorsque Cashel lui annonça qu'il épongerait sa dette, enverrait des arrhes pour Willow Creek à Goodforth, l'agent des terres, et paierait la traversée de sa famille. La gratitude de Farley était presque trop lourde à porter. Il jura de rembourser Cashel, mais celui-ci refusa, l'adjurant d'y voir un investissement dans un idéal, une philosophie humaniste, une nouvelle manière de vivre. Il n'y aurait nulle dette à Libertania.

Toutefois, plusieurs mois seraient nécessaires pour régler la succession et faire aboutir les complexes négociations avec Harkin Brothers et le propriétaire de Farley. L'incarcération à Marshalsea allait se terminer, mais il leur faudrait encore supporter ce lieu quelque temps. Cashel s'exhorta à la patience ; quelques mois de plus ou de moins ne changeraient rien. Avec Farley, il élabora le projet dans le détail, réfléchit à ce qu'il fallait faire pour que la ferme leur permette de subvenir à leurs besoins, se renseigna sur la nature des sols et le climat de la Nouvelle-Angleterre, ainsi que sur les plantations qui y prospéreraient. Les semaines passèrent lentement, l'attente lui parut exaspérante, mais ce n'était pas du temps perdu, se disait-il.

Puis, par un beau matin d'avril 1832, Cashel et Farley franchirent les portes de Marshalsea et se retrouvèrent dans Borough High Street, libres et sans aucune dette.

Sophronia Farley les attendait. Elle prit la main de Cashel dans la sienne et l'embrassa, en faisant une petite révérence comme à un membre de la famille royale. Cashel accompagna les Farley jusqu'à la diligence de Bristol. Ils auraient beaucoup de temps pour régler leurs affaires, car il avait été décidé que Cashel constituerait l'avant-garde : il se rendrait à Boston, paierait la somme due pour l'achat de la ferme et s'assurerait que les fournitures essentielles, les outils et l'équipement étaient là. Deux mois plus tard, les Farley se mettraient en route à leur tour. Si tout se passait bien, ils seraient établis à New Banbury dès l'été et pourraient évaluer le potentiel de la ferme, Cashel ayant assez de fonds pour subvenir aux besoins de tous pendant cette période initiale. Ils feraient ensemble leurs plantations d'automne et définiraient sans se presser la routine de leur nouvelle vie. Farley avait un cousin qui se proposait de se joindre à eux, et le scepticisme d'Arthur Greenstock reculait de jour en jour à mesure qu'il voyait le projet prendre un tour concret. Lui aussi avait hâte de découvrir ce que le Nouveau Monde avait à offrir.

Le mot « hâte », en revanche, ne suffisait pas à décrire l'état d'esprit de Cashel. Ce qui le poussait à quitter l'Angleterre et ses fatuités corrompues, c'était l'amertume, le ressentiment, la frustration. Depuis sa sortie de prison, il avait maintes fois ruminé les injustices qui lui avaient été faites. Certes, il s'était laissé escroquer, mais avoir été considéré comme un criminel du fait de cette escroquerie le rendait malade de rage. Il avait passé plus de deux ans dans cette geôle, d'abord dupé par un homme habile, puis acculé par un homme sans scrupules, et il n'avait toujours pas touché le moindre sou de ses gains sur *Nihil*.

Il avait désormais envie d'une nouvelle vie dans un nouvel endroit gouverné par des principes nouveaux. C'était aussi simple que cela. Avec une pensée pour Raffaella, il songea que tout son bonheur véritable, toute sa foi en lui, toute son assurance lui étaient venus alors qu'il se trouvait à l'étranger, loin de la perfide Albion. Les voyages élargissent sans doute l'esprit, pensa-t-il, mais ils peuvent aussi vous sauver, vous parfaire.

Il dit adieu à sa mère endeuillée, tout de noir vêtue, et à ses deux frères, en leur promettant d'écrire régulièrement. Hogan montrait des signes d'intérêt pour l'aventure américaine. Cashel attrapa la diligence pour Liverpool lesté de ses quelques effets. Il prendrait la mer le 2 juin pour « la terre des hommes libres », la tête bouillonnant d'idées et de perspectives nouvelles, le corps vibrant tout entier d'attentes optimistes. « La Ferme Libertania », il en avait curieusement la certitude, serait en tout point à la hauteur de son nom. Il construirait sa maison et y vivrait. Paradoxe inexplicable, il avait la sensation que sa vie ne faisait que commencer.

Livre dixième

L'hiver 1836-1837 avait été anormalement rude et long. Les premières neiges étaient tombées début décembre et encore ce jour-là, en mars, il en restait au sol une couche épaisse d'au moins quatre pouces ; une neige dure avec du givre en surface qui crissait comme des bris de verre sous les roues de la carriole chaque fois que Cashel s'écartait un peu des ornières laissées par d'autres véhicules sur la route reliant New Banbury à Concord. Recroquevillé sur le siège du conducteur, les rênes serrées dans son poing ganté, l'autre main fourrée au fond de sa poche, il portait son manteau et son écharpe les plus chauds, avec une autre écharpe nouée sous le menton pour maintenir son chapeau de feutre bien enfoncé sur sa tête. Il sentait ses pieds et le bout de ses doigts s'engourdir. Il touchait au but, maintenant. Il pourrait bientôt faire un feu et boire un grog.

Quand il arriva à la ferme, il vit de la fumée s'élever par la cheminée de la cabane du jeune Ignatz, attenante à la grange devant laquelle il se rangea. Il dételа sa jument Amelia, la mena dans sa stalle et déchargea les ballots de foin et les sacs de farine achetés à New Banbury. La vache dans son étable, le cochon dans sa soue, les poules dans leur poulailler – le monde était parfaitement en ordre. Il vit qu'Ignatz avait réussi à arracher quelques navets et betteraves à leur gangue de givre et les avait empilés dans un coin protégé pour les faire lentement dégeler. Décidément, cet Ignatz était un génie de la débrouillardise. Il savait tout faire : ferrer un cheval, construire un mur, labourer un champ. Chaque fois que

Cashel imaginait la vie à Willow Creek sans lui, il en avait des sueurs froides.

Il marcha dans la neige gadouilleuse jusqu'au corps de ferme et entra. Il avait en poche cinquante dollars que lui avait donnés la compagnie qui débitait des blocs de glace dans l'étang, et se dit que cela se fêtait. Il ôta son manteau, ses écharpes, son chapeau et ses bottes, puis jeta des bûches dans le feu, qui brûlait sans discontinuer depuis octobre pour lutter contre le froid mordant. Il planta un tisonnier dans le brasier, le remua un peu et l'y laissa pour qu'il chauffe. Il alluma des chandelles, emporta le sac de provisions dans la cuisine, où la cuisinière dégageait une chaleur agréable, posa le tout sur la table en bois blanc, rangea les morceaux de viande dans le garde-manger et, une fois qu'il eut trouvé ses pantoufles, retourna dans le salon.

Il versa dans une chope en étain une bonne ration de whisky de maïs, aigre décoction du cru, s'empara du tisonnier dans le feu, l'essuya avec un chiffon humide et en plongea le bout incandescent dans le liquide. Il entendit un crépitement et sentit l'odeur de malt et de céréale qui s'éleva de l'alcool quand celui-ci se réchauffa d'un coup. Il en but une petite gorgée prudente et ressentit l'agréable brûlure dans son gosier. Puis il ferma les volets intérieurs pour s'isoler du crépuscule qui tombait.

Il prit une allumette dans un pot sur la cheminée, l'approcha du feu et déposa la flamme sur la mèche de sa lampe à huile. La douce lumière blanchâtre se propagea à travers la pièce. Cette lampe dite « d'étudiant », parce que sa luminosité stable facilitait la lecture, était l'un des rares luxes qu'il s'était permis, une fois la ferme acquise, en plus d'une carabine à percussion. Avec cette arme fort efficace, il était devenu bon tireur. Dindons sauvages, bécassines, perdrix, canards : Ignatz et lui consommaient beaucoup de volaille.

Il s'assit dans le gros fauteuil en cuir devant l'âtre et alluma l'un de ses petits cigares tout en sirotant son whisky chaud. Il se sentait comme dans un cocon, dans une énorme carapace solide et sûre, au cœur de cette bâtisse de deux étages, aussi vaste que

The Glebe à Oxford et dont beaucoup des pièces obscures restaient inutilisées. Son chez-lui, mais une bien grande maison pour un homme seul. Il avait proposé le dernier étage à Ignatz, qui avait poliment refusé, préférant l'intimité de sa petite cabane avec son poêle en fonte. De toute façon, mieux valait sans doute que le patron et l'employé ne vivent pas sous le même toit.

Il entendit au loin mugir la vache (peut-être Ignatz était-il occupé à la traire) et ferma les yeux pour laisser ce son le transporter quelques années en arrière vers son voyage transatlantique. Il avait bien conscience qu'associer un meuglement à l'océan pouvait sembler plus qu'étrange, mais c'était ce qui se produisait chaque fois en lui, car à bord du *Lady Amelia*, le paquebot mixte de la Hughes Line qui l'avait amené avec deux cents autres âmes aux États-Unis d'Amérique, avaient été embarquées deux vaches que l'on entendait meugler d'un bout à l'autre du navire. Le prospectus publicitaire précisait : « Le *Lady Amelia*, quatre cents tonneaux, capitaine : Thomas Arbuthnot, à peine de retour de Boston (en vingt et un jours). Lait frais à bord. »

Ayant pris la décision de voyager dans l'entrepont par souci d'économie, Cashel s'arrangea pour arriver à Liverpool deux jours avant la date du départ afin de réserver son couchage. En effet, on lui avait vivement recommandé d'occuper une couchette inférieure et aussi proche que possible du milieu du navire pour limiter les effets du tangage et du roulis. Il déroula son matelas de paille et étendit ses couvertures sur sa couchette en bois guère plus large qu'une étagère, pour tout dire, avec un côté surélevé pour éviter que l'occupant ne roule à terre. Il rangea en dessous ses sacs de denrées essentielles et transporta ses deux malles dans la cale. Il se mit en quête du cuistot et le paya discrètement cinq shillings pour qu'il le nourrît personnellement une fois qu'ils seraient en mer, suivant là encore un conseil qu'on lui avait donné. Les passagers plus riches occupant des cabines de poupe, eux, jouissaient de cuisines réservées, d'une salle à manger spécifique et de valets pour le service. Cashel avait par ailleurs prévu des provisions (thé, café, lard, bœuf de conserve et avoine pour le gruau), mais souhaitait éviter d'avoir à se faire ses repas lui-même durant tout le voyage.

Il remonta sur le pont et regarda ses compagnons d'émigration gravir la passerelle à grand-peine, lestés de toutes leurs possessions : des jeunes gens seuls, comme lui ; des familles, certaines avec des nouveau-nés ; quelques personnes plus âgées qui partaient sans nul doute rejoindre leurs enfants. À leur accent, il sut que la plupart étaient irlandais ou écossais. Puis arrivèrent une vingtaine de pauvresses du comté de Mayo, qui seraient logées ensemble, à l'écart des autres passagers dans des quartiers distincts derrière une cloison temporaire. Elles portaient toutes la même tenue : longue cape caramel et bonnet blanc. Toutes jeunes, elles étaient visiblement enthousiastes à la perspective du voyage et de la nouvelle vie qui les attendait.

En les regardant affluer toujours plus nombreux pour monter à bord, il commença à se demander s'il n'avait pas fait une erreur en ne réservant pas une cabine individuelle. Son souci de l'économie le fourrait dans le même sac que ces nécessiteux, ce petit peuple indigent mis au rebut de la Grande-Bretagne qui se faisait exporter vers un pays neuf recherchant désespérément des bras. Il aurait dû porter un panneau indiquant : « Je suis fermier. Je suis propriétaire terrien en Amérique. » Puis il se reprocha son sentiment de supériorité. Il avait économisé dix livres en choisissant l'entrepont, et ces dix livres lui donneraient beaucoup de dollars une fois au Massachusetts.

À l'heure prévue, le *Lady Amelia* leva l'ancre et cingla vers la pleine mer, toutes voiles dehors sur ses trois mâts. Les paquebots privés incluaient certains services dans le prix du billet, comme trois litres d'eau par jour et une portion de biscuits et de gruau. De modestes rations, certes, mais aucun voyageur ne mourrait de faim comme si souvent dans les anciens temps de l'émigration. Il existait à présent un marché, et donc une concurrence, car il y avait de l'argent à prendre. Selon le prospectus, l'équipage du *Lady Amelia* comptait même un chirurgien, quoique personne n'eût réussi à identifier cet individu. Après tout, les passagers n'étaient pas des bagnards en route pour une colonie pénitentiaire en Australie, semblaient souligner ces réclames, mais bien des hommes et des femmes cherchant à se construire une nouvelle vie, et le paquebot de la Hughes Line était fier de participer à cette entreprise aventureuse.

Malgré tout, Cashel voyait bien que nombre de ses compagnons de traversée étaient d'une pauvreté extrême. Sales, déguenillés, mal préparés à ce voyage et à ce qui les attendait. Il fit don de sa ration quotidienne de biscuits aux McDaid, une famille de gueux faméliques avec quatre enfants qui occupait les couchettes voisines de la sienne. Les petits semblaient timides et mutiques, stupéfaits et perplexes face à ce nouvel environnement. Hector McDaid, le père, expliqua à Cashel qu'il était tonnelier. Son logeur avait généreusement payé le billet de la famille pour Boston. Générosité ou expulsion déguisée ? se demanda Cashel. Hector McDaid n'avait aucune idée de ce qui l'attendait aux États-Unis, avoua-t-il, mais ce serait forcément mieux que la vie qu'il menait à Glasgow. D'ailleurs, tout serait mieux que ce que sa famille avait dû endurer.

Les journées en mer passaient lentement. Malgré le temps au beau, Cashel restait souvent sur sa couchette à lire des traités sur l'élevage et sur l'agriculture céréalière qu'il annotait soigneusement. Par chance, Farley était cent fois plus compétent que lui. Fils d'un tanneur, il avait grandi entouré d'animaux, et Cashel avait bien l'intention de lui confier tous les aspects pratiques de l'exploitation. Cela dit, c'était quand même lui qui avait acheté la ferme et non Farley, et ne pas savoir ce qui se passait dans ses champs eût été totalement irresponsable.

Certains jours où le soleil était clément, Cashel passait plus de temps sur le pont à déambuler pour faire de l'exercice. Il y avait toujours la queue devant les lieux d'aisance, car la mixité en vigueur dans les quartiers de couchage rendait l'utilisation de pots de chambre inappropriée pour les adultes. Les émigrés les plus pauvres pouvaient gagner quelques pièces en assurant l'entretien de ces cabinets qu'ils rinçaient au chlorure de chaux, odeur que Cashel associerait pour toujours à la défécation. Il y avait aussi des files d'attente devant les cuisinières installées sur les ponts pour la confection des repas. Dès qu'il en avait l'occasion, Cashel se préparait du lard frit ou du gruau, mais il était bien nourri, de façon clandestine, par le cuisinier des passagers de cabine, qui lui passait discrètement une casserole couverte contenant un ragoût, des tranches d'agneau sur lit de pommes de terre, un morceau de tourte au lapin ou un hachis de bœuf. Tout ce que Cashel ne consommait pas, il le donnait à la famille McDaid.

Trois semaines et demie après son appareillage de Liverpool, le *Lady Amelia* atteignit le port de Boston. On annonça aux passagers qu'ils débarqueraient le lendemain matin en rejoignant la terre ferme à bord de vapeurs à aubes. Cashel s'accouda sur la lisse de poupe pour contempler les lumières de la ville au-delà des mâts d'autres vaisseaux massés le long des quais. Il se sentait impatient et inquiet à la fois. Tout était pourtant prêt : il avait ses lettres de crédit, de l'argent à changer en dollars, l'adresse de son contact en ville, et savait qu'il devrait faire quatre heures de route pour rejoindre sa ferme à New Banbury. Il décida qu'il prendrait son temps. Il choisirait un hôtel confortable, se laverait, se raserait et s'accorderait quelques repas revigorants avant d'aller rencontrer l'agent foncier. Après tout, il avait la vie devant lui.

***

Une fois son petit déjeuner avalé, Cashel fit charger ses bagages et ses malles dans une voiture de place devant l'hôtel Hanover, au coin de Boylston Street et Clarendon Street, où il était descendu, et se fit conduire aux bureaux de Goodforth Realty dans Devonshire Street.

Il jugea que Boston ressemblait beaucoup à une ville de province anglaise qu'on eût cueillie pour la déposer sur un petit promontoire ou une péninsule avançant dans une large baie constellée d'îlots. Dans la vieille ville se trouvaient des rues étroites aux bâtiments serrés, des entrepôts crasseux et des silos à grain, un peu comme le quartier de Southsea à Portsmouth, dont il gardait le souvenir de son service dans l'armée, avec, au-delà des toits, une forêt aérienne de centaines d'espars et de mâts d'innombrables vaisseaux. Mais après la vieille ville, dans le North End, des avenues plus larges avaient été percées, flanquées d'édifices plus nobles en pierre et en brique, d'églises, de clochers, de coupoles, de parcs, d'arbres récemment plantés, le tout ceinturé par des étendues d'eau, criques et anses, et des marais limoneux. L'endroit bouillonnait de vie, des attelages tintinnabulaient dans les grandes artères et les trottoirs grouillaient de l'agitation des habitants qui vaquaient énergiquement à leurs affaires. Une ville de province avec une touche de capitale, en quelque sorte. Ici se créaient des richesses, Cashel le devinait. Des immeubles à pilastres, de hauts portiques, des panneaux de réclame partout, des calèches dorées tirées par des chevaux lustrés, des hommes et des femmes vêtus à la toute dernière mode.

Une fois arrivé dans Devonshire Street, il fit la connaissance de M. Sam Goodforth en personne, qui se proposa de l'emmener à New Banbury dans son nouveau surrey à deux chevaux. Goodforth était un petit homme de quelques années son cadet, tiré à quatre épingles dans un costume cintré, avec une moustache blonde étonnamment drue qui déséquilibrait quelque peu les proportions de son visage et de son crâne, comme si elle avait appartenu à un homme plus grand et plus imposant que lui.

« Nous y serons en un rien de temps, monsieur », lui annonça-t-il avec un large sourire sincère.

Tiré par ses deux chevaux, le surrey alla bon train comme promis. Ils traversèrent le fleuve Charles et laissèrent bientôt la ville derrière eux. Cashel nota l'excellente condition de la route tout au long du trajet, rendu encore plus agréable par les amortisseurs de bonne qualité du véhicule. Goodforth s'avéra un compagnon bavard et très curieux quant à l'Angleterre et à l'Europe, car il n'avait jamais quitté les États-Unis, avoua-t-il. Il débordait de questions et resta pantois quand il apprit tous les voyages qu'avait accomplis Cashel.

« Avez-vous déjà emprunté le chemin de fer, monsieur Ross ?

– Non, pas encore.

– Je crois savoir qu'il y en a partout, maintenant, en Angleterre.

– Oh non, pas partout. Mais j'ai vu de loin celui qui relie Manchester à Liverpool quand je suis allé embarquer.

– On parle d'en construire un ici, entre Lowell et Boston.

– C'est l'avenir, paraît-il.

– Mais si mon surrey va plus vite qu'une locomotive, quel est l'intérêt ?

– Votre surrey peut-il tracter des wagons remplis de tonnes de marchandises et de passagers par dizaines ?

– Excellent argument, monsieur Ross. »

À Concord, ils s'arrêtèrent dans une taverne en bord de route pour manger une tourte arrosée de bière, puis ils poursuivirent leur chemin jusqu'à New Banbury.

En arrivant, Cashel découvrit une version miniature de Concord. Il y avait un tribunal et une église sur la place centrale, mais aussi une prison, une école, un moulin à vent, un bazar et une écurie. Les maisons en brique et en bois, d'architecture assez simple, étaient sises au cœur de grands jardins. En cette journée chaude et ensoleillée, Cashel ôta son manteau, bientôt imité par Goodforth. Ils continuèrent vers Willow Creek, à une lieue de la ville sur un chemin perpendiculaire à la route qui reliait New Banbury à Stow.

Cashel sentit son cœur s'emballer quand ils arrivèrent à la propriété. Le terrain embroussaillé manquait d'entretien. Goodforth lui expliqua que l'ancien propriétaire, un certain M. Watts, était parti sans crier gare pour la Géorgie l'année précédente au moment de la ruée vers l'or. La ferme était restée à l'abandon pendant dix-huit mois environ, d'où l'urgence de la vendre. M. Watts n'ayant pas rencontré de succès dans la prospection jusqu'ici, il avait besoin de fonds.

Construite une vingtaine d'années plus tôt selon un plan cubique et dans un style dépouillé, la maison, qui s'élevait sur trois niveaux, était faite de planches aujourd'hui patinées clouées à un cadre de bois autour d'une grande cheminée centrale. Cashel compta cinq fenêtres en façade et quatre sur le pignon visible. Formant un angle droit par rapport à la bâtisse, une grange d'une superficie presque identique, également à clin, mi-ouverte mi-fermée, cachait à l'arrière une cabane où loger un travailleur agricole. Il y avait également un potager envahi de mauvaises herbes et un petit verger planté de pommiers, de poiriers et de cognassiers.

Goodforth fit gravir à Cashel une petite éminence derrière laquelle s'étalait un étang tout en longueur d'environ quinze perches sur cinq, bordé d'un côté par une paroi rocheuse assez basse dans laquelle s'ouvrait une sorte de vaste grotte, de l'autre par une grande prairie aux herbes drues et des champs jadis cultivés. Il lui expliqua qu'il n'y avait guère de terres arables, car l'essentiel du terrain était couvert de pins, de pacaniers, de sumacs et de quelques bosquets de vieux chênes. Au-delà de la paroi rocheuse s'étendait une parcelle de terres semi-fertiles plantées de chênes nains.

« Vous en tirerez assurément beaucoup de bois de corde ! » commenta Goodforth en désignant cette zone du doigt.

Cashel inspecta ensuite la maison aux pièces vides et poussiéreuses. La grande cheminée de brique, dont le manteau lui arrivait à hauteur de tête, dominait le salon principal. Tout le mobilier avait été débarrassé à l'exception d'une table et d'une chaise dans la cuisine et d'une large cuisinière noire auxquelles on n'avait pas touché.

« Dans la grange, vous avez une écurie, une étable et une porcherie, et un petit corral à l'arrière de la cabane, annonça Goodforth. C'est vraiment une belle propriété, monsieur Ross, surtout à ce prix. Et vous devriez quintupler votre investissement quand le chemin de fer arrivera jusqu'ici.

– Je la prends, monsieur Goodforth, dit Cashel en lui tendant la main. De la cave au grenier, et jusqu'aux chênes nains. »

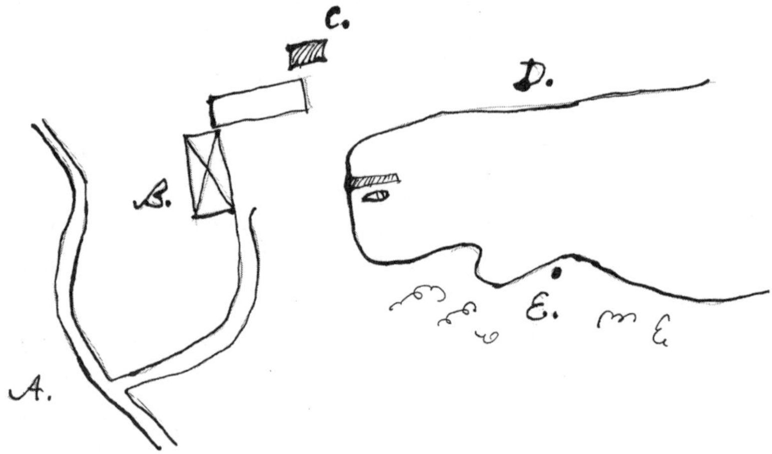

La ferme de Willow Creek.
A. Route de New Banbury. B. Corps de ferme (X) et grange. C. Cabane d'Ignatz. D. Étang de Willow Creek. E. Grotte.

***

Ferme de Willow Creek
New Banbury
Comté de Middlesex
Massachusetts

23 juillet 1832

Mon cher Farley,

Je me hâte de vous écrire car je voudrais que vous receviez cette lettre avant d'embarquer pour les États-Unis. La ferme est parfaite pour nous ! Je me suis installé un campement dans la maison et j'ai entrepris de chauler les murs. Il y a tout l'espace qu'il nous faut, même une petite cabane avec un poêle où je vivrai jusqu'à ce que je puisse dessiner les plans d'un logis plus adapté et le construire. J'ai acheté un cheval pie pour tirer la carriole et la charrue, ainsi que quelques meubles. J'attendrai votre arrivée pour faire avec vous d'autres aménagements. Il y a six chambres au dernier étage qui seront pour Mme Farley, les enfants et vous.

En toute honnêteté, faute d'entretien, la nature a repris ses droits sur l'ensemble de la parcelle. Nous aurons du pain sur la planche pour rendre la terre cultivable, mais rien ne presse. Nous trouverons à New Banbury tout ce dont nous aurons besoin, ou à défaut dans les villes plus grandes de Stow et Concord un peu plus loin, voire Boston, à quelques heures en carriole car la route est en bon état. Je joins à ma lettre une esquisse de plan de la propriété pour vous en donner une meilleure idée – j'ai essayé de mon mieux de tout tracer à l'échelle.

Willow Creek, que nous rebaptiserons bientôt Libertania, m'inspire des sentiments enthousiastes et chaleureux. Son attrait le plus remarquable est l'étang. Dans ses eaux exceptionnellement limpides se reflète le bleu du ciel de manière enchanteresse. On voit très clairement les fonds de sable et les poissons, surtout des perches et des ménés, à ce que l'on m'a dit. L'eau est très claire quand on la verse dans un verre, et tout à fait potable. M. Goodforth m'a dit qu'en hiver on peut gagner de l'argent en vendant la glace en gros blocs. Sur l'une des rives, une petite barre de sable devant une paroi calcaire donne accès à une profonde grotte très fraîche. La pierre a dû être extraite par les autochtones, car un homme peut s'y tenir debout jusqu'à une profondeur de vingt pas. Les enfants vont adorer !

Je vais m'arrêter là pour m'empresser de porter cette lettre à la poste. Je sais que vous devez embarquer le 10 septembre. Faites en sorte de rallier Liverpool deux jours plus tôt pour réserver vos couchettes (près du milieu du navire, si possible) et prévoyez pour la traversée autant de nourriture que vous pourrez en porter. Le Boston Pilot *annonce les futures arrivées des paquebots avec une précision remarquable. Je vous attendrai sur le quai pour vous accueillir tous.*

Transmettez mon meilleur souvenir à votre épouse et à vos enfants.

Je reste, mon cher Ebenezer, votre ami fidèle et affectueux,

Cashel Ross

Cashel plia sa lettre, la scella et l'emporta à la poste de Concord. Le receveur lui conseilla de payer le port d'avance pour s'assurer qu'elle démarrerait son voyage au plus vite. Cashel l'écouta et vit son courrier affranchi. Il profita de sa présence pour se renseigner sur le service de poste restante, car il attendait des lettres de sa mère, de Hogan et de sa banque londonienne. Il fournit au receveur son nom et sa nouvelle adresse, et d'une certaine manière cet acte tout simple lui fit prendre conscience de la réalité de ce qu'il avait accompli. Il se sentit submergé par une vague d'émotion qui le fit chanceler une seconde ou deux, si bien qu'il dut s'accrocher au comptoir pour se stabiliser.

« Vous sentez-vous bien, monsieur ?

– Je ne me suis jamais senti aussi bien, merci. »

Cashel connaissait la date du départ des Farley, puisqu'il avait lui-même payé leur passage, et la durée de la traversée de l'Atlantique s'estimait dorénavant avec une certaine précision. Toutefois, il partit en avance pour Boston afin d'accueillir les Farley : il ne voulait pas risquer de les rater. Il descendit une nouvelle fois à l'hôtel Hanover, s'offrit de bons repas dans de bons restaurants, se promena dans le Common, visita une exposition de tableaux animaliers dans un musée sis derrière l'Athenæum et alla voir *Paul Pry* au théâtre de Federal Street.

Le *Boston Pilot* annonça l'entrée au port du *Leviathan* pour le 8 ou le 9 octobre – ce fut finalement le 9. Cashel se posta sur le Long Wharf et regarda les premiers passagers débarquer des navettes à vapeur. Au bout de deux heures d'attente, il dut se résigner à l'évidence : les Farley n'étaient pas arrivés. Déçu, il se rendit à la capitainerie, où il apprit que le manifeste du paquebot serait affiché le lendemain.

Cashel revint donc et fut stupéfait de découvrir que les Farley ne comptaient pas parmi les deux cent dix-huit passagers du *Leviathan*. Il ne savait que faire. Il avait donné à Farley l'argent pour les billets et savait que leur passage était réservé pour le 10 septembre. Où étaient-ils ? Que s'était-il passé ? Il essaya de refouler l'impression désagréable qu'il venait encore de se faire rouler et se reprocha ses soupçons. Farley n'était pas ce genre d'homme. Que Yelverton se fût révélé être un menteur et un escroc n'impliquait pas que toutes les personnes auxquelles Cashel avait affaire partageaient la même duplicité. Mais, pour l'heure, il ne pouvait rien faire de plus. Si les Farley avaient été retenus pour une raison quelconque et arrivaient par un autre paquebot, il faudrait qu'ils gagnent New Banbury par leurs propres moyens. Il ne pouvait pas attendre sur le quai à Boston et scruter tous les passagers débarquant de tous les bateaux en provenance d'Angleterre.

Il retourna à la ferme et s'y affaira en attendant leur arrivée. Il bricola dans la maison, acheta des lits et autres meubles essentiels, repeignit la cuisine, cueillit les fruits dans le verger et les entreposa dans les placards de l'office, acheta le matériel nécessaire pour pêcher des poissons dans l'étang. Par ailleurs, il alla se présenter à ses voisins immédiats, les Corcoran, les Van der Veen, les Bradshaw et les Eliot. Tous semblaient des gens honnêtes et travailleurs. Les Corcoran venaient de Galway et, dès qu'ils décelèrent son accent, accueillirent chaleureusement Cashel comme l'un des leurs. Il leur raconta à tous qu'il attendait la venue de son associé avec sa famille et que Willow Creek serait bientôt fonctionnelle et active.

Début novembre, il se rendit à Concord pour acheter des plants de pommes de terre. Il avait réussi à labourer le potager et voulait que tout fût prêt pour le printemps suivant.

« Ah, monsieur Ross, bonjour ! le salua le receveur, qui le connaissait bien maintenant en raison du courrier qui arrivait régulièrement pour lui d'Angleterre. Aujourd'hui, il n'y en a qu'une pour vous », l'informa-t-il en lui tendant une lettre écrite d'une main que Cashel ne reconnut pas.

14, Clerk Street
Bristol

8 septembre 1832

Cher monsieur Ross,

Veuillez excuser ma main qui n'a pas appris à l'école. Je dois vous anoncé la mauvaise nouvelle que mon mari, Ebenezer Farley, est mor d'une soudaine fièvre ce jeudi. Il était en bonne et forte santé. Nous sommes tous au désespoire. Nous ne pouvons pas aller en Amérique sans lui. Je suis vraimen désolée. J'ai pri l'argent que vous nous avez donné pour nourir les enfant. Dieu nous sauve, monsieur Ross ! Je vous rembourserais pour avoir été si genti même si je dois me tué à la tache. Vous êtes un homme bon pour notre famille. Je suis très désolé que ce terrible accident nous est arrivé. Nous sommes des âmes perdu maintenan, et nos rêves sont des désastres.

Avec mes bon vœu cordial et que Dieu vous bénisse comme il ne nous a pas béni.

Mme Sophronia Farley

À la lecture de cette nouvelle tragique, Cashel fut pris de nausée. Pauvre Farley ! Pauvre Ebenezer, l'idéaliste, le rêveur ! La vie était parfois d'une impitoyable cruauté. Si près de ce voyage et de la promesse d'un nouveau monde, être foudroyé ainsi… Puis il commença à se poser des questions. De sombres spéculations lui vinrent. Sa bonne nature avait-elle été exploitée, sa confiance trahie ? Mais il se gourmanda vertement de nourrir ces soupçons. Non, entre toutes les personnes vivant dans ce monde, jamais les Farley ne lui auraient rien volé. Et cette lettre poignante, à elle seule, avec ses maladresses et ses fautes spontanées, prouvait bien la véracité de l'atroce nouvelle. S'ils avaient simplement voulu lui soutirer son argent, ils l'auraient fait, et ils n'auraient eu aucun intérêt à fabriquer ce mensonge et à le lui adresser. Farley était mort, sa famille endeuillée et démunie, et la vision de la ferme Libertania anéantie par cette perte. Cashel se retrouvait seul en Amérique. Il lui fallait faire face à cette réalité. Il se demanda comment il allait survivre.

***

Cashel jeta la scie passe-partout à l'arrière de la carriole et partit au trot la rendre aux Corcoran, alors qu'Ignatz lui faisait au revoir de la main. Parmi tous ses voisins, c'est de cette famille qu'il était devenu le plus proche. Ils avaient une grande ferme prospère de près de quatre cents arpents au sud de Willow Creek et, pendant les premières années éprouvantes, Cashel n'avait dû sa survie qu'à la vente de vingt arpents de bois de pitchpin à Shay Corcoran, le patriarche, un veuf qui tenait la ferme avec ses fils Devin et Murphy, tous deux âgés d'une petite vingtaine d'années. Il y avait aussi une fille cadette de dix-huit ans, Bríd, qui s'occupait de toutes les tâches domestiques. Shay Corcoran et son épouse aujourd'hui décédée avaient émigré en Amérique en 1804, mais son accent typique de Galway restait très marqué, alors que les enfants, tous nés après leur arrivée, parlaient comme les natifs de Nouvelle-Angleterre.

Il lui fallut seulement vingt minutes pour arriver à la ferme des Corcoran, qui s'appelait Rockfell. En se garant devant la maison, plus grandiose que la sienne avec une longue véranda et une cheminée sur chaque pignon, il repéra Bríd qui accrochait sa lessive sur une corde derrière la cuisine.

Elle lâcha son paquet de linge et accourut à sa rencontre. C'était une fille timide, avec un visage rond, des cheveux bruns et une peau d'une pâleur qui fascinait Cashel. Ce jour-là, elle avait retroussé les manches de sa robe, et il découvrit que ses avant-bras étaient aussi blancs que son cou et ses joues – un blanc de craie ou de papier à lettres, songea-t-il.

« Comment allez-vous, monsieur Ross ? C'est toujours un plaisir de vous voir.

– Je vais très bien, mademoiselle Corcoran, merci ! Je suis venu vous rendre cette scie. »

Il l'emporta jusqu'à la grange, accompagné de Bríd.

« Les hommes sont tous aux champs du sud pour tondre les moutons, lui dit-elle.

– Je ne vais pas m'éterniser, alors.

– Prenez donc une tasse de café, monsieur Ross. Je viens d'en préparer. »

Cashel s'assit sur une chaise en rotin sur la véranda et posa son chapeau sur son genou. Bríd lui versa son café dans une tasse en porcelaine. Il savait qu'elle était attirée par lui, même si elle n'avait jamais rien dit ni fait pour lui signaler son affection. Mais il le devinait à la façon dont elle souriait à sa vue et surmontait sa réserve habituelle en sa compagnie, surtout en l'absence de son père et de ses frères. Les Corcoran étaient une famille catholique dévote qui priait tous les jours. Un crucifix était accroché dans chaque pièce et Bríd portait toujours la croix en or de sa mère autour du cou. Elle était douce et efficace, Cashel le voyait bien. À la mort de sa mère quand elle avait treize ans, elle l'avait aussitôt remplacée à la tête du foyer, assurant le ménage, le linge et les repas pour les hommes, tous de solides gaillards, très à l'aise au grand air.

Comme toujours quand elle avait l'occasion de lui parler en tête à tête, Bríd se montra très curieuse.

« Monsieur Ross, je me demandais dans quelles villes d'Italie vous avez vécu. Ah, ce que j'aimerais aller en Italie !

– J'ai vécu à Milan, Pise et Ravenne, essentiellement.

– Pise ? Vous avez vu la fameuse tour penchée ?

– Oui, bien des fois. Il faudrait que je vous prête le livre que j'ai écrit sur mes voyages.

– Ce serait formidable, et très gentil de votre part. Quelle ville avez-vous préférée ?

– Je, euh… Ravenne…

– Et pourquoi ? »

Il n'eut pas à répondre, car au même instant apparut Shay Corcoran, qui menait son cheval près de la grange.

« Voilà venir votre père », annonça Cashel, bien heureux de ne pas avoir à évoquer Ravenne.

Shay Corcoran était un grand homme sec aux cheveux et aux favoris drus et aussi blancs que la peau de sa fille. Il avait la main gauche déformée par l'arthrose en une sorte de griffe affreuse. Bríd avait confié un jour à Cashel que son père souffrait énormément de sa main, mais n'en parlait ni ne s'en plaignait jamais. Les deux hommes se saluèrent respectueusement. Cashel était très reconnaissant à Corcoran de lui avoir acheté les arpents de pitchpins en 1833 sans chercher à en négocier le prix, alors qu'il savait très certainement à quel point Cashel avait besoin de cet argent. Un homme farouchement honorable, grâce auquel il avait pu survivre et faire perdurer la ferme.

« C'est une excellente scie, le complimenta Cashel. Merci beaucoup, monsieur Corcoran.

– Vous avez coupé du bois ?

– C'est pour un projet de mon valet de ferme, Ignatz, vous le connaissez, c'est celui qui m'aide. Nous verrons si cela aboutit. »

Reprenant son rôle de fille modèle, Bríd versa à son père une tasse de café avant de les laisser parler de questions agricoles. De fait, Cashel sollicitait souvent les conseils du vieil homme, dont la ferme était florissante. Au fil de la conversation, il fut surpris de constater que son accent irlandais ressortait au contact de Corcoran. Il avait pris soin de rester vague sur sa famille, expliquant simplement que celle-ci, originaire du comté de Cork, avait émigré en Angleterre pendant son enfance. Mais cela avait suffi pour que Corcoran l'apprécie et que ses deux fils suivent bien volontiers l'exemple de leur père. Cashel était toujours le bienvenu à Rockfell, et les Corcoran lui dispensaient généreusement des conseils toujours précieux.

Cashel termina son café, prit congé et retourna à Willow Creek. L'air printanier commençait à se réchauffer, remarqua-t-il. Avec la fin de l'hiver, c'était le bon moment pour lancer le projet original d'Ignatz. Cashel se réjouissait de participer à cette expérience, car à l'évidence l'agriculture ne lui permettrait que de survivre, rien de plus. Willow Creek devait être exploitée autrement.

Une fois arrivé, Cashel remarqua qu'Ignatz avait aligné tout le bois qu'ils avaient coupé, des rondins de pin longs de vingt pieds, ébarbés et nettoyés. Ignatz, qui contemplait son œuvre, se retourna à l'approche de Cashel.

« En avons-nous coupé assez ? demanda celui-ci.

– Assez pour commencer. Facile d'en couper plus si besoin.

– Parfait.

– Vingt bûches, donc dix supports, dit Ignatz avant de pointer du doigt la prairie qu'ils avaient fauchée en bordure de l'étang. Maintenant, nous devons creuser vingt trous. »

Le projet d'Ignatz mûrissait depuis la fin de l'année précédente. Juste avant le début de l'automne, il était venu voir Cashel un jour avec une plante dans une main. Ses nombreuses feuilles ressemblaient à de l'érable ou du platane, et ses fleurs à des cônes verts duveteux.

« Qu'est-ce ? demanda Cashel, qui devinait l'enthousiasme d'Ignatz.

– Je ne connais pas le mot anglais. Dans mon pays, on appelle cela *chmel*. Pour faire la bière.

– Ah oui, du houblon.

– Houblon, répéta Ignatz pour s'entraîner à prononcer le mot. Houblon.

– Où l'avez-vous trouvé ?

– Il pousse dans les bois. On en a beaucoup.

– Et que peut-on en faire ? »

Ignatz lui sourit. Un sourire un peu sceptique, comme s'il s'étonnait que Cashel n'eût pas la réponse tout seul.

« De la bière, répondit-il. Je sais préparer la bière.

– Ah, mais j'aime ça, la bière.

– Monsieur Ross, allons, pas juste pour nous. Nous pouvons faire beaucoup de bière.

– Pourquoi ferions-nous beaucoup de bière ?

– Pour gagner de l'argent, répondit patiemment Ignatz en lui montrant la plante et en la reniflant. Ce *chmel*, ce houblon, il me rappelle celui qu'on a chez moi en Bohême.

– Et quel en est l'avantage ?

– Si j'ai raison, un gros avantage. Où j'habite, on appelle ce type de houblon du *Saaz*. Il fait une bière très spéciale, dit-il avant de marquer une pause. Nous avons ce houblon, nous avons la belle eau de l'étang, nous avons la grotte. Je peux vous créer une bière merveilleuse, monsieur. Meilleure que n'importe quelle bière en Amérique.

– Et comment savez-vous faire la bière ?

– J'ai un livre, monsieur. Un livre allemand. Tout est expliqué.

– Parfait ! dit Cashel en éclatant de rire. Allons-y, Ignatz, tentons notre chance !

– J'ai oublié de préciser : il faut trois ans.

– Ah, alors peut-être que non, en fait.

– Si, monsieur, il le faut ! Nous commençons l'année prochaine. Le houblon pousse très facilement. On lui prépare une place, on s'en occupe, quand c'est le bon moment on le récolte, et après on fait la bière. »

Ainsi naquit la houblonnière de Willow Creek.

***

Après la nouvelle choquante du décès d'Ebenezer Farley en 1832, Cashel avait failli abandonner Willow Creek. À l'évidence, Libertania ne verrait jamais le jour. La pancarte qu'il avait fabriquée, gravée au tisonnier dans une planche de bois blanc, pour l'accrocher à l'entrée de la ferme afin d'accueillir les Farley dans leur nouvelle vie, leur avenir en communauté, était à présent exposée sur le manteau de la grande cheminée, tel un *aide-mémoire** témoignant de ce qui aurait pu être.

Après avoir longuement ruminé, il avait décidé de rester pour voir s'il pouvait faire sa vie en Nouvelle-Angleterre. Quelque chose dans cette grande maison et cet étang translucide lui avait parlé. Il se sentait à l'aise, ici. Il était heureux que son ancienne existence pleine de soucis fût derrière lui. Il avait des voisins respectueux et serviables. La proximité de New Banbury signifiait qu'il ne se sentirait jamais perdu et solitaire dans la « nature sauvage ». Il n'avait rien du pionnier embarqué dans un périple ardu et lointain pour explorer quelque *terra incognita*. Concord comptait une bibliothèque, une salle municipale où étaient organisées d'érudites conférences, des auberges, des tavernes, des magasins qui vendaient tout ce dont il pouvait avoir besoin, depuis les aiguilles et le fil jusqu'aux pioches et aux socs de charrue. Et Boston n'était qu'à un jour de route en diligence. Il n'avait aucune raison de ne pas poursuivre sa tâche, se dit-il.

La première année avait été difficile. Il avait dû engager des journaliers pour faire les foins. La première vache qu'il avait achetée était morte au bout de deux mois. Il n'avait même pas essayé de labourer les terres arables ni de semer des graines, mais avait réussi à faire un peu donner son potager : pommes de terre, haricots plats, pois et melons, qui lui suffisaient presque à se nourrir. Toutefois, il avait investi beaucoup d'argent dans la propriété, d'où la nécessité de vendre les vingt arpents de bois aux Corcoran. Son solde bancaire se maintenait autour d'un étiage acceptable.

À l'hiver 1833 s'était imposée l'évidence qu'il ne pouvait plus se débrouiller seul. Il avait besoin d'aide. Il avait mis une annonce dans les salles communales, les églises et les temples de Stow, Concord et New Banbury indiquant qu'il recherchait un ouvrier agricole expérimenté capable de labourer les champs, de s'occuper des bêtes, de tailler les arbres fruitiers, etc. En d'autres termes, un homme à tout faire. Il proposait dix dollars la semaine, plus le logement – il avait aménagé la cabane et le poêle fonctionnait très bien. Trois mois s'écoulèrent sans que personne se présente. Il se demanda s'il devait augmenter le salaire proposé. Même si Corcoran lui avait dit que c'était une somme généreuse, le poste ne trouvait pas preneur.

Un beau soir de juin, il vit arriver sur le chemin de ferme un jeune homme – un très jeune homme, nota-t-il quand ils commencèrent à parler, avec un curieux mélange d'accent européen guttural et d'intonation chantante à l'américaine. Râblé et puissamment charpenté, il avait un visage mince et anguleux, des pommettes hautes et de grands yeux marron expressifs. Il dit s'appeler Ignatz Vlac et souhaitait se proposer pour l'emploi annoncé.

« Puis-je vous demander votre âge, monsieur Vlac ?

– Je crois que j'ai dix-huit ans, ou peut-être vingt.

– Où êtes-vous né ?

– Je n'en sais rien, monsieur. Mais j'ai grandi dans un pays qui s'appelle la Bohême.

– Ce nom me dit quelque chose. Vos parents étaient originaires de Bohême ?

– Je ne les ai pas connus. C'est mon oncle qui m'a élevé. C'est lui qui m'a amené en Amérique voici environ huit ans.

– Vit-il dans les alentours ?

– Non. Je ne sais pas où il est. Nos chemins se sont séparés il y a longtemps. »

Cashel décida de ne plus poser de questions. Écoute ton cœur, aurait dit Ebenezer Farley. Cashel appréciait la sincérité des réponses d'Ignatz Vlac, et son instinct lui soufflait que ce solide jeune homme au visage triste et interrogateur pourrait bien être la solution à ses problèmes.

Il s'avéra qu'Ignatz, comme Cashel l'appela bien vite, pouvait exécuter tous les travaux requis dans une ferme, du nettoyage de l'étable à la traite d'une vache (Cashel en avait acheté une autre, sur son conseil). Il savait travailler le fer et le bois, abattre un arbre, poser des briques, nettoyer la sellerie et trouver du miel sauvage. Ses capacités semblaient infinies. Il suggéra à Cashel d'acheter également une mule pour le labour et, quand ce fut fait, les petits champs autour du lac furent retournés et semés. Ils plantèrent du maïs et des navets la première année. Un demi-arpent fut laissé au trèfle pour le fourrage, et les prairies furent fauchées pour récupérer du foin. Lentement mais sûrement, Cashel apprit en prenant Ignatz pour modèle quand ils travaillaient ensemble aux champs. En moins d'un an, ils pouvaient subvenir à leurs besoins, notamment grâce à la vente de leurs sacs de maïs au moulin de Concord.

Ils vivaient en voisins respectueux et courtois, Cashel dans sa grande maison, Ignatz dans sa cabane toute simple, mais proprette. Cashel l'appelait par son prénom ; Ignatz lui donnait du « monsieur » ou « monsieur Ross », dans le plus pur respect des convenances entre employeur et employé. Cashel lui proposa un jour de congé par semaine, qu'Ignatz refusa. « Je me repose la nuit quand je dors, lui dit-il. Nous passons un tiers de notre vie à dormir, sans travailler. Pourquoi ne devrions-nous pas consacrer les deux autres tiers au labeur ? » Cashel lui demanda s'il s'agissait là d'une maxime bohémienne, mais Ignatz soutint qu'il avait conçu cette philosophie tout seul.

***

Ferme de Willow Creek
New Banbury
Comté de Middlesex
Massachusetts

15 mai 1837

Cher Hogan,

Pourrais-tu trouver et m'envoyer L'Économie domestique, *d'Alexander Moxley, ainsi qu'un almanach du fermier pour l'année 1837, si un tel livre existe ? J'ai besoin d'un almanach anglais, car les versions américaines que je peux facilement me procurer sont pleines de sujets inutiles : comment identifier les étoiles dans le ciel, quels sont les fleuves les plus longs connus à ce jour dans le monde, l'histoire de l'Égypte ancienne ou les tables astrologiques, par exemple. Je ne cherche que des conseils pratiques : quand planter les pommes de terre ou faire saillir les béliers, comment conserver des fraises après cueillette, etc.*

La semaine dernière, Ignatz, mon valet de ferme, a tué notre cochon (que nous avions appelé Sam). Il a brûlé les poils, puis sorti les boyaux et préparé saucisses et boudins. Ensuite, il a découpé la carcasse. Museau, travers, plat de côtes, échine, joues, pieds – la maison regorge de viande. Il a pris les deux flèches, qu'il a salées puis fumées en les accrochant dans la cheminée au-dessus de copeaux de pacanier. Nous aurons du bon bacon jusqu'à Noël, m'assure-t-il. Il entrepose ces flèches dans une boîte recouverte de cendres de pacanier pour éviter les mouches ou les vers. Il fait des miracles. Je ne pourrais pas survivre sans lui.

Au fait, la grande nouvelle dans le coin est que le fils de notre voisin, Devin Corcoran (je crois t'avoir déjà tout dit sur la famille), doit épouser une Irlandaise de Boston arrivée de Dublin voici à peine un an. Il y aura de la danse, de la musique et de la bonne chère pour une centaine de convives. Ce sera une distraction bienvenue, car je dois t'avouer que la vie à la ferme est monotone (et foutrement active) et que les divertissements de la ville me manquent. Quand je me lasse de jouer les paysans, je vais passer un ou deux jours à Boston pour flâner dans une librairie, manger dans un restaurant d'hôtel, aller au théâtre, porter mes plus beaux atours. Boston est une ville en croissance rapide (même si elle ne peut rivaliser avec Londres), mais ce contraste avec mon quotidien à la ferme m'est nécessaire. Et puis, au bout de deux jours, les vérités toutes simples de la vie campagnarde me manquent au plus haut point et je suis heureux de rentrer.

Assure mère et Buckley de ma plus profonde affection, et dis à ce dernier que je veux tout savoir sur sa nouvelle paroisse. Quant à moi, je vous raconterai le grand banquet de la noce.

Ton frère qui t'aime,

Cashel

P.S. : J'ai oublié de te dire que nous envisageons de produire de la bière à la ferme. Ignatz a découvert une espèce de houblon sauvage dont il dit qu'il donnera une excellente bière. Nous avons créé une houblonnière et les plantes poussent à la vitesse incroyable de deux pieds par semaine. Nous les taillons sauvagement et elles repoussent avec une vigueur accrue. Il nous faudra attendre trois ans avant de cueillir. Bientôt, d'après Ignatz, nous serons devenus brasseurs.

***

Cashel se rendit à Boston pour acheter un service à thé qu'il offrirait en cadeau de mariage à Devin Corcoran et à sa fiancée Caitlin. Il assista à une médiocre représentation des *Deux Gentilshommes de Vérone* et, après s'être restauré, prit un fiacre jusqu'au North End, où il se fit déposer dans Ann Street, une rue derrière les quais sur le front de mer. Il cherchait une maison de débauche et ce quartier en regorgeait, entre des saloons, des dancings, de petites tavernes et des bordels bruyants en sous-sol.

Deux ou trois fois par an, Cashel ressentait le besoin impérieux de tenir une femme nue dans ses bras, de coller son corps nu au sien et de voir ce qui se passerait. Dans la petite rue adjacente à Ann Street se trouvaient des établissements plus luxueux et prétentieux, « maisons closes » où l'on jouait de la musique, l'on servait des boissons, dont du champagne, dans un décor raffiné conçu pour dissimuler la nature réelle de l'échange proposé. Dans les chambres privées à l'arrière des salons en façade, brocs et cuvettes étaient fournis afin que l'on puisse se laver avant de remettre ses vêtements.

C'était toujours la dernière chose qu'il faisait quand il allait à Boston et, comme il se le rappela lors de son voyage de retour à New Banbury le lendemain, cette visite s'accompagnait invariablement de mélancolie, de culpabilité, de regrets et d'angoisse, car il n'avait jamais oublié l'injonction sincère du Dr Freemantle concernant les prostituées : *Facilis descensus Averno*, il est facile de descendre aux enfers… Or parfois une visite aux enfers s'imposait. Le Dr Freemantle à Ooty ! Quel monde était-ce donc là ?

Pendant le trajet du retour, il se remémora ce qui s'était passé la nuit précédente dans la maison close d'Endicott Street et, inévitablement, ses pensées se tournèrent vers Raffaella et les souvenirs qu'il gardait d'elle, rendus encore plus douloureux par le fait qu'il ignorait tout de sa situation actuelle. Où vivait-elle ? Comment allait-elle ? Était-elle heureuse ? Combien d'enfants avait-elle ? Pensait-elle à lui comme lui à elle ? Les questions fusaient, sans réponse. Depuis toutes ces années, elle avait sans doute oublié l'incroyable intensité de leur liaison, mais lui non. Jamais, se jurait-il. Quel était donc ce vieux dicton ? « On n'oublie pas son premier amour. » C'était si vrai. Par réflexe, il comparait à Raffaella chaque femme qu'il rencontrait et qui l'attirait. Et pourtant, il avait bien conscience qu'il ne la reverrait probablement jamais.

Il fut de nouveau pris d'une culpabilité absurde quant à la veille, comme s'il avait trompé Raffaella, trahi la pureté de leur amour. Mais il se morigéna. Allons, Cashel, c'est humain. Tu es un homme, un homme jeune. Tu as des appétits naturels, et alors ? Pas de quoi avoir honte.

***

Cashel dansait avec Bríd. Il était un peu éméché, ayant abusé du whisky de maïs. Sans compter les pas de la gigue, tous ces sautillements et ces pirouettes qui lui donnaient encore plus le vertige. Ils étaient tous deux hors d'haleine mais fous de joie, et Cashel découvrit sur le visage de Bríd une expression qu'il n'y avait jamais vue avant : de l'excitation pure, du plaisir, une sorte d'abandon. Il ressentit alors une puissante montée de désir. Sa jeunesse, sa peau blanche, ses lèvres légèrement fardées, ses joues empourprées de chaleur, sa poitrine qui gonflait au rythme de sa respiration sous le corsage en soie vert pomme de sa robe de demoiselle d'honneur.

La musique s'arrêta et tous les invités applaudirent l'orchestre, composé de deux violons, d'un accordéon et d'un piano droit. Cashel faillit prendre la main de Bríd quand ils s'éloignèrent de la piste de danse en bois installée sous une tente semi-ouverte.

« C'était merveilleux ! dit-elle, encore pantelante. Vous m'avez fait virevolter, monsieur Ross.

– C'est le mariage de votre frère, appelez-moi Cashel.

– Seulement si vous m'appelez Bríd.

– Bríd, Bríd, Bríd. »

Ils rirent, puis échangèrent un regard.

« Je ferais mieux d'aller voir comment va mon père, dit-elle. À plus tard, Cashel. »

Il la regarda s'éloigner, puis se dirigea vers la table à tréteaux sur laquelle étaient disposées les boissons, en grande partie apportées par la centaine d'invités. Il y avait du whisky, du rhum, du cidre et un tonneau de bière. Les Corcoran avaient fait les choses en grand, songea Cashel : deux cochons rôtis à la broche en plein air, des viandes froides et des desserts, les convives installés à de longues tables sous une autre tente immense, des discours, des toasts, encore des discours, puis la musique. Cashel trouva un petit verre vide et le remplit à une bonbonne en pierre contenant du whisky de maïs. Il en but une gorgée. Il se sentait d'une humeur étrange : emporté par la danse et excité par Bríd et son…

« Tout va bien, Cashel ? »

Cashel se tourna et découvrit Devin Corcoran, le marié en personne, en train de mâchonner une chique, très ivre, le front couvert de sueur, la cravate à moitié dénouée. Le jeune homme rajusta soigneusement sa posture, comme s'il était sur le point de tomber. Cashel trouva étrange de le voir tout pommadé et élégant dans sa redingote et sa chemise à jabot.

« Félicitations, Devin ! C'est une magnifique journée, et vous avez une épouse adorable.

– À moi la vie conjugale, répondit Devin en bombant le torse. Oui, elle est formidable, ma Caitlin. »

Ils scrutèrent la foule pour y repérer Caitlin Corcoran, mais en vain. En revanche, ils virent Bríd à côté de son père, qui leur lança un coup d'œil et leur fit un signe de la main.

« Ah, Bríd, Dieu la protège ! » dit Devin avec un sourire béat, avant de cracher sans façon une fontaine de jus de tabac dans l'herbe.

Sur la table se trouvaient des lanternes, car la soirée avançait. Cashel sortit sa boîte à cigares et en alluma un à la flamme. Il en proposa un à Devin, qui accepta avec gratitude, retira sa chique de sa bouche et la fourra dans la poche de son gilet. Ils fumèrent un moment en regardant Bríd piloter son père entre les groupes d'invités et s'arrêter de temps à autre pour discuter.

Cashel se rappela que Shay Corcoran venait d'être élu premier échevin de New Banbury. Il supposa que la fonction ressemblait à celle de maire, même s'il y avait deux autres échevins pour gérer les affaires municipales en matière de planification, d'administration et de législation, car la ville ne cessait de s'agrandir. Un notable dans le voisinage, donc, songea Cashel. L'immigré qui réussit. Il vit des invités aller le saluer avec de larges sourires destinés à le féliciter mais aussi, sûrement, à s'attirer ses faveurs. Bríd restait patiemment auprès de son père. Cashel remarqua un petit ovale de sueur qui maculait le tissu de sa robe verte entre ses clavicules. Il ressentit de nouveau ce spasme de sensualité animale qu'elle avait mystérieusement éveillée en lui. Comme Claire Clairmont, pensa-t-il. Mais d'où sortait donc ce souvenir soudain ?

« Regardez Bríd, dit Devin d'une voix un peu pâteuse en se penchant vers lui. Dix-huit ans. Elle ferait une parfaite épouse pour n'importe quel homme.

– J'en conviens, oui, répondit Cashel sans réfléchir.

– Vous devriez l'épouser.

– Pardon ?

– Avant qu'un autre type vous la prenne.

– Je suis bien trop âgé pour elle, protesta Cashel en riant. Elle doit me considérer comme un vieillard.

– Et moi, je vous dis qu'elle a un faible pour vous. Elle n'arrête pas de parler de vous.

– Vraiment ?

– Ah, regardez, la nouvelle Mme Corcoran qui fait signe à son mari de venir. Je ferais mieux d'accourir. Merci pour le cigare. »

Cashel resta jusqu'au crépuscule à boire et à discuter avec les invités qu'il connaissait, se sentant soudain membre de cette communauté de voisins. Il mangea une grosse part de gâteau de mariage pour éponger le whisky, mais décida bientôt que le temps était venu pour lui de rentrer avant de rouler sous la table. Il partit en quête des jeunes mariés pour prendre congé, mais tomba sur Bríd, qui revenait de la maison.

« Je m'en vais, Bríd. Je suis plein comme un œuf.

– Je vous raccompagne à votre carriole. »

Ils firent le tour de la grande maison pour atteindre un champ moissonné où étaient garés tous les véhicules, charrettes, surreys, coches, attelages à poneys. Dans l'obscurité, les chevaux broutaient l'herbe en tapant des sabots ou mangeaient dans des musettes. Cashel retrouva sa carriole et attrapa les rênes pour les jeter sur le siège. Quand il se retourna vers Bríd, il fut pris de vertige. Tout ce whisky, mon Dieu !

« Merci pour la danse, Bríd. Ce fut le summum de la journée. »

Il ôta son haut-de-forme, prit la main de Bríd et y déposa un baiser en espérant se comporter en gentilhomme. Elle regarda autour d'elle pour voir s'ils étaient seuls, puis braqua les yeux sur lui.

« Vous pouvez aussi m'embrasser sur la bouche, si vous voulez », dit-elle à mi-voix.

Sans réfléchir, Cashel se pencha pour baiser ses lèvres si douces. Il sentit qu'elle lui passait les bras autour du cou et collait son corps au sien.

Puis ils se séparèrent, à nouveau hors d'haleine, mais aussi quelque peu abasourdis. Il la trouva particulièrement belle dans la lumière du crépuscule, comme si la jeune fille en elle avait laissé place à la jeune femme.

Écoute ton cœur, se dit-il.

« Bríd, voudriez-vous m'épouser ? sortit-il tout à trac. Accepteriez-vous de vous unir à un vieux bonhomme comme moi ?

– Rien ne me ferait plus plaisir au monde, je vous le jure, répondit-elle aussitôt en souriant. Et vous êtes loin d'être vieux, Cashel Ross. »

Ils s'embrassèrent de nouveau, plus fougueusement.

« N'attendons pas, Cashel. Ne faisons pas durer les fiançailles, je vous en prie. Cette femme que mon frère a épousée, je ne la supporte pas. Je ne peux pas vivre sous le même toit qu'elle. Vous me sauvez la vie… mon chéri », ajouta-t-elle après une brève hésitation.

Deux jours plus tard, suivant le plan qu'ils avaient rapidement échafaudé tous deux, Cashel se rendit à Rockfell, où il avait envoyé Ignatz la veille pour porter un message requérant un entretien en tête à tête avec Shay Corcoran.

Le patriarche précéda Cashel dans un petit salon à l'arrière de la maison, qui sentait la pipe et où était accroché dans un cadre à dorures au-dessus de la cheminée le portrait d'une femme à la mine austère et aux vêtements démodés, sans doute la défunte Mme Corcoran. Il leur servit un verre de whisky irlandais qui restait de la noce. Ils discutèrent du temps sec et du besoin d'une bonne averse. Corcoran alluma sa pipe et Cashel un de ses petits cigares, puis il en vint au fait. Il s'était beaucoup attaché à Bríd au cours des années passées et avait compris qu'elle partageait ses sentiments. Avec le plus grand respect, il avait l'honneur de la demander en mariage.

À la surprise de Cashel, Corcoran eut un sourire radieux, se leva de son fauteuil et vint lui serrer la main.

« Cela me rendrait très heureux, Ross, vraiment. Bien sûr, vous comprendrez que je dois vous poser une question vitale.

– Je vous en prie, tout ce que vous voudrez.

– Êtes-vous l'un des nôtres ? Je suppose que oui.

– Je vous demande pardon ?

– Êtes-vous catholique ? Croyez-vous en notre Dieu catholique ? »

Cashel cligna des yeux. Imbécile ! se dit-il. Pourquoi n'avait-il pas vu venir cette question ? Avec tous les crucifix accrochés partout dans la maison, il aurait dû y penser.

« Hélas, non. J'ai été baptisé dans la foi protestante et je me conforme à ce culte, même si je dois admettre que je ne suis pas dévot.

– Quel dommage ! lâcha Corcoran, dont toute la bonhomie s'évapora d'un coup. Je refuse de donner ma fille en mariage à un protestant. Désolé, Ross.

– Bríd a-t-elle son mot à dire sur le sujet ?

– Non.

– Très bien, dit Cashel avant d'ajouter sans y avoir réfléchi, une fois de plus : Et si je me convertissais ? Si je devenais catholique ?

– Ah, cela changerait tout, répondit Corcoran avec un petit sourire, comme si la réponse était évidente depuis le début. Dans ce cas, je serais ravi de vous accueillir dans notre famille. »

***

Le père Standish O'Malley était le prêtre de l'église St Aloysius dans Chestnut Street à Boston, non loin du Common. Corcoran avait suggéré à Cashel de le rencontrer pour se faire admettre parmi ses ouailles. Cashel découvrit alors que les églises catholiques étaient rares, dans Boston la puritaine : tout juste y avait-il la cathédrale de la Sainte-Croix dans Franklin Street et une autre église à Salem. Quant à St Aloysius, elle n'avait que quelques années, et ce petit bâtiment de bois pouvait accueillir une vingtaine de fidèles seulement. C'était pourtant là que Shay Corcoran l'avait orienté, car le prêtre était un vieil ami. « Il y aura bientôt beaucoup d'autres églises catholiques à Boston, affirma sereinement le père O'Malley. Oh oui, les Irlandais arrivent en masse. »

Il reçut Cashel dans ses appartements sombres et miteux du « presbytère », qui était en fait sa propre maison, voisine de l'église. Quinquagénaire ventripotent à la forte carrure et à la barbe grise très drue, il portait des lunettes ovales non cerclées qui agrandissaient considérablement ses yeux chassieux et lui donnaient un regard très étrange. Cashel eut l'impression d'être sous un microscope, et l'attitude terre à terre et un peu brusque du père O'Malley s'accordait bien avec son regard pénétrant. Il fit asseoir Cashel dans un fauteuil devant un petit feu de bois. En ce mois de septembre, Cashel voyait par la fenêtre un tilleul dont les feuilles commençaient à brunir.

« Pour commencer, quelques questions, monsieur Ross.

– Sentez-vous libre de me demander tout ce que vous voudrez.

– Nul besoin d'aller si loin. D'où venez-vous ?

– J'ai une ferme près de New Banbury, dans le comté de Middlesex.

– Non, non. D'où en Irlande ? J'entends une pointe d'accent de Cork.

– Ah oui, j'ai grandi près de Castlemountallen dans le comté de Cork.

– Et je parie que vous vous croyez plus malin que nous autres.

– Certainement pas.

– Êtes-vous baptisé ?

– Oui, mais dans la foi protestante.

– Cela va diablement nous faire gagner du temps. Pourquoi voulez-vous vous convertir au catholicisme ?

– Je veux épouser une jeune fille qui est catholique.

– Bríd Corcoran, je suppose ?

– Oui. Sinon, son père refuse.

– Nous dirons donc qu'il s'agit plus d'une question pratique que d'une question de foi.

– C'est assez juste, oui.

– Bien, cela va accélérer les choses, décréta le père O'Malley en se levant. M'accompagnerez-vous pour boire un verre de brandy, monsieur Ross ?

– Avec joie, merci ! répondit Cashel en acceptant le verre à vin très plein que lui tendit le prêtre.

– Vous fumez la pipe, monsieur Ross ?

– Non, je fume des chiroutes. Une vilaine habitude que j'ai acquise aux Indes.

– Aux Indes, sapristi ! Qu'y faisiez-vous donc ?

– J'étais dans l'armée. »

À cette nouvelle, les grands yeux du père O'Malley semblèrent soudain le fixer encore plus intensément. Cashel sortit son joli étui à cigares, et le père O'Malley en accepta un, qu'il alluma avec une brindille sortie du feu avant de la tendre à Cashel.

« C'est drôle comme le brandy appelle l'odeur du tabac.

– Ils semblent en effet se compléter, convint Cashel.

– C'est très corkien de votre part, tiens.

– Que voulez-vous dire, mon père ?

– Que jamais personne ne répondrait ainsi à Dublin. Je viens de Dublin, comprenez-vous.

– Cela fait bien longtemps que j'ai quitté le comté de Cork. Presque trente ans.

– Bref, revenons à nos moutons. Êtes-vous un homme intelligent ?

– Je ne saurais le dire. Mais j'ai écrit deux livres qui ont été publiés.

– Vous êtes plein de surprises, monsieur Ross. D'abord soldat aux Indes, et maintenant auteur publié. Mais c'est là une bonne nouvelle, une garantie d'intelligence. Question suivante : croyez-vous dans l'existence objective de Dieu ? »

Cashel s'accorda un instant de réflexion. C'est le moment de se montrer prudent, songea-t-il.

« Oui.

– C'était ma question piège, dit le père O'Malley en s'esclaffant. C'est toujours un point délicat pour les nouvelles recrues. Allez, nous en avons presque terminé. Avez-vous commis un péché mortel ?

– Oui.

– Alors, allez vous confesser et vous recevrez le sacrement de réconciliation.

– Je me confesse à vous ?

– Je ne pense pas, non. Je vous trouverai un prêtre disponible. Encore une petite goutte ?

– Merci.

– Et vous, avez-vous des questions pour moi ? s'enquit le père O'Malley en remplissant à nouveau leurs verres.

– Combien de temps avant que je puisse être accueilli dans l'Église catholique ?

– Oh, n'importe quelle messe dominicale fera l'affaire. Il y a d'abord une période d'instruction, je vous expliquerai tout. Une fois que vous vous serez confessé, vous assistez à la messe pour être en état de grâce, voyez-vous. Et puis vous célébrez l'eucharistie et, hop là, abracadabra, vous devenez catholique et vous pouvez épouser votre adorable donzelle catholique.

– Ah oui ? Parfait.

– Dites-moi, comment va ce vieux grigou de Shay Corcoran ? »

À la suggestion du père O'Malley, Cashel retourna deux fois à Boston pour ostensiblement recevoir son éducation (« Histoire que vous n'ayez pas l'air d'entrer par la porte de derrière »), et un beau dimanche d'octobre, il alla se confesser, assister à la messe, recevoir la sainte communion (un morceau de pain dur et une gorgée de piquette) et devint catholique. Shay Corcoran lui servit de témoin.

Alors qu'ils roulaient sur la route menant à Concord, Corcoran semblait de particulièrement belle humeur.

« Je suis ravi de vous avoir bientôt pour gendre, Ross. Ravi que vous épousiez Bríd. Elle n'est pas bavarde, mais c'est une bonne fille.

– Je ne pourrais pas être plus heureux, monsieur.

– Et à présent, nos deux fermes appartiennent à la famille, pour ainsi dire.

– En effet. Je n'y avais pas pensé. Je suppose que nous…

– Nous pouvons faire de grandes choses ensemble. Vous, vous avez ces revenus que vous tirez de votre glace l'hiver. C'est un énorme atout, nous pouvons en produire encore plus. Et nous pouvons vous aider pour les céréales. Et la prairie, et les bois. »

Cashel décida de ne pas lui parler tout de suite du projet sur la bière.

« Je me réjouis par avance de notre association, monsieur. Je serai un bon mari pour Bríd, vous pouvez en être sûr. J'ai beaucoup de chance.

– C'est l'homme qui se crée sa propre chance, Ross, dit Corcoran en lui serrant le genou, avant de lui faire un sourire salace. Et n'oublions pas de produire quelques petits-enfants, hein ? Quelques Corcoran de plus, ça ne fera pas de mal. »

***

Ferme de Willow Creek
New Banbury
Comté de Middlesex
Massachusetts

17 novembre 1837

Ma chère mère,

Nous avons pensé à vous pendant notre mariage, et nous avons levé nos verres aux absents de la famille Ross. Ne pas vous avoir auprès de moi fut mon seul motif de tristesse. Après la cérémonie à St Aloysius, nous sommes allés à l'hôtel Hanover, où nous avons dégusté un excellent repas.

Bríd et moi sommes restés à Boston pour notre lune de miel (une petite semaine) et nous avons savouré tous les délices que peut offrir la ville, qui devient plus mondaine d'année en année et s'agrandit presque à vue d'œil. Il y a des concerts, des conférences, des pièces de théâtre, des opéras. Nous avons passé une belle semaine.

Vous seriez charmée par votre bru. Elle est jeune et timide, mais très efficace. Les effets de son énergie et de son enthousiasme se voient déjà dans la ferme. Et je n'ai jamais si bien mangé. Si notre grand projet (secret) réussit comme nous l'espérons, nous ferons le voyage jusqu'en Europe (Bríd n'a jamais quitté les États-Unis) et nous viendrons séjourner chez vous à Oxford.

Je prospère, ici. La ferme commence à être rentable. Mon homme de peine, M. Ignatz Vlac, m'est devenu indispensable. Et maintenant j'ai le bonheur d'avoir une adorable jeune épouse. Que pourrais-je demander de plus ?

Je vous envoie mes plus affectueuses pensées, à mes frères et à vous.

Votre fils qui vous aime fidèlement,

Cashel

Livre onzième

Cashel observait ses filles qui jouaient à cache-cache dans la houblonnière. Maeve, quatre ans, était née neuf mois presque jour pour jour après son mariage avec Bríd – pour plaisanter, Cashel affirmait qu'elle avait été conçue à l'hôtel Hanover –, et Nessa l'avait rejointe un an plus tard. Maeve était blonde comme lui, Nessa brune comme sa mère. Le caractère de chacune s'accorderait-il avec leurs couleurs de cheveux respectives ? se demanda-t-il. Il regardait les petites surexcitées courir dans l'étrange forêt d'Ignatz, ces poteaux formant des V inversés désormais recouverts d'un feuillage vert foisonnant qui donnait au houblon des allures de sapins dans un livre d'images.

Maeve se précipita vers lui et lui enlaça les jambes.

« Papa, papa, elle triche ! Elle dit qu'elle ne regarde pas, mais moi, je sais qu'elle regarde !

– Elle est encore petite, ne l'oublie pas. Où est maman ?

– Elle prie.

– D'accord. »

Il leva les yeux et aperçut Nora, leur bonne et leur nounou, qui sortait de la maison. Il lui demanda de surveiller les filles pendant qu'elles jouaient encore un peu. Si on avait besoin de lui, on le trouverait à la cabane d'Ignatz.

Penché sur des tableaux de longues colonnes de chiffres, Ignatz se leva à son arrivée. Il s'était récemment laissé pousser un bouc pointu, dont Cashel trouvait qu'il lui donnait un air plus mélancolique ; on eût dit un triste mousquetaire.

Sur un tabouret près du bureau trônait un quartaut de la bière allemande de Willow Creek. Leur toute nouvelle bière.

« Qu'est-ce qu'elle donne ? demanda Cashel.

– Je ne dis rien. C'est mieux si vous la goûtez vous-même. »

Ignatz tourna le robinet inséré dans le tonneau et remplit un verre à vin. Cashel en but une gorgée. La bière lui parut étonnamment fraîche, grâce à toute la glace qu'ils avaient épandue dans la grotte où elle était entreposée.

« Moi, elle me plaît, décréta Cashel.

– Non. Il y a encore quelque chose qui ne va pas, dit Ignatz en tapotant son livre magique. Déjà, elle devrait avoir une robe plus ambrée, plus dorée. Et un goût plus franc, plus tonique. »

Le livre en question, *Die Kunst des Bierbrauens : physisch, chemisch, ökonomisch beschrieben*, de Franz Andreas Paupie, publié en 1794, était la bible de tous les brasseurs de Bohême, affirmait Ignatz.

« Alors, qu'est-ce qui cloche ? »

Ils avaient perdu un an parce que les pieds de houblon avaient été sévèrement attaqués par le mildiou pendant un été humide, deux ans après avoir été plantés. Mais, une fois fermement rabattus, ils étaient repartis de plus belle, et leurs tiges s'agrippaient aux poteaux de douze pieds et s'enroulaient autour en spirale tels des pythons affamés. Ignatz jurait que ce houblon lui rappelait étonnamment la variété Saaz utilisée en Bohême. Il n'y avait aucune raison de ne pas atteindre le même niveau d'excellence.

« Ce n'est pas notre houblon, il est superbe. Ce n'est pas notre eau, elle est pure, cela se voit à l'œil nu. Le problème doit donc venir de l'orge.

– Ou peut-être de la levure ? demanda Cashel, bien conscient de son ignorance.

– Non, répondit Ignatz avec assurance. La levure n'est que la détente qui déclenche le tir. C'est l'orge. Il nous faut de l'orge de meilleure qualité.

– Entendu. Ce ne sont pas les producteurs d'orge qui manquent dans les environs. Allons voir ce que nous pouvons dénicher. J'expliquerai la situation à Corcoran et il comprendra, j'en suis sûr », déclara Cashel, car c'était à son beau-père qu'il achetait son orge.

Tandis qu'Ignatz attelait le cheval à la carriole, Cashel retourna chercher son chapeau dans la maison. Il vit Bríd agenouillée sur son prie-Dieu devant l'autel qu'elle avait installé dans un coin du grand salon et où elle priait parfois deux ou trois heures d'affilée le matin. Accrochée au mur au-dessus d'un petit placard sur lequel brûlaient deux bougies, une peinture stylisée représentait la Vierge auréolée, mains jointes, regard implorant tourné vers une colombe dans les cieux. Cashel constata que Bríd était encore toute à ses prières, les yeux clos, la tête baissée, ses doigts égrenant lentement son chapelet.

Sans la déranger, il se glissa silencieusement dans la cuisine. Les filles étaient à présent attablées devant du lait et des tartines de pain beurré. Nora faisait la vaisselle dans un baquet près de la fenêtre. Cashel les informa qu'il serait de retour pour le déjeuner.

Accompagné d'Ignatz, il fit le tour d'une demi-douzaine de fermes produisant de l'orge dans la commune de New Banbury. Ignatz s'emparait d'une poignée de grains, les reniflait, en grignotait quelques-uns et émettait un avis. Si l'orge était toujours sur pied, en attente de la récolte, il arrachait des épis et prélevait un ou deux grains qu'il mâchait quelques instants. Il ne trouva pas son bonheur. Il faudrait aller plus loin, dit-il.

Cashel était impressionné par son exigence et lui en fit part sur le chemin du retour à Willow Creek.

« Je vous l'ai dit, monsieur Ross. Mon oncle de Pilsen m'a tout appris. Il travaillait dans les brasseries, c'était son métier. C'est lui qui m'a donné ce livre quand je suis parti pour l'Amérique.

– Je croyais que vous étiez enfant à votre arrivée ici, objecta Cashel. Est-ce là l'oncle qui vous a amené ?

– J'étais jeune, mais pas tant que cela. Et c'est un autre oncle. »

Cashel sentit qu'il n'apprendrait rien de plus.

« Demain, je pourrais prendre la carriole et aller plus loin, proposa Ignatz. Jusqu'à Stow ou Sudbury...

– Absolument. Il faut trouver notre orge parfaite, sinon à quoi bon ? »

Cashel laissait volontiers Ignatz prendre les choses en main. Il n'avait d'ailleurs pas d'autre choix. Depuis qu'avait germé l'idée de brasser de la bière à la ferme, il était impressionné à la fois par son zèle et son goût du secret. Ignatz l'avait autorisé à suivre une partie du processus de fabrication – le maltage, le concassage, l'élaboration du moût, l'ajout de la levure, la fermentation –, mais il ne lui avait jamais révélé où et comment il achetait ou fabriquait sa levure, ni pourquoi il découpait des blocs de glace dans l'étang en hiver et en tapissait le sol de la grotte, telles des dalles de verre, avant de les couvrir d'une épaisse couche de sciure qu'il allait récupérer dans une scierie de New Banbury.

La grotte avait toujours été fraîche, même par les chaudes journées d'été, mais là il y faisait carrément froid, quelques degrés au-dessus de la température du gel.

« Pourquoi un tel froid ? s'enquit Cashel.

– Pour le processus de fabrication. C'est très important », se contenta de répondre Ignatz.

Ce soir-là, une fois que Bríd eut achevé de dire son long bénédicité, la famille s'assit à table. Cashel lui expliqua la quête de l'orge parfaite, mais remarqua son absence d'intérêt. Il lui demanda comment elle se sentait.

« Je suis moins troublée, reconnut-elle franchement. Je me sens plus apaisée.

– Excellente nouvelle, très chère, fit-il en souriant. Il n'y a aucune presse. Le médecin dit qu'il vous faudra du temps pour redevenir celle que vous étiez.

– Je ne redeviendrai jamais celle que j'étais », répliqua-t-elle sans emphase.

Tout remontait à la naissance de Nessa. L'enfantement avait été long et difficile. Bríd avait perdu du sang et demeurait affaiblie. Plus préoccupant encore, elle semblait n'avoir aucun intérêt pour son nouveau bébé et était restée alitée pendant plusieurs mois. Une simple promenade dans la cour de la ferme la laissait épuisée pendant des jours. Nora avait alors été engagée pour s'occuper des filles.

Lentement mais sûrement, Bríd avait émergé de sa léthargie mélancolique et commencé à reprendre certaines de ses tâches quotidiennes et de ses habitudes, mais aux yeux de Cashel, elle apparaissait radicalement transformée – plus silencieuse, plus préoccupée, plus triste. Et de temps à autre, une vague de folie incontrôlée faisait éruption ; elle s'en prenait alors à lui, le traitant de « bon à rien », de « mari lamentable » et de « dégénéré » ayant une « influence corruptrice sur la famille ». Cette fureur disparaissait aussi vite qu'elle avait explosé et il la retrouvait assise dans un coin de la maison en train de pleurer, non pas de remords mais de détresse, disait-elle. Cashel ne rentrait pas dans la dispute, il n'argumentait pas, acceptant les insultes tel un rocher battu par une mer déchaînée, attendant que la tempête passe et que le calme revienne. Et quand elle avait fini par se rétablir, Bríd s'était acquittée de ses devoirs de mère envers Nessa, mais il sauta aux yeux de Cashel, et de Nora, que Maeve était sa préférée, comme si elle rendait Nessa responsable de son changement de personnalité.

Quelques mois après la naissance de Nessa, alors que Bríd semblait enfin sortir de sa torpeur et de son invalidité et prendre le chemin du rétablissement, Cashel entra un soir dans la chambre de son épouse – ils faisaient chambre à part –, ôta sa chemise de nuit et se glissa dans le lit près d'elle. Elle devint hystérique, choquée, lui interdisant de la toucher, dégoûtée et horrifiée par la nudité de son mari.

« Je ne veux plus avoir d'enfant, geignit-elle d'une voix faible et étranglée une fois que Cashel, rhabillé, l'eut calmée. Je refuse. Jamais. Plus jamais. »

Ce fut alors que l'épisode mystique commença, comme si une digue s'était rompue dans son esprit. Elle avait toujours été pieuse, mais cela tourna à l'obsession. L'autel apparut, le prie-Dieu fut placé devant lui, et elle priait là en silence des heures durant.

Le médecin que Cashel fit venir de Boston pour l'examiner ne put poser aucun diagnostic précis, se contentant de généralités : vapeurs, tension nerveuse, hystérie. Il prescrivit un régime de bains froids et de bouillons de sa concoction qui lui rendraient de l'énergie. Après qu'on l'eut forcée à prendre les bains froids et à avaler les bouillons, il sembla évident que le « remède » était pire que le mal. Cashel fit tout arrêter et la laissa vivre sa vie comme elle l'entendait. Les petites étant très jeunes, les excentricités de leur mère entrèrent dans une certaine normalité. Maman priait, c'était son activité principale dans la journée, puis elle s'intéressait un peu à elles. Nora était enjouée et les filles l'adoraient. Cashel s'efforça de passer plus de temps avec elles pour compenser, mais en vérité, se disait-il, elles semblaient aller plutôt bien.

Parfois, s'il oubliait les dévotions de son épouse, Cashel retrouvait l'ancienne Bríd, la douce jeune femme qu'il avait épousée. Elle tenait le foyer, rendait visite à sa famille et aux voisins, s'occupait des petites, mais il sentait bien que ce comportement « normal » était artificiel et qu'il y avait en elle une vie de pénombre et de souffrance à laquelle seule la prière pouvait apporter consolation et réconfort.

Toute relation sexuelle et toute forme d'intimité avaient cessé depuis le soir où il était entré nu dans son lit. Elle se raidissait quand il la touchait par inadvertance, mais affirmait dûment qu'elle l'aimait et se souciait de lui s'il l'interrogeait à ce sujet. « Bien sûr que je vous aime et que je vous honore, Cashel : vous êtes mon époux et le père de nos magnifiques enfants. »

Il résolut que la meilleure et la seule stratégie était d'attendre que cela passe. Il avait de quoi s'occuper avec la ferme, la houblonnière et tout le « projet bière », et après quelque temps, il renoua avec ses escapades à Boston et leurs plaisirs autorisés et défendus. Quand il se trouvait loin d'elle, il lui semblait plus facile d'oublier l'imposture que son mariage était devenu.

Cashel regarda Bríd de l'autre côté de la table et sourit à nouveau. Il lui souriait toujours, quoi qu'il eût à l'esprit.

« Il y a un cirque ambulant qui passe à Sudbury. Si nous y emmenions les filles ?

– Il faut que je vous pose la question, Cashel, pardonnez-moi.

– Quelle question ?

– Y a-t-il de la boisson sous notre toit ? De l'alcool ?

– Non, j'ai retiré toutes les bouteilles, comme vous me l'aviez demandé.

– Je ne peux vous empêcher de boire, je le sais, mais je refuse que ma maison soit souillée.

– Bien sûr, je comprends ce que vous ressentez. Ne vous inquiétez pas, il n'y a pas une goutte d'alcool dans cette maison », affirma-t-il en souriant de nouveau.

Après le dîner, il prit une lanterne, se rendit dans la grange et sortit une bouteille de brandy de sa cachette derrière un tas de fagots. Il alluma un cigare à la flamme de la lanterne et but directement au goulot, en essayant de se vider l'esprit. Une demi-lune éclairait le ciel presque limpide, hormis quelques fins nuages semblables à des lambeaux de soie ou de mousseline. À leur aplomb, l'étang scintillait d'un argent bruni sous la clarté lunaire. Cashel avala une nouvelle gorgée de brandy et se mit à marcher. Bruno, l'un des chiens de la ferme, vint à sa rencontre et se laissa caresser les oreilles. « Gentil toutou, allez file, laisse-moi en paix. »

Il aperçut de la lumière dans la cabane d'Ignatz. Un instant, il envisagea d'aller frapper à sa porte pour lui demander si un petit brandy lui ferait plaisir, mais se ravisa. Ignatz ne pensait qu'à la bière, maintenant que la phase cruciale avait démarré, et il ne voulait parler que de ça. Quel étrange jeune homme ! Cashel replaça la bouteille dans sa cachette, écrasa son cigare, en jeta le mégot d'une chiquenaude, reprit sa lanterne et rentra tranquillement se coucher.

***

« J'ai trouvé notre orge ! annonça Ignatz en essayant de cacher son exultation.

– Bravo ! Où donc ?

– Pas loin de Stow. À la ferme Five Oaks.

– Five Oaks. Le nom me dit quelque chose. Ils font des pommes, c'est ça ?

– Oui, c'est l'un des plus gros vergers du pays. Et pour notre bonheur, ils font aussi de l'orge. C'est idéal. »

Cashel se rappela que cette ferme avait été rachetée, un an après son arrivée à Willow Creek, par une certaine Frances Broome, séparée ou divorcée de M. Broome. Elle avait acquis l'endroit au comptant, sans emprunt ni hypothèque, et s'y était installée avec ses deux jeunes fils, se mettant bien vite les voisins à dos en raison de ses manières froides et cassantes. Dans la communauté des fermiers, on eut tôt fait de la surnommer dans son dos « la reine Victoria », comme la jeune femme qui venait de monter sur le trône d'Angleterre.

« L'avez-vous rencontrée ? demanda Cashel. La reine Victoria a-t-elle daigné vous parler ?

– Oui, elle est prête à nous vendre à un prix raisonnable toute la quantité d'orge que nous voudrons.

– Et c'est bien l'orge qu'il nous faut, c'est sûr ? Nous allons effectivement produire de la bière ?

– En quantité. Attendez d'avoir goûté ma production, monsieur Ross. Vous en serez ébaubi, lui assura Ignatz, dont l'enthousiasme était contagieux.

– Je suis tout prêt à m'ébaubir, Ignatz. J'ai bien besoin d'un peu d'ébaubissement dans ma vie. »

Dès le lendemain, il se rendit à Stow avec Ignatz, qui avait fait des calculs précis et savait exactement combien de boisseaux d'orge il lui fallait. Cashel s'était muni d'une bourse de dollars d'or et d'argent. Ce « projet bière » qui passionnait Ignatz lui inspirait pour sa part une joyeuse insouciance. Il commençait à croire qu'une vie sans projets ne valait pas la peine d'être vécue. Les préparatifs, les dépenses, les pronostications, les velléités permettaient de se projeter au-delà de la routine du quotidien. D'une certaine manière, peu importait que le projet fût couronné de succès ou non, car c'était l'énergie mentale et physique sollicitée qui lui donnait de la valeur. Et comme pour démontrer la validité de cette théorie, il se dit : Me voici en ce bel après-midi de septembre avec de l'argent en poche, en route pour acheter de l'orge à une femme exigeante et détestée. Ainsi aujourd'hui différait d'hier, et c'était là tout ce qui comptait.

Il mena la carriole à travers un grand verger bien entretenu, où des hommes juchés sur des échelles s'affairaient à cueillir les pommes. Il fut surpris de constater que la ferme de Five Oaks était une vieille maison de bois rectangulaire étonnamment petite, d'architecture coloniale classique, mais entourée d'une ribambelle de granges plus vastes et de constructions plus récentes. Ils s'arrêtèrent devant la porte principale et Ignatz demanda à un jeune garçon où se trouvait Mme Broome. Le gamin lui indiqua la direction d'un grand verger à un quart de lieue. Cashel s'y rendit à pied, tandis qu'Ignatz allait garer la carriole près du grenier à céréales.

Le soleil de l'après-midi tapait fort et Cashel chassait de la main les agaçantes mouches qui dansaient autour de sa tête. Il vit un boquet garé sous un vieux chêne et trois chariots vides qui attendaient leur cargaison. Juste derrière, il aperçut une femme de dos, occupée à contrôler les pommes qu'on faisait passer des paniers à de grandes caisses en bois. Mme Frances Broome, sans nul doute.

Cashel ôta son chapeau en s'approchant. Mme Broome portait une capeline en paille repoussée à l'arrière de sa tête, un cache-poussière sur sa longue robe imprimée et des sabots.

« Madame Broome ? »

Elle se retourna en entendant son nom et, l'espace d'un instant, Cashel crut qu'il allait hurler. Il toussa, s'éclaircit la voix et se présenta. Il s'excusa de l'avoir ainsi surprise et la regarda de nouveau. Non, ce n'était pas Raffaella réincarnée en fermière américaine d'âge mûr, mais Mme Broome avait le même genre de visage allongé un peu masculin et la même mâchoire qu'elle, ressemblance frappante qui l'avait pris au dépourvu. Comme Raffaella, elle avait les cheveux châtains, à ceci près qu'ils grisonnaient sur les tempes. Sa peau était hâlée, et de fines rides striaient son front et les commissures de ses lèvres, qu'elles encadraient de parenthèses. Elle semblait du même âge que lui, une petite quarantaine. Cashel s'inclina légèrement.

« Enchanté de faire votre connaissance, chère madame.

– Monsieur Ross, oui, vous êtes l'Anglais qui a acheté Willow Creek. J'avais envisagé un temps de l'acquérir, mais elle n'était pas assez grande pour mes besoins. »

Il n'arrivait pas à situer son accent. Une pointe venue du Sud ?

« Qu'y a-t-il, monsieur Ross ?

– Pardonnez-moi, vous m'avez rappelé quelqu'un l'espace d'un instant. C'est sans importance.

– Nous ne nous sommes jamais rencontrés, n'est-ce pas ?

– Non, jamais. »

Il se rendit compte qu'il la dévisageait encore. Moins grande que Raffaella, elle avait cependant la même silhouette svelte et ferme. Pendant qu'ils marchaient en direction du boquet, il sentit un frisson le parcourir. Les souvenirs affluaient, ravivés par cette ressemblance inattendue.

Elle le ramena jusqu'à la ferme, où Ignatz chargeait de lourds sacs d'orge dans leur carriole. Mme Broome et Cashel entrèrent dans la maison.

Elle lui versa un verre de sherry, puis compta à deux reprises l'argent qu'il lui avait donné. Ignatz et elle étaient convenus, lors de leur première rencontre, de la quantité d'orge et du prix.

« Vous n'essayez pas de négocier, monsieur Ross ? Voilà qui me déçoit. Rien de tel qu'un petit bras de fer pour connaître les gens.

– Mon homme trouve le prix raisonnable et c'est lui, l'expert. Parfois, négocier pour négocier s'avère impoli et futile.

– Ah, voyez-vous, c'est l'Anglais en vous qui s'exprime. Vous n'êtes pas encore complètement américain, cela se voit. Vous vous êtes trahi. »

Elle éclata d'un rire de gorge plein, comme enchantée de sa propre saillie. Une femme aussi intelligente qu'expérimentée et assurée, jugea Cashel.

« Je n'oserais jamais essayer de négocier votre prix, madame Broome. Je n'aurais aucune chance.

– Et vous me faites du charme, monsieur Ross ? Voilà qui est plus américain. Poursuivez vos efforts, vous finirez par y arriver, dit-elle avec un regard franc et un sourire. Après tout, ce n'est que de l'argent. Il y a des choses plus importantes dans la vie, paraît-il. »

Cashel perçut une pointe d'amertume dans sa voix. Il la regarda se rendre près de l'âtre où, à sa surprise, elle se roula une cigarette avec du tabac pris dans un pot placé sur le manteau de la cheminée. Elle l'alluma à une bougie et Cashel en fit autant avec l'un de ses cigares. Ils s'assirent et fumèrent en discutant de leurs voisins respectifs de Stow et de New Banbury, pour voir s'ils avaient des connaissances communes. Cashel remarqua qu'elle restait perchée sur le rebord de sa chaise, comme prête à bondir à tout moment. Le jeune garçon qu'ils avaient croisé en arrivant entra alors dans la pièce. C'était son fils Clayton. Son autre fils, Whitaker, se reposait à l'étage, grippé.

« Qu'allez-vous faire de mon orge, monsieur Ross ? demanda-t-elle.

– De la bière. D'après mon brasseur, qui est très tatillon, votre orge est parfaite pour cela.

– Je vous en achèterai, si elle en vaut la peine.

– Si elle en vaut la peine, je vous en offrirai !

– Marché conclu, cher monsieur. »

Elle le raccompagna jusqu'à sa carriole. Ignatz attendait, assis à la place du conducteur. Cashel prit congé et la remercia pour le verre de sherry. Ayant laissé sa capeline à l'intérieur, elle se protégea les yeux d'une main contre la lumière aveuglante du soleil pour mieux l'observer.

***

Cashel regarda Ignatz malter l'orge torréfiée dans plusieurs grandes cuves de cuivre en la remuant avec un grand fourquet de bois. Si le « projet bière » avait nécessité un gros investissement, non seulement pour acheter les cuves et la touraille, mais aussi pour doubler la surface de la houblonnière, Cashel avait bien volontiers fourni l'argent requis. Par un curieux hasard, l'étang de Willow Creek était devenu la source de rentabilité de la ferme. Chaque hiver, un groupe d'hommes venait de Boston avec deux chariots transportant d'étranges machines et découpait environ quarante quintaux de glace, selon la froidure de la saison. Lors de l'hiver particulièrement rigoureux de 1839, un certain Frederic Tudor était venu proposer à Cashel cent cinquante dollars pour l'exploitation exclusive de toute la glace de l'étang. Tudor se présentait comme un exportateur, qui expédiait de la glace des étangs et rivières de Nouvelle-Angleterre aux États du Sud, aux Caraïbes, au Brésil et même jusqu'aux Indes. Son offre généreuse s'expliquait par la limpidité exceptionnelle de la glace de Willow Creek qui, une fois débitée en glaçons, pouvait être mise directement dans un verre de julep, de vin blanc ou de jus de fruits, et c'était là une qualité rare. De la glace destinée au simple refroidissement de denrées stockées pouvait être impure ou opaque, mais en trouver qui puisse être servie telle quelle dans une boisson relevait de l'exploit. Cashel signa le contrat, ce qui lui permit de régler presque tous ses soucis financiers. Il pouvait gagner encore plus d'argent en vendant l'excédent de foin provenant de ses prairies, alors que ses quelques champs de navets et de maïs corné atteignaient tout juste la rentabilité. Constatant que de l'herbe coupée et de l'eau gelée couvraient toutes ses dépenses, il fut heureux de rediriger l'excédent vers le « projet bière » d'Ignatz.

Cashel laissa Ignatz à son maltage et repartit vers la maison en repensant à sa rencontre vivifiante avec Mme Frances Broome, mais il fut brutalement ramené à la réalité à la vue de Maeve et de Nessa qui se précipitaient vers lui. Il les prit dans ses bras et les embrassa sur les joues. Deux petits farfadets, ravis qu'on les arrache à la gravité.

« On peut aller à la grotte, papa ? demanda Maeve.

– La grotte ! La grotte ! La grotte ! » hurla Nessa dans l'oreille de son père.

Il les reposa au sol, les prit par la main et les emmena jusqu'à l'étang. L'étang magique, se dit-il, dont l'étendue se révélait lentement à lui, source d'une abondance inespérée. Il songea que ce qui était hors de notre contrôle nous permettait parfois de reprendre le contrôle. De l'eau pure et un hiver glacial accouchaient d'une montagne de dollars, et il n'allait pas se plaindre de sa bonne fortune.

Dans les profondeurs enténébrées de la grotte, les filles se régalaient du froid et leur haleine se condensait tandis qu'elles couraient en tous sens. Cashel remarqua qu'Ignatz avait déjà aligné de nombreux tins, supports incurvés en bois devant accueillir les feuillettes, quartauts et autres barils qu'il avait commandés à un tonnelier de Fitchburg. Tout à coup, inspiré par les cris réjouis de ses filles, Cashel s'emplit d'un accès de confiance pour cette aventure brassicole. Il y avait un tel professionnalisme dans la manière dont Ignatz s'était patiemment assuré que tout serait absolument parfait, sans jamais consentir à la moindre compromission. La fraîcheur de la grotte l'impressionna, d'autant plus remarquable en cette chaude journée de septembre. Il regarda sur le sol la couche de sciure qui recouvrait les épaisses dalles de glace prélevées dans l'étang près de neuf mois plus tôt. L'expérience prouvait que bien isolée, stockée en blocs disposés à touche-touche et recouverts d'épaisses couches de paille ou de sciure, cette glace fondait extrêmement lentement – assez pour résister à des trajets aux antipodes. Il repensa à sa discussion avec Frederic Tudor sur le ponton : « Qui aurait pu croire que de la glace prélevée dans un lac du Massachusetts rafraîchirait un jour la citronnade d'un nabab à Bombay, monsieur Ross ? » Cashel en avait été ébahi. Le monde était en train de changer au-delà de son horizon immédiat et limité, et la bière de Willow Creek brassée par Ignatz allait peut-être faire venir ce monde jusqu'à New Banbury.

Cashel appela les fillettes et ils repartirent dans la prairie qui remontait jusqu'à la maison. Toujours en pleine réflexion sur la bière, il repensa à l'orge qu'ils avaient achetée, ce qui le ramena une fois encore à Frances Broome et à sa singulière ressemblance avec Raffaella. Était-ce juste un effet de son imagination ? Détectait-il une similitude parce qu'il souhaitait en détecter une ? Voyait-il des choses qu'il voulait voir pour la bonne raison que sa vie avec Bríd était devenue inconfortable, tendue, insatisfaisante ? Bríd et ses délires rendaient-ils la mémoire de Cashel aussi malléable que son imagination ?

Il écarta les bras pour séparer les deux petites, qui s'étaient mises à se chamailler, tandis qu'un plan germait dans son esprit. Peut-être devrait-il confirmer ou infirmer ses tendres chimères, ses rêves de Raffaella. Voilà qui constituerait une diversion intéressante, qu'elle qu'en fût l'issue.

Le lendemain, il demanda nonchalamment à Ignatz s'il était sûr d'avoir assez d'orge et s'entendit répondre que oui, et même plus qu'assez. Cashel suggéra alors qu'il serait peut-être sage d'en prévoir quelques boisseaux de plus, au cas où, puisque c'était facile à stocker. Et puis, si Mme Broome décidait d'un seul coup de vendre toutes ses réserves ? Ignatz haussa les épaules : c'est votre affaire, monsieur. Cashel attela le cheval à la carriole et partit pour Five Oaks. En traversant les vergers à l'approche de la maison, il ressentit cet essoufflement si familier causé par le désir, cette impression de creux dans la poitrine qu'il associait à l'attente d'un plaisir sensuel. S'il avait décidé de revenir, c'était pour une seule et unique raison. Or, à son arrivée, il apprit que Mme Broome était absente. Son fils aîné Whitaker, remis de sa grippe, lui annonça qu'elle était allée à Stow consulter son avocat. Cashel sentit la tension retomber aussi brutalement qu'elle était montée. Lui vint alors l'idée d'aller la retrouver à Stow. Whitaker lui indiqua le nom de l'avocat.

Tout en s'acheminant vers la ville, Cashel se sentait à la fois exalté et ridicule. Lui, un homme marié âgé de quarante-deux ans, père de deux enfants, qui battait la campagne comme un adolescent. Mais il savait qu'il ne ferait pas demi-tour. Il voulait revoir Frances Broome. Il en avait besoin.

Stow ressemblait fort à New Banbury, en un peu plus grand. Comme toutes les municipalités de Nouvelle-Angleterre, elle connaissait une expansion soutenue. Un peu partout, des géomètres dessinaient les tracés des nouveaux chemins de fer. On achetait à cette fin des terrains à prix d'or, on évaluait les besoins en tranchées et en terre-pleins, on projetait les ponts, on mesurait les pentes, on définissait la localisation des gares et des arrêts. Stow comptait des chaudronneries, des menuiseries, deux minoteries, trois scieries, deux tanneries et au moins quatre tavernes, sans compter une loge maçonnique et, bientôt, une Banque du comté de Middlesex – le crédit à votre porte. Comme le lui avait dit Frederic Tudor, le monde était en plein changement et, aux yeux de Cashel, cette transformation s'incarnait magnifiquement dans la personne de Frances Broome : divorcée, propriétaire terrienne prospère et citoyenne controversée.

Cashel gara sa carriole en face du cabinet de l'avocat. Il se sentait à présent nettement plus ridicule qu'exalté, mais il était bien là : il avait suivi ses bas instincts, suivi son cœur, alors autant aller au bout de cette rencontre, dût-elle avoir lieu.

Au bout d'une demi-heure, alors qu'il se résignait à repartir, il vit Frances sortir du cabinet et discuter avec un homme qu'il supposa être l'avocat. Puis elle prit congé et se dirigea à grands pas sur le trottoir vers son boquet. Cashel bondit de sa carriole, enfila en courant une ruelle parallèle à la rue, en déboucha un pâté de maisons plus loin, traversa et la héla au moment où elle s'apprêtait à démarrer.

« Madame Broome, quelle coïncidence ! »

Elle avait savamment relevé sa chevelure avec des épingles sous un petit chapeau à voilette et revêtu une tenue plus élégante que lors de leur dernière rencontre, un spencer brodé sur une robe en tartan vert à col plat. Quand il la vit dans ses atours de sortie, il remarqua sa grande beauté et fut saisi de constater qu'elle ressemblait effectivement à Raffaella, que ce n'était pas le fruit de ses divagations. Et même s'il avait jusqu'alors voulu occulter cette idée, il se sut perdu.

Il lui expliqua qu'il était passé à la ferme pour racheter de l'orge et elle lui suggéra de la suivre jusque chez elle pour effectuer la transaction. Une fois sur place, Cashel fit donc l'acquisition pour douze dollars de six boisseaux supplémentaires qu'il chargea sur sa carriole. Mme Broome lui proposa d'entrer afin de lui fournir un reçu en bonne et due forme.

Ils s'assirent dans le salon, affaire conclue, lui avec un bourbon allongé d'eau, elle avec un sherry. Elle se roula une cigarette et l'alluma dans la cheminée.

« Je me demande, car je vous vois me dévisager, si vous êtes surpris de me voir fumer, monsieur Ross.

– Non, pas du tout.

– J'ai grandi dans une ferme de Philadelphie. C'est le contremaître de mon père qui m'a appris à rouler des cigarettes et à fumer quand j'avais douze ans, afin de chasser les insectes autour de moi dans les champs.

– Judicieux. Quel papier utilisez-vous ? Je vois des lettres imprimées.

– Ce sont les pages d'une vieille bible. Une bible que je n'utilise plus, devrais-je ajouter. Ah, maintenant, vous êtes choqué.

– Il en faut beaucoup pour me choquer, madame Broome. Cela me semble très rationnel d'utiliser un objet non désiré. Puis-je vous offrir une de mes chiroutes ? demanda-t-il en sortant son étui à cigares.

– Laissez-la ici, je me laisserai peut-être tenter après souper. »

Cashel s'exécuta et s'en alluma une.

« J'imagine que vous n'avez jamais vu une femme fumer. Nous sommes pourtant nombreuses à le faire en privé, vous en seriez étonné. Pourquoi ce plaisir devrait-il être réservé aux hommes ?

– J'en conviens.

– Je ne me promènerais pas dans la rue un cigarillo à la main, mais j'ai bien le droit de fumer à ma guise chez moi.

– Figurez-vous que j'ai connu une femme qui fumait. En privé, comme vous. C'était en Italie, il y a bien longtemps.

– Dont acte. Je vous citerai à l'occasion. »

Cashel sourit et avala une gorgée de bourbon, heureux d'être en sa compagnie. Elle lui parla un peu de son éducation de fille de fermier ayant épousé un fermier.

« M. Broome est-il encore de ce monde ?

– Je ne l'espère pas, mais je suis sans nouvelles. Peu importe, j'ai deux beaux garçons, grâce à sa contribution. C'est bien là tout ce que je lui dois. »

Cashel n'insista pas, sentant une cicatrice encore à vif. Elle lui expliqua que, après la mort de son père, lui-même veuf, elle avait décidé d'aller s'installer plus au nord. Elle avait un temps vécu à New York, puis s'était « languie de retourner à la terre », car elle voulait que ses enfants fussent élevés à la ferme comme elle.

Cashel opinait tout en se demandant si c'était là sa véritable histoire, même s'il n'en avait pas vraiment cure. Il était simplement heureux de contempler ce visage allongé aux traits puissants qui mettait sa mémoire en ébullition.

Quand ils eurent terminé leur verre, elle le raccompagna à sa carriole. Ils regardèrent ses deux garçons en train de jouer avec un chiot près d'une des granges.

« On m'a dit que vous étiez irlandais, monsieur Ross, c'est bien cela ?

– Pas exactement. Mais j'ai grandi en Irlande, dans le comté de Cork.

– Qu'est-ce qui vous a amené à New Banbury ?

– Des revers de fortune à Londres. J'ai été escroqué et trahi. J'avais besoin d'autres pâturages.

– Un peu comme moi, même si les pâturages étaient les mêmes dans mon cas.

– Nous devons cultiver notre jardin, comme l'a dit le philosophe, quels que puissent être les revers de fortune qui nous pleuvent sur la tête. »

Elle rit à ces mots, de ce rire profond et enjoué.

« Et voilà exactement ce que nous faisons. Ces mots resteront gravés dans ma mémoire, monsieur Ross. »

Il grimpa dans sa carriole et attrapa les rênes.

Frances Broome posa un instant sa main sur le genou de Cashel et le regarda droit dans les yeux, un léger sourire aux lèvres.

« Passez prendre de l'orge aussi souvent que vous voulez », dit-elle avant de s'en retourner dans la maison.

***

Ignatz produisit sa bière. Il ajouta de la levure au moût d'orge maltée, puis de l'eau après la fermentation, puis laissa décanter le mélange en fûts dans la fraîcheur de la grotte près de l'étang et attendit que le processus alchimique opérât sa magie.

Pendant ce temps, Cashel envisagea maintes fois de retourner voir Frances Broome, mais se retint. Il préféra écrire au père O'Malley pour lui demander de venir à Willow Creek parler avec Bríd. Le prêtre passa une heure seul avec elle avant de sortir rejoindre Cashel, qui lui offrit de son brandy de derrière les fagots. Ils burent dans des verres à vin en fumant des cigares debout dans la grange.

« Je n'ai pas le droit de boire dans la maison, précisa Cashel. Mme Ross l'interdit formellement. Désolé.

– Ne vous excusez pas, je comprends. Le mouvement pour la tempérance, ou plutôt le zèle de la tempérance, le fanatisme de la tempérance, se renforce de jour en jour.

– Est-elle folle, mon père ?

– Ce n'est pas à moi d'émettre un diagnostic. Et en tant que prêtre, je devrais même me réjouir de cette dévotion. J'ai déjà vu des nonnes tout aussi amoureuses de la Vierge Marie, mais jamais une femme mariée, mère de deux enfants.

– C'est arrivé très soudainement, après la naissance de Nessa. Elle n'a plus jamais été la même depuis. Comme si elle était devenue quelqu'un d'autre. »

Il remplit à nouveau le verre du prêtre avant que celui-ci lui réponde.

« J'ai entendu dire que la parturition peut déclencher ces… ces convulsions mentales, ces étranges passions. Je crains que vous ne puissiez rien faire de plus, monsieur Ross. Accompagnez son chemin. Ne la contrariez pas, si vous voyez ce que je veux dire. Le temps la guérira peut-être.

– J'ai l'impression de l'avoir perdue, se désola Cashel d'une voix étranglée par l'émotion. Elle est comme une inconnue, bien loin de la gentille jeunesse que j'avais épousée.

– Je prierai pour vous deux, promit le père O'Malley avec un sourire en vidant son verre. Il faut que je m'en retourne à Boston. Peut-être vous verrai-je à la messe un de ces jours.

– Je ne suis guère assidu, je l'avoue.

– Vous pourrez vous confesser.

– Je n'ai rien à confesser.

– Heureux homme ! »

Une semaine après la visite du père O'Malley, Ignatz annonça qu'ils pouvaient enfin goûter la bière, en garde au frais depuis deux mois. Il alla en chercher un quartaut, qu'il déposa sur un tabouret à l'entrée de la grotte. En cette journée ensoleillée de novembre, le soleil bas découpait des ombres sur les veines de l'aplomb rocheux, les eaux de l'étang étaient parfaitement étales, d'un bleu pâle et lisse encadré par l'orange et l'ocre des sumacs et des pacaniers alentour. Cashel avait apporté de la maison deux gobelets sur piédouche en cristal – des verres bien transparents, avait spécifié Ignatz, qui ouvrit le robinet et les remplit. Le chapeau de mousse était modeste, mais ce qui frappa Cashel, habitué aux bières anglaises comme la porter, la stout ou l'ale, ce fut la robe, dorée. Il leva son gobelet à la lumière. Non, plus riche que simplement dorée. Pareille à du miel clair infusé de rayons de soleil citronnés, l'essence d'un ambre léger et translucide, à peine gazéifiée, de petites bulles en suspension…

« En tout cas, elle est superbe, s'extasia-t-il. À votre santé, Ignatz !

– *Prost.* »

Ils burent de longues goulées. La bière était fraîche au sortir de la grotte, légèrement acide, avec un vrai goût franc de houblon. Cashel n'en avait jamais bu de pareille.

« Grands dieux, elle est délicieuse ! s'exclama-t-il. Merveilleuse ! C'est l'ambroisie, l'apothéose de la bière, Ignatz. Félicitations ! »

Ignatz sourit et ferma les yeux, la joie et la fierté éclairant son visage.

« Je vous l'avais dit, monsieur Ross. Je vous avais bien dit que nous pouvions brasser quelque chose d'exceptionnel ici.

– Mais qu'est-ce au juste ? Est-ce de la bière bohémienne ?

– Nous l'appelons Pilsner. Lager. De *Lagern*, le verbe allemand qui signifie "entreposer". *Das Bier wird gelagert.* Il lui faut plus de temps que la porter ou l'ale pour mûrir. Et le froid est nécessaire pour une fermentation basse et non haute comme les autres bières. Voilà pourquoi il nous faut la grotte et la glace. Les conditions sont idéales. Le houblon, l'eau, l'orge et la fraîcheur de la grotte.

– Attendez un peu que les gens la goûtent, dit Cashel, qui pensait tout haut. Ils ne voudront plus jamais boire leur bière délavée.

– *Genau*, confirma Ignatz en hochant vigoureusement la tête. Je vous l'avais prédit, monsieur Ross.

– Ah oui pour sûr, vous me l'aviez prédit. Sacré Ignatz ! Je vous tire mon chapeau, fit Cashel en mimant le geste.

– Merci, monsieur.

– Il faut la baptiser. La Bière dorée ?

– Non, je préférerais un nom d'entreprise, de brasserie. Une marque, quelque chose sortant d'une manufacture. »

Cashel réfléchit.

« La Willow Creek ? Non, cela ne va pas.

– J'ai trouvé, monsieur. Nous devrions l'appeler la "Rossbrau". Comme si nous l'avions importée de Bohême.

– Rossbrau… Rossbrau. Voilà qui me plaît. Va pour Rossbrau[1]. »

1. On peut affirmer avec un certain degré de certitude que la Rossbrau fut la première lager brassée et commercialisée aux États-Unis.

***

Cashel remplit de Rossbrau une tourie en grès qu'il emporta à Five Oaks. Mme Broome sortit deux pintes en étain, mais Cashel réclama des verres. Elle dénicha deux gobelets gravés que Cashel remplit. Ils trinquèrent.

« Je vous présente la Rossbrau. La Bière dorée. »

Ils burent.

« Elle me plaît, dit-elle. Elle a une acidité agréable, mais pas excessive. Et elle est fraîche, tonique. »

Il remplit à nouveau leurs verres.

« Où sont les garçons, au fait ?

– À l'école. Où pourraient-ils être un mercredi matin ? »

Ils s'installèrent devant la cheminée pour continuer leur dégustation. Tout en lui confiant ses projets de commercialisation, Cashel sentait l'alcool lui monter rapidement à la tête, à moins que ce ne fût l'anticipation de ce qui – il le savait – devait arriver.

Après leur troisième verre, ils cessèrent de parler et se regardèrent. Cashel la fixait intensément. Tout à son agréable ivresse, il avait l'impression d'être assis face à une Raffaella américaine. Il s'approcha d'elle, s'agenouilla et lui prit la main.

« Mais que croyez-vous donc être en train de faire, monsieur Cashel Ross ?

– Et vous, madame Frances Broome, que croyez-vous donc que je sois en train de faire ? Me permettez-vous ?

– Très bien, vous avez ma permission. »

Cashel l'embrassa et plaça sa main derrière la nuque de Frances pour presser ses lèvres plus fort sur les siennes ; il sentit celles de Frances s'aplatir et sa langue lui écarter les dents. Ils se séparèrent.

« Suivez-moi, dit-elle en se levant. Je ne veux pas faire ça dans la maison. »

Elle s'empara d'un bougeoir et alluma une chandelle. Cashel la suivit d'abord dans la cuisine, où elle attrapa une clé pendue au mur à un crochet, puis ils firent le tour de la grange principale jusqu'à un bâtiment en bois plus petit et sans fenêtres dont elle déverrouilla la porte.

Cashel entra. Frances referma à clé derrière eux. Il régnait une entêtante odeur de pommes, semblable à un musc dense et sucré, qu'on aurait presque pu mâcher, se dit-il. Elle alluma une bougie dans une lanterne posée sur une petite table et, à mesure que la lumière se faisait, Cashel constata que la grande pièce était remplie d'étagères à claire-voie sur lesquelles s'alignaient des milliers de pommes en d'interminables rangées, proches mais espacées. De longues travées du sol au plafond. Comme une bibliothèque de pommes, pensa-t-il, ou une banque de pommes.

« Où sommes-nous ? demanda-t-il en la suivant le long d'une allée jusqu'au fond de la grange.

– Ce sont les pommes pour l'hiver. On peut les vendre deux fois le prix normal si on évite qu'elles pourrissent. »

Il entendit miauler et repéra un gros chat de gouttière qui s'éloigna dans les ombres mouvantes.

« Ce serait dommage que nos pommes d'hiver soient mangées par les souris, expliqua-t-elle. C'est le meilleur chasseur de l'exploitation. »

Elle posa la lanterne au sol. Il y avait un lit de camp, avec une épaisse couverture pliée. Elle avait tout prévu, certaine que le jour viendrait où cela pourrait servir. Ils échangèrent un regard. Il la prit dans ses bras à nouveau et ils s'embrassèrent. Elle s'allongea sur le lit et remonta ses jupes.

« Soyez diligent, monsieur Ross. Les garçons seront de retour d'ici une heure. »

Plus tard, ils passèrent un moment tranquillement enlacés dans le creux étroit que formait le lit de camp.

« Tu savais que cela allait arriver, n'est-ce pas ? fit-il.

– Oui. Environ cinq minutes après t'avoir rencontré.

– Ah très bien, je vois… À vrai dire, moi aussi. N'est-ce pas curieux, ce pressentiment que l'on peut avoir ? Cette certitude, même… Comment dois-je t'appeler ? demanda-t-il en l'embrassant sur le front. Fran ? Frances ?

– Pas Fran. C'est ainsi qu'il me surnommait.

– Qui donc ?

– Mon époux nullement regretté.

– Alors, pourquoi pas Frannie ?

– Voilà qui me plaît, décida-t-elle après un instant de réflexion. Mais tu seras le seul à m'appeler ainsi. Et dans l'intimité uniquement.

– Entendu. Parfait. Frannie. »

Ils s'extirpèrent du lit et rajustèrent leur mise.

« Je ne pourrai plus sentir ou manger une pomme sans penser à toi, affirma Cashel en prenant un fruit, qu'il renifla avant de croquer dedans.

– Il nous faudra trouver un endroit plus agréable et plus raffiné pour nous retrouver. Et ailleurs qu'ici. Nous ne devons pas éveiller les soupçons des garçons.

– Je sais. Tu as raison. Laisse-moi réfléchir. »

Cashel exultait en silence. Cette rencontre dans la grange aux pommes marquait le début de quelque chose de neuf. Un avenir s'offrait à eux deux.

De retour chez lui, il se comporta de manière aussi insouciante que possible. Bríd était à son ouvrage devant le feu et il entendait les filles qui jouaient dehors – tout allait pour le mieux dans son monde de Willow Creek. Debout là à tourner son chapeau entre ses mains, il eut l'impression que sa culpabilité se peignait en noir sur son visage.

« Comment vous sentez-vous aujourd'hui, très chère ? s'enquit-il.

– Je me sens toujours bien, que Dieu soit loué ! répondit-elle avant de faire une pause le temps de se signer. Vous sentez la pomme. »

La pomme, se dit-il. L'odeur nauséabonde du sexe, de l'adultère, du péché.

« Je cherchais à en acheter, dit-il précipitamment. Ignatz se disait que nous pourrions faire du cidre.

– Du cidre ? Du cidre et de la bière ? Entendez-vous corrompre tout le pays ? »

Cashel sourit sans répondre. Il avait désormais la perspective d'une vie secrète au-delà du triste périmètre de Willow Creek. Il accrocha son chapeau près de la porte et s'en alla retrouver ses filles.

***

Le presbytère
Claverleigh, près Lewes
Sussex

17 mai 1846

Cher Cashel,

C'est le cœur bien lourd qu'il m'incombe de t'annoncer que notre mère bien-aimée a été rappelée par le Seigneur ce matin des suites d'une fièvre hydropique. Elle s'est éteinte dans le calme, elle n'a pas souffert, endormie par les médecines prescrites par le docteur. Elle respirait et, l'instant d'après, elle ne respirait plus.

Évidemment, quand cette missive t'arrivera, mère aura été enterrée depuis bien longtemps, ici, dans le cimetière de mon église à Claverleigh. Cela simplifie les choses, tu le comprendras, puisque je suis en mesure de passer sous silence toutes les difficultés de son existence non conventionnelle. La pierre tombale indiquera : « Mme Elspeth Ross, 1775-1846, épouse adorée de M. Pelham Ross, Esquire, d'Oxford, décédé en 1832, mère adorée de Cashel, Hogan et Buckley. RIP. » J'ose penser que tu trouveras cela à la fois approprié et prudent.

Hogan descendra d'Oxford pour les funérailles. Nous serons rejoints par Emily et nos enfants. Je suis chagriné que notre mère soit tombée malade ici lors de sa venue annuelle, mais ce fut peut-être un mal pour un bien car elle était entourée de membres de sa famille. Ses petits-enfants l'adoraient et elle leur manquera énormément.

En ton absence, c'est Hogan qui sera l'exécuteur testamentaire. La succession n'est guère importante et sera divisée à parts égales entre nous trois. Je laisserai Hogan te tenir au courant. La maison et les meubles de Woodstock seront vendus, et elle n'avait, je crois, que de modestes fonds en banque.

Elle est auprès du Seigneur, Cashel. Son existence unique s'est achevée. Ce fut une femme merveilleuse, courageuse, remarquable. Je pense que seuls ses trois fils sauront apprécier la réalité intégrale de ce jugement. Nous avons eu de la chance de l'avoir comme mère.

Toutes mes condoléances. Je sais à quel point vous étiez proches, avant même les années à Oxford.

Ton frère dévoué et affectueux,

Buckley

Ferme de Willow Creek
New Banbury
Comté de Middlesex
Massachusetts

3 juillet 1846

Mon très cher frère, cher Buckley,

Que Dieu te bénisse d'avoir été au côté de notre chère mère à l'heure de son départ ! Dans notre correspondance récente, elle et moi préparions sa venue dans le Massachusetts. Elle me disait chaque fois qu'elle était en bonne santé et qu'elle supporterait aisément le voyage. J'aurais tellement voulu qu'elle puisse voir la vie que j'ai construite ici et bien sûr faire la connaissance de Mme Ross, Bríd, et de ses petites-filles américaines.

J'avoue avoir pleuré à la réception de ta lettre. Tu as bien cerné le lien intense qui m'unissait à elle avant que nous partions pour Oxford habiter à The Glebe. Notre vie à deux en Irlande était, comment dire ?, à la fois intrigante et merveilleuse. Mais ne serait-ce pas le recul qui me pousse à l'écrire ainsi ? Un jour, je te raconterai tout ce dont je me souviens des circonstances étranges dans lesquelles nous vivions à Stillwell Court et des relations entre notre mère et notre père, sir Guy, M. Ross. Elle et moi étions deux conspirateurs, elle par obligation, moi par mystification, jusqu'à votre naissance, à Hogan et à toi. Puis à Oxford, une sorte d'équilibre social s'établit. Tout changea et nous pûmes vivre comme une famille normale aux yeux du monde. Mais même alors, la vie secrète de notre mère et ma participation innocente à celle-ci rendaient notre rapport différent de celui qui existe d'ordinaire entre une mère et son fils. Pendant de nombreuses années, avant que la vérité ne soit révélée, je fus son « neveu » et Hogan et toi étiez mes « cousins ».

Parfois, il est vrai, je me demande si cette longue période de dissimulation a fait de moi l'homme que je suis aujourd'hui. Tout dans ma vie découle-t-il de ces ingénieux faux-semblants, de ce mensonge élaboré auquel je participais à mon insu ? Tu pardonneras ma passion, mais ta lettre a ouvert les vannes à un tumultueux torrent de puissants souvenirs, qui ne sont pas tous tendres et doux. Mais elle, plus que quiconque, comprendrait mon trouble affectif. Avec cette transgression, elle avait fait un choix audacieux et eu le courage de s'y tenir. Il était donc impossible que je n'y participe pas. À tout point de vue, c'était vraiment une femme remarquable. Nous devons nous sentir bénis de l'avoir eue comme mère.

Dis bien à Hogan que je suis à sa disposition pour faciliter le règlement de la succession. A-t-il besoin que je lui rédige une procuration ? Ou bien existe-t-il déjà des dispositions en ce sens du fait de mon absence ?

Ici, tout va pour le mieux. Je suis désormais un prospère agriculteur et brasseur de bière allemande, tu seras surpris de l'apprendre.

Les Ross d'Amérique envoient à leurs parents d'Angleterre leur plus profonde tendresse.

Je demeure ton frère très affectueux,

Cashel

***

Cashel se rendit à Concord et laissa carriole et cheval dans une écurie de louage. Portemanteau en main, il marcha jusqu'à la gare, où il arriva largement à l'heure pour le train de dix heures trente de la compagnie Fitchburg & Boston devant l'amener en ville. Il attendit debout sur le quai en planifiant la journée à venir et ses diverses courses, toujours quelque peu stupéfait à l'idée de pouvoir être à Boston avant midi. Le monde tournait assurément plus vite.

Une fois à bord – il voyageait en première, maintenant qu'il utilisait le train pour ses affaires ; il était relativement riche, après tout –, il sortit la liste qu'Ignatz avait préparée à son intention ainsi que les mandats délivrés par sa banque de Stow qu'il allait déposer à Boston. Six cent trente-cinq dollars et dix-sept cents. Et ce n'était que le produit des deux derniers mois. Il lut les noms sur la feuille qu'il tenait dans ses mains : Sudbury, Stow, Assabet, New Banbury, Concord, Bolton, Lincoln, Westford, Littleton et une dizaine d'autres. Les croix à côté de chaque ville désignaient le nombre de tavernes y ayant acheté, puis écoulé, de la Rossbrau, « la bière dorée allemande ». Dorée, dans tous les sens du terme. Ils faisaient affaire avec plus d'une quarantaine d'auberges et de tavernes, ainsi que quelques hôtels. Il se rendait à Boston pour déposer cet argent en banque et décrocher si possible un autre prêt (Cashel n'avait aucune inquiétude à ce sujet) afin de financer une nouvelle expansion. Ils envisageaient d'élargir leur périmètre de vente à Fitchburg et Lowell, à présent qu'il leur était possible d'expédier leurs queues et leurs pièces par le train, mais il leur fallait aussi de nouvelles charrettes, une touraille plus grande pour torréfier l'orge et des employés pour seconder Ignatz. En fait, il planifiait de faire construire une véritable brasserie sur un site de Willow Creek et d'arrêter leur bricolage dans la grange. Le succès engendre le succès, se dit-il, reconnaissant tout à la fois la justesse et la banalité de cette maxime.

Il avait discuté du projet avec Ignatz le matin même en regardant deux charrettes qui croulaient sous le poids des fûts en partance pour les villes de la région. Sur chaque tonneau, Ignatz avait tracé au pochoir en lettres capitales bleues « ROSSBRAU ». Cashel avait ressenti une fierté inhabituelle en les voyant s'ébranler. Les clients appréciaient cette nouvelle bière allemande ; pour une somme modique, il leur fournissait même de la glace s'ils voulaient la servir fraîche et la conserver plus longtemps. La houblonnière avait doublé de surface. D'autres brasseries qui produisaient de l'ale commençaient à s'interroger sur cette variété de houblon magique. Tout allait pour le mieux. Sauf son mariage…

Cashel sourit amèrement, se passa la main sur le menton, tripota sa cravate noire du bout des doigts et fit sauter d'une chiquenaude une peluche accrochée au revers de sa queue-de-pie. Il continuait à porter ses cols relevés plutôt que rabattus, car il trouvait que cela mettait plus ses traits en valeur. Les cols hauts avaient une élégance bien à eux. Il était un homme de son temps, après tout ; il n'y pouvait rien. Nul doute que cela serait totalement démodé dans un an ou deux. Il aimait à soigner sa mise quand il se rendait à Boston. Outre les affaires qu'il venait traiter cette fois-ci, il allait y retrouver Frannie et passer deux jours dans un hôtel de luxe pour célébrer les cinq ans de leur histoire d'amour.

De la gare, il prit un fiacre pour l'hôtel Franklin House, dans Beacon Street – « éclairage au gaz et chauffage à la vapeur », vantaient les réclames. On le mena à sa chambre au dernier étage, qui offrait une belle vue sur le Common, le jardin public et la retenue de Mill Dam. Il donna dix cents au petit chasseur qui avait porté son bagage et lui demanda de l'avertir sans faute dès le retour de Mme Broome.

Comme à son habitude, Frannie était arrivée à Boston la veille pour prendre ses quartiers à l'hôtel. Ils se montraient toujours prudents. Frannie ou Cashel envoyait à l'autre une lettre l'informant qu'il ou elle prévoyait un séjour à Boston à telle ou telle date et indiquant le nom de l'hôtel qui leur servirait de base. Ainsi prévenus, ils réservaient facilement des chambres séparées dans le même établissement et fêtaient la coïncidence délicieuse de se retrouver clients du même hôtel en même temps. En général, ils passaient deux ou trois jours dans l'anonymat de la ville, un homme seul et une femme seule qui allaient et venaient entre leurs deux chambres, profitaient des attraits du lieu, dînaient au restaurant, se rendaient au théâtre, s'offraient des balades en vapeur jusqu'aux îles de la baie, louaient un barouche pour une journée d'excursion à Cambridge ou au cap Cod. Ils se comportaient comme de jeunes mariés pendant leur lune de miel, une lune de miel qui se répétait une demi-douzaine de fois l'an, et ils retournaient à leur vie agraire, résistant à la tentation, avant de programmer une nouvelle escapade à Boston. Cashel découvrit qu'il supportait mieux les austères frustrations de sa vie avec Bríd quand il savait qu'un tel voyage se profilait.

Il défit son bagage puis sortit en ville, choisissant de marcher jusqu'au North End, où Ignatz lui avait demandé de récupérer trois sécateurs commandés auprès d'un coutelier en Allemagne. Il avait prévu ensuite d'aller chez un tailleur pour se faire confectionner des chemises neuves et un costume, puis de passer à la banque pour confirmer son rendez-vous du lendemain. Il abandonna les élégantes avenues du centre et leur invraisemblable trafic de fiacres et de trams pour s'aventurer dans les petites rues tortueuses et resserrées du vieux Boston, cherchant des yeux la boutique du coutelier. Tout en cheminant, il songea qu'il aurait aussi bien pu se trouver à Cork ou à Dublin tant il entendait d'accents irlandais dans la bouche des passants. Bien sûr, il n'ignorait pas que la famine chassait les Irlandais par villages entiers vers l'Amérique, plus d'un million d'émigrés selon ce qu'il avait lu dans un journal. Il était ramené à son passé par l'intonation familière de leurs voix et se sentait étrangement chez lui. Quand un gamin aux pieds nus doté d'un accent de Sligo lui demanda un sou, il lui donna un dollar en argent.

La nuit tombait lorsqu'il regagna le Franklin House. Il actionna la lampe à gaz dans sa chambre, alluma un cigare et arpenta la pièce, plein d'anticipation sensuelle. Quand le gaz arriverait-il à New Banbury ? se demanda-t-il. Il songea que sa vie à une dizaine de lieues d'ici n'eût guère dépaysé les premiers colons du XVIIe siècle alors que, dans ce nouveau monde bostonien, les bougies étaient inutiles ou simplement décoratives, la température ambiante dans la chambre tout à fait agréable sans feu dans la cheminée, et il pouvait lire les petites lignes d'un journal à n'importe quel endroit de la pièce à minuit. Le sol était moquetté, d'épais rideaux…

La sonnette interrompit ses réflexions. Le groom l'informa que Mme Broome était rentrée et qu'elle se trouvait dans sa chambre, la 139.

Cashel descendit d'un étage et trouva ladite chambre. Il sonna.

« Comptez jusqu'à dix et entrez », entendit-il Frances lui dire.

Il attendit puis ouvrit la porte.

Frannie Broome se trouvait au centre de la pièce sous le lustre au gaz qui l'illuminait. Elle portait une robe anthracite, une veste de velours et un élégant foulard de laine sur les cheveux.

« Alors vous y êtes allée et c'est fait, devina-t-il en souriant. Faites-moi voir.

– Et comment que j'y suis allée ! J'espère que cela vous plaira, cher monsieur.

– J'en suis certain. »

Elle dénoua le foulard et révéla sa chevelure, retenue en un chignon lâche sur l'arrière du crâne. Elle passa la main dans sa nuque pour retirer les épingles et la laisser cascader sur ses épaules.

Cashel ressentit d'abord un choc, puis des larmes qui lui piquaient les yeux.

« C'est parfait, arriva-t-il à articuler. J'aime beaucoup. »

Ses cheveux ayant commencé à grisonner prématurément, elle avait envisagé de les faire teindre en noir. « Tout sauf du noir ! avait réagi Cashel. Pas les cheveux noirs, je vous en prie. » Lors de leur dernière visite à Boston, ils avaient trouvé un *coiffeur** qui leur avait assuré qu'il pouvait créer toutes sortes de couleurs, du noir le plus charbonneux au blond le plus clair. Frannie avait dit qu'elle réfléchirait. Cette transformation capillaire avait été la principale raison de cette escapade, mais elle avait refusé de dire à Cashel ce qu'elle avait choisi. À présent, il savait.

Il s'avança vers elle et la prit dans ses bras. Il enroula autour de ses doigts une mèche de ses cheveux, d'un auburn riche, profond, et l'approcha de sa joue pâle. Raffaella réincarnée, se dit-il. Frannie n'aurait jamais pu savoir, jamais pu deviner. C'était la plus miraculeuse des coïncidences. Il l'embrassa sur les lèvres.

« J'adore tes cheveux, lui dit-il doucement, entendant sa voix s'étrangler. Tu es très belle.

– Je t'ai manqué, mon chéri ? Toi, tu m'as manqué. »

***

Cashel plaça son fauteuil de manière à avoir une vue de trois quarts sur le lit. Frannie était allongée nue parmi les draps froissés, en train de feuilleter un guide de la ville qu'elle avait attrapé dans son sac sur la table de nuit.

« Où va-t-on demain ? demanda-t-elle. Essayons un endroit nouveau. »

Cashel resserra la ceinture de sa robe de chambre et alluma son cigare à la lampe à gaz. Il se rassit et la regarda.

« Arlington ? suggéra-t-elle. Brookline ?

– Aurais-tu la bonté de rejeter ce drap qui te couvre, ma belle ? »

Elle le regarda. Il avait capté son attention.

« Pourquoi ?

– J'ai envie de me créer quelque chose, une image, un souvenir que je n'oublierai jamais.

– Tu as envie de me voir toute nue. Dis-le franchement. »

Et elle rejeta les draps.

Cashel ressentit une douleur presque physique dans la poitrine.

« Qu'y a-t-il, Cash ? demanda-t-elle avec un sourire perplexe. À quel jeu joues-tu ?

– Peux-tu relever le genou droit ?

– Oh, tu veux tout voir, c'est ça ? s'esclaffa-t-elle tout en lui obéissant. Quand on en aura fini avec ce petit manège, ce sera à mon tour. Je t'aurai prévenu.

– Mets un peu tes cheveux en arrière… S'il te plaît.

– Que se passe-t-il, Cash ? » répéta-t-elle, intriguée, un léger sourire aux lèvres.

Il était concentré, pétrifié par cette ressemblance surnaturelle. Comme si les années séparant Ravenne de cette soirée à Boston s'étaient évaporées.

« As-tu jamais pensé, Frannie, que nous pourrions nous marier ? dit-il doucement.

– La belle idée ! Je te rappelle que tu as une femme. Et puis je ne suis plus de celles qu'on épouse. »

Elle lui tourna le dos, révélant le sillon sombre entre ses fesses, et déposa le guide sur la table de nuit.

Il grogna, ferma les yeux et se cambra. C'était de la magie pure.

« Rhabillons-nous et sortons en ville », proposa-t-elle.

On sonna à la porte.

« Monsieur Ross ? C'est le concierge. J'ai une bouteille de champagne pour vous.

– Tu as commandé du champagne ? demanda-t-elle.

– Non, mais je l'accepte volontiers. »

C'était peut-être la banque qui lui envoyait un dessous-de-table, imagina-t-il. Très bon signe.

Il resserra sa ceinture et traversa la chambre. Frannie rabattit les draps et la courtepointe sur elle et s'enfonça dans le lit.

Dans le vestibule, Cashel vérifia sa tenue, puis ouvrit la porte.

Face à lui se tenaient Shay Corcoran et son fils Devin.

Ils s'engouffrèrent à l'intérieur et l'écartèrent sans ménagement, suivis d'un homme en costume marron qui chiquait vigoureusement.

« Mais qu'est-ce que vous foutez ? » hurla Cashel.

Les trois intrus se trouvaient à présent dans la chambre.

Corcoran désigna Frannie du doigt.

« Vous voyez ce que vous voyez, monsieur Niven ? Vous êtes notre témoin !

– Oui, monsieur, s'écria le chiqueur de tabac. Homme nu, femme nue. »

Cashel attrapa Devin Corcoran et tenta de le mettre dehors, mais celui-ci le repoussa contre le mur.

« T'es mort, connard d'Angliche, cracha-t-il au visage de Cashel, lui envoyant de la salive sur les joues. T'es fini ! »

Shay Corcoran était visiblement secoué, debout au milieu de la pièce, son regard passant de Cashel à Frannie, qui s'était glissée jusqu'au bord du lit et fourrageait dans son réticule.

Elle se retourna, un petit pistolet de poche à la main. Elle l'arma.

« Dehors ! lâcha-t-elle d'une voix forte. Bande de porcs ignobles ! Vous ne méritez pas le nom d'hommes. Bande de porcs, bande de cochons ! Sortez avant que je vous tire dans les couilles ! »

Shay Corcoran voulut frapper Cashel du poing, mais rata son visage et le toucha durement à l'épaule.

« Dehors ! » hurla Frannie en visant.

À la vue de l'arme, le chiqueur détala. Cashel, enhardi, repoussa des deux mains Devin vers la porte. Puis il attrapa son père par le collet et l'expédia dans le couloir, où le vieil homme s'écroula au sol en criant. Cashel claqua la porte derrière eux et la verrouilla. Il haletait fort et se sentait étrangement grisé.

« C'en est fait de ma réputation, dit Frannie avec un rire désabusé. Elle était peut-être déjà perdue, de toute façon. »

Cashel s'approcha du lit et la prit dans ses bras, l'embrassa, lui ôta le petit pistolet des mains et le posa sur la table de chevet.

« Je savais bien qu'il me servirait un jour, remarqua-t-elle avant d'éclater de rire. Cela étant, je ne jurerais pas qu'il fonctionne. C'est mon père qui me l'avait donné. “Ne t'en sépare jamais, m'avait-il dit, on ne sait pas ce qui peut se passer.” »

Il vit son visage se durcir et ses yeux s'embuer. La honte et le choc prenaient le dessus après l'adrénaline et l'excitation de la passion outragée.

« Que ferais-je sans toi ? » demanda-t-il.

Presque en larmes lui aussi, il l'embrassa de nouveau et la serra contre son cœur, tout en sentant déjà grossir en lui la sombre marée du pressentiment.

***

Les deux amants convinrent qu'il valait mieux ne pas s'éterniser à Boston. Cashel devait s'employer à découvrir ce que tramaient les Corcoran et quelles conséquences la révélation de sa liaison allait avoir. Envolée, l'atmosphère d'aventure et d'insouciance. Mais comment Corcoran avait-il su ? Comment avait-il remonté leur piste jusqu'à l'hôtel Franklin House ? L'homme au costume marron était-il une sorte de détective ou d'agent ? À l'évidence, quelque chose avait mal fonctionné. Corcoran avait commencé à nourrir des soupçons, et ses soupçons s'étaient maintenant confirmés.

Dès l'instant où il tourna dans l'allée menant à Willow Creek, Cashel pressentit que Bríd et les filles seraient parties. Il passa de chambre en chambre et nota que toutes les commodes et armoires avaient été vidées de leurs vêtements. Leur départ n'était pas provisoire. Le plus révélateur était l'emplacement vacant de l'icône de la Vierge et la disparition du prie-Dieu.

Cashel alla trouver Ignatz. Oui, elles avaient quitté Willow Creek hier, tout avait été chargé sur un chariot conduit par le jeune Corcoran, Murphy. Mme Ross avait dit qu'elles partaient en voyage, sans indiquer de destination.

« Venez avec moi, Ignatz. Je sais où elles sont. »

Cashel retourna à l'intérieur prendre son fusil à double canon, le chargea, installa les amorces et le déposa avec précaution à l'arrière de la carriole sous des sacs. Ils partirent pour Rockfell.

« Que s'est-il passé, monsieur ? s'inquiéta Ignatz.

– Elles ont été enlevées. Nous devons les récupérer. »

Une fois à Rockfell, Cashel prit soin de garer la carriole à bonne distance de la porte d'entrée.

« Corcoran ! cria-t-il. Faites sortir Bríd et les petites, sinon je vous assigne en justice ! »

Corcoran et ses deux fils apparurent à la porte. Cashel nota immédiatement le pistolet qu'il tenait à la main, une de ces armes d'un nouveau genre, équipées d'un barillet rotatif, que l'on place dans un étui. Alors que Cashel se penchait derrière lui pour attraper son fusil de chasse, Corcoran lui fourra son revolver sous le nez.

« Fichez le camp de mes terres, espèce de sale dégénéré, sale bâtard de fils de pute d'Angliche ! Bríd et les filles sont ici de leur plein gré. Bríd sait que vous fricotiez à Boston avec votre catin. Elles ne veulent plus de vous dans leur vie. Plus jamais.

– Laissez-moi parler aux filles. J'insiste…

– Qu'est-ce que vous pigez pas, Ross ? C'est fini pour vous. Terminé. Vous ne les reverrez jamais de toute votre vie. Bríd refuse que vous contaminiez leur esprit avec votre stupre et vos péchés impies. »

Cashel ferma les yeux pendant que Corcoran vomissait sa bile.

« Vous n'avez pas le droit de m'empêcher de voir mes enfants, dit-il en haussant le ton.

– Si vous posez un seul pied sur ma propriété, je vous abats comme un chien errant. Je vous aurai prévenu, Ross. Votre employé en est témoin. Maintenant, déguerpissez ! Et ce n'est que le début, sale raclure ! » ajouta-t-il avec un sourire inquiétant.

Cashel fit jouer les rênes de la carriole pour effectuer un demi-tour et ils s'en allèrent. Ignatz était prostré à côté de lui, dans une détresse évidente, les mains jointes entre les genoux.

« Mon Dieu, que s'est-il passé, monsieur Ross ?

– J'ai commis une erreur. Il y a... des problèmes. Des problèmes entre moi et Mme Ross. Les esprits sont échauffés. Il faut les laisser refroidir un peu avant de trouver des solutions. »

Cashel se rendit à Stow afin de consulter l'avocat de Frannie. Celui-ci lui indiqua le nom d'un cabinet de Boston. Il était lui-même réticent à prendre parti : M. Corcoran était le premier échevin de New Banbury, donc un notable du lieu, comme M. Ross le comprendrait sûrement. Cashel le remercia du temps qu'il lui avait consacré. Une fois dehors, il envisagea d'aller voir Frannie à Five Oaks car il en éprouvait le besoin presque irrépressible, mais il savait que ce n'était pas judicieux. Le fait que Corcoran ne l'eût jamais appelée par son nom laissait supposer qu'il ne l'avait pas reconnue, la prenant pour une prostituée que Cashel aurait ramenée dans sa chambre. Peut-être ses cheveux dénoués et teints avaient-ils servi à la dissimuler, ce qui serait la seule conséquence positive de ce fiasco, le seul élément de bonne fortune. Dans tous les cas, c'était un combat entre Corcoran et lui. Frannie n'avait pas à y être mêlée.

Le second round débuta peu après. Un arrêté municipal propre à New Banbury fut promulgué par le conseil des échevins : les brasseries et bouilleurs de cru établis sur le territoire de la commune devraient dorénavant demander une licence pour produire de la bière ou de l'alcool, licence dont le montant serait à la discrétion dudit conseil. En outre, dans le cas des brasseries, une nouvelle taxe de un dollar le litre s'appliquerait à toute bière destinée à la vente.

À la lecture de ce document, Cashel sentit un rire dément monter du fond de sa gorge. Une feuillette de Rossbrau contenait cent quatorze litres et une queue quatre cent cinquante-six. Même un simple quartaut lui coûterait cinquante-sept dollars en taxes. L'adjectif « punitif » était ridiculement en dessous de la vérité. Il s'agissait là d'une tentative évidente pour lui faire mettre la clé sous la porte ou le forcer à la faillite. Il lut les signatures au bas de l'arrêté : S. Corcoran, D. Corcoran, T. Bennett. Il avait oublié que Devin Corcoran était lui aussi échevin, ce qui leur assurait systématiquement la majorité. Il commençait à pressentir l'impunité de Corcoran et sa propre impuissance. La cruelle vengeance de Shay Corcoran serait totale.

Il froissa la feuille et la jeta au feu tout en réfléchissant. Il pouvait toujours se pourvoir en justice, porter plainte contre le conseil. Combien cela coûterait-il ? Et surtout, quelles chances aurait-il de gagner ? Un riche brasseur immigré contestant à la ville de New Banbury le droit de s'administrer librement, cherchant à s'opposer aux édits des membres élus du conseil municipal ? Cashel se versa un verre de brandy. Au moins avait-il à nouveau le droit de boire sous son propre toit, pensa-t-il amèrement. Shay Corcoran semblait bien avoir gagné la partie, et Willow Creek n'y survivrait pas. En tout cas, c'en était fini de la brasserie. La Rossbrau avait atteint le terme de sa courte et prospère existence. Cashel s'assit et se mit à ruminer en sirotant son brandy. Y avait-il moyen d'exercer des représailles ? Sa carrière de brasseur avait certes été anéantie, tout comme sa vie d'époux, mais il restait le père de ses deux filles. Personne ne le priverait de ses enfants. C'était là un prix qu'il se refusait à payer.

***

« Qu'allez-vous faire ? demanda Frannie alors qu'ils étaient assis dans son salon.

– Je vais rentrer en Angleterre, répondit Cashel. Pendant quelque temps. Puis je reviendrai en m'assurant de ne pas vivre à New Banbury.

– Et la ferme ?

– C'est là que vous entrez en jeu. »

Deux jours plus tôt, Cashel avait reçu par courrier une offre de Shay Corcoran par l'intermédiaire de son avocat : il était disposé à racheter Willow Creek et « tout son attirail » au prix du marché. Il veut que je parte, en conclut Cashel. Bríd et les filles pourraient vivre dans la maison, tandis que les champs – et la brasserie – viendraient enrichir le patrimoine de la famille Corcoran. C'était parfaitement logique et il ne cherchait pas à escroquer Cashel, ainsi que le suggérait l'expression « au prix du marché ». Mais cette offre avait donné une idée à Cashel, qui commençait à entrevoir un plan d'action, une manière de contrecarrer les projets de Corcoran.

« Je vais vous vendre Willow Creek pour un dollar, annonça-t-il à Frannie en lui prenant la main. Nous fermerons la brasserie et vous tirerez un joli revenu de la vente de la glace de l'étang, cent cinquante dollars par an, plus celle du foin.

– Mais je ne veux pas d'une seconde ferme.

– Vous n'aurez rien à faire. Chaque hiver, un homme du nom de Frederic Tudor arrive avec son équipe, ses chevaux, ses chariots, son énorme soc pour fendre la glace en blocs. Ensuite, il l'emporte et vous paie en échange. S'il fait très froid, il vient deux fois pendant l'hiver et vous doublez le bénéfice. Et vous pouvez aussi louer le corps de ferme. »

Elle réfléchit un instant, les sourcils froncés.

« Il vous donne cent cinquante dollars pour de la glace chaque année ? Rien que de la glace, de l'eau gelée ?

– Oui, c'est ainsi que j'ai pu financer la brasserie. C'est la glace qui a financé la bière.

– C'est plus que je n'en gagne avec mes pommes.

– Il paie ce prix-là parce que l'eau de l'étang est d'une pureté et d'une transparence exceptionnelles. Elle vaut même encore plus, d'après lui.

– C'est d'accord, mais à une condition.

– Quoi ? Je ne veux pas de condition, moi. Je veux juste faire enrager Corcoran, le faire souffrir.

– Je vous enverrai la moitié de l'argent gagné avec la glace. Si vous ne revenez pas, je garderai le reste. »

Il la prit dans ses bras et l'embrassa. Ils entendirent alors son fils Whitaker qui l'appelait en entrant dans la maison. Ils s'écartèrent de quelques pas et échangèrent un sourire.

Il fallut à Cashel et à Ignatz près d'une journée pour vider le stock de Rossbrau dans l'étang. Ensuite, ils firent un grand feu de joie avec les tonneaux vides.

Les deux hommes burent les dernières gouttes de leur bière en regardant s'élever dans l'air placide de l'après-midi les flammes crépitantes et l'épaisse fumée, dont Cashel espérait que Corcoran verrait les volutes noires depuis Rockfell en guise de sombre présage. Ce ne fut pas un moment d'exultation, loin de là. L'humeur était au pragmatisme stoïque, tout du moins l'espérait-il : il avait tout expliqué à Ignatz, qui lui aussi voyait bien l'impossibilité de continuer comme avant.

« Et le houblon ? demanda Ignatz.

– On le laisse pousser comme il veut. Peu m'importe. Mme Broome pourra l'arracher ou le vendre à d'autres brasseurs. Moi, je m'en retourne en Angleterre, où j'ai des affaires à régler. À mon retour, j'achèterai une propriété à Stow ou à Concord. Je ne reviendrai jamais vivre à New Banbury, c'est une certitude. À Boston, peut-être. Qui sait ? »

Ignatz semblait songeur.

« J'ai de l'argent à vous donner, Ignatz. Je veux que vous soyez libre de recommencer, à votre façon, libre de choisir.

– Pourrais-je venir avec vous, monsieur Ross ?

– Comment ça, avec moi ?

– En Angleterre. Je pourrais être votre valet. »

Cashel repensa soudain à deux offres similaires qu'on lui avait faites par le passé. Ce jeune garçon à Arles – comment s'appelait-il déjà ? Ah oui, Jauffret. Et puis Timoteo à Ravenne.

« Jamais je ne pourrai vous payer l'équivalent de ce que vous gagnerez ici. Vous trouverez du travail chez n'importe quel brasseur, Ignatz, vous avez du génie.

– Du pain pour manger et un endroit sec où dormir, monsieur Ross. Je ne demande rien d'autre. Je préférerais travailler avec vous en Angleterre. »

Cashel dut reconnaître que cette perspective lui mettait du baume au cœur. Peut-être était-ce ce qu'il lui fallait dans sa nouvelle vie : un fidèle serviteur. Il regarda Ignatz : courtaud, barbu, mélancolique. Quel âge pouvait-il avoir à présent ? Il avait largement dépassé la trentaine. Cashel songea une fois encore qu'il n'aurait rien pu accomplir à Willow Creek sans ce jeune homme.

« C'est un honneur pour moi, Ignatz. Je serai ravi de pouvoir poursuivre notre partenariat. »

Ils échangèrent un regard chaleureux, sachant tous deux que l'élan les poussant instinctivement à se prendre dans les bras pour sceller cette décision leur était interdit par leur condition sociale qui, comme toujours, les séparait. En lieu de quoi, Cashel leva sa chope en étain.

« À l'Angleterre !

– À l'Angleterre ! répéta Ignatz en trinquant avec lui. Vous savez, j'ai hâte, monsieur, dit-il avec un sourire timide, qu'il avait rare. À l'avenir de MM. Ross et Vlac. »

***

L'avenir… songeait Cashel deux mois plus tard, debout sur le pont arrière du steamer *Heracles* de la compagnie Cord Line au beau milieu de l'Atlantique, à une semaine environ de l'arrivée à Southampton. Quel était son avenir, désormais ? Malgré le calme de l'océan, sous une brise à peine perceptible, l'*Heracles* fonçait à une vitesse de douze nœuds, toutes voiles ferlées sur ses trois mâts, grâce à ses deux hélices qui tournaient à la poupe, ses deux cheminées laissant une traînée de vapeur noire de suie, tel un sillage aérien.

Cashel consulta sa montre de gousset. L'avenir immédiat, c'était le déjeuner. Tandis qu'Ignatz logeait à l'entrepont, lui-même avait sa propre cabine et dînait avec les passagers de première classe sur de belles nappes en lin blanc, dans de la jolie porcelaine et avec des couverts en argent. Les convives avec lesquels il partageait sa table étaient un romancier américain dont il n'avait jamais entendu parler et son épouse, un couple de commerçants du Yorkshire rentrant au pays et un éminent pasteur unitarien qui partait faire une tournée de conférences en Angleterre.

Il repensa à son voyage vers l'Amérique toutes ces années auparavant, à ses espoirs, à ses rêves de Libertania, à son ignorance crasse, et compara le jeune homme qu'il était alors avec la personne qu'il était devenu à près de cinquante ans – bon sang ! Cashel Greville Ross, solvable, accompagné d'un serviteur, mais sans son épouse et ses filles, qu'il avait laissées derrière, perdues pour lui. Non, se dit-il avec force, Bríd, la pauvre folle, avait peut-être irrémédiablement disparu, mais pas la vive et espiègle Maeve, ni la douce et sérieuse Nessa, tant qu'il serait en vie, jamais. Il trouverait un moyen de les récupérer, il y arriverait. Tout en réfléchissant, il était conscient que sa détermination reflétait sans doute l'ampleur de son évolution : il n'était plus le jeune fou romantique qu'il avait été, et comprenait que son projet nécessitait de l'argent. L'argent, c'était la clé, désormais. Seul l'argent lui permettrait de vaincre Shay Corcoran et de ramener ses filles à lui…

Il traversa le pont du vapeur jusqu'à l'autre bord et scruta l'immensité de l'océan, ses eaux indomptées et imbuvables et leur propension à symboliser tout ce qu'un observateur souhaitait y projeter : la perte, la majesté, l'infini, le temps, l'indifférence, la mutabilité, l'omnipotence divine, l'insignifiance de l'humanité fragile… Tout allait pourtant si bien, pensa Cashel, jusqu'à ce que son cœur le détourne du droit chemin. Mais non, il s'infligeait un jugement trop dur, se reprit-il. C'était l'effondrement psychologique de Bríd après la naissance de Nessa qui avait rendu leur vie impossible. Et l'amour qu'elle avait pu éprouver pour lui s'était mué en une sorte de mépris obsessionnel, une haine qui s'exprimait dans ses violents accès de rage, comme s'il incarnait tout ce qu'elle abhorrait. Dans ces circonstances malheureuses, conflictuelles, solitaires, il semblait inévitable qu'il fût attiré par toute source de répit, de réconfort, d'amour. Et la source incarnée en Frannie Broome s'était avérée irrésistible. Il soupira. Fais fortune, Cashel Ross, se dit-il. Puis ruine Shay Corcoran définitivement, sauve tes filles de son influence malfaisante et épouse Frannie Broome.

Livre douzième

M. Cashel Ross avançait en fiacre dans Oxford Street en direction de Hyde Park, quartier où était sise la glacière de M. Theobald Rackham, dans Grand Junction Street, près du bassin de retenue. Il était en mission : Frannie Broome lui avait demandé par courrier de vérifier l'état des stocks de Willow Creek à Londres. L'American Ice Company de Tudor cherchait à renégocier ses tarifs à la baisse au motif que les ventes en Angleterre se tarissaient, mais Frannie flairait un mensonge.

Vue de la rue, la glacière construite exprès par Rackham ressemblait à un petit entrepôt banal. Aucune fenêtre n'en trouait la façade en brique dépouillée ; seule une double porte laissait entrer et sortir les carrioles et fardiers qui assuraient les livraisons. Theobald Rackham était un quinquagénaire chauve d'allure sinistre, avec des poches marquées sous ses yeux mélancoliques, tels de petits sacs de chair en suspension, observa Cashel. Toutefois, à l'annonce de son identité, le visage défait de Rackham s'anima quelque peu, et Cashel fut accueilli chaleureusement en tant que copropriétaire de l'étang de Willow Creek.

« C'est de très loin ma meilleure vente, monsieur Ross, même si ce n'est pas beaucoup dire. »

Il entraîna Cashel au sous-sol, où se trouvait un immense espace de stockage. Il ouvrit une porte épaisse, recouverte de liège pour l'isolation, et alluma les lampes à gaz. Cashel découvrit les blocs de glace luisants empilés comme d'immenses briques sur des lits de paille. M. Rackham lui expliqua que l'essentiel de sa clientèle se composait de grossistes en fruits et légumes, boucherie ou poissonnerie.

« Eux, ils prennent n'importe quel type de glace. Qu'elle soit sale, opaque, pleine de poissons morts, de feuilles, de brindilles, ils n'en ont cure ! Mais la Willow Creek, c'est autre chose. C'est pour les hôtels, les clubs privés, les grandes maisons aristocratiques. »

Il montra à Cashel l'endroit où ils entreposaient la Willow Creek, découpée en blocs plus petits, d'environ douze pouces sur douze, qui formaient une pile s'élevant à huit pieds de haut. Un moteur à vapeur faisait fonctionner un tapis roulant qui montait les blocs jusqu'à une zone de chargement au niveau de la rue.

« Ah, celle-là, mes clients l'appellent par son nom, dit M. Rackham en regardant fièrement ce mur de glace. "La Willow Creek est-elle arrivée d'Amérique ?" me demandent-ils. Spécifiquement. Elle est réputée, monsieur Ross.

– Combien la vendez-vous ?

– Deux pence la livre. Ce bloc, là-bas, vaut cinq shillings. Je pourrais en vendre le double, si je pouvais m'en procurer plus. »

Rackham prit un pic à glace dans sa poche et détacha d'un bloc un morceau de la taille d'une châtaigne, qu'il lui présenta sous la lumière.

« Ça, c'est de la glace qu'on met dans son verre de champagne. Regardez un peu. Comme du cristal taillé. Pas une seule bulle, pas une impureté.

– Si c'est votre meilleure vente, pourquoi ne pas en commander plus ?

– Parce que M. Tudor en garde quatre-vingt-dix pour cent pour l'écouler en Amérique. À New York, il la vend dix cents la livre. C'est moins qu'ici, mais les Américains aiment la glace. Ils adorent la glace même, ils adorent les boissons bien fraîches. Nous, les Anglais, on s'en fiche, les deux nous vont très bien, au pire. Il gagne plus d'argent en vendant moins cher en Amérique qu'en me fournissant, moi.

– Si je pouvais vous garantir la quantité dont vous avez besoin, vous vous engageriez à me l'acheter ?

– Oh ben oui, monsieur Ross. Sans hésitation !

– Pourriez-vous me rédiger un courrier officiel à cet effet ? Je m'assurerai qu'il parvienne bien à M. Tudor. »

Cashel se disait qu'une telle lettre suffirait à faire respecter son contrat à Tudor, qui ne pourrait plus arguer que le marché anglais s'essoufflait. Et c'était important pour lui aussi, puisque sa part de leurs bénéfices sur le commerce de glace constituait son seul revenu, qui lui assurait son train de vie londonien.

Rackham le fit remonter et lui écrivit une lettre d'engagement sur le papier à en-tête de l'entreprise, qu'il plia en deux, glissa dans une enveloppe et lui remit.

« Je vous suis très obligé, monsieur Ross. Je suis prêt à acheter toute la Willow Creek qu'on pourra me fournir. »

***

42, Long Acre
Covent Garden
Londres

16 septembre 1853

Très chère Frannie,

Ci-joint la lettre à montrer à l'entreprise. Rackham est preneur de toute la Willow Creek que nous pouvons lui fournir, donc vous pouvez dire à Tudor d'aller se faire voir (avec votre courtoisie habituelle, évidemment). Vous pourriez d'ailleurs montrer cette lettre à tous ses concurrents et peut-être obtenir un prix plus avantageux. Je m'en remets à vous.

De mon côté, les nouvelles ne sont guère encourageantes. Après de nombreux mois de recherche, il semble évident que les houblonnières du Kent sont soit trop coûteuses, soit trop petites pour générer les importants revenus dont j'ai besoin. J'essaie encore de récupérer ma part de l'héritage de ma chère mère, mais mon frère cadet Hogan, qui gère la succession, s'avère farouchement réticent à s'en départir, pour une raison que j'ignore. Il ne fait qu'invoquer des prétextes et user de faux-fuyants. Dès que j'aurai reçu ma part, je réserverai un passage pour Boston. Je me languis de vous voir, de vous serrer dans mes bras et de... Vous imaginez le reste. Je me languis jour et nuit.

En l'attente de nos retrouvailles à venir, je reste votre ami aimant et amant,

Cashel

***

À son retour en Angleterre, Cashel avait d'abord séjourné chez son frère Buckley, dans son grand presbytère de Claverleigh, près de Lewes dans le Sussex. Buckley et son épouse Emily avaient maintenant trois jeunes enfants, deux garçons et une fille. Après une semaine bruyante et épuisante, Cashel avait décidé de déménager à l'auberge William IV de Claverleigh, où il avait pris une chambre avec salon. Comme il y avait déjà installé Ignatz, c'était pratique (et plus calme) pour tous les deux. Cashel loua un brougham, et ils entreprirent de visiter systématiquement les propriétés de l'est du Sussex et du Kent qu'ils pourraient acquérir pour reproduire le succès de la Rossbrau en Angleterre.

Toutefois, il apparut bientôt que la bière coulait à flots en Angleterre et que les grands brasseurs n'accueilleraient pas de bonne grâce des nouveaux venus. Les grandes houblonnières étaient trop chères, et les plus petites, financièrement abordables pour Cashel, seraient à peine rentables. Puisque la brasserie en Angleterre ne semblait pas devoir lui procurer les revenus qu'il escomptait, il se contenta de laisser en dépôt à sa banque londonienne ses bénéfices sur la Rossbrau (quelque mille quatre cents livres), en attendant sa part de l'héritage d'Elspeth Ross, qui représentait quatre cents livres de plus[1]. S'il retournait en Amérique avec près de deux mille livres, il pourrait s'établir avec un certain train de vie à Stow ou à Concord, puis ourdir sa vengeance contre les Corcoran.

Cashel avait écrit à Hogan à Oxford plusieurs fois en lui demandant de transférer sa part d'héritage sur son compte en banque londonien. Hogan avait promis de le faire dès qu'un « problème mineur » serait apuré dans ses propres finances. Il lui assura qu'il y aurait même peut-être plus d'argent une fois qu'il aurait réglé un désaccord sur un pâturage qui jouxtait le cottage à Woodstock. Cashel n'étant pas particulièrement pressé, il laissa tout son temps à Hogan pour effectuer le versement.

Alors que la perspective d'une houblonnière et d'une brasserie dans le Kent semblait de plus en plus incertaine sinon impossible, Cashel décida de s'établir à Londres. Il loua une étroite maison meublée à Long Acre, près de Covent Garden, et installa Ignatz au sous-sol. Puis il consulta des avocats pour essayer de récupérer les droits d'auteur sur ses deux livres, actuellement détenus par l'imprimeur de Purvis Yelverton, qui, lorsque ce dernier avait fui pour échapper à la faillite, avait acquis le catalogue de l'éditeur en lieu et place des sommes dues.

L'imprimeur, un homme austère et inflexible du nom de Maxwell Bishopson, reconnut que *Journal d'un grand tour* et *Nihil* se vendaient toujours, dans de nouvelles éditions bon marché, mais refusa d'admettre qu'il devait quoi que ce fût à Cashel. Celui-ci lui montra son contrat avec Yelverton stipulant que les deux ouvrages avaient été publiés selon un système de répartition des profits et argua que, les deux étant bénéficiaires à la suite de leur parution dans différentes éditions, Bishopson

1. À titre de comparaison, en 1841, le salaire d'Anthony Trollope en tant que haut fonctionnaire des postes s'élevait à cent quarante livres par an, et en 1862, George Eliot se vit payer sept mille livres pour son roman *Romola*, une somme colossale pour l'époque. Ces chiffres permettent de relativiser la somme que Cashel avait accumulée. Son capital était substantiel, sans pour autant représenter une fortune.

ne détenait qu'une part des recettes générées par leurs ventes, et non la totalité. Les avocats échangèrent de multiples courriers. Les sommes en jeu ne s'élevaient qu'à environ deux cents livres, selon les calculs d'un Bishopson réticent, mais pour Cashel, toute contribution à son retour en Amérique serait la bienvenue. Il devinait que Bishopson redoutait surtout la perspective d'une action en justice, donc ils arriveraient sûrement à un compromis.

Un lundi matin, environ deux semaines après sa visite à la glacière de Rackham, Cashel prit un fiacre jusqu'à la City pour se rendre à sa banque, Brookes & Co., car il avait besoin d'argent liquide et voulait vérifier si le transfert de fonds de Hogan était arrivé (il s'avéra que non). Ce fut un jeune caissier nouvellement recruté, Joseph Summerbee, un homme apparemment vif et intelligent, qui s'occupa de lui.

Il tendit à Cashel ses souverains et des chèques imprimés.

« Vous a-t-on bien transmis le paquet de lettres que nous gardions pour vous, monsieur Ross ? demanda-t-il.

– Non. Quelles lettres ? »

Après quelques recherches, le paquet lui fut dûment remis. Il contenait une dizaine de plis que sa banque avait reçus au fil de ses années en Amérique sans jamais les lui faire suivre. Cashel les parcourut dans un restaurant à viande du Strand où il s'arrêta pour déjeuner. Seules deux lettres étaient dignes d'intérêt. L'une de Mary Shelley[2], qui remontait à presque huit ans, le félicitait pour le succès de *Nihil.* (Mme Davenport avait fini par vendre la mèche, expliquait-elle.) La seconde, plus récente, datait de trois mois et provenait d'un homme dont il n'eût jamais imaginé recevoir de nouvelles un jour : Deveron Gilchrist-Baird, vu pour la dernière fois dans la jungle de Kandy, terrassé par une fièvre et évacué en litière à Trinquemalay. Elle était très courte.

2. Mary Shelley étant décédée en 1851, cette chaleureuse missive fut lue à titre posthume.

The Garrick Club
35, King Street
Londres

Dimanche 4 juin 1854

Cher Ross,

Vous rappellerez-vous une voix venue de votre lointain passé ? La semaine dernière, chez un ami, je découvris par hasard un livre qui s'intitulait Journal d'un grand tour en France et en Italie, *d'un certain Cashel Greville Ross. Cet auteur pouvait-il être mon ancien compagnon d'armes ? Tel était bien le cas ! Je prends la liberté de vous écrire aux bons soins de votre banque, comme vous me l'aviez jadis conseillé, dans l'espoir que cette missive vous parviendra et que nous pourrons nous retrouver. J'ai une proposition très lucrative à vous soumettre – et j'ai besoin d'un auteur ! Si l'idée vous intrigue, vous pouvez entrer en rapport avec moi par les bons offices de mon club, le Garrick.*

Dans l'espoir de vous lire, je reste, etc.

Deveron Gilchrist-Baird
(Secrétaire honoraire des estimés survivants
du 5e régiment d'infanterie légère de Madras)

Le Garrick étant à petite distance de Long Acre, Cashel s'en fut à pied remettre sa réponse au portier du club : il était en effet intrigué et fournissait son adresse, « à deux pas ». Gilchrist-Baird lui répondit en vingt-quatre heures en lui proposant un rendez-vous au Garrick.

Deveron Gilchrist-Baird n'avait guère changé, ce que Cashel eut la courtoisie de lui dire. Un peu plus rond, un peu plus rougeaud, il avait toujours une belle chevelure et cette apparence éreintée du débauché qui manque de sommeil. Lui aussi couvrit Cashel de compliments.

« Mon Dieu ! C'est comme si je vous avais vu hier. Quel est votre secret, Ross ? »

Ils se rendirent dans le salon de thé du club, aux murs couverts de portraits d'acteurs anciens et actuels, où Gilchrist-Baird commanda pour eux deux punchs au gin avec de l'eau de Seltz. Cashel regarda les petites échardes de glace qui flottaient dans son verre et songea que ce serait une extraordinaire coïncidence si sa boisson était rafraîchie par de la Willow Creek. Voilà qui serait de bon augure… Il s'obligea à se concentrer sur Gilchrist-Baird, qui lui racontait tout ce qui était advenu depuis leur dernière rencontre.

« Non, mon problème, c'est que mon père refuse de mourir. Il a quatre-vingt-un ans, Dieu ne le préserve pas ! Alors je suis toujours simplement “Honorable”, je n'ai pas fait d'héritage et je vis de la générosité fluctuante de mon père. Ce n'est pas facile.

– Êtes-vous marié ?

– Je l'ai été, mais mon épouse est morte de consomption. Quelle tristesse ! Pas d'enfants, cela dit. Quand j'ai quitté l'armée voici environ cinq ans, mon père m'a acheté une affaire. Une salaisonnerie. Malheureusement, j'ai spéculé sur l'indigo, et il s'est avéré que c'était de façon très mal avisée. Mon père a épongé mes dettes, mais maintenant il me garrotte. J'ai besoin de me faire de l'argent, Ross, conclut-il en se carrant dans son siège avec un sourire.

– Il se trouve que moi également.

– Nous y voilà. Les étoiles s'alignent en notre faveur. Mais j'ai un plan. Que diriez-vous d'en parler en déjeunant ? »

Pendant le repas, où on leur servit un curry baptisé « Volaille frite à la Mohammed Khan », Gilchrist-Baird lui esquissa les grandes lignes de son projet. Un riche aristocrate de sa famille éloignée, le comte de Bassett, offrait une récompense de cinq mille guinées à quiconque découvrirait la source du Nil.

« Est-ce là votre “plan” ? l'interrompit Cashel. Vous me proposez d'aller découvrir avec vous la source du Nil ?

– Oui. L'humanité la recherche depuis des siècles, depuis plus de mille ans. Où est cette fichue source ? Cinq mille guinées, c'est déjà bien joli, mais, à ce que l'on m'a dit, les vrais bénéfices sont à tirer du récit qu'on écrit au retour. Dix mille livres au bas mot. Ensuite, il y aura les conférences, les présentations, les éditions étrangères… C'est une mine d'or.

– En théorie.

– Un membre du club m'a raconté que Dickens s'était fait vingt mille livres avec *Oliver Twist*[3].

– C'est un roman.

– Je sais bien, oui. Mais ce que je veux dire, c'est que les livres qui se vendent peuvent rapporter une fortune. *Comment j'ai découvert la source du Nil*, de Cashel Ross. Vous imaginez un peu ?

– Et si nous ne la découvrons pas, la source du Nil ?

– Eh bien, dans ce cas, vous écrirez un récit passionnant sur les raisons pour lesquelles nous ne l'avons pas découverte. Vous et moi serons célébrés dans tout le pays, connus dans toute l'Europe et toute l'Amérique civilisée. Les explorateurs sont les nouveaux… les nouveaux… chevaliers errants, demi-dieux, héros. Nous serions des héros, Ross. »

Cashel ne dit rien car il réfléchissait.

« Un mien ami à la Société de géographie m'a parlé d'une carte, reprit Gilchrist-Baird. Une carte dessinée par un missionnaire allemand du nom d'Erhardt, qui montre un immense lac au cœur de l'Afrique, long de plus de trois cents lieues, aussi grand que la mer Caspienne. C'est forcément ça, la source. Nous allons en Afrique, nous nous dirigeons vers l'intérieur des terres, et nous ne pouvons pas la rater.

– Mais nous n'avons aucune expérience en la matière.

– Nous sommes des soldats, Ross, d'anciens officiers de l'armée des Indes. Nous avons autant d'expérience que quiconque. Vous avez fait Waterloo, nom d'une pipe ! lança-t-il avant de s'interrompre le temps de commander une carafe de vin de Bordeaux.

3. Gilchrist-Baird ne faisait là que colporter une rumeur entendue au Garrick Club. Mais il est avéré que la part des bénéfices perçue par Dickens pour *La Maison d'Âpre-Vent* (1852-1853) s'élevait à onze mille livres.

Mon ami de la Société de géographie peut nous fournir tous les conseils pratiques.

– Je persiste à penser que…

– Avez-vous visité l'Exposition universelle au Crystal Palace, voici trois ans ?

– Oui.

– N'avez-vous pas trouvé cela éblouissant ? Les machines, les inventions, toute cette ingéniosité ? Notre expédition sera équipée de tous les engins et découvertes les plus modernes : armes, vêtements, nourriture de conserve, médicaments, instruments de mesure… énuméra-t-il avant de se trouver à court.

– Tout cet équipement coûtera de l'argent », objecta Cashel.

Gilchrist-Baird valida le vin qu'on leur avait apporté, et qui leur fut servi.

« Certes, convint-il. Nous devrons investir. Mais nous investirons en nous. Il n'y a pas de profit possible sans investissement.

– Combien ?

– Deux mille livres. Mille chacun.

– Fichtre ! Qu'est-ce qui vous fait croire que j'ai mille livres sous la main ?

– Vous avez l'allure d'un homme qui a mille livres de côté, tout comme moi. Peut-être pas dix mille, non, mais il nous faut seulement mille livres chacun. Et pensez à notre récompense ! Quel retour sur investissement ! »

Malgré sa prudence innée, Cashel commençait à sentir monter en lui une certaine excitation.

« Nous nous partagerons tous les bénéfices à parts égales, précisa Gilchrist-Baird. La récompense, les contrats d'édition, les circuits de conférences. Nous serions partenaires à égalité », répéta-t-il en regardant Cashel droit dans les yeux.

Cashel trouvait à cette proposition une logique absurde mais irrésistible. Les explorateurs étaient les nouveaux héros.

« Pourquoi moi ? demanda-t-il d'un ton direct. Après toutes ces années…

– Parce que je suis tombé sur votre livre. Je reconnais volontiers que je ne suis pas un grand lecteur, mais j'étais là, dans une bibliothèque, il pleuvait à verse, ce qui excluait toute possibilité de partir à la chasse, alors j'ai pris un livre au hasard, et c'était le vôtre. C'est un signe du destin, Ross ! Nous sommes de vieux amis, de vieux camarades de régiment. Et vous savez écrire, pas moi. Or là résident les vrais bénéfices : dans un livre. Un satané livre. »

Cashel sirota son vin en y réfléchissant plus avant. Même s'ils récoltaient la moitié de ce que Gilchrist-Baird lui faisait miroiter, voire un quart, ce serait plus d'argent qu'il n'en avait jamais gagné de sa vie. Tous ses problèmes seraient résolus, il tiendrait les Corcoran à sa merci et tout deviendrait possible.

***

42, Long Acre
Covent Garden
Londres

20 octobre 1855

Très chère Frannie,

Une perspective financière extraordinaire se présente à moi impromptu en Afrique. Je pense sincèrement que ce sera la réponse à tous nos soucis, et le gros avantage en est qu'elle portera ses fruits très vite. Le désavantage, c'est qu'il nous faudra attendre au moins deux ans avant que je puisse retourner en Amérique vous retrouver. Mais ces deux années d'absence sont à considérer comme un investissement dans un bel avenir partagé.

Je m'embarque dans cette aventure avec un ancien camarade de l'armée des Indes. Il a toute l'expérience et tous les contacts nécessaires, et nous serons partenaires à égalité dans l'entreprise. Cela ne sera pas facile, cependant je me hâte de préciser que nous ne partons pas faire de la prospection d'or ou de diamants, mais explorer. Nous avons uniquement besoin de notre énergie et de notre robuste constitution. Même un succès relatif serait exceptionnel. Tout changera alors pour vous et moi, pour Maeve et Nessa, pour Clayton et Whitaker. Je vous fournirai plus de détails quand notre projet aura pris une tournure satisfaisante. Dans l'intervalle, nous avons de multiples préparatifs à faire avant le long voyage pour l'Afrique de l'Est.

Faites-moi confiance, ma chérie. J'avais perdu tout espoir de réussir quoi que ce fût d'envergure ici en Angleterre, mais cette occasion se présente comme un cadeau des dieux.

Avec tout mon amour, ma chérie,

Votre Cashel

***

Cashel regarda par la fenêtre alors que le train traversait la campagne de l'Oxfordshire à la belle allure de soixante kilomètres à l'heure. C'était presque inconcevable ! Les champs, les bosquets, les fermettes, les villages, les flèches d'église, les enfants qui agitaient la main au passage rapide du train – derrière la fenêtre, rien ne semblait avoir changé dans cette Angleterre éternelle. Pourtant, il était là, confortablement assis, un livre ouvert sur les genoux, à voyager de Londres à Oxford pour déjeuner avec son frère, et serait de retour dans la capitale avant la tombée de la nuit. Il restait fasciné par ce prodige. Il regarda ses compagnons de voyage qui dormaient, lisaient ou conversaient. Tout cela était devenu « normal » à une vitesse incroyable.

Quand le train arriva en gare de Grandpont, Cashel repéra la silhouette massive de Hogan qui l'attendait sur le quai, vêtu de son long manteau noir et coiffé de son tuyau de poêle. Cashel éprouva une bouffée spontanée d'affection envers ce frère un peu difficile, si différent de Buckley le pasteur, avec sa femme et leur adorable et turbulente progéniture. Il l'avait vu brièvement une fois depuis son retour d'Amérique, mais ne s'accoutumait toujours pas aux changements de son apparence. On eût pu le croire l'aîné, avec ses cheveux et ses favoris prématurément grisonnants, son visage marqué de rides profondes, comme usé par le dur labeur et les épreuves de la vie. Il avait aussi la voix plus basse et plus rauque, et sa vie à la campagne avait accentué son accent de l'Oxfordshire.

Un large sourire se dessina sur le visage de Hogan quand il vit Cashel descendre du wagon, et ils se serrèrent chaleureusement la main, Hogan lui donnant même une claque sur l'épaule de la main gauche.

« Première classe, hein ? lui dit-il. Tu dois bien réussir dans la vie, mon cochon ! »

Ils sortirent de la gare et passèrent devant une rangée de fiacres qui attendaient le client.

« Où allons-nous ? s'enquit Cashel alors qu'ils traversaient le Folly Bridge pour rejoindre la ville en passant devant les sites familiers de Christ Church et St Aldate.

– Au Nag's Head. Tu t'en souviens ?

– Cette infâme gargote ?

– Oh, elle a bien changé, mon gamin, crois-moi. »

Sis dans une rue perpendiculaire à St Aldate juste avant le croisement avec High Street, le Nag's Head parut en effet méconnaissable à Cashel. Le vilain estaminet éclairé par une chandelle à la fenêtre avait fait place à un édifice à entablement doté d'une porte flanquée de pilastres, de larges vitrines sur la rue et, à l'intérieur, d'un bar en acajou poli à plateau d'étain sur lequel des lampes à gaz projetaient un vif éclairage, et de banquettes en bois ornées de coussins en crin de cheval adossées aux murs.

« Fichtre ! » s'émerveilla Cashel.

L'endroit était animé. Hommes, femmes et enfants se pressaient sur le plancher de pin devant le comptoir, où trônaient les poignées d'ivoire des tireuses à bière et derrière lequel s'alignaient des barriques de liqueur vernies équipées de robinets en laiton. Un magnifique paradis de la boisson, songea Cashel.

« Qu'est-ce que tu prends ? demanda Hogan. Quand on se sera rincé le gosier, on pourra aller déjeuner juste à côté. »

Cashel commanda un pichet de porter et Hogan un gin avec de l'eau. Cashel perçut chez son frère une légère nervosité, à présent que leurs retrouvailles cordiales avaient eu lieu. Ils s'installèrent dans un coin calme.

« Cash, je sais pourquoi tu es là, commença Hogan. Je ne peux que te présenter mes excuses.

– Je t'avais confié la gestion de mon héritage. C'était très bien tant que je vivais en Amérique, mais là, je suis de retour et j'en ai besoin.

– Je n'ai plus rien, rétorqua Hogan. J'ai tout dépensé. »

Il raconta à Cashel qu'Enoch Starkie, son associé au haras, avait péri dans un accident. Hogan avait utilisé son héritage, et une partie de celui de Cashel, pour racheter sa part à sa veuve. « Sinon j'aurais été ruiné. » Puis il avait découvert l'ampleur des dettes cachées de Starkie, et le reste du legs destiné à Cashel y était passé. Il jurait n'avoir pas eu d'autre choix.

« Mais j'ai besoin de cet argent, insista Cashel du ton le plus posé possible. Je te l'ai dit, je pars pour l'Afrique.

– Je vais te rembourser, ne t'inquiète pas. Le problème, c'est que ces satanés trains nous tuent le secteur du roulage. C'est la moitié de notre activité qui s'envole. Dieu merci, l'armée britannique a encore une cavalerie ! s'exclama Hogan avant d'écluser son gin, puis d'en commander un deuxième d'un geste à l'épouse du patron. Il faudrait que cette guerre s'éternise pour que le commerce des chevaux se redresse. Je nourris de grands espoirs quant à la poursuite des combats en mer Noire. Tu vas voir. Nous allons expédier une autre flotte, et les Français feront de même.

– Tu es bien informé.

– J'ai beaucoup d'amis dans l'armée. Ils en usent, des canassons, et pas qu'un peu.

– Je sais, lui rappela Cashel. Je l'ai vu de mes propres yeux.

– Évidemment, monsieur Waterloo. Commande-toi donc une autre boisson. Le restaurant du coin fait un très bon rôti de bœuf. »

Cashel perdit tout espoir de mettre la main sur l'héritage de sa mère dans un avenir proche. Les deux frères prirent un repas roboratif dans un restaurant à viande de High Street en évoquant leurs souvenirs d'Elspeth Ross et de leurs jeunes années à Oxford. Cashel fournit quelques détails supplémentaires sur le désastre de New Banbury et, conséquemment, son besoin de reconstituer ses fonds pour redresser la situation.

« Et ton épouse, Bríd ? demanda Hogan.

– Aux dernières nouvelles, elle a été internée dans un asile d'aliénés près de Boston. Les petites sont élevées par son frère, leur oncle, et son épouse. »

Il s'interrompit et pensa aux filles, à ses filles, dont il ressentait cruellement l'absence. Il repensa à la lettre de Frannie qui lui avait appris cette nouvelle, ainsi que l'information très inquiétante selon laquelle Maeve et Nessa avaient abandonné leur nom de Ross pour adopter celui de Corcoran. Lentement, mais étape par étape, elles semblaient s'éloigner de lui, la part de « Ross » en elles peu à peu effacée, remplacée par un élément étranger.

« Tu comprends donc pourquoi je dois y retourner et les récupérer avant qu'elles n'oublient jusqu'à mon existence, fit Cashel avec une soudaine amertume.

– Il me semble que la force brute serait la meilleure stratégie, dit Hogan, le sourcil froncé, en se grattant la tête, avant de repousser son assiette vide. Dans mon expérience, face à ce genre de situation, il faut brandir une menace. Une vraie menace d'un vrai risque pour que les gens comprennent qu'on ne plaisante pas. Mais une menace ne sert à rien si on n'est pas prêt à la mettre à exécution.

– C'est un homme puissant, ce Corcoran. Un édile local, un genre de maire.

– Si tu lui mets le couteau sous la gorge, tout son pouvoir s'envole.

– Hogan, enfin, on ne peut plus faire ce genre de chose ! dit Cashel avec un rire sec et désabusé.

– Ça a marché avec Starkie, rétorqua Hogan en s'esclaffant à son tour avant de se resservir en vin.

– Tu m'as dit qu'il était mort dans un accident.

– Oui, absolument. Je l'ai mis en garde et il n'en a pas tenu compte. Alors, il est accidentellement tombé dans un puits. En l'occurrence, un puits très profond, si profond que personne ne l'a entendu crier. Il a tenu deux jours, mais quand on a fini par le retrouver, il s'était noyé. »

Perturbé par la violence de ce que Hogan venait de lui raconter, Cashel préféra changer de sujet.

« Et toi, Hogan, le mariage, tu y penses ? Tu ne rajeunis pas.

– Je ne crois pas que j'aie le profil d'un mari. Je courtise plus ou moins une veuve de Thame. De temps à autre. Quand je suis d'humeur à courtiser, si tu vois ce que je veux dire. »

***

Cashel devait reconnaître qu'il était impressionné par le dynamisme et les compétences de Gilchrist-Baird, qui avait passé bien plus de temps dans l'armée que lui et semblait un soldat bien plus accompli, avec des us et méthodes tout militaires et l'efficacité d'un quartier-maître. Dans les stalles d'une écurie vide à l'arrière de sa résidence londonienne, Gilchrist-Baird avait accumulé du matériel pour l'expédition. Il lui montra les ballots de cotonnade colorée, les nombreux écheveaux de fil de laiton et les sacs remplis de toute une verroterie allant de simples boutons blancs à des perles multicolores, qui leur serviraient de monnaie d'échange pour assurer leur tranquillité de circulation, sans compter des munitions en quantité suffisante pour deux ans.

« Dix mille capsules de cuivre, des boîtes de balles, de mitraille et de plomb, six magasins ininflammables, deux barils de poudre fine, dix de poudre commune, une dizaine de pistolets et une dizaine de fusils.

– Allons, nous ne partons pas faire la guerre, que diable ! protesta Cashel. Nous sommes des explorateurs.

– Nous devrons nous nourrir de ce que nous trouverons sur place, lui rappela Gilchrist-Baird. Vous et moi devrons chasser pour notre repas quotidien et celui de nos portefaix. Ils refuseront d'avancer s'ils ne sont pas nourris, à ce que l'on m'a dit. »

Il lui montra ensuite les tentes, les matelas de liège, les chronomètres, les sextants et autres instruments de géodésie et les caisses de médicaments.

« Nous achèterons le riz et les céréales en arrivant à Zanzibar. Et les mules et les ânes aussi. Ross, je peux vous assurer que nous dépensons notre argent de façon très réfléchie, lui dit-il avec un sourire. Aucune expédition vers l'intérieur des terres africaines n'aura été mieux équipée que la nôtre. »

Alors que la date du départ approchait, Cashel demanda à Ignatz s'il voulait les accompagner en Afrique ou s'il préférait rester à Londres.

« Bien sûr que je viendrai avec vous, monsieur, répondit aussitôt Ignatz. Je crois que je vous serai très utile.

– Mais vous êtes bien conscient que ce n'est pas sans risque, sans danger.

– Les risques et le danger nous accompagnent tout au long de la vie quoi qu'il advienne, affirma Ignatz avec une troublante conviction. Même le voyage jusqu'en Afrique est risqué. Même le voyage jusqu'au port comporte ses dangers. Dès que vous passez la porte de votre maison, il n'y a plus de garantie, monsieur. Et jusque dans votre maison, il y a des escaliers, du feu dans la cheminée, des bouilloires brûlantes...

– Il suffit, Ignatz, j'ai compris, merci. Je me sentirai fort rassuré de vous avoir avec nous. »

***

Il leur fallut un peu moins d'un mois pour rallier Le Cap à bord d'un clipper à bois faisant route pour la Birmanie et ses forêts naturelles de teck. Gilchrist-Baird et Cashel se laissèrent tous deux pousser la barbe pendant la traversée. Ils n'auraient pas le luxe de se raser pendant leur expédition et trouvaient donc sage de s'y préparer. Ils estimaient également que cela reflétait le sérieux de leur engagement.

À quelques jours de leur arrivée en Afrique du Sud, Ignatz avait toutefois été pris d'une fièvre qui se porta sur ses poumons. Le temps qu'ils atterrent et le fassent admettre dans un hôpital du Cap, il s'était mis à cracher des glaires teintées de sang et paraissait à l'article de la mort. D'une pâleur atroce, émacié, incapable de garder des aliments solides, il perdait souvent conscience. Cashel lui rendit visite chaque jour, mais les médecins ne semblaient pas trouver de diagnostic, ni donc de traitement.

Pendant ce temps, Gilchrist-Baird avait fait transborder toutes leurs provisions, leurs bagages et leur équipement sur une frégate qu'il qualifia d'« écraseur de crabes » en partance pour Zanzibar, où leurs ultimes préparatifs seraient le recrutement des porteurs et des guides. L'île leur servirait d'escale avant leur long voyage de plusieurs centaines de lieues vers l'intérieur des terres.

Gilchrist-Baird accompagna Cashel lors de sa dernière visite à Ignatz avant qu'ils appareillent pour Zanzibar. Ils se tinrent à son chevet, face à son corps dénutri à peine visible sous l'épaisse gaze de la moustiquaire.

« Respire-t-il encore ? demanda Gilchrist-Baird.

– Bien sûr, regardez ! dit Cashel en soulevant le voile un instant.

– Je ne le vois pas survivre plus de vingt-quatre heures.

– Il est plus robuste que vous ne le croyez. J'ai bon espoir.

– Avez-vous laissé des instructions ?

– Oui, et de l'argent pour toutes les éventualités, que ce soit des funérailles ou une longue convalescence.

– Nous ne pouvons pas nous attarder, Ross. Le climat commande.

– Je sais, la saison des pluies… »

Cashel sentit s'abattre sur lui une profonde tristesse. Il en était venu à considérer Ignatz comme faisant partie de sa vie, sinon de sa famille. L'abandonner là lui apparut comme un mauvais présage. Il lui sembla détecter dans sa vie un schéma négatif : toujours il allait de l'avant pour une raison ou pour une autre, mais laissait derrière lui une personne chère. D'abord sa mère, puis Raffaella, puis Maeve et Nessa, puis Frannie et maintenant Ignatz. Après leur conversation sur les risques et le danger, un vrai péril était venu bien trop vite à sa rencontre. Et cela ressemblait à une sorte de malédiction qui pesait sur le voyage à venir. Un nouvel abandon. Mais qu'y pouvait-il ?

***

Lorsqu'on l'approche depuis les hauts-fonds des eaux azur, Zanzibar paraît enchanteresse, écrivit Cashel dans son calepin. *Sur cette étendue de bleu resplendissant, de petits agrégats de pierre corallienne blanche se découpent en alternance avec le vert éclatant des palmiers, des tamariniers et des figuiers. Aux atterrages, une puanteur méphitique s'élève : poissons en décomposition, boue putride, fumée de charbon et déjections humaines, le tout dominé par le parfum écœurant du girofle. L'odeur de Zanzibar. Cent mille âmes vivent sur cette petite île, tassées dans les étroites ruelles bruyantes de la vieille ville, et leurs effluves sont omniprésents.*

Le consulat britannique occupait un grand bâtiment sur trois niveaux, récemment agrandi, dont les murs d'un blanc étincelant remportaient pour l'heure la bataille contre la corrosion du sel marin. Situé sur le front de mer près du port, il jouissait de la moindre brise qui soufflait depuis l'océan et faisait onduler le grand Union Jack à sa hampe sur le toit. La maison voisine, un peu plus petite et moins bien entretenue, abritait le consulat des États-Unis d'Amérique. Pour compenser, il y flottait un drapeau plus grand, une bannière étoilée de la taille d'un drap de lit.

Le consul britannique, le lieutenant-colonel Atkins Hamerton, Irlandais massif et cordial à la chevelure et aux favoris blancs, œuvrait également comme agent local de la Compagnie des Indes orientales. Il se déclara enchanté de pouvoir être utile à deux anciens membres de son armée de Madras et leur alloua immédiatement à titre gracieux des chambres dans le bâtiment. Il souffrait visiblement d'une mauvaise santé chronique, prix à payer pour un séjour à Zanzibar de plus d'une décennie. « Un problème au foie, à ce que l'on me dit », expliqua-t-il à Cashel, qui ne put douter un instant de la justesse du diagnostic à la vue de sa peau d'un jaune ictérique et de ses yeux chassieux d'une teinte sépia. Hamerton n'émergeait de ses quartiers qu'à la brune, lorsque la température baissait. Par chance, le consulat disposait d'un apothicaire résident, un certain M. Frost, dont les judicieuses prescriptions de divers médicaments, essentiellement des dérivés de morphine, semblaient permettre au lieutenant-colonel Hamerton de fonctionner pendant au moins quelques heures par jour.

Hamerton, qui parlait couramment arabe et jouissait de toute la confiance du sultan de Zanzibar, était un homme d'une réelle influence sur l'île. Il organisa le recrutement de huit mercenaires béloutches parmi la garde personnelle du sultan pour servir d'escorte armée à l'expédition. Il présenta aussi Gilchrist-Baird et Cashel à un guide et interprète arabe-swahili du nom de Sidi Muzembi, qui serait le *kafila-bashi*, le capitaine de la caravane. Homme énigmatique d'une placidité désarmante, auquel ses yeux étroits toujours mi-clos donnaient une apparence étrangement assoupie, Sidi Muzembi parlait un anglais rudimentaire et semblait heureux de déléguer l'essentiel de sa charge à son neveu, Sosha, un grand gaillard de dix-huit ans environ qui, par fort contraste avec son oncle, paraissait enthousiaste et débordant d'énergie.

Cashel abandonna toute la gestion des tâches locales à Gilchrist-Baird afin de consacrer son temps à rédiger des notes pour son futur livre, bien conscient de son importance dans leur entreprise. Ayant décidé que le moindre détail méritait d'être consigné, il atteignit des degrés inédits de précision. Il nota ainsi que, outre la cotonnade américaine destinée au troc (du *merikani*, comme disaient les natifs), ils avaient apporté plusieurs rouleaux de mousseline à petits motifs floraux pour la confection de turbans, ainsi que des perles, dont les plus précieuses provenaient de Venise. Il fit scrupuleusement la liste de tout ce qu'ils allaient emporter : « 2 boîtes cigares, 2 douzaines bouteilles brandy, 2 bouteilles sauce curry, 1 gamelle en fer-blanc contenant couteaux et fourchettes, 3 portemanteaux pour vêtements et livres, 1 baromètre de montagne, 2 douzaines crayons, 9 hachettes, 12 tarières », etc. À mesure que cette liste s'allongeait, il sentait croître son admiration pour les capacités logistiques de Gilchrist-Baird.

La veille de leur départ pour la côte, Hamerton donna un dîner en leur honneur, où furent invités le consul américain, deux négociants hollandais et M. Frost, l'apothicaire. Un plat de poisson fut servi avant le ragoût de brebis et de patates douces, le tout copieusement arrosé de whisky et d'eau. Vers la fin du repas, Cashel s'excusa et sortit sur la terrasse fumer un cigare en paix.

Il s'approcha de la petite balustrade qui surplombait la mer et écouta le doux ressac sur la plage. L'air chaud l'enveloppait mais n'était pas désagréable, et les stridulations métalliques des cigales dans les arbres et buissons voisins emplissaient ses oreilles. Quelle étrange impression de se retrouver ainsi sous les tropiques, où la chaleur, les odeurs et les bruits lui rappelaient Ooty et Ceylan. Si l'on exceptait ce pauvre Ignatz, il devait reconnaître que tout se déroulait comme prévu, mais ce constat faisait naître en lui un trouble inexplicable. Leur mauvaise fortune initiale – à savoir la fièvre potentiellement mortelle d'Ignatz – devait-elle leur faire craindre la suite ? Il se désola de ne pas savoir comment allait Ignatz, ni même s'il était encore vivant.

Lui, Cashel Ross, s'apprêtait à s'embarquer pour de nombreux mois, voire des années, dans l'inconnu complet, où toute communication avec les gens qu'il connaissait et qu'il aimait serait totalement rompue. Pendant une ou deux secondes, debout là dans l'obscurité, cigare à la main, il se demanda s'il n'avait pas perdu la tête. Mais il chassa bien vite cette idée. Il ne s'agissait pas d'une lubie, d'un rêve romantique de gloire et de fortune, non. Un motif pragmatique et valable sous-tendait son projet. Il pensa à Frannie Broome, à Maeve et Nessa, à son retour un jour en Amérique, plein d'assurance et de puissance, prêt à se racheter et à reconquérir sa place dans son monde, un monde qu'il aurait construit, incontestable et incontesté.

Oui, et aussi il écrirait un livre formidable, s'encouragea-t-il, et s'il obtenait ne fût-ce que la moitié du succès que lui promettait Gilchrist-Baird, il pourrait ne plus jamais en écrire d'autre ni avoir besoin de travailler comme agriculteur ou brasseur. Ainsi requinqué, il fut soudain de bien meilleure humeur. Il avait acheté une dizaine d'épais carnets dans lesquels il consignerait la moindre étape de leur voyage fameux. Il envoya le mégot de son cigare dans l'océan Indien et se sentit enthousiaste à la perspective de ce qui les attendait.

***

L'écraseur de crabes débarqua le corps expéditionnaire est-africain de Gilchrist-Baird et Ross dans une petite baie du continent sise à environ sept lieues au sud d'un village nommé Bagamoyo, le 26 avril 1856. Sidi Muzembi et Sosha, qui l'y avaient précédé, avaient réuni quelque soixante porteurs et une vingtaine d'animaux de bât. Avec les mercenaires béloutches, leurs épouses et leurs concubines, la colonne de marche s'étirait sur une centaine de perches. Gilchrist-Baird ouvrait la voie sur une mule de bonne taille, près d'un guerrier béloutche qui brandissait l'étendard rouge du sultan de Zanzibar. Cashel, lui, fermait la marche, également sur une mule. Il n'appréciait guère de constituer l'arrière-garde car il se sentait quelque peu exposé, mais Hamerton lui avait dit que c'était la pratique habituelle, tout autant qu'un acte symbolique : la présence d'un *mouzoungou*, c'est-à-dire d'un Blanc, évidemment armé, servait à décourager tout portefaix qui envisagerait de s'éclipser avec sa précieuse charge. Pendant une expédition (il avait utilisé le mot « safari »), la désertion constituait un risque permanent.

Quand ils quittèrent les denses forêts côtières, ils pénétrèrent dans une région aride de savane, terre herbeuse d'où seuls émergeaient quelques baobabs et d'immenses fourmilières coniques. Durant la première quinzaine, ils avancèrent bon train, mais deux ânes moururent de la mouche tsé-tsé et trois porteurs disparurent.

Sidi Muzembi leur apprit que ce taux d'évaporation était normal, voire inférieur à la normale. Ils progressaient vers l'ouest sur la principale piste caravanière reliant la côte à l'intérieur des terres et pourraient donc recruter de nouveaux porteurs dans les colonnes faisant le trajet en sens inverse.

La marche commençait dès l'aube, et ils bivouaquaient en début d'après-midi, quand la chaleur s'intensifiait au point de devenir insupportable. S'ils n'étaient pas à proximité d'un village, ils déchargeaient les bêtes, dressaient le camp, ramassaient du petit bois et allumaient des feux. À Zanzibar, Cashel et Gilchrist-Baird avaient engagé un domestique et cuisinier goanais du nom de Joao, et c'était lui qui montait leurs deux tentes, préparait les lits de camp, lavait leur linge et cuisinait leurs repas, puis rangeait tout le lendemain matin.

Avant la tombée du crépuscule, Cashel s'armait de fusils et partait avec Sosha, dont l'anglais s'améliorait prodigieusement grâce à leur contact proche, pour tirer des perdrix, des pintades ou des antilopes à l'occasion. Ils rapportaient le produit de leur chasse à Sidi Muzembi, qui supervisait l'équarrissage et la distribution des quartiers aux porteurs et aux guerriers.

Cashel et Gilchrist-Baird s'accoutumèrent bientôt à leur routine. Tous deux portaient une chemise en flanelle, un pantalon rentré dans des bottes cavalières et un chapeau à large bord pour bien se protéger du soleil. Le troisième soir de l'expédition, après un repas de pintade et de riz, ils fumaient un cigare en buvant un brandy près du feu qui brûlait entre leurs deux tentes. Gilchrist-Baird racontait des anecdotes sans fin, mais Cashel l'interrompit pour lui dire de tendre l'oreille.

Autour des multiples feux de bivouac, les porteurs chantaient une mélopée rythmique faite d'appels et de réponses, avec en contrepoint les cris et ululements d'animaux et d'oiseaux invisibles au-delà de la lumière projetée par les flammes, et en fond sonore la constante stridulation des criquets.

« N'est-ce pas fabuleux ? commenta Cashel.

– Mon Dieu, oui, reconnut Gilchrist-Baird. On a la belle vie, Ross. Dire qu'il y a quelques mois nous étions oisifs à Londres. Nous n'aurions jamais pu imaginer cela.

– Oui, enfin, pour nous tout va bien avec nos mules, nos domestiques, notre nourriture et nos tentes bien équipées. Je ne voudrais pas crapahuter à travers l'Afrique en trimballant soixante livres de bagages sur mon dos.

– C'est leur mode de vie, Ross, répondit Gilchrist-Baird d'un ton agacé en tendant le bras vers la bouteille de brandy. Et ils seront payés, ils ne le font pas simplement pour nous rendre service, vous savez.

– Je sais, mais sans eux, et sans Sidi… commença-t-il avant de s'interrompre, comprenant que c'était peine perdue.

– Enfin bref, santé ! Je crois que je vais aller me coucher. »

Allongé sur son lit de camp sous sa moustiquaire, Cashel distinguait les tisons du feu à travers la toile de tente épaisse et entendait en sourdine les ronflements de Gilchrist-Baird. Malgré sa fatigue, il peinait à trouver le sommeil depuis le début. Tout était si nouveau, si étrange, et l'avenir si incertain. Il repensa à sa vie et s'émerveilla qu'elle l'eût amené ici, dans ce campement au cœur d'une Afrique inexplorée. *Terra incognita*. Il repensa à sa mère et à son enfance insouciante et innocente en Irlande. Il repensa à Waterloo, puis concentra ses souvenirs sur Raffaella et sa beauté insolente et envoûtante. Raffaella… Mon Dieu, Raffaella, Raffaella… Qu'eût-elle dit si elle avait su où il se trouvait ? Se posait-elle parfois des questions sur lui ? Sur ce qu'il était advenu de Cashel Ross après que cet imbécile l'avait éconduite ? Et s'il ne l'avait pas abandonnée à Ravenne ? Et s'il était resté ? Il laissa échapper un grognement. Il ne serait pas ici allongé sous une tente en Afrique, pour sûr.

Il réfléchit de nouveau à ce schéma qu'il avait décelé dans son histoire personnelle : toujours aller de l'avant, mais en laissant derrière lui des gens qu'il aimait. À ceci près qu'il ne les avait pas rejetés, se répéta-t-il. Il n'avait pas abandonné Maeve et Nessa à leur destin. Les circonstances étaient intervenues, comme dans le cas d'Ignatz, des enchaînements d'événements s'imposant à lui. Il n'y avait rien d'insensible ni d'égoïste dans son caractère, se dit-il pour sa propre défense. Un jour, il rentrerait – il en était convaincu – et il arrangerait tout.

Puis il songea que, à bien y réfléchir, rien dans la vie n'était écrit ni prédéterminé. Se promener en Afrique n'était pas si différent de se promener à Londres, Paris ou Boston, d'une certaine manière. L'on pensait la route toute tracée et bien balisée, mais souvent la destination que l'on se fixait n'était jamais atteinte. Jamais. Des obstacles se dressaient, des diversions, des soucis, des changements d'avis, des changements d'envie…

Arrête. Pense à Frannie, se conseilla-t-il. Frannie Broome, si forte et assurée. Elle, au moins, savait dans les grandes lignes ce qu'il fabriquait et où il se trouvait, même si elle avait ses réserves, qu'elle avait exprimées en termes clairs quand il lui avait parlé de l'expédition et de ses enjeux. Il lui avait écrit juste avant de quitter Zanzibar pour lui donner plus de détails sur leur entreprise et la durée de son absence. Il soupira et se retourna sur son lit de camp. Calme-toi, mon cerveau ! le tança-t-il. Arrête de tout ressasser. Oublie les « et si ? », les « peut-être », les mauvais tournants et les impasses. C'est la voie de la folie.

Jour après jour, ils avancèrent péniblement sous le soleil et finirent par atteindre une région plus vallonnée et boisée qui leur offrit des nuits plus fraîches et de fortes rosées matinales. Il n'y avait pas de vraies pistes, simplement des sentiers souvent foulés, certains aussi larges qu'une route, d'autres comme ouverts par des moutons, des chèvres ou des cerfs, simples rubans sinueux de terre battue entre les hautes herbes. Ce fut également là qu'ils commencèrent à tomber parfois sur des scènes atrocement répugnantes de cadavres à moitié dévorés ou de squelettes parfaitement curés à côté des sentiers. « Des victimes de la variole », leur raconta Sidi Muzembi. Or Cashel voyait bien que certains corps étaient attachés avec des lianes ou portaient au cou de gros colliers en métal. « Ah oui, eux, ce sont des esclaves, reconnut Sidi Muzembi avec un haussement d'épaules. Quand ils tombent malades, c'est plus facile de les tuer que de poursuivre avec le fardeau qu'ils sont devenus. » La colonne continua sa route et bientôt les dépouilles au bord du chemin formèrent le décor d'un macabre cauchemar. Ils se trouvaient « hors carte » à présent, enfoncés profondément dans l'espace central au-delà des côtes bien connues et cartographiées du continent. Ils étaient en *terra incognita.*

L'humidité s'intensifiant, le nombre de moustiques augmenta de façon exponentielle. Dans un village, dix porteurs disparurent du jour au lendemain, obligeant le convoi à attendre qu'une autre caravane passât pour recruter des remplaçants rétribués en tissu *merikani.* Il s'avéra que les nouveaux nourrissaient une puissante aversion envers les Swahilis du littoral, et des rixes éclataient dans le camp presque chaque soir. Au lieu des émouvants chants traditionnels fusaient cris de colère, imprécations et hurlements. L'air menaçant, Sidi Muzembi allait s'interposer entre les factions belliqueuses, son sabre luisant à la main, et parlait d'une voix posée pour faire taire les disputes.

À environ quatre-vingts lieues de la côte, ils durent gravir une succession de chaînes montagneuses, coupant parfois à travers un défilé pour découvrir qu'une autre chaîne se dressait face à eux. Un jour, au bout d'un mois d'expédition, Cashel fit avancer sa mule jusqu'à la tête du convoi pour poser une question à Gilchrist-Baird, qui chevauchait à son habitude avec le porte-étendard du sultan, mais semblait tanguer sur sa selle, presque comme s'il s'assoupissait. Soudain, Gilchrist-Baird chuta lourdement au sol et tout le monde fit halte.

Cashel le retourna sur le dos et découvrit que son visage était livide et trempé de sueur. Il paraissait inconscient, mais des sels le ravivèrent. Il dit que son crâne allait exploser avec cette migraine, et bientôt il frissonna de fièvre. Sosha confectionna une litière rudimentaire en accrochant un hamac à deux piquets, et Gilchrist-Baird fut ainsi transporté jusqu'au village voisin par six portefaix.

Après deux semaines passées à attendre qu'il fût délivré de la prison de sa fièvre, il finit par reprendre conscience et réussit à boire un peu de bouillon avant de retomber dans un sommeil provoqué par le laudanum.

Cashel prit la décision de poursuivre, mais leur avancée fut lente puisque Gilchrist-Baird devait toujours voyager dans son hamac. Traverser le moindre cours d'eau plus large qu'un ru devenait dangereux. Cashel arrêta la marche une semaine de plus pour le laisser se reposer (et cinq porteurs en profitèrent pour décamper). Un jour, il augmenta délibérément la dose du traitement de quinine et de laudanum qu'il lui administrait, ce qui le fit dormir quarante-huit heures d'affilée. Cependant, ce traitement de choc sembla opérer. Bientôt, Gilchrist-Baird fut capable de marcher à l'aide d'une canne et se sentit assez en forme pour remonter sur sa mule. Sidi Muzembi prit toutefois la précaution de l'attacher à sa selle pour éviter une chute s'il perdait à nouveau connaissance.

Cashel subit lui aussi quelques accès ponctuels de cette fièvre (suées intenses, visage chaud et rouge, amertume terreuse dans la bouche), qui duraient une heure ou deux avant de passer, comme s'il réussissait à l'évacuer sans trop savoir comment.

Un soir, au campement, Gilchrist-Baird buvait du brandy et de l'eau, tandis que Cashel dévorait un steak d'antilope. Cashel l'entendit se mettre doucement à pleurer avant de se ressaisir et de reprendre le contrôle de ses émotions.

« Je suis vraiment désolé pour tout ça, Ross. Après vingt ans dans l'armée des Indes, je me croyais plus solide. Mais regardez-moi un peu, une vraie mauviette.

– C'est normal, G-B. Tous les *mouzoungous* attrapent la fièvre en Afrique à un moment ou à un autre. Moi-même, j'ai eu quelques poussées avec des frissons, je me sentais très mal.

– Mais je nous retarde et la saison des pluies arrive. Nous devrions déjà être quarante lieues plus loin.

– Écoutez, nous nous sommes donné deux ans. Quelques jours de perdus n'y changeront pas grand-chose. »

Mais l'humeur de Gilchrist-Baird continua de s'assombrir alors même que son état de santé se stabilisait quelque peu. Il alla jusqu'à suggérer qu'ils abandonnent l'expédition, fassent demi-tour et repartent en direction de la côte.

Cashel s'efforça de cacher le choc que lui procura cette idée.

« Quoi ? Pour tout perdre ? s'exclama-t-il. Tout l'argent que nous avons investi dans ce projet ? Non, mille fois non. Tous nos efforts doivent produire un résultat, cher ami. N'importe lequel, ne serait-ce que pour notre propre fierté.

– Désolé, Ross, désolé. Ne prêtez pas attention à ce que je dis. Je suis d'une humeur de chien et je n'arrive pas à m'en défaire. »

Cashel lui servit un brandy. Les quarante-huit bouteilles qu'ils avaient apportées dans quatre lourdes caisses en bois fermées par des vis pour éviter le pillage diminuaient à grande vitesse.

« Quand nous arriverons à Kazeh, nous pourrons nous reposer, nous accorder quelques semaines pour reprendre des forces et refaire le plein de provisions. Ensuite, nous partirons à la recherche de la source du Nil.

– Absolument, mon vieux, convint Gilchrist-Baird avec un pauvre sourire. Oubliez mes jérémiades. »

***

Comptoir commercial établi au croisement de plusieurs pistes caravanières, souvent utilisé par les négriers en quête de marchandises humaines et les chasseurs acheminant de l'ivoire et des peaux jusqu'à la côte, Kazeh comptait plusieurs maisons en pisé appelées *tembés*, sans fenêtres mais avec une cour intérieure, et même une sorte de magasin, géré par un marchand indien, où l'on pouvait se procurer des provisions contre des perles ou du fil métallique. Dans les petits potagers proches des plus grandes cases poussaient des palmiers et des arbres fruitiers. L'endroit ne connaissait ni lois, ni autorité établie, ni police, et pourtant il donnait l'impression d'une communauté stable au beau milieu de nulle part.

Cashel et Gilchrist-Baird se virent attribuer un *tembé* crépi et frais dans la cour duquel poussaient des orangers et des citronniers. Tandis que Gilchrist-Baird prenait du repos, Cashel et Sosha, qui lui servait d'interprète, allèrent présenter leurs respects au cheik de Kazeh, Snay Ben Amir, et lui offrir de la rassade, de l'étoffe et deux fusils. Au terme de ce long périple, Cashel savait qu'ils se trouvaient à l'orée de la région du lac et il voulait sonder le cheik Snay sur cette immense mer intérieure.

Celui-ci eut l'air perplexe quand il entendit la question.

« Le cheik dit qu'il y a trois lacs et non un seul, traduisit Sosha. Nyassa, Oudjiji et le plus grand, Oukéréoué. »

Trois lacs ? songea Cashel, d'abord abattu. Trois sources potentielles du Nil et pas une seule ? Il comprit aussitôt qu'il serait impossible de les explorer tous s'ils ne voulaient pas passer le restant de leur vie à crapahuter en Afrique centrale. Il leur avait fallu cent vingt-huit jours pour atteindre Kazeh depuis la côte, soit plus de quatre mois.

« Demande-lui lequel est le plus proche de Kazeh, ordonna Cashel, ce que Sosha fit aussitôt.

– Oukéréoué, rapporta-t-il. Mais y aller peut s'avérer dangereux. Il dit mieux vaut aller à Oudjiji. »

Cashel sentit une forme d'inertie chronique s'abattre sur lui. Oudjiji ? Oukéréoué ? Devrait-il tirer à pile ou face ? Et si le sort les envoyait au mauvais lac ? Il eut soudain la vision cauchemardesque de la fin de son existence, passée à Kazeh, le temps de trancher cette question.

Lorsqu'il retourna à leurs quartiers pour en discuter avec Gilchrist-Baird, il trouva celui-ci en train de ramper au sol après être sorti de son lit, en plein délire et trempé de sueur. Apparemment, sa fièvre récidivait. Cashel le traîna jusqu'à son lit, humidifia un linge et le posa sur son front brûlant.

« Je ne sens plus mes jambes, Ross. Je suis paralysé.

– Allons, restez calme, tout ira bien. Votre fièvre est revenue, voilà tout. »

Deux semaines passèrent avant que Gilchrist-Baird se sentît suffisamment remis pour faire quelques pas chancelants dans leur cour. Malgré cette amélioration, il semblait atteint d'un nouveau mal : il peinait à déglutir et à parler. Cashel lui demanda d'ouvrir la bouche et, à l'aide d'une chandelle et d'une loupe, repéra à l'arrière de sa langue un ulcère qui faisait la taille d'une pièce de un shilling et paraissait très enflammé.

Évidemment, Gilchrist-Baird ne pouvait pas s'alimenter, et il devait se rincer la bouche toutes les heures avec de l'eau chaude salée, ce qui avait pour effet secondaire de lui donner en permanence une soif presque insupportable. L'ulcère finit par se perforer, et Cashel appliqua de la teinture d'iode sur le cratère suppurant. Entre-temps, Gilchrist-Baird s'était émacié en raison de sa fièvre prolongée. Le solide gaillard qui avait partagé un repas avec Cashel au Garrick Club n'était plus aujourd'hui qu'un épouvantail décharné qui avait l'air d'avoir emprunté les frusques d'un géant.

Une semaine plus tard, l'ulcère semblait en passe de se résorber et Gilchrist-Baird réussit à avaler une bouillie de maïs froide. Cependant, il se plaignit alors d'avoir perdu toute sensation dans les pieds. Il arrivait à marcher, mais au prix de douloureux élancements. Cashel lui ordonna de retourner au lit. Une fois de plus, il eut la vision cauchemardesque d'un avenir à Kazeh où il jouerait les infirmiers au chevet de Gilchrist-Baird, année après année, une maladie succédant à une autre.

Cela faisait environ deux mois qu'ils séjournaient à Kazeh, et l'endroit semblait à Cashel aussi familier que New Banbury naguère. Le soir, il avait pris l'habitude d'aller se promener dans le village, cigare à la main, alors que la lumière déclinait et que les premières chauves-souris commençaient à voleter dans les jardins autour des *tembés*. Ses pensées elles aussi voletaient, comme si elles ne savaient dans quelle direction aller, le plongeant dans un état d'incertitude agaçant. Il se demandait constamment ce qu'il devait faire.

Un soir, il fut stupéfait de découvrir quatre chameaux au détour d'une maison. Il s'approcha et vit quelques hommes portant d'amples *thobes* et des *keffiehs* palabrer avec le cheik Snay. Assis par terre derrière eux, un groupe mutique d'une trentaine de jeunes Africains, hommes et femmes, quasiment nus, attachés les uns aux autres par des cordes et des jougs de bois, certains par des chaînes reliées à un collier métallique. L'air au-dessus d'eux grouillait de mouches bourdonnantes. Le cheik Snay repéra Cashel et lui ordonna de s'éloigner d'un geste péremptoire. Cashel fit demi-tour et regagna bien vite son *tembé*, très perturbé par ce qu'il venait de voir, même s'il savait bien sûr que la traite d'esclaves entre l'Afrique et le golfe Persique était toujours très active et lucrative. Il avait vu les cadavres le long des pistes pendant le voyage jusqu'à Kazeh et n'ignorait pas que la population de Zanzibar se composait pour moitié d'esclaves. Un traité interdisant ce commerce avait été signé par le sultan en 1845, en grande partie grâce aux efforts et à l'entregent du consul Hamerton, mais restait lettre morte. Comment mettre un terme à plusieurs siècles d'esclavage en Afrique centrale depuis une petite île dotée seulement d'une frégate à dix-huit canons ?

Cette vision glaçante des négriers et de leurs captifs insuffla paradoxalement à Cashel une énergie nouvelle. Il se refusait à attendre mois après mois à Kazeh que Gilchrist-Baird mourût ou recouvrât une santé satisfaisante. Les jours précédents, de violents orages accompagnés de fortes averses avaient annoncé l'arrivée imminente de la saison des pluies. Quand elle aurait réellement commencé, le voyage de retour jusqu'à la côte serait dix fois plus pénible et dangereux. Non, résolut-il, il fallait agir. Il réunirait une petite escorte et irait lui-même explorer le lac le plus proche, Oukéréoué. Au moins accomplirait-il quelque chose ; au moins aurait-il un sujet sur lequel écrire.

Il alla faire part de son nouveau plan à Sidi Muzembi, qui, quant à lui, se satisfaisait pleinement d'être payé à ne rien faire à Kazeh. Partant du principe qu'une petite colonne attirerait moins l'attention et avancerait plus vite, il aurait peut-être besoin de quatre guerriers béloutches et d'une dizaine de porteurs, ainsi que de Sosha pour lui servir de guide-interprète. Avec un peu de chance, il lui faudrait environ un mois pour accomplir l'aller-retour, soit assez de temps pour que Gilchrist-Baird se remît, ou du moins fît construire une litière digne de ce nom qui pourrait le ramener en toute sécurité à la côte, puis à Zanzibar.

***

Il fallut à Cashel et à sa petite escorte trois semaines pour rallier le lac Oukéréoué depuis Kazeh. La contrée qu'ils traversèrent en marchant vers le nord étant relativement peuplée, ils purent bivouaquer la plupart des soirs dans un village ou à proximité. Sosha se présentait au chef avec les offrandes habituelles de cotonnades, de fil de métal et de conterie et, dès l'instant où l'on comprenait que le *mouzoungou* n'était pas un négrier, on leur faisait bon accueil. Chaque jour à midi, Cashel calculait leur progression à l'aide du sextant et du chronomètre. Leur chemin vers le septentrion emprunta d'abord les sentiers menant d'un *boma* à un autre dans des terres broussailleuses peu boisées, puis, au bout de dix-neuf jours, Cashel remarqua un changement de paysage : des arbres plus hauts et plus feuillus, des sous-bois. Il supposa que le lac devait être proche. Et c'est alors qu'il le découvrit.

Arrivé au sommet d'une petite colline, il vit s'étaler devant lui jusqu'à l'horizon lointain ce qu'il ne pouvait décrire que comme une mer, sinon un océan, dont il ne distinguait pas l'autre rive. Il s'arrêta tout net pour essayer d'analyser les émotions qu'il ressentait face à ce panorama unique, sortit son carnet et y griffonna ses pensées au crayon.

3 décembre 1856

Première vue du Nyanza Oukéréoué à 16 h 27. Devant moi s'étire à l'infini une étendue d'eau grise qui touche l'horizon de tous côtés, septentrion, levant et ponant. Quelques îles montueuses et boisées ; des nuées d'oiseaux rasant à tire-d'aile des vaguelettes agitées par le vent ; un petit village à un quart de lieue sur le littoral ; des pirogues de pêcheurs. Le plan d'eau est si vaste qu'on ne peut en déterminer ni en deviner l'étendue réelle. Je me dis que je suis le premier témoin européen, le premier homme blanc à contempler cette immense mer intérieure, à en établir la position sur la carte de l'Afrique et à en calculer l'altitude. Je me sens étrangement humble en observant ce phénomène – qui n'en est pas un pour les milliers d'Africains habitant sur ces rives, bien sûr, pas plus que la Serpentine n'en est un aux yeux des Londoniens ou Willow Creek pour moi. Toutefois, la carte de l'Afrique en sera modifiée à jamais, et je resterai l'auteur de cette découverte immense et inoubliable.

Il arrêta d'écrire, le cœur battant. Calme-toi, calme-toi. Tu auras tout le temps de philosopher plus tard. Il entraîna sa petite colonne à travers les arbres jusqu'au village en contrebas. Sosha parla au chef, lui offrit de la cotonnade, du fil de métal et de la rassade, et se vit autorisé à monter le camp. Cashel fit aussitôt faire un feu et plaça une boîte en fer-blanc remplie d'eau sur le gril. Une fois l'ébullition atteinte, il plongea son thermomètre dans l'eau, puis l'en ressortit quelques secondes plus tard. En effet, la température d'ébullition diminuant à mesure que l'altitude augmente, en raison de la pression atmosphérique moindre, cette expérience constituait une façon simple mais précise de mesurer l'altitude. Il observa les graduations et releva quatre-vingt-quinze degrés au lieu de cent. Cette différence de cinq degrés signifiait que le lac se situait à environ quatre mille pieds au-dessus du niveau de la mer.

Cashel ferma les yeux et sentit la tête lui tourner comme s'il allait s'évanouir. Il n'ignorait pas les conséquences de cette mesure. Le Nil avait été remonté à partir du Caire sur plus de huit cents lieues vers le sud, jusqu'à Gondokoro (4° 9' N, 31° 6' E), où le fleuve n'était plus navigable. Gondokoro se situait à deux mille pieds d'altitude. Si le lac Oukéréoué alimentait bien le Nil Blanc, alors cette différence significative d'altitude en constituait une preuve cruciale. Non, se dit-il en s'efforçant de ne pas s'échauffer, plus que cruciale : totalement indiscutable.

Sosha et lui retournèrent au village, qui s'appelait Mkhali, pour voir le chef, vieillard chenu et édenté aux joues marquées de deux profondes cicatrices parallèles, dont les frêles poignets s'ornaient de nombreux bracelets d'argent. Sosha lui demanda quelle taille faisait le lac. Le chef eut alors un geste étrange : il fit tourner sa main plusieurs fois de suite sur elle-même, claqua deux fois des doigts, puis refit tourner sa main. Il répéta ce geste plusieurs fois avant de parler.

« Il dit qu'il n'y a pas de fin à cette mer, traduisit Sosha. Il n'en a jamais vu le bout de toute sa vie. Ils ne s'aventurent pas loin dans l'eau, ils restent proches de la rive. Ils ont peur de trop s'éloigner de la terre. »

Cashel et Sosha occupèrent les jours suivants à parcourir plus de quatre lieues dans chaque direction depuis le village sans arriver à discerner aucune trace d'une autre rive depuis aucun point de vue ou promontoire. Cashel fit des croquis et leva une carte rudimentaire de la rive du lac qu'ils avaient arpentée. Il comprit qu'il n'y avait plus rien d'autre à faire ici. La grande et historique découverte de l'expédition Gilchrist-Baird et Ross était à présent faite.

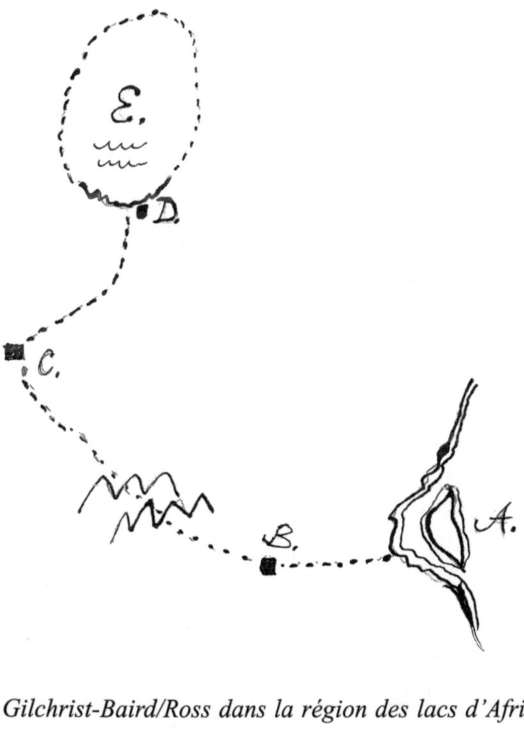

L'expédition Gilchrist-Baird/Ross dans la région des lacs d'Afrique centrale, 1856-1857.
A. Zanzibar. B. Zoungoméro. C. Kazeh. D. Village de Mkhali. E. Lac Oukéréoué (dimensions inconnues).

La veille du jour prévu pour leur départ, une petite troupe de marchands d'esclaves omanais passa par là, en route vers le sud en quête de leurs proies humaines. Cashel invita leur chef à manger avec eux et lui offrit des tissus colorés. Sosha, qui baragouinait l'arabe, reçut pour consigne de lui poser les questions cruciales. Oui, répondit l'homme, il avait souvent emprunté la côte orientale du lac. Cela lui prenait maintes semaines, mais il en ignorait la superficie. Il n'avait jamais vu l'autre bord et doutait même qu'il y en eût un, tant l'étendue d'eau était immense. Cashel lui montra la carte qu'il avait dessinée et rallongea la rive orientale d'environ quatre-vingts lieues.

« Demande-lui s'il a vu une rivière s'écouler vers le nord à partir du lac. »

Sosha s'exécuta et l'Omanais hocha la tête en pointant du doigt un endroit sur la carte rectifiée, que Cashel marqua d'une croix.

« Ils l'appellent la rivière Nasaniki, traduisit Sosha. Là se trouve un… commença-t-il avant de s'interrompre, car il ne connaissait pas le mot en anglais. Où l'eau tombe.

– Des chutes d'eau, dit Cashel en écrivant le mot près de la croix. En est-il sûr ?

– Oui, il les a vues de nombreuses fois. »

Avec une petite bouffée de vanité et d'excitation, Cashel inscrivit « Chutes Ross » sur sa carte. Son nom de famille entrerait dans l'histoire, finalement.

Le voyage du retour vers Kazeh leur prit plus longtemps que l'aller. Trois portefaix désertèrent et des pluies violentes ralentirent leur progression. Le dernier jour, ils durent parcourir plus de sept lieues pour atteindre Kazeh en fin d'après-midi. Ils étaient partis pendant quarante-trois jours. À leur approche, les gardes béloutches tirèrent des coups de fusil pour annoncer leur retour.

Sidi Muzembi sortit les accueillir. Cashel s'inquiéta de ne pas voir Gilchrist-Baird.

« Où est le *sahib mouzoungou* ? demanda-t-il. Est-il toujours mal portant ?

– Il est mort, monsieur, lui annonça Sidi Muzembi d'un ton impassible. Il est mort voici vingt jours. »

Le corps avait été embaumé, puis soigneusement enroulé dans l'une de leurs couvertures imperméables, ficelée avec du fil de laiton. Le fin paquet d'environ quatre pieds de long aurait pu contenir les restes momifiés d'un enfant ou d'un adolescent. Sidi Muzembi lui expliqua qu'ils avaient dû replier complètement les jambes au niveau des genoux (en coupant les tendons) pour faciliter le portage. Seuls deux hommes seraient requis, d'autant que le paquet ne pesait pas bien lourd, parce que le *mouzoungou* était extrêmement amaigri, d'une part, et parce qu'il avait été vidé de ses entrailles, d'autre part. Cashel pouvait soulever d'une seule main le paquet de tissu qui avait été naguère Deveron Gilchrist-Baird.

***

Cashel attendit jusqu'à la fin de janvier, espérant que les pluies se calmeraient avant qu'ils entreprennent le voyage de retour jusqu'à la côte. La mort de Gilchrist-Baird l'avait abattu, car il en était venu à apprécier l'homme, sa franchise abrupte et ses enthousiasmes faciles. L'Afrique si cruelle l'avait emporté, et la perte de son partenaire venait confirmer ses sombres prémonitions sur leur expédition maudite. D'abord Ignatz, maintenant Gilchrist-Baird. Mais, en dépit de sa morosité, il éprouvait une immense fierté : l'expédition n'avait pas été totalement maudite, puisque la découverte de l'immense lac avait tout changé. Il regrettait que G-B, comme il l'avait surnommé, n'eût pas survécu assez longtemps pour apprendre le succès de leur entreprise, et, paradoxalement, s'agaçait que l'homme eût décidé de mourir avant d'avoir pu être informé de leur bonne fortune. Une nouvelle si triomphale eût-elle aidé à son rétablissement ? Quoi qu'il en fût, les pluies ne faiblissant pas, Cashel se décida malgré tout à donner le signal du départ.

C'était une caravane modeste mais bien fournie : une trentaine de porteurs, l'escorte armée des Béloutches déjà présente au départ avec leur suite, une douzaine d'ânes et un petit troupeau de chèvres attachées les unes aux autres, pour servir de ravitaillement au cas où les pluies rendraient la chasse difficile. Cashel menait à présent la colonne au côté du porte-étendard. Le petit paquet de tissu ficelé de laiton renfermant la dépouille de Gilchrist-Baird tel un cocon géant pendait à une perche que portaient deux hommes qui formaient le deuxième rang.

Ils filèrent bon train malgré les orages diluviens qui s'abattaient régulièrement et traversèrent sans incident les monts Oussambara, accélérant même le rythme dans les contreforts qui redescendaient vers Zoungoméro, où ils durent néanmoins effectuer une halte, car Cashel fit une rechute de malaria. Encore faible et fiévreux au bout de quelques semaines, il décida qu'il allait toutefois assez bien pour poursuivre jusqu'au littoral.

Ce fut au soixante-septième jour de leur voyage vers la côte qu'il survint un désastre.

La colonne arriva à un gué normalement très praticable sur un affluent sans nom du fleuve Kingani dont ils longeaient la vallée. Or, les pluies ayant grossi les eaux d'ordinaire placides et peu profondes, la rivière en crue était tumultueuse et deux fois plus large qu'avant, d'une quinzaine de toises. S'accrochant à une mule, Sidi Muzembi parvint à atteindre l'autre rive et lança une corde par-dessus le torrent pour que les porteurs puissent s'y agripper et franchissent à pied les eaux qui leur montaient au torse. Pendant ce temps, Sosha avait coupé du bois et fabriqué un radeau pour Cashel, encore trop faible pour traverser à gué. Fait d'une demi-douzaine de gros rondins maintenus par des cordes et ce qui leur restait de fil de laiton, ce solide esquif put accueillir Cashel, le corps de Gilchrist-Baird et les portemanteaux renfermant leurs affaires personnelles. Quatre porteurs entrèrent dans l'eau brune qui déferlait pour aller s'accrocher chacun à un coin et stabiliser ainsi l'embarcation, qu'ils lancèrent prudemment, suivis de près par Sosha.

À mi-parcours, l'un des porteurs hurla qu'il avait vu un crocodile. Il lâcha le rondin qu'il tenait, et le radeau ainsi déséquilibré gîta sévèrement dans le courant, projetant à l'eau Cashel, Gilchrist-Baird et leurs valises en cuir. Cashel sombra, mais il sentit qu'on l'attrapait par le col et qu'on le remontait à la surface. C'était Sosha. Quant au radeau, qui avait échappé aux porteurs, il dévala les flots.

Avec l'aide de Sosha, Cashel réussit à atteindre l'autre rive et, quand il eut repris ses esprits, il ordonna à Sidi Muzembi d'envoyer immédiatement des hommes jusqu'au Kingani afin de voir s'ils pouvaient récupérer le corps de Gilchrist-Baird et leurs bagages.

La troupe de recherche revint au crépuscule, porteuse de deux boîtes et d'une petite malle. Aucune trace du corps. Seulement alors Cashel se rendit-il compte que la sacoche contenant tous ses carnets avait elle aussi disparu. Tout ce qu'il avait consigné par écrit sur la découverte du Nyanza Oukéréoué était perdu.

***

Au terme d'une expédition de plus d'un an, Cashel rejoignit Zanzibar le 17 mai 1857 à bord d'un boutre frété depuis Bagamoyo. Bien rétabli de sa fièvre, il restait toutefois d'une humeur morose qui allait s'assombrissant chaque fois qu'il pensait aux conséquences de la perte de ses notes, cartes et documents, bien plus terrible à ses yeux que celle du corps embaumé de Gilchrist-Baird.

À la vérité, cette disparition-ci constituait plutôt un soulagement, Cashel ayant redouté d'avoir à transporter la dépouille jusqu'en Angleterre pour remettre les restes parcheminés de Gilchrist-Baird à sa famille endeuillée. En revanche, il savait qu'il devait se remémorer au mieux tous les éléments de son voyage de Kazeh à Oukéréoué et retour. Il se sentait capable de se rappeler maintes choses, car son enthousiasme avait imprimé les moindres détails dans sa mémoire – noms, dates, faits et chiffres –, et il n'envisageait pas de rentrer en Angleterre avant d'avoir tout consigné sur papier de nouveau. Ces informations étaient uniques et lui appartenaient en propre. Seul lui, Cashel Ross, pouvait parler avec assurance du grand lac qui s'étendait au cœur de l'Afrique.

Cependant, le lieutenant-colonel Hamerton lui apprit la nouvelle inopportune de l'arrivée, quelques mois plus tôt, de deux autres Anglais, qui logeaient au consulat et préparaient eux aussi activement une expédition vers la région des lacs, financée par la Société de géographie de Londres, rien de moins. Cashel en éprouva aussitôt méfiance et inquiétude, même s'ils ne s'étaient pas encore lancés dans leur voyage et s'il restait donc le seul à occuper le terrain, pour ainsi dire. Il avait au moins un an devant lui pour conserver son avance sur la concurrence.

La santé de Hamerton s'était manifestement dégradée. Sa peau et ses yeux jaunis contrastaient fortement avec ses cheveux et favoris blancs. Moribond ou pas, il faisait toujours une apparition à l'heure du dîner et fumait, mangeait et buvait comme s'il n'avait aucune inquiétude à se faire.

Cashel retrouva ses anciens quartiers au consulat, et la première chose qu'il y fit fut de se raser la barbe. À l'inverse d'un Samson, il trouva cet acte singulièrement revigorant. Il avait le visage émacié en raison des maladies et des privations qu'il avait subies durant son long périple, mais se revoir imberbe ainsi qu'il l'avait toujours été lui apporta un étrange réconfort, comme s'il s'était débarrassé d'un déguisement. Il écrivit à l'hôpital du Cap pour s'enquérir du destin d'Ignatz, demandant que la réponse lui fût expédiée à sa banque londonienne, car il n'était pas pressé de recevoir de mauvaises nouvelles.

Cashel fit la connaissance des deux Anglais avant le dîner. Il se trouvait qu'ils avaient eux aussi été officiers aux Indes, le capitaine Richard Burton dans l'armée de Bombay et le capitaine

John Speke dans celle du Bengale. Burton, qui devait avoir la trentaine, était le plus impressionnant des deux, fort charismatique avec sa moustache tombante de brigand et de profondes cicatrices sur ses joues basanées. De cinq ou six ans son cadet, Speke était grand et blond, avec une énorme barbe broussailleuse jaune maïs derrière laquelle il semblait vouloir discrètement cacher ses traits, dissimuler tout ce qui faisait de lui un être singulier. Il était tout en barbe, se dit Cashel. Une barbe ambulante.

Pendant le dîner, les deux hommes le bombardèrent évidemment de questions. Il resta le plus circonspect possible, se contentant de décrire ses pérégrinations comme une succession frustrante de revers et de déceptions durant laquelle rien de notable n'avait été accompli en raison de la mauvaise santé presque constante de Gilchrist-Baird.

Il s'avéra que, lors de leur arrivée à Zanzibar à la fin de l'année précédente, Burton et Speke ignoraient tout de l'expédition Ross et Gilchrist-Baird qui les y avait précédés. Ils cachaient mal leur satisfaction à entendre Cashel détailler ce qu'il présentait comme un lamentable fiasco. En gros, la caravane avait atteint Kazeh, et c'était à peu près tout. Gilchrist-Baird était tombé malade et avait fini par succomber, et lui-même, Ross, avait réussi à rentrer tant bien que mal. Aucun résultat concret à montrer au bout d'un an d'efforts et de difficultés.

« Et ce lac ? s'enquit Burton. Le grand lac qui ferait plus de trois cents lieues de long. Vous avez dû voir la carte d'Erhardt. Une preuve ? Un témoignage ?

– Il semblerait qu'il n'y ait pas qu'un seul grand lac, répondit prudemment Cashel, qui réfléchissait à toute allure et se dit que Burton et Speke découvriraient bien vite la réalité par eux-mêmes. Il y en aurait trois, en fait.

– Trois ? couina Speke, interloqué. Vous en êtes sûr ?

– Je ne peux que rapporter ce qu'on nous a dit. Je regrette de ne pas avoir plus de détails.

– Vous avez vraiment joué de malchance, Ross, compatit Burton. Peut-être arriverons-nous à percer le mystère, de notre côté. »

Cashel eut un sourire dépité, mais s'abstint de tout commentaire.

« Connaissez-vous un homme du nom de Cooley ? demanda Burton.

– Non.

– Il a écrit un livre très mauvais, mais il était catégorique sur la validité de la thèse de la “mer unique”.

– Le cheik de Kazeh était catégorique sur l'existence de trois lacs, rétorqua Cashel.

– Et vous pensez qu'un négrier omanais est digne de foi, vous ? lâcha Burton en pointant l'index sur Cashel comme si celui-ci comparaissait en justice.

– Eh bien, il habite dans la région, lui, contrairement à nous tous et à M. Cooley.

– Certes, certes, concéda Burton. Voyez-vous, je pense que toute cette histoire provient d'une corruption du vocabulaire africain, expliqua-t-il, pétillant d'un enthousiasme nouveau. Le mot *nyanza* signifie simplement “eau”. Et ce lac géant a été baptisé N'yassi par Erhardt. Nyanza-N'yassi. C'est le même mot. En fait, cela revient à dire “eau-eau”, d'où cette idée d'un seul lac immense.

– Ah, je vois », se borna à dire Cashel.

Burton continua sa péroraison, mentionnant d'autres missionnaires allemands tels Krapf, Iseiler ou Müleizen, mais aussi quelques Anciens, dont Pline, Ptolémée ou Strabon, et Cashel éprouva soudain une forte lassitude sous l'effet de cette mitraille de noms. Trouvant épuisante la puissance de la personnalité monomaniaque de Burton, il se demanda comment Speke le mutique allait le supporter pendant les mois et les années que requérait pareille expédition. Cashel songea que Burton était le parfait exemple d'un ego démesuré (il évoquait à présent Daniel Defoe et Marin de Tyr), un homme aux yeux duquel les autres n'existaient pas ou n'étaient guère que des ombres à la périphérie de sa propre luminescence éblouissante. Ce genre de solipsisme, cette indifférence aiguë à autrui, avait quelque chose de presque fascinant. Mais Cashel devait trouver un moyen d'arrêter cette logorrhée, donc il l'interrompit.

« Et vous, capitaine Speke, que pensez-vous de tout cela ?

– Quoi, moi ? Eh bien, j'espère pouvoir collecter quelques beaux spécimens de la faune locale, répondit Speke.

– Jack Speke n'est jamais plus heureux que lorsqu'il tue des créatures inoffensives, s'esclaffa Burton.

– Voilà une remarque fort injuste, Burton, répondit Speke, s'attirant un sourire déplaisant de son compagnon.

– Hamerton, puis-je vous demander un peu plus de votre excellent porto ? » demanda Burton sans relever.

Le consul poussa la carafe dans sa direction et demanda qu'on l'excusât. À force de parler sans discontinuer, Burton finit par fatiguer tous les convives. Après le départ de Hamerton, ce fut Speke qui alla se coucher, et enfin Cashel s'éclipsa. Il imagina Burton haranguer la salière et la carafe vide de porto, parfaitement satisfait de son public. C'était à l'évidence un homme intelligent, puissamment intelligent, mais se retrouver confiné dans une pièce avec lui…

Cashel passait ses matinées dans la « bibliothèque » du consulat qui, hormis des tables et des chaises, ne renfermait guère que quelques dizaines de volumes gonflés par la chaleur, bien esseulés sur les étagères vides où les avaient laissés les visiteurs précédents. Mais la pièce était fraîche, les larges fenêtres donnaient sur la mer, et jusqu'à la mi-journée les brises circulaient. Cashel écrivait presque comme un automate, se forçant à se rappeler tous les détails de l'expédition et de son voyage en solitaire au Nyanza Oukéréoué. Le nom du village où ils avaient bivouaqué lui revint, et il put tracer une carte précise des neuf lieues de rives qu'ils avaient explorées. La preuve du thermomètre à ébullition était absolument cruciale, et même inattaquable, arguerait-il.

Ressentant une forte pression dans les intestins, il s'étira, se leva, descendit dans la cour intérieure, où se trouvaient deux cabinets, et se soulagea en se bouchant le nez pour ne pas sentir la puanteur infecte des lieux. Il s'inquiéta d'avoir peut-être une forme bénigne de dysenterie, car il éprouvait le besoin presque irrésistible de déféquer environ toutes les deux heures. Il resta un moment assis sur le siège en bois grossier, le pantalon sur les chevilles, le temps de se remettre de ses spasmes, et se tâta le front du bout des doigts : chaud, couvert de sueur, mais c'était normal à Zanzibar. Il ne se sentait pas fiévreux, c'était là l'essentiel. Peut-être la chère servie au consulat ne lui agréait-elle pas – Hamerton aimait que tous les plats fussent très poivrés, au prétexte que cela tuait les germes pathogènes.

Avant de s'en retourner à la bibliothèque, il passa voir l'apothicaire, M. Frost, pour lui décrire son dérangement. Frost lui suggéra une spécialité, une poudre à dissoudre dans de l'eau et à boire avant le coucher, qui réduirait ses mouvements intestinaux. Il alla dans son officine en mesurer une dose, qu'il enveloppa dans un bout de papier. Pendant qu'il attendait, Cashel observa le petit singe de Frost, assis au sommet de la lampe à huile sur son bureau. C'était un jeune vervet, lui avait expliqué l'apothicaire. Installé sur son perchoir, il mangeait une datte en agitant sa longue queue. Cashel regarda sa petite face noire, ses yeux ronds, sa fourrure grise aux reflets verdâtres, et resta fasciné par ses doigts minuscules aux ongles encore plus minuscules, qui enserraient le fruit. Fait surprenant, les vervets ont des testicules turquoise et un pénis écarlate, que celui-ci exposait à la vue de tous. Quelle drôle d'idée d'adopter un animal aux parties génitales si criardes ! songea Cashel, avant de se dire que la bestiole avait l'air mignonne et docile, avec un comportement toujours intéressant à regarder. Ce fut l'instant que choisit le vervet pour uriner sur le bureau.

Frost revint avec son remède. Cashel le remercia et reprit l'escalier pour regagner la bibliothèque, où il surprit le capitaine

Speke debout, penché sur les notes qu'il avait laissées sur sa table de travail.

« Ah, Ross ! lança Speke, qui s'était retourné en l'entendant arriver. Comment allez-vous ? Bonjour. Je cherchais de la lecture et je n'ai pu m'empêcher de remarquer cette carte que vous avez dessinée. C'est fascinant.

– J'essayais d'illustrer les spéculations les plus folles dont nous avons eu vent.

– C'est cela. »

Cashel déplaça l'un de ses carnets pour en recouvrir la carte.

« Et quelles étaient au juste ces spéculations, par curiosité ? demanda Speke d'un ton dégagé en reculant d'un pas.

– Il y en avait tant et tant ! Toutes aussi farfelues que merveilleuses. J'envisage d'écrire un livre, voyez-vous, fit Cashel en tapotant son carnet.

– Excellente idée. J'aimerais tant savoir bien écrire. Mais c'est là le talent de Burton. »

Ils se regardèrent en souriant.

« Bien, je vais vous laisser », dit Speke avant de sortir.

Cashel songea qu'il avait l'air moins réservé quand Burton n'était pas dans les parages.

Ce même soir, Cashel et Hamerton dînèrent seuls, car Speke et Burton s'étaient rendus aux docks pour superviser le chargement de leurs provisions et de leur équipement à bord de la corvette du sultan.

« Je ferais mieux de les accompagner jusqu'à la côte, pour m'assurer de leur sécurité, dit Hamerton. Vu les mésaventures que vous avez subies…

– La Société de géographie prend en charge l'intégralité des frais ?

– Je crois que le capitaine Speke en finance une bonne part. »

Hamerton narra à Cashel les précédentes explorations africaines de Burton et Speke. Les deux hommes avaient de la chance d'être encore en vie après avoir été attaqués par des Somaliens. Speke avait essuyé une dizaine de coups de poignard avant de pouvoir s'échapper.

« Et Burton a reçu une lance en pleine face. Heureusement, elle est rentrée par une joue et ressortie par l'autre en ratant de peu sa langue. D'où ses cicatrices.

– Mon Dieu ! s'écria Cashel en essayant de s'imaginer la chose. Cela explique-t-il sa nature si particulière ? Je n'ai jamais rencontré d'homme qui parle autant et avec une telle agressivité.

– C'est amusant, n'est-ce pas ? L'on peut être bougrement intelligent (savez-vous qu'il parle vingt langues ?) et être le plus grand raseur de la terre. »

Ils rirent tous deux. Hamerton fit une grimace et se resservit de porto.

« Et Speke ? s'enquit Cashel.

– Je n'arrive pas à le cerner. Je ne le comprends pas. Il n'est pas de la trempe de Burton – ça, c'est sûr. Un homme étrange. »

Le lendemain matin, tandis que Cashel travaillait à ses notes dans la bibliothèque, un laquais vint lui annoncer que quelqu'un à la porte souhaitait lui parler. Cashel descendit voir de qui il s'agissait, se demandant si cela pouvait être Sosha, qu'il avait laissé à Bagamoyo, mais ne trouva personne. Il s'avança dans la cour et appela Sosha. Pas de réponse. Curieux. Le garde à l'entrée lui dit que personne n'avait pénétré dans l'enceinte. Fort étrange, songea Cashel en rentrant dans le consulat pour remonter à la bibliothèque.

Quand il arriva, Speke en sortait. Cashel s'effaça pour le laisser passer, et Speke avança en lui adressant un bonjour rapide, un livre à la main. Cashel alla aussitôt vérifier ses notes : elles avaient été légèrement déplacées, et la carte, qu'il avait pris soin de cacher sous son carnet, était à présent à moitié visible. Il comprit que Speke avait usé du subterfuge de l'inconnu à la porte pour se ménager le temps d'aller mieux voir ce que Cashel avait écrit. Et dessiné, évidemment. Cashel sentit monter en lui une colère noire en regardant sa carte du lac Oukéréoué, qui indiquait les distances, la température d'ébullition de l'eau, les coordonnées. John Speke le morose n'était pas si stupide que cela, visiblement.

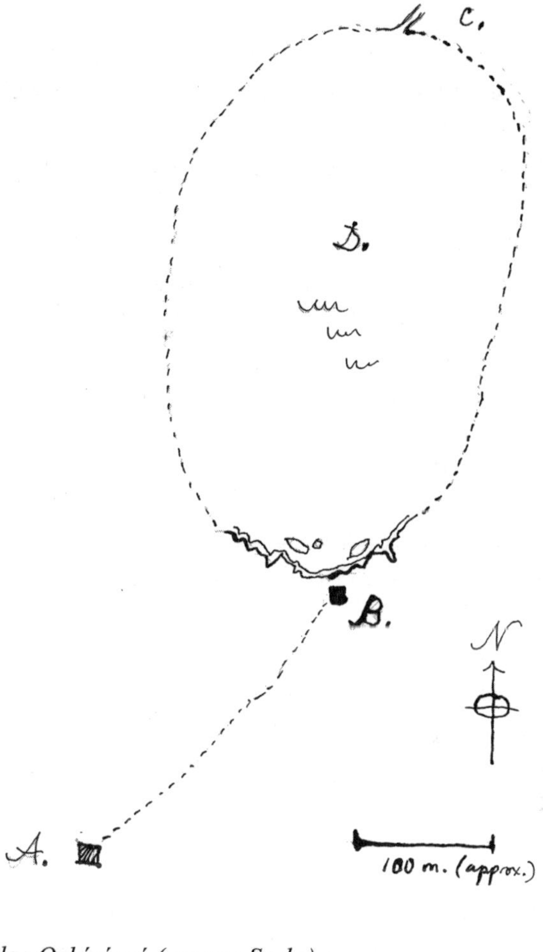

Carte du lac Oukéréoué (vue par Speke).
A. Kazeh. B. Village de Mkhali. C. Position supposée des chutes Ross, sources du Nil Blanc. D. Lac Oukéréoué (dimensions approximatives).

De la grande terrasse du consulat, à une vingtaine de pieds au-dessus des vagues qui déferlaient sur la plage, Cashel regarda *L'Artémise*, la corvette du sultan qui transportait Burton et Speke, sortir lentement du port en direction du continent. Bon débarras !

s'exclama-t-il en leur souhaitant mauvaise fortune. Puis, comme en punition de cette vilenie, il ressentit un puissant spasme dans les entrailles. Il se dit qu'il devrait retourner voir M. Frost pour une nouvelle prescription de sa poudre magique qui avait semblé calmer sa petite dysenterie, si c'était bien de cela qu'il souffrait.

Il alla jusqu'au bout de la terrasse, où se trouvaient le cabinet et l'officine de l'apothicaire. Le petit vervet bondissait de-ci de-là, le cou ceint d'une fine chaîne accrochée à l'un des balustres. Quand il accourut en espérant de la nourriture, Cashel l'écarta d'un geste.

Il frappa à la porte de Frost sans obtenir de réponse. Il reviendrait plus tard. De toute façon, sa crise intestinale semblait passée. Il retourna à la balustrade et s'y appuya. *L'Artémise* avait atteint la pleine mer et déployait ses voiles majeures. Peut-être devrait-il souhaiter *bon voyage** à Burton et Speke, des collègues explorateurs, après tout, qui seraient exposés aux mêmes dangers et privations… Mais il en voulait encore à Speke de s'être comporté en vil espion. Qu'ils avancent de leur mieux. Il garderait ses bons vœux pour des gens qui les mériteraient davantage.

Il se retourna et marcha sans le faire exprès sur la queue du singe, qui poussa un hurlement de douleur et lui mordit la cheville, ses dents pointues traversant son pantalon de flanelle. Cashel lui décocha un coup de pied mais le rata, et l'animal s'enfuit en courant. Cashel baissa son bas et vit le sang perler sur son tendon d'Achille gauche là où les dents avaient percé la peau. Rien de bien grave. Il se lécha les doigts et humecta de salive les petites perforations. Sale bestiole !

Ce soir-là au dîner, seul avec Frost puisque Hamerton avait embarqué avec Burton et Speke sur *L'Artémise*, Cashel sentit sa cheville l'élancer. Le lendemain matin, il constata que la blessure était enflammée et un peu enflée. Il alla consulter Frost, qui, sans aucune commisération car il prenait le parti de son singe, lui donna un emplâtre pour faire dégonfler sa cheville. Le lendemain, il avait le pied d'un noir violacé et fut pris de nausée et de vertiges.

Frost lui dit de retourner au lit et de surélever son pied sur des coussins afin qu'il fût plus haut que son cœur. Il sortit une petite fiole de sa sacoche en cuir et versa quelques gouttes d'un liquide sombre dans un verre d'eau.

« Prenez-en une gorgée de temps en temps, cela fera passer toutes vos douleurs, lui conseilla-t-il.

– Qu'est-ce ?

– Du Kendal Black Drop. Une excellente spécialité. C'est un genre de laudanum. »

Cashel but le mélange, qui l'assoupit bientôt, et dormit presque tout le jour. Le soir, il fut réveillé par des douleurs sourdes mais pénibles à l'estomac et le long de son flanc gauche. Frost lui redonna du Black Drop, ce qui lui procura une nuit de sommeil, mais au matin, les douleurs gastriques de Cashel avaient empiré et son pied se couvrait de petits ulcères croûteux et suppurants. Frost lui banda le pied et augmenta la posologie.

« Le Black Drop fait des miracles, Ross. D'ici à quelques jours, vous aurez tout éliminé par une bonne suée, croyez-moi.

– Votre saleté de singe m'a empoisonné !

– Pas du tout ! Cette petite bête m'a déjà mordu une bonne dizaine de fois. »

Ensuite, Cashel fut pris d'une fièvre bien plus aiguë que celles qu'avait provoquées la malaria pendant l'expédition. Il sentit monter dans son corps et sur sa peau une chaleur intense, et bientôt son lit fut trempé de sueur. Il perdit la notion du temps, incapable de dire si une journée s'était écoulée ou trois, et au cours de quelle nuit il se réveillait, plié en deux par d'insupportables douleurs lui vrillant l'estomac. Sa jambe gauche avait perdu toute coloration, la peau en était durcie par une croûte marron foncé qui se craquelait et dégoulinait de sang quand il mettait le moindre poids dessus. Seul le Kendal Black Drop le soulageait et lui permettait d'oublier.

Dans son état d'inconscience, il se mit à avoir des visions. Il vit Raffaella nue dans une pose lascive, et Burton (pourquoi diable ?) la croquant dans un carnet à dessin : l'artiste et son modèle. Puis arriva Ignatz, en pleurs, qui pointait du doigt les cadavres livides de Bríd, Maeve et Nessa étendus sur l'herbe près de l'étang de Willow Creek. Et aussi Frannie, assise sur un bollard au bout du Long Wharf dans le port de Boston, qui lui faisait un geste d'adieu en criant son prénom, alors qu'il se tenait debout à un pas derrière elle. À son réveil, le souvenir de ces hallucinations le tourmentait encore plus que la douleur, car il se prit à penser qu'elles auguraient son prochain trépas. Un jour, il attrapa Frost par le revers de sa veste et lui cria dessus, exigeant de savoir s'il était effectivement à l'article de la mort. Bien sûr, Frost refusa de répondre et se contenta de lui redonner du Black Drop.

Convaincu de sa mort imminente, Cashel souffrait en permanence. Son nombril devint un ulcère suppurant, comme si le venin et la corruption en lui cherchaient à sortir de son corps. Il avait l'impression de reposer sur des charbons ardents, et le moindre mouvement provoquait de nouvelles souffrances, comme s'il avait les os en feu. Des visages flottaient dans l'air au-dessus de lui, Frost, Speke, Bríd, Frannie, Ignatz, Raffaella, toujours Raffaella, qui venaient lui dire adieu, du moins le pensait-il. Peut-être, songea-t-il dans son délire, l'Afrique le prenait-elle comme elle avait pris Gilchrist-Baird. Avaient-ils franchi quelque frontière invisible lors de leurs explorations, innocemment violé quelque tabou, pour faire s'abattre sur eux cette étrange et mortelle malédiction ? Il se sentait si faible qu'il n'arrivait même plus à lever la main. Une douleur fulgurante lui transperça alors les entrailles, comme s'il se faisait poignarder par des dagues chauffées à blanc.

À bout de souffle, il cria pour réclamer encore du Black Drop, puis il ouvrit les yeux et vit Frost s'éloigner du lit pour parler à quelqu'un qui se tenait dans l'embrasure de la porte.

Cashel l'entendit très distinctement déclarer : « Il est fini, il ne passera pas la nuit. »

PARUTION DANS LE *LONDON TIMES*

IN MEMORIAM. *La dernière dépêche du consul de Sa Majesté à Zanzibar, en Afrique orientale, rapporte que la récente expédition visant à trouver la source du Nil dans la région des lacs africains, entreprise en 1856 par le capitaine Deveron Gilchrist-Baird et le lieutenant Cashel Ross, tous deux officiers du 5e régiment européen d'infanterie légère de Madras, s'est tristement soldée par le décès des deux hommes. Le corps de M. Gilchrist-Baird a été perdu non loin du village natif de Zoungoméro. Le lieutenant Ross a quitté cette terre au consulat britannique de Zanzibar le 22 juin 1857.*

Livre treizième

Ignatz Vlac enfonça des clous de tapissier aux quatre coins de l'affiche et recula d'un pas pour admirer son travail. Le texte s'étalait en gros caractères noirs sur du papier jaune poussin. Très accrocheur, estima Cashel.

Comment je découvris la source du Nil
Conférence publique donnée par
le lieutenant Cashel Ross
(anciennement du 5e régiment européen
d'infanterie légère de Madras)
Distingué par la médaille de Waterloo
Shadwell Hall, High Holborn
15 décembre 1863
18 heures précises
Entrée : 1 shilling

Cashel aida Ignatz à placer sur ses larges épaules le panneau en sandwich, puis tourna autour de lui pour vérifier l'impression d'ensemble, à la proue et à la poupe.

« Voilà qui a fort belle allure, commenta-t-il. Et vous avez raison, Ignatz, le jaune attire vraiment l'œil. »

Ils se trouvaient dans la petite cour de Shadwell Hall, une ancienne église méthodiste. La salle pouvait facilement accueillir une centaine de spectateurs, même si le public qui venait assister à ses conférences publiques dépassait rarement la trentaine. Au moins y avait-il toujours du public, et peut-être cette idée d'homme-affiche qu'Ignatz avait eue en attirerait-elle plus. L'enthousiasme très prononcé de la population pour les récits d'explorations africaines permettait à Cashel de demeurer en fonds.

« Descendez et remontez Oxford Street durant deux heures, ordonna-t-il. Quant à moi, il faut que j'aille récupérer mes photographies. »

Cashel regarda Ignatz partir et consulta sa montre de gousset. Il disposait de trois heures avant le début de la conférence. Largement le temps pour ses emplettes.

Il marcha d'un pas tranquille jusqu'au studio situé sur le Strand. Il s'était fait tirer le portrait la semaine précédente pour l'envoyer à Frannie et, du même coup, à Maeve et Nessa. Ignatz avait suggéré qu'ils épinglent une photographie sur l'affiche, ou même proposent à la vente des photocartes aux spectateurs intéressés. Six pence la pièce – il n'y avait pas de petit profit.

Cashel monta l'escalier jusqu'au premier. Le photographe, Norman Prendergast, un homme mince et exubérant, avait des idées très arrêtées sur l'art du portrait : farouche partisan de la lumière naturelle, ce qui expliquait la grande verrière dans son studio, il excluait par principe les retouches et les accessoires, plantes en pot ou chiens fidèles. Le modèle posait devant une toile de fond toute simple, une bâche grise ou noire. Cashel avait hâte de voir le résultat, car, étonnamment, c'était sa première fois, et il se demandait si son portrait ressemblerait à son reflet dans le miroir. La grande mode de l'époque voulait que tout le monde eût sa photographie personnelle.

L'assistante (et la fille) de Prendergast, petite silhouette discrète, lui demanda de prendre un siège et l'informa en lui présentant toutes ses excuses que sa commande serait prête dans dix minutes. Ils étaient quelque peu surmenés. Cashel dit que cela ne le dérangeait pas d'attendre. Pouvait-il fumer un cigare ? Mais bien sûr, monsieur.

Cashel s'assit sur une chaise en osier grinçante et alluma son cigare avec une allumette à friction Lucifer. Il n'éprouvait aucun trac à la perspective de sa causerie, car il en avait déjà donné des dizaines à Londres et dans le sud de l'Angleterre depuis son retour de Zanzibar. Cette idée d'un circuit de conférences avait été brillante, se félicitait-il maintenant, puisqu'elle lui assurait des revenus réguliers. Pourtant, il ressentait comme des aigreurs dans la poitrine. Ce léger malaise s'expliquait sans doute par l'idée d'être réuni avec ses filles à travers ce nouveau médium qu'était la photographie. Pour elles, une image de leur père vaudrait mieux que vingt lettres sincères, raisonnait-il. Un courrier incluant une photographie changerait peut-être tout : elles verraient leur père tel qu'en lui-même et se rappelleraient l'homme qu'elles avaient connu pendant les jours heureux à Willow Creek, même si les années et les récentes privations subies en Afrique l'avaient quelque peu marqué. Il était aujourd'hui indiscutablement plus hâve, plus maigre. Mais il se devait d'essayer. Elles étaient ses enfants, et il ne voulait pas les perdre, ou plutôt perdre le souvenir qu'elles avaient de lui.

Cette remontée acide dans sa poitrine sembla raviver ses anciennes douleurs. Il sentit ses boyaux se tordre, et en même temps cette douleur très spécifique, sourde mais tenace, qu'il avait surnommée son « Zanzibar ». Il posa la paume de sa main sur son ventre et se massa doucement à travers son gilet.

Il sortit son portefeuille de la poche de son manteau pour compter les billets qu'il avait sur lui, et la coupure de presse jaunie du *Times* rapportant sa mort tomba par terre[1]. Il la ramassa et la lut pour la énième fois. « Le lieutenant Ross a quitté cette terre... » Il n'était pas donné à beaucoup d'hommes de lire l'annonce de leur propre mort, raison pour laquelle il gardait toujours cette coupure par-devers lui, comme une espèce de talisman inversé.

La responsabilité en incombait à Frost, l'apothicaire. En l'absence de Hamerton, il lui revenait d'agir comme consul par intérim. Sachant qu'un navire quittait Aden ce soir-là pour l'Angleterre et que, par la suite, toute nouvelle de Zanzibar mettrait des

1. Cette coupure de presse est arrivée jusqu'à nous.

mois à atteindre la mère patrie, il avait décidé de prendre les devants et d'annoncer le décès de Cashel, persuadé que celui-ci serait mort au matin. Il avait rédigé en toute hâte la nécrologie avant de la déposer dans la valise de courrier diplomatique qui serait finalement livrée au Foreign Office.

Or, le lendemain matin, Cashel était toujours en vie, mais le navire avait appareillé. Frost restait néanmoins convaincu que son pronostic se confirmerait sous un ou deux jours. Cashel remarqua que, alors qu'il s'accrochait toujours à la vie au bout d'une semaine, Frost se montrait de plus en plus froid et irritable, comme si sa survie représentait une forme de provocation personnelle en faisant de lui un imbécile incompétent.

Un mois plus tard, lorsque Cashel effectua ses premiers pas sur la terrasse du consulat, Frost fut bien obligé d'envoyer un démenti au Foreign Office. Le lieutenant Ross était en vie, et le consul de Sa Majesté à Zanzibar présentait ses excuses pour toute la détresse provoquée par son précédent message, il regrettait profondément cette erreur, etc.

Oui, Cashel était en vie, mais le poison dans son corps, dans son sang, quel qu'il fût, agissait toujours, quoique de façon moins virulente. Il lui arrivait de succomber durant quelques heures à de violents maux d'estomac qui le faisaient presque hurler. Il y avait du sang dans ses urines et ses selles, sans que Frost pût en expliquer l'origine, et le seul palliatif efficace était le Kendal Black Drop.

Pendant sa maladie, Cashel avait perdu presque cinquante livres. Il se fatiguait très vite et savait que sa convalescence serait longue. Au terme de très lents progrès, il finit par recouvrer des forces et reprendre un peu de poids, assez pour passer quelques heures chaque jour dans la bibliothèque du consulat à écrire son récit de l'expédition Ross et Gilchrist-Baird. Il envoya également de nombreuses lettres, à Frannie, à ses frères, aux parents de Gilchrist-Baird, mais aussi à la Société de géographie de Londres. Il y faisait clairement allusion à sa découverte du grand lac, tout en se gardant bien d'en spécifier l'emplacement et en laissant entendre qu'il détenait une preuve indiscutable de la localisation de la source du Nil. Il serait plus que ravi de présenter ses découvertes de façon plus détaillée à la Société lorsqu'il serait de retour à Londres, précisait-il. Il ne reçut pas de réponse.

De fait, il passa presque une année entière à Zanzibar à reprendre des forces avant de se sentir capable de survivre au long voyage de retour. Il prit un navire pour Aden, où il espérait embarquer sur un paquebot de la P&O en provenance de Bombay qui ralliait Londres par l'isthme de Suez, mais, une fois à Aden, il dut subir une pénible attente de deux mois, nécessaire à l'obtention d'un certificat médical confirmant qu'il était en assez bonne santé pour le voyage. Même si le trajet « par voie de terre » de Suez à Alexandrie avait été grandement facilité par la nouvelle ligne de chemin de fer, il n'arriva finalement à Londres qu'en janvier 1859. À sa grande stupéfaction, il se rendit compte qu'il avait été absent pendant plus de trois ans.

La meilleure nouvelle à son arrivée fut la lettre de Buckley qui l'attendait à sa banque, l'invitant à séjourner au presbytère de Claverleigh : « Aussi longtemps que tu le voudras. » Buckley ajoutait de façon mystérieuse en *post scriptum* : « Tu y verras une vieille connaissance qui a hâte de te retrouver. » Ben Smart ? se demanda Cashel. Quelqu'un venu d'Amérique ? Frannie ? Sûrement pas…

Piqué par la curiosité, il envoya un télégramme à Buckley précisant la date et l'heure de son arrivée. Quelle ne fut pas sa surprise, en descendant du train à la gare de Lewes, d'y être accueilli par nul autre qu'Ignatz Vlac ! Jetant les convenances aux orties, Cashel l'étreignit chaleureusement et les deux hommes fondirent en larmes sans la moindre honte.

Ignatz avait lui aussi subi une longue convalescence au Cap. Une fois rétabli, conscient qu'il n'avait aucun moyen de rejoindre Cashel et Gilchrist-Baird quelque part dans la *terra incognita* de l'Afrique centrale, il avait passé un certain temps à explorer la possibilité de faire pousser du houblon en Afrique du Sud. Peu convaincu par les chances de réussite de cette entreprise, il était rentré en Angleterre grâce aux fonds que lui avait laissés Cashel et y avait cherché Buckley, dont il connaissait évidemment l'existence, partant du principe que la première personne avec laquelle Cashel prendrait contact à son retour d'Afrique serait son frère. Et il avait vu juste, même si l'attente avait duré plus que prévu. Ignatz avait occupé son temps en s'employant chez Buckley comme jardinier et marguillier à temps partiel de la paroisse, où il était devenu un personnage fort apprécié.

Cashel fut heureux de pouvoir poursuivre sa convalescence à Claverleigh, et Ignatz reprit du service auprès de lui comme domestique. Cashel persévéra dans l'écriture de son livre, mais avec une confiance en berne, car il savait bien que, sans preuve irréfutable de la découverte du lac Oukéréoué, son récit se résumait à une longue série d'échecs et de revers ponctués de descriptions de la santé faiblissante de Gilchrist-Baird, puis de lui-même. Si friands d'ouvrages sur les explorations africaines que fussent les lecteurs, ils voudraient plus qu'une interminable complainte. Cashel remisa le livre à la veille de son soixantième anniversaire en doutant de s'y remettre un jour.

Il fut conforté dans sa décision lorsqu'il apprit, non sans inquiétude, le départ prochain d'une expédition destinée à confirmer la localisation de la source du Nil, dirigée par Speke et un certain James Grant. Cashel savait maintenant que Speke affirmait être le premier Européen à avoir vu le grand Nyanza Oukéréoué, qu'il avait promptement rebaptisé lac Victoria ; or ses déclarations avaient été réfutées par Burton et accueillies par d'autres avec scepticisme. Nonobstant ces doutes, Speke s'embarquait pour un nouveau périple dans la région des lacs, financé par la Société royale de géographie, ainsi qu'elle s'appelait à présent, avec pour objectif d'établir une fois pour toutes que les sources du Nil Blanc se trouvaient bien sur la rive nord du lac Oukéréoué.

À la lecture de toutes ces nouvelles dans les journaux, Cashel ressentit le poids mordant de l'injustice. Il savait (cela allait au-delà du simple soupçon) que Speke avait vu et recopié la carte qu'il avait tracée à Zanzibar et lui avait donc « volé » sa découverte. Il se rendit à la Société de géographie, à Londres, où il apprit que la nouvelle expédition devait partir pour Zanzibar en 1860. Speke serait absent pendant environ deux ans, voire plus. Ce fut alors que Cashel eut l'idée de donner des conférences. Tandis que Speke serait au loin et hors de tout contact, Cashel pourrait reconquérir le territoire qui lui revenait en propre. Quoi qu'il pût arriver, il serait de notoriété publique que lui, Cashel Ross, avait été le premier Européen à voir le grand Nyanza Oukéréoué.

Il rangeait son portefeuille dans sa poche quand Mlle Prendergast revint avec ses photographies, une pose en pied devant une toile de fond sombre. Cashel avait fait l'effort de se mettre sur son trente et un, avec un frac sur un pantalon fuselé. Il regarda son portrait de près. Il se trouvait encore un peu amaigri, mais cela faisait mieux ressortir les méplats de son visage, ses joues creuses et sa mâchoire bien découpée lui donnant des traits plus aquilins et un air plus ténébreux. Plutôt satisfait de l'atmosphère et de la personnalité qui se dégageaient de cette image monochrome, il en commanda aussitôt une centaine au format carte de visite. Mlle Prendergast lui précisa que, s'il en souhaitait plus, cela ne prendrait qu'une semaine.

Cashel marcha le long du Strand, toujours dérangé par ses maux d'estomac qui duraient plus que d'ordinaire. Bêtement, il avait laissé son Kendal Black Drop dans la maison qu'il louait à Southwark. Faute de temps pour un aller et retour avant le début de sa conférence, il chercha un droguiste et s'en fit indiquer un non loin de l'église St Clement.

Il entra dans une petite boutique aux étagères surchargées de fioles multicolores dont les étiquettes portaient de mystérieux noms de code en latin comme *S. De Qvin*, *Q. Rad*, *S. Jujubin* ou *Pulm. Vulp*. Le droguiste, qui arborait un tablier de cuir lui donnant plutôt l'air d'un bottier ou d'un charpentier, l'informa qu'il n'avait pas de Kendal Black Drop. Cashel sentit une petite bouffée de panique monter en lui lorsqu'il s'imagina en train de faire sa conférence avec ses maux d'estomac.

« Auriez-vous quelque chose qui se rapproche du Kendal ? demanda-t-il. J'ai besoin d'un remède puissant.

– Vous pourriez essayer ceci, dit l'apothicaire en attrapant sur l'étagère derrière lui une fiole bleue dont l'étiquette indiquait CALMANT PÉDIATRIQUE DE MME DASHWOOD.

– C'est pour les bébés qui pleurent, ça !

– En principe, oui. Mais ce qui est amusant, c'est que je vends presque tout mon stock à de jeunes gens.

– Très bien. Quelle en est la posologie ?

– Pour un enfant qui pleure, une cuillère à café. Pour un homme comme vous, je dirais… un tiers de flacon, estima l'apothicaire après avoir toisé son client.

– Je vous en prends quatre », déclara Cashel en lui tendant une demi-couronne.

Une quarantaine de spectateurs avaient pris place à Shadwell Hall pour assister à sa conférence. Très bonne nouvelle – les placards publicitaires portés par Ignatz avaient plus que prouvé leur efficacité, il faudrait les réutiliser chaque fois. Si l'on déduisait les cinq shillings de location de la salle pour la soirée, le bénéfice s'élèverait à presque deux livres. Et si vingt personnes demandaient un portrait-carte pour six pence ? Plus important, les deux grandes rasades du Calmant pédiatrique de Mme Dashwood qu'il avait bues avaient instantanément calmé ses maux d'estomac et l'avaient mis d'humeur confiante et énergique. Ce cher Ignatz ! se dit-il en le voyant dérouler la grande carte de l'Afrique en huit pieds sur six qu'il affichait pour illustrer ses propos. Elle était accrochée sur le mur derrière lui quand il parlait, et il utilisait une vieille queue de billard pour pointer tel ou tel endroit, ce qui lui permettait de donner vie à son récit en montrant les itinéraires suivis, l'emplacement du lac, les cataractes qui formaient ensuite le Nil Blanc. Quelques noms y étaient indiqués, dont Bagamoyo, Kazeh et Zanzibar, mais l'élément le plus parlant était le grand espace blanc au centre qui, par son vide même, rendait spectaculaire ce qu'il avait découvert et ce pour quoi Gilchrist-Baird était mort.

Dans une petite antichambre à l'arrière de la salle, Cashel attendait que les derniers spectateurs arrivent et s'installent. Par la porte entrouverte, il voyait le pupitre sur son estrade. Il se détourna, déboucha son flacon de Dashwood et en avala rapidement une gorgée. Ce remède n'était pas aussi amer que le Black Drop, car un arrière-goût sucré le rendait agréable à boire, peut-être du miel, et ensuite le petit coup de fouet typique d'une eau-de-vie, peut-être un brandy grossier. Pas étonnant que les nourrissons cessent de pleurer quand on leur en administrait une cuillère ! Il constata qu'il en avait déjà bu un demi-flacon et ressentit la douce chaleur de l'alcool dans sa poitrine et son ventre. Avec un cordial aussi puissant, on marcherait bien volontiers au combat ! songea-t-il. Il renfonça soigneusement le bouchon et lâcha le flacon dans la poche de son manteau, heureux d'en avoir acquis une bonne réserve.

Ignatz entra et lui tendit une bourse en cuir lestée de pièces.

« Quarante-trois entrées ce soir, monsieur.

– Sortez donc nous acheter une volaille pour le souper, Ignatz, et une bouteille de gin ou de brandy.

– Nous avons du brandy à la maison, monsieur.

– Eh bien, un bon vin rouge, alors. Je sens notre fortune tourner, grâce à vos fameux placards publicitaires ! »

Cashel sourit, peu à peu envahi par une forme d'euphorie qui lui réchauffait tout le corps, comme s'il se tenait dos à une grande flambée, et en même temps lui éclaircissait miraculeusement les idées. Il savait avec une certitude absurde tout ce qu'il allait dire et comment il éblouirait le public par son éloquence et sa force de conviction. Après une profonde inspiration, il pénétra dans la salle d'un pas large, prit place derrière son pupitre, se saisit prestement de sa baguette et accueillit avec un sourire et des hochements de tête les applaudissements du public.

« Je vous souhaite bien le bonsoir, mesdames et messieurs ! claironna-t-il avec assurance. Comme vous pouvez le voir, j'ai survécu pour vous raconter mon histoire. »

Après la conférence, Cashel et Ignatz prirent un fiacre pour rentrer à Southwark. Il avait eu droit à des bravos quand il avait raconté sa première vision du lac et à deux minutes d'applaudissements enthousiastes à la fin. Plusieurs spectateurs lui avaient même demandé s'il avait écrit un livre et l'avaient encouragé à le faire. Se sentant transporté, Cashel but discrètement une gorgée de Dashwood pour prolonger cette sensation.

Il louait une maison mitoyenne meublée dans Baalzephon Street, à la frontière entre les quartiers de Southwark et de Bermondsey. Il veillait à faire des économies pour laisser fructifier le maigre capital qui lui restait après la perte sèche de mille livres occasionnée par l'échec de son expédition dans la région des lacs. Hogan lui avait opportunément reversé sa part de l'héritage de sa mère, car il semblait enfin prospérer. La guerre de Crimée avait éclaté à point nommé et s'était avérée « très bénéfique », selon ses dires.

Ce quartier de l'Est londonien n'avait rien de couru, aussi Cashel pouvait-il s'y offrir une vraie maison. Il avait pour voisins immédiats un charron, un charretier, un chapelier et un savonnier, de petits artisans et leur famille. Les habitations de Baalzephon Street dataient des années 1840 et, même si elles ne jouissaient pas de l'éclairage au gaz, elles comportaient au moins des cheminées dans la plupart des pièces et des commodités dans les jardinets à l'arrière. De la fenêtre de sa chambre au dernier étage, Cashel avait vue sur les potagers et les pâturages qui s'étendaient au-delà de l'extrémité sud de la grande ville enfumée. Selon la direction du vent, il sentait parfois les âcres odeurs typiques des immenses tanneries de Long Lane et entendait les sifflets des trains à vapeur qui stationnaient dans le dépôt de la Dover Railway. Il y avait toujours dans la rue une forte circulation de ramasseurs de crottes de chien, qui apportaient aux tanneries dans un seau fermé le produit de leur collecte très lucrative. Les voisins et leurs enfants les évitaient.

Ignatz n'ayant pas réussi à trouver de volaille rôtie ni de bonne bouteille de vin rouge aux alentours de Shadwell Hall, Cashel l'envoya au pub du bout de la rue, le Lord Wellington, d'où il rapporta pour leur souper deux parts de tourte au porc et un pichet de porter. Avant de se retirer dans sa chambre, Cashel montra à Ignatz le flacon vide de Dashwood et lui demanda d'acheter tous ceux qu'il pourrait trouver en ville. Il en but encore une grosse goulée, puis sombra dans un merveilleux sommeil empli de rêves et s'éveilla au matin parfaitement frais et dispos. Il en resta à la fois stupéfait et reconnaissant, car il avait trouvé là le parfait élixir contre son Zanzibar. Cela faisait des mois qu'il ne s'était pas senti si vivant et en bonne forme. Sa vigueur recouvrée avait l'effet bénéfique supplémentaire de le rendre aussi plus optimiste. Tout était possible, se disait-il maintenant. Il irait saluer le départ de Speke, il écrirait son livre pour mettre les choses au clair, et puis il retournerait en Amérique afin de retrouver ses filles.

***

Devant le libraire de Piccadilly, Cashel soupesa le volume dans sa main, un gros ouvrage tout frais paru, et l'ouvrit à la page de garde après avoir chaussé ses lunettes : *Les Sources du Nil, journal de voyage du capitaine John Hanning Speke*. Il se mit à marcher sur St James pour rejoindre son club, le Brydges', où il allait se régaler d'un copieux déjeuner puis, dans l'après-midi, lire le récit du capitaine Speke de la première à la dernière page.

Plusieurs conséquences découlèrent abruptement de cette lecture. La première fut qu'il changea le titre de sa conférence, qui devint : « Les calomnies du capitaine Speke concernant la découverte de la source du Nil ». Pendant les fêtes de Noël, qu'il alla passer à Claverleigh chez Buckley, Emily et les enfants puisque le cycle de conférences s'interrompait, il révisa ses propres notes pour les raccourcir à un récit concis de trente pages exclusivement consacré à son expédition de 1856-1857, de Kazeh au lac Oukéréoué (qu'il se refusait à appeler « lac Victoria ») et retour, signalant les ressemblances troublantes entre son voyage et celui que le capitaine Speke avait entrepris un an plus tard.

Il souligna ces « similarités grotesques » dans une nouvelle postface relatant les deux occasions où il avait surpris le capitaine Speke à lire furtivement ses notes et journaux dans la bibliothèque du consulat britannique de Zanzibar. Il demandait à ses lecteurs de noter les échos précis entre les deux expéditions et d'en tirer leurs propres conclusions. Il précisait que lui-même avait situé les cataractes de la rive nord du lac, qu'il avait baptisées « Chutes Ross », avant que Speke les renommât « Chutes Ripon ». Il citait pour preuve les lettres qu'il avait envoyées à la Société de géographie en janvier 1859 alors qu'il se trouvait à Zanzibar et à Aden, confiait ses accusations et ses affirmations au « bon sens de mes lecteurs » et les invitait à examiner de près la duplication stupéfiante de ses découvertes de 1856 et 1857 par celles du capitaine Speke en 1857-1859.

Il écrivit avec une vigueur et une détermination intenses, stimulées par son recours régulier au Calmant pédiatrique de Mme Dashwood. Il envoya Ignatz chez des apothicaires aux quatre coins de Londres afin de s'en procurer toujours plus. Le risque de se retrouver à court l'horrifiait tant qu'il exigeait qu'il y eût en permanence une réserve de quatre à six flacons.

Ce qu'il appréciait le plus dans ce remède était que non seulement ses maux d'estomac avaient disparu, apparemment pour de bon, mais qu'il se retrouvait doté d'une lucidité et d'une détermination à la fois inédites et revigorantes. Ses rêves en avaient également été altérés de façon spectaculaire, devenant panoramiques, comme s'il se tenait sur quelque haut sommet lui offrant des perspectives sur des villes et des paysages infinis, déserts, glaciers, montagnes lointaines, forêts, savanes, tous densément peuplés. Il n'y avait rien de modique dans ces rêves, rien de banal, pas de chambres exiguës ni d'espaces confinés, pas d'objets du quotidien, pas de messes basses ni de rencontres intimes. Non, ses nouveaux rêves ressemblaient à d'épiques cycloramas, impériaux, écrasants, emplis de géographies entières, et ils lui insufflaient une immense confiance en lui. Il avait foi en ses capacités naturelles, ce qui était inspirant. Ce pleutre, ce voleur, ce menteur de John Speke n'échapperait ni à sa fureur ni à sa vengeance.

Ainsi résolu, à l'orée de 1864, Cashel lança son nouveau cycle de conférences sous son nouveau titre accusateur. Il loua des salles municipales ou paroissiales plus grandes à Londres et dans les comtés environnants, son objectif étant d'assurer une canonnade soutenue de réfutations et de rectificatifs au moins deux ou trois fois par semaine. Il alla voir Maxwell Bishopson, son ancien imprimeur des années Yelverton, pour lui confier le tirage à compte d'auteur de mille exemplaires de son pamphlet sous le même titre que ses conférences. Il faisait trente-sept pages et se vendait un shilling. Pour six pence de plus, l'acheteur recevait un portrait de l'auteur au format carte postale.

L'investissement fut considérable, mais Cashel fut satisfait de constater que ses revenus augmentèrent significativement. Qu'ils se trouvassent à Guildford, Brighton, Worthing, Hastings ou dans des quartiers londoniens tels Hampstead, Mayfair, Kensington ou Chelsea, l'organisation suivait maintenant une routine bien établie. Les conférences commençaient toujours à six heures du soir. L'après-midi précédent, Ignatz et son équipe d'hommes-affiches recrutés localement paradaient dans la grand-rue de ces villes de province ou bien, à Londres, dans les voies les plus animées du quartier où se déroulerait la conférence.

Au vu du succès des hommes-affiches, Cashel décida de placer de petits encarts publicitaires à liseré noir dans les journaux.

M. Cashel Ross prononcera sa fameuse conférence « Les calomnies du capitaine Speke concernant la découverte de la source du Nil » à 18 heures précises dans la salle communale/paroissiale de…

Et cette stratégie fonctionna. Son public dépassait à présent chaque fois la centaine. En mars, il se mit à chercher des salles encore plus grandes : théâtres, églises, cabarets.

Il savait bien qu'il y aurait un retour de bâton, mais celui-ci serait forcément discret, feutré, car Speke voudrait éviter une controverse publique. Ses affirmations étaient déjà réfutées et critiquées par Burton et le Dr Livingstone, entre autres. Tout débat ou procès retentissant contre Cashel affaiblirait sa position encore davantage. Sans que cela le surprît vraiment, en avril, Cashel se sentit suivi. La maison de Baalzephon Street était sous surveillance, à coup sûr. Dans les gares, quand il descendait du train, ou dans les rues, quand il sortait d'un fiacre, il voyait souvent du coin de l'œil une silhouette s'éclipser furtivement.

Fait agaçant, toutefois, Ignatz, qu'il avait désigné comme guetteur et qui suivait maintenant toujours son fiacre dans un autre véhicule, ne put déceler aucune preuve de cette surveillance.

« Monsieur, pardonnez-moi, je vous en prie, mais je crois que c'est le Dashwood qui vous fait avoir ces idées.

– Faux, Ignatz ! Et comment osez-vous, d'abord ? Je prends ce remède pour mes maux de ventre. Vous préféreriez que je souffrisse le martyre ?

– C'est un sirop très puissant, monsieur.

– En effet, et tant mieux. C'est pour cette raison que j'en ai besoin. »

En vérité, Cashel en consommait à présent trois flacons par jour, au point que le bénéfice tiré de ses conférences était sérieusement entamé par ses achats de Calmant pédiatrique. Ignatz, ayant lu la liste des ingrédients sur l'étiquette, proposa de lui en concocter une version maison. Cashel accepta et supervisa la fabrication. Deux onces d'opium brun furent plongées et dissoutes dans une pinte de brandy. Le mélange fut ensuite chauffé et laissé à reposer pendant trois jours. Des clous de girofle, de la cannelle et du miel furent ajoutés, puis le tout macéra encore trois jours. Le liquide fut ensuite filtré à travers une écumoire en mousseline, puis mis en bouteille et bouché. Cashel goûta la mixture et s'en déclara satisfait, à ceci près qu'il y manquait un trait de cordial à l'orange. Le goût était presque identique à celui du Dashwood et, plus important encore, l'effet en était équivalent, voire renforcé, sans doute grâce à un opium brun de qualité supérieure et à un meilleur brandy que l'eau-de-vie de

Mme Dashwood. Cashel s'en abreuva et se sentit empli de la même lucidité, de la même détermination, de la même énergie et de la même conviction inébranlable que tout ce qu'il faisait était juste.

Bien sûr, Ignatz étant brasseur, la fabrication de ce sirop relevait du jeu d'enfant pour lui. Cashel lui ordonna d'en préparer en abondance et de le stocker en bonbonne. Il n'aurait plus qu'à aller y remplir sa flasque le matin et chaque fois qu'elle serait vide. En outre, la concoction d'Ignatz coûtait quatre fois moins cher que le Dashwood vendu en pharmacie. Tous ces apothicaires n'étaient que des voleurs, mais Cashel venait de se montrer plus malin qu'eux et en tirait un agréable sentiment de supériorité.

Il renoua le contact avec son vieil ami Ben Smart, entre-temps devenu rédacteur en chef du *London Star*, qui accepta bien volontiers de lui consentir un rabais sur ses réclames et publia un compte rendu de ses conférences.

L'expédition de M. Ross dans la région des lacs d'Afrique centrale en 1856 et 1857 a préfiguré de façon éclatante celle du capitaine Speke et du capitaine Burton en 1857-1859. M. Ross a effectué un périple en solitaire de Kazeh au grand lac découvert dans le nord et a procédé à des mesures scientifiques pour en déterminer l'altitude, établissant également que des cataractes en évacuaient les eaux depuis la rive nord. Un an plus tard, le capitaine Speke fit de même et en revint avec exactement les mêmes observations. La coïncidence est fort notable, pour ne pas dire stupéfiante. M. Ross, dans ses passionnantes conférences, affirme avoir surpris par deux fois à Zanzibar le capitaine Speke en plein examen de ses cartes et notes personnelles quelques jours à peine avant le départ de l'expédition Speke-Burton. Dans la sauvage vastitude inexplorée de la région des lacs, n'est-il pas remarquable qu'un explorateur réplique de façon si flagrante les découvertes de son prédécesseur ? Cela peut-il vraiment être considéré comme un hasard ? Jusqu'à présent, le capitaine Speke a refusé de publier un démenti. Nous nous en remettons à l'intelligence de nos lecteurs, qui se feront leur propre avis. Si M. Ross avait baptisé le lac qu'il a découvert en hommage à notre monarque, peut-être parlerions-nous de lui plutôt que du capitaine Speke.

***

Devant le Masonic Hall de Drury Lane, Cashel regardait la longue file qui attendait patiemment de pouvoir assister à sa conférence, une foule impressionnante de trois ou quatre cents personnes. Son pamphlet en était à sa cinquième réimpression et, à sa grande surprise, le revenu de ses conférences dépassait très largement ce qu'il avait gagné avec son commerce de glace. Rien ne valait sans doute une vive controverse pour stimuler les affaires.

« Monsieur Cashel Ross ? » entendit-il.

Il se retourna. Un individu dont l'apparence lui sembla vaguement familière se tenait devant lui. L'homme ôta son haut-de-forme, lui sourit, serra les doigts comme s'il tenait un pinceau et mima le geste de peindre.

« Mon Dieu ! s'écria Cashel. Est-ce bien vous ?

– Nul autre ! répondit Brooke Mason avec un hochement de tête, son sourire s'élargissant, avant de lui serrer la main.

– Mason, en chair et en os ! Je n'arrive pas à y croire. »

Cashel le dévisagea d'un œil rond. Mason avait les cheveux gris et un double menton, mais pas de barbe, ce qui faisait que Cashel avait tout de suite reconnu, des décennies plus tard, à Londres, le peintre rencontré à Arles et devenu son locataire.

« M'auriez-vous suivi ? s'enquit Cashel, soudain suspicieux.

– Quoi ? Non, inutile. Vous êtes un homme très facile à trouver, Ross. Je ne peux pas ouvrir un journal ces temps-ci sans y voir une de vos réclames. Je me suis dit : Mais je le connais, lui ! Nous avons vécu de sacrées aventures ensemble en France. Je devrais aller le saluer.

– Vous n'êtes pas passé chez moi ?

– Je n'ai aucune idée de l'endroit où vous habitez, très cher, croyez-moi. Je suis de passage à Londres, vos conférences reçoivent beaucoup de publicité, et donc me voici. Heureux de vous revoir, monsieur. »

Cashel n'était pas totalement sûr de le croire, d'autant que l'homme avait toujours été bigrement louche.

« Bref, maintenant que nous nous sommes retrouvés, pourrions-nous nous rencontrer dans des circonstances plus avenantes ? demanda Mason avec son sourire matois. J'ai une proposition qui pourrait vous intéresser. Une proposition lucrative, est-il besoin de le préciser ? »

Après un instant de réflexion, Cashel accepta en souvenir de son étrange affection pour ce bonhomme. Il lui suggéra de le rejoindre à son club, le Brydges', le lendemain pour déjeuner.

« Merveilleux ! se réjouit Mason en lui donnant une claque amicale sur l'épaule. Comme c'est bon de vous revoir, Ross, vous n'avez pas idée ! Je vous laisse à votre public. *À demain* !* »

Cashel le regarda s'éloigner d'un pas nonchalant. Brooke Mason de retour dans ma vie, qui l'eût cru ? songea-t-il avant d'en accepter l'augure.

Brooke Mason lui présenta sa proposition dans le fumoir du Brydges' après leur déjeuner. Pendant qu'il s'installait avec son cigare, Cashel se retira un moment aux toilettes, où il but deux grandes gorgées de son Dashwood maison afin de s'éclaircir les idées. Autour d'un gigot d'agneau et d'un soufflé au fromage, Mason et lui s'étaient raconté de grands pans de leurs vies respectives. Ils étaient à présent assis dans un coin du fumoir, repus et désaltérés. Cashel alluma un cigare et Mason entra dans le vif du sujet.

« Comme je vous l'ai dit, malgré le fiasco du Venezuela, je me suis rendu compte que j'appréciais les tropiques et les possibilités qu'ils offrent, dit Mason en se penchant en avant. Je me suis d'abord établi à Bogota, mais sans succès. J'ai donc poursuivi jusqu'au Nicaragua, où j'ai eu la bonne fortune de me révéler fort utile au Président de l'époque, un Américain du nom de Walker. William Walker. »

Ce Walker était un aventurier, expliqua-t-il, une espèce de « flibustier » qui, étonnamment, avait réussi à occuper la fonction de président du Nicaragua pendant près d'un an[2].

« L'on pourrait dire que je devins en quelque sorte son cardinal de Richelieu. Une éminence très grise qui mangeait à tous les râteliers, si vous me passez l'expression.

– Tout cela est fascinant, Mason, mais quel rapport avec moi ?

– Je suis actuellement ce que l'on pourrait appeler un “ministre sans portefeuille” du gouvernement nicaraguayen.

– Félicitations.

– À ce titre, j'ai le pouvoir de conférer certaines fonctions officielles à l'étranger, en Angleterre ou en Europe, qui bénéficieront à mon pays d'adoption.

– Je répète : quel rapport avec…

– Voudriez-vous devenir consul du Nicaragua à Trieste ?

– Trieste, en Autriche ?

– Exactement.

– Non, merci. J'ai un compte à régler ici qui occupe tout mon temps.

– Pensez-y, Ross. Réglez votre compte, puis envisagez Trieste. Au fait, le salaire s'élève à cinq mille dollars par an. »

Cashel fit rapidement le calcul : cinq mille dollars équivalaient à près de mille livres.

« Plus les frais, précisa Mason. Le logement, les voyages… Dans les limites du raisonnable.

– Quel serait mon rôle ?

– Exercer les fonctions consulaires classiques. Vous serez une sorte de commissaire, censé vous concentrer sur les affaires

2. William Walker, aventurier et mercenaire américain, s'autoproclama président du Nicaragua en 1856 à la faveur d'une guerre civile. Destitué dix mois plus tard, il rentra aux États-Unis mais commit l'erreur de retourner au bout d'un an en Amérique centrale, où il fut capturé, jugé et fusillé par un peloton d'exécution le 12 septembre 1860.

commerciales et représenter les intérêts des citoyens et des négociants du Nicaragua.

– Pourquoi moi ?

– Parce que je peux vous faire confiance, Ross. Vous m'avez aidé quand j'en avais besoin, et je ne l'ai jamais oublié. Nous sommes liés.

– Voilà qui est très chic de votre part, Mason, mais en toute honnêteté, ce n'est pas pour moi. Ce n'est pas ainsi que je vois mon avenir.

– Ne dites pas non. Je ne suis pas autrement pressé. Réfléchissez-y et nous nous reverrons. »

Avec un sourire, Mason sortit une carte de visite d'un étui rangé dans sa poche et la lui tendit. Cashel y vit des armoiries et, écrit en anglais : *Brooke M. Mason, ministre sans portefeuille, gouvernement du Nicaragua*, puis le même descriptif en espagnol, et une adresse : *34, Albany, Piccadilly*.

« Ce Walker est-il encore Président ?

– Hélas non. Il est mort. Il a été passé par les armes en 1860. Mais je bénéficie encore du patronage qu'il m'a accordé pendant son mandat, en quelque sorte, et j'ai toujours une influence considérable auprès du gouvernement actuel », dit Mason avec un haussement d'épaules modeste.

Cashel réitéra son refus poli avec plus d'emphase, mais il devait admettre qu'il était intrigué. Mille livres par an, cela ne se refusait pas sur un coup de tête. Il chercha Trieste dans une encyclopédie à la bibliothèque de son club et y découvrit que la ville était un grand port de l'Adriatique, la « Hambourg de la Méditerranée », poste de commerce vital pour l'Empire autrichien, même si sa population polyglotte se composait principalement d'Italiens, parmi lesquels bouillonnaient des tendances irrédentistes. Toutefois, il y avait quelque chose d'attirant dans la proposition de Mason : devenir un diplomate accrédité, avec tous les privilèges attachés à la fonction et, plus important encore, ne plus avoir à s'inquiéter pour ses finances… Mais non, se dit-il, il ne devait pas se laisser distraire de son but.

À l'été 1864, il devint évident que ses conférences publiques seraient victimes de leur succès. Il pouvait réserver une salle de trois cents places et la remplir aisément. Presque comme en réaction aux déclarations de Cashel, Speke publia un nouveau livre, crânement intitulé *Aux origines de la découverte de la source du Nil*. Cashel y vit une indication claire que le message transmis par ses conférences et son pamphlet commençait à passer et à déranger. Il savait que Speke allait devoir se confronter à lui tôt ou tard.

Et ce jour finit par arriver. Cashel se trouvait dans le réfectoire d'une école de Guildford, où deux cent dix-sept spectateurs l'avaient couvert d'applaudissements. Ignatz s'affairait à décrocher la carte de l'Afrique lorsque Cashel fut interrompu par quelques coups frappés à la porte de sa loge improvisée. Il glissa sa flasque de Dashwood maison dans sa poche et ouvrit.

Un homme se tenait là qui présentait une ressemblance troublante avec feu le prince Albert, trouva Cashel, un instant dérouté. Il avait le même menton fuyant, des favoris jusqu'à la mâchoire, une maigre moustache et de fins cheveux noirs coiffés sur le dessus du crâne pour dissimuler un début de calvitie.

« Monsieur Ross ?

– Lui-même. »

L'homme lui tendit une carte de visite : *Montague Sansom, avocat, Lincoln's Inn*.

« Je représente le capitaine John Speke.

– Pauvre de vous ! rétorqua Cashel, enhardi par son Dashwood.

– Le capitaine Speke vous propose un entretien. Je mets mon cabinet à votre disposition.

– Je n'ai absolument aucun désir de revoir un jour le capitaine Speke.

– Dans votre propre intérêt, je vous conseille d'accepter, monsieur. Lundi prochain à dix heures vous siérait-il ? »

***

École pour filles de Mme Dursley
Cambridge
Massachusetts

13 juin 1864

Mon cher père,

Comme il est étrange de tracer ces mots ! Mon cœur en bat la chamade. Mme Broome m'a fait suivre votre lettre, qui comprenait votre récente photographie. Ce fut un choc de voir votre image, un choc agréable, je tiens à le préciser. Et de vous voir tel que vous êtes aujourd'hui, si grave, si mûr. Cela m'a rappelé notre ancienne vie si heureuse à Willow Creek, ce qui explique la présente lettre après toutes ces années.

La principale nouvelle me concernant est que je suis institutrice dans l'école susnommée. Je me suis établie ici pour me rapprocher de maman, qui va bien sans aller bien. Calme, mais dans son monde à elle, un monde de prières et de dévotion incessantes. Elle se coiffe d'une cornette de nonne et porte en permanence sur elle une lourde croix de bois. Elle semble parfaitement heureuse à l'hôpital. Il est possible d'échanger avec elle des banalités sur le temps, sa santé, la vue de sa fenêtre. Elle ne s'intéresse pas à la société au-delà des confins de sa chambre – sa « chapelle », comme elle dit. Elle n'a par exemple aucune connaissance de cette terrible guerre dans laquelle nous sommes actuellement engagés.

Maeve est mariée à un pharmacien, Bowman Lewis, et réside à Providence dans le Rhode Island. Elle a un garçon de trois ans, Elliott, votre petit-fils.

M. Corcoran père est décédé voici deux ans. La ferme, Rockfell, appartient maintenant à Devin, qui a quatre enfants, tous des garçons. Murphy, qui fut un temps mon bien-aimé, s'est engagé dans l'armée de l'Union et se trouve quelque part sur les rives du Mississippi.

Je ne vais pas dresser la liste des profonds regrets que j'éprouve quant au fait que notre famille ait été divisée, et je me refuse à jeter la pierre à quiconque. Les émotions que j'ai ressenties à réception de votre lettre ont suffi à me rappeler que, quels qu'aient pu être les torts des uns et des autres,

Je reste votre fille aimante et dévouée,

Nessa Ross Corcoran

Cashel pleura à la lecture de cette lettre et répondit aussitôt, demandant à Nessa de lui envoyer des photographies d'elle-même, de Maeve et du petit Elliott, mais aussi de son gendre Bowman, ajouta-t-il avec diplomatie. Il vit dans cette réconciliation le meilleur des présages, voire la confirmation de la légitimité de son combat contre Speke et ses mensonges. Il écrivit à Maeve, aux bons soins de Nessa, en espérant parvenir à renouer le contact, même s'il savait que Frannie avait dû faire suivre son portrait-carte et sa lettre à Maeve également. Elle avait à l'évidence choisi de ne pas répondre, mais il se disait qu'il restait peut-être une chance de faire revenir ses deux filles dans sa vie. Il irait à l'entrevue à Lincoln's Inn avec une volonté de fer.

Même en ce lundi matin d'été, la pénombre régnait dans le cabinet de Montague Sansom, comme si l'on n'avait pas allumé assez fort les becs de gaz ni épousseté leurs globes. En outre, les carreaux étaient crasseux et les murs recouverts d'une tapisserie surchargée dans des tons majoritairement marron. Le tout donnait l'impression que des moutons de poussière s'accrochaient partout. Tandis qu'il attendait, Cashel demanda un verre d'eau, que le secrétaire de Sansom lui apporta aussitôt, afin d'effacer de son haleine les effluves de son Dashwood. Se sentant soudain nerveux dans le fiacre qui l'avait amené à Lincoln's Inn, il avait trouvé un coin tranquille dans la rue et descendu la moitié de sa flasque. Il était plus calme à présent, prêt à affronter Sansom et Speke. Il les attendait de pied ferme.

Le secrétaire fit entrer Cashel dans le bureau, aussi sombre et sinistre que l'antichambre. Sansom lui indiqua d'un geste une chaise en face de lui. Après l'échange hypocrite des banalités d'usage sur le trajet, le temps et ce bain de sang que semblait être la guerre civile en Amérique, l'avocat en vint promptement au fait.

« Voilà, monsieur Ross, nous souhaitons que vous cessiez vos conférences et que vous retiriez de la circulation votre pamphlet calomnieux à l'égard du capitaine Speke.

– Je m'y refuse.

– Veuillez reconsidérer votre position. Nous avons choisi de ne pas vous poursuivre en justice, mais…

– J'attends impatiemment de pouvoir faire valoir ma version devant un tribunal, maître. L'idée m'emplit d'un véritable enthousiasme. »

Cashel se tourna sur son siège et remarqua que la porte de la pièce attenante était entrebâillée.

« Pourquoi ne pas vous joindre à nous, Speke, au lieu de vous cacher pour espionner ? »

Après un instant, la porte s'ouvrit toute grande et Speke fit son apparition, l'air très mal à l'aise. Il portait un gilet noir sur un pantalon à rayures qui avait pour effet d'effiler encore plus ses jambes déjà longues. Sa barbe filasse reposait sur sa poitrine tel un bavoir hirsute, cachant sa cravate. Sansom lui tira une chaise.

« Bien le bonjour, Speke.

– Bonjour, Ross. »

Cashel se leva pour donner plus de poids à ce qu'il allait dire, remerciant à part lui son flacon de Dashwood pour toute l'assurance qu'il y avait puisée.

« Voici ma proposition. Ou plutôt mes conditions. Je n'interromprai pas mon programme de conférences tant que vous, capitaine Speke, n'aurez pas reconnu publiquement mon rôle dans la découverte du lac Oukéréoué.

– C'est impossible. Je ne peux pas.

– Alors cette conversation est terminée. Merci pour le temps que vous m'avez accordé, messieurs », lâcha Cashel en se dirigeant vers la porte.

À ces mots, Speke sembla perdre tout son calme et s'exprima d'une voix stridente.

« Burton et vous-même essayez de me détruire ! Vous essayez d'effacer tout ce que j'ai...

– Quel rapport avec Burton ? fit Cashel en s'arrêtant sur le seuil. Je n'ai rien contre lui. Je ne l'ai pas vu depuis 1857, à Zanzibar. Le capitaine Burton n'a pas volé mes découvertes, lui. »

Speke se lança alors dans un long récit décousu des théories de Burton sur un autre lac – le Tanganyika –, qui, selon lui, alimentait le Nil Blanc. Pendant cette péroraison, Cashel regagna son siège. Ce qui empirait les choses, poursuivit Speke, c'est que Burton pouvait compter sur le soutien du Dr Livingstone, qui excluait comme lui Oukéréoué-Victoria.

« C'est absurde ! objecta Cashel. Le lac Tanganyika se situe deux mille pieds plus bas qu'Oukéréoué. Ses eaux seraient censées couler vers le haut pour alimenter le Nil ?

– J'aimerais tant que vous le hurliez à la face de Burton ! piailla Speke d'un ton véhément. Et ce lac s'appelle Victoria, bougre de mule !

– C'est ainsi que vous l'avez appelé, vous. Pas les gens qui habitent sur ses rives, bougre de mule vous-même !

– Messieurs, allons ! » les interrompit Sansom.

Ils se calmèrent, et Cashel ressentit un besoin urgent de Dashwood. Il fallait impérativement qu'il sorte de ce bureau dont le marron crasseux occultait la lumière poudreuse. Ou bien avait-il un problème de vue, peut-être ?

« Reconnaissez mon rôle, Speke, c'est tout ce que je vous demande. Je ne veux pas d'argent, pas d'honneurs, pas de médaille. Simplement qu'il soit clairement établi, pour tous ceux que cette affaire intéresse, que le premier Européen à avoir posé les yeux sur ce grand lac, ce fut moi et pas vous. Après, à vous toutes les récompenses et les félicitations ! C'est aussi simple que cela. Sinon, les conférences continuent. Bonne journée, messieurs ! »

Il se leva, sortit du bureau, puis traversa Lincoln's Inn d'un pas vif jusqu'à son fiacre, qui l'attendait dans Portugal Street. Assis à l'intérieur, Ignatz ne pouvait dissimuler son inquiétude.

« Alors, monsieur ?

– Eh bien, ils savent ce qui leur reste à faire. Ils ont une décision à prendre, dit Cashel en sortant sa flasque de sa poche pour la découvrir vide. Nous devons aller sur-le-champ chez un droguiste, Ignatz. Sans attendre.

– Rentrons plutôt nous reposer, monsieur. Assez de Dashwood pour aujourd'hui.

– Je souffre de douleurs intenses, mon brave ! Intenses ! Pour l'amour de Dieu ! »

Ils se rendirent chez le droguiste du Strand.

Quelques jours plus tard, Cashel soupa avec Ben Smart. Ils avaient renoué avec leur tradition des dîners du vendredi soir entre vieux camarades. Ben était à présent chauve, avec une barbe grise bien taillée, et plus gros aussi, avec un ventre proéminent qui gonflait son gilet.

« Tu vas bien, Cashel ? Tu es toujours atrocement maigre.

– Je ne me suis jamais senti aussi bien, aussi plein d'énergie.

– Jette donc un coup d'œil là-dessus. »

Ben poussa vers lui sur la table un exemplaire plié du *London Star* avant de remplir à nouveau leurs verres de vin. Cashel chaussa ses lunettes et lut l'encart que Ben avait entouré : il annonçait une « estivale » – c'est-à-dire une session délocalisée – de la Société royale de géographie organisée à Bath entre le capitaine John Hanning Speke et le capitaine Richard Burton, qui y confronteraient leurs thèses antagonistes sur la source du Nil. Le président de la Société, sir Roderick Murchison, animerait le débat.

« Ah, merci, Ben ! Voilà l'information que j'attendais. Tout sera officiel, maintenant, enregistré, imprimé, notoire. C'est mon moment.

– J'espère que tu sais ce que tu fais.

– Si je ne faisais rien, je ne pourrais jamais me le pardonner.
– Tu es miraculeux, Cashel ! s'exclama Ben en riant. La plupart des hommes de notre âge sont assoupis au coin de l'âtre en se demandant ce qu'on va leur servir pour le dîner.
– Eh bien, j'ai découvert un nouveau carburant pour alimenter ma persévérance : l'injustice. Une injustice aberrante. Il n'y a pas de force plus puissante. »
Cashel écrivit à Speke aux bons soins de Montague Sansom.

17, Baalzephon Street
Southwark

21 juillet 1864

Cher Speke,
Je serai bref et direct. Je sais qu'un débat entre le capitaine Burton et vous-même aura lieu le 16 septembre à Bath. C'est là l'occasion rêvée pour vous – pour nous. Si, pendant cette séance, vous reconnaissez que j'ai « découvert » le lac Oukéréoué plus d'un an avant vous, je cesserai mes conférences et retirerai mon pamphlet de la vente.
Autre avantage pour vous : vous pourriez par la suite bénéficier de mon soutien. Il a toujours été évident pour moi que le lac Oukéréoué alimente le Nil Blanc. Vous et moi, avec nos mesures distinctes et nos témoins (au nombre desquels je compte M. Grant, évidemment), écraserions Burton et Livingstone et leur entêtement ridicule à affirmer que la source est le lac Tanganyika, les montagnes de la Lune ou Dieu sait quel autre lieu. Nous sortirions vainqueurs grâce à nos observations soutenues par la logique et la science.
Mon unique condition reste la même, à savoir la reconnaissance du fait que moi, Cashel Ross, j'ai vu le lac Oukéréoué en 1856, soit bien avant vous. Toutefois, je serai heureux de concéder que votre deuxième expédition avec M. Grant en 1860-1863 a confirmé ce qui était de fait une déduction de ma part. Je n'exige

pas que vous révéliez avoir bénéficié de la lecture furtive de mes notes à Zanzibar avant le début de votre expédition avec le capitaine Burton.

Si vous décidez de ne pas accéder à mes vœux fort modestes et légitimes durant le débat, je suis hélas contraint de réitérer que ma campagne pour faire en sorte que la vérité éclate continuera avec une vigueur renouvelée et impitoyable.

Je reste, monsieur, etc.

Cashel Ross

Cashel ne reçut pas de réponse, ni même un accusé de réception de Sansom, ce qu'il trouva inquiétant. Pourquoi Speke refusait-il de comprendre qu'il n'avait rien à perdre et avait même tout à gagner en disant simplement la vérité ? Alarmé de constater que son Zanzibar repartait de plus belle, Cashel fut obligé d'augmenter sa consommation de Dashwood. Il ordonna à Ignatz de lui en préparer une nouvelle fournée avec non plus deux mais trois onces d'opium pour une pinte de brandy. La mixture sembla faire effet.

La date du débat approchant, Cashel décida qu'il lui fallait un allié, ne fût-ce qu'un bon camarade pour l'épauler, alors il écrivit à Hogan afin de lui demander s'il pouvait passer la nuit à Oxford avant de rejoindre Bath le lendemain pour le débat. Et si Hogan n'avait pas d'affaires pressantes, aurait-il la bonté de l'y accompagner et de lui servir de « second », pour ainsi dire ? Hogan lui télégraphia par retour qu'il en serait ravi, ajoutant mystérieusement vouloir « leur en faire baver ». Cashel se réjouit de cette nouvelle : ce serait une bonne chose de l'avoir à ses côtés. Hogan le ténébreux, le puissant, son solide lieutenant.

Il découvrit qu'il y aurait une réunion préliminaire, fixée à la veille du débat, le 15, lors de laquelle les deux participants rencontreraient sir Roderick Murchison de façon informelle pour décider de l'ordre des prises de parole, de la durée des discours, de la procédure de contradiction, du nombre d'interventions acceptées de la part du public, et ainsi de suite. Cashel voulait y assister pour profiter de cette occasion d'aborder Speke et de lui faire clairement savoir qu'il serait aussi présent au débat.

La veille de son départ pour Oxford, il prit un bain. Ignatz déposa une bassine en cuivre sur le sol de la cuisine et mit des bouilloires à chauffer sur le fourneau, puis Cashel se dévêtit et se lava avec du savon fourni par son voisin artisan – presque comme s'il accomplissait un rituel, se dit-il, comme un guerrier sur le point de partir au combat se purifie. Debout dans la bassine dont le bord lui arrivait au mollet, il confia à Ignatz le soin de plonger un pot à long manche dans l'eau savonneuse pour lui en arroser la tête et les épaules.

« Laissez-moi vous accompagner, monsieur, plaida Ignatz d'une voix inquiète inhabituelle chez lui.

– Inutile, mon brave. Mon frère sera à mes côtés. »

Il sortit du bain et s'enroula avec bonheur dans la grande serviette en lin que lui tendait Ignatz. La nuit était douce, et l'eau chaude sur son corps l'avait calmé.

« Veillez simplement à ce que je dispose de grandes quantités de Dashwood, dit Cashel. Deux pintes.

– Oui, monsieur. »

Hogan l'accueillit à la gare d'Oxford le 14 et ils firent le chemin jusqu'à l'écurie de Starkie dans son cabriolet. C'était un solide corps de ferme d'allure fonctionnelle, entouré par plusieurs annexes, étables et appentis. Dans un paddock s'agitaient des chevaux nerveux. Une puissante odeur de crottin emplissait l'air.

« Tu devrais éloigner un peu ce paddock, dit Cashel en inspectant les lieux. Comment diable peux-tu supporter cette puanteur jour et nuit ?

– Au bout d'un jour ou deux, on ne la remarque même plus, je peux te l'assurer ! » s'exclama Hogan en riant.

Son foyer était vétuste et mal tenu. Deux jeunes filles œuvraient en cuisine, lui préparaient ses repas et le servaient à table avec des sourires entendus et aguicheurs. Ils mangèrent des steaks et burent à l'excès, ouvrant une seconde bouteille de porto au moment où

Cashel narrait à Hogan les détails de son expérience à Zanzibar et le vol par Speke de toute sa gloire.

« Tu dis que Speke a raison concernant le Nil, remarqua Hogan. Alors pourquoi ce débat ?

– Je sais qu'il a raison. J'en suis absolument convaincu, même, mais personne d'autre ne l'est. Burton et Livingstone veulent prouver leur propre théorie, mais Speke est un pleutre et un mauvais débatteur. Burton va le dévorer tout cru, c'est couru d'avance.

– Et tu as proposé de le soutenir ?

– Oui, mais il ne m'a jamais répondu. Il doit penser qu'il n'a pas besoin de moi. La fierté avant la chute. »

Hogan réfléchit un moment en tirant sur son gros cigare.

« Cash, je me rappelle t'avoir dit un jour qu'il arrive un moment, dans tout litige, toute dispute, toute négociation, ce que tu voudras, où la force brute est la seule manière de ramener les gens à la raison, de leur faire voir la vérité. Ils ont simplement besoin qu'on les bouscule un peu, qu'on les pousse physiquement pour les remettre dans le droit chemin, affirma Hogan en mimant l'action de ses deux mains. Pour moi, il faudrait aller dire deux mots à ton capitaine Speke, conclut-il en lui versant un autre verre de porto.

– Eh bien, voyons comment il se comporte demain. Je serai debout face à lui, et Burton de même. Il sera bien obligé de choisir son camp. »

Cashel s'éveilla le lendemain matin avec une gueule de bois carabinée que deux gorgées de Dashwood dissipèrent miraculeusement. Hogan et lui prirent un train matutinal pour Bath, louèrent des chambres à l'hôtel Arlington et se rendirent à la salle de conférences du Mineral Water Hospital, où aurait lieu le débat. Cashel sentit de nouveau la nervosité le gagner et se demanda s'il pourrait trouver un coin tranquille où avaler un trait de Dashwood, mais la salle s'emplissait déjà de spectateurs. Hogan prit un siège au fond tandis que Cashel se rapprochait un peu de la scène, où Roderick Murchison trônait déjà sur sa chaise d'arbitre. Cashel vit Speke et Burton, assis le plus loin possible l'un de l'autre au premier rang, qui n'échangeaient même pas un regard. Une femme était installée près de Burton, sans doute son épouse, qui ne cessait de jeter des coups d'œil appuyés à Speke. Cashel fit signe à Hogan de le rejoindre.

« Le barbu, là, c'est Speke, lui murmura-t-il à l'oreille. Et celui à droite, là-bas, c'est Burton.

– Vu », fit Hogan avant de regagner son siège.

Cashel traversa la salle en empruntant une travée entre les chaises qui avaient été installées par centaines en l'attente d'une grosse foule. Il vit le Dr Livingstone parler à voix basse avec Burton, qui arborait une barbe de mage ou de chaman composée de deux pointes effilées fusant de son menton. Burton le repéra, le reconnut, se leva et s'approcha de lui.

« Ross, mon Dieu ! Je n'aurais jamais pensé vous voir ici, dit-il en lui serrant la main.

– Je suis pourtant directement concerné par cette affaire, répondit Cashel, qui sentit soudain son anxiété monter encore d'un cran.

– Ah mais vous êtes dans le clan de Speke, affreux personnage ! fit Burton avec un large sourire. Voulez-vous que je vous présente Livingstone ? Voir ce qu'il pense de votre théorie ?

– Une autre fois, peut-être. C'est à Speke que je dois parler, annonça Cashel, qui vit alors que Hogan venait de les rejoindre. Je vous présente mon frère, Hogan Ross.

– Enchanté, fit Hogan en serrant la main de Burton.

– Peut-être pourrions-nous nous retrouver demain, après le débat, pour discuter ? proposa Burton.

– Bien sûr, j'en serai ravi. »

Burton rejoignit son épouse, et Cashel avança jusqu'au premier rang, Hogan à son côté. Speke l'avisa du coin de l'œil. Il détourna aussitôt le regard et se mit à se rouler les pouces en l'ignorant.

« Capitaine Speke ? lança Cashel en timbrant sa voix. Avez-vous reçu ma lettre ?

– Je ne peux en supporter plus ! » s'exclama Speke en se levant d'un bond, presque comme s'il s'adressait à Murchison sur la scène.

Sous le regard médusé de l'assistance, il sortit alors de la salle à grandes enjambées en ignorant ostensiblement Cashel et Hogan.

« Eh bien, tu as ta réponse, Cash. Ça m'a tout l'air d'être un "non", commenta Hogan, les poings sur les hanches, avant de faire un curieux geste circulaire des mains. On se retrouve plus tard à l'hôtel. J'ai besoin de boire un coup. »

Cashel alla s'entretenir avec Burton et son épouse, Isabel, qui lui dit n'avoir que mépris pour le comportement de Speke. Il leur promit qu'il les verrait tous deux le lendemain et retourna à l'Arlington, où il se calma avec quelques rasades de Dashwood avant de s'assoupir pendant une ou deux heures. Il sortit ensuite faire une promenade en ville et, pris d'une faim soudaine, s'arrêta dans une taverne pour déguster une tourte et un pichet de stout. Quand il regagna sa chambre vers cinq heures et demie, Hogan l'attendait, assis sur son lit, le sourire aux lèvres. Un étrange sourire à la fois entendu et cruel.

« Que se passe-t-il, Hogan ? s'enquit Cashel, qui se demanda si son frère était soûl.

– Il n'y aura pas de débat demain.

– Que me chantes-tu là ? Pourquoi ?

– Parce que je l'ai éliminé, ton capitaine Speke.

– Qu'entends-tu par "éliminé" ?

– Il est mort. Aussi mort que ce courlis empaillé sur la cheminée, là. »

Cashel regarda le petit oiseau dans sa vitrine et fut pris de nausée. Il se versa un verre de Dashwood, s'assit en face de Hogan et, s'obligeant à garder une voix égale, lui demanda de lui raconter tout ce qui s'était passé.

Hogan expliqua que l'attitude de Speke envers Cashel l'avait horripilé. Furieux de voir ce « sale mirliflore » partir en se pavanant de la salle de débat sans même adresser un regard à son frère, il l'avait suivi. Speke était de toute évidence un lâche, et les lâches ne comprennent qu'une langue : celle du pouvoir, de la force brute, de la domination.

L'ayant vu monter dans une calèche, il avait hélé l'un des fiacres qui attendaient devant la salle et l'avait filé jusqu'à Neston Park, une demeure sise non loin de Bath au cœur de grands jardins. Il avait demandé au cocher de l'attendre un peu plus loin moyennant quelques pièces, puis avait escaladé le mur d'enceinte et arpenté le parc en veillant à ne pas être vu, dans l'espoir de trouver Speke seul et de « lui dire son fait » – en vain. Vers quatre heures, il avait enfin vu Speke, un autre homme et un garde-chasse sortir de la demeure, armés de fusils, à l'évidence pour aller tirer la perdrix ou le faisan avant le dîner.

Il les avait contournés en traversant une étendue boisée de jeunes frênes et ormes. Supposant que les trois chasseurs allaient se déployer, il avait songé que ce serait sa meilleure occasion d'affronter Speke d'homme à homme.

« Mais il avait un fusil à deux coups entre les mains, attention, précisa Hogan. Je ne comptais pas prendre le moindre risque, ça non. »

À travers les arbres, il avait vu Speke et son compagnon se placer en position de tir derrière un mur de pierre, en face d'un grand bois de vieux arbres. Espacés d'une cinquantaine de toises, ils attendaient que le garde-chasse s'enfonçât dans les taillis pour rabattre le gibier.

Hogan s'était approché au plus près de la position de Speke.

« Il était à environ dix pas de moi, de l'autre côté du mur de pierre. Je voyais sa grosse barbe ridicule, et son fusil était fermé, prêt à tirer. Alors j'ai sifflé, il a tourné la tête, et j'ai dit : "Speke, j'ai des nouvelles de M. Cashel Ross." »

Speke avait alors escaladé le mur pour venir à sa rencontre. Hogan l'avait vu armer l'un des chiens de son fusil.

« Soudain, nous étions face à face. Il a semblé me reconnaître. Il m'a mis en joue et m'a dit : "Plus jamais je ne converserai avec ce menteur de Ross." Et c'est là que j'ai perdu la tête, Cash.

– Que s'est-il passé ?

– J'ai agrippé le canon de son fusil pour l'éloigner de moi et je l'ai agoni d'injures. Il a voulu récupérer son arme, et alors que nous luttions, elle s'est prise dans sa veste et les canons se sont coincés sous son aisselle gauche. Je savais qu'un des deux était armé, et j'ai dû donner un coup de pied au fusil ou quelque chose, parce que j'ai entendu un "pan".

– Mon Dieu !

– Il m'aurait abattu, Cash. Il m'avait en ligne de mire, son fusil était armé. J'ai eu une sacrée chance.

– Doux Jésus ! Et alors ?

– Il s'est écroulé. Il n'était pas tout à fait mort. Il avait un gros trou sanglant sous le bras gauche. Il gémissait, il grognait. Je l'ai traîné jusqu'au mur et je l'y ai adossé avec son fusil. J'ai entendu l'autre type crier : "John ! John !" Alors j'ai décampé.

– Est-il mort ?

– Très certainement. Il a pris une cartouche à bout portant en plein dans l'aisselle gauche. Il m'a eu l'air cuit, dit Hogan avant de poser les yeux sur le verre de Dashwood. J'en boirais bien une goutte, si je peux.

– Personne ne t'a vu ? demanda posément Cashel en lui en servant un verre. Tu en es sûr ?

– Seulement Speke, oui. L'autre gars était trop loin pour voir, à une cinquantaine de toises.

– Tu ferais mieux de rentrer chez toi.

– Oui, tu as raison. Bonne idée. Et toi ?

– Moi, il vaut mieux que je reste ici, comme si j'allais assister au débat. Cela aurait l'air un peu étrange que je disparaisse tout à coup. Je dirai que tu es parti ce matin juste après la réunion préliminaire.

– Bien vu ! commenta Hogan en éclusant son verre avant de se lever. C'est rudement bon, ce truc. On se sent tout revigoré.

– Hogan, c'était bien un accident ?

– Tout s'est passé comme je te l'ai raconté, Cash. Si je n'avais pas attrapé ce fusil, c'est moi qui serais raide mort là-bas. C'était lui ou moi. »

***

Hogan partit pour la gare. Cashel ne ferma pas l'œil de la nuit, ressassant en boucle dans sa tête le récit de la rencontre fatale. Il avait ses doutes, car il connaissait son frère et savait de quoi il était capable. Il se rappela sa lettre racontant que Yelverton gisait à terre sur une place parisienne et que Hogan lui avait brisé les genoux en sautant dessus à pieds joints, le laissant invalide. Quand un homme côtoyait sans cesse la mort, y compris celle des animaux, comme Hogan, elle n'avait plus rien d'exceptionnel, elle semblait plutôt banale, une constante dans la routine quotidienne de la vie. « Je l'ai éliminé », avait-il dit. Que s'était-il vraiment passé ?

Le lendemain matin, revigoré par son Dashwood, Cashel prit place dans la salle de conférences, qui s'emplissait lentement de spectateurs impatients d'assister au « débat du siècle », selon la formule de certains journaux à sensation. Déjà sur scène, Burton relisait ses notes derrière son pupitre. Celui de Speke, de l'autre côté du trône de modérateur réservé à Murchison, restait vide. Il y eut une attente, dix minutes, vingt minutes. Burton quitta la scène, puis revint. Les spectateurs se mirent à bavarder. Les dames s'éventaient avec leur programme, car la journée était ensoleillée. Certains messieurs sortaient fumer. Puis, au bout d'une demi-heure, un petit groupe d'hommes fit son entrée sur scène : sir Roderick Murchison, les administrateurs de la Société royale de géographie et quelques honorables invités, parmi lesquels le Dr Livingstone. À leur mine sombre, il paraissait évident que quelque chose de grave était advenu. Le public nombreux fit aussitôt silence, et sir Roderick s'avança sur le devant de la scène pour annoncer que, à son grand regret, le capitaine Speke avait trouvé la mort la veille « dans un tragique accident de chasse ».

Il y eut quelques cris étouffés, des « oh » incrédules, et l'on dut escorter vers la sortie une femme en pleurs. Cashel ressentit jusque dans ses entrailles un intense soulagement. Un accident ! Puis il entendit croître la rumeur autour de lui : « Suicide ! Suicide ! » Mais l'essentiel, comprit-il, la tête lui tournant, était qu'il n'y avait pas de suspicion d'acte criminel ni de tierce partie assassine. Il se leva, quitta la salle, retourna à son hôtel et demanda à un porteur de déposer son bagage à la gare.

Dans le train du retour vers Londres, Cashel se mit à envisager d'autres éventualités plus inquiétantes. Qu'en était-il du cocher du fiacre qui avait emmené Hogan à Neston Park ? Hogan avait-il été vu en train de rôder dans l'enceinte de la demeure ? Puis il repensa à l'élément encore plus incriminant de sa lettre à Montague Sansom, qui menaçait Speke de la poursuite vigoureuse et impitoyable de sa vindicte personnelle. Qui d'autre avait un mobile pour mettre fin à la vie de Speke ? Il lui semblait – et cette idée lui donna le frisson – que si ces nouveaux éléments émergeaient, ils pourraient suggérer une cabale, une association de malfaiteurs entre les deux frères, un geste de vengeance de la part d'un explorateur aigri ayant passé ces dernières années à clamer partout son amertume… Il plongea la main dans la poche de son manteau pour en sortir sa flasque de Dashwood et en but une petite gorgée réconfortante en ignorant le regard désapprobateur de la vieille dame assise en face de lui. Que devait-il faire ? Il sentit la panique monter à nouveau en lui. Si ces éléments étaient mis au jour, ne le soupçonnerait-on pas d'avoir commis un meurtre ? Comment pourrait-il assurer sa défense ?

17, Baalzephon Street
Southwark

17 septembre 1864

Mon cher Mason,

J'ai longuement et sérieusement réfléchi à votre généreuse proposition. La vie en Angleterre me semble soudain si ennuyeuse et terne que je suis de nouveau tenté par la perspective de partir à l'aventure. Si le poste est toujours à pourvoir, je serai réellement très heureux d'assumer les fonctions de consul de la république du Nicaragua à Trieste. Rencontrons-nous quam celerrime *pour discuter de tous les détails.*

Je reste, cher Mason,

Votre ami fidèle*.

Cashel Ross

Livre quatorzième

Cashel aperçut Raffaella pour la première fois en plus de quarante ans au croisement de la Via Solferino et de la Via Pontaccio, dans le centre de Milan.

Il y résidait depuis de nombreuses semaines, dans l'attente que Brooke Mason lui donne l'autorisation de prendre son poste de consul à Trieste. À vrai dire, ce retard lui agréait, à la fois parce qu'il lui permettait de se remémorer son premier séjour durant l'hiver 1821-1822 dans cette ville qu'il appréciait et parce qu'il pouvait plus aisément y rester informé d'éventuelles évolutions menaçantes de l'affaire Speke.

Il s'était rendu à la poste centrale pour récupérer son courrier. Une lettre rassurante de Ben Smart lui révélait les tout derniers éléments de l'enquête : Speke avait été enterré peu après son décès, qualifié par l'autorité judiciaire de « mort accidentelle par arme à feu », même si l'opinion générale s'accordait à y voir un suicide, au motif qu'il se savait incapable de défaire Burton lors d'un débat et que l'humiliation résultant d'un tel camouflet eût ôté tout crédit à sa thèse du lac Victoria comme source du Nil. En outre avait été versé au dossier le fait que Speke était un tireur émérite. L'hypothèse de l'accident (il se serait pris les pieds dans son fusil en franchissant un muret) s'entendait pour un amateur, mais certainement pas pour un chasseur accompli comme lui. À mesure qu'il lisait les arguments de Ben, Cashel sentait croître son soulagement.

Toutefois, bien que rasséréné, il ne pouvait s'ôter de l'esprit une tout autre image : celle de Hogan s'en prenant à Speke, lui arrachant le fusil des mains, le plaçant sous son aisselle et appuyant sur la détente. Il s'inquiétait aussi de sa possible complicité personnelle dans ce décès. Il effectua le bilan de sa vie depuis Zanzibar et commença à se demander si son obsession pour le Nil et les étranges énergies qui l'animaient ne résultaient pas du sirop infernal auquel il était devenu dépendant... Plus il y pensait, plus il en voyait partout les effets délétères. D'abord, Frost, cet imbécile d'apothicaire à Zanzibar, lui avait administré du Kendal Black Drop à la demande ; ensuite, il y avait eu la découverte fortuite du Calmant pédiatrique de Mme Dashwood, qui avait décuplé son accoutumance et l'avait entraîné sur une pente bien plus dangereuse encore.

Il s'en était ouvert à Ignatz après son retour de Bath. En vrai diplomate, celui-ci lui avait simplement répondu que si lui, Cashel, souffrait, il lui fallait bien prendre un remède. Mais encore fallait-il que ce fût le remède adéquat, avait-il ajouté, et ce fut là son unique reproche. Avant de quitter Baalzephon Street, Cashel avait fait le geste symbolique d'aller vider ses bonbonnes de Dashwood dans les commodités au fond du jardin. Sauf en cas de douleur dentaire, c'en était à jamais fini du laudanum pour lui, malgré l'envie qui le tenaillerait de temps à autre.

À présent que l'ombre de la mort de Speke s'estompait et que sa culpabilité se dissipait, il était de meilleure humeur. Et dans ce nouvel état d'esprit, ses pensées se tournèrent vers Raffaella, venue s'installer à Milan après Ravenne. Était-elle toujours en ville ? Comment s'appelait donc l'homme qu'elle avait épousé ? Il fouilla en vain dans sa mémoire. Un homme riche, avec un *palazzo* à son nom, lui avait raconté Timoteo lors de leur dernière rencontre. Mais c'était il y avait belle lurette. Il essaya encore de se souvenir et la lettre M lui vint en tête. Le comte M-quelque chose. Oui, le nom du second mari de Raffaella commençait par un M. Il rechercha dans un guide touristique tous les *palazzi* milanais dont le nom commençait par cette lettre et en trouva un certain nombre : Marino, Melzi, Mogliano, Menoni… Il se lança dans la visite de tous ces « *palazzi* en M », comme il les surnomma, se demandant si le fait de les voir lui ferait soudain recouvrer la mémoire.

Un soir, il se trouvait devant son cinquième *palazzo* en M, le Mazzolino, quand ce nom lui parut vaguement familier. À l'extérieur s'alignaient trois calèches attelées de chevaux noirs au harnais orné de crêpe noir. Les cochers étaient tout de noir vêtus, et les rideaux des voitures, noirs également, à moitié baissés. Des silhouettes sombres sortirent par la porte principale du *palazzo* et montèrent à bord. À l'évidence, un notable venait de mourir. Les véhicules s'ébranlèrent au pas et Cashel, curieux, les suivit. Ils prirent un premier tournant, puis un autre, et s'arrêtèrent devant une grande église, Santa Maria delle Povere. Une foule imposante attendait à l'intérieur. Il n'y avait pas de cercueil, cependant. Curieux… Cashel se plaça de façon à pouvoir observer les passagers qui sortaient des calèches avant d'entrer dans l'église.

Un homme jeune descendit de la première et tendit la main pour aider une femme plus âgée à en faire autant. Elle était vêtue entièrement de soie noire, mais avait relevé son voile pour l'accrocher à son bonnet. Gênée par l'étroitesse de la portière pour extirper la large crinoline de sa robe, elle finit tout de même par se retrouver sur le pavé devant le portail de l'église. Cashel reçut un choc instantané, la convulsion qu'on éprouve en reconnaissant quelqu'un.

Raffaella…

Elle jeta un regard circulaire à l'assemblée avant d'abaisser son voile. L'espace de ces quelques secondes, Cashel put voir son beau visage. Plus âgée, ses traits allongés quelque peu épaissis, le contour de sa mâchoire adouci, des sillons plus profonds marquant les commissures de ses lèvres, mais c'était Raffaella en chair et en os. Et elle était veuve.

Elle entra dans l'église et Cashel se posta au bout de la file des visiteurs qui patientaient pour y accéder. Il se signa en passant la porte – il savait comment faire – et trouva une place au fond d'où observer la scène. Ce n'était pas un enterrement, mais une messe de requiem. Il ne s'attarda pas. En sortant, il demanda à un prêtre le nom du défunt auquel la messe était dédiée. *Il Conte Mazzolino, un sant'uomo.* C'était le premier anniversaire de sa mort.

En proie à un tourbillon d'émotions, Cashel rentra à son hôtel proche de la gare, le Moderno. C'était comme s'il l'avait quittée la veille, leur liaison de plusieurs mois à Ravenne lui revenant à l'esprit en une fulgurance devant une église. Mais que faire à présent ? La question ne se posait même pas : tout en lui, tout ce qui faisait de lui ce qu'il était, nourrissait sa détermination absolue à la revoir.

Il se dit qu'il devait se ressaisir, se raisonner, prendre son temps. Il ne pouvait pas simplement débouler devant elle et la prendre dans ses bras en disant : « C'est moi, Cashel, je suis de retour ! » Non, il fallait user de délicatesse, respecter les convenances. En temps normal, il se serait calmé avec un verre de Dashwood, mais cette époque était révolue à jamais, même s'il éprouvait régulièrement une irrésistible envie de recourir à cette puissante potion.

Rien ne lui interdisait cependant d'avaler quelque chose pour faire retomber la tension. Il se rendit donc dans un café, où il commanda un cognac et fuma un cigare. Peut-être cette messe de requiem marquait-elle la clôture symbolique d'une année de deuil. Peut-être Raffaella aurait-elle la possibilité de réintégrer à petits pas la bonne société milanaise, auquel cas c'était ainsi que leur première rencontre devait se produire, dans un lieu public et en présence de tiers. Le choc qu'elle ressentirait en serait amoindri, espérait-il ; cela semblerait une coïncidence, le destin, et non un plan méticuleusement ourdi.

Et c'était le destin, supposait-il, s'il se trouvait à Milan, car l'idée en revenait à Brooke Mason, et non à lui-même. Mason lui avait conseillé d'y faire étape pendant que lui-même continuerait jusqu'à Trieste pour veiller à ce que le consulat fût opérationnel et en ordre de marche, et il lui avait télégraphié quelques jours plus tôt pour lui annoncer que ses lettres patentes avaient été acceptées par le gouverneur du Littoral autrichien, dénomination administrative de la Terre de la Couronne de l'empire d'Autriche incluant la ville de Trieste, et que son exequatur en tant que consul avait été accordé. Principal port de l'Empire, Trieste avait prospéré sous le règne de l'empereur François-Joseph au point de devenir un atout maître pour le pays. Mason précisait qu'il restait un problème à régler concernant les annexes du consulat, quoi que cela pût bien vouloir dire, et qu'ensuite il ferait venir Cashel. Mais celui-ci n'était plus si pressé d'entreprendre une carrière de consul à Trieste à présent qu'il avait vu Raffaella : la vie milanaise avait soudain bien plus d'attrait et d'intérêt.

L'hôtel Moderno offrait un confort idéal. Cashel disposait d'une chambre, d'un salon et d'une salle d'eau, tandis qu'Ignatz, destiné à la fonction de vice-consul, résidait dans un *albergo* tout proche. Cashel appréciait de se trouver dans cette Italie nouvelle et unifiée, dans ce Milan prospère et animé. Conscient d'un changement palpable dans l'atmosphère de la ville, bien éloignée de la rivalité incessante des principautés et royaumes concurrents qu'il avait connue dans les années 1820, il comprit aussi quelque chose à propos de lui-même : il s'était habitué à résider à l'étranger. Il calcula qu'il n'avait passé qu'une petite partie de son existence en Angleterre. Mais l'Angleterre était toujours là et, en tant que consul, il bénéficiait d'une permission annuelle qu'il pouvait prendre où bon lui semblait, par exemple au pays pour rendre visite à ses frères et à leur famille. Depuis le règlement de la désastreuse affaire Speke, il s'était projeté avec impatience dans sa nouvelle incarnation en tant que diplomate, mais entre-temps la révélation Raffaella s'en était mêlée et tout pouvait une fois encore changer, il le savait.

***

Cashel confiait toujours son rasage à Ignatz. Une dizaine de barbiers tenaient boutique dans un rayon de cinquante pas autour de l'hôtel, mais il avait l'habitude des gestes sûrs et très précis de son futur vice-consul.

« Que vaut votre italien, Ignatz ?

– Il est correct mais pas très bon, monsieur. Bien moins que mon anglais ou mon allemand.

– C'est sans importance. Je veux que vous vous rendiez dans un *palazzo* – je vous indiquerai lequel – pour prendre langue avec les domestiques, les cochers, les portiers et lier connaissance, si vous le pouvez.

– Puis-je vous demander pourquoi, monsieur ?

– Je veux découvrir les habitudes de la comtesse qui y habite, dans la mesure du possible. La contessa Mazzolino. Je ne l'ai pas vue depuis de nombreuses années et j'aimerais renouer avec elle.

– Rien de plus simple, monsieur. Il me suffit d'apporter votre carte de visite, sur laquelle vous aurez écrit que vous résidez dans cet hôtel de Milan.

– Non, je veux que cela soit plus naturel, plus informel. Je ne suis pas totalement certain qu'elle se souviendra de moi.

– Oh, elle se souviendra de vous, monsieur, je vous le garantis.

– Ignatz, je vous remercie de la foi que vous placez en moi », répondit Cashel, ce qui les fit s'esclaffer tous deux.

Deux jours plus tard, Ignatz s'en revenait porteur d'informations : le dimanche, la comtesse retrouvait souvent sa fille et ses petits-enfants pour déguster gâteaux et glaces au Caffè Gonzaga, qui disposait d'une terrasse et d'un petit jardin. Par temps clément, elle aimait s'installer à l'extérieur. Le printemps était encore loin, se dit Cashel, mais l'hiver milanais réservait quand même quelques belles journées. Le prochain dimanche ensoleillé, il s'y rendrait.

Il dut attendre deux semaines, mais en ce dimanche matin, voyant le ciel bleu immaculé et sentant la chaleur du soleil sur la pierre, il songea que c'était peut-être le grand jour. Arrivé au Gonzaga à midi, il dénicha une table au coin de la terrasse, commanda un café et une pâtisserie, et s'installa pour lire le journal.

Ensuite, il déjeuna de *scallopini* de veau et d'une carafe de vin blanc frais, avant de conclure par une crème glacée et un cigare. Comme il avait terminé son journal, il sortit un livre de la poche de son manteau, *L'Épreuve de Richard Feverel* de George Meredith, et fit semblant de s'y plonger.

Vers trois heures, il passa au cognac coupé d'eau. Sur la terrasse entièrement exposée à un soleil inhabituel pour la saison, la lumière vive et aveuglante était étonnamment chaude. Soudain Cashel remarqua un mouvement à l'entrée : les serveurs s'activaient avec force courbettes et salutations pour accueillir un groupe qui arrivait.

C'était Raffaella, toujours voilée, vêtue de noir sous un manteau de fourrure noir lui aussi, accompagnée d'une femme plus jeune et, supposa-t-il, d'une gouvernante ou d'une nourrice qui s'occupait de trois jeunes enfants, tous de moins de six ou sept ans. On les mena à une table à l'opposé de Cashel, mais il put quand même les observer. Il s'étonna qu'on n'entendît pas son cœur battre à tout rompre comme des timbales d'orchestre martelées de coups : *ba-boum, ba-boum, ba-boum !*

Il vit arriver sur la table les gâteaux et les glaces pour les enfants et les adultes, puis le café fut servi. Raffaella dut soulever son voile. Il ne pouvait voir ses cheveux sous son chapeau, mais son visage lui parut merveilleusement familier, avec ses yeux aux paupières toujours lasses et l'adorable asymétrie de ses lèvres. Il regarda la fille et constata qu'elle n'avait presque rien hérité de sa mère. Quant aux trois petits-enfants, leurs excellentes manières faisaient plaisir à voir. Une fois son excitation un peu retombée, il trouva préférable d'arrêter de les fixer et se demanda que faire ensuite. Il s'était préparé à être reconnu comme à ne pas l'être, ce qui serait parfaitement compréhensible, et bien sûr, elle pourrait aussi faire semblant de ne pas le reconnaître. Il opta pour la spontanéité, l'absence de préméditation ; il agirait en fonction de sa réaction quand elle le verrait. Il espérait pouvoir rester maître de lui-même.

Il s'acquitta de sa note, rassembla ses affaires et prit une profonde inspiration. Puis, d'un coup, il décida de tout annuler. C'était absurde, cela faisait bien trop longtemps. Il se rassit, car la tête lui tournait soudain. Et s'il s'évanouissait ? Pourtant, tous ses souvenirs de leurs amours l'incitaient à persévérer. Il voulait se retrouver près d'elle à nouveau, lui tenir la main, l'embrasser, lui dire qu'il l'avait toujours aimée. Il avait l'impression de retrouver ses vingt ans.

Il passa les mains sur ses cheveux pommadés, désormais largement parsemés de gris, et se réjouit de ne pas porter de barbe à la mode. Dans son costume gris cendré orné d'une cravate jaune pâle sous son pardessus bleu marine à col de fourrure, il paraissait toujours très mince, grâce à sa maladie contractée en Afrique, et espérait en conséquence ressembler toujours à l'homme qu'il avait été quarante années plus tôt.

Il se leva et progressa lentement entre les clients qui mangeaient et buvaient en devisant. Arrivé non loin de la table de Raffaella, il ôta son chapeau, s'immobilisa et sortit son oignon du gousset de son gilet comme pour consulter l'heure. Il se trouvait juste en face d'elle, à quelques pas. Il tourna la tête et la dévisagea, espérant que l'intensité de son regard l'obligerait à lever les yeux.

Et c'est ce qu'elle fit. Quand elle le reconnut, son corps se raidit de manière manifeste l'espace d'un instant. Puis, au grand étonnement de Cashel, elle lui sourit et rabaissa son voile.

« Pardonnez-moi, monsieur, nous sommes-nous déjà rencontrés ? » lui demanda-t-elle en italien.

Cashel réussit à intimer l'ordre à ses pieds d'avancer.

« Non, madame la comtesse, répondit-il dans la même langue. J'étais une relation de feu votre époux. Je tenais juste à vous présenter mes plus sincères condoléances. »

Il s'inclina légèrement et tira de sa poche l'une des cartes de visite qu'il avait fait fabriquer à Londres :

Cashel Greville Ross
Konsul der Republik Nicaragua, Trieste, Österreich

Il avait inscrit au dos l'adresse de son hôtel milanais.

« Votre nom me dit quelque chose, monsieur », dit-elle à la lecture de sa carte, avant de lui présenter sa fille, la gouvernante et les enfants.

Tudieu, quel aplomb ! pensa Cashel en les saluant d'un hochement de tête assorti d'un sourire, incapable de parler. Du grand art.

« *Grazie*, monsieur Cashel Greville Ross, ajouta-t-elle après un coup d'œil à la carte.

– Je n'abuserai pas plus de votre temps, madame la comtesse. Mesdames, je vous souhaite une bonne journée. »

Il leva la main en guise de salutation et quitta le café.

Il but plus que de raison ce soir-là – champagne, vin, porto –, se repassant en boucle ces quelques secondes, ces courtes minutes où il s'était retrouvé en sa présence, essayant d'analyser leur portée, à supposer qu'elles en eussent. Chaque fois qu'il repensait au visage de Raffaella, il sentait le sel des larmes dans ses yeux. Était-il le plus grand imbécile du monde ? Oui. Quel genre d'homme peut aimer une femme qu'il n'a pas vue depuis quarante ans ? Le plus grand imbécile du monde. Le plus grand imbécile romantique et ridicule du monde. Ou bien un homme qui sait ce qu'est le véritable amour. Désormais, il ne pouvait rien faire d'autre qu'attendre.

Le lendemain, un télégramme lui fut apporté dans sa chambre. Déjà ? Mon Dieu, si vite ! Il déchira l'enveloppe. Le message provenait de Brooke Mason.

Consulat prêt. Êtes attendu au plus vite. Indiquez date et heure arrivée. Mason.

Il se rendit aussitôt au bureau du télégraphe et envoya sa réponse :

Très malade. Arrivée retardée. Ross.

Mason répondit un peu plus tard dans la journée.

Dois quitter Trieste 21 courant. Docteurs nombreux ici. Mason.

Cashel consulta un calendrier : il disposait d'une semaine, et il lui faudrait une journée en train pour rallier Trieste depuis Milan. Il nota l'absence d'empathie de Mason et se demanda si son échéance n'était pas fallacieuse. Quoi qu'il en fût, il recevait de Mason, au nom de la république du Nicaragua, un salaire trimestriel en chèques de voyage et avait déjà converti son allocation du premier trimestre. Il acheta donc un billet de train pour Trieste, mais résolut d'attendre le tout dernier moment. Il s'adressa aux dieux de l'Amour et des Amoureux : Je vous en prie, faites que Raffaella vienne à moi !

Les dieux répondirent à ses prières. Un mot non signé fut porté à sa chambre : « Midi. Hôtel. Le 18. *A rivederci.* »

Le 18, il se leva tôt, se baigna, se rasa, fit nettoyer sa chambre et changer les draps, acheta des fleurs et fit monter des biscuits, du madère et une bouteille de champagne. Dès le milieu de la matinée, il se consacra à l'attente dans une sorte de stupeur, s'efforçant de n'espérer rien, limitant toute conjecture au strict minimum. À midi moins dix, il s'autorisa un doigt de madère. À midi moins cinq, on frappa à la porte. Il ouvrit.

Raffaella entra.

Il referma derrière elle et lui fit face. Elle était toujours vêtue de cette soie noire froufroutante et moirée.

« Cashel Ross, dit-elle. Vous voilà donc.

– Raffaella… »

Languissant, il tomba à genoux sur le tapis, comme en supplication, et se couvrit le visage des mains. Ne pas pleurer, se dit-il, ne pas pleurer.

« Que faites-vous, monsieur ?

– Pardonnez-moi, dit-il en se relevant. Je suis un peu abasourdi, après tout ce temps. »

Il l'accompagna jusqu'à un fauteuil. Elle ne voulut rien boire ni manger. Il s'assit en face d'elle et la contempla. Elle avait changé, bien sûr, tout comme lui, mais rien en elle ne semblait réellement différent à ses yeux. C'était une très belle femme approchant des soixante ans, au visage lisse et pâle, aux yeux curieux et vifs. Il sentit la faiblesse s'emparer de lui à nouveau, comme si son corps se retrouvait gélifié, privé de squelette.

« Puis-je vous embrasser ? osa-t-il.

– Vous pouvez. »

Il s'agenouilla devant elle, posa doucement ses lèvres sur les siennes, puis insista un peu et la bouche de Raffaella s'offrit à lui. Il avait fermé les yeux pour se concentrer sur la sensation physique. Il l'entendit exhaler, dans une sorte de soupir.

Il se rassit.

« Vous savez que je vous aime toujours, dit-il d'une voix posée, comme s'il parlait du temps qu'il faisait. Je n'ai jamais aimé personne comme je vous aime. Jamais, pendant toutes ces années. »

Sans le quitter des yeux, elle fit une petite moue et fronça légèrement les sourcils, tel un juge sceptique à l'écoute d'un plaidoyer douteux.

« Je n'ai qu'une demi-heure devant moi », annonça-t-elle sans émotion.

Elle s'expliqua. Elle avait un chaperon qui l'accompagnait, Mlle Duhamel, dont il avait fait la connaissance l'autre jour. C'était la gouvernante de ses petits-enfants, mais elle voyait en elle bien plus qu'une employée, une véritable amie. Elle l'attendait dans le hall avec un roman de George Sand. Raffaella avait dit à tout le monde qu'elle rendait visite à un ami souffrant.

« Mlle Duhamel connaît-elle la vérité ? demanda Cashel.

– Elle est française, elle est intelligente. Je ne doute pas qu'elle sache repérer un ingénieux subterfuge, répondit-elle avant de sourire soudain. Cashel, regardez-vous ! Vous êtes très mince et toujours aussi grand. Racontez-moi votre vie depuis notre dernière rencontre. »

Cashel lui fit un bref récit lacunaire : il lui révéla qu'il avait écrit un roman à succès, passa sous silence la prison de Marshalsea, évoqua rapidement ses années américaines et fournit plus de détails sur sa grande aventure africaine.

« Mon Dieu ! s'exclama-t-elle plusieurs fois. Quelle vie ! »

Quand ce fut son tour de se raconter, elle l'avertit en préambule qu'elle avait vécu une existence parfaitement classique et plutôt ennuyeuse. Elle avait épousé le comte Mazzolino, « un homme gentil et bon », et lui avait donné cinq enfants, dont deux décédés en bas âge – l'un mort-né, l'autre à six mois. Elle avait encore deux garçons et une fille. Son aîné, Rodolfo, héritier du titre, était un homme sérieux impliqué dans le gouvernement de l'Italie récemment unifiée.

« Sinon, j'ai accompli ce qu'accomplissent les femmes de mon rang, dit-elle tristement en haussant les épaules. J'ai eu mes enfants. Je me suis mise à la peinture. J'ai lu des livres. J'ai voyagé en été. Mes enfants ont grandi. L'un de mes fils s'est marié, ma fille aussi. J'ai sept petits-enfants. Rodolfo est encore célibataire. Rien que de très banal par rapport à vous. »

Cashel se demanda si c'était la vérité ou si son récit, comme le sien, comportait des omissions, des aventures secrètes en chemin. Ainsi, lui-même n'avait pas mentionné Frannie Broome. Or il connaissait Raffaella : elle était tout sauf ennuyeuse, mais pouvait vite s'ennuyer.

« Quant à vous, l'aventure continue. Vous manquez de trépasser en Afrique, et vous voici en route pour devenir consul à Trieste. Pourquoi le Nicaragua ? s'enquit-elle, à l'évidence amusée par cette idée.

– C'est opportun. Mais je ne suis pas obligé de m'y rendre immédiatement.

– Parfait. Je rendrai de nouveau visite à mon ami malade demain. Pendant une heure.

– Merci.

– Au fait, vous ne m'avez pas dit si vous avez été marié. Avez-vous des enfants ? »

Il avait oublié de lui parler de Bríd Corcoran.

« Non… Enfin, si. J'ai deux filles, mais mon épouse est dérangée, folle. Elle est internée dans un asile à Boston, en Amérique.

– Vous voyez bien, Cashel, il se passe toujours quelque chose d'enthousiasmant, de spectaculaire, avec vous. Il y a toujours une histoire. Rien n'est banal.

– Mon histoire, c'est vous, Raffaella. Ma seule histoire. »

Elle rit.

« Me voilà veuve à présent. Et vous, marié à une folle.

– Je peux y remédier. Mon mariage est une farce. Un cauchemar. »

À la porte, il lui demanda s'il pouvait l'embrasser à nouveau et elle le laissa faire. Cette fois, il la serra fort contre lui et sentit son corps à travers ses jupes raides et les baleines de son corset. Leurs langues entrèrent en contact et il fut heureux de la voir quelque peu essoufflée quand ils rompirent leur étreinte.

« Je suis à nouveau un personnage de votre histoire, Cashel.

– Vous m'en voyez comblé.

– À demain. »

Après son départ, Cashel passa dix minutes à réfléchir en avalant trois verres de madère. Il ne rêvait pas : il l'avait tenue dans ses bras, ils s'étaient embrassés. Et elle revenait le lendemain.

Il se rendit au bureau du télégraphe et envoya un nouveau message à Mason :

Tjrs très malade. Informerai arrivée plus tard. Ross

Les affaires nicaraguayennes attendraient.

Le lendemain, quand elle arriva à midi, ils se dispensèrent des civilités. Elle passa dans sa chambre et l'appela quand elle fut déshabillée. Elle l'attendait, allongée sur le lit dans une camisole vaporeuse. Cashel se dévêtit rapidement, ne gardant que sa chemise. Ce fut merveilleux de lui faire l'amour – enfin, pas si merveilleux, car il éjacula après ce qui lui parut durer trois secondes.

Ils restèrent enlacés et échangèrent des souvenirs, revivant leurs mois à Ravenne et les épisodes de leur liaison. Cashel glissa la main sous la camisole de Raffaella et redécouvrit son corps, plus doux, plus rond, mais toujours familier.

Elle rejeta le drap et fit rouler Cashel sur le ventre pour voir la cicatrice boursouflée de Waterloo à l'arrière de sa cuisse.

« Oui, aucun doute, c'est bien toi », dit-elle.

Cashel sentit l'excitation le gagner à nouveau, mais, inflexible, elle lui rappela qu'elle devait partir et le chassa de la chambre pour pouvoir se rhabiller avec soin. Mlle Duhamel l'attendait en bas avec son roman. Il lui fallait refaire sa coiffure à la perfection. Elle ne pouvait lui accorder plus d'une heure.

« Je reviendrai demain. À la même heure. »

Le lendemain fut beaucoup plus satisfaisant, trouva Cashel. Toute pudeur abandonnée, totalement nus. Après l'amour, elle s'autorisa à boire un peu de vin. Cashel s'en versa un verre pour lui-même et s'assit dans un fauteuil. Allongée sur le lit, la tête soutenue par des oreillers, elle dégusta son verre sans la moindre gêne. Comme avant.

« Ne me regarde pas comme ça. Je suis une vieille dame, une grand-mère.

– Un grand-père a le droit de regarder une grand-mère. Il n'y a rien de mal. Et tu es très belle.

– Merci, mon bon seigneur. Tu es un *gentiluomo galante, grazie.*

– Nous verrons-nous demain ?

– Demain, je pars pour l'Allemagne. Mon fils Rodolfo y va en mission auprès des Prussiens. Il est une sorte de diplomate, lui aussi.

– Pourquoi l'accompagner ?

– Comme il n'est pas marié, il a besoin de moi à ses côtés. Pour la représentation, argue-t-il.

– C'est absurde. Dis-lui que tu ne peux pas. Que tu as un ami malade.

– Impossible.

– Pourquoi ?

– Parce que le comte désormais, c'est lui, et parce que c'est lui qui a la main sur l'argent, le *palazzo*, les terres, sur tout.

– Tu dois bien avoir des fonds en propre ?

– Mais dans quel monde vis-tu, Cashel ? » s'écria-t-elle avec un rire moqueur.

Elle le fit sortir de la chambre pour s'habiller. Avant qu'elle s'en aille, ils se promirent de s'écrire jusqu'à ce qu'ils puissent se retrouver, mais elle insista pour mettre au point un code, puisque Cashel enverrait ses lettres au Palazzo Mazzolino : tous les sentiments personnels qu'il voudrait exprimer devraient passer par un personnage de femme inventé, comme s'il rapportait les actes et les observations d'une amie commune, et il ne pourrait signer que de ses initiales. Elle expliqua que son fils Rodolfo était un homme austère qui révérait la mémoire de son père. Voilà pourquoi, quand elle quittait le *palazzo* chaque jour, elle prenait Mlle Duhamel comme chaperon. Il ne fallait éveiller aucun soupçon.

« Rodolfo est quelqu'un qui… Quelle est l'expression en anglais déjà ? Qui chevauche les convenances.

– À cheval sur les convenances.

– Voilà, mon fils est très à cheval. Il serait très fâché d'apprendre la liaison de sa mère avec Il Signor Ross.

– Très bien, j'utiliserai ce code pour ne prendre aucun risque, convint-il, tout en s'interrogeant une fois de plus sur la rapidité et l'assurance avec lesquelles elle avait proposé cette ruse, comme si elle l'avait déjà éprouvée par le passé. Quel nom veux-tu utiliser ?

– Je sais : on va dire Francesca. »

Cette fois, ce fut lui qui s'esclaffa. Il la prit avec plus de force dans ses bras et baisa son cou et son visage jusqu'à ce qu'elle le repousse.

« Ne dérange pas ma coiffure. Nous devons éviter tout ce qui pourrait confirmer les soupçons de Mlle Duhamel. »

Ils se firent leurs adieux. Cashel insista pour qu'elle l'informe de son retour à l'instant où elle rentrerait d'Allemagne. Trieste n'était guère éloigné. Il pourrait venir à Milan sans grand délai.

« J'écrirai vite à Francesca, ne t'en fais pas », lui promit-elle en souriant avant de sortir et de refermer la porte.

Ce soir-là, Cashel télégraphia à Mason :

Suis rétabli. Arrivée demain 6 h du soir. Ross

***

Cashel saisit une vue fugitive de Trieste par la fenêtre du wagon à la faveur d'un virage du train sur le chemin de fer qui épousait la courbe du littoral. Pendant quelques instants, le miroitement de l'Adriatique et un petit château blanc perché au bord d'une falaise s'offrirent à ses yeux tel un diorama, parfaitement éclairés par la lumière du couchant, jusqu'à ce que la ville lui apparût. Il voyageait seul par choix (Ignatz le rejoindrait quelques jours plus tard avec le gros de ses bagages), car il jugeait préférable de rencontrer Mason en tête à tête, eu égard à son arrivée retardée pour sa prise de fonction.

Dans le panorama furtif que lui révéla la fenêtre, Cashel vit un port grouillant d'activité, avec beaucoup de gros steamers, une kyrielle de bateaux plus petits et le treillis habituel de lignes verticales et horizontales dessiné par les mâts et les vergues. La ville lui parut moins grande qu'il ne l'avait imaginé, ceinte de collines boisées, avec une vieille forteresse en son centre et une vaste étendue de docks et de hangars qui semblaient nouvellement construits, et même des chantiers navals. Puis le train entra dans un long tunnel qui débouchait presque au cœur de la cité, dans la gare centrale.

Cashel se sentit étrangement exalté à son arrivée, tout en sachant fort bien que Trieste n'expliquait pas cette douce euphorie, à porter au seul crédit de Raffaella et de leurs retrouvailles enchanteresses, bouleversantes et passionnées. Pendant le trajet depuis Milan, il avait réfléchi à ce qu'il pouvait faire, aux perspectives qui s'ouvraient à eux. Elle était veuve – parfait. Lui était marié – énorme obstacle. Mais ce mariage relevait de l'imposture, il n'existait que sur le papier. Cashel vivait séparé de Bríd depuis longtemps et ne l'avait pas vue en une vingtaine d'années. Elle n'était même pas *compos mentis*. L'Église catholique devait bien avoir une méthode pour annuler cette ridicule contrefaçon de mariage, cette chimère, cette non-union. Tout deviendrait alors possible. Tout.

En se projetant ainsi dans l'avenir, en envisageant une autre vie, Cashel se rendit compte que le bonheur, l'espoir et même l'excitation pure n'étaient pas des sentiments réservés à la jeunesse. À soixante ans passés, il se trouvait dans une ville inconnue et se lançait dans une nouvelle profession, mais il le faisait le cœur léger, pas désabusé ni las. Si étrange que cela pût paraître à ce stade de son existence, il avait l'impression d'avoir la vie devant lui.

Même le visage renfrogné de Brooke Mason ne doucha pas son enthousiasme.

« Vous m'avez fait prendre du retard, Ross. C'est foutrement gênant.

– J'avais une rage de dents, une infection, je n'étais même pas en état de réfléchir. Que devais-je faire ? Vous êtes bien placé pour le comprendre, Mason, rappelez-vous. »

Mason ne put conserver longtemps sa carapace de froideur et retrouva bientôt son habituelle cordialité pince-sans-rire. Ils avancèrent au son des sabots du cheval tirant leur fiacre dans les rues de la ville – solide, impressionnante, très autrichienne, songea Cashel – en direction du nouveau consulat, qui occupait un bâtiment entier Via Vecker[1], dans les quartiers est, non loin

1. Par une étrange coïncidence, entre 1907 et 1909, James Joyce se rendit souvent dans un logis situé dans ce même bâtiment (divisé en appartements séparés en 1891) pour dispenser des cours d'anglais à un jeune journaliste triestin.

des labyrinthiques ruelles de la Città Vecchia, enroulées au pied de la colline au sommet de laquelle se dressait le château.

Mason déverrouilla la porte d'entrée et tendit les clés à Cashel. Les bureaux consulaires seraient installés au rez-de-chaussée et les appartements privés occuperaient les deux étages au-dessus. Quant à Ignatz, il pourrait habiter dans les mansardes, sous les toits de tuiles rouges. L'endroit était dépourvu de tout ameublement et il n'y avait pas de gaz de ville, si bien qu'ils devraient en revenir au bon vieux temps des chandelles et des lampes à pétrole. Cashel se déclara fort satisfait.

« Nous vous donnerons de l'argent pour meubler les lieux, bien sûr, et acheter un fiacre et un cheval, dit Mason. Nous vous avons loué une écurie dans la rue voisine.

– C'est très généreux de votre part, merci.

– Trieste est un poste essentiel pour nous, Ross, reprit Mason avec sérieux. Vous ne serez pas débordé, mais ce que vous ferez sera très important. Vous pouvez y compter, comme nous compterons sur vous. »

Qu'entendait-il précisément par là ? Cashel décida de ne pas l'interroger plus avant. Ils rentrèrent à l'hôtel de Mason, l'Europa, où Cashel séjournerait le temps que le consulat fût aménagé. Ils dînèrent ensemble et Mason but plus que de raison, se remémorant leurs aventures à la Vache noire. Plus il s'enivrait, plus il se désinhibait, laissant entendre que, lors de sa dernière soirée mouvementée à la ferme, il avait peut-être tué avec le pistolet de Cashel un homme qui le poursuivait. Cashel se demanda si c'était l'alcool qui parlait, qui fabriquait des souvenirs fantasmés, car il se rappelait que Mason lui avait rendu ce pistolet avant de le lui voler définitivement au moment de son départ. Voilà ce qui était bizarre avec Mason : par certains aspects, c'était un *boulevardier** irresponsable et sympathique qui se retrouvait souvent dans quelque situation inextricable, mais il y avait aussi un autre Mason, plus secret, nettement plus vénal et brutal. Cashel l'écoutait déblatérer sans vraiment prêter attention à ses propos :

après tout, lui-même était ivre de joie, l'amour illuminait à nouveau sa vie et il pouvait se projeter dans un avenir commun avec Raffaella. Être consul à Trieste, à une simple journée de train de Milan, lui convenait idéalement à l'instant présent. Il donnerait sa démission dès que Raffaella rentrerait d'Allemagne et que tout deviendrait possible pour eux. Trieste ne constituait rien de plus qu'un interlude pendant lequel il s'acquitterait avec plaisir et sérieux de son devoir consulaire au service de la république du Nicaragua.

Le lendemain matin, Mason l'entraîna jusqu'à la Barriera Nuova. En déambulant dans les rues puis sur la promenade du front de mer, Cashel put se faire de première main une impression de l'opulente prospérité de cette ville animée. Le port grouillait de marchandises que l'on chargeait ou déchargeait, les grandes lignes internationales affichaient partout leur présence et toutes les activités commerciales de l'Est méditerranéen semblaient s'être donné rendez-vous ici. Cashel entendit parler turc, grec, italien, yiddish, slovène, français et anglais. Çà et là passaient des hommes en tenue orientale portant turbans, fez et babouches de cuir rebiquant au bout. Les imposants bâtiments du front de mer étaient richement ornementés. Aussi large qu'un grand boulevard, la longue jetée de pierre, le Molo San Carlo, s'avançait dans la mer sur près de deux cents perches, véritable artère commerciale flanquée de navires venus du monde entier.

Mason l'amena jusqu'à un entrepôt de la nouvelle zone portuaire, dont la porte était fermée par une chaîne et un cadenas. Propriété du consulat, dit-il en désignant une plaque émaillée ovale ornée du drapeau du Nicaragua et des inscriptions habituelles en allemand, italien et espagnol. Cashel fut frappé par la taille minuscule de cet insigne officiel, pas plus grand qu'une petite soucoupe. Il fallait étrécir les yeux pour arriver à déchiffrer les caractères.

Mason trouva les bonnes clés, déverrouilla la porte et la fit coulisser. Ils pénétrèrent dans un espace vide et frais. Des rayons de soleil chargés de poussière tombaient de fenêtres carrées placées en hauteur.

« C'est un entrepôt douanier qui nous appartient, expliqua Mason en tendant les clés à Cashel. Les marchandises y arrivent sous plomb. Vous en serez averti, bien sûr, et je vous dirai ensuite où les faire suivre.

– De quel genre de marchandises s'agit-il ?

– Aucune idée. Un peu de tout, à ce que j'en sais. En tant que consul, votre rôle essentiel consiste à faciliter leur transit.

– Compris. Rien d'autre ?

– Ce n'est pas compliqué, mais il y a un peu de paperasse exigée par les autorités autrichiennes. »

Ignatz pourrait s'en occuper, se dit Cashel, puisque l'allemand était sa langue maternelle.

« Tout cela me semble très clair, Mason. »

De retour à l'hôtel, Mason remit à Cashel sa certification officielle en tant que consul de la république du Nicaragua, un parchemin orné de rubans, de sceaux et de signatures illisibles en impressionnante cursive, ainsi que son passeport diplomatique, plusieurs dossiers contenant des documents utiles, passeports et visas vierges pour l'essentiel, au cas où des ressortissants en auraient besoin afin de développer les intérêts économiques, financiers et commerciaux que le consulat avait pour rôle de favoriser. Mason lui indiqua aussi une adresse télégraphique à Londres pour toutes les communications ordinaires.

« Si vous avez des choses confidentielles ou délicates à me transmettre, mieux vaut passer par ma banque, précisa-t-il en lui tendant une carte de visite.

– Qu'entendez-vous par "confidentielles" ?

– Que de questions, Ross ! Comment voulez-vous que je le sache ? C'est une affaire de jugement, en cas d'événements qui sembleraient inhabituels. Vous êtes intelligent, vous saurez prendre la décision qui s'impose en tant que consul. Pour tout sujet que vous préférerez ne pas confier au télégraphe, disons.

– Compris. »

Cashel proposa de l'accompagner à la gare, mais Mason lui dit que c'était inutile.

« Ah, au fait, je reviendrai dans un avenir proche en compagnie du ministre des Affaires étrangères, ajouta-t-il. Il doit venir en Europe bientôt. Je vous en informerai en temps et en heure. C'est un homme très agréable. Il est des nôtres. »

***

Avec l'aide d'Ignatz, le consulat de la Via Vecker fut vite et bien meublé. L'écurie voisine louée tout exprès abritait un phaéton assez récent et deux chevaux, dont s'occupait un lad. Cashel s'installa dans sa nouvelle existence, qui s'avéra facile. Avec ses émoluments, il vivait très bien à Trieste. En plus d'un cuisinier et d'une femme de chambre, il put s'attacher les services d'un interprète parlant allemand et slovène, un Triestin d'un certain âge appelé Giorgio Zaule, qui se targuait d'avoir travaillé pour M. Henri Beyle, très éphémère consul de France en 1830. Cashel avoua que le nom ne lui était pas familier, avant de comprendre qu'Henri Beyle n'était autre que le romancier Stendhal. Qu'un autre écrivain eût été consul ici lui apparut comme un bon présage.

Les mois passèrent. L'été se révéla fort agréable sur l'Adriatique. Cashel fit de la plaisance, du cheval dans les collines environnantes, du tourisme à Lioubliana et à Vienne. L'hiver venu, la bora, vent puissant descendu des montagnes, le confinait à l'intérieur tant il soufflait fort, mais le consulat était confortable et ses cheminées efficaces. En 1866, la guerre entre l'Autriche et l'Italie attisa les ferveurs irrédentistes dans la ville ; cependant, comme le conflit ne concernait aucunement le Nicaragua, rien ne vint troubler les eaux tranquilles de l'inertie douillette du consulat de la Via Vecker.

Cashel écrivait à Raffaella une fois par mois, aux bons soins de son *palazzo* milanais.

14, Via Vecker
Trieste
Littoral autrichien

10 mars 1866

Très chère amie,

Je me suis pris d'une véritable affection pour cette étrange cité. Imaginez, si vous le pouvez, une ville de province autrichienne de bonne taille, avec ses solides bâtiments municipaux, une Bourse, un théâtre, des bureaux de négoce, des rues où s'alignent de belles boutiques, et une bureaucratie efficace et fournie (qui mène toutes ses affaires en allemand, naturellement). Puis placez-la sur un joli coin de la côte adriatique, équipez-la d'un port aussi actif que Lisbonne ou Hambourg et d'un chantier naval. Enfin, peuplez-la d'une majorité d'Italiens bourgeois et aigris, parlant un dialecte vénitien et souhaitant ardemment rejoindre l'Italie aux dépens de l'Autriche, et d'une quantité non négligeable de paysans slovènes. Saupoudrez d'une pincée de Turcs, de Grecs, d'Arméniens et autres étrangers venus des confins de la Méditerranée orientale, et vous aurez une idée de ce qu'est cette métropole unique. Son vaste port accueille officiers et matelots du monde entier : Suède, Japon, Égypte, pour ne nommer que trois contrées. C'est une ville riche dans une riche terre de la Couronne d'un riche empire. La vie quotidienne grouille tout autour de moi. Je peux aller à l'opéra écouter Bellini ou Mozart. Je peux me rendre dans des tavernes du petit peuple comme dans des restaurants luxueux. Je peux acheter du café brésilien et des cigares cubains. Tout cela paraît quelque peu irréel, mais sied à mon état d'esprit et, peut-être, à ma personnalité.

La vie mondaine est limitée. Il m'arrive de dîner dans d'autres consulats (du Royaume-Uni, des États-Unis d'Amérique, de France) et je rends les invitations. J'assiste aux quelques réceptions officielles organisées à l'occasion des fêtes nationales. Cela n'a rien d'un « tourbillon », je peux vous l'assurer.

Les informations dont je dispose à propos de notre amie commune Francesca vous intéresseront. Comme vous le savez, son mari est gravement malade et interné dans un asile aux États-Unis, mais Francesca pense qu'il lui sera réellement possible de faire annuler leur mariage. Elle a écrit à un prêtre catholique pour lui demander comment lancer la procédure et a promis de me tenir au courant*, *mais, de l'avis général, c'est une affaire complexe. Néanmoins, elle me prie de vous dire que vous êtes toujours dans ses pensées et que le simple fait de penser à vous rend la vie digne d'être vécue.*

Mon travail est monotone, mais je suis heureux d'être ainsi monotonement sous-employé. Je peins, je monte à cheval, je lis, j'écris, je navigue, je nage. J'envisage de me mettre à l'escrime. Je suis bien payé pour vivre de la sorte. Je n'ai nul droit de me plaindre.

Je demeure, très chère amie,
Votre très cher ami,

CR

Plus d'un an après avoir pris son poste à Trieste, Cashel reçut un télégramme l'informant de la date d'arrivée d'une première cargaison sur un navire français, l'*Aurore*. Accompagné d'Ignatz, il se rendit aux docks pour superviser le déchargement de deux très lourdes caisses, sorties de la cale au moyen d'un treuil puis déposées sur un chariot. Les formalités furent effectuées par les douanes autrichiennes, les plombs vérifiés, de nouveaux sceaux ajoutés et les deux caisses apportées à l'entrepôt, où les sceaux furent à nouveau inspectés. Cashel lut le connaissement. Les caisses arrivaient de Marseille et le descriptif de leur contenu indiquait : « Marbre de pavage ».

Cashel télégraphia à Mason :

Marchandise réceptionnée. Attendons instructions. Ross

Vingt-quatre heures plus tard, lesdites instructions arrivèrent. Les caisses devaient être réexpédiées aux États-Unis, à Charleston, en Caroline du Sud, à un certain M. A. B. Smith, entrepreneur en travaux publics. Cashel supervisa dûment la livraison des caisses, dont les douanes avaient vérifié que les sceaux étaient intacts, et une grue les déposa dans un steamer de la Blue Star en partance pour Londres, puis pour les États-Unis.

Tout se passa sans accroc. Cashel était ravi de pouvoir enfin remplir ses attributions de consul, même s'il avait du mal à concevoir qu'on fît ainsi envoyer via la république du Nicaragua du marbre de médiocre qualité vers la Caroline du Sud. Il s'était acquitté de sa tâche. Parfait. Il avait des choses bien plus importantes en tête : il tentait d'obtenir l'annulation de son mariage.

23, Mortimer Street
Philadelphie
États-Unis

3 septembre 1867

Mon cher Cashel,

Vous serez surpris de recevoir une lettre de ma part depuis cette adresse, mais mon désespoir a retardé l'envoi de cette missive. Mon fils Clayton a été victime de la dernière escarmouche de notre horrible guerre. Il a été blessé à ce qu'on appelle la bataille de Palmito Ranch en mai 1865. Ayant miraculeusement survécu à de nombreux combats, à Antietam, Shiloh ou Cold Harbor, il avait été transféré avec d'autres vétérans au 54e régiment de l'Indiana, envoyé au Texas pour superviser les changements apportés par la fin des hostilités. La guerre était terminée, Cashel. Mais il y eut un bref accrochage entre forces de l'Union et forces de la Confédération pour des raisons indéterminées, pendant lequel Clayton fut grièvement blessé à la jambe. On l'a amputé jusqu'à la hanche et renvoyé chez lui, mais tous mes soins auront été inutiles. Je l'ai vu s'étioler durant plusieurs mois.

Il est mort début 1866. À ses obsèques, il fut décrit comme la dernière victime de notre guerre civile, mais on voit des blessés et des infirmes partout et il y aura bien d'autres « dernières victimes ». Une fois qu'il fut parti, je n'ai plus eu la force de continuer. J'ai laissé les fermes à Whitaker et je suis retournée chez mes parents à Philadelphie. Vous ne reconnaîtriez plus votre Frannie Broome. Je suis vieille, aigrie, endeuillée, et tout cela se lit sur mon visage.

Whitaker continuera à vous faire parvenir les revenus du commerce de la glace, mais celui-ci décline en raison des nouvelles machines industrielles qui semblent fabriquer toute l'année durant de la glace de meilleure qualité que ce que nos hivers peuvent produire.

Ne m'oublie pas, Cashel. Moi, je ne t'oublierai jamais. Je t'envoie toute mon affection, comme toujours.

Ta

Frannie Broome

Cashel fut bouleversé à la lecture de cette lettre. Il lui semblait que si Clayton Broome avait été une victime absurde de la guerre de Sécession, il en allait de même de l'indomptabilité qui caractérisait Frannie. Il lui répondit par une lettre de condoléances dans laquelle il lui exprimait son soutien et sa tendresse, lui annonçait sa nouvelle incarnation en tant que consul et lui enjoignait de continuer leur correspondance. Il sentit aussi la morsure de la culpabilité, lui qui avait en toute conscience utilisé Frannie comme remplaçante de Raffaella. À présent, Raffaella était de retour dans sa vie, si l'on pouvait le dire ainsi, et l'épisode Frannie Broome se voyait relégué à son ancienne vie…

Cette lettre sembla relancer la communication avec les États-Unis. Le père O'Malley répondit à Cashel, se disant ravi d'avoir de ses nouvelles, mais affirmant aussi qu'il serait très difficile, sinon impossible, de faire annuler unilatéralement son mariage avec Bríd, car il avait été consommé et ses deux filles en étaient les preuves vivantes. Si Mme Ross consentait à reconnaître que la séparation était effective depuis de nombreuses années, il serait peut-être possible de trouver une solution, mais Cashel devait savoir qu'il faudrait sans doute obtenir l'intercession de l'évêque de Boston. Mme Ross serait-elle disposée à le rencontrer ?

Cette perspective fut anéantie par une autre missive de Nessa (Maeve refusait toujours de répondre aux lettres ou aux cadeaux que son père lui envoyait). Nessa était allée rendre visite à sa mère « un de ces jours où elle est lucide » pour lui soumettre la proposition de Cashel d'une annulation formelle du mariage.

Hélas, cher père, sa réponse fut violente. « Jamais, jamais, jamais ! » Voilà tout ce qu'elle hurla.

À cette lecture, Cashel s'emporta lui aussi et se fustigea pour tous les mauvais choix qu'il avait faits dans sa vie. Pourquoi s'était-il converti au catholicisme ? Parce que c'était le seul moyen d'épouser Bríd. Mais la Bríd qui s'était transformée en dévote illuminée après la naissance de Nessa n'avait plus rien de la jeune fille pleine de vie qu'il avait demandée en mariage. Et alors que la femme qu'il aimait se trouvait aujourd'hui miraculeusement libre de le rejoindre, lui restait prisonnier d'un code de conduite et d'une doctrine religieuse qu'il ne reconnaissait plus. Avec le recul de l'âge, il percevait à quel point des décisions prises sur un coup de tête ou, inversement, opiniâtres pouvaient avoir des répercussions désastreuses des années ou des décennies plus tard, jetant une malédiction inattendue sur l'existence et influençant le présent d'une manière inimaginable à l'époque.

Un soir, il veilla tard, buvant du cognac et s'apitoyant amèrement sur son sort en compagnie d'Ignatz, auquel il conta ses malheurs, ses merveilleuses retrouvailles avec Raffaella, la renaissance de leur amour, mais aussi la frustration causée par le refus irrationnel et inflexible de Bríd. Bien sûr, Ignatz les avait connues toutes les deux, la Bríd d'avant et celle d'après. Leur conversation les replongeait dans leur histoire commune.

« Bref, il semble bien que je sois condamné à ce mariage éternellement, se lamenta Cashel. Enfin, jusqu'à ce que l'un de nous deux meure. Si je me remariais, je serais bigame.

– Pourquoi vous embarrasser du mariage, monsieur ? Pourquoi ne pas simplement vivre avec la contessa Raffaella ? Pourquoi forcément en tant que mari et femme ?

– Écoutez, à titre personnel, je me moque des vœux de mariage, mais je ne suis pas certain qu'elle soit du même avis. Ou qu'on l'autorise à être du même avis. Son fils est très... protecteur de la réputation de sa mère, de la sienne propre et de celle de feu son père. De plus, elle dépend de la fortune de son fils pour maintenir son train de vie. C'est compliqué. Il lui est impossible de s'enfuir à Trieste et de vivre simplement avec moi. »

Ignatz haussa les épaules et acquiesça tristement. Cashel remplit à nouveau leurs verres en le regardant. Le bouc et les cheveux d'Ignatz étaient gris, même s'il paraissait aussi fort et solide qu'à leur première rencontre.

« À propos de mariage, pourquoi ne vous êtes-vous jamais marié, Ignatz ? Où est votre bonne amie ? Ne voulez-vous pas une épouse ? Des enfants ?

– Non. Je suis très heureux de l'existence que j'ai menée grâce à vous, monsieur. Le jour où je vous ai rencontré, le jour où je suis arrivé à Willow Creek, ce fut le grand miracle de ma vie.

– Vous avez le droit à d'autres miracles. Des petits Ignatz qui courent partout.

– Pour tout vous dire, monsieur Ross, je me suis toujours senti marié, en quelque sorte, avoua Ignatz d'un air gêné.

– Qu'entendez-vous par là ?

– Je suis marié avec vous, monsieur Ross. J'ai l'impression que ma vie est unie à la vôtre. Presque comme si j'étais votre épouse, ou votre époux. Je m'exprime maladroitement. Je ne souhaite rien d'autre que simplement pouvoir continuer ainsi. »

Légèrement troublé par cette surprenante confession, Cashel sourit vaguement et décida qu'il valait mieux ne pas relever. Néanmoins, il y avait un fond de vérité dans ce qu'Ignatz venait d'énoncer : ils avaient connu maintes vicissitudes ensemble ; ils avaient été séparés et s'étaient retrouvés avec bonheur. Il se rendit compte que, pendant toutes ces années de vie commune, il s'était entièrement reposé sur Ignatz sans même y penser, et supposa qu'il en allait de même pour lui. Leur lien lui évoqua le vieil adage : « Nul homme n'est un héros pour son valet. » Peut-être fallait-il le reformuler : « Nul homme n'est un héros pour son épouse… » Ignatz envisageait leur relation comme une forme de mariage. Qui était-il, lui, Cashel Ross, pour réfuter cette vision ?

Il regarda Ignatz assis en face de lui et lui remplit son verre. Ignatz le remercia d'un sourire ; les nombreux cognacs qu'ils avaient partagés avaient rendu son regard trouble et un demi-sourire rêveur flottait sur ses lèvres. C'était peut-être l'alcool qui avait parlé. Il semblait inutile de pousser l'analyse plus avant.

***

La vie du consul du Nicaragua s'anima quelque peu. De lourdes caisses arrivaient désormais chaque mois en provenance de ports français, et leur prise en main (déchargement et transit vers des ports américains) devint bientôt une simple routine que Cashel délégua à Ignatz. Il se sentait désormais bien établi à Trieste en tant que diplomate de rang secondaire et se fit tailler un uniforme brodé d'allure militaire destiné aux cérémonies officielles. Étant devenu un aquarelliste amateur plutôt talentueux de son propre avis, il arpentait l'arrière-pays triestin en quête de panoramas pittoresques. Il se prêtait à un chaste marivaudage avec l'épouse du consul de

France, la bien nommée Mme Crèvecœur. Il savait qu'il aurait pu aller plus loin s'il l'avait voulu, mais n'avait aucune envie de trahir Raffaella, sagement installée à Berlin avec son fils. Malheureusement, aucune date ne semblait fixée pour son retour à Milan.

Il prit deux mois de vacances à la fin de 1869 afin de célébrer son soixante-dixième anniversaire en compagnie de Buckley et Hogan, et laissa Ignatz gérer le consulat, prolongeant même son séjour d'un mois, le temps de régler ses affaires littéraires et financières. Les rééditions bon marché de ses deux livres continuaient de lui rapporter un peu d'argent et, par l'intermédiaire de l'honnête Whitaker Broome, il percevait encore quelques dollars grâce à la pureté exceptionnelle de la glace de Willow Creek, toujours très en vogue dans les grandes villes de la côte est des États-Unis, malgré l'invention de la réfrigération industrielle. Il n'était pas riche, mais aisé. Il informa Raffaella de la solvabilité relative de Francesca, mais elle n'y fit jamais la moindre allusion dans ses réponses. Comtesse un jour, comtesse toujours, songea-t-il, conscient qu'il leur faudrait un changement de vie radical.

Il était aisé, certes, mais sans aucun bien immeuble. Aussi, pendant son séjour en Angleterre, se mit-il en quête de maisons ou cottages avec quelques terres, d'abord près de la paroisse de Buckley, avant de décider que la vie provinciale des comtés proches de Londres n'était pas pour lui. Il se demanda si son séjour à Trieste ne l'avait pas changé, à croire que cette cité polyglotte, cosmopolite, avec ses originalités et ses absurdités singulières, était en fait le foyer idéal qu'il avait recherché toute sa vie.

Il rentra à Trieste plein d'un enthousiasme surprenant, mais ce fut pour découvrir que tout ne s'était pas passé au mieux avec le dernier chargement arrivé dans l'entrepôt douanier du consulat.

Cashel et Ignatz étudiaient la caisse endommagée. Celle-ci avait fait une chute de plusieurs mètres depuis un bossoir mal manœuvré, et quelques planches s'étaient fendues. Si le contenant demeurait plus ou moins intact, on pouvait maintenant en distinguer le contenu. Ignatz n'avait pas voulu y toucher en attendant le retour de Cashel.

« J'ai bien vu que ce n'était pas du “marbre de pavage”, monsieur. Je ne savais trop que faire. »

Cashel retira l'une des planches abîmées, puis en arracha une deuxième et écarta quelques poignées de paille qui révélèrent le flanc d'une grande amphore de terre cuite peinte.

« Sortons tout. »

Ils firent levier pour soulever le couvercle et ôtèrent trois couches de lourdes dalles d'un marbre gris brut veiné d'un orange rouille tout à fait particulier. Sous ces trois épaisseurs, un dense rembourrage de paille cachait six autres vases décorés, une petite sculpture de centaure en marbre blanc et trois plaques de pierre portant des inscriptions en grec ancien.

« Quelle est la destination de cette caisse ? demanda Cashel.

– La Nouvelle-Orléans, monsieur. »

Cashel hocha la tête : tout était clair à présent. Il sentit sa complaisance, cette indifférence si aisément endossée, disparaître comme une cape inutile glissant de ses épaules. Il avait toujours été conscient du fait que ce poste de consul à Trieste était trop beau, trop tranquille pour être vrai. Il avait désormais la preuve de sa désinvolte complicité. À l'évidence mêlé à un trafic élaboré d'antiquités grecques vers les États-Unis, il sentit la nausée le prendre à mesure que lui apparaissait la logique rétrospective du raisonnement. Brooke Mason. Brooke Mason connaissait l'homme idéal pour cette mission. Cinq mille dollars par an, plus les frais consulaires, logement gratuit, écurie offerte avec voiture et chevaux, discrétion garantie… Il se reprit et attrapa un petit vase de terre cuite, un objet magnifique, délicat, sur lequel adhéraient encore de petites croûtes de glaise séchée, qu'il brossa pour révéler une nymphe très légèrement vêtue qui gambadait en compagnie d'un guerrier nu doté d'un bouclier et d'une impressionnante érection. Combien un magnat américain serait-il prêt à payer pour cette pièce ?

Il sentait la colère enfler en lui. Il devait tout mettre en œuvre afin de se protéger. Comment faire pour se venger ?

« Ignatz, pouvez-vous remettre en état cette caisse de façon qu'elle paraisse intacte ?

– Oui, bien sûr.

– Très bien. Faisons une liste de son contenu avant de l'expédier comme si de rien n'était. Mais, dorénavant, nous ouvrirons toutes les caisses pour en dresser l'inventaire. »

Peu de temps après cette découverte, Brooke Mason annonça son retour à Trieste en compagnie d'un Américain du nom de Waldo Gunning. Cashel les accueillit à la gare en dissimulant sa méfiance. Le jeune homme d'une trentaine d'années, d'une rondeur libidineuse avec des bajoues et un double menton, arborant une moustache blonde dont les pointes cirées remontaient à la verticale, se révéla tout en sourires et en onctuosité. Mason, lui, n'avait que des compliments à la bouche : les expéditions se passaient à merveille, tout le monde était ravi. Quant à Cashel, il était l'insipidité incarnée, désireux d'aider de quelque manière que ce fût.

Ils dînèrent au restaurant de l'hôtel Europa. Gunning engloutit son repas avec un appétit impressionnant, comme un homme qui n'eût pas mangé depuis des jours.

« Nous prévoyons une intensification des envois, peut-être un doublement, annonça Mason. La demande pour ce type de marbre augmente et c'est une bonne nouvelle.

– Cela n'a rien pour nous inquiéter, affirma Cashel. Nous sommes rodés, ici.

– Exactement. D'où Trieste, d'ailleurs. Le grand *entrepôt** de la Méditerranée.

– Est-ce la raison de ce choix ?

– Eh bien, les choses sont simples ici, non ? Un grand port tel que celui-ci, avec des procédures d'airain, la rigueur autrichienne et tout le tralala.

– C'est efficace, ça, c'est sûr, confirma Cashel, qui se tourna alors vers l'Américain. Vous êtes dans le commerce du marbre, vous aussi, monsieur Gunning ?

– Euh, oui, on peut le dire ainsi, admit celui-ci avant de changer brusquement de sujet. Vous connaissez les États-Unis, Ross ? »

Cashel résuma brièvement ses années américaines. Gunning l'écouta en hochant la tête.

« Si vous avez vécu dans le Massachusetts rural, vous devriez vous rendre dans les villes. La quantité de richesses, et donc de riches, que l'on y trouve actuellement est prodigieuse, dit Gunning en rompant un petit pain qu'il enfourna dans sa bouche et mâcha pendant quelques instants avant de pouvoir reprendre la parole. Et ces riches construisent des palais dans tout le pays. Des palaces en marbre. Ils n'en ont jamais assez. »

Ni de marbre ni d'antiquités grecques, pensa Cashel.

« Si je peux faire quoi que ce soit d'autre, n'hésitez pas, dit-il avec un sourire.

– Vous vous acquittez parfaitement de votre tâche, Ross, fit Mason en allumant un cigare. Nous vous en sommes très reconnaissants. Le gouvernement du Nicaragua vous en est reconnaissant.

– Merci. Comment vont les choses au Nicaragua ?

– Pardon ?

– Je n'ai toujours pas rencontré le moindre Nicaraguayen à Trieste.

– Ah oui, effectivement. Eh bien, c'est ce qui amène Gunning ici. Il est le ministre des Affaires étrangères.

– En effet, forts du succès du vôtre ici, nous envisageons d'ouvrir d'autres consulats à Copenhague, Marseille ou Constantinople. Vous avez mis la barre très haut, monsieur Ross, et nous vous en savons gré. »

Cashel inclina la tête modestement tout en réfléchissant. Me prennent-ils à ce point pour un serin ?

« Que me conseillez-vous pour le dessert, Ross ? demanda Gunning. *Île flottante** ou *forêt-noire** ? »

***

Ainsi que Mason l'avait annoncé, les livraisons de caisses de marbre s'accrurent jusqu'à trois, voire quatre par mois. Cashel reçut pour instruction de les réexpédier à Charleston, Savannah,

Houston, La Nouvelle-Orléans et même une ou deux à La Havane. Aucun schéma ne se faisait jour, sinon que toutes les caisses arrivaient depuis des ports français, Marseille, Toulon et Nice. Rien sur les manifestes n'indiquait d'où en Grèce continentale ou sur les îles de la mer Égée elles provenaient.

À chaque livraison, Cashel et Ignatz vidaient, inventoriaient, remballaient et scellaient de nouveau les caisses avant leur réexpédition vers les États-Unis. Ignatz affirmait que les faux plombs de douane qu'il fabriquait étaient identiques aux vrais et impossibles à repérer. Les antiquités étaient magnifiques. Même Cashel, qui n'avait rien d'un expert en la matière, en percevait la beauté et la qualité exceptionnelles. Des bronzes, des statues de marbre et même, une fois, tout un sol de mosaïque, d'innombrables coupes et amphores. Avec ces objets anciens qui transitaient par l'entrepôt nicaraguayen du port de Trieste, il aurait pu garnir les rayonnages d'un musée. Ce qu'il n'aurait su calculer, néanmoins, c'était l'argent que Mason et Gunning tiraient de leur revente aux nouveaux ploutocrates américains. Un jour, une caisse énorme arriva qui, une fois ouverte, laissa apparaître un lion géant en marbre, une patte levée, deux fois plus grand que nature, en parfait état, hormis quelques traces de mousse sur le dos. Impressionnant, se dit Cashel. Le trophée ultime pour un collectionneur. La *Vénus de Milo* du monde animal. Il décida de passer à l'action.

Il emporta l'une des dalles de marbre gris veiné d'orange qui constituaient le contenu officiel de toutes les caisses et la montra à plusieurs tailleurs de pierre de Trieste. Il apprit que c'était du marbre de piètre qualité, de densité médiocre, difficile à travailler et à façonner, d'où son utilisation principale pour le pavage. Idéal pour les halls d'entrée, les escaliers ou les cours, par exemple. Mais l'un des artisans, un Turc de Smyrne, l'identifia au premier coup d'œil.

« Ah oui, c'est probablement du marbre de Latmos, dit-il.

– Latmos ?

– Sur Ródos. »

Tiens, tiens, Ródos, pensa Cashel, qui n'avait aucune idée du lieu dont il s'agissait. Premier indice.

« C'est le veinage orange, et ce gris. Il ne peut provenir que d'un endroit : Ródos, dit le Turc en souriant. Rhodes, dans votre langue, ajouta-t-il en regardant de biais le visage perplexe de Cashel. C'est une grande île au large des côtes turques. »

Cashel savait désormais où se rendre. Il avait une source, peut-être. Et un plan. Il se fabriqua un nouveau passeport au nom de Greville Soutar, en hommage à sa mère, Elspeth Soutar. Il lui semblait plus prudent de voyager sous une fausse identité, car quiconque faisait parvenir les antiquités à Trieste connaîtrait le nom du consul du Nicaragua qui en facilitait la réexpédition. Il confia une fois de plus à Ignatz la charge du consulat et embarqua sur un steamer du Lloyd autrichien à destination d'Athènes, trajet qui lui prit quatre jours au total.

Une fois à Athènes, Cashel dut attendre deux jours de plus un vapeur français qui l'emmènerait directement à Rhodes. Il nota que les lignes menant aux îles levantines et au Dodécanèse desservies par les compagnies françaises étaient plus nombreuses et plus pratiques, ce qui expliquait peut-être l'itinéraire complexe suivi par les antiquités : depuis un Empire, l'ottoman, jusqu'à la France, où elles transitaient avant de poursuivre vers un petit consulat insignifiant dans un autre Empire, l'austro-hongrois (tel qu'il s'appelait depuis peu), et enfin, vers les États-Unis. Difficile de suivre ces dalles de « marbre de pavage », loin de leurs carrières d'origine, quand elles sillonnaient ainsi la Méditerranée. Toute cette combine avait été très habilement échafaudée.

Il descendit à l'hôtel des Étrangers, place de la Constitution, « équipé à la manière des meilleurs hôtels italiens » selon son guide touristique. Il fut d'ailleurs plutôt surpris de remarquer que les principales rues d'Athènes portaient des noms français. En se promenant, il constata que la ville nouvelle était élégante et très étendue. Après un déjeuner correct à la Brasserie et Restaurant d'Europe, il se rendit chez un antiquaire près de la rue d'Hermès pour essayer de glaner des informations sur le commerce d'objets anciens en provenance de la région. Le boutiquier lui assura personnellement qu'il était strictement interdit, sans la moindre exception, d'exporter des pièces depuis la Grèce. Néanmoins, tout ce qui se trouvait dans son échoppe était autorisé à la vente. « Et les antiquités de Rhodes ? » demanda Cashel perfidement. Ah, mais Rhodes appartient à l'Empire ottoman, la *Sublime Porte**, s'entendit-il répondre, et en outre les Turcs ne s'intéressent nullement aux antiquités grecques. Cashel commençait à comprendre les subtilités du trafic de Mason et comment il pouvait se dérouler sans encombre.

Allongé sur son lit ce soir-là, gaz d'éclairage éteint, bercé par l'écho assourdi du cliquetis des roues de charrette sur le pavé des rues autour de la place, Cashel s'interrogea sur ce qu'il était en train de faire. Lui, un septuagénaire, lancé dans une rocambolesque aventure en Méditerranée orientale. Qu'est-ce que Raffaella penserait de lui à présent, dans sa chambre de l'hôtel des Étrangers ? Il était le consul en titre de la république du Nicaragua à Trieste, enfin ! Certes, se répondit-il dans ce dialogue qu'il jouait avec lui-même, mais un consul plongé jusqu'au cou dans ce qui s'avérait clairement être une complexe opération de contrebande à grande échelle d'antiquités grecques à destination des États-Unis. Ne devrait-il pas fermer les yeux et reprendre le cours de sa vie ? Son rôle d'expéditeur innocent d'antiquités volées lui rapportait une certaine aisance et de généreuses récompenses. À quoi bon compliquer les choses, voire les rendre dangereuses ?

Il se retourna et donna un coup de poing dans son oreiller. Comme toujours, il en arrivait à la même réponse : il faisait ce qu'il faisait parce qu'il sentait que c'était ce qu'il devait faire, à tort ou à raison, et si piètre intellectuellement que pût sembler cette motivation, elle avait déterminé presque chacun de ses actes au cours de sa vie. Qu'il eût été berné et exploité par Brooke Mason et Waldo Gunning était désormais indubitable et, s'il voulait contrarier leurs plans, il lui fallait de plus amples informations. Voilà pourquoi, dans ce lit d'hôtel à

Athènes où il ne trouvait pas le sommeil, il préparait un voyage à Rhodes. C'était aussi simple que cela, et une raison suffisante selon lui. Malheureusement, il sentait revenir ses maux d'estomac à mesure que croissait la tension à la perspective de son périple. Une gorgée de Dashwood l'eût aidé à les combattre. Cette morsure de singe à Zanzibar refusait décidément de le laisser en paix.

Un steamer des Messageries maritimes l'amena sans encombre jusqu'à Rhodes. Sa première impression de la vieille ville fortifiée autour du port, avec son château presque théâtral, fut qu'elle tombait à moitié en ruine, ses bâtiments entassés mal entretenus s'émiettant comme si leurs murs étaient faits de biscuit ou de pain détrempé. Il aperçut une grande tour, en partie détruite, qui se dressait au milieu de ses propres gravats envahis de mauvaises herbes, telle une bâtisse victime d'une canonnade.

Il débarqua et paya un vieux commissionnaire émacié pour qu'il apportât son bagage à la « meilleure » taverne de la ville. L'endroit s'avéra sombre, malsain et infesté de mouches. Dans sa chambre, il découvrit un lit au matelas de paille et des murs constellés de minuscules taches de sang laissées par des moustiques écrasés. Néanmoins, par la fenêtre, la mer rayonnait d'un bleu ardent et le ciel d'un bleu encore plus intense, si tant est que ce fût possible. Cashel décida d'aller présenter ses hommages au consul du Royaume-Uni, un certain Alexander Bonson.

Ayant obtenu des indications pour se rendre au consulat, sis à une bonne demi-lieue hors la ville, il se mit en marche sur la route poussiéreuse, sentant sur ses épaules la chaleur du soleil d'automne et regrettant de ne pas s'être muni d'un chapeau de paille. Le crissement monocorde de l'orchestre des cigales battait son plein et le parfum de la résine de pin emplissait l'air. Des enfants déguenillés et pieds nus le suivirent un moment, puis se désintéressèrent de lui. Un chien galeux au pelage crème se montra plus tenace et l'accompagna d'un pas traînant, comme s'il l'avait unilatéralement choisi pour nouveau maître, puis l'attendit patiemment, soudain loyal, assis devant la grille d'entrée du consulat.

Petit trentenaire énergique arborant d'abondantes vagues de cheveux châtains, Alexander Bonson salua fort affablement Cashel, ou plutôt « M. Greville Soutar », et refusa qu'il demeurât plus longtemps dans l'infâme taverne. Il envoya son drogman récupérer les affaires de Cashel, auquel il annonça que le dîner serait servi au coucher du soleil.

Visiblement en mal de compagnie, Bonson souhaitait s'épancher sur les insatisfactions de son poste : ses faibles émoluments de deux cents livres l'an, l'appauvrissement régulier de l'île et plus largement de tout le Dodécanèse, dû à l'augmentation régulière des impôts par la *Sublime Porte**, qui enfonçait la population dans une misère de plus en plus honteuse.

« Avez-vous vu la tour sur le port ? demanda-t-il. Elle s'est écroulée lors d'un séisme en 1851. En 1851, grands dieux ! Personne n'a les moyens de la faire reconstruire. Voilà, c'est tout Rhodes résumé en une image. »

Cashel compatit tout en regardant d'un œil ébahi Bonson sortir un peigne de sa poche et, sans la moindre gêne, le passer dans sa luxuriante chevelure, répétant l'opération deux fois au cours du dîner. Alors que le crépuscule s'épaississait et que les chauves-souris entamaient leur ballet, Cashel sentit l'air fraîchir et son humeur se muer en une inertie contemplative alors qu'il sirotait le vin frais et entêtant servi par Bonson. Ne perdait-il pas son temps ? Ne partait-il pas à l'assaut de moulins à vent ? Malgré tout, il n'arrivait pas à se reprocher son impulsivité.

Il offrit l'un de ses cigares à Bonson et ils allumèrent leurs havanes.

« Soutar, je dois vous avouer que je ne suis pas philhellène, dit le consul. Je m'entends bien mieux avec les Turcs. Le vizir de Smyrne est charmant, très accueillant. Non, je suis tout sauf un lord Byron, je le crains.

– Je l'ai connu, lord Byron, lâcha Cashel sans réfléchir.

– Bonté divine ! Voilà qui est stupéfiant. Quel homme était-il ?

– Une personnalité fort complexe, dirons-nous.

– Me permettez-vous de vous demander votre âge, Soutar ?

– J'ai passé les soixante-dix ans. J'ai fait la connaissance de Byron en 1822.

– C'est extraordinaire. 1822, eh bien ! »

En faisant cette révélation, Cashel eut l'impression de parler d'un autre monde, d'une époque révolue. Il semblait extraordinaire qu'il l'eût traversée.

Bonson passa son peigne dans ses cheveux une fois de plus et le reposa près de sa fourchette.

« Eh bien, l'amour que ce brave Byron avait pour les Grecs ne lui a pas rendu service, en tout cas. »

Ils continuèrent à discuter et, sans entrer dans les détails, Cashel expliqua qu'il visitait le Dodécanèse en tant qu'agent d'une grande société de construction qui cherchait une source fiable de marbre bon marché.

« Il n'y a pas de marbre blanc à Rhodes, hélas, lui apprit Bonson. Il y a bien quelques carrières de-ci de-là, mais la qualité est médiocre.

– Pourrais-je en visiter ?

– Il y en a une à une paire d'heures de cheval d'ici. Je donnerai des instructions pour que mon drogman vous y mène. Voilà de quoi cette île a besoin, Soutar : de commerce. C'est aussi simple que cela. On n'y fait plus de soie ; le vin et l'huile d'olive ne sont pas très bons. La seule activité qui prospère, c'est la récolte d'éponges, et ces satanés Français raflent tout, s'agaça-t-il avant de tirer sur son cigare d'un air pensif. Si votre société pouvait commander régulièrement quelques tonnes de marbre, j'aurais de quoi argumenter pour faire venir des steamers britanniques directement jusqu'ici. Ce n'est pas le cas actuellement, ce qui est fort regrettable. Sinon, il faudrait faire transiter le marbre par Smyrne, ce qui en renchérirait le coût. »

L'idée semblait enthousiasmer Bonson. Cashel opina en souriant et dit prudemment que c'était une idée à creuser.

« Smyrne pourrait vous plaire, affirma Bonson. Je pourrais vous présenter au vizir. J'essaie de m'y rendre environ une fois par mois et l'on y trouve un bordel tout à fait correct, très propre.

– Je m'y arrêterai peut-être sur le chemin du retour.

– Un petit brandy, Soutar ? Je ne saurais vous dire à quel point je suis ravi de votre arrivée. Rentrons donc. »

Ils pénétrèrent dans le salon haut de plafond et aux murs blancs, même si Cashel éprouvait quelque réticence à quitter la terrasse, la douceur nocturne, séduisante et fraîche, et les trilles des criquets qui lui rappelaient l'Afrique. Les souvenirs remontaient.

Il s'assit et Bonson lui tendit un brandy.

« Soutar… Je perçois des intonations écossaises dans votre voix…

– Je suis né en Écosse, mais j'ai grandi en Irlande.

– On ne se débarrasse jamais d'un accent écossais, paraît-il. Jamais. Malgré tous ses efforts. »

Se sentant fort aise avec son cigare et son digestif, Cashel raconta à Bonson sa dispute avec Byron à propos de l'accent écossais du poète.

« Byron serait né à Aberdeen ? En êtes-vous sûr ? Fichtre ! Vous devriez consigner tout cela par écrit, Soutar, c'est fascinant. »

***

Le drogman de Bonson était un jeune Smyrniote d'une vingtaine d'années avec de grands yeux noisette et un bouc filandreux. Ferkan – c'était son prénom – parlait couramment turc et grec, correctement anglais, modestement français et italien, et se faisait comprendre en ladino. Le drogman idéal pour Bonson.

Cashel et Ferkan se mirent en route le matin pour un trajet facile de deux heures depuis Rhodes jusqu'à la carrière de Glymphonos. La journée semblait vibrer de bleu dès qu'ils approchaient de la mer – c'en était presque douloureux pour les yeux. Quand ils bifurquèrent vers l'intérieur de l'île, le blanc immaculé des grands nuages ascensionnels eut pour effet d'accentuer encore l'azur du ciel. Le paysage se fit plus rude et vallonné. Le chemin qu'ils suivaient s'enroulait autour de profonds ravins dans une atmosphère saturée de l'odeur des pins qui tapissaient les collines parmi des cyprès, des myrtes et des figuiers sauvages. Au long du trajet, ils passèrent à côté d'oliveraies séculaires où la récolte s'entassait en monticules.

« N'est-il pas gênant de laisser les olives ainsi au sol ? demanda Cashel.

– Oui, pas bon, répondit Ferkan. Pas bon pour faire l'huile. Trop de terre dedans.

– Pourquoi ne les pressent-ils pas ?

– Il n'y a pas le marché. Personne ne veut cette huile. »

À midi, ils firent halte à l'ombre d'un pin parasol et déjeunèrent de pain et de fromage à pâte dure en buvant un vin blanc aigrelet à même une outre. Le soleil d'automne rayonnait d'une chaleur idéale. Les hirondelles et les martinets volaient bas et plongeaient en piqué dans le maquis. Au loin résonnait le tintement monotone d'une cloche – un berger traversait la vallée en contrebas avec ses chèvres.

« Vous voulez voir que le marbre ? demanda Ferkan.

– Pourquoi ? Y a-t-il autre chose à voir ?

– Maintenant vous êtes venu ici, à Glymphonos, il y a l'acropole.

– Vraiment ? Une acropole ?

– Grande. C'est là M. Bonson il creuse.

– Je serais ravi de la visiter. »

Une fois à la carrière, Cashel découvrit enfin le marbre gris veiné d'orange. Par le truchement de Ferkan, le contremaître lui expliqua qu'il était très comparable à celui de Latmos, quoique de meilleure qualité. Cashel prit des notes dans un carnet et fit semblant de s'intéresser. Quelle quantité de marbre pouvait-il fournir ? Y en avait-il assez pour honorer des commandes sur plusieurs années ? En réponse, les habituelles assurances confiantes et optimistes. Et pour le prix ? Il faudrait demander au responsable, à l'entrepôt sur le port.

L'acropole de Glymphonos s'avéra plus impressionnante. Située sur le sommet en plateau d'une colline, près des ruines d'un palais de belle taille, elle comportait plusieurs rangées de hautes colonnes érigées sur d'énormes piédestaux. Tout alentour se dressaient des ruines couvertes de lierre et d'ancolies, parmi lesquelles Cashel aperçut çà et là de profondes tranchées aux bords nets dues à des fouilles.

S'arrêtant à l'aplomb de l'une d'elles, qui mesurait environ quatre pieds de large sur vingt de long, il remarqua des pierres taillées empilées avec soin sur le côté.

« C'est ici que M. Bonson creuse, n'est-ce pas ?

– Il envoie des hommes creuser ici.

– Ils trouvent des choses ?

– Oh oui, beaucoup des choses. »

Ferkan le mena en contrebas de la colline jusqu'à une petite arène formée de plusieurs rangées de sièges incurvées. Ils pénétrèrent dans cette exèdre par un arc de triomphe surmonté d'un unique lion de marbre avec une patte levée, représenté deux fois plus grand que nature. Dès qu'il le vit, Cashel, en proie à une vive émotion, le reconnut. C'était là une sculpture assurément magnifique, dont la jumelle dormait dans une caisse au fond de l'entrepôt douanier du consulat du Nicaragua à Trieste.

Il savait désormais son voyage justifié, mais éprouvait aussi de la colère à l'idée du rôle qu'il avait joué à son insu dans la séparation des deux lions de l'acropole de Glymphonos. Comme en une révélation, il comprit presque aussitôt comment le trafic fonctionnait : Bonson déterrait les antiquités et, l'île étant sous administration ottomane, aucun contrôle ne pesait sur leur exportation clandestine de Rhodes vers la France, puis de la France vers Trieste, et enfin de Trieste vers les États-Unis. Il ne faisait aucun doute que les lions jumeaux seraient bientôt réunis. Cashel estima détenir là toutes les preuves nécessaires. Bonson, Gunning, Mason – sans oublier le consul à Trieste, le naïf qui servait de plaque tournante dans cette opération de vol et de contrebande d'antiquités aussi vaste que bien pensée. Aucune trace ne subsistait, aucune question indiscrète. Et une fois Glymphonos dépouillé de tous ses trésors, il y aurait à l'évidence bien d'autres sites à piller.

De retour en ville au crépuscule, Cashel demanda à Ferkan de l'amener à l'entrepôt où le marbre était conservé. Le trouvant fermé, il décida de revenir le lendemain matin pour se renseigner sur les prix. Lorsqu'il rentra au consulat, Bonson était absent, parti à Symi pour quelques jours, et Cashel dîna donc seul d'un ragoût de chèvre épicé aux olives. Il se coucha tôt, épuisé par sa longue journée en plein soleil.

Le lendemain matin, accompagné de Ferkan, il se rendit à l'entrepôt sur le port. On lui montra des tonnes de marbre gris de Glymphonos ainsi que d'autres types de pierres, au cas où il serait intéressé : du calcaire rouge, de la brèche et ce qui ressemblait à de l'ardoise. Cashel prit scrupuleusement des notes et reçut une liste de tarifs variant selon les quantités commandées.

Il remarqua de grandes portes en bois tout au fond de l'entrepôt, derrière lesquelles résonnait un puissant martèlement de masses frappant des clous.

« Qu'y a-t-il par là ? demanda-t-il à Ferkan.

– Le magasin de M. Bonson », répondit le drogman, qui le fit ouvrir par le contremaître.

La pièce, spacieuse, était aveugle, à l'exception d'une simple lucarne où donnait le soleil. Partout, des rangées de coupes et de statues, sans doute issues des fouilles à l'acropole. Cashel remarqua un retable, des chapiteaux de colonnes corinthiennes empilés, un escalier entier avec sa balustrade et diverses pierres tombales gravées d'inscriptions, mais aussi des statuettes en terre cuite, des dizaines de lampes à huile, des bracelets, des diadèmes, des pièces de monnaie, des casques et des figurines. Il se serait cru dans une aile du British Museum. Çà et là se trouvaient de grandes caisses en bois toutes neuves, entourées de copeaux jonchant le sol. Deux menuisiers s'affairaient à en fabriquer une autre. Ils s'interrompirent à la vue de Cashel et lui sourirent poliment en se redressant.

« Que fait M. Bonson de tout ceci ? demanda-t-il innocemment à Ferkan en désignant d'un geste les objets qui les entouraient.

– Il aide à remplir un musée à Londres, je crois », répondit le drogman en haussant les épaules d'un air indifférent.

Cashel arpenta les rangées de pièces pillées à Glymphonos en s'émerveillant. Il ramassa un fragment d'un pot en terre cuite, sur lequel il distingua le bec d'une créature tenant un poisson dans sa gueule, et, après s'être assuré que Ferkan ne le regardait pas, le glissa dans sa poche. Tous les éléments de son enquête concordaient. Il était temps de rentrer à Trieste. Il ferait en sorte d'être parti bien avant que Bonson ne fût rentré de voyage.

***

Cashel arriva à Trieste début décembre. Quand il posa le pied sur le Molo San Carlo, la bora, ce vent d'hiver descendu des montagnes, soufflait sauvagement dans les rues et sur l'esplanade. Elle s'accrocha à ses basques et le bouscula presque comme pour l'embrasser, comme si la ville se réjouissait de le retrouver. Ignatz l'attendait sur le quai, la main plaquée sur le sommet de son chapeau. Il chargea prestement les bagages de Cashel dans un fiacre et ils rentrèrent Via Vecker.

Le lendemain matin, ils se rendirent à l'entrepôt, Cashel éprouvant un besoin presque superstitieux de revoir le lion qui avait été arraché à l'arc de l'exèdre à Glymphonos. Il était bien là, constituant l'ultime preuve dont il avait besoin. Cashel était devenu son meilleur témoin.

« Il faut dûment l'enregistrer pour qu'il serve de preuve, Ignatz. Nous devons le faire photographier. »

Le photographe, un jeune homme dépourvu d'humour et tout guindé dans son costume étriqué, se présenta comme convenu dans l'après-midi et prit un cliché du lion, puis un autre de la caisse. Cashel demanda dix tirages de chaque, sans bien savoir pourquoi : un seul suffirait pour prouver la profanation du site, mais il voulait se prémunir contre toute éventualité. Il en donnerait quelques-uns à Ignatz et déposerait les autres à sa banque.

« Qu'allez-vous faire des photographies ? demanda Ignatz.

– Je ne sais trop. C'est une sorte de protection, je crois. De preuve. Il faut nous protéger, Ignatz. »

Il supposait que le second lion ne tarderait pas à arriver pour former une paire parfaite flanquant l'entrée d'une belle demeure du Maine ou du Connecticut. Mais que faire de ces preuves ? Qui les apprécierait le plus ? Pas la *Sublime Porte** ni ses émissaires, qui se moquaient des antiquités grecques tant ils en avaient chez eux. Le grand ami de Bonson, le vizir de Smyrne, touchait sans doute sa commission sur le trafic. Le nouveau gouvernement de la Grèce indépendante, peut-être ? Le gouvernement britannique ? Les douanes américaines ? Qui Mason et Gunning craindraient-ils le plus ? Il était face à un dilemme : il se sentait comme un procureur ayant identifié les coupables d'un crime et en détenant toutes les preuves à charge, mais sans tribunal devant lequel les traduire.

Puis, peu avant la fin de l'année, Cashel reçut une invitation officielle imprimée sur bristol :

Le capitaine Richard Burton, consul de Sa Majesté pour Trieste et le Littoral autrichien, vous prie de l'honorer de votre présence à l'occasion de sa prise de fonction. À l'Hôtel de la Ville, Riva Carciotti, Trieste, le mercredi 18 décembre 1872 à 6 heures du soir.

Burton à Trieste. Voilà qui était proprement ahurissant… Cashel accepta par retour.

Burton et son épouse Isabel avaient réservé le plus petit des deux salons de réception de l'hôtel. Un quatuor à cordes jouait dans un coin, un buffet proposait tout un assortiment de canapés, des serveurs circulaient avec des plateaux chargés de coupes de champagne. Tous les consuls en poste à Trieste avaient répondu présent, ainsi que l'essentiel du personnel de l'office du gouverneur.

Cashel parvint à entrer sans se faire remarquer et à circuler avant d'aller se présenter à ses hôtes, Burton et madame, entourés de différents diplomates et dignitaires. Le temps avait passé depuis Bath et le décès de Speke, mais Cashel trouva que Burton n'avait guère changé : certes, sa barbe de chaman avait disparu, et ne demeurait que le circonflexe touffu de ses moustaches tombantes. Avec son teint basané et sa large carrure, il exsudait toujours cette aura particulière de narcissisme et d'amour-propre ombrageux. Cashel attendit que Mme Burton se fût éloignée pour s'approcher.

« Bonsoir, Burton. Je ne sais pas si vous me remettez. Cashel Ross.

– Grands dieux, Ross ! »

Burton était sincèrement surpris, secoué, presque comme à la vue d'un spectre. Puis il se reprit.

« Ross, pour l'amour de Dieu, vous ici ! Que faites-vous à Trieste ? Je ne saurais dire à quel point je suis heureux de vous revoir. »

Cashel lui expliqua son nouveau rôle de consul du Nicaragua. Burton semblait connaître le pays, ayant été lui-même consul à Santos au Brésil et ayant beaucoup voyagé en Amérique du Sud.

« Mais cela amène forcément la question suivante : pourquoi un petit pays d'Amérique centrale a-t-il besoin d'un consul dans un endroit comme Trieste ?

– La question est en effet légitime, or il se trouve que je détiens la réponse, dit Cashel. Peut-être pourrions-nous en parler quand vous serez installé.

– Bien sûr. Nous résidons dans cet hôtel. Nous occupons une très belle suite et nous n'avons aucune intention d'en partir. »

Peu après le nouvel an, Cashel retrouva Burton au Caffè degli Specchi sur la Piazza Grande. Ils commencèrent par évoquer la mort de Speke.

« Un suicide, à l'évidence, affirma Burton catégoriquement.

– Mais Speke était un tireur émérite, rompu à toutes les armes à feu, carabine ou fusil de chasse. »

Cashel regretta de s'être lancé dans cette contre-argumentation en constatant que Burton ne se résoudrait jamais à l'accepter sans répliquer.

« Ce qui rend le suicide d'autant plus probable ! Il n'avait pas le courage de me tenir tête dans un débat qu'il aurait perdu, et il s'est donc tué, assena Burton avant de se lever pour mimer la scène en utilisant sa canne comme accessoire. Ça, c'est le fusil de Speke. Il arme l'un des deux canons ainsi. Clic. Il coince le fusil sous son aisselle et il tape la crosse un grand coup contre une pierre ou une racine d'arbre. "Pan !" Cela ressemble à un accident, mais ce n'en est pas un.

– Je vois ce que vous voulez dire », répondit prudemment Cashel.

Il trouvait rassurant que la version de Burton fût plausible, même s'il restait convaincu qu'elle ne correspondait pas à ce qui s'était passé cet après-midi-là.

« Speke avait tort et il en était conscient, reprit Burton en se rasseyant. C'est ce qui explique aussi son suicide.

– Tort sur quoi ?

– Sur les sources du Nil. »

Cashel ne réagit pas et changea de sujet[2].

« Burton, j'ai besoin de votre conseil, dit-il en lui montrant une photographie du lion sculpté. Mon consulat et moi-même sommes mêlés bien malgré nous à un trafic d'antiquités grecques à destination des États-Unis. »

Il expliqua la provenance du lion.

« Le consul britannique à Rhodes, un certain Alexander Bonson, est impliqué dans ce réseau criminel, poursuivit-il en choisissant délibérément l'adjectif. C'est lui qui fournit les pièces, puis

2. En fait, Speke n'avait pas tort, contrairement à Burton. Son affirmation selon laquelle le lac Victoria et les chutes Ripon constituaient les sources du Nil Blanc a été prouvée de manière définitive par Henry Morgan Stanley en 1876. Incidemment, Cashel avait fait la même affirmation à propos de son lac Oukéréoué et des chutes Ross, avant Speke. C'est pourtant Speke qui a récolté la gloire et sa place dans l'histoire.

un autre Anglais et un Américain se chargent du transport et de la vente. Quant à moi, je suis l'intermédiaire crédule et ignorant. Tout passe par Trieste avant d'être réexpédié par mes soins, sous sceau de douane, avec tous les documents officiels sous l'appellation “marbre de pavage”. C'est très malin, je le reconnais.

– Le consul britannique à Rhodes ? répéta Burton en accusant le coup. Vous en êtes certain ?

– Je m'y suis rendu en personne, je l'ai rencontré, j'ai vu les excavations à Glymphonos et l'arc de triomphe où trônait le lion qui se trouve à présent dans notre entrepôt à quelques pas d'ici, ajouta-t-il en tapotant la photo. Il y en a un autre sur l'arc avec lequel il forme paire. Je gage qu'il ne tardera pas à arriver jusqu'à moi.

– Tudieu ! s'exclama Burton, l'air grave. Votre problème, Ross, c'est que vous êtes mêlé à une conspiration qui vous dépasse.

– À mon insu. Quand j'ai découvert l'affaire, j'ai entamé un inventaire de tout ce qui passait par moi. La moindre pièce. Je regrette de n'avoir pas fait prendre plus de photographies. »

Burton se lissa la moustache entre le pouce et l'index en faisant de petits bruits avec les lèvres.

« Il n'y a qu'une issue : couchez tout cela par écrit et envoyez le dossier accompagné de cette photographie au ministre des Affaires étrangères à Londres, George Gower. Je le connais, ainsi que le secrétaire général du ministère, Edmund Hammond. Nul doute que le consul sera relevé de ses fonctions. Quel est son nom, déjà ?

– Bonson.

– Il sera rappelé à Londres, il se fera sévèrement tancer, sa carrière sera terminée et il finira sans doute en prison. Mais cela mettra un terme au trafic, comprenez-vous ? Bonson est le maillon faible de la chaîne parce qu'il fournit les antiquités. Les deux autres sont de simples escrocs qui s'empresseront de s'évaporer dans la nature dès qu'ils comprendront que leur petit jeu a été éventé. Ils tenteront peut-être de le relancer ailleurs, bien sûr, mais il leur sera difficile de trouver un consul corruptible une fois que l'affaire aura éclaté. Superbe travail d'enquête, Ross ! dit-il avec une admiration non feinte. Vous gâchez vos talents au service du Nicaragua. »

Il commanda une carafe de vin et consacra encore une heure à Cashel afin de l'aider à rédiger l'accablante lettre d'accusation.

Cashel peaufina son récit du trafic d'antiquités en incluant tous les détails dont il disposait, et y ajouta son inventaire et la photographie. Il ne mentionna pas son propre rôle dans l'opération, se bornant à indiquer que Bonson en était la source.

Avec l'aval de Burton, il jugea plus sage de ne pas procéder à l'expédition du lion, au risque d'éveiller les soupçons des trafiquants lorsqu'ils ne le verraient pas arriver. Et de fait, il nota avec intérêt qu'aucune livraison n'eut lieu en février ni en mars.

Il ne pouvait décemment pas écrire à Mason pour lui demander ce qui se passait. Burton se renseigna discrètement sur Bonson et découvrit qu'il était toujours bien en poste à Rhodes. Il suffisait d'attendre. Les rouages judiciaires du ministère des Affaires étrangères mettaient du temps à s'enclencher.

Cashel et Burton se voyaient à l'occasion. La compagnie de Burton était stimulante, tant les aventures extraordinaires qu'il avait vécues renvoyaient celles de Cashel à des jeux de cour d'école. Régulièrement, les mêmes questions revenaient : les sources du Nil, les théories bizarres de Livingstone sur les montagnes de la Lune, la chronologie exacte des faits et gestes de Speke le jour de sa mort. Cashel restait sur son quant-à-soi. Il aurait voulu que Burton consultât directement son ami George Gower pour savoir où en était leur affaire, car il commençait à craindre qu'elle n'eût été balayée sous un tapis du ministère des Affaires étrangères, mais Burton rechignait. Il estimait qu'il n'était déjà pas dans les bonnes grâces du ministre en ce moment, et ne voulait pas qu'on l'accusât de faire preuve de jalousie professionnelle.

Les livraisons ayant cessé, Cashel se trouvait désœuvré à Trieste. Or – et ceci ne manquait pas de l'inquiéter – ses émoluments trimestriels continuaient de lui parvenir comme si de rien n'était, sous forme de chèques de voyage émis par la London Exchange Banking Company, qui semblait une institution tout à fait sérieuse. Par précaution, il décida malgré tout qu'Ignatz et lui devraient réduire leur train de vie. Ils se défirent de l'écurie, de la voiture et des chevaux, se limitèrent à une seule sortie hebdomadaire au théâtre et se cantonnèrent aux établissements bon marché de la vieille ville quand ils sortaient dîner.

Toutefois, il lui arrivait de recevoir au consulat. Isabel Burton, fervente catholique, se prit d'affection pour lui quand elle découvrit qu'il s'était converti. Alors qu'elle lui avait précédemment battu froid, comme si les histoires entre Cashel et son époux ne la regardaient pas ou la laissaient du moins indifférente, elle se mit à le considérer comme une sorte de confident. Elle lui fit part de l'amertume causée à Burton par ses déceptions professionnelles – les collègues qui se retournaient contre lui (à commencer par Speke, ce rat à face humaine), les affectations indignes de son statut, les jalousies qu'il semblait susciter –, ainsi que de graves problèmes de santé dont il paraissait ne jamais se plaindre – des tumeurs qui se développaient à l'aine et sur le dos et qu'il fallait retirer sans chloroforme. Cashel compatissait.

Alors qu'ils dînaient tous ensemble un soir Via Vecker, ils entendirent tambouriner à la porte du consulat au rez-de-chaussée. Cashel envoya Ignatz se renseigner et informer le visiteur qu'il faudrait repasser aux heures d'ouverture. Ignatz revint quelques instants plus tard, l'air alarmé.

« C'est M. Mason, monsieur. Il dit que c'est urgent. »

Cashel pria la compagnie de l'excuser et descendit au bureau. Il alluma une lampe à pétrole et ouvrit la porte. Brooke Mason se tenait devant lui. Il semblait harassé, nerveux, à peine capable d'esquisser un sourire.

« Ah, Ross ! Dieu merci, vous êtes là. Nous avons un petit problème. »

Il entra dans la pièce sans refermer la porte et regarda autour de lui.

« Une carte du Nicaragua, dit-il en apercevant la grande affiche qui occupait presque un mur entier. J'aime bien. C'est joli.

– Mason, j'ai des invités à l'étage, alors…

– Désolé, désolé. J'aurais besoin que vous hébergiez quelqu'un ici pendant quelques jours. Incognito. Il a de menus soucis. Et c'est très urgent. »

D'un geste, il désigna un fiacre, rideaux tirés, qui attendait dans la rue.

« C'est un ami à moi qui a besoin de se faire discret pendant quelques jours. Il a de menus soucis, répéta Mason. Il partira dès que j'aurai fait ma petite enquête. »

Cashel voyait bien que, sous son air bravache, Mason était au bord de la panique.

« D'accord. Nous avons de nombreuses chambres libres au dernier étage. Personne ne saura qu'il est ici. »

Mason ressortit sur le seuil, mit ses deux index dans la bouche et lança un sifflement étonnamment puissant et aigu, tel un berger dirigeant son chien. Cashel vit une silhouette descendre du fiacre et emprunter d'un pas pressé le chemin menant au consulat.

« Qu'entendez-vous par "de menus soucis", si je puis me permettre ? » demanda posément Cashel.

Ce fut à cet instant qu'entra Alexander Bonson.

« Ah, Bonson ! fit Mason. Voici votre bon samaritain. Je vous présente le consul Cashel Ross. »

À l'évidence, Mason perçut l'onde de choc qui se propagea dans la pièce lorsque Cashel et Bonson se dévisagèrent d'un œil médusé. La luxuriante chevelure de Bonson était grasse et en bataille. Il était mal rasé et semblait épuisé.

« Cet homme s'appelle Greville Soutar, affirma-t-il.

– Pas du tout, il s'appelle…

– C'est le salopard d'Écossais qui m'a dénoncé ! Le fumier qui est venu à Rhodes !

– Vous feriez mieux de partir, tous les deux, dit Cashel avant de désigner Bonson du doigt. Cet homme est un voleur et un criminel. Je ne veux pas avoir affaire à lui. »

Brooke Mason demeura immobile un instant, tête baissée, puis se tourna et alla se planter devant Cashel.

« Qu'avez-vous donc fait, Ross ? demanda-t-il sans hausser le ton. C'était vous ? Avez-vous la moindre idée de ce que cela va nous valoir ?

– Ross, tout va bien ? s'enquit Burton en entrant dans le bureau depuis le hall après avoir descendu l'escalier avec Ignatz sur ses talons, un tisonnier à la main. Ces messieurs vous importunent-ils ? ajouta-t-il, un étrange sourire carnassier aux lèvres.

– Allons-nous-en, Mason, dit Bonson. C'est un désastre. »

Mason se tourna de nouveau vers Cashel et pointa le doigt vers lui.

« Vous ne perdez rien pour attendre, Ross. Vous en paierez le prix et pas qu'un peu, croyez-moi. »

Les deux hommes sortirent et disparurent dans la nuit. Cashel referma et verrouilla la porte derrière eux. Il entendit le son des sabots ferrés sur le pavé et le bruit du fiacre qui tourna dans la rue.

« Étaient-ce là vos estimés collègues du commerce d'antiquités ? demanda Burton.

– Tout juste. Le petit, c'était Bonson. Des collègues moyennement ravis, cependant. »

Cashel souriait, très satisfait de lui-même. À l'évidence, son courrier à George Gower avait produit son effet. C'était la débandade la plus complète. Magnifique résultat.

« Et si nous retournions dîner ? Mme Burton risque de se demander où nous sommes passés. »

***

En deux jours, Cashel ferma le consulat et mit un terme au bail de la Via Vecker. Son ultime acte en tant que consul de la république du Nicaragua fut d'autoriser deux nouveaux passeports diplomatiques, au nom de Michael Finnegan et de Sextius Perce.

Sous ces pseudonymes[3], Cashel et Ignatz prirent des chambres à l'Hôtel de la Ville.

Dès lors, Cashel et Burton se virent tous les jours. Burton se réjouissait visiblement de toute cette aventure, de tout ce *Sturm und Drang* qui, disait-il, donnait du piquant à sa morne existence. Grâce à ses contacts aux Affaires étrangères, il put découvrir que, si Bonson avait bien été rappelé à Londres, il ne s'y était pas présenté et avait, en conséquence, été officiellement relevé de son poste de consul du Royaume-Uni à Rhodes. Il s'était purement et simplement volatilisé, et personne ne savait où il pouvait bien se trouver.

Cashel mena Burton jusqu'à l'entrepôt et lui montra le superbe lion sculpté, leur preuve tangible. Burton trouva même dans sa bibliothèque une estampe du XVIIIe siècle représentant l'arc de triomphe de l'exèdre de Glymphonos et ses deux lions géants.

« C'en est fini de lui, Ross, dit Burton au cours d'une de leurs conversations matinales à l'hôtel. Bonson passera le reste de sa misérable existence en cavale sous un faux nom en Belgique ou en Scandinavie. Votre vrai problème, ce n'est plus lui ; ce sont les deux autres. D'une part, vous leur avez sans doute coûté une fortune colossale ; d'autre part, et c'est tout aussi important, vous en savez trop. Je pressens au plus profond de moi qu'ils vont vouloir se venger de vous. À votre place, je quitterais Trieste sur-le-champ. Partez pour Damas, j'y ai des amis sûrs. Vous y vivrez comme un roi pour une livre par semaine. »

Cashel éprouvait une étrange réticence à s'enfuir et à se cacher. Il n'était pas convaincu que Mason et Gunning chercheraient à le retrouver. Tant qu'il demeurait sous le joug ottoman, l'archipel du Dodécanèse tout entier offrait de multiples possibilités de pillage et d'exploitation. Certes, Bonson avait constitué un atout précieux à Rhodes, mais il y aurait bien d'autres intermédiaires

3. Michael Finnegan est le nom d'un personnage maladroit d'une chanson populaire irlandaise que Cashel aurait apprise et chantée dans son école de Castlemountallen. Quant à Sextius Perce, c'est une version latinisée de Sancho Pança.

sur d'autres îles. Et il n'était guère difficile de trouver un hangar en zone franche dans un port de la Méditerranée.

Mais Burton lui adressa un autre avertissement. Il avait pu examiner les « lettres de délégation » de la république du Nicaragua.

« Vous comprenez bien qu'elles ont été délivrées de manière posthume par un président fusillé par un peloton d'exécution en 1860.

– Je connais l'histoire de William Walker, effectivement. Mais, selon Mason, ces lettres sont toujours parfaitement valables.

– J'ignore comment elles ont pu être validées par l'office du gouverneur. C'est sans doute parce que personne ne savait où se trouve le Nicaragua. Quoi qu'il en soit, cela donne l'impression que vous faites partie de la combine. Vous, Mason, Bonson, et l'autre, là, le Yankee…

– Gunning. Waldo Gunning.

– Si j'étais vous, je ne m'attarderais pas, Ross. Ces deux-là savent que vous êtes sans doute toujours à Trieste. Ils vont vous traquer. Ou bien ils iront informer les Autrichiens que vous êtes un diplomate de pacotille. Et ce sont ces derniers qui vous arrêteront. »

Cet avertissement perturba Cashel, qui ordonna à Ignatz de préparer leurs malles et de se tenir prêt à décamper à tout instant[4]. Il commença à envisager un retour aux États-Unis. Sauf que Gunning était américain… L'Angleterre était peut-être plus sûre. Il irait à Londres ou à Oxford.

Un soir, il retourna prudemment au consulat car il avait reçu un message lui indiquant qu'un représentant du propriétaire souhaitait lui rendre la caution déposée lors de la signature du bail. Mais, curieusement, personne ne l'attendait. Armé de son couteau de poche, il dévissa la petite plaque émaillée près de la porte

4. Cashel remit à Burton les clés de l'entrepôt et lui dit de faire ce que bon lui semblait de la sculpture. Burton l'expédia au British Museum comme « don anonyme ». Le « Lion de Glymphonos » est toujours visible dans la salle n° 13 du Département des antiquités gréco-romaines.

– *Konsulat der Republik Nicaragua* – pour garder un souvenir de sa carrière diplomatique. Encore un chapitre qui se referme, pensa-t-il. Où donc lui et son fidèle Sancho Pança allaient-ils bien pouvoir se retrouver après cela ?

Il rentra à l'hôtel en prenant volontairement des chemins détournés. Pourquoi le propriétaire ou son homme de confiance n'avait-il pas honoré ce rendez-vous qu'il avait sollicité ? Et l'argent qui lui était dû ? C'était gênant. Il se faisait tard et les magasins étaient fermés, mais les tavernes de la vieille ville restaient animées et bruyantes, les voix fortes des buveurs se répandant jusque dans les rues.

Il traversa sans s'exposer à la lueur des becs de gaz, soudain conscient d'un bruit de pas derrière lui. Il s'enfonça sous un porche et regarda alentour. Personne. Un ivrogne sortit d'un pas titubant d'une taverne en beuglant une chanson. Les vendredis de Trieste, pensa Cashel.

« Ross ! »

Il entendit qu'on l'appelait, mais ne répondit pas et s'engouffra dans une allée sombre.

Ce fut alors que résonna le bruit sourd d'une détonation et qu'un morceau de plâtre fut délogé du mur près de son épaule. Cashel accéléra encore le pas et se dirigea vers un petit attroupement à l'extérieur d'une taverne. Une foule, c'est la sécurité, se disait-il. Un autre coup de feu retentit. Cashel s'accroupit. Des cris s'élevèrent des tavernes, où les tirs avaient été entendus. De tels incidents n'étaient pas rares à Trieste. Les irrédentistes italiens y étaient des adeptes de l'assassinat et de la vengeance.

Cashel se redressa, puis se mit à courir et entendit un nouveau tir. Quelqu'un hurla, atteint par la balle perdue. Cashel se réfugia dans une allée et regarda discrètement au coin du mur.

Les clients des tavernes s'étaient dispersés dans la rue, furieux et outrés, à la recherche du tireur. Cashel vit s'enfuir un homme vêtu d'un grand manteau noir que les consommateurs furibonds montraient du doigt. Des bouteilles et des chopes en étain volèrent tandis qu'on transportait le blessé à l'intérieur.

Le fuyard avait paru corpulent et gauche à Cashel. C'était Gunning, pas Mason, se dit-il. Mais Mason avait dû arranger le faux rendez-vous et Gunning avait filé Cashel depuis le consulat.

Cashel profita de la confusion générale pour disparaître. Burton avait vu juste : ils avaient décidé de le traquer. On lui avait tiré dessus et un badaud innocent venait d'être blessé. Il y aurait une enquête. Il était temps de prendre le large.

Ce soir-là, Cashel et Ignatz quittèrent Trieste en train. La page du consulat était bel et bien tournée.

Livre quinzième

La gondole courut sur son erre puissante pour passer sous le pont du Rialto, puis poursuivit sur le Grand Canal. Cashel se cala dans son confortable siège de cuir en songeant que se trouver à Venise sur une gondole par une journée du début de l'été comptait sans nul doute parmi les plaisirs les plus intenses et sophistiqués que le monde pût offrir. Combien de fois s'était-il fait la même réflexion au fil des années qu'il avait passées dans cette ville ? Combien de millions de visiteurs s'étaient fait la même réflexion au fil des siècles ? Elle était d'autant plus juste qu'on se la faisait régulièrement et spontanément, se dit-il, et il ne doutait pas qu'il se la ferait encore la prochaine fois qu'il voguerait sur le canal.

Il ralluma son cigare et contempla les façades des *palazzi* qui défilaient sous ses yeux, ressentant l'illusion éphémère qu'ils étaient en mouvement et lui-même immobile. Il se remémora alors une expression : « la cité des palais vides »… À qui la devait-on ? C'était non moins vrai. La beauté du lieu avait quelque chose de menaçant, de décadent au sens propre du terme. En observant chaque rive du canal, l'on percevait aisément que la ville était en état de décomposition : les bâtiments noirs d'humidité et de moisissures, les herbes folles qui jaillissaient des fissures dans les murs. Il avait noté la même chose à Rhodes, se rappelait-il, cette impression que les constructions étaient faites de matériaux mous et malléables, de massepain ou de pâte feuilletée, tant elles semblaient fragiles et dangereusement poreuses, comme si l'eau qui léchait leurs pilotis les aspirait vers le fond de la lagune limoneuse.

Il flatta sa barbe et tira doucement sur la pointe, mais se le reprocha aussitôt : c'était un tic dont il essayait de se départir, cette manière de se caresser. Il s'était laissé pousser la barbe, pour la seconde fois de sa vie seulement, quand il était venu se cacher à Venise bien des années plus tôt. À l'époque, cela lui avait semblé une précaution raisonnable, un déguisement presque instantané, plus qu'une décision pragmatique comme durant son expédition en Afrique. Sa barbe était à présent drue et blanche comme ses cheveux, et il s'était habitué au patriarche chenu qu'il voyait dans le miroir chaque matin.

Il jeta un coup d'œil aux journaux sur ses genoux : le *Times*, le *New York Herald*, *L'Intransigeant*. Tous les lundis matin, il se rendait à la gare et glissait quelques pièces à un porteur de ses connaissances, Alessandro, qui récupérait les journaux étrangers abandonnés à bord des trains quand les passagers en descendaient et les revendait après les avoir repassés et repliés proprement. Bien sûr, ils dataient toujours de quelques jours, parfois d'une semaine, mais, grâce à eux, Cashel gardait le contact avec le monde qui lui importait au-delà de Venise. Il ne quittait l'île que très rarement. Il lui était même arrivé de passer deux ans avant de mettre le pied sur le continent, à Mestre. À Venise, rien de plus simple que d'oublier le monde et ses bruyants aléas au-delà de la lagune.

Il chaussa ses besicles et ouvrit le *Times*. Il parvint à lire quelques lignes à propos des répercussions des meurtres de Phoenix Park à Dublin qui n'en finissaient pas. Lord Cavendish et – comment déjà ? Ah oui – Burke, poignardés par des nationalistes. Phoenix Park, Dublin. Cela lui rappela l'Irlande et Stillwell Court. Qui occupait la demeure aujourd'hui ? Ah, ces associations d'idées qui soudain faisaient remonter les souvenirs ! C'était bon signe, son cerveau fonctionnait bien, restait actif. Il passa d'autres titres en revue, mais, la brise s'étant intensifiée, le journal ne cessait de se rabattre et de claquer dans ses mains. Il le replia et le posa à côté de lui.

La gondole le déposa à la jetée en bois au bout de la Riva del Carbon. Il donna un pourboire au gondolier, qui l'aida à sortir de l'embarcation. Il le connaissait, comme tant d'autres désormais.

« *Grazie, Signor Finnegan.*
– *Prego, Federico.* »

Il claudiqua jusqu'à l'étroite *fondamenta* qui courait le long du Rio di San Salvadore et le mènerait jusqu'à son foyer vénitien, délabré lui aussi, la Casa Alberoni, où il occupait un grand meublé au premier étage, bien situé mais au loyer divisé par deux car il n'offrait pas de vue sur le Grand Canal.

Grognant sous l'effort, il poussa les lourds vantaux en bois de la porte d'entrée et eut l'impression fugitive d'être un vieillard affaibli. Ces panneaux sont d'un poids ridicule ! ronchonna-t-il, à court d'haleine, avant de monter l'escalier de marbre jusqu'au *piano nobile*, où se trouvaient ses appartements. Son genou gauche l'élançait aujourd'hui sans qu'il sût pourquoi, et l'apparition de cet essoufflement subit au moindre effort l'inquiétait quelque peu.

Pourtant, il s'était senti en forme tout au long de sa huitième décennie, très en forme même, pour son âge, comme si la robustesse relative de son corps de vieillard était venue compenser les souffrances qu'il avait endurées à Zanzibar. Mais, depuis qu'il avait fêté ses quatre-vingts ans, il avait pris conscience de son déclin physique, lent mais indéniable. Il n'était pas trop gros – il avait deux jarrets maigrichons en guise de jambes –, même si sa bedaine de vieil homme l'avait contraint à faire élargir ses gilets. Il marqua une pause sur le palier pour reprendre son souffle. Quoi de plus naturel ? se dit-il. À quatre-vingts ans, on est déjà trop vieux, alors à quatre-vingt-deux… Toutefois, contre cette impression de sentir son corps faiblir au premier effort l'on ne pouvait rien faire, évidemment, à part s'ôter la vie. Le prix d'une longue existence : la fatigue. Peut-être l'ultime réconfort de l'homme résidait-il dans le fait que la déchéance physique le préparait à accueillir la mort – c'était la fin d'un combat quotidien, l'acceptation de l'oubli.

Il chassa ces pensées morbides en ouvrant la grande porte de son logement, pénétra dans l'entrée et accrocha son chapeau et son manteau à une patère. Hauts plafonds, sols de marbre toujours un peu froids même en plein été, et cette humidité qui remontait sans cesse, malgré tous les poêles et les cheminées en activité.

C'étaient pourtant les appartements les plus somptueux qu'il eût jamais occupés, aux proportions palatiales. Au-dessus vivaient un couturier et sa famille, et encore au-dessus un tailleur de pierre, sa jeune épouse et leur bébé pleurnichard, dont Cashel ne connaissait toujours pas le sexe.

Il passa la tête dans le grand salon. Assise au coin du feu, Nessa reprisait l'une de ses chemises. Elle leva les yeux de son ouvrage et lui sourit.

« Je suis rentré, annonça-t-il de façon redondante.

– Quelles sont les nouvelles ? »

Elle gardait son fort accent de Boston, qui rappela à Cashel un titre qu'il venait de lire dans les journaux.

« L'assassin du président Garfield a été exécuté par pendaison.

– Fort bien.

– Je savais que cela te ferait plaisir, répondit-il en regardant autour de lui. Où est Ignatz ?

– Il est allé au marché du Rialto. »

Il leva la main en signe d'acquiescement et se dirigea vers sa chambre, l'esprit de nouveau traversé par l'intuition qu'Ignatz et Nessa entretenaient une liaison. Une liaison charnelle. Il ignorait pourquoi il s'en était convaincu car il n'en avait pas la moindre preuve, mais cette idée revenait le titiller sans cesse. Et quand bien même ce serait le cas ? À ce stade de leur vie, cette expérience s'avérait peut-être bénéfique. Pourtant, en sa présence, ils respectaient scrupuleusement les convenances. Elle l'appelait « Ignatz », il lui donnait du « madame Corcoran » ou simplement « madame ». Mais Cashel décelait entre eux une intimité sous-jacente, il en était sûr. Que se passait-il quand il quittait les lieux ?

Une fois dans sa vaste chambre, meublée d'un lit haut, de deux canapés, d'un grand bureau près de la fenêtre et de plusieurs bibliothèques, il passa derrière un paravent, baissa son pantalon et urina dans sa chaise percée. Il vérifia : tout paraissait bien aller. Les traces de sang qu'il avait repérées le mois précédent semblaient ne pas avoir reparu. Il y avait une salle d'eau équipée de toilettes entre la chambre de Nessa et celle d'Ignatz, mais il éprouvait une immense gêne quand il les utilisait. Ignatz ou Solferina, leur femme de chambre, se chargeaient discrètement de vider son pot de chambre. Les vieilles habitudes restaient ancrées en lui, après tout.

Il s'installa à son bureau et chaussa ses lunettes en remarquant qu'il peinait à accommoder. Il lui faudrait de nouveaux verres. Il étala le *Times* sur sa table, s'empara de sa loupe et se mit à parcourir les colonnes à la une, tapisserie de petites annonces minuscules. Elle était bien là. Chaque numéro du *Times* récupéré auprès d'Alessandro à la gare comportait la même annonce, qui paraissait depuis des années et devait être payée quotidiennement.

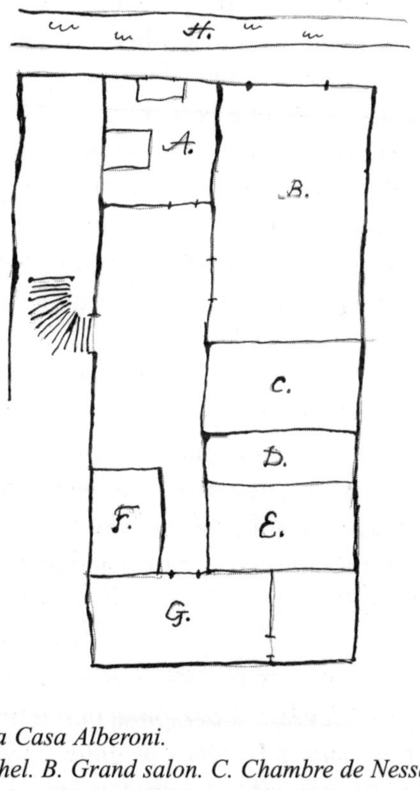

L'appartement de la Casa Alberoni.
A. Chambre de Cashel. B. Grand salon. C. Chambre de Nessa. D. Salle d'eau et toilettes. E. Chambre d'Ignatz. F. Chambre de la bonne. G. Cuisine/arrière-cuisine. H. Rio di San Salvadore et sa fondamenta.

CHERCHONS À LOCALISER NOTRE TRÈS CHER FRÈRE CASHEL GREVILLE ROSS, ANCIEN CONSUL À TRIESTE EN AUTRICHE. IMPORTANTE RÉCOMPENSE POUR TOUTE INFORMATION.

C'était là tout le texte, accompagné d'un numéro de boîte postale pour contact. Bien sûr, les auteurs en étaient Mason et Gunning, qui le recherchaient toujours après toutes ces années et ne semblaient pas disposés à le laisser leur échapper. En un sens, il se réjouissait de la lire car elle prouvait qu'ils n'avaient aucune idée de l'endroit où il se trouvait. Le jour où elle ne paraîtrait plus, il devrait abandonner Venise et se mettre en quête d'une autre cachette.

Quand il avait quitté Trieste en compagnie d'Ignatz, Cashel avait d'abord envisagé de fuir le plus loin possible, d'accepter l'offre de Burton, même. Il avait un temps pensé au Cap, voire à l'Australie, mais, alors que leur train approchait de Venise, il avait eu une inspiration subite : Mason et Gunning s'attendent à ce que je m'exile au bout du monde, alors pourquoi ne pas rester tout près, au contraire ? Venise était une île où se massaient des habitations de toutes sortes, un bon endroit pour se fondre dans la masse. Il ne serait pas exactement caché « au nez et à la barbe » de ses poursuivants, mais presque. En s'installant là, il les sèmerait à coup sûr une heure après avoir quitté Trieste. Et plusieurs années plus tard, cela restait le cas.

Il replia et reposa le journal, puis se consacra au fourbi jonchant son bureau : ses notes et carnets, tous les écrits qui allaient nourrir le récit de sa vie. La veille au soir, il avait couché quelques lignes directrices sur une feuille, qu'il retrouva dans son fatras.

AUTOBIOGRAPHIE

Comment suis-je devenu la personne que je suis aujourd'hui ?

Serai-je toujours hanté par mes origines et mon passé ?

Quels avenirs ai-je envisagés aux moments clés de mon existence ?

Des questions sensées, estima-t-il, surtout quand on entend écrire une version honnête de l'histoire de sa propre vie, ou de qui que ce soit à vrai dire, mais auxquelles il était diablement difficile de répondre.

Il avait d'abord tenté d'établir une simple chronologie incluant toutes les dates qu'il se rappelait et pouvait confirmer avec précision, comme sa naissance, la bataille de Waterloo ou son départ de Zanzibar, se disant que ces repères réveilleraient des souvenirs et qu'il pourrait ensuite remplir les espaces les séparant et retracer les chemins qu'il avait empruntés. Mais ce ne fut pas exactement ce qu'il advint. Il était un vieil homme et bien du temps avait passé.

Non sans effort, il parvint à se remémorer quelques anecdotes et lieux avec une grande netteté, mais des pans entiers de sa vie – ce qu'il avait fait tel ou tel mois, voire telle ou telle année – restaient très flous. Ignatz s'avérait parfois utile, car il détenait tous les détails précis des années Rossbrau, mais c'était bien sûr le point de vue d'Ignatz Vlac et non celui de Cashel Ross. Quand il l'interrogeait, une version inédite de Cashel Ross se faisait jour qui se situait aux antipodes de l'expérience qu'il croyait avoir vécue. Ainsi, Ignatz racontait que Cashel avait réagi à une situation tendue « avec beaucoup de calme », alors que Cashel se souvenait d'avoir ressenti une panique presque incontrôlable. Ignatz se « rappelait-il » les choses de façon erronée ? Mais si tel était le cas, ce qui valait pour Ignatz valait aussi pour lui.

Il en vint peu à peu à considérer que la mémoire était aussi insaisissable et sournoise que l'imagination. À sa grande surprise, elle se révélait malléable et changeante, comme si elle se voulait plutôt plaisante qu'exacte, tel un courtisan servile envers son maître autobiographe, désireuse de donner une version du passé conforme à ce que Cashel souhaitait qu'il fût, plutôt qu'à ce qu'il avait réellement été. Il découvrit qu'il faisait de moins en moins confiance à sa mémoire, ce qui n'était guère pratique pour un homme cherchant à écrire l'histoire de sa vie.

Il nota également avec intérêt qu'il ne trouvait rien de déprimant ni de lugubre dans ce retour analytique sur son passé, rien de macabre ni de morbide dans ce parcours d'écriture l'amenant jusqu'à sa fin naturelle, qui mettrait un terme à toute autobiographie.

N'était-il pas curieux qu'il ne pensât presque jamais à la mort, la sienne, à ce stade de sa vie ? Encore un réconfort qu'apporte le grand âge, supposa-t-il. Quand on se trouvait aussi près de la mort qu'il l'était maintenant, à plus de quatre-vingts ans, elle pouvait survenir le lendemain, la semaine suivante, dans un mois ou dans cinq ans : peu importait. C'était plus jeune que l'on redoutait la mort ; cette perspective terrifiante nous obnubilait parce qu'elle pouvait à tout moment anéantir nos rêves. La mort à ce jeune âge eût été un désappointement atroce, la mort à son grand âge lui indifférait. Sauf que… Il eut un sourire mélancolique. Sauf qu'il y avait Raffaella. C'était peut-être Raffaella qui le maintenait en vie.

Il entendit du bruit dans l'entrée et, pensant qu'il s'agissait d'Ignatz, jeta un coup d'œil par la porte de sa chambre. C'était en fait Giovanna, le beau brin de fille qui leur livrait l'eau potable dans deux seaux accrochés à une palanche reposant sur ses larges épaules. Elle se rendit à la cuisine et versa l'eau dans les grandes jarres de terre cuite près de l'évier en pierre à savon. Elle leur livrait aussi du lait à la demande, dans des bouteilles qu'elle transportait dans des paniers remplis de paille. Il répondit d'un geste amical à son salut. Tels étaient les nombreux plaisirs de la vie vénitienne.

Tout en restant vigilant, il connaissait le bonheur depuis son arrivée à Venise, même s'il avait mené une existence simple et quelque peu frugale jusqu'à l'arrivée de Nessa environ deux ans plus tôt. L'appartement était alors devenu un vrai foyer sous sa direction. Les sols étaient régulièrement lavés, de jolis meubles avaient été achetés, des rideaux neufs accrochés et les repas singulièrement améliorés.

Il avait toujours scrupuleusement écrit à ses filles une ou deux fois par an. Maeve ne répondait jamais, mais la correspondance avec Nessa s'était intensifiée. Dans l'une de ses lettres, très spontanément, elle lui avait dit vouloir venir en Europe faire la connaissance de sa famille anglaise. Elle avait pris le bateau pour l'Angleterre et séjourné chez Buckley et chez Hogan, avant de retrouver Cashel à Venise. Au bout d'un mois, elle lui avait demandé à rester. Cashel s'était souvenu qu'elle connaissait bien Ignatz depuis les premiers temps de Willow Creek, alors, d'une certaine manière, habiter avec eux deux à Venise s'apparentait pour elle à un retour au bercail.

Il lui avait exposé dans les grandes lignes le scandale de Trieste et la nécessité d'un pseudonyme et d'une discrétion permanente, subterfuge qui ne sembla guère la gêner. Elle souhaita qu'on l'appelât Mme Corcoran et non Mlle, Cashel et Ignatz acceptant bien volontiers de cautionner l'histoire de son mari décédé pendant la guerre de Sécession, qu'elle racontait à qui voulait l'entendre. De telles réinventions n'avaient rien d'exceptionnel à Venise, où chaque journée ressemblait à un modeste *ballo in maschera*.

Nessa lui parla de Bríd, toujours internée dans son asile de Cambridge, prisonnière à jamais de sa folie. Maeve avait quitté la maison et avait désormais quatre enfants avec son époux. En émigrant en Europe, Nessa récupérait de véritables oncles, tantes et cousins, ainsi qu'un père errant et son fidèle serviteur. Qu'elle eût choisi de rester auprès de lui emplissait Cashel de joie et amoindrissait la culpabilité qu'il ressentait d'avoir détruit sa famille.

Comment pourrait-il intégrer sans fard cette période de sa vie dans son autobiographie ? Frannie Broome, le violent conflit avec les Corcoran, la brutale solitude de la ferme de Willow Creek et l'ampleur de sa signification quand il était revenu de Boston ce jour-là restaient gravés dans sa mémoire : sa femme et ses filles disparues, la maison vidée de tous leurs biens. C'était un choc qui refusait de s'amenuiser. Pour une fois, sa mémoire ne se montrait pas servile et obéissante. Devait-il même inclure cet épisode dans son histoire ? Ou au contraire occulter la séparation, la fracture et l'hostilité lancinantes, les sermons moralisateurs, et se concentrer sur les aspects de sa vie pour lesquels il disposait de plus de documentation, comme l'Afrique ? Il comprit qu'il rechutait, qu'il se leurrait déjà lui-même, créant rétrospectivement une version de la vie qu'il aurait voulu avoir, « se rappelant » uniquement les souvenirs qui lui plaisaient. C'était une forme de lâcheté, supposa-t-il.

Tout cet effort de mémoire le mettait mal à l'aise. Il sortit sa montre de son gousset et consulta l'heure. Il devrait peut-être aller se promener jusqu'au bureau de poste sur la place Saint-Marc après déjeuner, et vérifier s'il avait du courrier. Buckley et Hogan connaissaient son adresse, tout comme Burton, toujours consul à Trieste, même s'il en concevait une rancœur aussi grande que sa femme Isabel de l'amertume[1]. Hormis eux, personne ne savait qui était réellement « Michael Finnegan » ni où il habitait. Toujours est-il que, grâce à l'expérience de cette vie vénitienne, il avait découvert que si l'on était désœuvré le matin, si l'on s'ennuyait ou souhaitait sortir de sa routine quotidienne, il existait un remède tout simple : la place Saint-Marc. Il y allait ainsi plusieurs fois par semaine et était devenu un fervent Florianista. Il connaissait tous les serveurs du Caffè Florian et, en toute saison, s'installait là-bas comme chez lui pour lire, fumer un cigare et boire un verre de vin ou deux. Rien n'égalait ce plaisir.

Or donc, après le déjeuner (Ignatz étant rentré du marché lesté d'une daurade et de pommes de terre nouvelles), il se décida à s'y rendre. Il irait à pied et non en gondole, résolut-il, car son genou gauche avait besoin d'exercice. Il se munit néanmoins de sa canne et marcha jusqu'au bureau de poste en prenant tout son temps. Du courrier l'y attendait bien : deux lettres de Buckley, l'une pour lui, l'autre pour Nessa. Il ouvrit celle qui lui était destinée, mais elle ne traitait que de problèmes bancaires sans importance. Après avoir fui Trieste, Cashel avait clos son compte

1. Burton demeura à ce poste jusqu'en 1890, après avoir été successivement consul du Royaume-Uni à Fernando Poo, à Santos (Brésil) et à Damas. C'est dans cette fonction qu'il s'éteignit à Trieste d'une attaque cardiaque à l'âge de soixante-neuf ans.

chez Brookes & Co. et transféré ses avoirs dans la banque de Buckley à Eastbourne. Par précaution, tout son courrier transitait aussi par Buckley. Il glissa la lettre pour Nessa dans sa poche et repartit à petits pas vers le Caffè Florian.

Mais que se passait-il donc ? Il vit un groupe de personnes se diriger vers la Riva degli Schiavoni dans une excitation presque digne du carnaval. Il s'informa auprès d'un passant, qui lui expliqua qu'une montgolfière s'apprêtait à décoller des Giardini Pubblici. C'était un spectacle auquel il n'avait jamais assisté et, tenté par la nouveauté, il se joignit sans réfléchir au flot de curieux qui affluaient vers le parc.

Une fois sur place, il constata la présence de plusieurs centaines de badauds. Sur la petite éminence occupée par un café, il vit la montgolfière, une énorme sphère marron semblable à une vessie de porc géante, déjà gonflée. Un spectateur lui dit tout à trac qu'elle était remplie de gaz de houille. Ce ballon à gaz, si c'en était bien un, se sustenterait facilement. Deux hommes avaient pris place dans la nacelle, arrimée par des cordes attachées à des pieux de métal profondément enfoncés dans le sol. Un troisième larron faisait une sorte d'annonce dans un porte-voix à propos de futures ascensions en aérostat, mais, de l'endroit où il se trouvait, Cashel ne put saisir qu'un mot sur deux.

Soudain, le ballon s'arracha du sol et s'éleva avec une rapidité surprenante très haut dans l'azur clair du ciel. La foule poussa des vivats et applaudit, tandis que les aéronautes jetaient des tracts depuis la nacelle. De la publicité ? se demanda Cashel. Un programme politique ? Quoi qu'il en fût, le vent emporta bientôt le ballon vers le nord en direction de Murano et la foule se dispersa peu à peu.

Cashel demeura un moment sur place à suivre des yeux la montgolfière jusqu'à ce qu'elle disparût dans l'éther, fasciné par son incroyable légèreté défiant la gravité. Et ce silence ! Tout le contraire d'une locomotive, songea-t-il, même si la comparaison lui parut absurde à l'instant où elle lui vint à l'esprit. Puis il s'imagina utiliser ce moyen pour fuir Venise si Mason et Gunning parvenaient à le retrouver : il lui suffirait de sauter dans la nacelle de son aérostat gonflé au gaz de houille et de prendre la poudre d'escampette par la voie des airs.

À l'embarcadère des Giardini Pubblici, il attrapa un vaporetto qui le ramena à petite vitesse sur le Grand Canal jusqu'à la Riva del Carbon. Il n'était pas allé jusqu'au Florian, finalement, mais se dit que sa journée avait été exceptionnellement satisfaisante – inoubliable, même. Cet envol de l'aérostat ferait peut-être une conclusion idéale au dernier chapitre de son autobiographie…

Il remit son pli à Nessa et se rendit dans son bureau pour noter cette idée. Deux minutes plus tard, on frappa à sa porte. Nessa entra, les joues ruisselantes de larmes.

« Nessa ? Ma chérie, que se passe…

– Elle est partie. Elle est morte.

– Qui donc ?

– Mère. Votre épouse. Bríd Corcoran. »

En recevant la nouvelle, Cashel sentit un frisson le parcourir, puis il fut pris d'une curieuse euphorie, comme sous l'effet d'une drogue, comme s'il avait avalé un demi-flacon du Calmant pédiatrique de Mme Dashwood. Bríd était morte. Il était veuf. Plus important encore, il était libre. Il se leva tout en se composant un visage solennel, étreignit Nessa qui sanglotait et lui tapota doucement le dos. Mais il ne pensait qu'à une chose : aller retrouver Raffaella au plus vite. Enfin, après toutes ces années, il allait pouvoir être avec la seule femme qu'il eût jamais aimée.

***

Cashel écrivit à Raffaella en prenant les précautions d'usage, aux bons soins du Palazzo Mazzolino à Milan.

Francesca, notre amie commune, a des nouvelles fort intéressantes dont elle souhaite vous faire part en personne au plus tôt.

La réponse, brève, lui parvint une semaine plus tard :

Je serai ravie de revoir Francesca après tout ce temps. Dites-lui que je séjourne à Baden-Baden, à l'hôtel Stéphanie-les-Bains, jusqu'à la fin de juillet.

Il se confia à Ignatz. Il lui annonça qu'il allait partir pour Baden-Baden dès que possible et lui expliqua pourquoi, mais lui demanda de ne pas révéler sa destination à Nessa. Cashel lui dirait qu'il se rendait à Paris pour régler des affaires financières avec Buckley. Ignatz n'aurait qu'à confirmer.

Mais celui-ci était inquiet.

« Est-ce bien sage, monsieur ?

– Il ne s'agit pas de sagesse, répondit Cashel avec force. Il s'agit d'amour, ce qui est sans nul doute à l'opposé de la sagesse. »

Il entama ses préparatifs, télégraphia à l'hôtel de Baden-Baden où séjournait Raffaella mais, celui-ci étant complet, il dénicha une chambre libre dans un établissement proche, le Grand Hôtel du Parc, qui se présentait en ces termes : « Tout le confort moderne » et « Toilettes approuvées selon les principes anglais », sans que Cashel comprît bien ce que cela pouvait vouloir dire.

Il prépara une petite valise dans laquelle il mit son habit de soirée, car il connaissait le formalisme de la saison estivale à Baden-Baden. Il se fit tailler la barbe et couper les cheveux, et s'acheta un nouveau costume d'été en coutil de coton couleur thé au lait, un de ces complets-vestons à la dernière mode, ainsi que plusieurs cravates colorées. Il ignorait ce que l'avenir lui réservait, sinon qu'il lui fallait revoir Raffaella et lui annoncer qu'il était enfin libre. Nessa goba son histoire de rendez-vous parisien et lui confia une lettre que Buckley devrait remettre à sa fille Mildred, cousine dont elle était devenue proche. Cashel continua son jeu avec aplomb. Il sentit les années s'envoler et une vigueur renouvelée dans tout son corps, un accès d'enthousiasme qu'il n'avait pas éprouvé depuis une éternité.

Ignatz l'accompagna à la gare, l'air soucieux, nerveux.

« Et si je venais avec vous, monsieur Ross ? Cela serait plus prudent.

– Il n'en est pas question, Ignatz. Je dois y aller seul, c'est fondamental. Je prendrai soin de vous télégraphier quand je rentrerai. »

Si je rentre, pensa-t-il en laissant librement vaguer ses fantasmes. Il était âgé, Raffaella aussi, mais ils avaient encore un temps précieux à passer ensemble. Un temps retardé même pendant des décennies valait mieux qu'un temps perdu à jamais.

Il prit le train pour Genève, où il passa la nuit avant de poursuivre le lendemain jusqu'à Strasbourg et sa correspondance pour Baden-Baden. Un fiacre l'amena de la gare à son hôtel, une construction récente, constata-t-il en arrivant, bien située, tout près de la Lichtentaler Allee.

« Herr Finnegan, bienvenue à Baden-Baden, lui dit le réceptionniste en lui tendant ses clés. Manfred, que voici, va vous guider jusqu'à votre chambre. »

Cashel traversa le hall derrière le groom jusqu'à une petite porte et ils montèrent dans une sorte de boîte, où ils furent rejoints par deux autres personnes. Manfred fit pivoter une poignée dans la paroi de la boîte et Cashel se sentit emporté vers le haut. C'était donc le fameux « ascenseur ». Magnifique invention pour les vieillards dont les genoux abîmés n'appréciaient pas les escaliers.

Ils se retrouvèrent au quatrième étage et Cashel fut conduit à la chambre 412. Manfred en ouvrit la porte et actionna un interrupteur situé dans le mur. Aussitôt, la pièce fut inondée de lumière, de lumière électrique. Manfred déposa sa valise sur un support en bois, puis lui montra comment ouvrir les fenêtres qui donnaient sur le parc et lui indiqua une bouteille d'eau minérale offerte par la maison posée sur la table de chevet. Il lui présenta aussi la salle de bains, équipée d'une baignoire, d'un bidet mais aussi de toilettes qui se nettoyaient automatiquement quand on tirait sur une chaîne accrochée à un réservoir.

Cashel regardait tout cela, stupéfait autant qu'intéressé, tandis que Manfred lui expliquait le fonctionnement des nouveaux appareils mis à sa disposition. Voilà qui était pratique, et tellement symbolique ! Il entrait là dans un nouveau monde, une nouvelle étape de sa vie. Il se réjouit d'avoir vécu assez longtemps pour pouvoir utiliser l'ascenseur, le télégraphe, le chauffage central et des toilettes qui évacuaient les excréments dans des égouts distants. Il n'aurait pas voulu rater tout cela. Était-ce le signe que ses dernières années sur terre seraient marquées du même sceau de la nouveauté ? Marié à Raffaella. Était-ce la conclusion que sa vie attendait ?

Manfred le laissa et Cashel s'assit sur le lit, rattrapé d'un seul coup par la fatigue des deux jours de voyage, le plus long périple qu'il eût entrepris depuis son aller-retour entre Trieste et Rhodes, bien des années plus tôt. Il avait pris l'habitude de vivre dans une petite ville plate et d'emprunter les gondoles, si pratiques pour se déplacer. Il se dit qu'il pourrait faire une sieste, puis prendre un souper léger et se coucher tôt. Il ne voulait rien précipiter, heureux d'attendre une journée de plus avant de revoir Raffaella en étant parfaitement reposé. Il se refusait à paraître devant elle en vieillard fatigué.

Le lendemain matin, après une bonne nuit de sommeil, il prit son petit déjeuner dans la salle de restaurant de l'hôtel, vêtu de son costume neuf assorti d'une cravate bleu ciel qui s'accordait avec ses yeux, se dit-il en s'autorisant cette petite vanité. Néanmoins, il se sentait étrangement nerveux et se reprocha de retomber ainsi dans ses affres d'adolescent. Allons, reprends-toi, mon vieux, pensa-t-il en demandant plus de café.

Il sortit se promener pour se calmer, découvrant la jolie ville arborée qu'était Baden-Baden et remarquant les gens chics et prospères qui vaquaient à leurs occupations ou s'arrêtaient dans les nombreux magasins de luxe et cafés élégants. Cette cité aux abords de la Forêt-Noire était surnommée la « capitale d'été de l'Europe ». À l'hôtel, le chef de rang tout excité l'avait informé que le prince de Galles était attendu d'un jour à l'autre.

Puis il prit conscience d'une bizarrerie en déambulant dans les rues animées. Les passants semblaient le dévisager, ou le regarder à deux fois en le croisant, avant de le saluer d'un signe de tête et d'un sourire comme s'ils le reconnaissaient. Il souriait et rendait les saluts, songeant que c'était peut-être là une coutume de Baden-Baden, une manière de confirmer collectivement leur appartenance à cette élite européenne, comme entre membres d'un club huppé, même si le casino avait été fermé sur ordre des autorités – la nouvelle Allemagne ne voyait pas d'un bon œil cette influence française sur la municipalité.

Cashel poursuivit sa balade, imperturbable, légèrement amusé. Puis un vieux monsieur s'approcha, s'inclina poliment et lui dit quelques mots en russe avec enthousiasme.

« *Batiouchka, ne mojet byt' !* »

Cashel s'arrêta, perplexe, mais ne répondit pas ; il lui rendit son salut en touchant son chapeau du doigt, puis repartit brusquement en pressant le pas. C'était clair, à présent : tous ces sourires s'adressaient bien à lui, mais en tant que sosie d'un notable russe. Voilà qui était fort cocasse ! Il n'y avait pas que des Russes à Baden-Baden, et pourtant tout le monde semblait le reconnaître.

Il oublia cette histoire en approchant de l'hôtel de Raffaella, le plus majestueux de la ville, le Stéphanie-les-Bains. À presque midi, l'heure semblait propice pour se faire annoncer. Il sentit ses entrailles se contracter et trembler, d'étranges larmes inopportunes lui monter aux yeux. Sa vie entière, tous ses combats, ses voyages, ses séjours, les réussites et les déceptions, les trahisons et les soutiens n'avaient peut-être été qu'un prélude à cet instant…

Non, baste ! se tança-t-il brutalement. Ne charge pas ces retrouvailles d'une signification si lourde. Se contenter de revoir Raffaella, laisser se faire les retrouvailles, rien d'autre ne comptait. Tout ce qui surviendrait ensuite serait naturel, logique, comme prédéterminé. Il n'avait qu'à attendre et se laisser porter.

Malgré tout, il n'arriva pas à contrôler complètement sa nervosité en pénétrant dans le luxueux hall du Stéphanie-les-Bains, qui grouillait de clients préparant des excursions, retrouvant des amis et de nouvelles connaissances ; l'on riait, l'on discutait dans une demi-douzaine de langues. Il entendit le son d'une valse provenant d'un salon tout proche où jouait un orchestre de chambre. Il attendit quelques instants que l'affluence à l'accueil eût diminué, et s'approcha du réceptionniste.

« Parlez-vous anglais ? demanda-t-il.

– Bien sûr, monsieur. Que puis-je pour vous ?

– J'ai rendez-vous avec l'une de vos clientes, la contessa Mazzolino. Pourriez-vous m'annoncer auprès d'elle ? Je suis M. Cashel Ross. »

L'air perplexe, le réceptionniste consulta son registre, tourna quelques pages, puis releva les yeux.

« Nous n'avons pas de contessa Mazzolino dans notre établissement, monsieur. Vous vous êtes peut-être trompé d'hôtel. »

Cashel sentit ses jambes le lâcher. Il en aurait presque ri.

« Elle m'a dit elle-même qu'elle séjournait ici jusqu'à la fin de juillet.

– Nous n'avons aucune personne de ce nom, monsieur. Vous m'en voyez désolé. »

Au désespoir, Cashel regarda autour de lui. Derrière le vestibule se trouvait une pièce spacieuse meublée de petites grappes de fauteuils et de canapés. De hautes portes-fenêtres ouvraient sur une vaste terrasse, avec des tables et des parasols en toile, d'où l'on pouvait admirer le parc et l'Oos. Des clients y buvaient du café ou prenaient l'apéritif avant le déjeuner, des hommes en costume de lin fumaient, des femmes en robe d'été aux couleurs vives déambulaient sous de délicates ombrelles.

Cashel aperçut alors Raffaella qui traversait la terrasse telle une apparition miraculeuse qu'il pouvait voir de fenêtre en fenêtre, comme une suite d'images passant magiquement d'un cadre au suivant.

« La voilà, jeune homme ! dit-il au réceptionniste en la désignant d'un geste agacé. À part ça, elle ne réside pas dans votre établissement ?

– Veuillez m'excuser, monsieur, mais ce n'est pas son nom que vous m'avez donné. Cette dame est la Gräfin Henningen zu Altenhausen.

– La quoi ? »

Le réceptionniste répéta le nom ridicule.

Gräfin ? s'interrogea Cashel. Pourquoi diable était-elle devenue la Gräfin Machin Chouette ?

Il traversa le salon aussi vite que possible pour atteindre la terrasse. Il s'arrêta et l'observa sans se faire voir pendant un instant. Elle lui tournait le dos, en pleine conversation avec des clients assis à une table au fond. Grande et mince, vêtue d'une robe bleu pastel dont le faux-cul sophistiqué s'ornait de multiples bouillons et choux, elle avait relevé sa chevelure gris acier en un chignon tressé à l'arrière du crâne qui dépassait sous le bord de son petit chapeau de paille et laissait paraître son long cou ceint d'un collier.

Puis, comme si elle avait perçu l'intensité de son regard, elle rompit la conversation et se retourna vers lui, de la même manière qu'à Milan ce fameux jour-là. Il resta figé, tout raide, un creuset d'émotions en fusion. Elle traversa la terrasse en souriant et il sentit soudain ses forces l'abandonner, comme si la montée de bonheur qui l'envahissait risquait de le faire choir. Elle produisait toujours le même effet sur lui. C'était merveilleux.

« Vous devez être Francesca, dit-elle.

– Venue à votre rencontre en chair et en os.

– Vous êtes d'une grande distinction dans ce costume et avec cette canne, Francesca. Très Baden. Et la barbe vous sied.

– Merci, répondit-il lamentablement. Je suis très heureux de vous voir.

– *Moi aussi, mon chéri**.

– On m'a dit à la réception que vous vous appeliez Gräfin quelque chose ?

– Oui, bien sûr.

– Comment cela “bien sûr” ?

– Je vous ai écrit pour vous en avertir.

– Non, je n'ai rien reçu.

– Je vous ai écrit à Trieste. Je vous en ai informé. »

Cashel se concentra. Ses échanges épistolaires avec Raffaella avaient toujours été très déséquilibrés. Quand il lui envoyait quatre ou cinq lettres, il n'en recevait qu'une de sa part. Elle craignait toujours d'être démasquée, arguait-elle.

« Quand donc m'en avez-vous informé ? reprit Cashel.

– Quand c'est arrivé voici trois ans. Non, quatre.

– Mais je n'étais plus à Trieste, j'avais déménagé pour Venise, bien longtemps auparavant.

– Ah… »

Elle fit une moue et fronça les sourcils. Cashel et elle restèrent figés quelques instants, séparés par un mur d'incompréhension. Il la regardait pendant qu'elle réfléchissait à ce qu'elle pourrait dire. Il se rendit compte qu'elle avait vieilli, mais cette expression particulière de son visage, avec ses sourcils froncés qui remontaient sur les côtés, la rajeunissait soudain et réveillait de vieux souvenirs. Ils auraient aussi bien pu être dans un fiacre à Ravenne en train de baiser, avec Timoteo qui patientait à l'extérieur.

Elle le regarda droit dans les yeux, cessant de froncer les sourcils.

« Je vous attends dans ma suite, la 233, cet après-midi à trois heures.

– La 223, entendu.

– Non, 233.

– Désolé, la 233.

– N'oubliez pas, Cashel Ross, dit-elle en lui souriant à nouveau. N'oubliez pas. »

Elle rejoignit ses amis d'un pas lent, et Cashel quitta l'hôtel et repartit vers le centre-ville en essayant de se vider la tête. Il s'arrêta dans une petite taverne où il commanda un verre de schnaps et de quoi manger en choisissant des plats au hasard sur le menu. On lui servit une assiette d'œufs au plat et une sorte de petite raviole, qu'il avala tout rond.

***

« Ainsi donc, vous êtes mariée ? s'enquit Cashel, au comble du désespoir et bien qu'il connût la réponse.

– Oui, au Graf Henningen zu Altenhausen. Vous l'apprécieriez. Il est charmant et intelligent.

– Que fait-il ?

– C'est un homme politique. Mon fils nous a présentés l'un à l'autre. Le *graf*, Tobias, est très proche du chancelier.

– Où se trouve-t-il ?

– À Berlin. Il arrive la semaine prochaine pour des vacances.

– Je vous croyais veuve. C'est pour cela que je suis venu. Je ne l'aurais pas fait si j'avais su.

– Je n'y peux rien, Cashel. Vous devez comprendre. Je n'ai aucune fortune personnelle. Une femme comme moi, une femme de mon rang, ne peut vivre seule sans argent.

– Je peux le comprendre.

– Asseyez-vous, je vous prie. »

Il prit place dans un fauteuil du joli salon vert et jaune de la suite, ferma les yeux et inspira profondément. Raffaella se dirigea vers un secrétaire, l'ouvrit, laissant apparaître une collection de carafes en cristal, et leur servit à chacun un petit verre de madère. Ils trinquèrent.

« À vous, Cashel. *Die Liebe meines Lebens.*

– Cessez de me tourmenter. Je connais le sens de ces mots. Vous, vous êtes l'amour de ma vie. C'est aussi simple que cela.

– Alors, c'est vrai pour vous comme pour moi. N'est-ce pas une bonne raison de nous réjouir ?

– Vous rendez-vous compte que cela fait soixante ans que je me reproche d'avoir fait cette erreur stupide ? demanda-t-il avant de vider son petit verre. J'ai envie de pleurer. De Ravenne en 1823 à Baden-Baden en 1882. Bon sang…

– Ce n'est nullement votre faute. Le comte vous a menti. Délibérément. »

Cashel se souvint.

« Ce vieux barbon m'a menti parce qu'il savait l'effet que cela produirait, énonça-t-il lentement avant de laisser un silence. Il savait quel effet cela produirait sur moi. Il avait cerné l'homme que j'étais, dit-il avant de partir d'un petit rire éraillé. Tiens, voilà ce que je devrais faire graver sur ma tombe : “L’idiot enterré ici a fichu sa vie en l’air à Ravenne en septembre 1823.” Clair, net et précis.

– Vous ne pouvez pas, vous ne devriez pas vous infliger cela. Personne ne sait jamais ce que réserve l’avenir, pas même dans une minute, pas même dans une heure. *A fortiori* dans un an ou plus. C’est impossible. Vous étiez… commença-t-elle en le regardant tendrement, ce qu’il eût préféré qu’elle évitât. Vous avez toujours écouté votre cœur, Cashel, c’était votre nature. Comment auriez-vous pu agir différemment ?

– En réfléchissant. En analysant. En écoutant la voix de la raison. En élaborant des stratégies. Mais quand on est idiot, on ne fait pas ça. J’étais tellement têtu, tellement sûr de moi.

– C’est la vie, que voulez-vous, fit-elle en haussant les épaules et en écartant les mains. C’est vous. C’est comme ça. Les choses auraient pu se dérouler de mille autres façons.

– Je me déteste.

– Il suffit, Cashel ! cria-t-elle en le grondant de l’index. Regardez-nous : deux vieilles personnes dans un hôtel de Baden-Baden avec d’heureux souvenirs en commun. Ce n’est pas donné à tout le monde. »

Il soupira et se leva péniblement pour aller jusqu’au secrétaire qui contenait les carafes, astiquées et scintillant de paillettes lumineuses. Il trouva le cognac, s’empara d’un verre plus grand et s’en versa une rasade qu’il descendit d’un trait. Puis il retourna près du fauteuil de Raffaella et, lentement, s’agenouilla à grand-peine devant elle.

« Était-ce bien sage ? demanda-t-elle. Faudra-t-il que je vous aide à vous relever ?

– La sagesse n’a rien à voir dans notre histoire. Et je voudrais vous embrasser.

– Je me rappelle ce jeu », dit-elle en lui offrant son visage.

Leurs lèvres se touchèrent, sèches, froides. Il inhala le parfum qui émanait d’elle. Lavande ? Oui, c’était bien cela, de la lavande. La fragrance de cette femme qu’était Raffaella. Il s’écarta d’elle.

« Merci, dit-elle. Qu'allez-vous faire à présent ?

– Rentrer à Venise et vous écrire de temps à autre. Pour vous donner des nouvelles de notre amie Francesca.

– Peut-être viendrai-je un jour à Venise lui rendre visite.

– Ce serait merveilleux.

– Nous serons toujours dans la vie l'un de l'autre, Cashel. Ce que nous avons vécu, personne ne peut nous le retirer. C'est le secret qui nous unit. Notre lien secret. Regardez ce que vous avez accompli, comment vous avez vécu. Et regardez-moi : trois maris, des enfants. Si vous étiez resté à Ravenne, votre vie n'eût peut-être pas été si pleine, si riche.

– Qu'entendez-vous par là ?

– Qu'il nous faut accepter les vies que nous avons menées, et non imaginer celles que nous aurions pu mener.

– Je m'en moque.

– Réfléchissez.

– Vous n'avez peut-être pas tort. Il faut y réfléchir en effet, dit-il avant de lui toucher la joue du revers de la main. Irez-vous bien sans moi ?

– Oui. Et je penserai à vous chaque jour. »

Cashel réussit à se remettre sur ses pieds malgré la douleur qui faisait palpiter son genou.

« Il faut que j'y aille, dit-il. Venez à Venise, bientôt.

– Oui, mon chéri.

– Vous devez me promettre de m'épouser si le *graf* meurt.

– C'est promis.

– Je vous attendrai.

– C'est promis. »

***

Après l'avoir quittée, Cashel erra dans les allées de gravier parfaitement désherbées du parc derrière l'hôtel. Il contempla le flot marron et trouble des eaux peu profondes de la rivière, en proie à une immense mélancolie, mais aussi à un étrange sentiment de légitimité. Il aimait Raffaella, et il avait la preuve de cet amour car il s'inquiétait plus de son bien-être à elle que du sien. Mieux valait pour elle être Gräfin Henningen zu Altenhausen que Mme Cashel Ross ou, pis encore, Mme « Michael Finnegan ».

Et maintenant qu'il y songeait, cela lui apparaissait comme une juste définition de l'amour : se soucier plus de la personne qu'on aime que de soi-même.

Il tapa du pied un caillou, qui tomba dans l'eau et dont il entendit la petite éclaboussure.

Un couple de promeneurs d'âge mûr le dévisagea en lui souriant chaleureusement. L'homme ôta son chapeau et lui parla en russe.

« *Neoujeli, Ivan Sergueïevitch ? Chto pichete ? Ili prosto razvlekaïetes' ?* »

Cashel sourit et opina du chef avant de faire un vague geste de la main. Ah, ces Russes, ils sont tellement sympathiques !

Il rentra à l'hôtel et prépara son bagage.

***

Son voyage de retour vers Venise s'avéra plus compliqué que l'aller parce qu'il était improvisé, Cashel ayant initialement prévu de séjourner plus longtemps à Baden-Baden. Il embarqua dans l'après-midi à bord d'un train qui l'amena jusqu'à Strasbourg, puis prit une correspondance pour Vienne. Le plus rapide eût été de faire ensuite Vienne-Trieste et de rallier Venise en ferry ou en train, mais il éprouvait une inquiétude superstitieuse à l'idée de repasser à Trieste, comme s'il risquait de s'exposer de nouveau à la menace Mason-Gunning. Il préféra donc quitter le Vienne-Trieste à Graz et poursuivre vers Milan, puis Venise. Comme il était simple de se déplacer de nos jours, pensa-t-il, même s'il se félicita de ne pas s'être encombré de trop de bagages.

Il était tard, dix heures passées, quand il descendit à Graz dans une gare presque déserte. Les becs de gaz brûlaient à pleine puissance dans le ciel bleu-noir de cette soirée d'été. Il avait deux heures à tuer avant sa correspondance et, comme il avait faim, il fut heureux de pouvoir s'acheter une brioche à la confiture et un café à la buvette avant la fermeture.

Il s'assit pour se restaurer tandis que la gérante s'affairait, nettoyant les tables et replaçant les chaises dans un raffut agaçant qui, comme elle l'avait espéré, incita Cashel à quitter les lieux. Elle verrouilla la porte derrière lui et il se rabattit sur la salle d'attente. La nuit étant fraîche, il se réjouit que quelqu'un ait eu la présence d'esprit d'allumer un poêle. Muni de ses cigares et de sa flasque de brandy, il alla s'installer dans la salle réservée aux fumeurs, heureusement vide, et alluma un cigare.

Il repensa à sa rencontre avec Raffaella. Ce voyage à Baden-Baden et leur tête-à-tête constituaient peut-être la coda idéale pour son autobiographie. Tout ce qu'ils s'étaient dit résonnait en un écho puissant dont l'onde se propageait à travers toute son histoire personnelle. La femme qu'il avait réellement aimée, le destin cruel qui s'en mêlait, et enfin, une étrange forme de catharsis pendant leur ultime rendez-vous… Oui.

Il réfléchit à ce qu'elle lui avait dit : « Vous avez toujours écouté votre cœur, Cashel. » Était-ce une grande force ou une terrible faiblesse, en fin de compte ? Il pensa à l'amour qu'il ressentait pour Raffaella et il lui apparut que, chez quelqu'un comme lui, quelqu'un de sa nature, l'amour pour une personne qu'on ne pouvait avoir était peut-être plus puissant que l'amour pour une personne qu'on pouvait avoir. C'était lui et lui seul qui, par son acte de folie à Ravenne, avait fait qu'il ne pouvait avoir Raffaella. Mais peut-être était-ce aussi ce qui avait rendu ses sentiments pour elle si intenses et durables pendant plus d'un demi-siècle. Eussent-ils été les mêmes si elle avait été présente à ses côtés en permanence, s'ils avaient été libres de vivre ensemble ? Il sourit tristement. Qui pouvait le dire ? Était-ce le fait de n'avoir pu vivre leur amour pleinement, malgré tous leurs efforts, qui le rendait si fort à ses yeux ? Comme Paolo et Francesca dans le poème de Dante, songea-t-il. Ils avaient été des amants passionnés mais, condamnés, furent contraints de ne plus jamais l'être, ballottés pour l'éternité par les vents infernaux, proches mais jamais unis, prisonniers du cercle de leur enfer romantique…

Cashel tira une grande bouffée de cigare, savourant l'ingéniosité, la profondeur, le symbolisme de son analyse. C'était la coda idéale. Si son livre était un jour publié, peut-être les lecteurs y verraient-ils une forme de leçon pour ceux qui, de manière bien inconsidérée –

Ce fut comme si une épée chauffée à blanc lui tranchait le cœur en deux. Il ouvrit la bouche et cligna des yeux au paroxysme de la douleur qui semblait éclore dans sa poitrine telle une fleur rouge torturante. Il essaya de respirer. Plus rien dans son corps ne voulait fonctionner. Il ferma les yeux et se sentit s'effondrer sur le banc. Non, non, non ! Était-ce… était-ce donc ce que cela faisait ?

Il vit un homme en noir, un homme très grand avec un chapeau noir, menant un cheval noir, qui s'approcha et lui demanda : « Comment t'appelles-tu, petit ? »

Épilogue

Ce fut Ignatz Vlac qui retrouva la trace de Cashel. Avant de quitter Baden-Baden, Cashel avait télégraphié comme promis pour annoncer qu'il partait et espérait rallier Venise sous vingt-quatre heures environ. Il ne fournissait aucun détail sur son trajet. Inutile de venir l'attendre à la gare.

Le lendemain, Cashel n'arriva pas. Une journée passa, puis une semaine. Ignatz télégraphia au Grand Hôtel du Parc, qui lui répondit que Herr Finnegan avait quitté les lieux après une seule nuit passée sur place. Comme Nessa s'inquiétait vivement, Ignatz lui avoua tout. Cashel ne s'était pas rendu à Paris, mais à Baden-Baden. À Baden-Baden ? Il s'agissait de la résolution d'une vieille histoire d'amour, lui dit-il, d'où le secret. Il irait à Baden-Baden en personne pour retrouver Cashel ou découvrir ce qui lui était arrivé. Il embrassa Nessa avant de prendre congé et lui dit de ne pas se tourmenter.

Ignatz fit le trajet jusqu'à Baden-Baden. Au Grand Hôtel du Parc, le personnel de la réception se souvenait très bien de Herr Finnegan. Les clients russes étaient persuadés qu'il s'agissait d'Ivan Tourgueniev, revenu après de longues années d'absence à Baden, où il avait jadis été propriétaire d'une maison. Tout le monde se réjouissait du retour du grand écrivain, et l'on s'amusa beaucoup de la ressemblance une fois qu'elle eut été expliquée. Un Anglais confondu avec Tourgueniev, quelle histoire ! Qui est ce Tourgueniev ? demanda Ignatz. On l'éclaira dûment.

Ignatz fit consciencieusement le tour de tous les autres hôtels de la ville à la recherche de la contessa Mazzolino, le nom que lui avait donné Cashel, mais en vain : personne ne connaissait la dame qu'il recherchait. Tout ce qu'il découvrit, c'est que Cashel était bien arrivé, avait passé une nuit à l'hôtel, avait été confondu avec Tourgueniev et avait décidé de rentrer à Venise. Ignatz vérifia les horaires de train du jour où Cashel était parti en se fondant sur l'horaire de son télégramme. À la gare, on lui apprit qu'il n'y avait que deux possibilités pour rejoindre Venise en partant à cette heure-là : soit via Strasbourg et Vienne, soit via Strasbourg et Genève. Ignatz se rendit compte immédiatement que le second train était parti une demi-heure avant l'envoi du télégramme ; Cashel avait donc dû prendre le premier, pour faire Strasbourg-Vienne.

Une idée lui vint. Il retourna au Stéphanie-les-Bains et demanda s'il existait des reproductions photographiques de cet Ivan Tourgueniev. Bien sûr, lui répondit-on, tous les libraires de la ville vendaient des cartes postales des célébrités qui y avaient séjourné ou qui y possédaient des résidences : Pauline Viardot, le prince de Galles, Hector Berlioz, Gogol, Gérard de Nerval, la reine Victoria, l'empereur Guillaume et une kyrielle d'aristocrates et de nobliaux allemands. Ignatz se rendit chez un libraire à qui il acheta une carte postale représentant Tourgueniev. Il y avait en effet une ressemblance : barbe blanche, cheveux blancs avec une raie parfaite, belle stature, allure auguste. Tourgueniev était très grand, lui expliqua-t-on, tout comme Cashel Ross. Armé de ce portrait, Ignatz monta dans le train pour Vienne que Cashel avait sans doute pris. En arrivant, il nota l'heure puis repéra quels trains permettaient de l'amener à Venise ou de l'en rapprocher. Le plus évident était le Vienne-Trieste, et Ignatz supposa qu'il avait dû prendre celui-là. À la gare de Vienne, il montra sa photo de Tourgueniev aux employés des chemins de fer, mais personne ne le reconnut. « Non, désolé, jamais vu un homme ressemblant à ça. »

Ignatz décida de procéder par élimination. Partant du principe que Cashel avait embarqué sur le Vienne-Trieste une semaine plus tôt, il décida de descendre à chaque arrêt pour y montrer la photo, avant de reprendre le train suivant jusqu'à la prochaine gare et ainsi de suite. Quelqu'un finirait bien par se rappeler ce grand homme à la barbe et aux cheveux blancs. Peut-être retrouverait-il même Cashel, terré dans un hôtel de province après avoir perdu la raison.

Il entama donc son lent périple : Neustadt, Semmering, Bruck. Toutes les personnes interrogées scrutèrent attentivement la photo et fouillèrent dans leurs souvenirs, mais lui firent la même réponse négative.

Puis, à la gare de Graz, une femme mince et nerveuse qui servait au comptoir de la buvette lui dit que, oh oui, elle se souvenait de ce grand monsieur âgé, tout pareil que sur la photo, qui lui avait acheté une brioche et un café et qui parlait mal allemand, avec un fort accent étranger. Il attendait la correspondance pour Milan, ajouta-t-elle. Ignatz sentit une pointe d'euphorie après toutes ces journées de déception.

« Que pouvez-vous me dire de plus ?

– Eh bien, je me souviens de lui parce qu'on l'a retrouvé mort dans la salle fumeurs le lendemain matin. J'ai été la dernière personne à le voir vivant. »

Ignatz accusa le coup, qui venait confirmer son mauvais pressentiment. Il eut soudain la nausée, mais réussit à remercier la femme et alla s'asseoir sur un banc pendant dix minutes afin d'encaisser la terrible nouvelle. Il s'en voulait : il n'aurait jamais dû laisser M. Ross partir en voyage tout seul. Jamais. Il essuya ses larmes du revers de ses mains et reprit son enquête.

Le chef de gare, après avoir regardé le portrait de Tourgueniev, lui donna toutes les informations utiles.

Oui, ce vieux monsieur avait été retrouvé mort dans la salle d'attente. On n'avait pas pu l'identifier parce qu'il avait été dévalisé. Plus de bagages, plus de papiers, boutons de manchette et montre de gousset dérobés ; il n'avait même plus de bottes aux pieds. Il fut identifié comme « individu italien âgé de sexe masculin » car son costume portait l'étiquette d'un tailleur de Vérone.

« Qu'est-il advenu du corps ? » demanda Ignatz, heureux que son excellent allemand lui fût à nouveau utile après tout ce temps.

Soit à la morgue de la police, lui dit-on, soit enterré dans une fosse commune avec d'autres indigents anonymes.

Le lendemain, après s'être rendu au siège de la police de Graz, Ignatz paya pour récupérer le corps de « l'individu italien âgé de sexe masculin » récemment enterré, qui fut exhumé de la fosse commune du cimetière municipal jouxtant le commissariat et rapatrié à Venise.

***

Cashel Greville Ross fut enterré le 27 juillet 1882 au cimetière catholique de l'Isola di San Michele dans la lagune de Venise. L'inscription ornant la pierre tombale était sobre :

Michael Finnegan 1799-1882

Cela facilitait les choses auprès des autorités, expliqua Nessa, avant d'ajouter discrètement qu'elle la ferait changer dès que possible[1].

L'assemblée funèbre était peu nombreuse. Buckley et Hogan avaient fait le voyage depuis l'Angleterre. Richard Burton et madame étaient venus de Trieste. Ignatz et Nessa complétaient leur petit groupe. Un prêtre de l'église San Michele fut payé pour réciter la traditionnelle prière des défunts.

En cette journée fraîche et nuageuse marquée par un vent violent, la traversée jusqu'à l'île avait été inconfortable à cause de la houle. Sous le ciel gris, ceinte de ses solides murailles ocrées

1. La pierre fut remplacée sans battage plus tard dans l'année. On pouvait y lire : *Cashel Greville Ross 1799-1882. Regrets éternels.* Les restes de Cashel furent transférés dans un ossuaire en 1902 car l'île-cimetière se remplissait vite et les sépultures plus anciennes devaient laisser la place aux nouvelles. Sa plaque se trouve aujourd'hui sur le mur délimitant le côté nord-ouest du cimetière catholique.

et ses palissades de cyprès effilés, San Michele ressemblait plus que jamais à une forteresse.

Le cercueil de Cashel fut descendu dans la tombe et le prêtre commença à psalmodier les rites funéraires. Chacun savait que les hommes ayant délicatement descendu le cercueil dans la tombe étaient aussi les fossoyeurs ; ils se tenaient en retrait à quelques pas, impassibles, appuyés sur leurs pelles, attendant de jeter les pelletées de terre humide dans l'étroit rectangle qu'ils avaient précédemment creusé. Comme si cette présence leur insupportait, Ignatz et Nessa lancèrent leur bouquet de fleurs dans la tombe avant même que le prêtre eût terminé ses sacrements. Puis, à l'étonnement de l'assemblée silencieuse, Ignatz s'avança et jeta un livre, qui atterrit avec un bruit sourd sur le couvercle du cercueil. Un livre ? Quel livre[2] ? Qui donc jette un livre dans une tombe ?

Ils détournèrent les yeux, gênés, puis remarquèrent le ciel de plus en plus menaçant. Une masse dense et moutonneuse de sombres nuages anthracite et violet déferlait sur la ville depuis le sud. Tous semblaient désormais impatients de regagner l'embarcadère où les attendait le petit steamer qui les avait amenés sur San Michele.

Tandis qu'ils retournaient vers la jetée et ses marches, les premières grosses gouttes se mirent à moucheter les larges dalles sèches de l'embarcadère. Troublés par la soudaineté de l'ondée potentielle, désireux de rentrer se réfugier en terrain connu dans la ville, certains des présents sortirent vite leur parapluie, piètre protection contre la froide averse qui s'annonçait.

Mais aussi brusquement qu'elle avait commencé, la pluie cessa, et le miel d'un rayon de soleil aqueux caressa les eaux de la lagune. On referma les parapluies, on rit de l'affolement créé par quelques gouttes, et même les vaguelettes démontées semblèrent se calmer.

2. Il s'agissait de l'exemplaire de *La Divine Comédie* de Dante que Raffaella avait offert à Cashel à Ravenne.

À la surprise générale résonnèrent alors les sifflements et crépitements d'un feu d'artifice. Tous les yeux se tournèrent vers la ville, où les explosions lumineuses, gerbes d'étincelles pailletées d'or, se distinguaient nettement, même à cette heure du jour, par contraste avec les sombres nuages. C'est merveilleux, dit quelqu'un. C'est magnifique.

Et depuis les jardins publics à la pointe de l'île de Venise, par-delà la lagune, ils virent décoller une montgolfière, sphère parfaite couleur sépia qui s'arracha à la cité à une allure incroyable, sa portance l'entraînant en haute altitude au-dessus de La Serenissima. La petite assemblée fut captivée par l'aérostat qui fusait sans effort dans les airs, tandis que les occupants de la nacelle gesticulaient des saluts. Puis une forte brise venue de l'est l'emporta à grande vitesse, et ce qui n'était plus qu'un point fuyant sur les bancs de nuages amoncelés devint presque indétectable au-dessus de la Giudecca et disparut au loin.

Du même auteur

Un Anglais sous les tropiques
roman, 1984, réédition 1995
et « Points », n° P10

Comme neige au soleil
roman, 1985, réédition 2003
et « Points », n° P35

La Croix et la Bannière
roman, 1986, réédition 2001
et « Points », n° P958

Les Nouvelles Confessions
roman, 1988
et « Points », n° P34

La Chasse au lézard
nouvelles, 1990
et « Points », n° P381

Brazzaville Plage
roman, 1991
et « Points », n° P33

L'Après-midi bleu
roman, 1994
et « Points », n° P235

Le Destin de Nathalie X
nouvelles, 1996
et « Points », n° P480

Armadillo
roman, 1998
et « Points », n° P625

Visions fugitives
nouvelles, 2000
et « Points », n° P856

Nat Tate : un artiste américain (1928-1960)
in Visions fugitives, *2000*
et « Points », n° P1046

À livre ouvert
roman, 2002
et « Points », n° P1152
Grand Prix littéraire des lectrices de « Elle » 2003
prix Jean-Monnet 2003

La Femme sur la plage avec un chien
nouvelles, 2005
et « Points », n° P1456

La Vie aux aguets
roman, 2007
et « Points », n° P1862

L'amour fait mal
florilège de nouvelles, 2008
Points Signatures, n° P1927

Bambou
Chroniques d'un amateur impénitent
2009

Orages ordinaires
roman, 2010
et « Points », n° P2602

L'Attente de l'aube
roman, 2012
et « Points », n° P3030

SOLO
Une nouvelle aventure de James Bond
roman, 2014
et « Points », n° P4055

Les Vies multiples d'Amory Clay
roman, 2015
et « Points », n° P4440

Tous ces chemins que nous n'avons pas pris
nouvelles, 2017
et « Points », n° P4880

L'Amour est aveugle
roman, 2019
et « Points », n° P5201
prix Fitzerald 2019

Trio
Roman, 2021
et « Points », n° P5573

RÉALISATION : NORD COMPO À VILLENEUVE-D'ASCQ
IMPRESSION : NORMANDIE ROTO IMPRESSION S.A.S.
DÉPÔT LÉGAL : JUIN 2023. N° 152911 (2301812)
IMPRIMÉ EN FRANCE